GISBERT HAEFS

Und oben sitzt ein Rabe

Das Doppelgrab in der Provence

Und oben sitzt ein Rabe

Andreas Goldberg ist in Schwierigkeiten. Seine Frau Irene und deren Liebhaber wurden ermordet, und für die Polizei ist der Fall klar: Der Doppelmord geht auf das Konto des gehörnten Gatten. Denn dieser leidet unter Geldproblemen, und Irene wollte ihre Vermögensverhältnisse neu regeln – sehr zuungunsten von Andreas. Entlasten soll ihn nun ein Anwalt, der seinerseits Hilfe bei Baltasar Matzbach sucht. Der ist zunächst eher abgeneigt, da er die Sicht der Polizei teilt. Doch er besinnt sich eines Besseren, als er erfährt, daß der mutmaßliche Täter stolzer Besitzer eines räudigen Rabens namens Poe ist, welcher auf dem Präsidium Akten besudelt und ungebührlich gelärmt haben soll. Matzbach erkennt: »Ein erfreuliches Tier. Dann ist Goldberg unschuldig.« Damit beginnen Matzbachs Streifzüge durch die schöne verschandelte Landschaft zwischen Rhein und Mosel auf der Suche nach dem wahren Schurken ...

Das Doppelgrab in der Provence

Baltasar Matzbach erhält aus der Provence einen Hilferuf von seinem Freund William Bronner: Er könne zwar am Telefon nicht deutlicher sprechen, aber jemand sei hinter ihm her; Matzbach solle an den Mond von St. Remigius denken sowie an den dritten Schlupfhafen der Johannisbeere. Außerdem bitte er Matzbach um ein würdiges Begräbnis. Nach solcherart kryptischen Andeutungen macht sich Baltasar in Begleitung seiner reizenden Freundin Ariane auf nach Les Baux. Dort erfährt er, daß Bronner verschwunden ist. Er scheint eine archäologische Entdeckung gemacht zu haben, für die sich offensichtlich etliche Leute interessieren. Baltasar und Ariane bekommen dies sehr rasch zu spüren, denn auf der Suche nach dem verschollenen Freund wird ihnen der Aufenthalt recht ungemütlich gemacht ...

Autor

Gisbert Haefs, 1950 in Wachtendonk/Niederrhein geboren, lebt und schreibt in Bad Godesberg. Als Übersetzer bzw. Herausgeber u. a. für die neuen Werkausgaben von Ambrose Bierce, Rudyard Kipling und Jorge Luis Borges zuständig, als Autor haftbar für Romane und Erzählungen. Einem großen Publikum wurde er durch seine historischen Romane »Hannibal«, »Alexander« und »Troja« bekannt.

Gisbert Haefs

Und oben sitzt ein Rabe

Das Doppelgrab in der Provence

Zwei Romane in einem Band

GOLDMANN

Von Gisbert Haefs außerdem bei Goldmann:

Die Schattenschneise. Roman (5046) · Mord am Millionenhügel. Roman (5613) · Matzbachs Nabel. Roman (42453) · Ein Schmusemord. Roman (54091) · Auf der Grenze. Stories (5944) · Der Raja. Roman (gebunden)

Umwelthinweis:
Alle bedruckten Materialien dieses Taschenbuches
sind chlorfrei und umweltschonend.

Der Goldmann Verlag
ist ein Unternehmen der Verlagsgruppe Bertelsmann

Genehmigte Taschenbuchausgabe 12/2000
»Und oben sitzt ein Rabe«

»Das Doppelgrab in der Provence«

Umschlaggestaltung: Design Team München
Umschlagmotiv: Nikolaus Heidelbach
Satz: Uhl + Massopust, Aalen
Druck: Elsnerdruck, Berlin
Titelnummer: 13133
BH · Herstellung: Heidrun Nawrot
Made in Germany
ISBN 3-442-13133-2
www.goldmann-verlag.de

1 3 5 7 9 10 8 6 4 2

Und oben sitzt ein Rabe

Aus: Jakob Grunewald, *Willkürliche Biogramme*, ²1986*

»... wurde Baltasar Matzbach als ›Universaldilettant‹ bezeichnet, der sich in die Gefilde der Kriminalistik verirrt habe. Das Etikett ... beklebt einen, der von vielen Dingen zu viel weiß, um sie ernst zu nehmen, zu wenig, um von ihnen ernstgenommen zu werden, und genug, um Experten zu bluffen und Laien zu amüsieren ... Ein Bekannter mutmaßte auch, B. M. leide (?) an Elephantiasis der Seele. Interessanter sind jedoch andere Aspekte, so z. B. Matzbachs verwegene Verfressenheit; wie zu Zeus Sein Donner und zu Jehovah Sein Zorn gehört zu Baltasar Sein Wanst. Immerhin kann er es sich seit vielen Jahren leisten, Hecht zu essen und zum folgenden Fleischgang einen Grand Cru zu trinken. Er wuchs nach dem Verscheiden seiner Eltern bei Verwandten auf und studierte später Philosophie und Atomphysik. Dabei erfand er etwas für ein Betatron, so kompliziert, daß er selbst es schon längst nicht mehr erklären kann, aber das Patent wird international verwendet und wirft einiges ab; anschließend wandte Matzbach sich der Musik zu und komponierte ein bißchen, darunter einen vollendet schwachsinnigen Schlager, der noch immer läuft und zwei- bis dreimal pro Jahr neu aufgenommen wird, und so schickt die GEMA ihm bisweilen einen freundlichen Scheck. Ein Hauptgewinn im Lotto sorgte 1962 dafür, daß Baltasar aus dem Gröbsten heraus war. Er investierte klug und ergab sich der sinnlosen Bildung, wobei er von den exakten zu den diffusen Gebieten überging; so stammt aus seiner Feder ein in Fachkreisen geschätztes Werk über *Monotheistische Strömungen des inselkeltischen Druidentums.** Einige Jahre hielt er sich an der bretonischen Nordküste auf, bevor die touristische Völkerwanderung sie verwüstete, und weilte dort als Mäzen und Manager junger Künstler, Veruntreuer von frühen Touristinnen und Privatdozent für Okkultismus. Dabei verfaßte er zwei weitere Standardwerke: *Schamanistische Einflüsse in die Analekten des Konfuzius** und *Sexualpathologische Aspekte der Psychokinese.** Und tat zahllose weitere unsinnige Dinge, die ausnahmslos zu Gold wurden (er habe, behauptet er, in dieser Beziehung etwas durchaus Eselhaftes an sich). Seit Jahren verdient er sich ein regelmäßiges Zubrot mit seinem Kummerkasten *Fragen Sie Frau Griseldis*; außerdem droht irgendwann die Veröffentlichung seines geheimen Hauptwerks *Der Leichnam in der Weltliteratur*. (Die Mutmaßung, seine detektivischen Aktivitäten seien nur ein Vorwand dafür oder umgekehrt, ist nicht von der Hand zu weisen.)...«

* Alle Titel erschienen im Verlag für Enzyklopädische Geisteswissenschaften (Edinburgh – Simla – Wachtendonk – Córdoba – Beaune).

I. TEIL

I

Ein Strahl der Oktobersonne auf seiner Nase weckte Andreas Goldberg. Kurz vor elf, stellte er fest, als er den Wekker betrachtete; reichlich spät für einen, der seit Jahren an frühes Aufstehen und feste Bürozeiten gewöhnt war.

Nach kurzem Dösen wälzte er sich auf die Seite und schaltete das Radio ein. Er erwischte das Ende der Nachrichten; ein Verkehrshinweis folgte, dann endlich Musik. Nach dem zweiten Musiktitel streifte er den Rest der Decke ab und stand auf. Die sinnliche Stimme der Moderatorin folgte ihm auf seinem nackten Marsch ins Bad.

Nach dem Zähneputzen ging er ins Wohn- und Schlafzimmer zurück. Die Sprecherin verwies auf die nächste Musiknummer; Andreas tänzelte über die Trümmer der unvollendeten Wohnungsauflösung; dabei grinste und pfiff er.

Während er die verstreuten Kleidungsstücke einsammelte, begann er sogar zu singen. Schließlich ging er zum Nachttisch, auf dem bis vor etwa fünfzig Stunden der elektrische Wecker und ein kleineres Schmuckkästchen seiner Frau gestanden hatten. Dort blieb er einen Moment stehen und belächelte die rechte, unbenutzte Hälfte des Betts.

Dann betrachtete er, beinahe irritiert, seine linke Hand, streifte den Ehering vom Finger und legte ihn auf die Platte des Nachttischs. »Möglicherweise«, murmelte er, »werde ich ihn versetzen müssen. Große Klasse.«

Immer noch unbekleidet öffnete er das große Fenster neben dem Eßtisch. Die kurzsichtige ältere Dame im Haus jenseits des Gartens winkte ihm; sie schälte am offenen Küchenfenster Kartoffeln. Andreas winkte zurück. Dann hüpfte er in die kleine Küche. Er fand noch einen Rest gemahlenen Kaffees, füllte die Kaffeemaschine mit Wasser, schüttete Kaffee in den Filter und schob zwei Scheiben Weißbrot in den Toaster. Dann brach er ein kleines Stück von einer weiteren Scheibe ab, versah es mit dick Butter, Leberpastete, Senf und einem Tupfer Marmelade und ging damit zurück ins Zimmer.

Neben dem Tisch hockte auf einer Mahagonistange der alte zerzauste Rabe, an dem Andreas hing und um dessen Aussehen, Eß- und Lausgewohnheiten es zuletzt immer häufiger Streit mit Madame gegeben hatte. Der Rabe hob ein Bein, legte den Kopf schief und sah mißtrauisch drein.

»Morgen, Poe!«

Poe fraß fast alles, am liebsten Dinge, bei denen harmlose Zuschauer entweder mit Neid (Kaviar und Schnecken *à la bourguignonne*) oder mit Würgen kämpften (etwa bei gebratener Blutwurst mit süßer Sahne). Der Rabe schielte auf das Brotstückchen mit Leberpastete und Garnierung, dann auf Andreas' Zehen. Schließlich ließ er sich dazu herab, seinen Ernährer direkt anzusehen.

»Lümmel!« krächzte Andreas hielt ihm das Brot hin. Mit einem Schnabelstreich nahm Poe sein Frühstück in Besitz.

Als der Kaffee fertig war, hatte Andreas sich zu einer leichten hellen Leinenhose aufgerafft und Post und Zeitung aus dem Briefkasten geholt. Es war köstlich, bei lauter Musik aus dem Radio zu frühstücken und dabei zu lesen, ohne sich deswegen dauernd rechtfertigen zu müssen. Zwischendurch blickte er auf den Stuhl an der anderen Seite des Tisches.

Nachdem er die Sportseite studiert hatte, wandte er sich der Post zu. Die Telefonrechnung, zwei Werbedrucksachen, ein großer Umschlag mit dem Aufdruck seiner bisherigen Firma – vermutlich seine restlichen Papiere – und eine Ansichtskarte aus Südfrankreich. Von einer alten Bekannten. Eigentlich war die Bekannte eine alte Freundin seiner Frau, und zuerst hatte er sie überhaupt nicht leiden können. Dann hatte seine Frau darauf gedrängt, daß er sie schätzen lerne. Schließlich hatte er herausgefunden, daß sie tatsächlich ganz sympathisch war. Worauf Irene beschloß, das sei eigentlich schon zu viel. Auch darüber hatte es Krach gegeben. Die Karte war adressiert an »Irene u. Andreas Goldberg«; eine Anschrift, die nicht mehr existierte. In einem Nebensatz auf der Karte war zu lesen, daß die gute Sarah sich in der Provence von ihrer »Chaosbeziehung« endgültig zu erholen gedachte. »Na so was«, murmelte er.

Inzwischen hatte Poe sein Frühstück beendet und flatterte durch den Raum. Dann ließ er sich auf der bloßen Schulter seines Herren nieder. Dort begann er, sanft aber eindringlich, mit seinem Schnabel in Andreas' Ohr Streicheleinheiten zu suchen und zu verteilen. Als Andreas ihn nach einer Weile fortjagte, protestierte der Rabe mit dem Ausruf »Rübensau!«. Während er zur Stange zurückflatterte, klingelte das Telefon.

Andreas wanderte in die halb leergeräumte Diele. Beim fünften Klingeln nahm er den Hörer ab und meldete sich. »Goldberg.«

»Morgen Andy. Hier Irene.« Pause. »Wie, eh, gehts dir?«

»Ausgezeichnet.«

»Ach, wirklich?«

»Ja, sicher. Warum denn nicht? Es ist doch ein herrlicher Tag …«

»Na ja, schließlich liegt man nicht jeden Tag in Scheidung …«

»Übernimmst du außer diesen juristischen Fachausdrücken noch was von Robert?«

Sie schluckte. »Geht dich das was an?«

»Nein, glücklicherweise nicht mehr. Und glücklicherweise bin ich nicht für deinen Geschmack zuständig, was Nachfolger angeht.«

»Bitter?«

»Nein, süß. Ich hab grad ein Brot mit Kirschmarmelade gegessen. Im Moment wisch ich mir die Finger an der Hose ab. An der hellen, weißt du.«

»Okay«, sagte sie, kühl und geschäftsmäßig. »Zur Sache. Ich hab noch ein paar Dinge in der Wohnung. Die kann ich im Moment nicht unterbringen. Können sie noch ein paar Tage liegenbleiben?«

Andreas grinste in die Muschel. »Sicher, solange ich noch hier bin.«

»Was heißt denn das?«

»Tja, ohne meine dynamische, gutverdienende Frau kann ich mir diese Luxuswohnung nicht mehr leisten. So viel Arbeitslosengeld werd ich wohl nicht kriegen …«

»Aber du kannst doch bestimmt sofort einen neuen Job haben, bei deiner Qualifikation?!«

»Können kann ich schon, ich weiß nur im Moment nicht, ob ich sofort wollen möchte.«

»Aber wieso denn? Stimmt das etwa nicht, daß die Firma pleite ist? Hast du etwa gekündigt?«

Er lachte. »Nein, nein. Die Firma ist pleite, und zwar ist sie genau zum passenden Zeitpunkt pleite gegangen. Ich werde mir jetzt ein bißchen Zeit nehmen, um über dies und jenes nachzudenken. Außerdem kann ich mal ein Buch lesen. Oder versuchen festzustellen, warum ich dich eigentlich früher für liebenswert gehalten habe. Wenn ich was rauskriege, sage ichs Robert. Vielleicht kann er es nutzbringend vergeuden. Übrigens, Grüße von Sarah.«

Eisige Pause. »Aha. Hab ichs mir doch gedacht. Und du hast immer so getan, als ob nichts wäre. Meine alte Freundin …«

»Alles Quatsch. War nie was und ist nix. Sie hat eine Postkarte aus der Provence geschrieben, an uns beide. Liebe Grüße aus dem Urlaub im sonnigen Südfrankreich. Bäh.«

Irene murmelte irgend etwas; dann seufzte sie. »Na schön, mit dir kann man offenbar heute nicht vernünftig reden. Am besten fährst du gegen einen Baum. Ich besuch dich dann im Krankenhaus.« Damit hängte sie ein.

Andreas legte sanft auf und ging grinsend ins Zimmer zurück. In einem Bücherregal stand ein Foto, das sie zurückgelassen hatte. Es zeigte Irene und Andreas im ersten Lenz einer hoffnungsvollen jungen Liebschaft. Nachdenklich betrachtete er das Bild. Die liebe Irene. Jetzt war sie achtundzwanzig, drei Jahre jünger als er, und seit der Aufnahme vor etwa vier Jahren hatte sie sich kaum verändert. Blond, schlank und dynamisch; Besitzerin einer Top-Boutique im Bonner Stadtzentrum, für die ganz Armen. Daneben stand er; er fühlte sich nicht viel älter als damals. Prüfend betrachtete er die langen braunen Haare, die er damals getragen hatte. Jetzt waren sie viel kürzer; Irene war modebewußt. Den Tatarenschnurrbart hatte er mit Nägeln und Zähnen verteidigt, und zugenommen hatte er auch nicht. Vielleicht hatten sich zwei oder drei Linien in seinem eher hageren Gesicht angesiedelt, aus dem Berufsleben oder der Eheveranstaltung. Die Muskeln waren allerdings nicht mehr so stramm wie zur Zeit der Aufnahme; in den letzten Monaten, als sich das Konstruktionsbüro und die Ehe dem jeweiligen Ende näherten, war er kaum noch zum Schwimmen oder Tennis gekommen.

Sorgfältig löste er das Foto aus dem Rahmen und ging zum Tisch. Das Feuerzeug schien ihm in diesem Fall stillos. In der Küche fand er Streichhölzer. Als noch etwa ein Drittel des Bildes zu sehen war, fischte er aus einem Kästchen auf der Fensterbank eines jener schwarzen Zigarillos, die Irene »ekelhafte Stinkmorcheln« zu nennen pflegte. Er zündete es mit dem Rest des Fotos an; dann warf er das unansehnliche Dokument eines Irrtums in den Aschenbecher.

Mit Poe auf der Schulter verließ er eine halbe Stunde später die Wohnung. Im Parterre überfiel ihn die Frau des Vermieters. Sie mußte im Hinterhalt gelegen haben.

»Guten Morgen, Herr Goldberg«, flötete sie. »Haben Sie heute frei? Und wie geht es Ihrer Frau? Ich hab sie ja heute noch gar nicht gesehen.«

Andreas lächelte freundlich. »Guten Morgen, liebe Frau Fischer. Wie gehts denn Ihrem Mann? Ich hab ihn ja heute noch gar nicht gesehen.«

Herr Fischer, ein pensionierter Postbeamter, führte immer zwischen halb zwölf und eins mit der Zuverlässigkeit einer Stechuhr seinen Dackel spazieren, in eine nahegelegene Kneipe. Dort trank der Hund regelmäßig einen Napf Wasser. Was auch erklärt, daß Herr Fischer meistens müde zum Mittagessen erschien und streng roch. Die umfangreiche Wirtin schob eine Strähne aus der Stirn, verschränkte die Hände unter der Schürze und legte den Mund in weinerliche Wellen.

»Ach, er ist mit dem Felix unterwegs, Sie wissen schon.«

Bevor sie ihre Fragen wiederholen konnte, legte Andreas die Hand auf den Knauf der Haustür. »Na, er wird schon wiederkommen«, sagte er. »Was ich von meiner Frau nicht hoffe. Die Firma ist pleite, ich bin arbeitslos, mir geht es ausgezeichnet, und ich möchte hiermit zum nächstmöglichen Termin kündigen. Das kriegen Sie aber noch schriftlich. Wiedersehen.«

Mit gelassener Seele und ruhiger Hand lenkte Andreas seinen alten Diesel quer durch die Stadt. Poe hüpfte auf dem Beifahrersitz hin und her und brabbelte unverständliches Zeug. Wie der Rabe und etliche andere Dinge, so war auch der Wagen stets ein Objekt des Streits gewesen: »Er stinkt bestialisch nach Diesel/er ist unmodern/er ist langsam/kannst du dir nicht mal was Schnittigeres zulegen/und so weiter. Waschen könntest du ihn auch mal wieder, wenigstens.«

In einem Dorf auf der anderen Seite des Rheins lebte Großvater Goldberg. Seit seine Eltern, zu denen er kein besonders gutes Verhältnis gehabt hatte, vor Jahren bei einem Flugzeugabsturz ums Leben gekommen waren, war der Großvater Andreas' einziger erwähnenswerter Verwandter. Ein alter Schuster, nun 76 Jahre alt, der in den Bergen östlich von Bonn, am Übergang zum Westerwald, in den vergangenen Jahrzehnten einen alten Fachwerkhof schnuckelig ausgebaut hatte und dort mit einer erstaunlichen Sammlung toter Tiere und lebender Weine hauste.

Als Andreas die Küche betrat, rührte der alte Mann in der Pfanne herum.

»Hunger?«

»Nein, eigentlich hab ich gerade erst gefrühstückt. Was gibts denn?«

In der Pfanne entstand eine undefinierbare, köstlich duftende Tunke. Hermann Goldberg wies mit dem Kopf auf den Backofen, in dem Andreas nur Folie erkennen konnte.

»Braune Forellen.«

Andreas nickte. »Also, wenn was abfällt.«

»Hm.«

Die nächsten Minuten verbrachten sie schweigend. Der alte Goldberg zog aus einem Wandschrank selbstgebackenes Weißbrot hervor; mit einer Kopfbewegung schickte er Andreas in den nicht ganz tiefgelegenen Weinkeller. Andreas wählte nicht lange aus; sein Großvater kannte ein paar Winzer an der Mosel, die sich weigerten, ihre gesamte Ernte zu zuckern. Mit einer Riesling-Spätlese '76 kehrte er in die Küche zurück. Sein Großvater brach in einen vollständigen Satz des Entsetzens aus.

»Braune Bachforelle und '76er Spätlese! Viel zu schwer. Dazu nimmt man einen Gros Plant oder Muscadet oder so. Höchstens nen angeschnibbelten Weißklevner. Pah.«

Andreas verzichtete darauf zu fragen, was ein angeschnibbelter Weißklevner sei. Der Großvater nahm die Flasche und verschwand in schweigender Empörung.

Andreas war einige Monate nicht mehr bei seinem Großvater gewesen und hatte das Gefühl, irgend etwas habe sich verändert. Die Bohlen knarrten wie immer. Auf dem massiven Eichentisch lag eine rotweißkarierte Tischdecke, die fast bis zur Hälfte der gedrechselten Beine hinabreichte. Vielleicht war die Decke neu, aber das war es nicht. Auch nicht die Lampe, die zwischen den schweren Tragebalken baumelte. Der Wandschrank, der alte Bauernschrank mit der verzierten Tür, hinter der sich Geschirr befand – kopfschüttelnd bemerkte Andreas endlich neben der Tür zum Flur einen kleinen Getränkekühlschrank, der dem Knurren nach mit Volldampf arbeitete. Er hob die Klappe und sah hinein – mehrere Vögel und eine Kreuzotter. Er schüttelte sich und schloß die Klappe wieder.

Hermann Goldberg kam zurück, in der Hand eine Flasche eines zwei Jahre alten Sancerre.

»Oder so was«, knurrte er, während er die Flasche geräuschlos entkorkte. Andreas betrachtete die von dicken Adern gemusterten Hände, die immer noch zu Feinarbeit fähig waren. Er schnitt ein paar Scheiben von dem frischen Weißbrot ab, holte Knoblauchbutter aus dem Wandschrank und suchte Gläser, während sein Großvater den Fisch auflegte.

Nach einigen Gabeln strich der alte Mann graue Haare hinter das linke Ohr und betrachtete seinen Enkel. »Nix zu tun?«

»Ich mach heut blau. Keine Lust.«

»Hm.«

Nach dem Essen holte der Alte Schachbrett und Figuren – selbstgeschnitzt, aus schwerem rötlichen Holz, das Andreas nicht identifizieren konnte, und mit wundervoller Maserung – aus einer Schublade.

»Hm?«

»Sicher.«

Der Großvater überließ Andreas das Aufbauen der Figuren und holte einen irdenen Tabakstopf und mehrere Pfeifen aus einem anderen Zimmer. Andreas nahm die angebotene Pfeife schweigend an, was er seit langer Zeit nicht mehr getan hatte. Gegen halb drei begannen sie mit der ersten Partie. Nach der zweiten Partie und Flasche blickte Andreas auf die Uhr; es war kurz vor sechs, und er hatte beide Partien verloren. Aber gute Partien, die zu verlieren mehr Spaß macht als mancher Sieg.

Hermann Goldberg lehnte sich zurück und stieß eine dicke Rauchwolke aus. Dann legte er die Pfeife auf den Tisch und richtete den Zeigefinger drohend auf Andreas.

»Also: Ihr habt euch getrennt, und du hast gekündigt.«

Andreas zuckte zusammen. »Jein. Getrennt, und die Firma ist pleite. Kommt aber aufs gleiche raus. Bloß: Woher weißt du das?«

Der Großvater grinste. »Völlig klar. Irene hat dir immer die Pfeife madig gemacht, weil man dann stinkt. Wenn du nicht irgendwas Dickes auf dem Herzen hättest, hättest du mir längst irgendeinen seichten Unsinn erzählt. Drittens hast du lausig gespielt. An irgendwas gedacht, was dir nicht unangenehm ist. Viertens fehlt an deinem Finger der Ring.«

»Volltreffer, Großvater. Irene ist vorgestern nach einem letzten fetten Krach ausgezogen, ich hab gestern zum letzten Mal bei Schmitz gearbeitet. Pleite.«

Der alte Mann holte die nächste Flasche. Während er sie entkorkte, musterte er seinen Enkel scharf über die markante Nase hinweg. »Und jetzt?«

»Was weiß ich? Zuerst bin ich mal ledig und arbeitslos. Ich hab nicht vor, daran sehr schnell was zu ändern.«

»Gut so. Würd mich freuen, wenn was von deiner Freizeit hierbleibt.«

Andreas nickte und stopfte sich die nächste Pfeife. Seine Zunge würde sich am nächsten Morgen anfühlen wie ein empfindsames Waschbrett. Aber das spielte keine Rolle.

Plötzlich fiel ihm ein, daß er etwas Wichtiges vergessen hatte. Er blickte auf die Uhr. »Gerade noch Zeit«, sagte er.

Der Großvater blickte ihn fragend an.

»Ah, ich hab was vergessen, nen Termin morgen früh. Geld, weißt du, Versicherung und Bank und so was. Vor zwei Wochen festgemacht. Entweder muß ich den morgen früh absagen oder noch kurz mit Irene sprechen. Wenn ich Glück hab, ist sie noch im Laden. Wo ist das nächste Telefon?«

Der alte Mann hatte sich immer geweigert, sinnlose Dinge wie ein Telefon oder einen Kühlschrank anzuschaffen Andreas hatte bereits heimlich gehofft, mit dem – wie auch immer zweckentfremdeten – kleinen Kühlschrank sei vielleicht auch ein Telefon ins Haus gekommen. Der Großvater deutete mit dem Pfeifenstiel in die ungefähre Richtung der Bundesstraße.

»Wenn du hinkommst, links, ungefähr vier Kilometer.«

Andreas nickte und erhob sich. »Bin gleich wieder da.«

Mit einigermaßen schlechtem Gewissen stieg er in seinen Wagen. Auf der kurzen Strecke würde wohl kein Ortssheriff mit Blaseröhrchen lauern. Er hatte Glück, führte ein kurzes Gespräch mit Irene und fuhr wieder zurück.

»Hm?«

»Ich treff sie morgen ganz früh in ihrer derzeitigen Wohnung.«

»Hm?«

»Ein Jurist, Anwalt.«

»Hm!«

Andreas grinste; er kannte und teilte die Meinung seines Großvaters über Juristen. Er setzte die gestopfte Pfeife in Brand.

»Großvater«, sagte er paffend, »du hast Irene nie so richtig gemocht, oder?«

Der Alte schüttelte den Kopf. »Hab gedacht, vielleicht ändert sie sich noch. Hat sie aber nicht. War zu – eh, stromlinienförmig. Kein Windwiderstand. Klar, sie weiß, was sie will. Karriere. Geld. Ansehen. Mode. Wollte sie immer schon, hast du aber nicht kapiert, Trottel. Dir gings um Streicheln, Wärme und Persönlichkeit, eh? War nix, Junge.«

»Warum hast du mir ...«

»Wenn ich was gesagt hätte, hättst dus geglaubt?«

»Nee.«

»Eben.«

Sie spielten noch viele Partien und leerten noch mehrere Flaschen. Irgendwann nachts, in einem knarrenden Bett, erwachte Andreas und starrte an die niedrige Decke. Der Morgenstern trieb schon sein Unwesen, und das mattgraue Licht zeichnete Gaukler auf die Wände. Da kicherte Andreas und fühlte sich wohl. Und während er noch überlegte, weshalb er wohl gekichert hatte, schlief er schon wieder ein.

Kurz vor sechs, als er seinen Großvater in der Küche rumoren hörte, stand er auf. Die Sonne war noch nicht aufgegangen, aber es war schon fast hell und klar. Es würde wieder ein sehr schöner Herbsttag werden. Nach einem schnellen Kaffee und einer Scheibe Weißbrot mit Butter und Honig brach Andreas auf. Poe, der die Nacht in einem Haufen Holzwolle verbracht hatte, war unwirsch. Sein Frühstück hatte nur aus Brot und Käse bestanden. Wahrscheinlich fehlte ihm der Kaviar. Fröhlich pfeifend, später ganz in erfreuliche Gedanken versunken, fuhr Andreas eine Weile kreuz und quer über Landstraßen, durch ihm unbekannte Dörfer, Berge hinauf und wieder hinunter, durchquerte grüne Täler, überfuhr einmal beinahe ein Schaf. Irgendwo tankte er seinen Wagen nach, winkte dem Tankstellenpächter oder -besitzer freundlich zu und fuhr weiter.

Gegen halb neun fand er in der Nähe der Wohnung des Juristen einen Parkplatz. Er lief, mit Poe auf der Schulter, durch die morgenstille Straße der Bonner Nordstadt. Irene, dachte er dabei spöttisch, wird sich freuen, wenn ich das liebe Tier zum Rendezvous mitbringe.

Im Parterre eines stattlichen Altbaus mit gepflegter Jugendstilfassade betrieb Robert zusammen mit zwei Kollegen eine Anwaltspraxis samt Notariat. In der ersten Etage wohnte einer der Kollegen, in der zweiten er, und mit ihm neuerdings Irene.

Vor der Haustür standen zwei uniformierte Polizeibeamte. Andreas wollte an ihnen vorüber. Sie hielten ihn auf.

»Wer sind Sie bitte?« fragte einer.

Andreas nannte seinen Namen, verwundert. Die beiden Männer nickten einander zu.

»Herr Goldberg«, sagte der linke, irgendwie ernst, »begleiten Sie uns bitte. Es handelt sich um eine Identifizierung.«

II

Irene betrachtete noch einen Moment den Apparat, nachdem das unerfreuliche Morgengespräch mit Andreas beendet war. Dann schüttelte sie den Kopf und ging ins Bad, um sich fertigzumachen. Alles sah noch ein wenig wüst aus. Roberts Wohnung war zwar geräumig und bis zu ihrem überfallartigen Einzug relativ leer gewesen, aber innerhalb weniger Stunden läßt sich ein halber Haushalt nicht befriedigend einräumen.

Sie dachte, während sie sich anzog, an die vielen kleinen Dinge, derentwegen die Sache schiefgelaufen war. Einen richtig großen Grund hätte sie nicht nennen können.

Sie bezweifelte auch, daß Andreas mehr als addierbare Kleinigkeiten aufzählen könnte. Obwohl es heiß war, fror sie einen Augenblick in dem Badezimmer mit der hohen Decke und den weißen Wänden. Es kam ihr fremd vor. Lächerlich, dachte sie, dabei hatte sie schon so oft in den letzten Monaten hier, in dieser Wohnung, die Nacht verbracht und in diesem Bad getan, was man in einem Bad gemeinhin tut. Sie dachte an die Annehmlichkeiten eines weitläufigen Altbaus mit Stuckdecken und an Robert, der schon seit zwei Stunden zwei Etagen tiefer bei der Arbeit war. Er hatte eine wichtige Verabredung um neun Uhr gehabt. Sie dagegen hatte sich den Luxus erlaubt, einmal richtig auszuschlafen. Sie dachte, während sie dezentes Make-up auftrug und dabei zufrieden ihr ovales Gesicht mit den geschwungenen Brauen und den vollen Lippen betrachtete, an die vergangene Nacht mit Robert, an die Mischung aus Zurückhaltung und Technik. Es haftete dem Beilager, dachte sie spöttisch, etwas Juristisches an. Präambel, Erlaß, Ausführungsvorschrift, Nachtrag. »Wahnsinnig aufregend«, murmelte sie. Dann schalt sie sich in Gedanken ein dummes Huhn. Abwarten, gewöhnen, und außerdem alles selbst eingebrockt.

Unzufrieden verließ sie die Wohnung. Sie wußte, daß ihr nichts mehr an Andreas lag, nahm an, daß umgekehrt das gleiche galt, und ärgerte sich darüber, daß sie die Jahre und Gemeinsamkeiten nicht wie eine welke Pflanze ausreißen und vergessen konnte. In dem alten Treppenhaus klangen ihre Schritte fremd.

Auf der Straße brauchte sie einen Moment der Orientierung im gleißenden Mittagslicht. Endlich fand sie die Sonnenbrille in ihrer Handtasche. Die abends so belebte Nordstadt mit den zahllosen Kneipen wirkte ausgestorben. Die wenigen Geschäfte konnten das Treiben der Abende nicht ersetzen. Mit energischen Schritten, wie um sich selbst von der Dringlichkeit ihrer Absichten und der Festigkeit ihrer Seele zu überzeugen, ging sie in Richtung Zentrum.

Ihre Boutique erreichte sie gerade noch rechtzeitig, um der Verkäuferin beim Zuschließen zuzusehen.

»Hallo Sylvia«, sagte sie. »Wie wars denn heute?«

»Hallo Irene. Ruhig. Bei dem tollen Herbstwetter sind die Leute wahrscheinlich im Grünen. Oder im Büro. – Du siehst ein bißchen müde aus.«

»Bin ich aber nicht. Ich hab gut geschlafen.«

Sylvia lächelte. »Das heißt nichts. Ich meine, das kommt ganz drauf an …«

Irene lächelte zurück. »Komm«, sagte sie, kurz entschlossen, »ich lad dich ein.«

Am vergangenen Tag hatte Sylvia die Boutique allein gehütet. Die Frauen waren einigermaßen miteinander befreundet. Sylvia wußte in Umrissen über ihr Privatleben Bescheid. Die abgebrochene PH-Studentin, ein hübsches, dunkelhaariges Mädchen, ließ sich mit dem Rücken zum Alten Rathaus, über dem die Sonne fast senkrecht stand, vor einer Crêperie nieder.

»Na?« fragte sie. »Was Neues?«

Irene studierte kurz die Speisekarte, die sie nach drei Jahren in der mittelbaren Nachbarschaft fast auswendig kannte.

»Nicht direkt.«

Sie schwiegen, bis sie bestellt hatten. Irene lehnte sich zurück, betrachtete Sylvia und zündete sich eine leichte Zigarette an.

»Eigentlich überhaupt nichts Neues. Reicht aber auch im Moment«, sagte sie dabei.

Sylvia war anscheinend neugierig. »Wie wars denn?«

»Was?«

»Na, die beiden ersten Nächte im neuen Heim.«

Irene inhalierte tief und hustete. »Ganz angenehm.« Sie kniff die Augen zusammen, weil sie in die Sonne sehen mußte.

»Ist das alles?«

Irene rümpfte die Nase. »In der Sonne und ohne Wind kann mans hier draußen noch gut aushalten, nicht? Immerhin haben wir Mitte Oktober.«

Der Nachmittag im Laden verlief einigermaßen ereignislos. Kurz nach fünf klingelte das Telefon. Irene schüttelte den Kopf. Sylvia ging an den Apparat und meldete sich mit dem Namen der Boutique. Dann sagte sie »Moment bitte!« und hielt Irene den Hörer hin.

Irene stand auf, kam durch den Raum und nahm an. »Ja?« Sie lauschte eine Weile und verzog das Gesicht, schließlich sagte sie: »Na ja, wenn das sein muß. Schade, ich hatte gedacht, wir könnten vielleicht irgendwas unternehmen. Schön, dann werd ich ein bißchen aufräumen. Bis irgendwann um Mitternacht.« Damit hängte sie ein.

»Robert hat schon wieder eine von diesen späten Verabredungen«, sagte sie mürrisch.

»Hat er das öfter?«

»In den letzten Wochen so im Schnitt zwei- bis dreimal. Er meint, es könnte was Größeres werden und er könnte mir nichts sagen. Wär diskret und geheim und wichtig und so, aber wenns was würde, würds ein dicker Knaller. Mir wär lieber, er hätt ein bißchen mehr Zeit.«

»Was soll das heißen, Knaller? Ich mein, bei nem Anwalt. Bei nem Reporter, okay, aber was hat Robert mit Knallern zu tun?« Sie kicherte und setzte hinzu: »Ich hab nie den Eindruck gehabt, daß es bei ihm richtig knallt, was auch immer. Entschuldige.«

Irene hob die Brauen.

Gegen sechs Uhr klingelte das Telefon erneut. Wieder ging Sylvia an den Apparat, und wieder war es für Irene.

»Wer?« fragte sie, während sie durch den Raum kam.

»Andreas.«

»Aha. – Ja, hier Irene. Was ist los?«

Sie lauschte, nickte und murmelte ein paarmal »Ja«. Schließlich sagte sie: »Okay, wenn du es heute nicht schaffst, dann morgen früh. Ich bin so ab acht auf. Bis dann. Tschüs.«

Sylvia war wieder neugierig, und Irene hatte die kurze Mißstimmung von vorhin offenbar wieder vergessen.

»Was Wichtiges?«

»Na ja, wie mans nimmt. Er hatte vor ein paar Wochen für morgen früh einen Termin mit einem Bankmenschen gemacht, wegen Papieren und Versicherungen und so. Hatte sich deshalb extra für morgen frei genommen, lange im voraus. Jetzt spielt das ja keine Rolle mehr ...«

»Wieso spielt was keine Rolle mehr?«

»Na, das Freinehmen. Er ist arbeitslos. Die Firma, bei der er war, ist pleite. – Jedenfalls ist morgen der Termin, und da ist natürlich noch einiges zu regeln, mit unseren Sachen, meine ich. Einiges läuft ja auf meinen Namen, obwohl beide dran beteiligt sind. Sachen, bei denen ich wegen des Geschäfts bessere Zins- oder Steuerkonditionen kriege als er. Da müssen wir natürlich sehen, was wir damit jetzt machen.«

Sie starrte einen Moment ins Leere.

»Merkwürdig, all die Trümmer nach ein paar Jahren«, sagte sie dann. »Meine Lebensversicherung, zum Beispiel. Wenn mir was passiert, kriegt er das Geld, und umgekehrt. Das müssen wir jetzt natürlich ändern. All dieser Papierkram.«

Pünktlich um halb sieben machte Irene den Laden zu.

»Sag mal.« Sie wandte sich an Sylvia, vor der Boutique. »Macht es dir was aus, morgen noch mal den Vormittag allein zu sein? Ich weiß nicht genau, wann Andreas diesen Termin hat und wie schnell wir mit unseren Sachen klarkommen.«

Sylvia schüttelte den Kopf. »Macht mir nichts aus.«

»Schön. Dann bis irgendwann morgen mittag.«

»Tschüs. Räum schön auf.«

Irene hatte keine Lust, noch etwas zu unternehmen oder jemanden zu sehen. In Roberts Wohnung machte sie sich ein paar Spiegeleier, Toast, einen Topf Tee. Langsam und zerstreut aß sie, bis sie merkte, daß alles schneller kalt wurde, als sie es verzehrte.

Danach räumte sie noch halben Herzens einen Teil ihrer bisher herumliegenden Sachen weg. Schließlich schaltete sie den Fernseher ein. Irgendwann kurz vor Mitternacht ging sie ins Bett. Sie war noch wach, als Robert kam. Er war zu müde, um noch viel zu essen oder zu reden. Als sie einschlief, schnarchte er bereits leise.

III

»Ziegler. Bitte nehmen Sie Platz, Herr Goldberg.«

Andreas setzte sich wortlos. Er stand noch unter dem Eindruck der gräßlichen Bilder.

Der Kommissar betrachtete ihn prüfend. Irgendwie nahm Andreas einen mittelgroßen Mann mit grauem Haar, Geheimratsecken und einem gekerbten Gesicht wahr. Jemand brachte Kaffee. Andreas nahm einen Schluck und rauchte eine Zigarette, von der er nichts schmeckte.

Ziegler räusperte sich und blickte auf die Uhr. Es war kurz nach zehn. »Herr Goldberg«, sagte er halblaut, »es tut mir leid, aber wir konnten es Ihnen nicht ersparen.«

Andreas nickte und zündete sich mechanisch eine weitere Zigarette an. Er sah alles wie durch Milchglas und hörte wie durch Watte. Vier Schußwunden.

»Darf ich Ihnen trotzdem einige Fragen stellen?«

Er nickte.

Ziegler musterte ihn skeptisch, als erwarte er nicht allzuviel von der Befragung. »War Ihre Frau häufig in dieser Wohnung?«

»Wir waren dabei, uns zu trennen. Sie ist vor zwei Tagen zu ihm gezogen.«

Ziegler runzelte die Stirn. »Wer ist ›ihm‹?«

»Robert Naumann.«

»Kannten Sie ihn gut?«

»Flüchtig. Aus Kneipen.«

»Sie waren nicht befreundet?«

»Nein. Irene hat natürlich von ihm erzählt, aber sonst kenne ich ihn nicht weiter.«

Ziegler spielte mit einem Bleistift. Andreas starrte wie hypnotisiert auf das Schreibinstrument.

»Herr Goldberg, Ihre Vermieterin hat ausgesagt, Sie seien arbeitslos.«

»Ja. Meine Firma hat pleite gemacht. Konstruktionsbüro Schmitz.« Er leierte die Adresse herunter. Ziegler notierte. Auf dem Gang außerhalb des Zimmers hörte Andreas eine Stimme, die ihm bekannt vorkam. Jemand wurde verabschiedet und verließ das Gebäude. Es war die Stimme von Sylvia, der Verkäuferin. Ein Beamter in Zivil trat ein, ging zu Ziegler, gab ihm einen Zettel und deutete auf etwas.

Ziegler las schnell und konzentriert. Er pfiff durch die Zähne. Dann sah er Andreas an, und in seinen Augen war ein neuer, fast liebevoller Ausdruck.

»Herr Goldberg«, sagte er langsam, »die Informationen, die ich hier habe, sind so schwerwiegend, daß ich Sie darauf aufmerksam machen muß, daß Sie nicht verpflichtet sind, Aussagen zu machen. Wünschen Sie einen Anwalt hinzuzuziehen?«

Verständnislos starrte Andreas ihn an. »Wozu soll ich einen Anwalt hinzuziehen? Ich verkehre nicht mit Juristen. Außerdem habe ich nichts zu verbergen.«

Ziegler sah ihn scharf an. »Na schön, wie Sie meinen. Also: Ihre Frau hat Sie vorgestern verlassen?«

»Nein. Inzwischen sind es drei Tage. Und sie hat mich nicht verlassen; wir haben uns darauf geeinigt, daß sie auszieht.«

Ziegler machte eine Handbewegung. »Sie sind arbeitslos und haben gestern mündlich Ihre Wohnung gekündigt. Darf ich wissen, warum?«

»Die kann ich mir jetzt kaum leisten.«

»Haben Sie finanzielle Sorgen?«

»Wer hat die nicht? Nun, Sorgen würde ich nicht direkt sagen. Das hängt alles davon ab, wie schnell ich wieder einen Job kriege. Oder wie schnell ich wieder einen Job haben will.«

Ziegler grunzte. »In der jetzigen Wirtschaftslage kommt es dabei wohl weniger auf Ihren Willen an, oder?«

Andreas zuckte mit den Schultern. »Das wird sich herausstellen.«

Ziegler trommelte auf den Schreibtisch. Der andere Beamte starrte betont desinteressiert aus dem Fenster.

»Was haben Sie letzte Nacht gemacht?«

Andreas lachte. »Wollen Sie ein Alibi von mir? Na schön, sollen Sie haben. Ich habe gestern meinen Großvater besucht und bin am frühen Nachmittag bei ihm eingetroffen. Wir haben gegessen, getrunken und Schach gespielt. Da ich etwas zu viel getrunken hatte und es außerdem schon ziemlich spät war, habe ich bei ihm übernachtet. Heute morgen kurz nach sechs habe ich ihn verlassen. Ich bin nach Bonn gefahren und wollte zu einer Verabredung mit meiner Frau, meiner demnächst Ex-Frau. Mein Gott, Gott hab sie selig. Da wurde ich von Ihren Kollegen erbeutet. Den Rest wissen Sie ja wohl, oder?«

Ziegler nickte. »Wo wohnt Ihr Großvater?«

Andreas nannte die Adresse und fügte hinzu: »Telefon hat er nicht. Sie müssen sich schon persönlich zu ihm begeben.«

»Keine Sorge, das prüfen wir nach. – Haben Sie gestern am späten Nachmittag telefonisch ein Treffen mit Ihrer Frau vereinbart?«

»Ja, das habe ich Ihnen aber schon gesagt; und daß ich heute morgen auf dem Weg zu ihr war.«

Ziegler nickte erneut. »Haben Sie. – Sagen Sie, worum ging es bei dem Treffen?«

»Oh, um die Klärung finanzieller Angelegenheiten.« Er schlug sich vor die Stirn. »Mensch, der Termin. Ich war um zehn Uhr verabredet. Kann ich bitte mal telefonieren?«

Ziegler nickte zum dritten Mal. »Gleich. Nur noch ein paar kurze Klarstellungen. – Ist es zutreffend, daß Vermögen, gemeinsames Vermögen von Ihnen und Ihrer Frau, im allgemeinen auf den Namen Ihrer Frau angelegt ist?«

»Woher wissen Sie das denn?«

Ziegler antwortete mit einer Gegenfrage. »Und Ihre Frau hat wohl eine hohe Lebensversicherung zu Ihren Gunsten abgeschlossen?«

Wie betäubt starrte Andreas den Kommissar an. Er begriff, endlich, was Ziegler von ihm wollte.

»Also, ich fasse zusammen. Ihre Frau verläßt Sie; Sie verlieren Ihre Stelle; ihnen stehen finanzielle Schwierigkeiten ins Haus. Nennenswertes Vermögen, so weit es existiert, läuft auf den Namen Ihrer Frau. Ferner gibt es eine Lebensversicherung auf den Namen ihrer Frau, die Ihnen zugute kommt, falls Ihrer Frau etwas zustößt. Vielleicht haben Sie sich mit Ihrer Frau nicht in relativer Eintracht getrennt. Vielleicht wollte Ihre Frau das auf ihren Namen laufende Vermögen nicht teilen. Vielleicht hatten Sie, Herr Goldberg« – Ziegler sprach nun sehr laut und zufrieden –, »ein sehr gutes Motiv, Ihre Frau umzubringen und, warum nicht, den Liebhaber gleich mit.« Er beugte sich vor und brüllte: »Wo waren Sie heute früh?«

»Hab ich Ihnen doch schon gesagt, Mister.«

Ziegler blickte ihn aus zusammengekniffenen Augen an. »Sie haben mir gesagt, daß Sie kurz nach sechs Ihren Großvater verlassen hätten. Angenommen, es stimmt. Ich kenne die Gegend, in der der alte Herr lebt, nicht so genau, aber ich schätze, daß Sie von da aus in etwas mehr als einer halben Stunde, sagen wir, in einer dreiviertel Stunde, in Bonn sein können. Das wäre gegen sieben. Sie kamen aber erst gegen halb neun vor dem Haus an. Wo waren Sie in der Zwischenzeit?«

»Ich ... ich bin durch die Gegend gefahren.«

»So«, sagte Ziegler höhnisch, »durch die Gegend gefahren? Welche Gegend denn bitte?«

»Ich weiß nicht. Ich hab irgendwo getankt, aber nicht auf Ortsnamen geachtet.«

Ziegler lehnte sich zurück und verschränkte die Arme vor der Brust. »Sie geben also zu, daß Sie gegen sieben Uhr in Bonn gewesen sind?«

»Nichts. Ich war kurz vor halb neun in Bonn.«

»Stimmen Sie denn meiner Rechnung zu, daß Sie gegen sieben in Bonn hätten sein können?«

Widerwillig räumte Andreas das ein.

Ziegler zog eine Grimasse. »Gegen acht Uhr kam ein dringender Anruf für Herrn Naumann im Anwaltsbüro an. Eine der Sekretärinnen versuchte, das Gespräch in die Wohnung durchzustellen. Keiner ging an den Apparat. Darauf bat sie Herrn Curtius, den Kompagnon, mit einem im Büro vorhandenen Zweitschlüssel zu Naumanns Wohnung zu laufen und Herrn Naumann dringend an den Apparat zu holen. Curtius tat das. Er und Naumann sind alte Freunde, und Curtius hatte Zutritt zur Naumannschen Wohnung, sogar wenn dort, hm, Damen anwesend waren. Um fünf Minuten nach acht Uhr öffnete Curtius die Wohnungstür und rief. Als er keine Antwort erhielt, ging er ins Schlafzimmer. Dort fand er Herrn Naumann und Ihre Frau im Bett vor, erschossen. Die Obduktion ist noch nicht abgeschlossen, aber der Arzt ist sicher, daß der Tod in beiden Fällen zwischen sieben und halb acht eintrat. Beide Körper waren noch nicht erkaltet.« Ziegler legte den Bleistift auf Andreas an. »Sie, Goldberg, haben ein Motiv: Eifersucht. Und ein zweites: Geld. Sie erben, da die Ehe formell noch gilt, die Boutique samt Inventar, alle Papiere und sonstigen Vermögenswerte. Außerdem fallen Ihnen aus der Lebensversicherung Ihrer Frau hundertfünfzigtausend Mark zu. Sie können nicht entkräften, daß Sie nicht zur Tatzeit hätten am Tatort sein können. Den Beweis werden wir noch erbringen. – Wir werden Sie, mit Ihrem Einverständnis oder ohne dieses, ein Weilchen hierbehalten. Ich nehme an, daß die Ausstellung eines Haftbefehls wegen dringenden Tatverdachts keine Schwierigkeiten machen wird. Sie sind verdächtigt, zwei Personen, die Ihnen bekannt sind, ermordet zu haben. Wenn Sie Glück haben, können Sie sich auf Totschlag im Affekt oder so etwas rausreden. Vielleicht ist Ihre Pistole ja einfach losgegangen, heh? Die meisten Pistolen gehen ja ganz einfach los. Ich kenne kaum einen, der absichtlich schießt, heh? – Wollen Sie uns das Verfahren nicht erleichtern und einfach gestehen? Sie haben doch keine Chance!«

Andreas holte tief Luft. »Nun machen Sie mal nen Punkt«, sagte er energisch. »Ich habe – hatte nichts gegen Robert, bin froh, daß ich nach ewigem Krach endlich nicht mehr mit meiner Frau zusammenleben muß, finanziell geht es mir so schlecht nun auch wieder nicht. Ich habe also keinen Grund, so was zu unternehmen. Ich bin erst um halb neun an Ihrem ›Tatort‹ angekommen, als die beiden, wie Sie sagen, längst tot waren. Ich habe kein Motiv, war zur fraglichen Zeit woanders, und ich besitze keine Pistole. Was soll also dieser ganze Unfug?«

Ziegler betrachtete ihn freundlich. »Das«, sagte er langsam, »werden wir noch rauskriegen. – Was die Pistole angeht: Lieber Mann, wissen Sie, wie viele gestohlene oder nicht gemeldete Pistolen und Revolver in der Bundesrepublik im Umlauf sind und wie wenige von den Leuten, die sie besitzen, einen Waffenschein haben? Es wäre zwar schön, wenn wir die Tatwaffe vorzeigen könnten, aber trotz allem: Sie haben ein Motiv, auch wenn Sie es leugnen. Sie hatten die Gelegenheit, denn Sie können nicht nachweisen, daß Sie zur Tatzeit nicht in Bonn waren. Für einen Haftbefehl reicht das allemal.«

Andreas zündete sich eine weitere Zigarette an. Seine Finger zitterten. Er inhalierte tief und verschluckte sich.

Hustend sagte er: »Okay, selbst wenn alles so wäre, selbst wenn Sie recht hätten – erklären Sie mir doch mal, wieso ich denn nach Ihrer Meinung um halb neun wieder zu dem Haus zurückgehen soll, in dem ich angeblich eine Stunde vorher zwei Leute umgebracht habe? Meinen Sie nicht, ich rechne damit, daß man sie inzwischen gefunden hat? Und laufe trotzdem einfach so Ihren Schupos in die Arme?«

»Herr Goldberg – Sie mußten damit rechnen, daß Ihre Verabredung mit Ihrer Frau einigen anderen Leuten bekannt war, zum Beispiel, um nur eine zu nennen, der Verkäuferin – wie heißt sie gleich? Sylvia Cordes. Also mußten Sie diese Verabredung einhalten. Übrigens sehr geschickt von Ihnen, weil das zunächst einmal für Ihre Unschuld zu sprechen scheint.«

Andreas hob die Hände. »Sie haben sich das offenbar fest in den Kopf gesetzt. Was kann ich tun, um Sie zu überzeugen?«

Ziegler lächelte. »Wenig, schätze ich. Motiv, Gelegenheit und Nutzen, alles ist da. Sie können einen Anwalt hinzuziehen.«

»Na schön, zunächst bleibt mir ja wohl nichts anderes übrig. Was haben Sie jetzt mit mir vor?«

Ziegler sah auf die Uhr. »Ich werde Sie gleich bitten, mit mir eine kleine Fahrt zu unternehmen, und zwar zu Ihrer Wohnung. Wir würden uns da gern ein bißchen umsehen. Zum Richter müssen wir auch noch, außerdem ist zu klären, was mit Ihrem Wagen geschieht, den Sie am Tatort abgestellt haben.«

Andreas murmelte in einem Anflug von Sarkasmus: »Ich habe gegen halb neun die Parkscheibe eingestellt. Ab halb elf bin ich Freiwild für die Politessen. Ich hoffe, Sie werden mir im Fall eines Parkprotokolls ein glaubhaftes Alibi verschaffen.«

Ziegler grinste. »Mal sehen.«

»Ich müßte ein paar Telefonate führen, wenn das möglich ist.«

Ziegler betrachtete ihn mißtrauisch. »Sie brauchen niemanden zu beauftragen, Spuren zu verwischen, etwa in Ihrer Wohnung. Wir haben sie zwar noch nicht geöffnet, aber sie steht unter Bewachung.«

»Das habe ich mir gedacht. Im übrigen habe ich nichts zu verwischen. Sie vergessen: Ich habe nichts getan. Wenn Sie mir mißtrauen, können Sie ja die Telefonate erledigen. Ich sage Ihnen, wen Sie anrufen und was sie sagen sollen, und Sie können es selbst formulieren. Vielleicht bin ich ja James Bond und verwende Geheimcodes bei meinen Botschaften.«

»Gut. Wen soll ich anrufen?«

»Ich möchte gern, daß jemand meinen Großvater informiert. Dann muß ich – es ist eigentlich ohnehin zu spät, aber Höflichkeit schadet nie – meinen Termin bei der Bank absagen.«

Ziegler nickte und notierte sich die Nummer. Nach dem kurzen Gespräch mit der Bank – Ziegler war diskret; er teilte lediglich mit, daß Herr Goldberg wegen des tragischen Todes seiner Frau zur Zeit unabkömmlich sei – wandte er sich wieder an Andreas.

»Ihren Großvater werden wir persönlich informieren. Was soll mit Ihrem Wagen geschehen, und wer ist jetzt für den Laden Ihrer Frau zuständig?«

»Ach, du liebe Zeit, das auch noch. Na ja, sagen Sie am besten dem Mädchen, sie soll so weitermachen wie bisher. Irgendwann in den nächsten Tagen würde sich jemand drum kümmern.«

Danach nannte Andreas eine Telefonnummer.

Ziegler blickte mißtrauisch auf. »Die Nummer kommt mir bekannt vor. Ist das nicht …« Er nannte den Namen einer Lokalzeitung.

Andreas nickte. »Ich bin mit einem der Redakteure befreundet. Morungen heißt er, Moritz von.«

Ziegler stöhnte. »Nein, muß das sein? Ein lästiger Mensch mit unmöglichen Bekannten.«

»Sollten Sie mich meinen?«

»Was wollen Sie denn von ihm?«

»Fragen, ob er mir einen brauchbaren Anwalt empfehlen kann, sonst nichts. Sie brauchen ihm ja nichts zu sagen.«

Dieser Donnerstag war lang und unangenehm. Als Andreas sich in dem kargen Einzelzimmer, das die Justizadministration für ihn freundlich bereitstellte, auf die Pritsche bettete, war er beinahe froh, zunächst einmal nichts tun zu können noch zu müssen. Schlafen, vielleicht träumen, dachte er, und es kam ihm vor wie ein Zitat. Er vermißte Poe. Der Rabe hatte den größten Teil des Tages in der Obhut einer Polizeisekretärin verbracht, die sich sichtlich vor ihm ekelte und deren Antipathie er mit mehreren Schnabelhieben erwidert hatte, bis man ihn in eine Abstellkammer sperrte. Dort hatte er, dem Vernehmen nach, Akten besudelt und ungebührlich gelärmt. Andreas grinste. Wenigstens der Rabe ließ sich nicht unterkriegen. Abends endlich hatte Großvater Goldberg, der mit Moritz von Morungen erschien und seinem Enkel nur wortlos auf die Schulter klopfte, den Raben mitgenommen. Poe akzeptierte nur wenige Menschen, glücklicherweise gehörte der Großvater zu ihnen. Mit dem immerhin beruhigenden Gefühl, daß er sich nun vorläufig nur um sich selbst zu kümmern brauchte, schlief Andreas endlich ein. Im Einschlafen empfand er das wortlose Schulterklopfen seines Großvaters als unendlich wohltuend und viel hilfreicher denn Moritzens lärmende Redseligkeit.

Und wen hatte der Kommissar gemeint, als er Moritz

grimmig anstarrte und sagte: »Schleppen Sie mir bloß nicht diesen widerwärtigen Fettwanst an«?

IV

An diesem sonnigen Samstagvormittag im Oktober saß Matzbach, friedlich schmausend und mit der Welt zufrieden, unter dem geöffneten Fenster im Wohnzimmer. Er trug einen teuren und häßlichen Morgenrock aus reiner Seide, knallgelb, und wackelte gelegentlich mit den Zehen. Ihm gegenüber, in dezenterem Morgengewand – blaßblau –, saß seine Freundin Ariane Binder, Besitzerin der Wohnung. Unter dem kurzen Blondhaar mit beginnender Versilberung war ihr Gesicht in den normalen Relationen der Einzelzüge nicht auszumachen, da sie hemmungslos lachte. Der Schwung des vollen Mundes wurde dadurch überdehnt, doch brachte es die leuchtenden Zähne zur Geltung. Die Wölbung der Brauen mochte übertrieben sein, dafür blitzten die grünen Augen. Ihre schlanken, schmucklosen Finger spielten mit einem schwarzen Zigarillo. Sie hatte ihr Frühstück bereits beendet. Matzbach berichtete mit vollem Mund von den ausgefallenen Zuschriften und seinen teilweise reichlich frechen oder bizarren Antworten. Er hatte die letzten Tage in Klausur verbracht und die nächsten beiden Folgen seiner Kolumne *Fragen Sie Frau Griseldis* in einer namhaften Illustrierten fertiggestellt. Arianes Tochter Evelyn, angetan mit Jeans und T-Shirt, hatte schulfreien Samstag und litt an einem sozialen Schub. Sie wuselte in der Küche herum und bereitete die Köstlichkeiten, die der nach mehreren Tagen intensiver Arbeit ausgehungerte Baltasar schneller verzehrte, als sie herangeschafft wurden.

Begonnen hatte er mit einem kleinen Filetsteak, garniert mit einem Spiegelei, Cornichons und einer Mischung aus zerschnittener Tomate und Zwiebelstückchen, scharf gebraten. Der zweite Gang des Frühstücks hatte bestanden aus drei sehr krossen Brötchen, dazu drei weichgekochte Eier; die Brötchen mit dick Butter und – in dieser Reihenfolge – Pfälzer Leberwurst, gekochtem Schinken und altem Gouda belegt. Dazu inzwischen etwas mehr als einen Liter Kaffee.

Als Evelyn mit dem dritten Gang, einer Pfanne mit vier Rühreiern, Schinken und *Herbes de Provence*, den Raum betrat, klatschte Baltasar in die Hände.

»Ach ja«, sagte er, »nach den Mühen der vergangenen Tage und den Fährnissen der letzten Nacht, hm, beginnen nun Gram und Ungemach von mir abzufallen. Fast fühle ich mich wieder wie ein Mensch.«

Evelyn stellte die Pfanne auf einen Holzdeckel vor Baltasars Nase. »Reicht das zuerst mal, oder willst du noch mehr?«

Baltasar ergriff einen Holzlöffel und begann, in der Pfanne herumzurühren. »Nein, nein, das reicht einstweilen.« Er schaufelte mit Macht in sich hinein.

Ariane legte ihr Zigarillo in einen Aschenbecher. »Abgesehen von deiner Frechheit beim Beantworten von Herzenskümmernissen«, sagte sie lächelnd, »und bei der Verbindung der letzten Nacht mit Wörtern wie Fährnisse und Ungemach verwundert mich am meisten dein Fassungsvermögen.«

Baltasar grinste; keine leichte Sache mit prallem Mund. Kaum verständlich sagte er: »Die Möglichkeiten des menschlichen Versagens sind zahllos und unüberschaubar. Wenigstens beim Essen kann man mir nichts vorwerfen. Ich betrachte das als eine erfreuliche Einschränkung der potentiellen Unfähigkeiten.«

Als er sein Frühstück beendet hatte, lehnte Baltasar sich wohlig grunzend zurück, schnaufte und zündete sich eine seiner kurzen, schwarzen, stinkenden Zigarren an. »Ah ja«, sagte er in eine Rauchwolke hinein, »oh ho. Hm.«

Ariane kicherte. »Mit anderen Worten, du fühlst dich wohl.«

Baltasar brachte eine Art Lächeln zustande.

»Und jetzt«, sagte Evelyn, »ein Punktstrahler auf dein Gesicht, und wir können eine Geisterbahn aufmachen. Würde einer deiner lieben Freunde sagen.«

Baltasar bugsierte mit Hilfe kreiselnder Mundbewegungen die Zigarre in den rechten Mundwinkel und sprach an ihr vorbei. »Ich halte mir diese lieben Freunde nicht wegen ihrer Wahrheitsliebe, sondern aus reiner Sentimentalität. Schließlich stellen sie eine seltene Spezies dar.«

Ariane schrieb Anweisungen auf einen Zettel und reichte ihn Evelyn. »Da, Tochter. Das sind die Einkaufsvorschläge. Wenn dir noch was einfällt ...«

Baltasar nahm die Zigarre aus dem Mund und betrachtete die beiden Frauen nachdenklich. »Merkwürdig. Zuerst bereitet sie das opulente Morgenmahl zur Zerbrechung des Fastens, und jetzt geht sie auch noch einkaufen. Etwa freiwillig? Oder hast du was ausgefressen?«

Evelyn schüttelte den Kopf. »Ich war in letzter Zeit brav wie ein Lämmchen.«

Ariane räusperte sich warnend.

»Dann«, murmelte Baltasar, »gibt es nur noch zwei Möglichkeiten, o Tochter meiner Kebse. Entweder du bist krank und leidest an einer Überdehnung des Gemüts, oder du willst heute abend Mutters Auto klauen.«

Evelyn kicherte und sah Ariane vorsichtig von der Seite an. »Darauf läuft es hinaus.«

Ariane äußerte sich nicht. Evelyn zögerte noch einen Moment, dann stand sie auf.

»Okay, ihr zwei Hübschen«, sagte sie, »dann will ich mal. Bis nachher.«

Als die Tür ins Schloß gefallen war, drückte Ariane ihr Zigarillo im Aschenbecher aus und betrachtete Baltasar prüfend. »Sag mal«, begann sie.

Baltasar hob abwehrend die Hand. »Aber nur, wenn es was Unwichtiges ist.«

»Du warst schon charmanter. Ich entsinne mich einer Rede, die du vor einiger Zeit gehalten hast. Darin hieß es, und ich zitiere wörtlich: Nichts, was aus deinem Munde kommt, könnte je unwichtig für mich sein.«

Baltasar nickte. »So ist es, und es ist gut, daß du das einsiehst. Alles, was ich sage, ist so völlig bedeutungslos, daß schon allein die Nichtigkeit es zu einem kosmischen Ereignis macht.«

Ariane verzog den Mund. »Sei bitte mal nur halb so albern. Wir müssen ja nicht dauernd Slapstickdialoge abhalten, oder?«

Baltasar legte die Zigarre zeremoniell in den Aschenbecher, beugte sich vor, setzte die Miene zerknirschter Ergriffenheit auf, riß Arianes rechte Hand an sich, spitzte seinen fleischigen Mund zu einem Hühnerpopo und hauchte eine Art Geräuschbaiser auf Arianes Fingerspitzen.

»Sprich«, sagte er sanft, »du Hauptpfosten in meinem Seelenpferch, o du Frohlocken des himmlischen Kolibris!«

Ariane brach in schallendes Gelächter aus und tätschelte Baltasars Pfoten. »Ich schaffe es nicht, dir länger als drei Sekunden wirklich böse zu sein.«

Baltasar ergriff seine Zigarre und wedelte mit ihr. »Ich bin ein gewaltiges Ohr, und nichts könnte mich so wonniglich füllen wie der Wohlklang deiner Stimme.«

Ariane nickte. »Eigentlich bist du ausreichend abgefüllt, nach diesem Frühstück, aber nun denn. – Ich habe noch

Urlaub zu kriegen. Hast du einen Vorschlag, was man damit machen könnte?«

Ariane leitete die Pressestelle eines großen Industrieverbandes mit Sitz in Bonn. Wegen unaufschiebbarer Dringlichkeiten im Lauf des Jahres hatte sie bisher erst einen Teil ihres Urlaubs nehmen können. Baltasar kaute auf der Zigarre herum; dann nahm er sie wieder aus dem Mund und legte sie fort. »Das ist in der Tat eine schwierige und wichtige Frage«, gab er zu.

Ariane lächelte. »Kann es sein«, fragte sie, wobei sie bemerkte, daß Baltasar den Kopf gesenkt hielt und Krümel auf dem Tischtuch zu zählen schien, »daß du eine einfache Frage aus den falschen Gründen für schwierig hältst?« Sie betrachtete sein krauses Haupthaar, bis er den Kopf hob. Seine grauen Augen blickten in ihre grünen.

»Keine Sorge«, sagte sie, »ich erzähle keinem, daß du eine Seele hast.«

Dann ergriff sie seine Hände und hielt sie einen Moment lang. »Aber es ist eine Kostbarkeit, das zu wissen.«

Er berührte ihre Nasenspitze mit dem Finger. »Kluges Weib, du irrst. Meine Seele ist allgemein bekannt; durch die Art und Weise ihres offenkundigen Fehlens ist sie weiterhin sogar definiert. Ich glaube, daß eine Menge Volks dir gänzlich verschiedene Vorträge über dieses, das meinige, Seelenobjekt halten könnte.«

»Ich weiß, daß du ein diskreter Mensch bist, der lieber seinen Hintern als sein Herz zeigen würde; das Herz ist viel intimer. Aber darum geht es nicht.«

»Und um was geht es?«

»Es geht darum, daß du dir gerade den Kopf darüber zerbrichst, wie du mir möglichst schonend ein paar Dinge sagen sollst.«

Baltasar streichelte sie und grinste. »Du machst das richtig gut. Mach weiter bitte.«

»Eigentlich sollte ich dich hängenlassen. Ich glaube, ich lasse dich hängen. Du mußt das schon selbst tragen.«

Baltasar verschränkte die Hände hinter dem Kopf. »Wozu, wenn du es doch schon weißt?«

»Bist du sicher, daß ich es weiß?«

Er seufzte. »Na schön. Du bewohnst den Vorzugsplatz in meinem Herzen. Das ist so seit einem Jahr. Das kann auch die nächsten hundert Jahre so weitergehen. Ich bin nur nicht dazu geschaffen, tagtäglich mit jemandem zusammenzuleben. Nun stelle ich es mir zwar sehr angenehm vor, mit dir ein paar Tage oder Wochen irgendwohin zu fahren; ich fürchte aber, daß dann irgendwann die Frage auftaucht, ob wir nicht unseren Kram zusammenschmeißen sollen. Und dann müßte ich dir weh tun, und das will ich nicht. Und das wäre dann auch der Schluß.«

Ariane musterte ihn einige Sekunden schweigend.

»Du hast das schon öfter erlebt, ja?«, fragte sie dann.

Baltasar breitete die Arme aus. »Wie sollte ich nicht? Schließlich neige ich nicht zur Askese. Askese ist eine der wenigen Formen geschlechtlicher Perversion, für die ich nichts übrig habe.«

»Sehr interessant.«

»Sauer?«

»Ein bißchen.«

»Warum?«

»Na, sauer ist nicht das richtige Wort. Ich bin nur ein bißchen enttäuscht darüber, daß du mich nach einem Jahr so wenig kennst. Meinst du, ich brauche keinen Freiraum, oder ich laß von heut auf morgen meinen Job sausen und verkauf meine Tochter, nur um dauernd in deiner Nähe zu sein?«

Baltasar beugte sich vor, lächelnd, faßte Ariane bei beiden Ohren und drückte ihr einen schmatzenden Kuß auf die Stirn. »Okay, erledigt. Wann fahren wir wohin?«

Etwa eine Stunde später klingelte das Telefon. Ariane erhob sich vom Boden, wo sie und Baltasar mit Landkarten beschäftigt waren, und ging zum Apparat.

»Binder. – Ah, Moritz, grüß dich. Wie gehts?... Danke, mir gehts ausgezeichnet ... Ja, der Dicke ist hier. Moment!« Auffordernd bewegte sie den Hörer.

Matzbach erhob sich seufzend. »Nicht einmal am Wochenende ist man vor diesen Kanaillen sicher. Vor allem, wo ich doch nie Wochenende habe.« Er nahm Ariane den Hörer aus der Hand. »Ja, was ist los?«

Er lauschte eine Weile schweigend, dann brabbelte er unverständliche Laute vor sich hin. »Na ja, na schön, aber nur, weil du es bist«, sagte er schließlich. »Reicht Montag?«

Moritz ließ offenbar eine längere Rede los; Baltasar seufzte. »Muß das sein?«

Er wandte sich Ariane zu. »Hör mal, hast du Einwände gegen baldigen Kaffeebesuch?«

Ariane blickte von den Karten auf. »Wer? Moritz?«

»Und ein Rechtsanwalt.«

Sie zuckte mit den Schultern. »Ziemlich exotischer Besuch. Von mir aus.«

Baltasar rümpfte die Nase. »Was ist an Moritz und einem Anwalt exotisch? Banal, würde ich eher sagen. Hörst du, du mieses Subjekt? Ich denke nicht daran, einen Schritt vor die Tür zu machen. Das Wetter ist viel zu schön, um es in seiner Beschaulichkeit zu stören. Also pack deinen Juristen ein und komm her. Was? Ja, sofort.«

Ariane grinste. »Gut, daß ich nicht zu deinen Freunden zähle. Ich hätte dich aus lauter Zuneigung längst umgebracht und ausgestopft. Wann kommen sie?«

»Sofort. Viertelstunde oder so.«

Sie erhob sich wieder vom Boden und faßte mit spitzen Fingern ihren Bademantel an. »Vielleicht sollten wir uns anziehen.«

Baltasar machte »P« mit sehr viel Luft und einer ärgerlichen Grimasse. »Wenn ich anfange, mich für fremde Leute an- oder auszuziehen, kannst du einen Nachruf aufsetzen.«

»Mach, was du willst. Da das hier meine Wohnung ist, bin ich, was mich angeht, anderer Meinung.« Sie boxte ihn freundlich in den Magen. »Außerdem siehst du süß aus in deinem widerlichen Kimono.«

Zwanzig Minuten später trafen Moritz und der Anwalt ein. Moritz, lang, schlaksig und nervös wie immer, stellte seinen Begleiter vor.

»Das ist Herr Korff«, sagte er, »mit Doppel-Eff. Frau Binder. Der da drüben, in diesem komischen Kaftan, ist der eminente Kriminalist Matzbach.«

Korff verbeugte sich höflich vor Ariane und musterte Matzbach, der sich ächzend von der Couch erhob. Baltasar stapfte barfuß um den Couchtisch herum und reichte Korff die Hand. »Kommen Sie«, sagte er, »setzen Sie sich.« Moritz ausgestreckte Hand übersah er.

Ariane, angetan mit einem knielangen Jeansrock und einer hellgrauen, kurzärmeligen Bluse, stellte Tassen zurecht und goß Kaffee ein. Mit Genuß verschüttete sie eine mittelgroße Menge: auf Baltasars Kimono. »Oh, das tut mir aber leid. Hab ich dich verbrüht?«

Baltasar grunzte, stand auf und watschelte nach nebenan. Korff, ein grauhaariger, mittelgroßer Mann mit scharfer Nase und müden, braunen Augen lächelte sie an und wies aus dem Fenster.

»Einen hübschen kleinen Garten haben Sie, gnädige Frau«, sagte er. Dabei rührte er mit der anderen Hand, die den Löffel hielt, in seinem Kaffee.

Baltasar erschien wieder. Er hatte den bekleckerten gelben Kimono gegen etwas womöglich noch Schrecklicheres ausgetauscht, nämlich eine grellrosa Latzhose, zu der er jedoch keineswegs ein Hemd trug, und barfuß war er noch immer. Fettwülste quollen allenthalben ins Freie. Als er sich gesetzt hatte, verschränkte er die Hände hinter dem Kopf, Korff betrachtete die buschigen Achselhöhlen, nahm einen Schluck Kaffee aus seiner Tasse und verschluckte sich.

Moritz, der neben ihm auf der Couch saß, klopfte ihm auf den Rücken. »Machen Sie sich nichts draus. Er ist immer so.«

Nachdem Korff sich freigehustet hatte, warf er Ariane einen Blick zu, der um Verzeihung zu bitten schien. »Sind Sie ganz sicher, Herr von Morungen, daß wir hier richtig sind?«

Moritz bleckte die Zähne. »Nein, ich bin sicher, daß wir hier falsch sind. Aber es ist, so wie ich es sehe, zunächst einmal die einzige Möglichkeit.«

Korff bewies Charakter. »Herr Matzbach, wie mir Herr Morungen berichtet, hat Kommissar Ziegler ihn gebeten, bitte nicht ›diesen widerwärtigen Fettwanst‹ anzuschleppen. Ich gestehe, daß ich nun begreife, was er damit meinte, und daß ich dem Kommissar von Herzen zustimme.«

Moritz kniff die Augen zusammen, und Ariane gluckste leise.

Baltasar verzog keine Miene. »Vielleicht erzählen Sie mir einfach, was los ist. Beleidigungen können wir hinterher noch reichlich austauschen. Hat Ihnen schon mal jemand gesagt, daß Sie wie ein Jurist aussehen?«

Moritz beugte sich vor. Er klopfte auf den Tisch. »Ruhe auf den billigen Plätzen. Wollen wir zur Sache kommen?«

Korff nickte und wandte sich an Ariane. »Darf ich rauchen, gnädige Frau?«

Ariane reichte ihm Zigaretten, Moritz gab ihm Feuer.

Baltasar erkundigte sich: »Aber inhalieren können Sie selbst?«

Korff überhörte das. Er nahm noch einen Schluck Kaffee, dann begann er zu sprechen.

»Herr von Morungen meinte, Sie seien der richtige Mann für diese etwas unangenehme Sache ...«

Moritz unterbrach. »Wenn Sie erlauben, würde ich gern schnell zusammenfassen, Herr Korff.«

Korff nickte. Moritz fixierte Baltasar.

»Also«, sagte er, »ein Freund von mir, Andreas Goldberg, ist innerhalb weniger Tage arbeitslos geworden und hat sich von seiner Frau getrennt. Seine Frau ist zu einem anderen Mann gezogen, und zwar Anfang der Woche. Am Donnerstag früh, also vorgestern, war Andreas mit ihr dort, in ihrer neuen Behausung, verabredet, um irgendwelche Finanzgeschichten zu klären. Als er ankam, das war so gegen halb neun, wurde er von der Polizei empfangen. Kurz nach sieben, wahrscheinlich, sind die Frau und ihr Neuer, übrigens ein Anwalt, im Bett erschossen worden. Nun ist das Problem folgendes: Andreas ist arbeitslos, seine Frau hatte eine brauchbare Lebensversicherung, deren Nutznießer Andreas wäre; außerdem hat sie ihn verlassen – so sieht es die Polizei –, und man hat gehört, daß sie und Andreas sich gestritten haben. Andreas hätte also mehrere Motive – Geld, Eifersucht, gekränkte Eitelkeit, was weiß ich. Deshalb haben sie ihn zuerst vorläufig festgehalten, und inzwischen liegt ein ordentlicher Haftbefehl vor.«

Baltasar verzog das Gesicht. »Nun ja, solche Dinge sollen vorkommen. Aber wo ist das Problem?«

Korff übernahm die Fortführung. »Das Problem liegt darin, daß Herr Goldberg sagt, er sei unschuldig, daß er es nicht beweisen kann, daß andererseits eine ganze Menge Indizien gegen ihn vorliegen.«

»Also langsam«, sagte Baltasar.

Ariane, die ihn beobachtete, stellte fest, daß seine Augen leuchteten.

»Was sagt Goldberg, und was sind die Indizien?«

Korff drückte seine Zigarre aus. »Goldberg hat am Mittwoch seinen Großvater besucht ...«

Moritz warf ein: »Der wohnt irgendwo in den Bergen, allgemeine Richtung Westerwald.«

»Er hat dort übernachtet und ist gegen sechs Uhr morgens oder kurz danach von dort wieder abgefahren. Der Großvater bestätigt das auch. Nun hätte Goldberg innerhalb etwa einer dreiviertel Stunde in Bonn sein können. Er sagt, er sei erst kurz nach acht in Bonn eingetroffen und vorher ziellos und verträumt durch die Gegend gefahren.«

Baltasar nickte. »Das heißt, er hätte um sieben schießen können, wäre dann gegangen und gegen halb neun wieder aufgetaucht, ja?«

»So sieht Kommissar Ziegler die Sache. Goldberg war gegen acht, halb neun mit seiner Frau verabredet, wie er zugibt und wie von anderer Seite bestätigt wurde. Motiv und Gelegenheit hatte er also durchaus. Nun kommt hinzu, daß in der Wohnung, in der der Doppelmord geschah, reichlich Fingerabdrücke von Goldberg gefunden wurden, obwohl er nach seinen Aussagen die Wohnung nie betreten hat. Außerdem hat die Polizei in seiner Wohnung einen Schlüssel gefunden, und zwar einen Schlüssel zur Wohnung, in der diese Tragödie sich ereignet hat.«

Alle schwiegen einen Moment. Dann sagte Ariane nachdenklich: »Also, dieser Goldberg hätte zur fraglichen Zeit dasein können, hätte einen oder mehrere Gründe gehabt, seine Frau umzubringen, ist nie in der Wohnung gewesen, hat dort trotzdem Fingerabdrücke hinterlassen, hat einen Schlüssel – das ist doch alles ganz schön überzeugend, oder?«

Korff nickte. »Bedauerlicherweise ja. Goldberg hat zwar für alles eine einigermaßen plausible Erklärung, aber da sprechen so viele Dinge gegen ihn ...«

Baltasar räusperte sich. »Wohl wahr. Es sind schon Leute für sehr viel weniger gehängt worden.«

Korff blickte ihn streng an. »Bei uns gibt es keine Todesstrafe, Herr Matzbach.«

Baltasar winkte ab. »Warten Sie. Wie ich unsere Landsleute kenne, wird sie demnächst wieder eingeführt. – Was sagt Goldberg denn zu den einzelnen Punkten?«

Moritz kratzte sich den Kopf. »Na, was soll er sagen? Die Fingerabdrücke, sagt er, sind leicht zu erklären. Sie sind sämtlich an Gegenständen, die bis vor ein paar Tagen noch in seiner Wohnung, beziehungsweise der gemeinsamen Wohnung, gestanden haben und die er zum größten Teil mit verpackt hat. Für den Schlüssel hat er keine Erklärung. Er meint, in der Wohnung wären noch so viele Sachen, die seiner Frau gehören und die er nicht in allen Einzelheiten kennt, dazu gehört auch der Schlüssel.«

Baltasar steckte die Hände unter den Latz der Hose und kratzte sich am Bauch. Ein häßliches Geräusch füllte den Raum. »Hat er zu seinem Motiv vielleicht auch was zu sagen?«

Moritz nickte.

»Ja, und das glaube ich ihm sogar. Er sagt, er ist froh, endlich von seiner Frau getrennt zu leben. Auch, daß seine Firma pleite gemacht hat, kratzt ihn nicht weiter. Er meint, jetzt kann er endlich mal in Ruhe ein paar Bücher lesen, mit Leuten reden und so weiter. Geldsorgen habe er nicht, zumindest keine großen. Erstens kriegt er ja Arbeitslosengeld, demnächst jedenfalls. Das ist zwar wesentlich weniger, als er bisher verdient hat, und damit kann er sich die teure Wohnung nicht mehr leisten, aber die wäre ohnehin in dieser Form und in dieser Lage und in dieser Preisklasse ein Wunsch seiner lieben Irene gewesen, und er wolle sehen, ob er nicht eine kleinere Altbauwohnung in der Nordstadt oder in Poppelsdorf findet.«

Baltasar grinste. »Da muß er sich aber beeilen. Wie ich die Stadtväter kenne, werden sie sich bemühen, schnell alles abzureißen, was deinen Goldberg interessieren könnte.«

Moritz grunzte. »Was das Geld angeht, fehlt noch zweitens. Er hat ein paar tausend Mark auf der Bank. Ein Teil davon läuft auf den Namen seiner Frau, deshalb hatte er sich mit ihr am Donnerstag verabredet, um das alles auseinanderzupuzzeln. – So, das wärs. Oder hab ich was vergessen, Herr Korff? Nein? Na gut. Was hältst du davon, Baltasar?«

Matzbach zündete sich eine Zigarre an. »Im Moment noch nichts«, sagte er paffend. »Ich müßte erst ein bißchen mehr wissen. Was hat die Frau gemacht, was hat Goldberg gemacht, bevor er arbeitslos wurde, wie lange waren die beiden verheiratet, wer ist der Nachfolger gewesen und so weiter.«

In den folgenden Minuten erfuhr er weitere Einzelheiten. Als die Rede auf die Boutique kam, runzelte er die Brauen. »Hm, gleich zwei Uhr, das ist zu spät für heute. Oder kennt ihr die Adresse von dem Mädel? Gibt es Telefon in dem Laden?«

Korff zückte sein Notizbuch. »Ja. Die Nummer ...«

»Moment. Darf ich?« Als Ariane, verblüfft ob der jähen Aktivität, noch mehr ob der jähen Höflichkeit, nickte, stand Baltasar auf und ging zum Telefon. Korff nannte die Nummer; Baltasar wählte und sprach mit der Verkäuferin, die auf Anweisung des von Andreas mit der einstweiligen Führung der Geschäfte betrauten Anwalts die Boutique bis auf weiteres allein leitete. Er verabredete sich mit ihr für den frühen Abend. Nachdem er aufgelegt hatte, watschelte er wieder zu seinem Sessel zurück.

»So«, sagte er, »wo waren wir stehengeblieben?«

Korff berichtete weiter. Bei der Erwähnung der Anwaltskanzlei in der Nordstadt öffnete Baltasar die Augen.

»Ha, die kenne ich, alle drei. Ich wohne ja da in der Gegend, und manchmal treiben die sich sogar in Kneipen rum. Wen hats denn erwischt? Den schönen Robert Naumann? Ist das die Möglichkeit!« Er klatschte in die Hände.

Korff blickte ihn tadelnd an. »Ich finde das reichlich geschmacklos, Herr Matzbach.«

Baltasar betrachtete ihn freundlich. »Ich glaube, zwischen uns beiden wird noch einmal eine innige Freundschaft entstehen, Herr Jurist. Haben wir jetzt alles?«

Moritz schüttelte den Kopf. »Nein, es gibt noch etwas. Andreas sagt, er hätte auf der Fahrt nach Bonn getankt. Er kann sich aber nicht mehr erinnern, wo, und eine Quittung hat er natürlich auch nicht. Er weiß nicht mehr, wo er im einzelnen gewesen ist. Es war ein schöner Morgen, und ihm war so fröhlich ums Herz, und da ist er einfach der Nase nach gefahren.«

Baltasar machte »ts, ts, ts«, indem er seine Zunge unappetitlich laut vom oberen Gaumen entfernte. »Wenn man wüßte, wie seine Nase aussieht, könnte das schon helfen. Hat Ziegler das nicht überprüft?«

Korff zuckte die Schultern. »Lieber Herr Matzbach, trotz aller Pleiten in den letzten Jahren gibt es in diesem Land noch immer viel zuviel Tankstellen. Angeblich wurden gestern alle fraglichen Tankstellen an allen in Frage kommenden Straßen zwischen Westerwald und Bonn abgeklappert, aber ohne Ergebnis.«

Matzbach betrachtete ihn mißmutig. »Ich verbitte mir weitere Intimitäten der Form ›Lieber Herr Matzbach‹«, sagte er. »Nun habe ich mich ja in einem Anfall geistiger Umnachtung, die sich bei mir wie bei den meisten Leuten in hemmungsloser Aktivität äußert, mit dieser Verkäuferin verabredet, aber eigentlich weiß ich gar nicht, was das alles soll. Glaubt einer von den Anwesenden daran, daß Goldberg unschuldig ist?«

Korff schwieg; man sah, daß ihm sein eigenes Schweigen peinlich war. Schließlich ging es um seinen Mandanten. Ariane wiegte den Kopf hin und her.

Moritz ermannte sich. »Ich bin überzeugt davon. Ich kann mir Andreas nicht als Mörder vorstellen. Zweitens – das gerade war erstens –, also zweitens hat er keine Schußwaffe.«

Baltasar lachte. »Das ist ein tolles Argument. Was glaubst du, wie viele Leute in diesem unserem Lande« – dabei steckte er, in der Manier eines lästigen Politikers, die Zunge zwischen die Zähne und betonte dehnend das ›n‹ – »mit unregistrierten Waffen rumlaufen, und wie leicht es ist, eine zu bekommen, wenn man will?«

Korff sagte: »Ich wüßte gern, ob Sie etwas zu unternehmen gedenken, Herr Matzbach.«

Baltasar faltete die Hände wieder hinter dem Kopf, was Ariane mit einem leisen Stöhnen quittierte. »Ich glaube eigentlich nicht, daß ich etwas tun werde«, sagte er halblaut. »Sehr zu meiner eigenen Enttäuschung, übrigens. Ich hatte mich schon richtig gefreut, daß wieder mal etwas los ist, aber das sieht doch alles zu klar aus. Vielleicht wäre es anders, wenn ich mit diesem Goldberg befreundet wäre und aus persönlichen Gründen an seine Unschuld glauben müßte. Aber so, wie es ist, kann ich nur den armen alten Lichtenberg verfremden: Ich habe mit Goldberg nicht jahrelang in einerlei Nachtgeschirr gepisset und kann also nicht sagen, was an ihm ist.«

Moritz sprang plötzlich auf. »Ich habe noch was für dich, Dicker. Vielleicht ist es sinnlos, wahrscheinlich ist es irrsinnig, aber immerhin. Eine persönliche Information zum Thema Goldberg.«

Baltasar betrachtete ihn mißtrauisch. »Keine Variation, hoffe ich.«

»Was? Ach so, du Kalauer. Nein. Etwas, was dich interessiert oder wenigstens interessieren sollte. – Andreas hat ein Haustier.«

Baltasar stöhnte und blickte auf die Uhr. »Wer Kinder und Tiere haßt, kann nicht ganz schlecht sein. Wer Haustiere hält, tötet auch seine Frau. Ich glaub, ich ruf die Verkäuferin an und sag die Verabredung wieder ab.« Er stand auf.

Moritz hob die Hand. »Moment noch. Es ist kein gewöhnliches Haustier.«

Matzbach kniff die Brauen zusammen. »Was denn? Hat er ein Mastodon im Garten?«

»Nein, das nicht. Sein Haustier flucht.«

Matzenbach legte den Kopf schief. »Was tut es? Es flucht?«

»Richtig, und zwar geläufig. Außerdem ist es mindestens genauso bösartig wie du.«

»Ich und bösartig? Pah. Nun sag schon, was mit dem Tier los ist. Ein bissiger, fluchender Sägefisch vielleicht?«

Moritz schüttelte den Kopf und grinste. »Nein. Lieber Baltasar: Andreas besitzt einen alten, räudigen Raben. Dieser flucht und ißt gern Kaviar mit Marmelade oder Erdbeertörtchen mit Senf.«

Baltasar strahlte. »Ein erfreuliches Tier. Fast neige ich dazu, an die Unschuld dieses Mister Goldberg zu glauben. Hast du noch was dazu zu sagen?«

Moritz nickte triumphierend. »Ja. Der räudige Rabe mit dem widerlichen Geschmack heißt Poe.«

Baltasar atmete tief durch. »Alles klar. Dann ist Goldberg unschuldig.«

V

Die abendliche Unterhaltung mit der Verkäuferin Sylvia überließ Baltasar mit Vergnügen Ariane, die keine Lust hatte, zu Hause zu bleiben. Mit Vergnügen insofern, als Sylvia bei Baltasars Anblick in schallendes Gelächter der Kategorie »höhnisch« ausbrach. Er begab sich daraufhin in die nächstgelegene Kneipe und meditierte in einen Wein hinein, bis Ariane zu ihm stieß.

Nachdem sie sich gesetzt und ebenfalls einen Wein bestellt hatte, sagte sie: »Ist nicht viel bei rausgekommen.« Sie musterte Baltasar spöttisch. »Nach deinem ekelhaften Benehmen heute nachmittag gönne ich dir eigentlich das Gelächter dieser Dame von Herzen.«

Baltasar verneigte sich im Sitzen. »Ich danke dir für deine freundlichen Widmungen. Du labst meine Seele. Deine Worte gehen mir runter wie warme Galle.«

Ariane nickte. »So soll es auch sein. – Sie weiß nichts. Außer einer kleinen Sache, die vielleicht ganz interessant sein könnte.«

Baltasar spielte mit seinem Feuerzeug und wartete.

»Dieser Robert Naumann hatte Mittwoch abend einen wichtigen und reichlich geheimnisvollen Termin, von dem er sich viel versprach. Er hat, kurz vor Goldberg, im Laden angerufen und Irene Goldberg mitgeteilt, daß er deswegen nicht mit ihr essen oder sonstwas könnte.«

Baltasar verschränkte seine Hände und stützte sein Kinn auf den derart gebildeten Hügel. »Aha.« Nach einer kleinen Pause setzte er hinzu: »Ich begreife eine ganze Reihe von Dingen nicht.«

Ariane klatschte in die Hände. »Das ist aber schön. Der allwissende Matzbach begreift etwas nicht. Daß ich das noch erleben durfte!«

Baltasar grinste. »Hab ich dir wieder eine kleine Freude bereitet? – Ernsthaft: Da ist einmal die Geschichte mit der Tankstelle. Ich kann mir zwar vorstellen, daß jemand morgens früh bei schönem Wetter völlig verträumt durch eine Landschaft fährt und nicht mehr genau weiß, wo er überall gewesen ist. Aber bei dem Polizeiaufgebot in dieser Republik müßte das doch feststellbar sein. Immerhin kommen zur Zeit auf einen Kommunisten hierzulande ungefähr hundert Polizisten.«

Ariane nickte. »Das mag wohl sein, aber Goldberg ist kein Kommunist. Warum sollte man also hundert Polizisten mit der Überprüfung seiner Ausflüge beauftragen?«

Baltasar runzelte die Stirn. »Dann kommt noch hinzu, daß, wenn eine Boutiquenbesitzerin und ein Rechtsanwalt ermordet werden, und zwar im Bett des Anwalts, man nicht unbedingt davon ausgehen muß, daß die Schüsse der Dame gelten.« Er kniff die Augen zusammen, bis sie aussahen wie die eines angetrunkenen Stachelschweins. »Ich denke mir da etwas Simples und Unerfreuliches. Die Bonner Kripo ist personell unterbesetzt und überbelastet. Daher ist es verwunderlich, daß überhaupt Ergebnisse zustande kommen, und nicht, daß so viele Fälle ungeklärt bleiben. Ich könnte mir denken, daß unser lieber Freund Ziegler den vorbeispazierenden Andreas Goldberg, der ein Motiv und kein Alibi hat, am liebsten knutschen würde. Damit hat Ziegler einen Spatz in der Hand. Warum soll er aufs Dach klettern und Ringeltäubchen suchen?«

»Fühlst du dich nicht wohl?«

»Wieso?«

»Na, deine Bilder! Was haben Spatzen und Tauben mit Morden zu tun? Du hast schon bessere Vergleiche erfunden. Und du hast schon andere Leute für derartige Vergleiche, wie du eben einen produziert hast, der Sprachlosigkeit geziehen.«

Baltasar schob die Unterlippe vor. Er sah aus wie ein trotziges Kind nach einer Tracht Prügel. »Ah, bah. So fallen meine gestrigen Tugenden heute in Form gegenwärtiger Laster auf mein schütteres Haupt. Vielleicht sollte ich auswandern und in Australien Bumerangschnitzer werden. Also: Goldberg ist das friedliche Täubchen auf dem First, und Ziegler verkneift sich die Suche nach dem tückischen Sperber auf der Wolke. Zufrieden?«

Ariane nickte, ohne eine Miene zu verziehen.

Baltasar fuhr fort: »Wenn ich das Gerede von Moritz und diesem Korff richtig verstanden habe, sind beide der Meinung, daß Freund Ziegler die Sache im Prinzip für erledigt hält und keine großen Anstrengungen macht, in anderen Richtungen zu suchen. Hm. Was kann man machen, was soll man tun? Wenn dieser Rabe namens Poe nicht wäre, könnten wir in Urlaub fahren.«

Ariane lachte. »Das Tier scheint es dir angetan zu haben, ja? Aber in Urlaub fahren können wir ohnehin nicht sofort. Eine oder zwei Wochen muß ich schon noch durchziehen, es liegt zu viel Unerledigtes auf meinem Schreibtisch.« Sie spielte mit dem Stiel ihres Weinglases. »Was hast du denn in den nächsten Wochen zu tun?«

Baltasar hüstelte geziert. »Ich habe zwei Runden Vorsprung mit meinem Kummerkasten. In der nächsten Woche könnte ich noch zwei Folgen von *Frau Griseldis* fertigmachen, um ungestört mit dir spazierenzufahren. Andererseits ...«

»Andererseits was?«

»Andererseits habe ich in diesem Jahr des Unheils noch nicht so viel Pengö auf die Seite gebracht, daß ich die Zinseszinsen meines Vermögens in Keuschheit ruhen lassen könnte.«

»So so. In Keuschheit?«

»Nein, eigentlich nicht. Irgendwas stimmt heute mit

meinem Sprachbeutel nicht. Ich glaube, er ist leck. Die Dinger sollen sich natürlich vermehren, und auch in der Finanzwirtschaft ist Jungfernzeugung unüblich. Obwohl«, sagte er nachdenklich, »die langfristigen Planungen des zuständigen Ministers so aussehen, als ob er ganz fest mit der unbefleckten Vermehrung nicht vorhandener Gelder rechnete.«

»Nun labert Er wieder. Hat Er sonst nichts zu tun? Wo hat Er denn eigentlich die Schallgrenze oder Zinsgrenze oder was auch immer angesetzt?«

»Oh, sagen wir das mal so: Jenseits jeder beliebigen sechsstelligen Jahreseinnahme mache ich mir keine Sorgen.«

Ariane lachte. »Wie, und das hast du noch nicht erreicht?«

»Nein, es fehlen noch kleinere Sümmchen.«

Sie beugte sich vor. »Ich meine, es geht mich ja auch gar nichts an, aber ich will ehrlich zugeben, daß ich keine Ahnung habe, wovon du eigentlich lebst.«

Baltasar nickte. »Das frage ich mich auch. *Frau Griseldis* allein macht den Matzbach nicht fett.«

»Dafür frißt du dich ganz schön rum, oder?«

Baltasar klopfte sich auf den Bauch. »Das sind alles erstklassige Rohstoffe, und selbst angegessen. Pah. Ich wollte gerade etwas über die traurige Tatsache sagen, daß man als erstklassiger Kriminalist nicht leben kann.«

»Ha, ha, ha«, machte Ariane. »Du bescheidenes Kerlchen. Vor einem Jahr hast du durch Zufälle und die Hilfe deiner Freunde etwas herausgekriegt. Du konntest doch selbst nichts dafür. Und schon hält er sich für einen erstklassigen Kriminalisten!«

Baltasar spielte mit einer seiner Zigarren. »Das«, sagte er finsteren Gesichts, »klärt die Sache. Ich will nicht davon sprechen, daß zwischen uns eine gewisse Spannung zu bestehen scheint, die nicht mit der Kriminalistik, sondern viel mit einem gewissen Gespräch heute früh zu tun haben dürfte. Nein, darüber schweige ich mich aus. Ich rede auch nicht davon, wie du hörst, daß ich alles, was ich anfage, zu einem beachtlichen Ende bringe. Es sei auch fern von mir, etwa zu behaupten, daß ich begabt bin. Nein, von alledem wollen wir taktvoll schweigen. Aber deine Trotzigkeit bewegt mich dazu, etwas anzukündigen.« Er starrte ihr düster in die Augen. »Ich werde«, sagte er halblaut und betont, »nicht nur beweisen, daß dieser Goldfisch unschuldig ist, sondern auch, wer die böse Sache vollzogen hat. Ich habe gesprochen. Howgh.«

»Ich bin beeindruckt von deiner redseligen Verschwiegenheit. Und wie willst du das alles anstellen?«

»So wie jeder erstklassige Kriminalist in diesem Lande es machen muß. Leben kann man nicht davon, es sei denn als Polizist. Und um Dinge zu tun, für die nach den hiesigen Gesetzen die Ermittlungsbehörden zuständig sind, muß man diese Gesetze umgehen. Ich werde genau das tun. Zahlen!«

Ariane äußerte noch eine Reihe hämischer Einwände und Kommentare; es gelang ihr jedoch nicht, Baltasar in irgendeiner äußerlich erkennbaren Weise zu beeindrucken. Galant öffnete er ihr die Kneipentür, danach die Beifahrertür seines schwarzen Pallas. Nachdem er sich hinter das Lenkrad geklemmt hatte, knurrte er: »Ein neues Auto brauche ich auch demnächst. Alles geht schief. Buhuh.«

Ariane tätschelte sein Knie, was zu heftigem Gasgeben führte. Der Wagen machte einen Satz.

»Armer Kleiner«, sagte sie, »was fehlt denn dem Mobil?«

Baltasar seufzte. »Nur, daß es in die Jahre kommt und daß dieser dumme Verein seit 1974 keine Autos mehr baut, die ich zu fahren bereit bin. Hier sitzt man wie in Omas

Wohnzimmer. Die neuen Dinger sind eine Art Parterre-Helikopter mit Rundum-Armaturen. Ich glaube, ich steige auf Pferd und Karosse um.«

Schweigend steuerte er durch die Bonner Nacht. Als sie vor Arianes Wohnung in Plittersdorf parkten, stellte sie fest, daß ihr Wagen – und mit ihm ihr Töchterlein – durch Abwesenheit glänzte.

»He he«, sagte sie, »das sieht so aus, als hätten wir zur Abwechslung die ganze Wohnung für uns.«

Baltasar stellte den Motor ab und betrachtete sie mißtrauisch von der Seite. »Was heißt das? Willst du einen nächtlichen Hausputz vornehmen, aufräumen oder so was?«

»Nein«, sagte sie lächelnd, »nichts dergleichen. Aber wir haben ausreichend Platz und Ruhe für eine Versöhnung.«

Sie stiegen aus. Kurz vor der Haustür seufzte Baltasar. »Na ja«, sagte er, »das Fernsehprogramm wird immer mieser. Was bleibt einem da noch übrig?!«

Spät nachts tauchte Evelyn wieder auf. Sie musterte Ariane und Baltasar, die in lockeren Gewändern am Tisch saßen und Dame spielten, mit einem leichten Grinsen. Sie selbst sah ein wenig derangiert aus und war überaus fröhlich.

Baltasar zwinkerte ihr zu. »Na«, sagte er, »du solltest, glaube ich, eine Zitrone pressen und unverdünnt und ohne Zucker trinken.«

Evelyn schüttelte sich. »Wozu?«

»Das würde dich zwar nicht wieder in den Stand der Heiligkeit versetzen, aber immerhin dein seliges Grinsen vertreiben.«

»Soll ich in die Küche gehen und drei Zitronen pressen?«

»Ungezogenes Balg«, sagt Ariane. »Du solltest weniger reden und dafür lieber Kaffee machen.«

»Nachts um zwei?«

Baltasar nickte. »Ich leide, wie jedermann auf den ersten Blick sehen kann, an niedrigem Blutdruck. Ohne Kaffee kann ich nicht schlafen.«

Evelyn bewegte die Lippen und sagte etwas Unhörbares. Dann schaltete sie die Stimme wieder zu. »Na ja, gut, weil ihrs seid.« Sie verschwand in der Küche.

Bei Kaffee verfolgte sie die letzten Züge der Partie Dame, die mit einem totalen Sieg Arianes endete. Plötzlich sagte sie mit der Andeutung eines Kicherns in ihrer Stimme: »Ratet mal, wen ich heute abend getroffen habe.«

Als keiner antwortete, gab sie die Lösung bekannt: »Moritz und Edgar samt Begleitungen.«

»Ah«, sagte Baltasar, »der windige Reporter und der eminente Gynäkologe. Wo war das?«

Evelyn erwähnte eine Kneipe in Bonn, in der Nähe der Argelanderstraße. »Und ratet mal, worüber sie sich unterhalten haben.«

»Die Großwetterlage«, schlug Ariane vor.

Evelyn schnitt eine Grimasse. »Nee, über euch.«

Baltasar schlürfte mit etwa 95 Dezibel an seinem Kaffee. »So, über uns. Das war bestimmt sehr interessant. Haben die Zuhörer applaudiert?«

»Nein, geweint. – Im Ernst: Moritz hat etwas von einem neuen Fall erzählt. Er wäre heute früh hier gewesen.«

»Wer? Der Fall?«

»Nein, Moritz. Baltasar, du bist schrecklich. Das muß gewesen sein, als ich einkaufen war, stimmts?«

»Du hast dich ja lange genug mit dem Einkaufen aufgehalten«, murrte Ariane.

Baltasar schlürfte abermals. »Und was«, sagte er schlabbernd, »wußte der windige Reporter, diese Plapperschlange, zu berichten?«

»Er hat gesagt, du würdest in Sachen Mord wieder aktiv.«

»Das«, sagte Baltasar empört, »hat er gesagt? In Sachen Mord aktiv werden! Pah. Er soll sich vorsehen, daß er nicht Opfer meiner Aktivitäten wird.«

Evelyn lachte. »Er drückte das anders aus. Er sagt, er will morgen früh, also heute, ins Bonner Münster zur Messe eilen und eine Kerze anstecken. Verbunden mit der Bitte an sämtliche Bewohner des Olymp, ihn diesmal zu verschonen.«

Baltasar zündete sich eine Zigarre an und spuckte einen Tabakkrümel auf den Boden. »Das kann er haben. Nie wieder, jedenfalls nicht bald, werde ich ihn in die Geheimnisse meiner aufregenden Nachforschungen einweihen.«

»Römertopf hat so ähnliche Wünsche geäußert.«

»Die Kanaille.«

»Er will in den nächsten Tagen das Telefon nicht beantworten, egal, wie oft du es klingeln läßt.«

Ariane grinste spöttisch. »Armer Baltasar. Moritz hat dir das eingebrockt und will nun nichts davon wissen. Der gute Edgar hat wahrscheinlich wieder viel zu nette Patientinnen, die er auch in der Freizeit umhegen muß. Und der freischaffende Autor ist auf Tauchstation gegangen, damit du ihn nicht findest. Wie willst du, ohne Hilfe deiner lieben Freunde, diesen Fall klären? Gib doch auf. Am Ende mußt du richtig arbeiten dabei. Beim letzten Mal hattest du ja deine Laufburschen.«

Baltasar schuf eine urweltliche Qualmwolke, die immer mehr einem Drachen ähnelte, je näher sie der Decke kam. Bevor die optische Bedrohung konkret hätte werden können, verging das Spektakel.

»Bah«, sagte er, »und abermals bah. Morgen, nach dem Frühstück, also heute demnächst, werde ich euch verlassen. Dann werdet ihr mich ein Weilchen nicht sehen, und ich werde in einsamer Schlacht wider das Böse fechten.« Nachdenklich setzte er hinzu: »Obwohl es mich beruhigt, daß auf meine Freunde kein Verlaß ist. Mein Glaube an das Schlechte im Menschen wäre sonst arg erschüttert worden. – Aber es gibt ja noch mehr freiwillige Zwangsrekruten.«

Nach dem Frühstück verabschiedete sich Baltasar und fuhr in die Nordstadt, zu seiner chaotischen Behausung. Er fahndete nach einem Notizbuch, in dem mehrere Telefonnummern standen, die er sich nicht merken konnte. Zunächst räumte er die Schreibmaschine beiseite, indem er sie auf den Boden stellte. Dann verschob er einen Stapel beschriebener Blätter, die beiden nächsten Folgen seiner *Frau Griseldis*. Dabei stieß er eine Bücherpyramide um, die sich krachend in Einzelteilen auf eine Batterie leerer Weinflaschen stürzte, deren eine zerbrach. Als er sich bückte, um die größeren Splitter aufzuklauben, brachte er mit dem Gesäß eine Stehlampe aus dem Gleichgewicht, die in ihrem Untergang seinen Eßtisch vom schmutzigen Geschirr der vergangenen Woche befreite. Von dem Lärm verschreckt, schnitt er sich den Finger an einer Glasscherbe. Nörgelnd richtete er sich auf, betrachtete das Panorama und warf einen hilfeheischenden Blick auf Boschs *Garten der Lüste* an der Wand über dem Sofa. Danach räumte er auf. Nach etwa einer Stunde, als er wieder treten konnte, ohne sich die Beine zu brechen, wischte er sich Schweiß und Staub von der Denkerstirn und schmiß die Kaffeemaschine an. Erneut suchte er sein Notizbuch. Er fand es schließlich unter einem Stapel von Schallplatten, meterweit entfernt vom Schreibtisch.

Als ersten versuchte er, Römertopf zu erreichen. Der häßliche Gynäkologe mit den angewachsenen Ohrläppchen war entweder nicht zu Hause, oder er hatte tatsächlich beschlossen, kein Telefonat anzunehmen. Seufzend probierte Baltasar es mit Moritz. Auch hier meldete sich niemand. Als dritten rief er einen gewissen Haefs an, der sich aber hütete, ans Telefon zu gehen. Dann fiel ihm der arbeitslose Philosoph und Volleyballfreak Henry Hoff ein. Auch dort nichts.

So umfing ihn jähe Ratlosigkeit ob der fruchtlosen Bemühungen, und in dieser zerbrechlichen Stimmung empfand er es als eine Erlösung, daß er vom Aufräumen schmutzig und verschwitzt war.

»Wenn man nicht weiß, was man tun soll, soll man nichts tun«, murmelte er. »Napoleon. Wenn man nicht weiß, was man unterlassen soll, sollte man sich waschen. Matzbach. Häh.« Pfeifend begab er sich ins Bad, riß sich die Kleider vom Leib und hüpfte wie eine Gazelle unter die Dusche.

VI

Ganz wider seine Gewohnheiten erhob Baltasar sich am frühen Montagmorgen zu einer unchristlichen Zeit, gegen acht Uhr. Im Verlauf eines notdürftigen Frühstücks – er frühstückte etwa so, wie eilige Menschen Bücher lesen: diagonal – sortierte er noch einmal die Einzelheiten, die ihm bisher bekannt waren. Mehrere abendliche Telefonate hatten ihm zwar keine weiteren Kenntnisse eingetragen, dafür aber, immerhin, einen relativ frühen Termin mit den beiden überlebenden Anwälten.

Kurz vor neun drückte er den Klingelknopf. Eine junge Dame, die kurz vorher in den Schminktopf gefallen sein mußte, öffnete ihm die Tür und bat ihn in die Praxis. Die beiden juristischen Gentlemen harrten seiner bereits, Kaffee trinkend und die anstehenden Ordnungen des Tages beredend.

»Ach, Sie sind das«, sagte der größere der beiden, als

Matzbach sich mit seinem Nachnamen vorstellte. »Sie hatten ja am Telefon schon gesagt, daß wir uns aus den Kneipen hier in der Ecke kennen, aber ich konnte mit dem Namen kein Gesicht verbinden. Von Schlamm. Das ist mein Partner Curtius.«

Von Schlamm war etwa so groß wie Baltasar, also knapp unter einsneunzig, halb so feist, mit blondem Schopf, der sich zu lichten begann, und einem Gesicht, das kantig wirkte, bis auf das eher rückwärts orientierte Kinn. Curtius, ein wenig kleiner und schlank, dunkelhaarig, machte auf den zweiten Blick den besseren Eindruck; er überließ offenbar das Reden seinem Kollegen und zog zurückhaltendes Denken vor.

»Na«, sagte Baltasar, nachdem er sich gesetzt hatte, »kommen wir doch am besten gleich zur Sache.«

»Möchten Sie einen Kaffee?« fragte Curtius. »Nicht, daß ich ablenken will, aber es ist ja noch sehr früh.«

»Sie haben also Zweifel an der derzeitigen Meinung der Bonner Kriminalpolizei«, sagte von Schlamm.

Baltasar nickte und blickte von einem zum anderen. »Ich weiß nicht«, meinte er, »wie Sie zu der Sache stehen ...«

Curtius lachte kurz und hart. »Na, wie wohl. Wir sind natürlich begeistert. Allerdings frage ich mich, was Sie mit der Affäre zu tun haben und was Sie von uns erwarten.«

Baltasar faltete die Hände über dem Bauch und betrachtete die beiden friedlich, aber ohne jede Zuneigung.

»Das will ich Ihnen sagen, und zwar zunächst in Kürze. Ich glaube nicht, daß Schüsse, die auf einen Anwalt und seine Geliebte abgefeuert werden, und zwar zu einer Zeit, wo beide sich im Bett des Anwalts befinden, unbedingt der Geliebten gelten müssen. Für die Kripo ist Herr Goldberg, der mit seiner Noch-Frau verabredet war und kurz nach dem Mord vor dem Haus auftauchte, natürlich ein Himmelsgeschenk. Mit erscheint diese Erklärung allzu plausibel und einfach. Ich könnte mir eher denken, daß jemand etwas gegen Ihren Kollegen Naumann hatte und daß die Dame nur eine Art Zugabe war.«

Von Schlamm rümpfte die Nase. Die Sekretärin brachte den Kaffee und zog sich wieder zurück. Als die Tür sich geschlossen hatte, sagte von Schlamm: »Sie drücken das ein bißchen salopp aus. Vielleicht haben Sie recht, aber so, wie es jetzt aussieht, hat die Polizei für ihre Annahme etliche gute Gründe. Sie dagegen gehen von einer reinen Möglichkeit aus, für die nichts als eben die Möglichkeit spricht.«

Baltasar nickte. »Bis jetzt, ja. Nun habe ich aber erfahren, daß Ihr verblichener Kollege in den letzten Wochen mehrfach, und zwar jeweils relativ spät am Abend, berufliche Verabredungen hatte. Die Verkäuferin in der Boutique, die Frau Goldberg gehörte, sagte, ihre Chefin hätte am Mittwoch abend, kurz vor Geschäftsschluß, mit Naumann telefoniert; danach hätte sie, ein bißchen mürrisch, gesagt, das sei nun wieder eine von diesen dusseligen, späten Verabredungen. Er meinte, es wäre wichtig und geheim, aber wenn es was würde, könnte es ein Knüller werden.«

Curtius und von Schlamm wechselten Blicke. Dann sagte von Schlamm: »Merkwürdig. Sehen Sie, wir hocken im Moment in einem Raum, weil wir etwas zu besprechen hatten und weil wir auf Sie gewartet haben. Normalerweise arbeitet jeder von uns in seinem eigenen Zimmer. Die meisten Dinge laufen getrennt ab. Außer wenn es Probleme gibt oder etwas passiert, was alle interessiert. Wir wissen also in der Regel nicht, was die anderen gerade bearbeiten, wenn es nicht bei Beratungen zur Sprache kommt. Ich muß gestehen, was Sie da erzählen, ist mir völlig neu.«

Curtius nickte. »Ich habe auch keine Ahnung, was das bedeutet. Sind Sie sicher, daß man sich auf diese Verkäuferin verlassen kann?«

Baltasar grinste. »Zumindest was Klatsch angeht. Goldbergs Anwalt bestätigt das. Sie muß ungeheuer neugierig sein und alles, was sich einigermaßen interessant anhört, wie ein Schwamm aufsaugen.«

»Tja«, sagte von Schlamm, »vielleicht kann man das klären.« Er klingelte die Sekretärin herbei. »Sagen Sie, wer hat in der letzten Zeit Naumanns Termine notiert, Telefonate und so weiter?«

Die junge Dame überlegte. »Einige habe ich angenommen und aufgeschrieben, die meisten hat, glaube ich, Kirsten mitbekommen.« Sie lächelte leicht verlegen. »Ich war ja ein paar Tage krank ...«

Curtius blickte von Schlamm an. »Tja, vielleicht sollten wir uns das wenigstens ansehen. – Bitten Sie doch Kirsten, mit allen wichtigen Terminkalendern, Telefonblocks und so weiter reinzukommen.«

Die andere Sekretärin erschien relativ schnell. Sie war noch ein bißchen jünger und noch ein bißchen stärker geschminkt als die erste. Sie schien den Sonntag in fröhlicher Feier verbracht zu haben; unter der Schminke sah sie schlecht aus und hatte tiefe Ringe unter den Augen, kaum verdeckt von einem satten Grün aus den Tiegeln der kosmetischen Industrie.

»Fräulein Roth«, sagte Curtius, »was können Sie uns über Naumanns Termine der letzten paar Wochen sagen?«

Fräulein Roth setzte sich auf den angebotenen Stuhl und begann zu blättern. »Nun«, sagte sie gedehnt, »einmal die üblichen Geschichten. Gerichtstermine und so weiter; dann hat er mir eine Reihe von Briefen diktiert ...«

Curtius bat sie, alle für die Termine der letzten sechs Wochen wichtigen Unterlagen herbeizuschaffen.

Während sie in den verschiedenen Büros die Unterlagen zusammensuchte, wandte Curtius sich wieder an Matzbach. »Sie nehmen also an, daß die Schüsse Naumann allein galten und weder amouröse noch finanzielle Gründe hatten?«

Baltasar wiegte den Kopf hin und her. »So kann man das nicht sagen. Ich halte es nur für möglich, daß nicht Goldberg der böse Bube ist, sondern jemand, der andere und bessere Gründe hatte, auf Naumann zu schießen. Vielleicht spielt dabei auch Geld eine Rolle, wer weiß?«

Von Schlamm zündete sich eine Zigarette an und hustete. »Im Prinzip glaube ich zwar nicht daran, daß Goldberg es nicht war. Es ist aber zumindest seltsam, daß der ermittelnde Kommissar es bisher nicht für nötig gehalten hat, Naumanns berufliche Aktivitäten der letzten Zeit wenigstens anzutippen. Da haben Sie schon recht, Herr Matzbach.«

Curtius stützte die Ellenbogen auf den Schreibtisch und faltete die Hände unterm Kinn. »Im Moment ist das alles Theorie. Aber wenn wir von der Möglichkeit ausgehen, daß der Mord etwas mit Naumanns Terminen zu tun haben könnte, bringt uns das natürlich in eine unangenehme Lage.«

Von Schlamm runzelte die Stirn. »Wieso?«

»Ganz einfach. Wenn es so ist, dann werden wir vielleicht in den nächsten Wochen beim Aufarbeiten all der Dinge, die der Kollege uns hinterlassen hat, über etwas stolpern, was uns möglicherweise der gleichen Gefahr aussetzt.«

Von Schlamm machte eine wegwerfende Handbewegung. »Alles Unsinn. Nun mach nicht aus einer Mücke einen Elefanten.«

Sie schwiegen. Die junge Dame ließ auf sich warten. Curtius betrachtete Matzbach neugierig.

»Wenn Sie eine persönliche Frage erlauben: Wieso interessiert Sie die Sache, wie kommen Sie zur, hm, Detektivistik, und was machen Sie sonst?«

Baltasar zündete sich umständlich eine Zigarre an. »Ich bin von einem Freund gebeten worden, mich um die Sache zu kümmern. Er ist seinerseits mit Goldberg befreundet und schwört, daß der es nicht gewesen sein kann. Ich habe letztes Jahr durch Beharrlichkeit der Absichten und Klarheit des Geistes einen verzwickten Fall geklärt, und seitdem halten einige Leute mich für einen begabten Kriminalisten. Damit, im Vertrauen gesagt, unterschätzen sie mich in beleidigender Weise.«

Die beiden Anwälte lachten. Das Eintreten von Fräulein Roth enthob Baltasar der Pflicht, mehr über sich zu erzählen. Sie stapelte Akten auf den Schreibtisch, hinter dem Curtius saß, der seine Ellenbogen von der Platte nehmen mußte. Fräulein Roth nahm den Terminkalender in die Hand und las Daten und Namen vor, gab Stichwörter und verwies auf Durchschriften von Briefen, amtliche Schriftstücke etc. In vielen Fällen war entweder Curtius oder von Schlamm in der einen oder anderen Weise beteiligt oder zumindest informiert. Nach etwas mehr als einer Stunde hatten sie den Berg abgetragen.

Curtius rieb sich den linken Nasenflügel. »Na ja, viel ist nicht dabei herausgekommen. Nur diese paar Namen hier.«

Baltasar betrachtete die Liste, die er nebenher angefertigt hatte. Sie enthielt fünf Namen.

»Nun, immerhin. Fünf Leute, über die sonst nichts in den Unterlagen zu finden ist. Können Sie mir etwas über sie erzählen?« Er las den ersten Namen auf der Liste vor: »Hermann Albring.«

Curtius und von Schlamm verneinten. Fräulein Roth runzelte die Stirn, bis ein Teil der Schminke fast abbrökkelte.

»Ich glaube, mich erinnern zu können«, sagte sie langsam, »daß Herr Naumann mal was von einem Journalisten gemurmelt hat.«

»Haben Sie ein Telefonbuch?« fragte Baltasar.

Nachdem sie es geholt hatte, riß er es an sich und begann zu blättern. »Aha. Hier haben wir ihn. Albring, Hermann, fr. Journalist – fr. heißt wahrscheinlich frisch, fromm, frivol, fröhlich oder frei, eh? Schauen wir doch mal, ob es die anderen auch gibt. Telefonbücher sind eine interessante Lektüre; man weiß nie genau, wie es ausgeht. – Aha. Fricke, Lorenz, MinRat. Ob das *der* Fricke, Lorenz ist? Jedenfalls der einzige im Buch.«

Er notierte sich in beiden Fällen Adresse und Telefonnummer.

»So«, sagte er munter, wobei er die wartenden Anwälte kurz anblickte, »machen wir weiter. Baginsky, Christine – auch nur eine solche vorhanden. Sehr schön. Vorwaldt, Roland – so, da gibt es keinen. Entweder hat er kein Telefon, oder er wohnt nicht in Bonn. Haben Sie häufig Klienten von außerhalb?«

Von Schlamm schüttelte den Kopf. »Kommt gelegentlich vor, aber nicht oft. Manchmal haben Leute Gerichtstermine in Bonn, weil sie hier was Böses getan haben, und es wäre zu teuer, ihre eigenen Anwälte aus Flensburg oder Garmisch mitzubringen. Aber sonst? Na ja, vielleicht der eine oder andere Fall aus der Umgebung. Sie wissen schon, Leute vom Dorf oder aus kleinen Orten in der Nähe, wo es keine Anwälte gibt. Die suchen uns dann aus dem Branchenverzeichnis heraus.«

Baltasar nickte. »Ich glaube Ihnen, daß das ein seltener Fall ist«, sagte er. »So, wie Sie heißen – wenn ich einen Anwalt brauchte, würde ich bestimmt keinen namens Schlamm nehmen, und dann auch noch ›von‹.«

Von Schlamm fand das gar nicht komisch, während Curtius grinste.

»So, der letzte; Stücker, Eduard, auch vorhanden.« Er klappte das Telefonbuch wieder zu. »Sagen Sie, Fräulein

Roth«, sagte er dann sanft, »erinnern Sie sich bei diesen Namen noch an andere Einzelheiten?«

Sie konzentrierte sich sichtbar. Neben ihrem linken Auge löste sich ein kleines Bröcken Putz von der Fassade und zerschellte auf dem Terminkalender, den sie auf dem Schoß hielt.

»Nein«, sagte sie schließlich, »jedenfalls nichts, was mir jetzt einfällt.«

Baltasar summte ein paar Takte eines aktuellen Schlagers vor sich hin. »Die Herren«, sagte er dann, »haben hoffentlich nichts gegen eine kurze Untersuchung von Naumanns Schreibtisch einzuwenden?«

Curtius schüttelte den Kopf. »Ansehen können Sie ihn sich auf jeden Fall.«

Von Schlamm setzte hinzu: »Solange Sie ihn nicht mitnehmen.«

Baltasar bedachte ihn mit einem Blick, der in Worten etwa »Schwache Revanche für die Geschichte mit dem Namen« hätte lauten können.

In Naumanns Raum wandte er sich zunächst noch einmal an die Sekretärin. »Für den letzten Mittwoch oder sonstige Tage in den letzten paar Wochen haben Sie aber keine Abendtermine notiert, oder?«

Sie blätterte noch einmal vor und zurück, schüttelte aber den Kopf. »Nein. – Moment, doch, natürlich, aber nicht notiert. Letzten Mittwoch – warten Sie mal, wie war das denn? Ach so, ja, mittags hat er mir gesagt, ich soll ihn daran erinnern, bevor ich gehe, daß er noch mit Köln telefonieren muß. Ich habe ihn daran erinnert und bin dann gegangen.«

»Wen er in Köln angerufen hat, wissen Sie aber nicht?«

»Nein, tut mir leid.«

Naumanns Schreibtisch erbrachte keine weiteren Informationen.

Wie um sich zu entschuldigen, sagte Fräulein Roth: »Ich habe ihn aufgeräumt, nachdem – nachdem das passiert ist.«

»War irgend etwas auf dem Schreibtisch, was vielleicht wichtig sein könnte oder Ihnen aufgefallen ist?«

»Nein.«

Auf einem kleinen Beistelltisch mit Rollen lagen etliche juristische Werke, Kommentare, Gesetzestexte und so weiter. Baltasar betrachtete sie mit Mißtrauen und Mißfallen. »Herr Curtius«, sagte er, »ich habe nun herzlich wenig Ahnung von solchen Dingen. Können Sie mir sagen, ob bei diesen Schriftwerken etwas ist, dessen Anwesenheit Sie verwundert?«

Fräulein Roth bestätigte, daß sie die Bücher dort aufgetürmt habe, soweit sie sich auf dem Schreibtisch befunden hatten, daß sie aber keines entfernt oder hinzugelegt habe.

Curtius überflog die Bände. »Das ist alles nicht besonders ausgefallen. Aber warten Sie mal, Naumann hatte die Angewohnheit, Zettel in die Bücher zu legen, wenn er mit etwas beschäftigt war, damit er relevante Texte schnell wiederfinden konnte.«

Er begann zu blättern. Tatsächlich fanden sich Zettel in mehreren Büchern.

»Na ja«, sagte er schließlich, »was meinst du dazu?«

Von Schlamm betrachtete die aufgeschlagenen Seiten und zuckte mit den Schultern. »Dazu ist nicht viel zu sagen. Das sind Dinge, die jeder von uns jeden Tag dreimal aufschlägt. Jedenfalls oft. Hier – das ist ungewöhnlich.« Er wies auf eine Seite in einem älteren Werk.

Matzbach beugte sich vor und überflog die Texte. »Saatgut«, murmelte er, »du liebe Güte.«

Er bat um einen weiteren Zettel, setzte sich an Naumanns verwaisten Schreibtisch und notierte sich in Stichworten die Themen, die Naumann offenbar in letzter Zeit behandelt hatte.

»Saatgut, Beleidigung, Ehrabschneidung, Schadensersatz, Fahrverbot, Informationsrecht der Öffentlichkeit, Verfahrensfehler oder wie immer das heißen mag, Untersuchungshaft ...« Er brabbelte noch einiges vor sich hin; dann stand er wieder auf. »Ja, so, hm, aber ob das was bringt?«

Von Schlamm wandte sich ab. Curtius grinste. »Tja, mehr scheint nicht dazusein.«

Baltasar überlegte kurz. »Hatte Naumann vielleicht ein eigenes Verzeichnis wichtiger Telefonnummern, einen Notizblock, auf den er während des Telefonierens Männchen malte oder so was?«

Fräulein Roth nickte, ging aus dem Raum und kam sofort wieder zurück. Sie hielt Baltasar eine kleine Telefonkladde hin. »Hier, das waren einige Nummern, die er nach und nach eingetragen hat. Er hat es dann aber mir gegeben. Ich habe vorhin schon kurz nachgesehen; von den fünf Namen steht keiner drin.«

Sie machte eine Pause und schlug die Augen nieder. »Seinen Kritzelblock habe ich aber weggeworfen.«

Baltasar zog eine weinerliche Grimasse und durchblätterte die Kladde. Sie enthielt zahlreiche Namen und Eintragungen, darunter auch »Irene priv.« und »Irene Laden« und mehrere weitere weibliche Vornamen samt Telefonnummern.

Seufzend reichte er der Sekretärin die Kladde zurück. »Ich glaube nicht, daß es etwas bringt, wenn ich alle Nummern anrufe. Schade, daß Sie den Kritzelblock weggeworfen haben.«

Er sah sich noch einmal im Raum um, beobachtet von Curtius und Fräulein Roth. Von Schlamm hatte sich zurückgezogen.

Plötzlich hellte sich das Gesicht der jungen Dame auf. »Moment«, sagte sie, »da war noch was.« Sie ging zu einem ziemlich hohen Aktenschrank, stellte sich auf die

Zehenspitzen und tastete mit der rechten Hand auf dem Schrank herum.

»Hier, das lag auf dem Schreibtisch.« Sie reichte Baltasar einen DIN-A2-Block der Art, wie Druckereien oder Verlage ihn als Werbegeschenk herstellen: oben ein kleingedruckter Jahreskalender, unten Eigenwerbung, dazwischen sehr viel Platz für Notizen.

Curtius warf ihr einen scheelen Blick zu. »Finden Sie, daß der Schrank der richtige Platz dafür ist?«

»Ich wollte das Ding zuerst wegwerfen, dann habe ich es da oben hingeworfen, weil es mir beim Aufräumen im Weg war, und schließlich hab ich es einfach vergessen.«

Baltasar strahlte. »Ein Lob Ihrer Vergeßlichkeit, denn hier stehen ein paar Nummern. Haben Sie noch mal die Kladde, bitte?«

Er setzte sich wieder hin und suchte. Es dauerte nicht sehr lang; auf der Schreibunterlage fanden sich lediglich neun Nummern. Zwei davon waren die beiden »Irene«-Nummern; die übrigen sieben standen nicht in der Kladde. Eine der Nummern hatte eine Kölner Vorwahl. Baltasar notierte sich die Ziffern, dann reichte er die Schreibunterlage zurück.

»Heben Sie sie gut auf.« Er wandte sich an Curtius. »Spätestens übermorgen hole ich den lieben Goldberg aus dem Kerker, und dann wird sich mein Freund Ziegler, der eminente Kommissar, vermutlich persönlich herbemühen.«

Curtius musterte ihn mit zusammengezogenen Brauen. »Sie sind reichlich arrogant.«

Baltasar stützte sich mit einer Hand auf den Schreibtisch; mit der anderen machte er eine großartige Geste. »Weil ich das beschlossen habe. – Eine Frage hätte ich noch an Sie, Mademoiselle.«

Fräulein Roth zuckte zusammen. »Meinen Sie mich?«

»Just. Ist es oft vorgekommen, daß Naumann selbst telefoniert hat, oder haben Sie ihn immer verbunden?«

Sie nickte, dann schüttelte sie den Kopf. »Beides. Ich meine, meistens habe ich ihn verbunden, aber manchmal hat er auch selbst gewählt.«

»Die Kölner Nummer hier und die anderen, die auf dem Block stehen, sind Ihnen unbekannt?«

»Ja. Ich kann mich jedenfalls nicht erinnern, daß ich sie jemals gewählt hätte.«

Nach einer kurzen Verabschiedung begab Matzbach sich zu seinem Wagen und donnerte quer durch die Nordstadt zur Bornheimer Straße. Gegenüber vom Großmarkt, auf dem die Landwirte der Umgebung ihre Erzeugnisse abliefern, läutete er Sturm.

Der arbeitslose Philosoph und Volleyballfreak Henry Hoff öffnete sofort. Persönlich. Er wohnte im vierten Stock, deshalb überraschte seine Anwesenheit im Parterre Matzbach zutiefst.

»Was machst du denn schon so früh hier unten, du Stinktopf?«

Hoff blinzelte. Er war noch reichlich verschlafen. In zerfledderten Jeans und zerschlissenen Latschen stand er an der Haustür. Im Gegensatz zu anderen brauchte er nicht zu Matzbach aufzuschauen, denn er war noch ein bißchen länger als dieser, wenn auch nicht im entferntesten so fett. »Post«, erklärte er weitschweifig.

»Willst du Briefträger werden?«

Hoff trug einen Stapel von Briefen unter dem Arm. Während sie zur Treppe gingen, sagte er: »Bin ich doch schon, wie du siehst, du feistes Ungeheuer. Hast du gefrühstückt?«

Oben angekommen – Matzbach prustend – gingen sie in die Wohnküche. Hoff suchte nach einem sauberen Becher und goß Kaffee für Matzbach ein. Danach ergriff er seinen noch halbgefüllten Becher und hockte sich auf die Tischkante. Mit geschickten Fingern drehte er eine Zigarette.

Baltasar musterte ihn mißbilligend. »Seit wann drehst du denn?«

Hoff hob die Schultern. »Seit ich mir keine Zigaretten mehr leisten kann.«

Matzbach rührte in seinem Becher. »Mich bewegt eine Frage. Wie kommt es, daß du unten, an den Briefkästen stehend, hörst, wenn ich oben bei dir klingle?«

Hoff leckte den Klebstreifen des Zigarettenpapiers ab und hängte das Produkt in den linken Mundwinkel. Während er ein Streichholz an der Wand anriß, erwiderte er undeutlich: »Das ist ganz einfach. Ich habe nichts gehört, aber auch durch das Milchglas der Haustür ist deine Silhouette unverkennbar.«

»Was aber, o luchsäugiger Milchglasvoyeur, treibst du so früh am Tag dort unten? Bist du unter die Korrespondenzler gegangen?«

Hoff exhalierte und klopfte auf den Stapel von Briefen. »Ds sind Schreiben von bedeutenden Männern unserer Volkswirtschaft.«

Matzbach nickte. »Dachte ich mir. Teilen sie dir in wohlgesetzten Worten mit, daß sie zu ihrem unaussprechlichen Vergnügen deine Mitarbeit in ihren Unternehmungen weiterhin werden entbehren wollen?«

Hoff langte nach einem herumliegenden Messer mit Spuren von Margarine und Marmelade, wischte es an der Hose ab und nahm den obersten Brief. Er zerschlitzte das reichlich bedruckte Büttencouvert, zog ein Blatt heraus und überflog die wenigen Zeilen.

Matzbach betrachtete den Vorgang schweigend. Ein Brief nach dem anderen wurde seziert, obduziert, klassifiziert und relegiert; in der dafür vorgesehenen Ablagenische zwischen Herd und Boiler wucherte bereits ein Meter.

Hoff nahm die halbgerauchte Zigarette aus dem Mund, klemmte sie zwischen die Spitzen von Daumen und Mittelfinger und schnipste sie in den Spülstein, in dem sie zischend neben ihren Schwesterkippen des Morgens verlosch.

»Ja, ja«, murmelte er, »›Ihre Unterlagen erhalten Sie mit getrennter Post zurück. Wir danken für Ihr Interesse.‹«

Matzbach räusperte sich. »Vielleicht hättest du etwas Anständiges lernen oder jetzt endlich einmal an Umschulung denken sollen.«

Hoff wackelte mit den Zehen; das Schauspiel war halböffentlich, dank des Zustands der umgebenden Socken. »Was denn, deiner Meinung nach?«

»Nun, Dachdecker vielleicht, oder Pirat, Papst, Papagallo, Petrochemiker, Päderast, was weiß ich. Jedenfalls ist der Zustand eines arbeitslosen Philosophen absurd.«

Hoff schüttelte den Kopf und schob das Kinn vor. »Philosophen sind nie arbeitslos. Sie denken unausgesetzt.«

Matzbach faltete die Hände auf dem Tisch. »Alle Ausgesetzten, Aussätzigen, Insassen und Aussassen tun das. Das ist nichts Besonderes.«

»Du hast bei deinen widerlichen Wortspielereien die Hintersassen und die Freisassen vergessen. Und den Sassafras.«

Matzbach beäugte mißtrauisch den Becher, dann nahm er einen Schluck Kaffee zu sich. »Hör mal, bist du über deine Arbeitslosigkeit hinaus beschäftigt?«

Hoff rutschte vom Tisch und setzte sich vorsichtig auf einen Stuhl, dessen Beine an beginnender Altersarthritis litten. »Natürlich. Ich schreibe Bewerbungen, lese Stellenanzeigen, zerbreche mir den Kopf und mache Schulden. Ich habe also keine Zeit für dummes Zeug.«

»Wann, lieber Freund, hättest du Zeit für dummes Zeug? Wenn du einen Job hättest?«

»Nein, dann wäre ich beschäftigt.«

»Also nie?«

Hoff kniff den Mund zusammen. »Worum geht es denn?«

Matzbach folgte mit den Blicken einigen Fliegen, die auf dem Rand des Marmeladenglases balancierend zu einem Flug durch die Küche starteten. »Um ein oder zwei kleine Morde.«

»Um Himmels willen. Wen hast du umgelegt? Soll ich dich ins Ausland schmuggeln?« Er beugte sich vor und war ganz besorgt.

Matzbach grunzte. »Nichts dergleichen. Ich habe beschlossen, rätselhafte Geschehnisse zu erhellen.«

»Ah. Das Dunkel deines Geistes zur Umleitung der Justiz verwenden, willst du das schon wieder?«

Baltasar zog eine seiner Zigarren aus einer Jackentasche und zündete sie umständlich an, ehe er antwortete. »Keiner versteht mich, und niemand hat mich lieb. Alle spotten meiner. Aber«, sagte er laut und energisch, »ich werde euch alle vor Scham erröten machen.«

»Wir werden alle wegen deiner Scham erröten.«

Matzbach stand auf. »Gut«, sagte er böse, »wenn du nicht willst, dann gehe ich jetzt.«

Er setzte sich wieder. Hoff begann mit der Anfertigung einer weiteren Zigarette und schwieg beredt. Mit der ersten Rauchwolke blies er das Streichholz aus. Er schob durch heftige Mundbewegungen die Zigarette in die Mitte seines Gesichts und klemmte sie dabei in einer Weise zwischen Unter- und Oberlippe ein, daß sie am Ende des Transportverfahrens aufwärts zeigte, den Glutkegel kaum zwei Millimeter von der Nasenspitze entfernt.

»Baltasar, Baltasar«, sagte er dann, »du dauerst mich. Erleichtere deine Seele und sprich!«

Mit knappen Worten berichtete Matzbach ihm von den

Vorfällen, die zu Goldbergs Verhaftung geführt hatten, sowie von seinen bisherigen Taten.

Hoff lauschte stumm. Schließlich lehnte er sich zurück und kicherte. »Und so zieht der Held in den Kampf.«

Matzbach zog den Inhalt seiner Nase hoch. »Ja, um durch heftiges Bewegen meiner Arme eine Wirksamkeit anzudeuten, die jener der bürokratischen Windmühlen ähnlich ist.«

»Und was soll ich dabei tun?«

Baltasar runzelte die Stirn. »Helfen, Informationen sammeln, dumme Vorschläge machen, dich in Kneipen umhören und so weiter.«

Hoff nickte langsam. »Hab ich mir gedacht. Sind deine Helfer vom letzten Mal noch so gestreßt, daß sie diesmal keine Lust haben?«

»Alle haben irgendeine dumme Ausrede oder gehen nicht ans Telefon oder sonst was.«

»Kann man ihnen das verdenken?«

Baltasar grinste. »Nein. Also, wie stehts mit dir?«

Hoff überlegte.

»Also, eigentlich müßt ich ja in den nächsten Tagen mindestens vier Dutzend Bewerbungen schreiben.«

»Die Absagen werden auch ohne dein Zutun kommen. Du bist für jede qualifizierte Arbeit in einem so hohen Maße ungeeignet, daß alle größeren Körperschaften dieser Republik dich an erster Stelle auf ihrer Ablehnungsliste führen.«

Hoff warf mit einem alten Brötchen nach Matzbach. »Volleyballtrainer«, sagte er nachdenklich, »könnte ich natürlich auch werden ... Im Ernst, Baltasar: Du weißt, daß ich seit sechs Monaten kein Arbeitslosengeld mehr bekomme. Unterstützung würden sie sich von meinem Vater zurückholen, und das will ich nicht. Ich hab keinen Pfennig mehr und muß mir dringend etwas suchen, egal was.

Tagsüber Bewerbungen schreiben, abends Bier zapfen oder so. Wenn ich in Kneipen was für dich rauskriegen sollte – ich könnte mir im Moment nicht mal n Bier leisten–« Er schwieg und begann, während er noch paffte, eine weitere Zigarette zu drehen.

Baltasar blickte an die Decke. »Soll ich dir was pumpen?«

Hoff musterte interessiert seinen Kühlschrank, als sei dieser eben zur Tür hereingekommen. »Nee, das ist lieb, aber ich wüßte nicht, ob oder wann ichs zurückgeben kann ...«

»Eigentlich«, sagte Baltasar nachdenklich und nebenhin, »brauche ich für ein paar Tage eine Mischung aus Fahrer und Sekretär. Kannst du tippen?«

Mit diesem Vorwand einigten sie sich, nachdem Hoff sich noch eine Weile geweigert hatte, bis Baltasar schließlich grob sagte: »Stell dich nicht so an. Ich setz dich als Bestechungsgeld oder Geschäftsunkosten ab.«

Danach zog er einige Blätter aus der Innentasche seiner Jacke. »Ist dein Telefon schon gesperrt?«

»Noch nicht, kann aber nur noch ein paar Tage dauern.«

Baltasar entfaltete die Blätter, legte sie auf den Tisch und strich sie glatt. Dann zog er einen Kugelschreiber aus der Brusttasche seines Hemdes. »Hier habe ich vier Telefonnummern, Namen und Adressen, und einen Namen ohne sonstige Informationen. Hier« – er wies auf den anderen Zettel – »habe ich sieben Telefonnummern. Vier, und zwar diese, jene, solche und welche, stehen auch auf dem anderen Blatt. Das ist beruhigend. Jetzt möchte ich mit Hilfe deines ungesperrten Telefons feststellen, wer sich hinter den anderen Nummern versteckt.«

Hoff stand auf, ging nach nebenan und kam mit dem Apparat zurück, der ein langes Kabel hatte. »Hier, versuch dein Glück.«

Baltasar bohrte seinen dicken Zeigefinger in die Löcher der Wählscheibe. »Wenn du wieder zu Wohlstand gelangt bist, schaff dir bitte mir zuliebe eines mit Tasten an, ja?« Dabei wählte er jene der Nummern, welche eine Kölner Vorwahl hatte. Offenbar bekam er sehr schnell Anschluß, denn er öffnete halb den Mund, schloß ihn wieder, lauschte und begann zu grinsen; dabei notierte er etwas. Schließlich legte er den Hörer auf die Gabel und kicherte. »Ich habe ein interessantes, wenn auch einseitiges Gespräch mit einem automatischen Anrufbeantworter hinter mir.«

Hoff knackte mit den Fingergelenken. »Aha. Wessen Apparat war das denn in Köln?«

Matzbach schob ihm den Zettel hin. Hoff las laut: »Gesellschaft zur Stärkung der Verben e. V. – was ist denn das?«

Matzbach zuckte mit den Schultern. »Das weiß ich nicht; ich finde aber, es klingt pittoresk. Der Apparat hat mir freundlicherweise mitgeteilt, daß der Anschluß nur an Wochenenden sowie Donnerstagen bemannt sei. Wir werden der Sache demnächst auf den Grund gehen. – Gut, zur nächsten Runde jetzt. Komische Nummer das.«

Hoff betrachtete den Zettel. »Acht Ziffern und eine Zwei am Anfang – hm. Die meisten Nummern hier im City-Bereich rechts und links der Bahn, so zwischen Bahnhof und Bonn-Center, fangen mit einer Zwei an, aber die sind alle sechsstellig. Das sieht wie eine Durchwahl aus, vielleicht eines der Ministerien? Oder der Kanzler persönlich?«

Matzbach grunzte. »Werden wir sehen, Kanzler wär natürlich lustig, eh? Diese Tante in der Boutique, diese sogenannte Verkäuferin, ein unmögliches Stück Mensch, hat ja erzählt, die verblichene Dame habe ihr erzählt, der verblichene Herr habe dieser erzählt, etwas, falls es etwas ergäbe, würde ein dickes Ding.«

Hoff nickte. »Völlig klar, das habe ich mühelos verstanden. Telefonier lieber!«

Matzbach rümpfte die Nase, begann dann aber zu wählen. Nach der sechsten Ziffer war Schluß; er hielt die Muschel so, daß Hoff die mißtönende Pseudotriole und »Kein Anschluß unter dieser Nummer« hören konnte.

»Also«, murmelte Matzbach, »was machen wir mit dieser achtstelligen Nummer?«

»Vielleicht ist es die Kontonummer eines Menschen, der deinen Rechtsanwalt erpreßt hat?«

Matzbach seufzte nur; dann nahm er den Hörer wieder auf und wählte eine Null, danach die acht Ziffern. Nach dem fünften Tuten nahm jemand ab.

Matzbach nahm die Meldung schweigend entgegen, räusperte sich dann und sagte mit leicht verunsichert wirkender, halbhoher Stimme: »Ja, eh, entschuldigen Sie bitte, aber ist dort nicht die Kentaurenapotheke? – Aha, so, danke sehr. Bitte, entschuldigen Sie, daß ich mich verwählt habe.« Er legte auf. »Hm, ich weiß zwar nicht, ob das etwas einbringt, und es war ja auch nur so eine Idee. Eine Dame namens Gabrieli.«

Er notierte den Namen hinter der Telefonnummer, der er in Klammern eine Null voransetzte, und versah die ganze Zeile mit mehreren Fragezeichen. »Ich dachte nur daran, daß ich manchmal, wenn ich mir eine auswärtige Nummer aufschreibe, die Null fortlasse, weil sie selbstverständlich ist.«

Hoff nickte. »Weise, wenn ich auch nicht bei allen toten Anwälten voraussetzen würde, daß sie deine Macken teilen.«

Baltasar schwieg und wählte die dritte Nummer. Dort nahm sehr rasch jemand ab; Baltasar sagte lediglich: »Verzeihung, falsch verbunden«, und legte wieder auf.

»Und?«

Matzbach stülpte die Lippen nach außen. »Ein Hotel; wenn ich mich nicht irre, nahe am Botanischen Garten.«

Er starrte auf seinen Zettel. »Was machen wir nun? – Na, es ist bald Mittag. Wenn du mich zum Essen ausführst, lade ich dich ein.«

Hoff grinste. »Wenn du mir einen Vorschuß zahlst, lade ich dich ein.«

»Gemacht. Schreib dir nur vorher diese paar Namen und Nummern auf.«

Hoff holte Papier und einen Stift und schrieb brav jene Namen, Adressen und Nummern ab, die Matzbach mit Hilfe des Telefonbuchs und der Sekretärin der Anwaltskanzlei gefunden hatte.

»So«, murmelte er, als er fertig war, »Fricke, Albring, Baginsky, Stücker und Vorwaldt, letzterer ohne alles. Was soll ich damit machen?«

»Das erkläre ich dir beim Essen.«

Sie gingen zu Fuß in eine kleine Gaststätte neben dem Großmarkt, in der man für unter zehn Mark ein kräftiges Mittagessen mit Suppe und Nachtisch bekam. Beim Kaffee einigten sie sich darauf, daß Matzbach einen Abstecher zu Großvater Goldberg unternehmen würde, während Hoff versuchen sollte, in Kneipen nahe den jeweiligen Adressen oder auf sonstige Weise etwas über die fünf beziehungsweise vier Leute zu erfahren. Matzbach stand auf.

»Ich werde jetzt fahren«, sagte er friedfertig. »Ich bin nämlich scharf drauf, diesen Raben kennenzulernen.«

VII

Als Baltasar mit einigen Mühen und Verirrungen die Fachwerkbehausung des Großvaters erreicht hatte, war dieser nicht aufzufinden. Murrend streunte Matzbach über das von alten, hohen Bäumen bestandene Grundstück. Schließlich entschied er sich für einen Einbruch, den er jedoch nicht durchzuführen brauchte, da die Tür nicht verschlossen war. Langsam und verwunderten Auges wanderte er durch das Haus und versuchte, die vielerlei toten Tiere einzuordnen, die ihn allenthalben anstarrten. »Dieses«, murmelte er vor sich hin, »ist eine veritable Geisterbahn. Schuhu, altes Mädchen!«

Letzteres war als Gruß gedacht und galt einer ausgestopften Schleiereule, die zwischen Zinnkrügen auf einer Anrichte residierte. Ihr gegenüber, auf einem kleinen Bord, das mit Holzstiften in der Wand verankert war, trotzte ein Tukan der Belagerung durch Teedosen.

Seufzend und kopfschüttelnd kehrte Matzbach schließlich dem verwinkelten Hinterteil des Hauses den Rücken und begab sich in die Küche. Kaum hatte er die Tür geöffnet, als auch schon im Sturzflug ein schwarzes Objekt auf ihn losfuhr. Mit knapper Not entging Baltasar einem Schnabelhieb.

Der Rabe machte eine Zwischenlandung auf einer Stuhllehne und breitete die Flügel aus. Dabei musterte er Matzbach und krächzte etwas, das sich wie »Rotzlümmel« anhörte. Dann schlug er heftig mit den Schwingen und setzte zum nächsten Angriff an. Baltasar ergriff die Offensive und warf dem startenden Jagdflieger eine Streichholzschachtel vor das Flugbein, was den Raben jedoch nur kurzzeitig irritierte. Als er unter Gekrächz erneut auf Matzbachs Gesicht losging, schnappte Baltasar ihn in der Luft mit beiden Händen, hielt die Flügel fest, sah ihm streng in die Augen und hielt ihm folgenden Vortrag:

»Du Schmutzfink, du Abgrund der Widerwärtigkeit. Du Unhold, du Flatterratte, du Segelolm, unterbelichtetes Stück Aerodynamik, pickender Satan und Schnabelschnepfe. Harmlose Einbrecher zu belästigen, bah. Mieses UFO, du räudiger Meuchelmörder. Wenn ich dich jetzt loslasse, bitte ich mir mehr Respekt aus, und vor allem Friedensliebe. Hast du mich verstanden?«

Der Rabe lauschte in seiner unbequemen Lage mit quergelegtem Kopf. Als Matzbach ihn emporhielt und schüttelte, schiß ihm der Vogel in die Brusttasche.

»So«, sagte Baltasar erbost, »das zahl ich dir heim, du Mistkäfer. Wenn du mich beschmutzt, werde ich dich eben waschen, in heilsamer Umkehr der Injurien.«

Mit wenigen Schritten hatte er das Waschbecken der Küche erreicht. In einer Hand hielt er den Raben fest, mit der anderen öffnete er den Kaltwasserhahn. Dann ergriff er eine Plastikdose mit Spülmittel und besprühte das Tier. So geschah es, daß dem zeternden Raben ein Bad angedieh, und Baltasar redete ihm während des Vorgangs begütigend zu.

»Siehst du, die Reinlichkeit des Leibes fördert die Gelassenheit der Seele. Als ich noch ein Albatros war, habe ich immer freiwillig heiße Bäder in Geysiren genommen, und dabei haben Meerjungfrauen mir das Gefieder gezaust. Oh, die Schönheit der vergangenen Inkarnationen. Um ein zänkischer Rabe zu werden, mußt du in deinem letzten Leben ziemlich gesündigt haben. Was warst du nur, du Tier? Wer könntest du gewesen sein? Schwarz, räudig und zänkisch – ein Jesuit?«

An dieser Stelle öffnete sich die Tür, und Großvater Goldberg trat ein. Er betrachtete die Szene mit offensichtlichem Wohlgefallen.

»Dem Geruch nach hat er Sie angeschissen. Ich kenne seine Gründe nicht. Ich weiß auch nicht, wer Sie sind und was Sie in meinem Haus machen, aber dem Raben kann eine Abreibung nicht schaden.«

»Ihr Enkel«, sagte Matzbach, während er die feuchte Amtshandlung beendete, »hat einen merkwürdigen Geschmack. Wenn seine Frau als Frau so liebenswert war wie der Rabe als Rabe, dann wundert mich nichts mehr an dieser ganzen trüben Angelegenheit.«

Er wartete auf weitere Worte des Großvaters, aber dieser war durch die ungewöhnliche Menge an Wörtern, die er bereits gesprochen hatte, so erschöpft, daß er zunächst schwieg und der Prozedur mit einem falschen Lächeln zusah. Schließlich knurrte er: »Kaffee?«

Baltasar knurrte zurück: »Mit Milch.«

Dann trocknete er den Raben mit einem schmutzigen Spültuch ab und schlug ihm mit dem Zeigefinger auf den Schnabel. »So, du Früchtchen, das sollte dir eine Lehre sein.« Er blickte sich suchend um und entdeckte ein Glas mit Marmelade. Zum Glück stand es offen da, sonst hätte er einhändig Schwierigkeiten gehabt. Mit seinem dicken Zeigefinger holte er ein schönes Häppchen aus dem Glas und schmierte es sich ins Ohr. Dann setzte er den immer noch stummen und geduldigen Raben auf seine rechte Schulter und ließ ihn los. Offenbar war dies das richtige Rezept: Der Rabe trippelte ein wenig auf der Stelle, dann begann er, die Marmelade vorsichtig aus Baltasars Gehörgang zu naschen.

Der alte Goldberg schaute zu und grinste. »Gut so.«

Das Wasser begann zu kochen. Während Goldberg den Kaffee in einer alten Blechkanne aufbrühte, setzte Matzbach sich sanft auf einen Stuhl. Der Rabe ließ sich nicht stören.

Als der Großvater zwei Emaillebecher, Löffel und ein Milchkännchen auf den Tisch gestellt und sich gesetzt hatte, blickte Baltasar ihm in die Augen.

»Ich hoffe, ich muß Sie nicht auch in ähnlicher Weise von meiner Person überzeugen.«

»Ich kann mich allein waschen, danke.«

Matzbach rührte in seinem Kaffee und berichtete in knappen Sätzen: zur Person, zur Sache, zu den Anlässen und Auswirkungen. Als er damit fertig war, nahm er einen großen Schluck Kaffee und griff in die Brusttasche, um eine Zigarre herauszuziehen. Nachdenklich betrachtete er seine verschmierten Finger, an denen nun nicht nur Marmelade haftete.

»Trottel!« sagte der Rabe. Dann keckerte er.

Matzbach stand auf, ging zum Waschbecken und versuchte, mit spitzen Fingern, Wasser und dem Spültuch seine Brusttasche notdürftig zu säubern. Der Rabe blieb derweil auf der Schulter und verfolgte die Reinigung mit Anteilnahme.

Als Baltasar wieder saß, klopfte der alte Mann mit knochigem kräftigen Finger auf die Tischplatte. »Und jetzt?«

»Ganz einfach. Moritz hat Ihnen am Wochenende den Wagen gebracht. Sie geben mir Schlüssel und Zulassung, und ich versuche mit Hilfe des Wagens und dieses Flugsauriers hier, die Tankstelle zu finden, an der Ihr Enkel getankt hat.«

Goldberg schnaubte. »Zwischen hier und Königswinter oder Siegburg, egal, gibts tausend Tankstellen.«

»Na ja, ein paar weniger werdens schon sein. Aber haben alle Diesel?«

Goldberg kniff die Brauen zusammen. »Weiß nicht. Wohl die meisten. Hier gibts viele Bauern.«

»Kriegen die ihren Treibstoff nicht woanders?«

Goldberg zuckte mit den Schultern.

Matzbach leerte seinen Becher und stand auf. Er ging abermals zum Waschbecken, diesmal, um sein Ohr von den Marmeladeresten zu säubern. Der Rabe protestierte und flog auf die Schulter des Großvaters, wo er leise brabbelnd hocken blieb.

Als Baltasar mit den Fingern schnipste und den dicken Zeigefinger auf den Raben richtete, musterte der Vogel ihn unbewegt.

»Poe, komm her«, sagte Baltasar energisch und deutete auf seine rechte Schulter. Mit leichtem Staunen verfolgte der Großvater den Flug des Vogels, der gehorsam auf Baltasars Schulter zurückkehrte.

»Das ist mir neu«, sagte er. Dann holte er aus einer Schublade Schlüssel und Papiere, reichte sie Matzbach und winkte ihm zu folgen. Sie gingen zu einem Schuppen auf dem hinteren Teil des Grundstücks. Goldberg öffnete das Tor, und Matzbach inspizierte den alten Diesel. Ächzend klemmte er sich hinter das Steuer, schob den Sitz nach hinten, um atmen zu können, und betrachtete sinnend das Armaturenbrett. Der Rabe flatterte auf die Rückbank, wo er auf und ab stolzierte.

»So so«, sagte Baltasar.

»Was?«

Baltasar wies auf den Tachometer. »Hier, der Zähler für die Tageskilometer. Normalerweise stellt man ihn ein, wenn man aufgetankt hat. Bis Bonn sind es etwa fünfzig Kilometer. Angenommen, Ihr Enkel hat in Bonn noch mal, na, sagen wir zehn Kilometer zurückgelegt, macht von hier aus sechzig. Dann hat Moritz vielleicht noch einmal zehn Kilometer gemacht, um aus Bonn herauszukommen, und wieder fünfzig, um den Wagen herzubringen. Macht hundertzwanzig plusminus zehn Prozent. Nun hat der gute Andreas aber nicht hier, sondern auf dem Weg nach Bonn getankt. Und Umwege gemacht. Wenn wir genau wüßten, wie viele Kilometer Moritz zurückgelegt hat, wüßten wir, wie weit von Bonn die betreffende Tankstelle sein kann. Selbst unter Berücksichtigung der Tatsache, daß Ihr Enkel Umwege gemacht hat, würde uns das schon helfen.«

Goldberg nickte.

Matzbach stieg wieder aus und ging zu seinem eigenen Wagen. »Wo ist das nächste Telefon?«

Der Alte erklärte es ihm.

Baltasar hob die Hand. »Gut, bis gleich«, sagte er. In diesem Moment ließ sich der Rabe auf seiner Schulter nieder und krächzte. Baltasar seufzte. »Na schön, Vieh, komm mit.«

Er fuhr zur Telefonzelle und hatte Glück; Moritz war in der Redaktion.

»Na, Matzbach, auf der Pirsch?«

Baltasar gab einen Schnalzlaut von sich. »Hör mal, ich will was wissen.«

Morungen stöhnte. »Motzbauch, was willst du wissen? Bin ich deine Auskunftei? Ruf die Auskunft an!«

»Wie weit bist du mit Goldbergs Wagen gefahren?«

Moritz schnaufte. »Mastbock, Mastbock, wie soll ich das wissen?«

Baltasar fluchte. Danach sagte er: »Also, paß auf. Hast du den Tageszähler angefaßt?«

Moritz überlegte. »Ach so. Du willst die Tankstelle finden. Mhmhmhmhmhmhm... Ich habe nicht nur den Tageszähler nicht angefaßt, lieber Mistbär, sondern mir sogar gemerkt, welche Zahl er zeigte.«

»Soviel Umsicht hätte ich dir gar nicht zugetraut. Welche Zahl wars denn?«

Moritz gluckste. »Das, lieber Freund, kriegen wir raus. Ich hab mir nämlich ne assoziative Eselsbrücke gebaut, um sie zu behalten. Na, Mordsblock, was sagst du dazu?«

Matzbach schüttelte sich. »„Bitte bitte, lieber Murxritz, tu es mir kund.« Er warf ein Markstück nach, bevor die Post das interessante Gespräch beendigen konnte.

Moritz holte tief Luft. »Also, ich hab mir die Zahl so gut merken können, weil sie was mit Erotik zu tun hat.« Er machte eine Pause; dann setzte er kleinlaut hinzu: »Und jetzt hab ichs vergessen.«

Baltasar ächzte. »Erotik? O du lieber Himmel. Und jetzt hat er es vergessen!«

Moritz summte leise; es klang wie eine Störung in der Leitung. Schließlich sagte er: »Aber das kann man rekonstruieren, dazu sind ja Eselsbrücken da. Warte mal. An dem Morgen hatte der Kollege von der Filmredaktion mir was von einem unanständigen Film erzählt, den er besprechen sollte ...«

»War die Zahl vielleicht hundertfünfundsiebzig? Oder neunundsechzig? Oder was?«

Moritz grunzte. »Sei still, bring mich nicht durcheinander. Bei deinem Geschwätz soll man auch noch denken ... Ich hab den Film wieder! Ein siebzehnjähriger Junge tut in diesem Film mit zwei fünfzehnjährigen Mädchen irgendwelche Dinge, die dann frei sind ab sechzehn.«

Baltasar addierte. »Das macht dreiundsechzig.«

Moritz hustete. »Kopfrechnen gut, aber das war nicht die Zahl. Warte mal. Der Film spielt in Los Angeles. In Los Angeles gibt es doch diesen furchtbaren Freeway, du kennst doch bestimmt auch Bilder davon, diese grausigen Autobahnschlangen, die in siebzehn Schichten über-, unter- und nebeneinander wie Zöpfe verflochten sind, ja?«

Baltasar seufzte. »Noch eine siebzehn. Das macht achtzig.«

»Dabei fiel mir ein, daß ich ein paar Tage vorher eine alte Bekannte, mit der mich, lang ists her, was Erotisches verband, hm, vom Flugplatz abgeholt habe, Köln-Wahn. Die sagte irgendwas über die Verflechtung der Autobahnzu- und -abfahrten, deswegen fiel mir Los Angeles ein. Die Dame aber ist dreiunddreißig.«

»Das bringt uns auf hundertdreizehn. Mach nur so weiter.«

»Keine Sorge. Ich habs jetzt, aber es ist blödsinnig. Die Dame erzählte mir, daß sie demnächst einen wohlhabenden Menschen von sechsundvierzig Jahren zu ehelichen gedenkt. Das macht hundertneunundfünfzig. Die Quersumme von einhundertneunundfünfzig ist fünfzehn. Da das ganze Gerede im Prinzip um Sex kreiste, multiplizier mal fünfzehn mit sechs. Also neunzig. Geteilt durch die beiden fünfzehnjährigen Mädchen ergibt das fünfundvierzig. Und das, lieber Baltasar, ist die Zahl, die der Tageszähler zeigte. Hah.«

Baltasar sagte schwach: »Erstaunlich. Bist du ganz sicher?«

»Ja. Da fällt mir ein, daß ich auch an das Ende des Zweiten Weltkriegs gedacht habe. Bitte sehr, die erfolgreiche Gegenprobe.«

»Du dummer Ziegenbock, warum schreibst du dir so was nicht auf?«

Moritz kicherte. »Jetzt, wo du es sagst, fällt mir ein, daß ich es wohl aufgeschrieben habe. Heute früh hab ich in meiner Jacke einen zerknüllten Zettel gefunden, auf dem stand fünfundvierzig, aber damit konnte ich überhaupt nichts anfangen, und deswegen hab ich ihn fortgeworfen.«

Als Baltasar wieder bei Großvater Goldberg angekommen war, berichtete er diesem von den außergewöhnlichen Gedächtnisleistungen des Lokalredakteurs. Goldberg lauschte schweigend, runzelte nur zwischendurch die Stirn.

Poe, der die ganze Zeit friedlich auf Baltasars Schulter gehockt und nicht einmal das Telefonat durch unziemliches Betragen gestört hatte, startete plötzlich wild durch und jagte unter Kriegskrächzen hinter einem Eichhörnchen her. Matzbach breitete eine Karte auf der Motorhaube seines Wagens aus und zog mit einem Kugelschreiber eine Art Halbkreis um Beuel.

»Hier. Wenn der Tacho fünfundvierzig zeigte, dann kann man ungefähr zehn abziehen für Fahrten in Bonn. Ihr Enkel hat bestimmt keine Fähre benutzt, um auf die linke Rheinseite zu kommen, an so was würde er sich wohl erinnern. Die nächste Brücke oberhalb von Godesberg ist bei Neuwied, das ist zu weit und scheidet also aus.«

Er musterte kritisch den Halbkreis.

»Wenn er große Umwege gefahren ist, kann ihn das ja durchaus bis ins Bergische Land gebracht haben.«

Großvater Goldberg schüttelte den Kopf. »Glaub ich nicht.« Er wies auf die Gegend östlich von Köln, ohne sich auf einen bestimmten Punkt festzulegen. »Von da aus wäre er über die Flughafenautobahn nach Bonn zurückgefahren ...«

Baltasar nickte. Den Auskünften nach hatte Andreas Goldberg ausdrücklich betont, er sei auf lieblichen Landstraßen durch den Morgen gebummelt, also schieden Autobahnen ebenso aus wie die einigermaßen häßliche Strecke Neuwied–Honnef–Königswinter, die außerdem am Rhein entlang verläuft, und vom Rhein hatte der Delinquent ebenfalls nicht gesprochen.

Matzbach strichelte eine zweite Linie, ungefähr einen Viertelkreis östlich und südöstlich von Beuel. »Hier irgendwo, ungefähr fünfunddreißig Kilometer von Beuel entfernt, dürfte er getankt haben. Das kann Richtung Altenkirchen gewesen sein, aber auch Richtung Eitorf.« Er seufzte. »Daß die Menschen aber auch immer so unbedachte Schritte unternehmen müssen.«

Er pfiff auf den Fingern und brüllte »Poe!«, dann, als das nichts bewirkte, »Rabenaas!«. Irgendwo raschelte es, und der Vogel landete auf Baltasars Schulter.

»Ich werde jetzt ein bißchen diesen Wagen bewegen und den Tank leerfahren. Vielleicht kommt etwas dabei heraus.«

Goldberg nickte. Baltasar kletterte wieder hinter das Steuer, steckte den Schlüssel ins Zündschluß und wartete, bis das Vorglühen beendet war. Dann startete er den Motor, der unter Ächzen duftige Wölkchen absonderte. Als er den Rückwärtsgang einlegte und aus dem Schuppen herausschoß, klopfte Goldberg auf das Dach. Matzbach kurbelte das Fenster herunter.

»Ja?«

Der Großvater grinste.

»Schnallen Sie den Raben an, er greift Ihnen sonst in die Gangschaltung!«

Poe hüpfte auf dem Beifahrersitz auf und ab, sprang dann auf die Rückenlehne und gähnte. Baltasar bedankte sich mit einem gehobenen kleinen Finger für den Raben-Rat und fuhr los.

Kurz nach sieben bog er hupend wieder auf Goldbergs Grundstück ein. Es wurde dunkel und empfindlich kalt.

»Ach ja«, sagte Baltasar traurig, als er mit dem fröstelnden Raben auf der Schulter die Küche betrat, »die schönen Tage von Aranjuez sind nun vorüber.«

Goldberg blickte vom Herd auf, an dem er mysteriöse Mischungen erhitzte. »Spät kommt Ihr, doch Ihr kommt.«

Matzbach nickte und deutete eine rituelle Verbeugung an. »Der lange Weg säumt meine Entschuldigung«, erwiderte er. Seufzend ließ er sich auf einen Stuhl sinken.

Goldberg schob den Unterkiefer vor. »Wein?«

Baltasar nickte. »Und Kaviar für den finsteren Pfadfinder«, sagte er mit einer Kopfbewegung nach rechts, zum geschulterten Poe.

Goldberg langte eine mit feuchten Lappen zur Kühlung umwickelte Flasche aus einer Ecke hervor, entwickelte sie, zog vorsichtig den Korken heraus und stellte zwei Gläser auf den Tisch. Nachdem er sie gefüllt hatte, nahm Matzbach einen vorsichtigen Schluck und schüttelte sich.

»Brrr, das zieht einem ja die Löcher in den Socken von innen zu! Riesling?«

Goldberg nickte. »Guter alter«, sagte er fast liebevoll, »das heißt junger, aber wie früher, ohne Zucker.«

Baltasar nahm einen weiteren Schluck und grunzte schon beifälliger. Goldberg bestrich eine Scheibe Graubrot mit gesalzener Butter, schmierte eine Schicht Erdbeermarmelade darüber, garnierte die Angelegenheit mit Zwiebelringen und krönte alles mit einigen Tupfern Senf. Dann schnitt er es in winzige Stückchen und schob es dem Raben hin, der von Baltasars Schulter hüpfte und munter zu speisen begann.

»Das Tier«, sagte Matzbach ungläubig, »muß krank sein.«

Goldberg nahm den Topf vom Herd und teilte den Inhalt gerecht; einen der überhäuften Teller stellte er vor Matzbach, mit dem anderen begab er sich an die andere Seite des Tisches und setzte sich.

»Essen!«

Baltasar schnupperte und strahlte. »Ah, die Köstlichkeiten der oberen und der unteren Sphäre, Himmel und Erde.«

Gebratene Blutwurst, Kartoffelpüree und Apfelkompott untereinander, in Zusammenarbeit mit dem Riesling, beanspruchten seinen Gaumen derart, daß er hinterher sofort zu einer Zigarre greifen mußte, um wieder zu sich zu kommen.

Großvater Goldberg stopfte eine alte stinkende Pfeife mit altem stinkenden Tabak, blies eine übelriechende Wolke in Richtung Poe und lehnte sich zurück.

»Berichten!«

Baltasar paffte noch einige Sekunden, dann nahm er die Zigarre aus dem Mund. »Tja, was soll ich berichten? Ich bin gefahren, kreuz und quer. Immer wenn ich das Gefühl hatte, links könnte ein schönes Tal sein, oder vielleicht würde der häßliche Kirchturm mir zuliebe einstürzen, wenn ich nur nah genug an ihm vorbeiführe, immer dann bin ich abgebogen. Ich habe die Tankstellen nicht gezählt, an denen ich gehalten habe. Irgendwann gegen sechs wurde der Rabe unruhig. Ich dachte, er müßte vielleicht mal, und weil ich keine Lust hatte, ihm wieder meine Brusttasche zu reichen, habe ich angehalten. Aber er wollte nicht raus. Ich bin also weitergefahren, und siehe da, hinter der nächsten Kurve war eine Tankstelle.«

Baltasar musterte den immer noch mampfenden Vogel.

»Hat er sich verdient«, sagte er. »Ich habe dann an der Tankstelle gehalten, und Poe ist rausgeschossen, kaum daß ich die Tür geöffnet hatte. Der Tankstellenpächter kam an und grinste. ›Sie mit Ihrem komischen Vieh schon wieder?‹ sagte er, bevor er mein Gesicht gesehen hatte. Dann hat er mich ein wenig befremdet gemustert. Ich habe ihm erklärt, daß ich Wagen und Vogel nur leihweise besäße, und ihn dann gefragt, wann er die beiden zuletzt gesehen hätte.«

Goldberg beugte sich vor. »Na, und wann?«

Baltasar verschränkte die Arme vor der Brust. »Na, wann wohl! Ich als Universaldilettant bin darauf angewiesen, daß die unwahrscheinlichen Zufälle immer mit mir sind und nie gegen mich.« Er zog einen Zettel aus der Innentasche seiner weiträumigen Wildlederjacke und schob ihn dem Großvater hin.

Goldberg las. »›Der unterzeichnende Dingsbums, Pächter der Tankstelle und so weiter, bestätigt hiermit, am Morgen des vergangenen Donnerstag, Datum gegen 7 Uhr 30, den Wagen mit Kennzeichen XYZ mit Diesel vollgetankt zu haben. Er erinnert sich genau an eine birnenförmige Delle am hinteren rechten Kotflügel und daran, daß der Fahrer dieses Wagens einen Raben bei sich hatte. Beschreibung des Fahrers ...‹ Klar, eindeutig Andreas.«

Goldberg faltete den Zettel säuberlich zusammen, strich den Falz mit dem Daumennagel glatt; dann reichte er Baltasar das Papier mit spitzen Fingern. Als Baltasar es wieder an sich genommen hatte, blickte der alte Mann ihm in die Augen und streckte die rechte Hand aus, die Matzbach drückte.

»Baltasar«, sagte Goldberg halblaut, »ich danke Ihnen.«

»Großvater«, sagte Baltasar sanft, »nichtsnutzige Enkel prachtvoller Ahnen sollte man unterstützen, um die Trauer von ehrwürdigen Häuptern fernzuhalten.«

Dann lehnte er sich wieder zurück. »Allerdings gebe ich zu, daß der Rabe einen wichtigen Teil zu verantworten hat. Ich weiß nicht, ob die birnenförmige Delle allein genügt hätte.«

Er machte eine Pause und murmelte dann nachdenklich: »Stellt sich die Frage: Was mach ich jetzt?«

Goldberg musterte ihn aufmerksam. »Wieso? Was wollen Sie denn jetzt noch machen?«

Baltasar stützte die Ellenbogen auf den Tisch und zündete seine erloschene Zigarre wieder an. »Na ja, ich hatte mich auf eine verwickelte Affäre gefreut, und jetzt ist alles so einfach. Oder auch nicht. Es ist zwar klar, daß Ihr Enkel nicht der böse Bube ist, aber irgendwer muß ja die beiden Liebenden umgenietet haben. Warum soll ich denn der Polizei den Rest überlassen, nachdem ich einmal angefangen habe? Das könnte meinem lieben Freund Ziegler so passen, pah.«

Goldberg schüttelte den Kopf. »Versteh ich nicht. Wer ist Ziegler?«

»Ein gelegentlich unfreundlicher Kommissar der Bonner Kripo, mit dem ich schon einmal das Vergnügen hatte. Haben Sie ihn nicht kennengelernt?«

»Nein. Hat wahrscheinlich einen Untergebenen zu mir geschickt. Was wollen Sie tun?«

Matzbach rümpfte die Nase. »Es kommt ohnehin nichts Zählbares in bar dabei heraus, also kann ich doch gleich versuchen festzustellen, wer wirklich was und warum und wie getan hat, oder?«

Goldberg grinste. »Sie haben sonst nichts zu tun?«

»Doch, aber für ein bißchen Aufregung sollte man sich immer Zeit nehmen.«

Poe segelte mit trägen Schlägen durch die Küche und landete ächzend auf der Fensterbank. Goldberg musterte ihn böse.

»Kleiner Kacker«, sagte Matzbach, »muß er etwa?«

Schweigend öffnete Goldberg das Fenster; der Rabe schoß in die kühle Nacht.

Während Goldberg eine weitere Flasche besorgte, schnüffelte Baltasar mißtrauisch an den Tabakbeständen des Alten. »Sie«, sagte er dann, als der Großvater wieder am Tisch Platz genommen hatte, »rauchen wohl auch alles, was sich nicht wehrt oder nicht schnell genug laufen kann, wie?«

Goldberg stopfte sich eine weitere Pfeife. »Spezialmischung.«

Matzbach sog die Luft durch die geblähten Nüstern ein und leckte sich die Lefzen. »Hinreißendes Aroma. Fingernägel, Gewürznelken, Kameldung, Dörrobst und Juckpulver, eh?«

Goldberg betrachtete ihn verärgert. »Hören Sie doch endlich auf zu labern. Entweder labern oder trinken. Schach?«

Sie spielten viele Partien und laberten nicht mehr. Weit nach Mitternacht zählte Baltasar die Flaschen und setzte Goldberg matt.

»Da«, sagte er.

Goldberg musterte die Stellung und nickte.

Baltasar lehnte sich zurück und ließ einen epochalen Rülpser. »Bleibt immer noch die Frage, was ich jetzt mache«, knurrte er. Nachdenklich sog er an seiner Zigarre.

Ein schwarzer Flügel zuckte vor dem Fenster, dann pochte es.

»Lenore!« schrie Baltasar. »Nimmermehr!«

Goldberg ließ den Raben herein. Poe sah zufrieden und zerzaust drein.

»Haben die zur Zeit Wallungen?« fragte Matzbach.

»Dieses entsetzliche Vieh hat immer Wallungen. Mir wär schon lieb, wenn Andreas sich bald wieder um das Monster kümmert.«

»Sehen Sie«, sagte Baltasar langsam und deutlich, wenn auch bemüht, »wenn ich morgen früh mit dem Wisch meinen lieben Freund Ziegler besuche, wird er mich verfluchen, und dann werden sie Andreas freilassen. Vielleicht wird Ihr Enkel mich knutschen wollen, und davor graut mir mehr als vor Zieglers Ausfälligkeiten. Zusammengefaßt: Ich habe nichts davon. Ziegler hat nichts davon. Andreas hat auch nichts davon. Ein paar Tage der Meditation bei karger Kost schaden keinem. Wenn ich also den Zettel abliefere, ist eitel Grausen angesagt. Dann wird der stumpfe Stulpenstiefel der Polizei die zarten Spuren, die der Mörder vielleicht hinterlassen hat, zertrampeln, und ich gehe wieder einmal leer aus. Wenn Sie das noch ein paar Tage mit dem Vieh aushalten und nicht so dringend darauf bestehen, daß Ihr minderwertiger Enkel morgen pfeifend durch die Gegend fährt und sich hinterher wieder an nichts erinnert, wenn dies, dann jedoch ...«

Goldberg stützte den Kopf auf die Fäuste. »Was dann?«

»Dann jedoch würde ich gern noch ein paar Tage lang ermitteln, um meinen Vorsprung zu behalten, wenn die Herren von der Kripo errötend meinen Spuren folgen.«

Goldberg nickte. »Kann ich verstehn. Von mir aus lassen Sie ihn noch 'n paar Tage hängen. Wie wollen Sie denn weitermachen?«

Baltasar seufzte. »Ich bin von unfähigen Zuarbeitern abhängig. Einer dieser Menschen bemüht sich, über einige andere etwas zu erfahren. Sobald er etwas erfahren hat, werde ich etwas unternehmen. Andernfalls auch früher.«

»Sehr erhellend, Ihre Ausführungen.«

Matzbach setzte ihm eine halbe Stunde in unterschiedlichen Wortlauten auseinander, was er zu tun beabsichtigte. Goldberg erklärte alles für Blödsinn. »Und jetzt«, sagte er am Schluß, »gehe ich ins Bett. Aber vorher sag ich Ihnen noch was. Wenn ich nicht das Gefühl hätt, ich steh in Ihrer Schuld ...«

Matzbach hustete. »Also, was dann?«

»Sie haben den Tankwart gefunden. Mit dem Zettel kriegen Sie Andreas frei. Deshalb dürfen Sie ihn noch, sagen wir, zwei Tage hängenlassen ...«

Baltasar unterbrach ihn. »Wenn ich den Zettel nicht gefunden hätte und Andreas nicht rausholen könnte, müßte ich ihn also sofort rausholen?«

»Wie auch immer, für Unsinn sind Sie zuständig. – Also, zwei Tage, mehr nicht. Dann kann der dumme Junge noch ein bißchen in sich gehen. Er ist ja sowieso arbeitslos.«

»Also gut. Morgen schicke ich den Wisch seinem Anwalt, mit der Bitte, alles zu überprüfen. Den Brief kriegt dieser Korff übermorgen früh. Wenn *er* es nicht tut – wozu sollte er auch –, prüft Ziegler bestimmt alles nach. Also werden sie Andreas frühestens Mittwochnachmittag freilassen. Wenn ich bis dahin nicht mehr rausgekriegt hab, kann ich ohnehin aufgeben.«

Goldberg ging vor ihm her und zeigte ihm das Zimmer, in dem ein Gästebett harrte. »Hat man Ihnen schon mal gesagt«, sagte er dabei, »daß Sie reichlich arrogant sind?«

Baltasar nickte. »Es hat sich wiederholt, und eines Tages habe ich dann beschlossen, es auswendig zu lernen, damit ich es mir endlich merke.«

Kurz nach sieben Uhr wurden die Insassen des Goldbergschen Fachwerkhauses von unchristlichem Lärm geweckt: ein Telegrammbote. Goldberg, leicht verkniffenen Gesichts, schlurfte mit dem Telegramm in der Hand zu Matzbachs Kemenate.

Baltasar rieb sich die Augen. »Sandmann, heil dir«, knurrte er. Dann riß er den Umschlag auf. ›Sofort Hoff anrufen. Fricke. Hoff.‹ Er zeigte Goldberg das Telegramm.

»Was denn«, knurrte der Alte, »Hoff anrufen, Fricke, Hoff? Idiotisch, diese moderne Lyrik. Kaffee?«

Baltasar stürzte ins Bad, zu seiner Zahnbürste. Anschließend spurtete er zu seinem Wagen und verschwand. Eine Viertelstunde später kam er zurück.

»Na?« Goldberg goß dampfenden Kaffee in zwei Emaillebecher. Baltasar schlürfte, fluchte über seine verbrannte Zunge und griff zu einer Zigarre.

Goldberg schüttelte den Kopf. »Frühstücken Sie immer so?«

»Nur wenn ich Zeit hab. – Also: Hoff ist manchmal ein cleveres Kerlchen. Er hatte sich ausgerechnet diesen Fricke als ersten rausgepickt, weil Ministerium.«

»Welchen Fricke, wieso, weil Ministerium?«

Matzbach setzte ihm schnell auseinander, was es über die Liste mit den Namen und die Telefonnummern und überhaupt zu erzählen gab.

»Hat also ein Ministerium nach dem anderen angerufen und sich mit Herrn Fricke verbinden lassen wollen. Natürlich gab es nicht überall einen Fricke in leitender Position. Schließlich hatte er einen, der hieß aber Eusebius mit Vornamen und war ein anderer. Klar, wenn ich Eusebius hieße, wäre ich auch ein anderer. Im Innenministerium landete er bei einer freundlichen jungen Dame. Die sagte, Herr Fricke habe gegen Mittag das Büro verlassen und wolle erst am Donnerstag wieder erscheinen.«

Goldberg nickte. »Nette junge Dame. Was hätte Ihr Hoff denn gemacht, wenn Fricke dagewesen wäre? Ihn gefragt, ob er in der letzten Zeit jemand umgebracht hat?«

»Er hätte ihn nach dem Vornamen gefragt und dann behauptet, er wolle einen Kasimir Fricke sprechen und sei falsch verbunden. Jedenfalls, Fricke aushäusig. Darauf hat Hoff prachtvoll gelogen und der jungen Dame gesagt, er müsse Fricke unbedingt sprechen. Er sei ein entfernter Vetter, und in der Familie hätte es einen Todesfall gegeben.«

»Noch ein Todesfall, sehr schön.«

»Daraufhin ist die Dame sehr gesprächig geworden. Herr Fricke hätte nur gesagt, er wollte noch ein paar Dinge vorbereiten und dann morgen, also heute, früh in die Rhön fahren. Sie wüßte nicht, weshalb, aber so wäre es nun mal.«

Matzbach machte eine Pause und schlürfte wieder von dem Kaffee. »Dann hat Hoff noch ein paar andere Telefonate gemacht, bei denen aber nichts rausgekommen ist. Schließlich hat er sich gestern abend vergewissert, daß Fricke noch in seiner Wohnung ist. Er ist hingefahren, hat Licht gesehen, hat dann von der nächsten Zelle aus angerufen und beim Klang einer Männerstimme aufgelegt. Dann hat Hoff versucht, mich zu erreichen. Das war natürlich unmöglich, weil ich hier war.«

»Unmöglich.«

»Eben. Also hat er die halbe Nacht nicht geschlafen und heute früh das Telegramm aufgegeben. Er hat noch einen Hilfsposten rekrutiert, der hat ihn eben angerufen und ihm gesagt, Fricke habe das Haus mit einem Taxi verlassen und sich zum Bahnhof begeben, mit leichtem Gepäck.«

Matzbach machte eine Pause. »Ich bin zufrieden«, sagte er dann. »Wahrscheinlich kommt nichts dabei heraus, und Fricke besucht einen entfernten Vetter, weil jemand gestorben ist, aber immerhin hat Hoff Organisationstalent. Das ist eine wertvolle Entdeckung. Hoff ist jetzt zum Bahnhof geprescht; er wird in der Nähe des Fahrkartenschalters warten, bis ein Mensch mit leichtem Gepäck vorbeikommt, der so aussieht, wie der andere Posten Fricke beschrieben hat, und der eine Fahrkarte in die Rhön löst.

Dann wird auch er eine solche lösen und einsteigen. Der andere Posten wird in Hoffs Wohnung gehen und darauf warten, daß ich ihn anrufe.«

Goldberg hatte dem Vortrag mit leichtem Zwinkern gelauscht. Nun sagte er: »Findig, aber völlig blödsinnig. Wo hat Hoff denn den zweiten Posten her?«

»Ha«, sagte Matzbach, »das ist es ja, das hätte ich ihm nicht zugetraut.«

Mehr war nicht aus ihm herauszuholen. Nach einer Weile begab er sich erneut zu seinem Wagen und fuhr zur Telefonzelle. Als er zurückkam, strahlte er über die ganze enorme Fläche seines feisten Gesichts.

»Sehr schön. Fricke und Hoff fahren über Frankfurt nach Fulda, wo sie voraussichtlich in vier Stunden eintreffen werden. Ich auch. Herr Großvater, es war mir ein Vergnügen. Hier ist der Zettel. Schicken Sie ihn bitte an Anwalt Korff.«

Er nannte die Adresse und setzte hinzu: »Wenn Sie ihn erst heute nachmittag in den nächsten Dorfbriefkasten werfen, kommt er erst übermorgen an, das gibt mir noch einen weiteren Tag. – Und halten Sie diesen Vogel fest. Ich will ihn nicht dabeihaben.«

VIII

Am frühen Nachmittag musterte Matzbach die Gesichter der Passagiere, die in Fulda den Bahnsteig verließen. Ihm erschienen alle gleich häßlich, vor allem Hoff, der mit allen Anzeichen des Beleidigtseins näherkam.

»Altes Ekel«, sagte er, als er Matzbach erreichte, »da geht er.« Er deutete mit dem Kopf diskret in eine ungenaue Richtung.

Matzbach sah mindestens zehn Leute. »Wer?«

»Seine hurtige Exzellenz, der Herr Ministerialrat Lorenz Fricke.« Hoff wies nun offen auf den Rücken eines älteren Herren, der sich anschickte, das Bahnhofsgebäude zu verlassen. Matzbach sah nur einen grauen Haarkranz unter einem lächerlichen Hut sowie die hintere Hälfte eines abgetragenen grauen Anzugs, einen Rucksack und dicke Wanderschuhe.

»Was macht der in Fulda, mit einem Rucksack?«

Hoff seufzte und blickte Matzbach anklagend an. »Zuerst schickst du mich auf Nachforschungen aus, dann läßt du mich wochenlang Zug fahren, obwohl ich doch Züge hasse wie die Beulenpest, und schließlich sagst du nicht ›Danke, teurer Freund, für heftigen Einsatz‹, auch nicht ›Armes hungriges Kerlchen, soll ich dich zu einem kleinen Bankett einladen‹, nein, du fragst einfach, was wer wo wie will. Ekelhaft.«

Baltasar ergriff Henry am Arm und zog ihn zum Ausgang. Fricke stand unschlüssig da und blickte in den Himmel, dann auf seine Armbanduhr. Er hatte ein verwaschenes Gesicht, an dem nur eine Knollennase bemerkenswert war. Matzbach und Hoff blieben im Ausgang stehen, wo sie halb hinter einem Wandvorsprung warteten. Schließlich schüttelte Fricke den Kopf und ging zum Taxistand. Er verhandelte mit dem Fahrer des ersten Wagens, dann warf er seinen Rucksack auf den Rücksitz und stieg vorne ein.

»*Merde alors*«, sagte Baltasar fröhlich, »nun müssen wir ihm folgen. Ich hätte dich sonst zu einem opulenten Menü an der Pommesbude da drüben eingeladen.«

Hoff fluchte durch die Zähne, zündete sich eine – nicht selbstgedrehte – Zigarette an und folgte Matzbach, der eiligen Schrittes zu seinem Wagen ging.

»Merk dir die Nummer«, knurrte Baltasar. Das Taxi

fuhr an, noch ehe sie seinen Wagen erreicht hatten. Zum Glück war die nächste Ampel rot.

Mit einigem Abstand folgten sie dem Taxi. Hoff rauchte mit Genuß.

»Die ganze Strecke von Frankfurt bis hierher habe ich in einem Nichtraucherabteil sitzen müssen«, beklagte er sich, »sonst hätte ich ihn nicht im Augenwinkel behalten können.«

Matzbach verzog das Gesicht. »Ein guter Agent wird nie aus dir. Gute Agenten quengeln anders. Wie oft hast du ihm gesagt, daß du ihn beschattest?«

Hoff drückte die Zigarette an der Fensterscheibe aus und warf die Kippe auf den Boden, während er mit der anderen Hand den Aschenbecher demonstrativ zuschob. »Er hat mich nicht gesehen, jedenfalls nicht bemerkt«, sagte er mit zusammengebissenen Zähnen. »Zum Glück bin ich weder so widerlich noch optisch so aufdringlich wie du.«

Baltasar pfiff ein fröhliches Liedchen; dann sagte er munter: »Ich sehe voraus, daß wir eine nette Zeit haben werden. Du bist prächtig gelaunt.«

Daraufhin holte Hoff tief Luft und beschimpfte Matzbach minutenlang, wobei er in allen Einzelteilen auf die undurchsichtige Familiengeschichte, die Formen freier Lebens- und Gewerbeführung mütterlicherseits und die besonderen Charaktereigenschaften Matzbachs einging, nicht ohne sich in längeren Spekulationen über erbliche Geistes- und venerische Krankheiten zu ergehen.

Matzbach lauschte interessiert und hielt dabei vornehmen Abstand zum Taxi. Bald lag Fulda hinter ihnen; das Taxi beschleunigte und bog dann in eine Landstraße ein. Irgendwann verstummte Hoff. Matzbach griff blind nach hinten und förderte eine Packung mit Keksen und ein paar Brötchen zutage, die er unterwegs in aller Eile an einer Autobahnraststätte erstanden hatte. »Hier, friß.«

Hoff mampfte still vor sich hin. Das Taxi lag weit vor ihnen; Matzbach bemühte sich, so oft es ging, wenigstens einen Wagen zwischen dem Taxi und seinem Auto zu lassen. Das wurde schwieriger und schließlich unmöglich, da die Gegend immer einsamer und höher und der Verkehr immer karger wurde.

Nach etwa dreißig Kilometern Fahrt bremste Matzbach jäh ab. Das Taxi hatte angehalten und stand kurz vor der Einmündung der bisher gefolgten Straße in eine andere, dem Anschein nach etwas größere.

»Was machen die denn, zum Teufel?«

Hoff kniff die Augen zusammen und starrte nach vorn; Matzbach grinste.

»Armer Junge«, sagte er, »wie allen Atheisten bleibt auch dir nur noch der Teufel, wenn du glauben oder fluchen willst, eh?«

Hoff krümmte die Finger, wie um einen dicken Hals auf Standhaftigkeit und Durchmesser zu untersuchen. Matzbach musterte die Landschaft, fand aber nichts ausreichend Spannendes in ihr und widmete sich der Landkarte. »Wahrscheinlich erklärt Fricke jetzt dem Fahrer, wo er genau hinwill.«

Hoff grunzte. »Wenn wir es doch auch schon wüßten. Sind wir bald am Kyffhäuser?«

»Dummerchen«, sagte Baltasar, »der liegt weiter im Norden. Wir sind aber bald bei unseren sozialistischen Brüdern und Schwestern.«

»Freunden!« sagte Hoff.

Matzbach schüttelte den Kopf. »Nein. Freunde kann man sich aussuchen, Verwandtschaft muß man hinnehmen.«

Hoff grinste plötzlich. »Das Aussuchen nützt einem aber auch nicht immer; wenn ich dich so betrachte …«

Baltasar schlug vor: »Nimm einfach an, wir hätten diesseits von Adam weitere gemeinsame Vorfahren, dann kannst dus vielleicht besser aushalten.«

Plötzlich setzte das Taxi sich wieder in Bewegung. Niemand war ausgestiegen. Matzbach rollte ebenfalls wieder an.

»Aha«, sagte er, »also rechtsrum.«

Hoff musterte die Karte. »Blödsinn. Die B 278 nach Süden – links liegt ein wichtiger Ort, eine Metropole gewissermaßen, namens Hilders. Wenn sie nicht dahin wollen, wohin dann? Um nach Gersfeld oder Würzburg zu fahren, ist die bisherige Strecke ein Riesenumweg.«

Matzbach flötete leise. »Nicht nur an deiner Grammatik, sondern auch an deiner Leseweise der Karte habe ich einiges auszusetzen. Stell dir vor, sie biegen gleich wieder links ab?«

Hoff fand die dünn eingezeichnete Nebenstraße auf der reichlich großformatigen Karte. Ein die Ortschaft Frankenheim einschließender sozialistischer Schnabel hackte hier ein Stück aus der Bundesrepublik.

»Früher«, sagte Matzbach, »muß es eine direkte Verbindung von Hilders nach Fladungen gegeben haben, bis die Asiaten sich dazwischengeklemmt haben. Da, siehste!«

Das Taxi verschwand nach links, passenderweise genau nach Osten, wie Matzbach leise vor sich hin murmelnd feststellte.

»Merkwürdige Örter«, sagte Hoff, »gibt es hier. Batten, Seiferts. Namen sind das.«

»Hier hat man vorgestern die Zukunft vergraben und inzwischen den genauen Platz vergessen, wo sie liegt.«

Hoff zog den Inhalt seiner Nase hoch. »Deine Reden erleichtern einem den Abschied von dir. Ich will raus!«

Matzbach gab Gas, um das Taxi nicht aus den Augen zu verlieren. Nach einer weiteren Weile bogen die Verfolgten wieder in eine andere winzige Landstraße. Plötzlich, mitten in der Landschaft, hielt das Taxi an. Baltasar steuerte seinen schwarzen Haifisch in eine von der Forstverwaltung zu just diesem Behuf vorgesehene Lücke der restlichen Bewaldung; das gelang ihm eben noch, bevor der Baumbewuchs aufhörte. Nach etwa einer Minute, vermutlich des Handelns und Zahlens, stieg Fricke aus, öffnete die hintere Tür, nahm seinen Rucksack, winkte dem Fahrer und schritt kräftig aus.

»Allgemeine Richtung Süd-Südost«, stellte Matzbach fest.

Sie warteten, bis das Taxi gewendet und sie wieder passiert hatte; dann fuhren sie vorsichtig weiter. Als sie die Stelle erreichten, an der Fricke ausgestiegen war, hielten sie wieder an. Matzbach stieg aus, kletterte auf das Trittbrett und starrte in die Ferne.

»Weg«, sagte er, als er sich ächzend wieder in den Sitz fallen ließ. »Keine Spur von ihm.«

Hoff lehnte sich zurück und verschränkte die Arme vor der Brust. »Herrlicher Tag heute. Kaum Sonne, dafür aber jede Menge hervorragender Wanderwege, oder?«

Matzbach knurrte und studierte die Karte. »Ich wollte, ich hätte ein Meßtischblatt von dieser Gegend. Und einen Kompaß.«

»Willst du wandern? Du könntest glatt abnehmen dabei.«

Matzbach schwieg und fummelte mit dem Finger auf der Karte herum. Schließlich meinte er: »Na, ungefähr dreieinhalb bis vier Kilometer bis zur Grenze, aber die liegt hinter uns. Er geht von der DDR weg.«

»Er wird seine Gründe haben.«

»Wer hat die nicht? Aber: Wohin geht er? Hier sind wir jetzt. In die Richtung geht er, sofern er geht. In einer Woche ist er in Bad Kissingen. Ob da noch andere Orte zwischenliegen, kann ich dieser vermaledeiten Karte nicht entnehmen. Er könnte genausogut, um eventuelle Verfolger zu irritieren, und vielleicht hat er uns ja gesehen, also, er könnte genausogut nur hier ausgestiegen sein, um uns an der Nase herumzuführen.«

»Schwierig, bei deinem Zinken.«

Matzbach schnaubte. »Und dann geht er nach Süden, ein bißchen später nach Westen, dann nach Norden, überquert diese Straße, auf der wir uns befinden und von der die Karte nichts weiß, und geht schließlich doch in Richtung DDR. Wenn er dann noch nach Nordosten schwenkt, ist er ein paar Tagen in Schmalkalden. Da kann er sich mit irgendwelchen Leuten vom Land verbünden.«

»Hör doch mit deinen Kalauern auf, um des Satans willen.«

Matzbach faltete die Karte zusammen und starrte düster aus dem Fenster. »Die Frage ist, was machen wir jetzt?«

Hoff zündete sich eine neue Zigarette an. »Ich weiß was. Wir fahren zum nächsten Restaurant, dort lädst du mich zu einem reichhaltigen Mahl ein, und dann fahren wir gemütlich zurück nach Bonn und vegessen den ganzen Stuß.«

Baltasar ließ den Motor an und wendete den Wagen. Er fuhr bis zur letzten Kreuzung zurück.

»Da«, sagte er nach einem gründlichen Blick auf die Hinweisschilder; »wie du siehst, gibt es in dieser Einöde menschliche Siedlungen.«

Hoff nickte. »Ja; deine scharfsinnige Analyse dieser Schilder überzeugt mich.«

»Deshalb, o Henry, werde ich dich jetzt an einem passenden Punkt absetzen.«

Er wendete abermals. Hoff blickte ihn von der Seite an. »Wieso Punkt, und inwiefern passend?«

Matzbach fuhr langsam und starrte angestrengt auf die Landschaft rechts und links der Straße. Er sagte nichts.

Etwa einen Kilometer jenseits des Punktes, an dem Fricke das Taxi verlassen hatte, gab es auf der rechten Seite unweit der Straße einen Hügel. Baltasar bremste.

»Hier«, sagte er, wobei er auf den Hügel deutete, »wirst du dich bittesehr placieren und die Augen offenhalten.«

Hoff protestierte. »Ich weiß nicht, ob ich das werde. Wozu soll das gut sein?«

»Von da oben kannst du ziemlich weit gucken. Wenn der Genosse Ministerialrat irgendwo den Kopf hebt, kannst du ihn, wenn überhaupt, höchstens von da oben sehen.«

Er stellte den Motor ab und öffnete die Tür. Mit dem Zündschlüssel winkte er aufmunternd. Hoff seufzte und stieg aus. Matzbach verschloß sorgfältig die Türen und erstieg den Hügel. Oben angekommen spähte er nach Süden und Südwesten. Eine gräuliche, monotone Landschaft breitete sich aus, die bald abzufallen schien. Matzbach zog die Karte aus seiner Jackentasche und studierte sie noch einmal. »Wir sind hier«, murmelte er, »ungefähr achthundert Meter hoch, vielleicht ein bißchen mehr. Da drüben« – er wies nach Westen – »scheint ein Tal zu sein, wahrscheinlich ein Flußtal. Ich gäbe was für eine genauere Karte. Hm.«

Er faltete die Karte zusammen und starrte auf die merkwürdige Gegend, in der Fricke verschwunden war.

»Sieht aus wie ein Hochmoor«, sagte er. »Aber das kriegen wir noch raus. Teurer Freund, halte du treulich die Wacht, bis ich wiederkehre, zu lösen die Bande.«

Hoff zertrat den Rest seiner Zigarette. »Mir gefällt es hier nicht. Ich möchte jetzt gern eine Couch haben, ein großes Pils und eine sehr entgegenkommende Kellnerin.«

Baltasar spuckte aus. Dann versenkte er die Pranke in der abgründigen rechten Außentasche seiner Jacke, und als er sie wieder hervorzog, war eine Pistole drin. Er reichte sie Hoff, der sie mit spitzen Fingern entgegennahm.

»Falls«, sagte Matzbach betont lässig, »Fricke ein Schelm ist und bisweilen Anwälte samt deren Kebsen killt, ist es ratsam, vorsichtig zu sein. Kannst du mit so was umgehen?«

Hoff betrachtete das Gerät in seiner Hand. Er hielt die Pistole, als sei diese eine bißbereite Kobra. »Nein«, sagte er gequält, »bis vor kurzem wohnte ich in einer westlichen Demokratie, in der so was nur in der öffentlichen Hand liegt.«

Baltasar grinste. »Nicht zu vergessen, neben dem Gewaltmonopol der Bürokratie, auch das gelegentliche Aufflammen ritterlicher Duellgefühle bei Ganoven.«

Hoff musterte die Pistole immer noch.

Baltasar klopfte ihm auf die Schulter. »Wenn es dringend wird, einfach mit dem richtigen Ende auf den Anlaß der Dringlichkeit zielen und an diesem netten Hebel ziehen.«

»Wann wird es dringend?«

Baltasar blickte noch einmal in die Runde und dann auf seine Uhr. »Hm, kurz nach drei. Das gibt uns noch ungefähr drei Stunden Tageslicht, oder? – Der Platz hier hat den Vorteil, daß man weit sehen kann. Und den Nachteil, daß man gut gesehen wird. Aber keiner kann ungesehen nah genug herankommen, um dringend zu werden, mein Lieber, also reg dich nicht auf. Außerdem bin ich in einer Viertelstunde oder so wieder hier. Ich werd jetzt mal eben ins nächste Dorf rasen, versuchen, dort eine Karte und ein paar Auskünfte zu kriegen, und dann komm ich wieder. Machs gut.«

Er grüßte spöttisch und kletterte wieder zu seinem Wagen hinunter. Hoff setzte sich unglücklich auf einen großen Stein knapp unterhalb der Hügelspitze und betrachtete abwechselnd die Pistole und die Landschaft.

»Man muß warten, bis es dringend wird«, murmelte er dabei. »Bei mir ist im Moment etwas anderes viel dringender. Aber an solche Nebensächlichkeiten denkt natürlich ein großer Geist nicht. – He!« brüllte er hinter Matzbach her, der gerade seinen Wagen wieder aufschloß, »bring Klopapier mit, hörst du? Ich weigere mich, ohne Papier weiter Räuber und Gendarm zu spielen!«

Matzbach winkte, zeigte ihm einen Vogel und stieg ein. Dann wendete er den Wagen und jagte los.

Nach einer halben Stunde kam er zurück. Prustend erklomm er den Hügel, warf Hoff eine Rolle Papier in den Schoß und setzte sich neben ihn.

»Da«, sagte er, »für hinterlistige Zwecke. – Irgendwas Besonderes?«

Hoff schüttelte den Kopf und reichte ihm die Pistole, sichtlich froh, das Ding wieder loszuwerden.

»Nee«, sagte er erleichtert, »einmal dachte ich, ich hätte da drüben eine Bewegung gesehen, aber das war wohl nichts.«

Matzbach nickte und breitete eine Detailkarte auf dem Boden aus. »Hier sind wir. Du hattest die letzten fünfunddreißig Minuten das Privileg, allein und Aug in Aug einem der berühmtesten Hochmoore des Vaterlandes gegenüberzuhocken. Dieses ist das Schwarze, weiter unten befindet sich das Rote Moor.«

Er zog mit dem Finger ein paar dünne Linien nach, die aussahen wie die Schleifspuren einer Schwarzfußfliege, die die Karte bewandert haben könnte.

»Das sind Wege durch die Moore, Knüppeldämme und so. Wir werden jetzt, sobald du deine Geschäfte erledigt hast, ein wenig hineinspazieren und nachsehen, ob wir den teuren Vermißten entdecken. Natürlich nur von fern.«

Hoff verzog das Gesicht. »Hast du eigentlich überhaupt kein menschliches Empfinden? Nun willst du mich auch noch durch ein Moor jagen? Kann man da wieder rauskommen, oder werden wir in tausend Jahren anthropologische Kuriositäten sein?«

Matzbach erhob sich und faltete dabei die Karte wieder

zusammen. »Ich hab noch zu viele erfreuliche Dinge zu erledigen, als daß ich jetzt die Beförderung zur Moorleiche anstreben wollte. Und dann auch noch an deiner Seite, pah. – Sieh zu, daß du schnell fertig wirst.«

Er kletterte abwärts, zum Wagen. Nach ein paar Minuten folgte Hoff. Er setzte sich auf den Beifahrersitz.

Matzbach startete den Wagen wieder. »Na, hast du erfolgreich eine anthropologische Kuriosität deponiert?«

Hoff zog es vor, nicht zu antworten. Sie fuhren zu der Stelle zurück, wo Fricke verschwunden war und ein kleiner Weg begann. Baltasar fuhr einige Meter weiter, wo er den Wagen am Straßenrand abstellen konnte. Dann machte er aufmunternde Handbewegungen, denen Hoff seufzend nachkam.

Nachdem sie einige Minuten gegangen waren, verengte sich der Weg. Matzbach zog die Karte heraus und betrachtete sie mit zusammengekniffenen Brauen. »Aha.«

Hoff blickte ihn an. »Was hast du?«

Matzbach hielt ihm die Karte unter die Nase. »Da, noch ein bißchen weiter, und wir sind richtig schön drin. Und dann gabelt sich der Weg, und dann wird es lustig.«

Hoff reichte ihm die Karte zurück. »Angenehme Gegend, reichliche Vegetation; jüngst sah ich auch einen Wisent, und irgendwo da vorn hockt bestimmt einer mit Blasrohr und Giftpfeilen.«

Matzbach antwortete nicht; er stapfte voran.

Nach etwa einer Viertelstunde erreichten sie die Stelle, an der sich der Weg gabelte.

Baltasar zog erneut die Karte zu Rate. »Ich schätze, es kommen nur zwei Möglichkeiten in Frage, rechts oder links.«

Hoff nickte. »Weise. Mehr Möglichkeiten gibt es ja auch nicht. Außer nach oben und nach unten. Welchen von den beiden Wegen wollen wir denn nehmen?«

Er sah sich mit einem Kopfschütteln um. »Asphalt mag ja stinken, aber es trägt besser als das da.« Er deutete auf die graugrüne Fläche, die unregelmäßig mit Gesträuch und undefinierbaren Halmen bewachsen war.

Baltasar lachte. »Alles halb so wild. Das meiste trägt so gut wie Asphalt. Die haben die Wege hauptsächlich deshalb angelegt, um die Menschenmassen, die sich hier in der Saison durchwälzen, von der zerstörerischen Zertrampelung kostbarer Moose abzuhalten. – Dieses Jahr sind erst elf Leute im Moor abhanden gekommen.«

Hoff verschränkte die Hände hinter dem Rücken und wippte auf den Fußspitzen. »Das freut mich, dann brauche ich mich ja vor nichts zu fürchten. Elf, sagst du? Woher weißt du das?«

Baltasar deutete mit dem Daumen nach hinten. »In dem Dorf, wo ich eben war und wo ich die Karte in einem kleinen Laden gekauft habe, haben sie das erzählt.«

»Aha. Und wie sind diese elf Leute abhanden gekommen? Verirrt, erschossen, ertrunken, verdurstet?«

Baltasar grinste. »Leichtsinnig gewesen, nehme ich an. Manche findet man im Verlauf des Jahres, andere erst nach Jahrzehnten, andere nie. Tröste dich, keiner wird dich vermissen.« Er starrte wieder auf die Karte und auf die beiden Wege. »Na ja, es gibt nur die beiden Möglichkeiten. Ich glaube, dieser hier, der nach Südwesten geht, sollte eher in Frage kommen als der andere Weg. Der andere führt in einem Bogen nach Südosten zu einem Ort. Ich glaube nicht, daß jemand aus Bonn hierherkommt, nur um eine halbe Stunde durch ein Moor zu laufen, und dann in einem Ort herauszukommen, den er mit fünf Minuten längerer Taxifahrt auch erreicht hätte.«

Er faltete die Karte zusammen. »*¡Vamos!*«

Murrend folgte Hoff. Nach weiteren zwanzig Minuten erreichten sie eine kleine Verbreiterung des Wegs; auch wuchsen hier einige Bäume, und man hatte zwei grob zugehauene Bänke aufgestellt.

Hoff ließ sich auf eine der Bänke sinken und zündete sich eine Zigarette an. »Ah«, sagte er, »fester Boden. Kontinente haben ihre Vorzüge. Wohin willst du eigentlich noch?«

Matzbach setzte sich neben ihm auf die Bank und befragte erneut seine Karte. Dann blickte er auf die Uhr. »Also, Fricke hat ungefähr eine Dreiviertelstunde Vorsprung. In dem Gelände hier könnten wir fünf Minuten hinter ihm sein und würden ihn nicht sehen. All diese Biegungen und das Gestrüpp. Ich wüßte nur zu gern, ob er tatsächlich hier entlanggegangen ist.«

Er schob Hoff die Karte hin, stand auf und ging zu einem Abfallbehälter neben der anderen Bank. Dort ließ er sich auf die Knie nieder und fischte etwas heraus. Mit spitzen Fingern hielt er es hoch: ein zusammengeknülltes Stück Papier. Er zog es auseinander und strich es auf der Bank glatt. »Siehst du«, sagte er, »wer den Schmutz nicht scheut, hat am Finden mehr Freud. Alter Spruch aus dem Volksmund der Rhön.«

Hoff blinzelte. »Schöner Spruch. Was soll ich sehen?«

Matzbach kam zu ihm und reichte ihm das Papier. Es handelte sich um eine Tüte, wie Bäcker sie zur Verpackung von Brötchen benutzen. Der Aufdruck verriet, daß der betreffende Bäcker in Bonn sein Unternehmen betrieb, und zwar ganz in der Nähe von Frickes Wohnung.

»Ja, ja«, murmelte Baltasar, »Picknick am Wegesrand.« Er riß die Tüte auseinander und betrachtete die Innenseite. Deutlich waren Spuren von Butter zu erkennen.

»Na schön«, sagte Hoff, »aber was haben wir davon?«

Baltasar warf das Objekt, nachdem er es zusammengeknüllt hatte, in den Abfallbehälter zurück.

»Wir wissen jetzt zweierlei«, sagte er. »Erstens, daß ein

Mensch, der irgendwann in jüngerer Zeit in Bonn Brötchen gekauft hat, hier vorbeigekommen ist. Zweitens, daß es noch nicht allzulange her sein kann, denn die Butter ist noch nicht ranzig.«

Hoff seufzte. »Wie viele Menschen kaufen in Bonn Brötchen, und wie viele von ihnen könnten diesen wunderschönen Pfad gegangen sein? Außerdem liegt mir nichts davon vor, daß Fricke heute früh beim Bäcker gewesen wäre.«

Baltasar schloß die Augen. »Vielleicht hat er die Brötchen letzte Woche gekauft, hat sich heute früh Brote geschmiert, verstehst du, Scheiben, abgeschnitten von einem Laib, beschmiert mit Butter und belegt mit was weiß ich, Salami oder Schinken oder sonst was, und weder für das eine noch für das andere mußte er heute früh einkaufen gehen. Und ich glaube nicht, daß in dieser Jahreszeit noch große Mengen von Bonnern mit Bonner Brötchentüten durch die Rhön streunen. Immerhin befinden wir uns in der zweiten Oktoberhälfte, und das Wetter beginnt, ungnädig zu werden. Und drittens: Schau mal in den Mülleimer.«

Hoff runzelte die Brauen und stand auf. Er warf einen Blick in den Abfallbehälter. »Nun ja, du wirst wohl recht haben. Jedenfalls ist der Behälter vor kurzem geleert worden, sonst wäre mehr drin als dieses Brötchenpapier und eine Coladose. – Und jetzt?«

Baltasar hielt ihm die Karte hin. »Jetzt gehen wir zurück zum Wagen und suchen uns ein Plätzchen, an dem man etwas essen und das Ende des Weges betrachten kann.«

Hoff folgte der dünnen Linie auf der Karte mit dem Finger. »Du meinst, er geht geradeaus?«

»Wenn nicht, dann hat er zu wenig Gepäck. In zwei Stunden wird dieser Tag abgehakt und zu den Akten gelegt. Wenn Fricke nicht geradeaus geht, kommt er nirgends hin.

Dann hätte er wohl in dieser Jahreszeit ein Zelt oder einen Schlafsack dabei. Sein kleiner Rucksack sah mir aber eher nach Brötchen, Zahnbürste und Unterhose zum Wechseln aus. Also los.«

Sie gingen zurück. Als sie den Wagen erreicht hatten, erkundigte Hoff sich vorsichtig: »Und du bist ganz sicher, daß wir jetzt irgendwo hinfahren, wo man etwas essen kann? Ich meine, nicht, daß ich hungrig wäre, ich habe ja erst gestern abend etwas gegessen; ich frage einfach so.«

Baltasar startete den Motor, wartete, bis der Wagen sich auf die Beine gepumpt hatte, und fuhr an.

»Nicht zu vergessen die Brötchen, die ich dir ausgegeben habe. Aber keine Sorge, du kriegst gleich was. – Der Weg, den Fricke gegangen ist, überquert irgendwo weit hinter uns diese Straße und führt dann weiter nach Wüstensachsen. Da gibt es bestimmt was zu essen.«

Im nämlichen Ort angekommen, suchte Matzbach nach einem Parkplatz von bestimmter Beschaffenheit.

»*Mon dieu*, warum kurvst du hier so rum? Da an der Straße ist doch genug frei!«

Baltasar warf Hoff einen niederschmetternden Blick zu. »Ich will dieses Vehikel an einem Punkt abstellen, wo zumindest seine Nummernschilder vor neugierigen Augen geschützt sind. Was meinst du, würdest du denken, wenn du als Bonner in der Rhön plötzlich ein Auto mit Bonner Nummer sähest, noch dazu ein so prachtvolles Fahrzeug?«

Hoff schwieg. Schließlich fand Matzbach einen Parkplatz, der zu seiner Zufriedenheit gereichte.

Sie gingen durch den Ort. Matzbach deutete mit dem Kinn auf einen imaginären Punkt. »Da drüben müßte nach meiner Berechnung ein müder Wanderer auftauchen. Und hier steht ein passend prächtig gebautes Gasthaus.«

Zu seinem Entsetzen erfuhr Hoff von der nicht besonders entgegenkommenden Kellnerin, daß die Küche geschlossen sei und est gegen sechs Uhr wieder öffnen werde. Matzbach erkundigte sich nach Schnittchen, die glücklicherweise zu bekommen waren, und bestellte größere Mengen Kaffee dazu.

»Und jetzt?«

Hoff kaute, stellte dumme Fragen mit vollem Mund und blickte Matzbach an, als sei dieser die Inkarnation der babylonischen Verwirrung.

Baltasar nahm einen riesigen Schluck Kaffee, rülpste und griff dann nach einer Zigarre. »Jetzt werden wir warten, ob und bis der einsame Wandersmann erscheint.«

»Und dann?«

»Feststellen, wohin er sich begibt, und ihm folgen.«

Hoff rümpfte die Nase. »Wie wir wissen, das heißt, wie mir seine Sekretärin sagte, will er Donnerstag früh, also übermorgen, wieder im Ministerium sein. Also wird er sich wohl früher oder später nach Bonn begeben. Wozu sollen wir hier noch dumm rumsitzen?«

Matzbach distanzierte sich. »Du magst so sitzen; ich sitze immer geistreich.«

»Im Ernst – was willst du eigentlich?«

Matzbach breitete die Arme aus. »Wie ich dir berichtet habe, weiß ich, daß Andreas Goldberg nicht der böse Bube ist. Das wird spätestens morgen auch der liebe Ziegler wissen, der Genosse Kommissar. Dann kommt der Junge raus, und die Herren von der Kripo werden all das nachholen, was ich seit gestern früh gemacht habe, also Informationen über mögliche andere Ursachen und Missetäter sammeln. Dann kommen sie bei den gleichen Namen und Adressen an wie ich, und bis dahin möchte ich einen kleinen Vorsprung haben. Ich habe mir das eben so in den Kopf gesetzt.«

Melancholisch folgte er einer besonders gelungenen, krötenförmigen Rauchwolke mit den Augen. »Denn der Neid ist überall grün und gewaltig die menschliche Niedertracht. Zitat Ende. Und was wäre das Leben ohne erlebte und hinterher erzählte Anekdoten? Du weißt, wie sehr große Geister sich in kleinen Zeiten langweilen. Deshalb gönn mir doch dieses unschuldige Vergnügen der Gaunerjagd!«

Henry hustete. »Wahrlich, du bist schon zu bedauern. Minderwertigkeitskomplexe, gepaart mit defektem Denkapparat, ein schweres Los. Ich werde dir getreu zur Seite stehen, und erst wenn der behandelnde Arzt, ganz in Weiß, die Tür hinter dir schließt, werde ich dich verlassen.«

»So ist es recht, mein Freund. Ich wußte, ich kann auf dich bauen. – Was nun unseren Kandidaten angeht ...« Er machte eine Pause, blies asymmetrische Rauchfiguren und schaute aus dem Fenster. »Also, es will mir nicht so recht in den Kopf, was ein Ministerialrat im Innenministerium so plötzlich, zwei Tage vielleicht, im Herbst in der Rhön treibt, und dann auch noch zu Fuß.«

Hoff sagte höhnisch: »Kann ich dir erklären. Er wandert durchs Moor.«

Matzbach dankte mit einer gekonnten Verbeugung. »Abgesehen davon. Er nimmt sich zweieinhalb Tage frei, nicht etwa zwei oder drei, sondern zweieinhalb; dann erledigt er irgendwas, und ich wüßte gern, was er gestern noch so Dringendes zu erledigen hatte. Morgens klettert er in die Eisenbahn, läßt sich nach Fulda verschaffen, steigt dort in ein Taxi, fährt mit diesem runde vierzig Kilometer – bestimmt zu einem satten Preis – und verschwindet mit leichtem Gepäck im Moor. Ich schätze, er wird innerhalb der nächsten beiden Stunden hier auftauchen, irgendwo, hier oder anderswo, ein Nachtlager mieten, morgen früh ab nach Fulda, oder vielleicht schon heute abend, und dann zurück nach Bonn. Was soll das alles?«

Hoff zuckte mit den Schultern. »Ein kleiner Zwischenurlaub.«

»Zwischenurlaub! Firlefanz. Hätte er mit einem freien Tag, letzten Freitag zum Beispiel, besser haben können. Hätte er Donnerstag abend nach Fulda fahren können, dort übernachten, Freitag morgen in die Wildnis und juphei. Nee, nee, nee, das überzeugt mich nicht, da steckt mehr hinter. Bloß was?«

Hoff betrachtete die Kellnerin. »Vielleicht hat er ein Liebchen im Moor und mit ihr ein Rendezvous. Dann kommt er erst morgen.«

Matzbach schnaubte. »Bla-bla. Versuch doch mal eine andere Richtung.«

Hoff grinste. »Welche, o Sokrates?«

»Denkst du nicht auch, daß ein dem Senator für das Büttelwesen unterstellter Amtmann den Feinden des Reichs ein Mehreres würde sagen können?«

»Mitnichten, o Matzbacchus. Wenn Fricke überhaupt an wichtige Dinge herankommen könnte – na ja, könnte sein, im Innenministerium, warum nicht? Aber dann hat er bestimmt seine Kontaktleute in Bonn oder Köln oder so, denen er Informationen weitergibt.«

»Muß nicht unbedingt sein. In letzter Zeit sind ja doch etliche DDR-Agenten hochgenommen worden. Stell dir vor, Fricke sitzt an einer Stelle, wo er nicht nur Dinge erfährt, die vielleicht unsere Brüder im Osten interessieren, sondern wo er auch noch erfährt, welche der Kontaktleute zur Zeit beschattet werden?«

Hoff lehnte sich zurück. Nachdenklich sagte er: »Natürlich könntest du recht haben. Jemand aus dem Innenministerium, der nicht nur irgendwas weiß, sondern weiß, welche Agenten in den nächsten Tagen oder Wochen auffliegen werden beziehungsweise welche überhaupt den hiesigen Stellen bekannt sind, wäre natürlich ungeheuer wertvoll. Aber eben weil er so wertvoll wäre, hätte er bestimmt andere Möglichkeiten der Nachrichtenübermittlung als eine Wanderschaft durch Hochmoore in der Rhön. Die Grenze ist hier genauso dicht wie überall, und wie wir wissen, ist er nicht zur Grenze gegangen.«

Matzbach winkte ab. »Das heißt nichts. Klar, er könnte ganz einfach die DDR-Botschaft in Godesberg anrufen, und wie ich unsere Leute einschätze, würden sie es nicht einmal feststellen. Darauf, auf die generelle Dummheit, kann er sich aber nicht verlassen. Vielleicht ist etwas im Busch, das so wichtig ist, daß es unbedingt schnell und sicher übermittelt werden muß. Also fährt er nach Fulda, steigt dort in ein Taxi, das von einem freien Mitarbeiter Ostberlins gesteuert wird, fährt mit ihm lange genug in der Gegend herum, um auch eine längere Sache loszuwerden, und läuft dann zur Entspannung ein bißchen durchs Moor, und natürlich, um einen plausiblen Grund zu haben. Oder er hat mit einem Kontaktmann einen bestimmten hohlen Baum im südwestlichen Moorabschnitt vereinbart, deponiert dort Mikrofilme und wandert weiter. Oder oder oder. Daß die deutsche Binnengrenze uns so reichlich verrammelt vorkommt, heißt ja noch lange nicht, daß die anderen nicht nachts einen von ihren Leuten ungesehen durchschleusen können, wenn sie wollen. Vielleicht hat der im Moor gewartet.«

Hoff spielte mit seinem Zigarettenpäckchen und dem Wegwerffeuerzeug. Halblaut sagte er: »Na ja, das könnte alles sein, aber es ist eigentlich doch alles reichlich unwahrscheinlich. Ich glaube, du liest zu viele Thriller.«

Sie unterhielten sich eine Weile über das Thema, wobei Matzbach noch etliche ausgefallene Varianten einfielen. Schließlich baten sie um Spielkarten, die die Kellnerin ohne Entgegenkommen brachte, und spielten Offiziersskat. Kurz nach sechs räusperte Matzbach sich und neigte den Kopf zum Fenster.

»Nicht hinschauen; er kommt.«

Hoff war zerstreut; er hatte eben eine blanke Zehn umgedreht, zu der Matzbach das As besaß. »Wer kommt?«

»Fricke.«

»Na ja, irgendwann mußte er ja kommen, oder? Hast du doch selbst dauernd behauptet.«

Fricke, schleppenden Schrittes, blieb auf der Straße stehen und sah auf seine Armbanduhr. Dann kam er in die Gaststätte und setzte sich nahe bei der Tür an einen Tisch. Als die Kellnerin zu ihm ging, bestellte er ein großes Bier und bat sie, ihm ein Taxi zu rufen. Sie zapfte zuerst und telefonierte dann.

Matzbach saß mit dem Rücken zu Fricke und war massig genug, um Hoff zumindest größtenteils der Sichtbarkeit zu entziehen. Als die Kellnerin wieder an ihnen vorbeikam, sagte er leise: »Zahlen, bitte!«

Nachdem das geregelt war, spielten sie weiter, bis ein Taxi vorfuhr und Fricke ebenfalls zahlte. Sie warteten, bis Fricke in das Taxi eingestiegen war und offenbar Anweisungen gegeben hatte, denn der Wagen drehte und fuhr nach Norden.

Sie hasteten zu Matzbachs Fahrzeug. Baltasar beschleunigte heftig und jagte die enge, kurvenreiche Strecke entlang. Es dauerte nicht allzu lange, bis sie in Sichtweite des Taxis waren.

Hoff seufzte. »Was willst du jetzt tun?«

Matzbach zuckte mit den Schultern. »Was wohl? Mal sehen, wo er hinwill.«

»Fulda, schätze ich.«

»Ist nicht gesagt. Was soll er jetzt in Fulda, außer übernachten? Ich kenn zwar die Fahrpläne nicht, aber ich glaub, es wär jetzt schon nicht mehr ganz so einfach, noch nach Bonn zu kommen.«

Er hielt vorsichtigen Sichtkontakt zu dem Taxi, das zielstrebig, aber nicht zu schnell fuhr. Schließlich erreichten sie Hilders.

Kurz vor der ersten größeren Kurve stieg der Taxifahrer auf die Bremse; der Wagen rollte langsam um die Biegung, und Matzbach bremste ebenfalls. Fricke stieg aus dem Taxi, nahm seinen Rucksack und wechselte zur anderen Straßenseite hinüber. Dort lag ein Hotel. Baltasar fuhr langsam weiter, bis er parken konnte, ohne den Verkehr zu gefährden. Dann stellte er den Motor ab und zündete sich eine Zigarette an.

Sie warteten schweigend etwa zehn Minuten. Dann öffnete Matzbach die Tür. »Du bleibst bitte sitzen. Der Schlüssel steckt. Falls er etwa doch wieder herauskommen sollte, rutsch rüber und laß schon mal an, ich komme dann sofort.«

Damit warf er die Tür zu und stiefelte zum Eingang des Hotels hinüber.

Drinnen war es angenehm warm; die Beleuchtung im Empfangsraum war gedämpft.

Hinter dem Empfang saß ein jüngerer Mann, der lächelnd aufblickte, als Matzbach nähertrat.

»Guten Abend. Was kann ich für Sie tun?«

Matzbach stützte sich auf den Rand des Empfangstischs. »Ich wäre eventuell daran interessiert, in einem oder zweien Ihrer Zimmer zu übernachten.«

Der Mann lachte. »Aber mit dem allergrößten Vergnügen doch, der Herr. Wie viele Betten hätten Sie denn gern?«

Matzbach beugte sich vor. »Wie viele haben Sie denn?«

Der Mann lachte erneut. »Reichlich, minus vier.«

»Wieviel ist reichlich minus vier? Wenn dabei mindestens zwei herauskommt, könnten wir uns vielleicht einigen.«

Er hatte einen schnellen Blick in das vor dem Mann offen liegende Buch geworfen und den Namen Fricke entziffert.

»Zwei können Sie haben. Wie viele Personen sind Sie?«

»Ich bin zwar verschieden, aber persönlich einer. Ich habe draußen noch einen minderwertigen Reisegefährten, dessen einziges Glück das Essen ist.«

Der Mann schob ihm das Buch hin. »Wenn Sie bitte beide eintragen wollen, hier und hier. Dem Hunger ihres Freundes kann geholfen werden. Die Küche ist geöffnet.«

Matzbach nahm die Schlüssel an sich und inspizierte die Gemächer. Die Inspektion fiel zu seiner Zufriedenheit aus, so daß er Hoff Zeichen gab.

Dieser stellte den Wagen an eine bessere Stelle, stieg aus und kam mit dem gesamten Gepäck der Expedition ins Hotel. Sie brachten die Sachen auf ihr Zimmer und gingen dann noch einmal nach draußen.

»Weniger«, sagte Baltasar mißmutig, »um meinen adonischen Leib durch die Abenddämmerung dieses wesentlichen Orts zu schleifen, als vielmehr, um nachher durch ein Fenster zu spähen und ein Zusammentreffen mit Fricke glimpflich zu gestalten.«

Hoff äußerte sich nicht; er ließ nur seinen Magen knurren.

Nach etwa einer halben Stunde, als es vollständig dunkel war, kehrten sie zum Hotel zurück.

Baltasar spähte. »Da sitzt er und schaufelt Kalorien.«

Er warf einen zweiten Blick hinein. »Aha«, machte er danach, »nun ja, dann hinein.«

Zielsicheren Schrittes steuerte er auf einen bestimmten Tisch zu, an dem Fricke sie nicht sehen konnte.

»Wieso gerade hier?« fragte Hoff leise. »Vorne wäre doch auch gegangen.«

Matzbach seufzte. »Wäre es. Aber wenn er mal auf den Topf will, kommt er an dem Tisch, den du meinst, genau vorbei. Bäh.«

Sie aßen ein reichliches Mahl und tranken üppige Pokale voll säuerlichen Frankenweines, und weil es ihnen infolge der miserablen Organisation der Veranstaltung an Lektüre gebrach, mußten sie mit der Gesellschaft des jeweils anderen vorliebnehmen, und mit einem Schachbrett. Fricke verschwand relativ bald; sie hörten seine Schritte, durch Teppiche gedämpft, der Treppe zustreben. Zuvor hatte er sich von der Kellnerin und dem Mann, der nicht nur Empfangschef, sondern auch Oberkellner und Besitzer des Hotels war, mit einem müden »Gute Nacht allerseits!« verabschiedet.

Später winkte Matzbach den Mann herbei und lud ihn zu einem Wein ein.

»Ab wann könnten Sie uns wecken, und ab wann gibt es Frühstück?«

»Wann wollen Sie denn weiter?«

»Wann geht der erste Zug?«

Sie waren auf ihrem Spaziergang an einem kleinen Bahnhof vorbeigekommen, der sehr an jene Gebäude erinnerte, vor denen in gewissen Filmen harte Männer mit Colts im Gürtel und gelegentlich Fliegen auf der Wange ihr Stelldichein mit dem Schicksal in Gelassenheit erwarten.

»Der erste geht sehr früh, aber wenn Sie zu einer normal frühen Zeit nach Fulda wollen, so kurz vor halb acht.«

»Kann man vorher schon frühstücken, oder müssen Sie dann extra für uns den Ofen anwerfen?«

»Nein, keine Sorge. Der Herr, der vorhin da drüben gesessen hat, will auch mit dem Zug fahren und vorher frühstücken. Außerdem stehen wir hier alle früh auf.«

IX

Auf der Treppe, wo sie, bereits mit ihrem ungeheuren Marschgepäck in der Hand, beim Abstieg zum deutschen Hotelfrühstück einander erstmals an diesem Mittwoch sahen, brach Hoff in heftiges Gelächter aus. »Was hast du denn gemacht? Einen melodramatischen Schub gehabt, was?«

Matzbach schwieg, indigniert zu früher Morgenstunde. Hoff musterte ihn abermals.

»Ich gebe zu«, sagte er dann, »wenn ich nicht wüßte, daß du es bist, würde ich dich für ein magenkrankes Nilpferd halten, oder so ähnlich. Aber es steht dir gut. Wen willst du foppen?«

Baltasar legte einen Finger auf den Mund. Im Frühstücksraum saßen nur zwei Gäste; Fricke war einer davon. Matzbach steuerte wieder einen entfernten Tisch an; Fricke war allerdings zwischen Marmelade und der örtlichen Weltzeitung derart hin und her gerissen, daß er für Passanten kein Auge mehr hatte.

Bei Kaffee und Marmeladenbrot setzte Baltasar Hoff leise auseinander, was er plante.

»Ich werde mich, damit er nicht immer nur dich sieht, mit ihm in diesen Zug setzen und nach Fulda fahren, nur, um sicher zu sein, daß er nicht zwischendurch aussteigt. Du wirst bitte mit dem Wagen die gleiche Strecke wie der Zug fahren, soweit dies möglich ist, und an jedem Bahnhof kurz halten, bis du sicher bist, daß weder er noch ich aussteigen. Wahrscheinlich treffen wir uns dann in Fulda. Klar?«

Henry nickte. »Versteh ich alles, aber sag mir trotzdem: Warum hast du dich angemalt? Jetzt, bei Licht, muß ich dir ein Kompliment machen. Du siehst wirklich völlig anders aus.«

Baltasar grunzte. »Ich habe mir ein wenig Klopapier in die Schuhe geschoben, um meinen Gang zu verändern. Das siehst du natürlich nicht, wenn ich sitze.«

»Ich bin begeistert. Der Kandidat wird es besonders dann vermerken, wenn du im Zug wieder sitzt.«

Baltasar reagierte nicht darauf. »Außerdem habe ich mir

mit zwei, drei dünnen Strichen ältere Augen und wehmütige Kerben um den Mund gemacht. Man soll sparsam mit dem wenigen umgehen, was man hat. Der Bleistift war nicht sehr lang. Paß mal auf.«

Er stand auf und ging zur Tür, in seiner normalen Art. Dort drehte er sich um, musterte Frickes Zeitung, hinter der sich ein vielleicht böser Kopf verbarg, ließ die Schultern hängen und kam zurück. Hoff machte große Augen. »Toll. Das magenkranke Nilpferd nehm ich zurück. Fußkranker Tapir paßt besser. Und was soll das alles?«

Matzbach setzte sich wieder.

»Es gebricht dir«, sagte er verdrossen, »am notwendigen psychologischen Feingefühl. Wenn man jemanden lange kennt, übersieht man viele Dinge. Es gibt Leute, die können sich einen Bart wachsen lassen oder einen alten Bart abnehmen, und keiner ihrer langjährigen Freunde wird es merken. Fremde dagegen werden zuallererst so oberflächliche Dinge wie Bart oder Gang sehen oder, wenigstens, unbewußt wahrnehmen. Ich will lediglich dafür sorgen, daß der liebe Junge neben mir im Zug sitzt und mich morgen, wenn ich ihm unbemalt gegenübertrete, nicht erkennt. Er wird dann vielleicht denken oder sagen: Der kommt mir irgendwie bekannt vor. Aber das ist auch alles.«

Henry leerte seine Kaffeetasse. »So so. Du kommst mir irgendwie unbekannt vor.«

Baltasar seufzte und zog seine Brieftasche. »Hier, damit du dich an mich erinnerst. Und für alle Fälle. Ich weiß nicht genau, wieviel noch im Tank ist.«

Er schob Hoff mehrere Hunderter hin und stand auf. »Ab sofort«, sagte er leise, »kennen wir uns nicht mehr. Du bleibst jetzt hier sitzen und bezahlst die Rechnung, sobald Monsieur und ich gegangen sind. Dann gehst du vorsichtig zum Wagen. Und fahr ihn nicht zu Schrott, wie du das mit deinen immer tust.«

»Aye, aye, Sir.«

Fricke warf einen Blick auf die Uhr an der Wand, dann auf seine Armbanduhr und faltete die Zeitung zusammen. Matzbach ging langsam, wie unter einer Last, an ihm vorbei zum Ausgang. Hoff blickte verdutzt hinterher und winkte dann der Kellnerin. »Geben Sie mir bitte die Rechnung.« Er nannte die Zimmernummern. Fricke stand nun auf und nahm seinen Rucksack zur Hand. Hoff stützte den Kopf auf die Hände und verbarg sich fast völlig, konnte aber sehen, daß Fricke bleich und gequält in den Morgen blickte.

Die Rechnung kam schnell; kaum zwei Minuten nachdem Fricke das Hotel verlassen hatte, machte auch Henry Hoff sich auf den Weg. Es war ein kalter, klarer Oktobermorgen. Als er um die Ecke des Hotels bog, um zum Wagen zu gehen, sah er nicht allzuweit vor sich Matzbach und Fricke. Baltasar ging schwer und mühsam, mit hängenden Schultern, vermutlich auch noch leise ächzend. Fricke überholte ihn, blickte ihn von der Seite an und blieb stehen. Hoff ging vorsichtig auf die andere Straßenseite. Er sah so etwas wie Mitleid in Frickes Gesicht. Da ringsum alles still war, hörte er sogar die Unterhaltung der beiden.

Fricke: »Kann ich Ihnen helfen? Wollen Sie auch zum Bahnhof?«

Matzbach antwortete ächzend und pfeifend, mit gequälter, hoher Stimme: »Sie sind sehr freundlich, mein Herr, aber das kann ich ja wohl nicht von Ihnen verlangen.«

Fricke: »Ach, kommen Sie, geben Sie mir Ihre Tasche.«

Er nahm Baltasars leichte Tasche, nahm den Dicken am Arm und steuerte mit ihm die Straße hinunter in Richtung Bahnhof. Hoff schloß den Wagen auf, warf sein Gepäck hinein und setzte sich hinter das Steuer.

»Man hält es«, sagte er halblaut zum Lenkrad, »nicht für möglich.« Er folgte den beiden mit den Augen, bis sie langsam hinter der Straßenbiegung verschwanden. Sie würden gleich eine kleine Brücke überqueren und sich dann nach rechts zum Bahnhof begeben.

Kopfschüttelnd ließ er den Motor an und betrachtete noch einmal die Karte, um festzustellen, wo der nächste Bahnhof war. Dann gab er Gas.

Kurz vor neun Uhr verließ Matzbach den Bahnhof in Fulda und steuerte hinkend und gebrechlich auf den Wagen zu. Hoff erkannte ihn erst, als er sich bis auf zehn Meter genähert hatte.

Baltasar öffnete die Fahrertür und knurrte: »Rutsch rüber.«

Hoff gehorchte. »Großmutter, was hast du für platte Füße?«

»Damit ich dich besser in den Hintern treten kann.«

Matzbach ließ sich in den Sitz sinken und seufzte. Dann zündete er sich eine Zigarre an und wischte mit dem Taschentuch die Spuren der Maske aus dem Gesicht.

»Ah bah«, sagte er. »Auftritt erfolgreich beendet. Fricke ist ein merkwürdiger Zeitgenosse. – Wollen wir unser zweites Frühstück noch hier oder an der nächsten Autobahnraststätte zu uns nehmen?«

Hoff zuckte mit den Schultern. »Mir egal. Im Moment bin ich noch voll der guten Marmelade. Pfui.«

Baltasar startete, fädelte sich in den reißenden Fuldaer Verkehr ein und stieß gewaltige Rauchwolken aus.

Hoff fragte mitfühlend: »Auch Nichtraucherabteil?«

»Dieser ungeheuerliche Schienenbus ist durchgehend für Raucher. Aber wie sieht ein hinfälliger Greis mit Zigarre aus? Unglaubwürdig. Also hab ichs mir verkniffen.«

»Nun komm schon zur Sache.«

»Tja, was soll ich erzählen? Du wirst es mir ohnehin nicht glauben.«

»Versuchs wenigstens.«

»Hast du bemerkt, wie Fricke heute aussah? So, als hätte er die Nacht in Karl Mays Geistermühle verbracht. Bleich und gequält. Aber sehr hilfsbereit. Hat mich am Arm genommen und meine Tasche zum Bahnhof getragen. Dann hat er mir eine Fahrkarte besorgt, damit ich nicht vor dem Schalter stehen mußte.«

Hoff grinste. »Armes zerbrechliches Kerlchen. Wußtest du da schon, wohin er fährt?«

»Natürlich. Auf dem Weg zum Bahnhof haben wir leichte Konversation gemacht.« Er ahmte seine hohe Greisenstimme nach: »Zu liebenswürdig, mein Herr. Man trifft heute so wenige hilfsbereite Leute, es ist manchmal nicht einfach. Fahren Sie auch nach Fulda?« Er kicherte. »Na, dann hat er mir noch in den Zug geholfen. Ein Wahnsinnszug. Offenbar hauptsächlich für Pendler. Jedenfalls war alles ganz schön voll. Wir haben Sitzplätze gekriegt, natürlich, aber glücklicherweise nicht nebeneinander. Ich konnte ihn die ganze Zeit beobachten, unauffällig.«

Matzbach machte eine Pause und trommelte mit den Fingern auf dem Lenkrad herum. »Rat mal, was er während der Fahrt gemacht hat.«

Hoff hob die Brauen. »Was weiß ich? Gesungen, gelesen, aus dem Fenster gestarrt, in der Nase gebohrt?«

»Nix dergleichen. Er hat zuerst leise vor sich hin gesummt, dann hat er einen Rosenkranz aus der Tasche gezogen und bis Fulda gebetet. Ein paarmal schoß ihm das Wasser in die Augen. Er hat nicht direkt geheult, aber heftig geblinzelt und gewischt.«

Hoff riß die Augen auf. »Na so was. Und dann?«

»Dann ist er ausgestiegen, hat mir noch aus dem Zug geholfen und sich verabschiedet. Er wartet jetzt auf einem anderen Bahnsteig auf den Zug nach Frankfurt und fährt von dort aus wieder nach Bonn. Das heißt« – er blickte auf die Uhr –, »inzwischen müßte er wohl schon unterwegs sein.«

Hoff schüttelte langsam und nachdenklich den Kopf. »Wandert durchs Moor, schläft im Hotel, sieht morgens aus wie der ausgekotzte Tod, ist hilfsbereit, betet Rosenkranz und weint leise vor sich hin. Kriegst du das auf die Reihe?«

Matzbach brabbelte etwas, das sich wie »mitnichten« anhörte, schwieg dann aber eine ganze Weile, die Zigarre zwischen den Zähnen, die Hände am Lenkrad.

Hoff blickte ihn von der Seite an.

»Hat man dir schon mal gesagt, daß du Ähnlichkeit mit Churchill hast? Ich meine, ich traue dir nicht zu, einen Weltkrieg dadurch zu gewinnen, daß du Champagner schlürfend in der Badewanne sitzt und vier Sekretärinnen gleichzeitig beschäftigst, aber immerhin: die Zigarre und die Häßlichkeit des Gesamtbildes ...«

Mit einem kurzen, der leiblichen Nachfüllung gewidmeten Zwischenaufenthalt auf einer der anmutigen Autobahnraststätten der Republik durchfuhren sie in den folgenden Stunden einen Teil derselben und erreichten am frühen Nachmittag wieder deren Metropole.

In Hoffs Wohnung fanden sie einen Zettel vor, auf dem die zusätzliche freiwillige Hilfskraft notiert hatte: »Keine Lust mehr. Bin weg. Tschüs.«

Hoff braute Kaffee, während Matzbach sich wie ein Geier auf das Telefon stürzte. Zur Abwechslung erwischte er Moritz sofort. »Hör zu«, sagte er. »Ich geb dir jetzt ein paar Namen durch. Sieh mal, ob du was in euren Archiven findest.«

Moritz protestierte. »Ich hab genug zu tun, auch ohne deinen Quatsch. Worum gehts denn?«

»Immer noch um den netten kleinen Doppelmord.«

»Ah«, sagte Moritz vergnügt, »ich dachte, man hätte dir die Hände schon abgehackt, zumindest aber gebunden.«

»Wieso dieses?«

Moritz gluckste. »Ungünstiger Murxbär, weißt du es denn noch nicht? Heute früh erreichte ein Zettel mit einer Zeugenaussage, einem Alibi für Andreas, die Kanzlei Korff. Der Herr Anwalt hat sich sofort zu Ziegler begeben. Der versucht seit Stunden wutschnaubend, dich zu erwischen.«

Matzbach hüstelte. »Das tut mir leid, aber ich bin im Moment nicht erreichbar. Ich werde mich auch hüten, in die Nähe meines Telefons zu gehen.«

»Wo steckst du denn? Ziegler hats schon bei Ariane versucht.«

»Wo ich stecke, werde ich dir gerade sagen, du Plapperschlange. Dann kann ich es Ziegler ja gleich durchgeben.«

»Betrüblich, wie genau du deine Freunde kennst. Was sind das für Namen?«

Matzbach diktierte ihm Namen und, soweit er sie wußte, Adressen von Fricke, Albring, Baginsky, Stücker und Vorwaldt sowie, als letztes: »Die Gesellschaft zur Stärkung der Verben e. V. in Köln.«

Moritz atmete heftig. »Gesellschaft zur Stärkung von was?«

»Verben. Wie Tuwörter.«

»Wie stärkt man denn Verben? Mit Kragenstärke oder Korsett, oder wie? Und vor allem: wozu?«

»Weiß ich alles nicht. Wenn ich das wüßte, würde ich doch dich nicht fragen. Beziehungsweise *früge* ich dich nimmer, wenn du es denn gestärkt haben willst.«

Moritz notierte. Dann sagte er: »Hör mal, Mistbach, hier ist im Moment verschärfte *action* angesagt. Was dagegen, wenn ich die Leitung spalte?«

»Nee, spalte nur. Ich ruf später noch mal an.«

Er ging wieder in Hoffs Wohnküche, in der es nach Kaffee roch.

»So so so«, sagte er bei der Entgegennahme eines gefüllten Bechers. »Freund Ziegler sucht mich. Ei, was machen wir denn da?«

Hoff schlug vor: »Entweder *hide and seek*, oder *search and destroy*. Ich bin für Verstecken.«

Matzbach grübelte. Schließlich setzte er den Becher so hart auf den Tisch, daß eine Woge überschwappte. »Ha, hm. Ich glaube, es ist an der Zeit, die Offensive weiter auszubauen. Wen, meinst du, wird Ziegler als nächstes aufsuchen?«

»Na ja, wahrscheinlich die Anwälte, denke ich mir.«

Baltasar nickte. »Bravo, Söhnchen. Und dort wird er alles finden, was ich gefunden habe, denn die ehrenwerten Herren werden ihm zweifellos genauestens mitteilen, was ich dort getan und gelassen habe. Und dann wird er furchtbar zuschlagen.« Er wischte die Kaffeelache mit seinem Ärmel auf die andere Seite des Tischs hinüber, wogegen Hoff sich mangels Stoffes nicht wehren konnte. »Und dann wird er vermutlich die fünf Namen durchgehen und all das finden, was mir bisher verschlossen war.« Matzbach kicherte. »Das wird ihm aber nichts nützen, denn, wie ich vom letzten Mal noch weiß und wie Ziegler in diesem Fall schon wieder reichlich demonstriert hat – wie hab ich den Satz angefangen? Also, jedenfalls wird er aus allem, was er findet, die falschen Schlüsse ziehen.«

Er rekelte sich und rieb den Rücken an der Stuhllehne. »Infolgedessen ich ungestört weitermachen kann, oder?«

Hoff stand auf, holte einen Lappen von der Spüle und wischte den exilierten Kaffee fort.

»Wenn du meinst«, meinte er, »dann mach, mach, was du willst. Mir ist alles recht, solange ich nicht dauernd deine Pistole halten und deine Phantasmagorien erleben muß.«

Baltasar erhob sich lächelnd. »Du bist ein wahrer Freund. Ich wußte, es ist kein Verlaß. Ich werde mich jetzt auf die Pirsch begeben, und falls Ziegler sich bei dir meldet, hast du mich nicht gesehen. Klar?«

Gegen sieben Uhr rief er an und zitierte Hoff zu einem, wie er es nannte, »frugalen Geschlemme« in ein chinesisches Restaurant.

»Man hat nach dir verlangt«, sagte Hoff, als er sich zu Matzbach an den Tisch setzte.

»Wer ist man?«

»Na, den einen kannst du dir ja denken. Ziegler auf der Suche nach dem widerlichen Fettwanst, der sich immer in behördliche Ermittlungen einmischt.«

Matzbach nickte und schwieg. Nachdem der Kellner die Bestellungen aufgenommen hatte, beugte er sich vor.

»Na ja, was solls? Sonst noch wer?«

Hoff zog einen Zettel aus der Tasche. »Moritz hat schnell gearbeitet. Er bittet mich, dir zu sagen, seine schnelle Arbeit möchte er durch In-Frieden-gelassen-Werden honoriert sehen.«

Baltasar zog die Mundwinkel geringschätzig nach unten. »Pah, man wird sehen. Was hat er denn?«

Hoff wedelte mit dem Zettel. »Ich habe beim Telefonieren geschrieben, das kannst du wahrscheinlich nicht lesen. Ich lese es dir also vor.«

Er räusperte sich wirkungsvoll.

»Also, Gesellschaft zur Stärkung der Verben – Fehlanzeige. Desgleichen Roland Vorwaldt. Hermann Albring ist ein Kollege von Moritz, ein freier Journalist, wie im Telefonbuch vermerkt. Er sitzt in Bonn und arbeitet unregelmäßig für verschiedene größere Zeitungen in Norddeutschland, in der Provinz. Moritz kennt ihn nicht näher, nur vom Sehen, sagt aber, soweit er wüßte, hätte dieser Albring neulich einem Politiker auf den Schlips getreten. Da steht wohl demnächst ein Prozeß an.«

Baltasar strahlte. »Aha. Da war doch unter den Dingen, mit denen sich Naumann vor seinem Ableben befaßte, unter anderem die Rede von Beleidigung und Ehrabschneidung. Damit hätten wir zumindest einen Anhaltspunkt.«

»Wieso Anhaltspunkt? Okay, vielleicht hat Albring in dieser von Moritz angedeuteten Sache Naumann konsultiert, aber umgebracht?«

Matzbach winkte ab. »Das meine ich doch gar nicht. Vielleicht hat der Politiker Naumann umgebracht, eh? Wer war es denn eigentlich?«

Hoff versuchte, seine eigene Schrift zu entziffern. »Ein Mensch namens Miltz, glaube ich; viel mehr wußte Moritz aber auch nicht. Er sagt, wenn er zu dem Fall noch etwas entdeckt, gibt er es durch. – Weiter. Über unseren tapferen Wandersmann Lorenz Fricke liegt auch nichts vor, abgesehen von einer acht Jahre alten Meldung, daß L. Fricke bei einem Kegelwettbewerb im Innenministerium den zweiten Platz belegt hat. Ist wahrscheinlich nicht sehr hilfreich, oder?«

Matzbach äußerte sich nicht dazu. Der Kellner brachte die Suppe. Hoff musterte sehnsüchtig seinen Napf, der Tomatensuppe mit Fleisch enthielt, las dann aber weiter vor. »So, also weiter. Eduard Stücker ist ein dichtbeschriebenes Blatt. Moritz hat mir nur einige Punkte durchgegeben, er will in den nächsten Tagen ein komplettes Dossier mit Kopien aller Unterlagen zusammenstellen und dir zuschicken. Also kurz: Stücker hat offenbar einen sehr guten Namen als Gutachter und Berater und arbeitet sowohl für Privatleute als auch für große Firmen als auch für öffentliche Auftraggeber. Er unterhält drüben, in Oberdollendorf, ein Büro für Landschaftsarchitektur und Stadtplanung mit zirka zehn Angestellten, darunter angeblich sehr hübsche Sekretärinnen. Er hat in den letzten zehn bis fünfzehn Jahren etliche größere Projekte im Großraum Bonn konzipiert, beraten und war an der Durchführung beteiligt. Das ist im Moment alles über ihn, aber da kommt noch einiges an Details nach.«

Matzbach, rücksichtslos wie immer, löffelte bereits und nickte; undeutlich und mit ziemlich feuchter Aussprache äußerte er etwas, das wie »Hönashindaföichfoscht«, klang; Hoff interpretierte dies als »Schön, das sind ja erfreuliche Fortschritte« und schielte auf seine dampfende Suppe.

»So, zum letzten beziehungsweise zur letzten. Baginsky, Christine, ist eine renommierte Kapazität in Sachen Biologie, Biochemie und Ernährung. Sie ist gerade aus Südamerika zurückgekommen. Dazu erschien in mehreren Zeitungen ein Bericht über ihre neuesten Arbeiten. Und zwar hat sie wohl im bolivianischen Hochland mit einer dortigen Kartoffel experimentiert, die zwar nicht ganz so nahrhaft ist wie die *tarufola teutonica*, dafür aber anspruchslos, was Boden und Pflege betrifft, und gegen die meisten hiesigen Schädlinge resistent. Moritz schickt dir auch den dazugehörigen Bericht mit.«

Erleichtert legte er den Zettel weg und griff zum Löffel. Matzbach legte den Löffel weg und ergriff den Zettel; dabei sagte er halblaut: »Siehste, plötzlich kommen immer mehr Sachen zusammen. Man muß nur seinen privaten Geheimdienst unterhalten. – Ich war nämlich vorhin in dem einen Hotel, dessen Telefonnummer auch auf Naumanns Zetteln stand. Dort habe ich unter sorgfältiger Umwicklung meines Zeigefingers mit einem Fünfziger diesen in die Brusttasche des Portiers gesteckt, um sein Herz abzutasten. Das hat mir interessante Einblicke in das Gästebuch verschafft. Und rat mal, wen ich da gefunden habe?«

Er blickte Hoff derart aufdringlich und auffordernd auf

den Suppenlöffel, daß Henry sich zu einer Antwort genötigt sah. »So, wie du anfängst, wahrscheinlich Vorwaldt.«

Matzbach nickte triumphierend. »Und rat mal, wo Vorwaldt laut Eintragung wohnt! In La Paz, Bolivien.«

Er ergriff seinen Löffel wieder, nachdem er den Zettel eingesteckt hatte, und schickte sich zu weiterem Suppeschlürfen an; vorher meinte er nur noch eilig: »Das klärt das Stichwort ›Saatgut‹ und das Hotel. Hm, prächtig.«

Nach dem Essen, kurz nach Beginn der Zigarre, informierte Matzbach Hoff: »Ich weiß, wer es war.«

»Wer was war?«

»Na, der Mörder.«

»Oho, wer wars denn?«

Matzbach grinste. »Ziegler. Er hat das alles organisiert, um mich reinzulegen. Ich weiß nämlich im Moment wirklich nicht weiter.«

»Was erwartest du denn eigentlich? Daß ich dir drei Dutzend Einzelteile eines Puzzles präsentiere, die sich unter deinem Auge zu einem Bild zusammenfügen?«

Baltasar schob die Unterlippe vor. »So ungefähr. Na ja, mal abwarten, ob in dem Päckchen, das Moritz schicken will, irgendwas wichtig ist. – Du könntest mir einen Gefallen tun, Sekretär.«

»Welchen, Arbeitgeber und Diktator?«

Matzbach zog sein Scheckbuch heraus, desgleichen einen Füllhalter, malte einige Ziffern und Buchstaben auf ein buntes Stück europäischen Papiers und schob das Endergebnis Hoff über den Tisch zu.

»Hier«, sagte er, »dein Gehalt für diese Woche. Mach mir gelegentlich mal ne Quittung. – Also, da du wenig von Pistolen hältst, denke ich mir, daß eine Erforschung der Sekretärinnen von diesem Stücker eher in dein Fach schlägt.«

Hoff grinste. »Das ist natürlich ein liebenswerter Auftrag. Das, glaube ich, mache ich gern. Was möchtest du denn über sie wissen? Ihre Gewohnheiten, Vorlieben, Schuhgrößen oder was?«

»So viel wie möglich über ihren Boss. Aber laß dir Zeit, du brauchst nicht alle gleichzeitig anzumachen.«

Er starrte auf seine feisten Finger. »Moritz werde ich morgen belästigen. Ich werde ihn bitten, Madame Baginsky genauestens zu interviewen, unter besonderer Berücksichtigung der juristischen Aspekte von Saatgut. An Vorwaldt kommen wir nicht ran. Fricke ist mir ein Rätsel; ich wüßte zu gern, was ihn in die Rhön getrieben hat, aber im Moment weiß ich nicht, wie man dahinterkommen könnte, außer, indem man ihn direkt fragt. Stücker gehst du bitte von hinten an, auf dem Weg über seine Damen, soweit die erhältlich sind. Albring sollte am besten wohl auch Moritz machen.«

»Er wird dich verfluchen.«

»Soll er. Ich lade ihn demnächst in eine Eisdiele ein, das liebt er.«

Hoff beugte sich neugierig vor. »So, damit hast du alle Arbeit verteilt. Und was machst du inzwischen? Versteckst dich unter Arianes Bett und wartest auf Erfolgsmeldungen?«

»Ich verstecke mich unter niemandes Bett. Ich begebe mich morgen abend nach Köln, zur wöchentlichen Sitzung der Gesellschaft zur Stärkung der Verben e. V. Ich will erstens wissen, was das für ein Verein ist, und zweitens, was Naumann mit ihnen zu tun hatte. Und bis dahin, teurer Freund, werde ich mich meinem Kummerkasten widmen. Man muß ja schließlich irgendwas Unvernünftiges tun, sonst kommt man zu nichts.«

»Nun denn, Frau Griseldis. Ist damit der Abend beendet?«

»Wir könnten natürlich noch festzustellen versuchen,

welche Sorte Wein heute im ›Gamsbart‹ gezapft wird und ob sie einen dritten zum Skat verlockt.«

Hoff seufzte. »Ich sehe schon, das wird ganz harte Arbeit.«

X

Die Gesellschaft zur Stärkung der Verben e. V. tagte in einem noblen alten Haus neben anderen alten noblen Häusern kurz hinter dem Kölner Zoo.

Etwa fünfzehn Leute beiderlei Geschlechts drängten sich um einen Tisch in dem großen, gemütlich eingerichteten Raum im Parterre. Auf dem Tisch befanden sich Gläser und Flaschen. Eine mittelgroße Frau mit klaren, sympathischen Gesichtszügen blickte Matzbach neugierig an und kam ihm einige Schritte entgegen.

Baltasar reichte ihr die Hand und stellte sich unter einem kleinen Neigen des Kopfes vor. »Matzbach.«

»Ah, willkommen, Herr Matzbach. Wir haben gestern miteinander gesprochen. Ich bin Frau Gabrieli. Kommen Sie; darf ich Ihnen etwas anbieten?«

Sie gingen zum Tisch; die anderen machten Platz und sahen Matzbach zum Teil mit unverhohlener Neugier, zum Teil diskret aus den Augenwinkeln an. Er stellte sich selbst laut vor, danach mußte er eine Serie von Händen drücken und hörte Namen. Manche waren lang, andere kurz, wieder andere schmerzlos oder albern, und die Hände variierten ebenfalls sehr stark; es fühlte sich an von schlapp über feucht und wischiwaschi, aggressiv und ungern bis hin zum harten, sicheren Händedruck eines Mannes, den Matzbach auf Mitte Fünfzig schätzte, mit breiten Schultern, gut austrainierten Muskeln, gebräunt, einem starken Kinn und forschenden, grauen Augen in einem guterhaltenen Gesicht. Der Grund dafür, daß Matzbach von ihm mehr aufnahm als von den meisten anderen, war einfach und plausibel. Er stellte sich vor mit dem Namen »Stücker«.

Während Matzbach sich unbewegten Gesichts für ein Glas trockenen Weins entschied, lebten rings um ihn herum die abgebrochenen Gespräche wieder auf. Halben Ohres vernahm er die Rede eines jüngeren Mannes, der seine Nachbarin wie folgt informierte: »Wissen Sie, gestern abend widerfuhr mir etwas Unangenehmes. Vielleicht sahen Sie bereits diese kleine Wunde an meinem Gelenk.« Er hielt die rechte Hand hoch, daß man den winzigen Schnitt sähe. »Als ich meine Nachttischlampe ausknops, schlopf die Birne aus der Fassung und zerschull. Einige Fragmente fielen mir ins Bett. Es war ganz schön mühsam, alle einzeln herauszusuchen.«

Die Nachbarin nickte mitfühlend. »Sochen Sie lange, oder ging es schnell?«

»Ach, wie gesagt, es war mühsam.«

Baltasar verschluckte sich nicht an seinem Wein, er riß nun aber doch ein wenig die Augen auf. An der Kopfwand des Raums hing ein Schild mit dem Kategorischen Konjunktiv *Das Würde des Menschen sei antastbar!*

Matzbach lauschte eine Weile den ringsumher ablaufenden Gesprächen, in denen immer wieder seltsame Imperfektformen seine Aufmerksamkeit heischten; dies um so mehr, als in normalen Gesprächen, im üblichen mündlichen Umgang, mit wenigen Ausnahmen, Vergangenes im zusammengesetzten Perfekt berichtet wird. In dieser Runde verwandten die Sprecher nicht nur Imperfekte, sondern diese fast immer in einer unüblichen Form. Nach einer Weile nahm er die Gelegenheit wahr, sich mit Frau Gabrieli zu unterhalten.

»Sagen Sie, Madame«, bat er, »ich habe den Namen

Ihrer Gesellschaft irgendwo gelesen und war, natürlich, neugierig. Deshalb habe ich Sie angerufen, um Näheres zu erfahren. Viel mehr wollten Sie mir ja nicht erzählen; Sie meinten ja, ich solle kommen und mich selbst überzeugen. Nun bin ich hier. Ich finde die reizenden Imperfekte äußerst unterhaltsam, wüßte aber doch gern, was die Zielsetzung Ihrer Gesellschaft ist.«

Frau Gabrieli lächelte, vielleicht ein wenig spöttisch. »Oh, das ist ganz einfach. Sie werden unser Leitmotiv bemerkt haben.«

Sie wies auf den Kategorischen Konjunktiv. Baltasar nickte.

»Sehen Sie, es gibt einige Menschen, die aus ästhetischen Gründen gegen die Verflachung der Ausdrucksmöglichkeiten sind. Natürlich kann und will niemand die normale Entwicklung der Sprache aufhalten, sonst wären wir noch immer bei Latein. Wir empfinden lediglich, daß durch Preisgabe zahlloser Ausdrucksmöglichkeiten die Welt weder besser noch gemütlicher geworden ist. Es ist eine Preisgabe ohne Gegenleistung.«

Sie musterte ihn sinnend. »Ich weiß nicht, ob Sie zu diesem Thema überhaupt ein Verhältnis haben.«

Baltasar drehte den Stiel seines Weinglases hin und her. »Natürlich«, sagte er, »habe ich dazu ein Verhältnis. Ich hätte allerdings Schwierigkeiten, wenn ich Ihnen genau angeben sollte, wie dieses Verhältnis beschaffen ist.«

»Verstehe ich Sie richtig ...«

»Sie verstehen richtig. Einer unserer verführenden Politiker sprach neulich von einem Unverhältnis zwischen aufgewandten Mitteln und erreichtem Ergebnis. Das ist, natürlich, blanker Nonsens. Zwischen zwei verglichenen Dingen gibt es kein Unverhältnis, denn auch eine Relation von, sagen wir, eins zu einer Milliarde ist ein Verhältnis, wenn auch ein unausgewogenes. Mein Verhältnis zu Ihrem

Anliegen ist wahrscheinlich minder denn Ihres, aber ich bin ja gekommen, um mich informieren und vielleicht anwerben zu lassen.«

Stücker unterhielt sich angeregt mit mehreren Leuten, die in einem Kreis um einen Louis-Quinze-Fauteuil standen. Frau Gabrieli bat um Feuer für ihre Zigarette.

»Wir werben nicht«, sagte sie dann; »wir wissen genau, daß alles vergebens ist. Wir betreiben das als ein schöpferisches Spiel gegen die modernen Pädagogen, die ihre Schüler B-l-ö-t-z-i-n schreiben lassen, weil sie ja verstehen, daß sie Blödsinn meinen.«

Baltasar suchte in seiner Jacke nach den Zigarren. »Ja, das hat aber noch einen Aspekt. Die armen Kinder müssen sich später mal irgendwo um eine Anstellung bewerben, und dazu sollten sie in der Lage sein, einen orthographisch einwandfreien Lebenslauf abzuliefern. Nicht alle prospektiven Arbeitgeber können sich in ihrer geistigen Verwirrung mit den Kulturbürokraten messen.«

Frau Gabrieli blinzelte. »Sie haben natürlich recht, aber die praktischen Probleme sind so groß, daß wir hier uns nur theoretisch damit befassen können. In Spielform.«

»Nichts ist ernster als ein Spiel«, sagte Matzbach geziert. »Um es sinnvoll zu spielen, muß man strikte Regeln einhalten; das unterscheidet es von der sogenannten Realität, die vor allem daraus besteht, daß man einige Systeme von Regelbrüchen auszutarieren sucht. – Aber nun erzählen Sie mir doch mal, was hier an den Abenden geschieht.«

Sie deutete mit einer ungenauen Armbewegung auf die Leute, die herumstanden oder -gingen, tranken und dabei mit wechselnden Gesprächspartnern diskutierten.

»Heute, bis jetzt jedenfalls, sieht es nach einem allgemeinen Reden aus«, sagte sie. »Manchmal besprechen wir spezielle Themen; ein bestimmtes Buch oder eine aktuelle Politikerrede mit besonderem Wortmüll, oder so.«

Baltasar nickte nachdenklich. »Ich könnte mir diese Veranstaltung gut unter dem Titel ›Tanz auf dem Vulkan‹ vorstellen. Der Ausbruch ist nicht zu verhindern, aber man sollte ihn stilvoll erwarten.«

Frau Gabrieli nahm einen Schluck aus ihrem Sektglas. »So ist es. Wie gesagt, dadurch, daß sprachliche Nuancen aufgegeben wurden, ist die Welt nicht gemütlicher geworden. Sie wird auch nicht besser werden, wenn ab morgen alle Bewohner der Republik wieder den Konjunktiv korrekt verwenden oder wenn man alle Politiker, die ›ich würde sagen‹ sagen, zwangspensioniert. Aber sie wird ein bißchen weniger arm sein. Sie ist arm und armselig genug, auch ohne Gestammel.«

»Vergessen Sie nicht«, warf in diesem Moment Stücker ein, der zu ihnen getreten war, »die Ausführungen der Metalinguistik zu diesem Thema. Wenn die Sprache das Denken formt, nicht umgekehrt, dann führt Sprachverfall automatisch zu einem Verfall des Denkens, und die Welt wird noch unordentlicher, ungemütlicher und armseliger. Prost.« Er hob sein Glas, trank und zwinkerte Matzbach zu.

Ernsthaft fuhr er fort: »Wir wissen ja, sofern wir uns für Geschichte interessieren, was aus dem Römischen Imperium geworden ist. Am Ende, so sehe ich das jedenfalls, konzentrierte sich aller Wille zur Macht und Ordnung darauf, Palastintrigen zu überstehen und bessere Getreidepreise zu erzielen. Das sind Probleme, die einem Caesar, Cicero oder Seneca lächerlich erschienen wären. In der Spätzeit des Imperium Romanum gab es Männer dieser Größenordnung nicht mehr. Merkwürdigerweise auch keine großen Stilisten ...«

Matzbach blies einen zur Auflösung strebenden, schlampigen Rauchring an die Decke.

»Na ja«, sagte er, »Sie können Cicero und Seneca aber

nicht gerade als Exponenten der imperialen Idee hinstellen.«

»Außerdem«, warf Frau Gabrieli ein, »hat ein Jegliches seine Zeit, wie in einem anderen, stilistisch wertvollen Buch zu lesen steht. Meinen Sie nicht, daß für das Imperium einfach die Zeit abgelaufen war?«

Stücker zuckte mit den Schultern. »Uhren kann man vor- oder nachstellen; man kann sie auch anhalten. Man muß nur wollen. Woran ist denn das Imperium zugrundegegangen?« Er blickte Frau Gabrieli und Matzbach herausfordernd an.

Baltasar runzelte die Stirn. »Soviel ich weiß, an Bleivergiftung.«

Stücker nickte heftig. »Genau. Übersetzen Sie das mal. Die Führungsschicht hat sich dem Lotterleben in Wohlstand ergeben und nicht mehr über das Imperium nachgedacht, sondern nur noch über immer raffiniertere Genüsse. Dazu gehörte Wein aus immer seltsamer geformten Gefäßen und Bleiamphoren und so weiter. Elite kaputt, Imperium futsch. Wir«, sagte er mit Betonung, »sind heute in der gleichen Situation.«

Frau Gabrieli schüttelte den Kopf und verzog indigniert den Mund. »Erlauben Sie, Herr Stücker, wir sind kein Imperium. Der Kelch ist vor vierzig Jahren knapp an uns vorbeigegangen.«

»Richtig. Warum ist er an uns vorbeigegangen? Weil das letzte westliche Imperium, England, noch Beharrungs- und Machtwillen hatte. Andernfalls wäre Amerika zu spät gekommen, und wie nach einem britischen Aussteigen aus dem Konflikt die UdSSR allein ausgesehen hätte, weiß ich nicht. Und was war das Endergebnis? Das Empire ging zu Bruch, weil die Engländer zu lange in Wohlstand geschlafen hatten und auf dieses letzte große Ringen nicht vorbereitet waren; am Schluß haben sie gewonnen, aber sie haben es nicht überlebt. Amerika hat sich, trotz einiger Anläufe, nicht dazu aufraffen können, ein Imperium zu werden, Frankreich ist auch nicht mehr, was es mal war, und wir sowieso. Alle zusammen könnten wir noch etwas tun, aber wir versuchen es ja nicht einmal.«

Matzbach hustete. »Meinen Sie nicht, daß manche Leute, darunter ich, Ihre Ausführungen durchaus unter ›reaktionär‹ einstufen und abhaken könnten?«

»Sicher, das könnten Sie, aber ich glaube nicht, daß Sie recht hätten. Natürlich ist das alles unpopulär, aber Friedfertigkeit und der Verzicht auf jegliche Macht sind nur dann sinnvoll, wenn alle Beteiligten dafür sind und sich daran halten. Die Goten und Vandalen waren nicht so friedlich wie die Weströmer, die Türken hatten andere Vorstellungen als die Byzantiner, Hitler sah die Dinge nicht so wie die Briten und die Franzosen, und heute ...«

Frau Gabrieli blickte ihn unter zusammengezogenen Brauen an. »Was ist heute?«

Stücker hob die Schultern langsam und ließ sie dann jäh wieder sinken. »Heute teilen, fürchte ich, unsere östlichen Nachbarn unsere Neigung zu Frieden und Wohlstand nicht. Und die südlichen, auf denen wir noch immer herumtrampeln, sehen die Dinge wohl auch anders.«

Matzbach grinste. »Wie bringen Sie denn Ihr friedliebendes Britannien und die anderen friedliebenden Kolonialmächte mit den ausgebeuteten und zertrampelten Völkern der südlichen Hemisphäre zusammen? Und die ausgelöschten Kelten und Karthager mit den friedliebenden Römern?«

Stücker schmunzelte. »Ich widerspreche Ihnen nicht, wenn Sie sagen, die Engländer hätten gar nicht erst nach Indien gehen sollen. Aber nachdem sie einmal da waren, hätten sie die Sache nicht in derartiger Unordnung hinterlassen sollen. Ich glaube nicht, daß es den Leuten in Lahore und Madras heute besser geht als zu Zeiten der Engländer; ich glaube sogar, daß einige der Millionen Ermordeten in Pnom Penh oder der Flüchtlinge aus Ho-Tschi-Minh-Stadt gerne noch unter einem französischen Gouverneur leben würden.«

»Lebten«, warf Frau Gabrieli ein, »oder lüben. Leben, lub, geluben.«

»Womit wir«, sagte Baltasar, beinahe erleichtert, »wieder bei der Sprache wären.«

Stücker nickte. »Ich wollte Sie auch nicht unterbrechen, als ich Sie unterbrach. Sie waren, glaube ich, gerade bei der Schule, nicht wahr? Dazu ist noch zu sagen, daß es eine schöne Sache ist, wenn man allen Interessenten die Möglichkeit gibt, das Abitur zu machen. Ich will nicht davon sprechen, daß niemand ein Volk von Abiturienten beschäftigen kann. Nur ein anderer Gesichtspunkt. Wenn man die Startchancen so weit verbessert hätte, daß jeder die Chance hat, das Abitur zu machen, wäre nichts dagegen zu sagen. Aber was hat man gemacht? Man hat die Zielanforderungen so weit gesenkt, daß auch Leute ohne langen Anlauf und ohne Leistungen ankommen können. Das ist«, sagte er grimmig, »als wollte man in der Leichtathletik allen die Möglichkeit geben, 100 Meter in 10 Sekunden zu laufen. Dann beschließt man, nicht die hundert Meter, sondern die zehn Sekunden sind wichtig, also läuft man nur noch 70 Meter, damit mehr Teilnehmer in 10 Sekunden ankommen. Schließlich wird die Strecke auf 50 Meter verkürzt, und am Ende läuft man gar nicht mehr. Was aber, wenn andere, zum Beispiel unsere Freunde im Osten, lächelnd zusehen, wie wir es uns im Stand gemütlich machen, und uns dann, wenn uns die Füße eingeschlafen sind, überrennen?«

Er blickte Frau Gabrieli an. »Ich weiß, daß diese Gesellschaft ein Spiel ist, aber man kann es auch ernstnehmen.

Ich betrachte dieses geschätzte Forum, das sich mit dem Verfall der Sprache befaßt oder sich an diesem ergötzt ...«

Matzbach unterbrach. »Was halten Sie von der Einführung bzw. Wiedereinführung des Genitivus absolutus? So, daß diese Gesellschaft sich dessen ergötze.«

Stücker blickte ihn einen Moment lang irritiert an, dann lachte er. »Gut, also dessen ergötzt. Jedenfalls betrachte ich diesen Verein als eine, wenn auch winzige Möglichkeit, eine kleine Form von Ordnung aufrechtzuerhalten. Neben den anderen Möglichkeiten, um die ich mich bemühe.«

Matzbach streifte die Asche seiner Zigarre in einem dafür vorgesehenen irdenen Töpfchen auf dem nahen Beistelltisch ab. »Was machen Sie denn sonst noch?«

»Oh«, sagte Stücker, »vieles. Wollen Sie das wirklich hören?«

Frau Gabrieli intervenierte. »Ich glaube, Herr Matzbach ist in erster Linie gekommen, um zu erfahren, was wir hier so treiben. Vielleicht sollten wir ihm vordringlich einmal die Arbeitsweise unserer Gesellschaft demonstrieren, und nicht seine Zeit mit Beschäftigungsnachweisen der einzelnen Mitglieder blähen.«

Stücker kicherte. »Das haben Sie nett gesagt, Frau Vorsitzende. Ich bin ja schon still. Vielleicht ergibt sich später oder demnächst noch einmal die Möglichkeit ...«

Im Verlauf der nächsten Stunden erlebte Matzbach eine höchst angenehme Demonstration dessen, was die Mitglieder der Gesellschaft zur Stärkung der Verben e. V. bei ihren Zusammenkünften zu treiben pflogen.

Der kostbar ausgestattete Salon der alten Villa eignete sich vortrefflich für diese Form der Spielerei. Baltasar hatte nach und nach das Gefühl, bei Madame de Sévigné zu sitzen oder in einem Salon, in welchem die Herren Montaigne und La Boëtie, jeweils in zehnfacher Ausfertigung wiedergeboren, dabei rücksichtslos ihre Geisteskräfte dezimierend, ernsthaft vor sich hin blödelten.

Hauptanliegen der Gesellschaft schien es zu sein, alle schwachen Verben, die ihre Vergangenheitsformen durch ein angehängtes -t- bilden, derart zu stärken, daß saftige Konjunktive möglich wurden, wo die Sprache selbst sie nicht vorgesehen hatte; daß man das Licht ausknöpse, zerschülle; daß einige – wie eine sich im dekorativen Hosenanzug auf der Chaiselongue fläzende junge Dame bemerkte – wohl lieber durch die umliegenden Kneipen zögen und zöchen (zu: zechen, zoch, gezochen), als daß sie hier säßen, stünden oder, nach dem einen oder anderen Cocktail, schlöffen oder im Stehen schliefen. Mit besonderem Grimm vermork man, daß übles Gesindel, lichtloses Gelichter, jüngst sich dazu aufschwünge oder sich gar erdrisse, einerseits alle möglichen starken Konjunktive durch die ausschließlich der zukünftigen Unwahrscheinlichkeit vorbehaltene Bildung mit »würde« zu entsetzen, andererseits ausgerechnet das schwache »brauchte«, das gar keinen Umlaut bilden dürfe, zu »bräuchte« erhöbe. Man stimmte über mehrere Umbildungsvorschläge ab; die Gesellschafter schworen feierlich, hinfort nur noch »streben, strab, gestroben«, mit der Wahlmöglichkeit »sträbe/ströbe«, ferner »hoffen, huff (hüffe), gehuffen« sowie »schmusen, schmos, geschmosen« mit der bewegenden Möglichkeit »schmöse« zu verwenden. Baltasar, als Gast des Abends, äußerte zwischendurch: »Ich verwünde es nimmer, enthöpfe meinem Gemäul jemals ein schwächlich ›würde‹, es sei denn, ich söffe derart, daß es mir Sprechen und Sein verschlüge«, wofür er geziemenden Beifall erhielt. Zur Lösung des Problems, wie solcherlei Bildungen erreichbar seien, wenn das zu stärkende Verb hinderliche Zwischenkonsonanten aufwiese, etwa in Fällen wie »zeichnen« oder »speichern«, schlug ein pensionierter Oberförster in Tweed und grönem Hötchen vor, man solle dann den hemmenden Mitlaut an eine andere Stelle verschieben, so daß es etwa laute »zeichnen, zinch, gezinchen oder gezichnen« beziehungsweise »speichern, spirch, gespirchen oder gespichern«; durch dieses listige Verfahren sei zwar kein Umlaut möglich gemacht, doch werde immerhin die Bildung eines eindeutigen Konjunktivs durch Anfügung eines -e erleichtert.

In ähnlicher Weise vergnög man einander durch die Erörterung zusammengesetzter Adjektive, die bekanntlich nur in ihrem ersten Teil gesteigert (gestirgen) werden, zumal »nächstliegend« ja auch näherliegend sei denn »naheliegendst«. Eine kleine Debatte über die Vorzüge und Nachteile eines kürzlich erschienenen Buches über die Schwierigkeiten des farbenblinden Gummistiefelmörders angesichts violett gesprenkelter Kühe, welche ihm die Konjunktive verböten, beschloß den Abend. Vor dem Ende desselben toschen Matzbach und Stücker grinsend ihre Adressen aus.

Bei der Heimfahrt beschäftigten Baltasar mehrere Fragen. Einige waren grammatikalischer Natur; andere betrafen Stücker und seine Ansichten. Waren das Scherze eines intelligenten Menschen im Rahmen eines Gesellschaftsspiels, oder möglicherweise doch Ernst? Und wie kam der wohl eher an juristischem denn an gutem Deutsch interessierte Anwalt Naumann in diese Runde? Schließlich jedoch huk Matzbach den Tag als vergangen und vergessen ab und hopf in seine Koje.

XI

Nach einem ereignislosen Freitag begab Baltasar sich abends – nicht, ohne zuvor telefonische Erlaubnis eingeholt zu haben – zu Ariane. Er war dort kaum eingetroffen, als das Telefon klingelte.

Ariane nahm ab, meldete sich, grinste und hielt Matzbach den Hörer hin. »Du wirst schon wieder gesucht. Moritz.«

Baltasar nahm den Hörer seufzend entgegen und redete in seiner unfreundlichen Art eine Weile mit dem Journalisten. Dann blickte er Ariane an.

»Er will vorbeikommen, mit diverser Begleitung, in Sachen Mord sowie in Sachen Kartoffeln.«

Ariane nickte. »Sag ihm, es gibt Pfannkuchen.«

Sie holte eine Flasche trockenen Sherry und zwei Gläser. »Ein wenig ist noch drin; meine frühreife Tochter hat in letzter Zeit häufig durstige Bekannte mitgebracht.«

Baltasar schüttelte den Kopf. »Nein, gehört sich das? Wie will sie so ihr Abitur schaffen?«

Ariane prostete ihm zu. »Wie stehen die Ermittlungen?«

Baltasar setzte das Glas ab. »Ach, so-so. Es ist mir mit der Hilfe eines räudigen Raben, des besagten Poe, gelungen, den Tankwart ausfindig zu machen, bei dem der verhaftete Kandidat zur Tatzeit weilte. Er hat jetzt also ein Alibi und läuft vermutlich schon wieder in der Gegend herum. Hoffentlich merkt er sich jetzt, wo er tankt. Freund Ziegler wird sich über meine Intervention gefreut haben; angeblich versucht er mich seit Tagen zu finden, um mich zu beschimpfen oder mir die Rote Karte zu zeigen oder so.«

Er nahm das Glas wieder auf und hielt es vor seine Augen. »Apart«, sagte er, während er durch Glas und Flüssigkeit Ariane betrachtete, »ein arianisches Prisma. –

Außerdem habe ich fünf Leute ermittelt, mit denen der verblichene Anwalt ohne Wissen seiner Sekretärin noch seiner Kollegen zuletzt zu tun hatte.«

Er berichtete über die merkwürdigen Irrfahrten von Lorenz Fricke durch die Rhön, die Sprachwallungen der Gesellschaft zur Stärkung der Verben e. V., die munteren Sprüche von Eduard Stücker, die Kartoffeln von Christine Baginsky, die Hotelrechnung von Roland Vorwaldt und die undeutlichen Streitfälle von Hermann Albring.

»Na ja«, meinte Ariane schließlich, »das ist alles reichlich wirr. Mehr weißt du noch nicht?«

Baltasar verneinte stumm; nach einem kleinen Schluck kommentierte er: »Der Mensch ist fehlerhaft und widerwärtig. Nicht einmal ich bin vollkommen. Was erwartest du also?«

Sie lächelte. »Ein friedliches Wochenende ohne Morde.«

Baltasar beugte sich vor und streichelte ihre rechte Hand. »Gut«, flötete er, »anmutige Propyläe meines Tempelherzens, ich werde an diesem Wochenende davon absehen, jemanden zu töten. Es sei denn, um dir einen Kopf zu Füßen zu legen, und auch das nur, wenn dein Gemüt danach dürsten sollte.«

Kurze Zeit später klingelte Moritz Sturm. Er betrat die Wohnung in Begleitung zweier Menschen, die dort bisher nicht gesichtet worden waren.

»Das«, sagte er mit Grandezza, »ist die Hüterin des Hauses, Ariane Binder. Jener Kloß hinten ist Mistberg, eh, Matzbach. Darf ich präsentieren? Ich beehre mich: Andreas Goldberg, weiland Mörder, und Sarah – jetzt hab ich doch deinen Nachnamen vergessen. Wie war er gleich?«

Die hübsche, dunkelhaarige Frau lächelte. Man sah ihr an, daß sie vor kurzem länger der Sonne teilhaftig geworden war; ihre weißen Zähne blitzten, und die vom Lächeln bewirkten Ausläufer ihrer leicht erhöhten Backenknochen trafen sich knapp neben dem Grübchen im Kinn.

»Mendel«, sagte sie; »zumindest noch ein paar Wochen.«

Ariane stellte Gläser hin und deutete einladend auf einige Sitzgelegenheiten.

»Wieso?« fragte Baltasar. »Was hat das mit den Wochen zu tun? Wechseln Sie mit den Mondphasen Ihre Bezeichnungen?«

Moritz setzte sich, verknotete seine langen, dünnen Beine und sagte: »Nein. Aber wieder so ein Fall. Auch hier hat die Angst vor Scheidung nicht die Ehe verhindern können, und nun sind die Konsequenzen zu ziehen.«

»Ei ja«, murmelte Baltasar, »nicht jeder wird solcherlei Probleme mit Hilfe eines unbekannten Schützen und ohne juristischen Aufwand los.«

Andreas Goldberg zuckte sichtlich zusammen, fing sich aber rasch wieder. »Ich hörte«, sagte er höflich, »daß ich Ihnen meine Freiheit verdanke.«

Baltasar winkte ab. »Lesen Sie Sartre, dann wissen Sie erstens, woher sie kommt, und zweitens, daß sie nicht viel wert ist.«

Goldberg lachte. »Jedenfalls möchte ich mich bei Ihnen herzlich bedanken. Wie haben Sie den Tankwart gefunden?«

Baltasar breitete die Arme aus. »Fragen Sie Ihren eminenten Raben, er hat mich geführt. Übrigens ein widerliches Vieh.«

»Ich hörte bereits, daß Sie ihn in Ihr Herz geschlossen haben. Mein Großvater berichtete von der Dressur.«

Baltasar nickte. »Dann wissen Sie Bescheid.«

Er wandte sich an Sarah Mendel. »Heiraten Sie bloß nicht gleich den Jungen, wenn Sie geschieden sind. Seine Frauen enden übel.«

Sie winkte ab. »Nichts dergleichen. Ich will ihn nur ein bißchen – trösten. Er trägt schwer an dem herben Verlust.«

Ariane stand auf. »Pfui«, sagte sie, »ihr seid mir alle viel zu makaber. Ich gehe jetzt in die Küche und erhole mich bei Pfannkuchen. Ich hoffe, alle haben Hunger.«

Moritz strahlte sie an. »Bist du eigentlich schon vergeben? Man findet selten Menschen, denen zur rechten Zeit das Rechte einfällt.«

Als Ariane gegangen war, zog Moritz aus seiner prallen Aktentasche vielerlei heraus.

»Hier«, sagte er, indem er Matzbach einige Fotos hinschob. »Ich glaube, Andreas hat sie auch noch nicht gesehen. Ich habe aber Zweifel, ob er sie unbedingt wird sehen wollen.«

Goldberg verzog das Gesicht und winkte ab. »Nicht dringend«, sagte er leise. »Mir steckt der Anblick bei der Identifizierung noch in den Knochen.«

Baltasar nahm die Fotos auf und betrachtete sie genau. »Unschön und bestimmt nicht zur Veröffentlichung gedacht, nicht wahr?«

Moritz nickte. »Ich habe sie leihweise von Korff bekommen, der sie eigentlich längst der Polizei hätte zurückgeben müssen.«

Die Bilder zeigten die Leichen von Irene Goldberg und Robert Naumann. Beide wiesen je zwei Einschüsse auf, in der Mitte der Stirn und im Herzen.

Matzbach legte die Bilder hin. »Das ist merkwürdig. Die Einschüsse sitzen genau gleich, geometrisch. Es muß sich um einen guten Schützen mit einer ruhigen Hand handeln. Oder er hat verdammt viel Zeit gehabt und aus nächster Nähe geschossen.«

Moritz schob ihm einige Blätter hin, offenbar Fotokopien eines teils mit Maschine geschriebenen, teils vorgedruckten Textes. »Hier, ebenfalls von Korff geschmuggelt: der Obduktionsbefund. Nix aus nächster Nähe.«

Matzbach überflog die Seiten, denen eine kurze Abhandlung über die aus den Körpern entfernten Geschosse beigefügt war.

»Also übliches Kaliber, abgefeuert aus einer üblichen Handfeuerwaffe; wahrscheinlich mit Schalldämpfer, sonst hätte ja jemand im Haus oder in der Nachbarschaft etwas hören müssen. Einschüsse verlaufen schräg, die Projektile wurden aus etwa drei Metern Entfernung abgefeuert. Das heißt«, sagte er aufblickend, »vermutlich, daß die beiden im Bett gelegen und geschlafen haben oder, vielleicht, durch die Annäherung des Schützen erwacht sind. Nach Meinung der Spurensicherung jedenfalls sind sie im Bett erschossen worden.«

Andreas Goldberg hatte dem Gerede mit deutlicher Zurückhaltung und Abneigung gelauscht. Seine linke Hand war geballt, die rechte tastete nach der linken Hand der neben ihm sitzenden Sarah. »Moment mal«, sagte er mühsam, »steht da etwas darüber, ob die Einschüsse bei beiden unterschiedlich verlaufen?«

Baltasar blätterte.

»Ja«, sagte er dann überrascht, »das steht hier, allerdings mit einem Fragezeichen versehen und der Bemerkung, eine plausible Erklärung gebe es zunächst einmal nicht.«

Andreas nickte heftig. »Doch«, sagte er bitter, »die gibt es. Irene war eine wilde Schläferin. Sie ist meistens morgens mit den Füßen unter dem Kopfkissen und dem Kopf am Fußende aufgewacht.«

Baltasar runzelte die Stirn. »Aha. Das spricht dafür, daß die beiden tatsächlich noch fest geschlafen haben, als der Mörder sein finsteres Tagwerk begann.«

Er schob Papiere und Fotos wieder zurück zu Moritz. Dann griff er zu einer Zigarre, legte sie aber wieder fort.

»Nein«, knurrte er, »gleich gibts Pfannkuchen. – Was wollen uns die Dichter des Berichts damit sagen? Ein Mensch, Mann oder Frau, betritt eine fremde Wohnung in der Frühe, und zwar so leise, daß die in der Wohnung befindlichen Leute nicht aufwachen. Was für eine Sorte Schloß hatte Naumanns Wohnungstür?«

Andreas überlegte. »Wenn ich mich nicht irre, ein normales Sicherheitsschloß, BKS oder wie die Dinger heißen. – Ich mußte ja mit Herrn Ziegler den Tatort besichtigen ...«

Baltasar verschränkte die Arme über seiner Wamme. »Und die Tür war nicht aufgebrochen?«

Andreas schüttelte stumm den Kopf.

»Das stünde ja auch in diesen klugen Papieren zu lesen, Musbach«, sagte Moritz vorwurfsvoll.

Baltasar feuerte einen giftigen Blick auf ihn ab. »*Silence, monsieur l'emmerdeur*, ich kann lesen, *nebbich*. – Er muß also einen Schlüssel gehabt haben, der Finsterling. Außerdem muß er einigermaßen kaltblütig sein, eine ruhige Hand haben und wahrscheinlich häufiger eine Waffe in derselben halten, denn jemand, der noch nie geschossen hat, trifft wohl kaum so akkurat. Wer«, sagte er fröhlich, »außer Ziegler und mir kommt also für die böse Tat in Frage? Abgesehen davon, daß ich keinen Schlüssel habe?«

Andreas fragte irritiert: »Wieso Ziegler und Sie?«

Baltasar grinste. »Ich, weil ich erträglich gut schieße, und Ziegler, weil er diese ganze Sache durchgezogen hat, nur um mich zu foppen.«

Moritz stöhnte. »Marsbach, Märzbock, Mistbrocken; wenn du sonst nichts zu der Affäre beizutragen hast, solltest du zu deinem Kummerkasten zurückkehren. In ernsthaften Zirkeln bist du völlig fehl am Platz.«

Sarah, die noch immer Andreas' rechte Hand hielt, begann zu kichern. »Ein netter Umgangston unter lieben alten Freunden. Kennt ihr einander schon länger?«

Moritz nickte weinerlichen Gesichts. »Ich hab es getragen sieben Jahr.«

Baltasar beugte sich vor, begutachtete Moritzens Hemd und sagte: »Dann wasch es doch endlich.«

Diese Form der Konversation setzte sich bis zu völliger Verblödung während des Pfannkuchenessens fort. Ariane mischte mit; Andreas hielt sich zurück. Als man beim Kaffee angekommen war, meldete er sich zu Wort.

»Herr Matzbach, ich habe den Eindruck, daß Sie sich weiter mit diesem Blutbad beschäftigen wollen.«

Baltasar nickte.

»Kann ich Ihnen irgendwie dabei helfen? Ich meine ...« Er zögerte, blickte der Reihe nach Sarah, Ariane und Moritz an und schloß dann die Augen. Halblaut fuhr er fort: »Immerhin war sie meine Frau, wenn da auch am Schluß nichts mehr war ...«

Baltasar blickte Moritz an. »Du da, weißt du, was Ziegler zur Zeit treibt?«

»Morgen wird er sich um eine kleine Demonstration kümmern, nehme ich an. Im übrigen sucht er natürlich den Mörder oder die Mörderin, aber was er genau macht, weiß ich nicht.«

»Was für eine Demonstration?«

»Ach, morgen ist eine winzige Demo angesetzt, auf dem Rasen der Poppelsdorfer Allee. Wahrscheinlich werden zwanzig Demonstranten und zweihundert Polizisten daran teilnehmen, und so was läßt sich doch der Monsieur von der Kripo nicht entgehen.«

Ariane warf ein: »Morgen ist Samstag, da hat er wohl dienstfrei, oder?«

Moritz setzte ein zweifelndes Gesicht auf.

Baltasar erkundigte sich: »Worum geht es denn bei der Demonstration? Vielleicht mache ich mit, damit Ziegler sich freut.«

Moritz keckerte. »Er würde sich bestimmt freuen und dich wegen subversiven Betrachtens von Bäumen festnehmen, oder so. – Ach, es geht um diese bescheuerten Entlaubungspläne.«

»Bitte was?«

»Hast du noch nichts davon mitgekriegt? Das geht doch nun schon seit Monaten um, quer durch die ganze regionale und überregionale Presse, mit Erklärungen, Protesten, Gegenerklärungen und allem, was dazugehört. Die Idioten von der Stadt wollen doch, nachdem sie erfolgreich alles, was in Bonn ansehnlich war, wegsaniert haben, den letzten Rest auch entfernen, die Poppelsdorfer Allee.«

Matzbach nickte. »Ach so, natürlich, davon hab ich gehört. Aber wen wundert das eigentlich? Wenn man sich Beamte hält, deren Daseinszweck der Umbau der Stadt ist, darf man sich nicht wundern, wenn sie zur Sache gehen. Sonst wüßte man doch, daß sie überflüssig sind. Außerdem werden sie bestimmt von einigen Leuten reichlich des hübschen Baren erhalten. Sind die Pläne denn jetzt endgültig durch?«

Sarah hob die Hand. »Entschuldigung, ich war ein paar Wochen weg und vorher mit privater Chaotik völlig ausgelastet. Worum geht es denn da?«

Moritz zuckte mit den Schultern. »Kurz gesagt ist es so. Vor ein paar Jahren ist für etliche hundert Millionen diese sinnlose U-Bahn gebaut worden, weil Bonn so was natürlich braucht, auch wenn nur zwei Kilometer davon unter der Erde sind. Gleichzeitig ist eine Straßenbahnstrecke stillgelegt worden, die hinter dem Bahnhof in Richtung Endenich verlief. Die Schienen hat man rausgerissen, da ist nichts geblieben. Jetzt sind einige von den Jungs, die dafür bezahlt werden, fremder Leute Geld zu verbraten, auf den Gedanken gekommen, daß diese Weltgegend, also allgemein der Bonner Westen, doch wieder an das U-Bahn-

beziehungsweise Straßenbahnnetz angeschlossen werden soll. Natürlich geht das nicht einfach, indem man da, wo früher Schienen waren, wieder welche legt. Die könnten den Autoverkehr behindern, den die Herren durch öffentliche Verkehrsmittel ersetzen wollen. Man sieht, es ist alles sehr klar und logisch. Nein, diese westliche Trasse soll unterirdisch verlaufen, jedenfalls die ersten fünfhundert Meter, und was bietet sich da besser an als die Poppelsdorfer Allee? Da stehen schließlich nur ein paar hundert schöne alte Bäume, und ein paar hundert schöne alte Villen. Mit anderen Worten: Diese Allee fällt aus dem optischen Gesamtbild der Stadt heraus. Es ist da noch nicht uniformiert und betoniert worden. Man will jetzt unterirdisch bohren; dabei werden wohl alle Bäume gefällt werden müssen, und die zuständigen Leute erklären mit Bedauern, daß sie keine Garantie für die Grundmauern der Villen übernehmen können.«

Er seufzte und nahm einen riesigen Schluck Kaffee zu sich. »Außerdem liegen natürlich inzwischen Gutachten vor, die besagen, daß die meisten der Bäume krank sind.«

Matzbach strahlte. »Na, siehst du!« sagte er fröhlich. »Das beweist doch wieder, daß die Wirtschaft funktioniert. Und die braven Bäume, die pünktlich dann krank werden, wenn eine Bank oder eine Versicherung gerne da bauen will, wo die alten Villen stehen! Ist das nicht schön?«

Moritz verzog das Gesicht. »So ist es. Ich wollte einen bösen Artikel dazu schreiben; das hat mir der Chef untersagt. Das heißt, nicht untersagt. Er hat mir dringend abgeraten. Sein Schwager sitzt im Rathaus, und der habe ihm wichtige Informationen darüber gegeben, aus denen zu entnehmen sei, daß alles gar nicht so ist, wie es aussieht. – Übrigens« – er blickte Matzbach an, als wolle er ihn hypnotisieren – »weißt du, von wem das vorläufig letzte Gutachten zu dem Thema stammt?«

»Nein. Ich beschäftige mich in meiner Freizeit gelegentlich mit harmlosen Mördern, aber an die großen Verbrecher komm ich nicht ran. Wer war es denn?«

Moritz grinste. »Unser Freund Stücker.«

Infolge allgemeinen Erstaunens bei Sarah und Andreas sahen Moritz und Baltasar sich genötigt, Informationen über Eduard Stücker abzusondern. Moritz griff nach seiner Aktenmappe.

»Hier«, sagte er, wobei er auf ein dickeres Bündel klopfte, »ist einiges über Stücker und seine Aktivitäten der letzten zwanzig Jahre, soweit diese öffentliches Interesse verdienten. – Und hier sind die anderen Sachen, die ich dir noch heraussuchen wollte.«

Baltasar nahm das Bündel entgegen und neigte dankend den Kopf. »Huldreicher Liebling der Morgenröte«, sagte er salbungsvoll, »eminenter Auswurf des Olymp und Verkörperung außerdienstlicher Zuverlässigkeit, ich danke Euch.«

Er warf das Bündel lieblos auf einen leeren Sessel. »Ich werde mich gelegentlich damit befassen. Heute abend hab ich frei.«

Er runzelte die Stirn und dachte nach.

»Gevatter«, sagte er dann, an Moritz gewandt, »hast du dich inzwischen mit dieser Kartoffeldame unterhalten?«

Moritz schüttelte den Kopf. »Ich habe vielleicht noch andere Dinge zu tun, ungünstiger Ekelbär, und außerdem schlafe ich hin und wieder. Du wirst dich da noch ein paar Tage gedulden müssen. Ich werde sie am Montag anrufen und um einen Termin bitten. Zufrieden?«

Baltasar und Ariane verlebten ein Wochenende in zurückhaltender Bescheidung und ohne auswärtige Eindringlichkeiten. Matzbach durchblätterte die Papiere, die Moritz hinterlassen hatte, und schnalzte gelegentlich mit der Zunge.

Montag begab er sich wieder in seine Wohnung, in der ihn gegen Mittag ein unwirscher Ziegler anrief, der sich weitere Einmischungen in die amtlichen Ermittlungen verbat. Matzbach versprach ihm höflich, ihn bei Gelegenheit von Fortschritten wissen zu lassen, und hängte ein.

Nachmittags erfuhr er von gemeinsamen Bekannten, Hoff sei am Wochenende mit einer reizenden Rothaarigen gesehen worden. Abends rief Henry an und berichtete von Unterredungen mit einer Sekretärin des berühmten Eduard Stücker, die aber außer einem Überblick über seine wesentlichen Taten der letzten Zeit nichts erbracht hätten. Ein detaillierter Bericht werde folgen.

Also werkelte Matzbach bis in die Nacht hinein an den nächsten Folgen von *Frau Griseldis*, hüpfte anschließend wie ein Zicklein unter die Dusche, umhüllte sein fettes Egogefäß mit Frottee, trank einen Schlaftrunk und zog unter den fröhlichen Fanfaren seines Schnarchens bis zur Morgendämmerung wider seine Träume zu Felde.

In barbarischer Frühe, gegen sieben Uhr, riß ihn langanhaltendes Klingeln aus dem Schlummer. Eine freundliche Dame vom Postamt las ihm am Telefon den Wortlaut eines Telegramms vor, das später mit der normalen Post zugestellt wurde. Der Text lautete: »Hilfe stop assassinen stop sofort kommen les baux stop anrufen hotel xy stop william.«

Mit einer für seine normalen Aufstehgewohnheiten, speziell nach dreieinhalb Stunden Schlafs, unüblichen Lust eilte Baltasar ins Bad. Danach ließ er sich von der Auslandsauskunft die Nummer des betreffenden Hotels in Les Baux heraussuchen und rief dort an. Er war sich völlig darüber im klaren, daß die Morgenwonne mit dem Stichwort »Assassinen« zu tun hatte und damit, daß ein ferner Lockruf Abenteuer versprach, während er in der Heimat, der teuren, mit seinem Doppelmord nicht weiterkam.

Der Mensch, der im Hotel den Hörer abnahm, versicherte ihm, Monsieur William Bronner weile in seinem Gemach und er werde ihn ans Telefon holen. Es dauerte nicht sehr lang. William hörte sich entfernt, entnervt und erschöpft an.

»Matzbach«, sagte er hastig, »kannst du kommen?«

»Was ist denn los?«

Bronner hustete. »Zu viele Zigaretten und kein Schlaf«, sagte er. »Mann, ich hab das ganze Wochenende versucht, dich zu erreichen. Ich hab mich mal wieder in was eingemischt, was mich nichts angeht, jetzt sind sie hinter mir her. Ich weiß nicht, wie schnell sie mich finden.«

»Was hast du gemacht, und wer ist *sie?*«

»Kann ich dir nicht am Telefon sagen. Kannst du kommen?«

»Ja.«

»Sofort?!«

»Wenn ich heute nachmittag aufbreche, kann ich morgen früh dasein. Reicht das?«

Bronner seufzte.

»Kann sein. Vielleicht ist es in zwei Stunden schon zu spät. Versprich mir, daß du mir ein würdiges Begräbnis besorgst.«

»Mann, machs nicht so dramatisch ...«

»Hör zu, vielleicht muß ich schnell abhauen. Denk an den Mond von Sankt Remigius und an den dritten Schlupfhafen der Johannisbeere. Da kommt jemand, ich muß aufhören. Mach schnell ...«

Es klickte. Matzbach fluchte und wählte das Hotel erneut an. Besetzt. Nach fünf Minuten versuchte er es abermals. Diesmal kam er durch. Man teilte ihm mit, Monsieur Bronner habe soeben das Gebäude verlassen.

Murrend dachte er eine Weile vor sich hin; dann rief er Ariane an, die noch nicht zur Arbeit aufgebrochen war.

»Hör mal«, sagte er nach einem freundlichen Morgengruß, »ein Freund, noch so ein windiger Reporter, hat mich gerade aus Südfrankreich angerufen. Die Assassinen sind hinter ihm her.«

Ariane kicherte. »Was ist los? Bist du krank, so früh aufzustehen? Und was hat das arme Kerlchen wieder geträumt!«

»Ich bin knallwach und todernst. Wann kannst du deinen Urlaub nehmen? Du hattest was von Bergen gesagt, die du noch versetzen müßtest.«

»Ganz ernst?«

»Total.«

»Die dicksten Berge sind versetzt. Mit einem dringenden Grund könnte ich eigentlich sofort …«

»Okay, also deine Urenkelin ist bei der Entbindung explodiert oder so was.«

»Pfui, wie witzig.«

»Ich hol dich gegen zwölf Uhr ab. Geht das?«

»Ja, in Ordnung. Bis dann.«

»Adios.«

Anschließend warf Baltasar Moritz und danach Hoff aus dem jeweiligen Bett, beauftragte sie, die Stellung durch förderliche Umtriebe weiter auszubauen, schrieb für Hoff einen neuen »Gehaltsscheck« aus, den er in einen Briefumschlag steckte, und beendete in rasender Eile *Frau Griseldis*. So begann ein wildes Abenteuer in der Provence, aber das ist eine andere Geschichte.*

* vgl. Das Doppelgrab in der Provence, Haffmans Verlag, Zürich 1988.

II. TEIL

I

Nach der Rückkehr aus der Provence siegestrunken, mußte Baltasar zunächst einmal zurückfinden in die Niederungen des Daseins. Zwar hatte er reichlich vorgearbeitet, aber nun war es Zeit, die nächste Folge von *Fragen Sie Frau Griseldis* zusammenzustellen, am besten gleich zwei. So wurde es Ende November, bis er sich wieder mit seinem Doppelmörder beschäftigen konnte.

An einem Samstag, dessen Morgenröte er im Hause Binder erblickte, bemerkte er in Arianes Küche ein neues Objekt. »Was ist das?«

Ariane nahm den Topf mit einem seltsamen Aufbau hoch. »Ein Wasserfilter. Evelyn hat ihn aufgetrieben. Eine sehr gute Sache.«

»Wozu braucht man einen Wasserfilter?«

»Man filtert, o dummer Mann, Wasser darinnen.«

Sie goß gefiltertes Wasser in die Kaffeemaschine. Baltasar, ohnehin noch nicht ganz wach, konnte dem Vorgang nur mühsam folgen.

»Wozu filtert man Wasser?«

»Man filtert es, o Baltasar«, sagte Ariane, wobei sie ein wenig Butter von ihrem Morgenrock wischte, »damit es besser schmecke.«

»Ist dieses vonnöten?«

Sie stemmte die Hände in die Hüften. »Fragen über Fragen an einem widerlichen Wintermorgen.«

Beim Frühstück führte sie weiter aus. »In diesem Ort Bad Godesberg, der heute nur noch ein Anhängsel der Metropole ist, wird das Trinkwasser dem Rhein entnommen. Um es genießbar zu machen, versetzt man es mit Chlor. Es riecht und schmeckt wie ein Hallenschwimmbad. Dieser Filter soll Schmutz und Chlor entfernen, und ich muß zugeben, das Wasser schmeckt besser. Du mit deinen ewigen Zigarren bemerkst natürlich keinen Unterschied zwischen dem Kaffee vorher und dem Kaffee danach.«

Baltasar grinste. »O doch. Ich messe ihn an dem, was zwischendurch vorgefallen ist.«

Ariane schnalzte. »Ich spreche von Filtern und dem Vorher-Nachher-Effekt.«

Baltasar nickte. »Es ist interessant«, sagte er nachdenklich, »daß auch an dieser Schandtat der Kandidat Stücker beteiligt ist.«

Ariane blinzelte. »Wie das?«

»Ich habe in den letzten Tagen neben *Frau Griseldis* auch den Mord bearbeitet und dazu noch einmal alles durchgewühlt, was die kundigen Kerlchen mir zusammengestellt haben. Unter anderem die Liste der Leistungen des Eduard Stücker.«

Er lehnte sich zurück, schob den Frühstücksteller von sich und zündete eine Morgenzigarre an.

»In dieser Liste findet sich ein Gutachten auch zum Thema des Godesberger Leitungswassers. Ich muß weiter ausholen.«

Er blies einen Rauchring an die Decke und kniff die Augen zusammen.

»Also. In den sechziger Jahren wurde die Godesberger Satellitenstadt Heiderhof konzipiert, du kennst die ja, auf der Höhe im Süden. Dazu wurden mehrere Gutachten angefertigt, von Geographen, Geologen, Hydrologen und ich weiß nicht was für Logenbrüdern sonst noch. Im Prinzip gab es zwei gegensätzliche Meinungen. Die einen sagten, das ist alles Quatsch, weil der Boden sehr wasserhaltig ist, zum größten Teil aus Kies besteht, zwei Grundwasserspiegel oder wie das heißen mag hat und so weiter. Das heißt, wenn man baut, wird man erstens Schwierigkeiten mit den Häusern bekommen, weil die auf dem nassen Kiesuntergrund nicht sehr hoch und schwer sein können, sonst sacken sie ab. Also darf man auch keine tiefen Keller anlegen. Zweitens wird man beim Bau der Zufahrtstraße mindestens einen, wenn nicht beide Grundwasserschichten anschneiden – die Straße ist ja am Hang hochgezogen worden, und dafür mußte einiges Erdreich bewegt werden.«

Ariane runzelte die Brauen. »Gegen frisches Grundwasser ist doch nichts zu sagen. Das kann man doch prachtvoll trinken, oder?«

»Ja, natürlich, aber das kommt gleich. Die anderen Gutachter sagten, es werde keine Probleme geben. Zu diesen gehörte Stücker. Nun gut. Dann wurde also das Projekt gestartet. Es stellte sich heraus, daß die Warner recht behielten. Auf dem Heiderhof stehen viele Häuser, die nur einen Meter oder noch weniger Fundament und Keller besitzen, und beim Bau der Straße schoß kristallklares Grundwasser in die Stadt. Was hat man damit gemacht?«

Ariane verzog das Gesicht. »Und ich habe einen Wasserfilter«, sagte sie düster.

Baltasar klopfte auf den Tisch. »Genau. Prächtiges, sauberes, leckeres Grundwasser; was sollte man damit machen? Auch hierzu wurden in aller Eile Gutachten eingeholt, weil man ja nichts offensichtlich Sinnvolles tun kann, solange es nicht von Gutachtern befürwortet wird. Wieder war Stücker beteiligt. Er schlug vor, die Kanalisation auszubauen und das Grundwasser in den Rhein zu leiten. So wurde es gemacht. Man hätte es natürlich in die Trinkwasserversorgung leiten können, aber das wäre ja zu offensichtlich gewesen. Deshalb hast du dir einen Wasserfilter kaufen müssen. Die Industrie, übrigens, nicht nur hier, sondern überall, zapft nach wie vor Grundwasser ab und benutzt es zum Kühlen und Reinigen. Unser Trinkwasser kommt nicht daher. Als Einwohner Bonns wußte ich natürlich bisher nichts davon, denn das Bonner Wasser ist ganz trinkbar; es kommt aus einer Talsperre.«

Ariane nickte. Erbost sagte sie: »Eigentlich ist es eine Sauerei. Aber was ich nicht verstehe: Wieso bringst du Stücker immer wieder ins Gespräch? Ich meine, es spricht nicht für ihn, daß er diese Gutachten gemacht hat, aber was hat das mit deinem Mord zu tun?«

Baltasar hob hilflos die Schultern. »Verehrteste«, sagte er, »nichts. Es gibt nur eine ganze Serie solcher Gutachten und Projektentwürfe aus seinem Bleistift.«

Sie faltete die Hände hinter dem Kopf. »Was hat er denn noch befürwortet?«

»Oh, vieles, und zwar reichlich. Zum Beispiel den U-Bahn-Bau und die Verwüstung der Bonner City, du weißt schon, den Abriß der alten Häuser vor dem Bahnhof und den Bau dieser monströsen Gips- und Betontürme. Dann eine völlig absurde Sache: den City-Umbau in Godesberg. Kalkuliert in den sechziger Jahren, als Godesberg noch das Einkaufszentrum für das gesamte Hinterland war. Damals hat er, neben anderen, vorgeschlagen, zu Füßen der Godesburg ein Geschäftsviertel mit Supermärkten und allem Kiki aufzuziehen. Das ist ja inzwischen gebaut worden, nur fahren die Leute aus dem Ländchen schon längst nach Bonn. Alles, was dabei herausgekommen ist, sind also Betonmonster mit irrsinnigen Mieten und pausenlos Pleiten. Ein besonders schönes Gutachten hat er auch zum Bau der rechtsrheinischen Autobahn abgeliefert.«

Baltasar legte die Zigarre weg und kratzte sich; der Kimono warf wilde Wellen.

»In Ramersdorf steht die älteste Ritterkommende auf deutschem Boden. Die anderen sind entweder im verlorenen Osten oder in Palästina oder so. Da das Land ohnehin dem Bund gehörte, ist dort zu einmütigem Entsetzen vor ein paar Jahren ein Autobahnzubringer mit siebenundzwanzig Schleifen, neunzehn Spuren und dreihundert Richtungen gebaut worden. Er umzingelt die alte Kommende. Wenn LKWs vorbeifahren, zittern die Mauern, und keiner weiß, wie lange das Ding noch stehen wird. Und – zu dem Bau gehörte ein Park, an dessen Ende ein wunderschönes altes Pförtnerhäuschen stand. Zwischen den Resten des Häuschens und der Kommende verlaufen jetzt drei Fahrspuren. Stücker war auch *da*für.«

Er schüttelte den Kopf.

»Bei der Veranstaltung in Köln, bei den Konjunktivisten, hat er mir etwas über Macht, Beharrungswillen und Schopenhauer erzählt. Vielleicht ist das der Grund dafür, daß er in den letzten Jahren alle möglichen Projekte befürwortet hat, die widersinnig sind: Durchsetzen des Apparats der Administration gegen die Bevölkerung, um jeden Preis. Was weiß ich. Stärke nach innen als Basis für angestrebte Stärke nach außen.«

Er lächelte müde.

»Leider ist das weder ungesetzlich noch mörderisch. Okay, vielleicht hat er den einen oder anderen Beamten geschmiert, um auch für das nächste teure Gutachten berücksichtigt zu werden. Aber daraus kann ich mir immer noch kein Motiv für einen Mord konstruieren.«

Ariane wackelte mit den Füßen. »Nimm mal an, der Anwalt wäre zufällig dahintergekommen, daß Stücker bestochen hat …«

Matzbach winkte ab. »Kein Grund. *Mon dieu*, was soll

ihm passieren? Man wird ihn und ein paar andere vor Gericht zerren, wenn nicht überhaupt alles vertuscht wird. Dann bekommt er eine Geldstrafe aufgebrummt, die er mit einem freundlichen Lächeln bezahlt. Er hat sein Schäfchen im trockenen.«

Er griff nach einer unförmigen Reisetasche, die sein Wochenendgepäck barg; neben der Zahnbürste und einem Satz frischer Unterwäsche bestand dies vor allem aus Papier. »Hier, Moritzens Dossier. Eduard Stücker, geboren 1927 in Lassahn, Mecklenburg, pipapopu... seit 1961 Büro bei Bonn... wo ist es denn – ach, hier. Besitzt Landhäuser in der Eifel, im Sauerland, eine Strandvilla in St. Peter-Ording, ein Chalet in der Normandie. – Wahrscheinlich hat er auch ein nettes kleines Konto in der Schweiz. Und dem soll die Aussicht auf ein Verfahren wegen Bestechung so viel Angst machen, daß er dafür zwei Leute abmurkst?«

Ärgerlich warf er den Papierhaufen wieder in die Tasche. »Unser kleiner Ausflug in die Provence war amüsant. Leider geht es in dieser Angelegenheit überhaupt nicht voran. Moritz und Henry fördern Details ans Tageslicht, mit denen kein Mensch etwas anfangen kann. Stücker wäre ein prachtvoller Mörder, aber ich sehe keinen Grund, warum er es hätte tun sollen. Oder können. Ich werde«, sagte er erbittert, »in der kommenden Woche zum Frontalangriff übergehen.«

Ariane lächelte, beinahe mütterlich. »Armer Kleiner, was will das liebe Kerlchen denn unternehmen? Frontalangriff, pah.«

Baltasar nickte. »Genau, pah. Ich weiß es nicht. Ich werde mich ein bißchen mit der Kartoffeltante unterhalten. Das Interview, das Moritz mit ihr gemacht hat, brachte gar nichts. Dann werde ich Fricke zuerst verbellen und danach stellen und ihn fragen, was er in der Rhön gemacht hat. Und ich werde ein Gespräch mit diesem Journalisten Albring führen. Und mich noch mal in Köln erkundigen, ob neben den opulenten Konjunktiven andere Dinge angefallen sind. Ich Trottel, ich weiß ja bis heute nicht einmal, ob Naumann jemals in Köln bei diesen Leuten gewesen ist.« Düster setzte er hinzu: »Und ich sehe nichts. Wahrscheinlich war es am Ende doch Andreas Goldberg. Oder dieser widerliche Rabe.«

Am Montag lief Matzbach auf dem Weg durch die Stadt dem geschätzten Kommissar Ziegler in die Arme.

»Ah, Matzbach«, sagte Ziegler honigsüß. »Dieses Zusammentreffen erfreut mich.«

Matzbach verneigte sich. »Zahllose Glückssterne«, versicherte er, »überstrahlen diesen Tag, da mir endlich Ihr Antlitz in seiner ganzen Leuchtkraft zuteil wird.«

Ziegler hielt ihn am Ärmel fest. »Na, Sie Hobbydetektiv, möchten Sie mich nicht zu einer Tasse Kaffee und einer Unterhaltung in mein Büro begleiten?«

Baltasar strahlte. »Solch eine formidable Einladung, noch dazu im November und aus Ihrem hochmögenden Munde – wer wollte sich da sträuben?«

Schweigend gingen sie zu Zieglers Büro. Nachdem beide Platz genommen hatten, beugte sich Ziegler über den Schreibtisch vor und starrte Matzbach auf die Nase.

»So«, sagte er, wesentlich weniger freundlich, »nun wollen wir mal zur Sache kommen.«

Baltasar hob die Hand. »Moment, Verehrtester, wie war das mit dem Kaffee?«

Ziegler fletschte die Zähne, wandte den Kopf zur Tür, hinter der seine Assistenten und Sekretärinnen saßen, und brüllte »Kaffee!«.

Dann wandte er sich wieder zu Matzbach. »Ich hatte bisher nicht die Freude, wie im letzten Jahr von Ihnen mit haltlosen Verdächtigungen, telefonischen Verhaltensvorschlägen und ähnlichem Schwachsinn behelligt zu werden. Ich ersehe daraus, daß Sie nichts wissen, und das macht mich froh.«

Baltasar grinste. »Ziegler, Ziegler, zwischen uns wird nach und nach eine enge Freundschaft wachsen, ich sehe das klar vor mir, und mir graut. – Hatte ich letztes Jahr vielleicht unrecht?«

Ziegler brauchte nicht zu antworten, denn in diesem Moment brachte eine junge Dame zwei Tassen Kaffee herein. Sie lächelte Matzbach zu und ging wieder hinaus. Ziegler spielte mit einem Bleistift.

»Es ist richtig«, gab er zu, »daß Sie im vorigen Jahr auf kriminellen Wegen zu einem Punkt gelangt sind, an dem ich früher oder später auch angekommen wäre. Soweit will ich Ihnen nicht widersprechen. Aber diesmal?«

»Nun ja«, sagte Baltasar. »Wer hat den Tankwart gefunden?«

Ziegler nickte. »Was Sie nicht wissen können: Eine Stunde bevor Korff mit Ihrem Alibi-Zettel auftauchte, hat ein Beamter den gleichen Tankwart ausfindig gemacht und von ihm erfahren, daß Sie schon dagewesen waren.« Ziegler lehnte sich zurück; mit dem Ausdruck satter Zufriedenheit nahm er einen Schluck Kaffee.

»Sie sehen also, nicht alles, was Sie tun, ist von einzigartiger Qualität. – Danach habe ich die Anwälte aufgesucht und festgestellt, daß Sie auch dort schon gewesen waren. Und daß Sie sich Namen und Telefonnummern notiert hatten.« Ziegler zog eine Schreibtischschublade auf, entnahm ihr mehrere Blatt Papier und überflog sie. Schließlich legte er alle Blätter bis auf eines zurück, schob die Lade zu und musterte Matzbach.

»Roland Vorwaldt«, las er vor, »laut Auskunft der bolivianischen Behörden seit dem 28. September wieder in La Paz, hat seitdem das Land nicht verlassen.«

Matzbach lächelte. »Ich danke Ihnen, lieber Freund, für diese Mitteilung. Ich muß zugeben, ich hatte Probleme, diese Auskunft zu erhalten, und meine Gewährsleute sind nicht unbedingt zuverlässig. Sie, lieber Ziegler, bestätigen mir, was ich für nicht ganz gesichert halten mußte.«

Ziegler nahm die unverschämte Lüge gelassen hin. »Hermann Albring«, las er weiter, »reiste in der Woche des Mordes als Berichterstatter mit einer Parlamentarierdelegation nach Marokko. Kollegen und Delegationsmitglieder versichern, daß sie ihn am bewußten Donnerstag morgens in, wie heißt das, Oudjda gesehen haben.«

Baltasar nickte. »Ich weiß. Einer seiner mitreisenden Kollegen hat es mir vor einiger Zeit erzählt.«

Ziegler grunzte und trank noch ein wenig Kaffee. »Lorenz Fricke war an jenem Donnerstag um halb acht morgens im Ministerium. Um fünf nach halb acht hat er von seinem Schreibtisch aus mit einem Beamten in einem anderen Flügel telefoniert.«

Matzbach runzelte die Stirn. »Ich nehme an, Sie haben das nachgeprüft?«

Ziegler zog die Mundwinkel nach unten. »Was denken Sie von uns? Der andere Beamte hat ihn angerufen. Fricke hat weder von außerhalb telefoniert, noch hat ein anderer ihm seine Stimme geliehen.«

Matzbach nickte. »Immerhin«, sagte er nachdenklich, »wenn Fricke um sieben Uhr seine Wohnung verlassen hat, mit einem Taxi in die Nordstadt gefahren ist, dort Naumann und Frau Goldberg erschossen hat und mit einem weiteren Taxi ins Ministerium gefahren ist, kann er trotz allem dort gegen halb acht eingetroffen sein.«

Ziegler nickte. »Ja«, gab er zu, mit einem sarkastischen Unterton in der Stimme, »das kann er durchaus. So war es aber nicht. Er hat sich, wie jeden Morgen, mit dem Bus zum Ministerium begeben, und ein Kollege, der die gleiche

Strecke fährt, hat bestätigt, daß Fricke eingestiegen ist. Er erinnert sich, daß er sich mit Fricke über ein am Mittwoch ausgestrahltes Fernsehstück unterhalten hat.«

Baltasar verbarg seine Enttäuschung. »Was hat er denn in der folgenden Woche in der Rhön gemacht?«

Ziegler grinste höhnisch. »Ich weiß, daß Sie ihn, hah, beschattet haben, zusammen mit Ihrem merkwürdigen Freund Hoff. Was haben Sie sich denn gedacht, warum er in die Rhön fährt?«

»Was weiß ich? Vielleicht, um einen Kontaktmann aus dem Osten in Grenznähe zu treffen, oder sonst was.«

Ziegler legte das Papier weg. »Nichts dergleichen. Das könnte er außerdem hier in Bonn bequemer haben. Nein.« Er blickte ernst. »Das ist eine persönliche Tragödie. Sie werden bei Ihren ungeheuren Ermittlungen festgestellt haben, daß Fricke nie verheiratet war. Er hat 1942 mit einem Mädchen, mit dem er befreundet war und das er wohl heiraten wollte, eine Wanderung durch die Rhön unternommen. Dabei ist sie ins Moor geraten und umgekommen. Seitdem fährt er jedes Jahr, sofern es möglich ist, am Jahrestag dieser Tragödie in die Rhön und, na ja, wenn Sie so wollen, pilgert die Strecke ab, die sie damals gelaufen sind.«

Baltasar kratzte sich den Kopf. »Das erklärt seine Erschütterung und den Rosenkranz, den er auf der Rückfahrt gebetet hat.«

Ziegler nahm das Papier wieder auf. »Bleiben also«, sagte er müde, »Frau Baginsky und Herr Stücker. Frau Baginsky ist die einzige, die kein restlos überzeugendes Alibi hat. Sie hatte am Donnerstag in der Frühe einen Termin bei Inter Nationes in Bad Godesberg, und dort war sie pünktlich um acht Uhr, wie ihr Gesprächspartner versichert. Wie Ihnen bekannt sein dürfte, wohnt sie im Godesberger Süden. Ihre Nachbarin versichert, sie habe gegen halb acht den Wagen aus der Garage geholt und sei fortgefahren; dies habe sie gehört. Nun könnte natürlich jemand für sie den Wagen geholt haben; gesehen hat man sie an dem Morgen nicht. Aber das erscheint mir reichlich weit hergeholt. Vor allem gehe ich davon aus, daß sie, wenn sie tatsächlich etwas Böses getan hätte, dieses sorgfältig vertuscht haben würde. Sie ist eine intelligente Frau; wenn sie eine Mörderin wäre, hätte sie bestimmt ein überzeugendes Alibi. Außerdem brauchte sie Naumann beruflich. Er hatte sich für sie in Fragen, juristische Fragen, die mit Saatgut und Kartoffelpatenten und so zusammenhängen, eingearbeitet. Dafür gibt es zur Zeit praktisch keinen Spezialisten mehr, und Frau Baginsky ist untröstlich, daß sie nun wieder von vorn anfangen muß.«

Baltasar wiegte den Kopf hin und her. »Na ja, das klingt alles dünn, bis auf das akustische Alibi der Nachbarin. – Was ist mit Stücker?«

Ziegler grinste. »Der hat ein Alibi. Er hat die Nacht bei seiner Sekretärin in Ippendorf verbracht, hat sie gegen sieben Uhr verlassen, um nach Hause zu fahren und sich umzuziehen, und als sie um Viertel vor acht ins Büro kam, saß er bereits im dunklen Anzug hinter dem Schreibtisch und erwartete einen wichtigen Besucher, der dann auch um acht Uhr kam.«

Ziegler legte das Papier weg.

»Natürlich hätte er auf der Fahrt von Ippendorf zu seinem Haus und seinem Büro auf der anderen Rheinseite schnell in die Nordstadt sausen, Naumann und Frau Goldberg erschießen und dann die Fahrt fortsetzen können. Aber Ippendorf-Oberdollendorf samt Erschießen und Umziehen innerhalb einer dreiviertel Stunde ist reichlich hastig. Sie wissen doch, wie es in der Nordstadt mit Parkplätzen aussieht.«

Baltasar nickte. »Allerdings weiß ich nicht, wie es dort morgens um halb acht mit Parkplätzen aussieht. Das ist eine Zeit, zu der ich nicht einmal einen Hund auf die Straße schicken würde, geschweige denn meinen köstlichen Leib und Charakter.«

Ziegler runzelte die Stirn. »Na ja, was Ihre Köstlichkeit angeht, da sind, glaube ich, mehrere verschiedene Meinungen im Umlauf.«

Baltasar zündete sich eine Zigarre an und blies Ziegler den ersten kräftigen Schwall Rauch ins Gesicht. »Also«, sagte er dabei munter, »es war keiner von allen, wie?«

Ziegler nickte – verdrossen. »Offenbar. Ach so, bevor Sie mich beschimpfen. Natürlich habe ich auch die Kölner Nummer ermittelt und mit der Vorsitzenden dieser Gesellschaft zur Stärkung der Verben gesprochen. Frau Gabrieli kannte Naumann schon lange. Bevor sie sich auf die Sprache geworfen hat, hat sie ein paar Semester Jura studiert. Daher. Sie haben sich gelegentlich gesehen, einfach so. Irgendwann hat sie ihm von der Gesellschaft erzählt, und Naumann ist aus Neugier ein paarmal dagewesen. Übrigens, die Verabredung, zu der er am Abend vor seinem Tod noch gefahren ist, war mit Frau Gabrieli. Sie hatte ein paar juristische Probleme mit der Weiterentwicklung der Gesellschaft, die sie wohl langfristig in eine GmbH mit einer Zeitschrift und eigener Redaktion umwandeln will. Naumann war bei ihr und hat mit ihr die nächsten nötigen Schritte und Schwierigkeiten durchgesprochen. Das wärs.«

Ziegler faltete die Hände, legte das Fingerknäuel auf die Schreibtischplatte und blickte Matzbach an. »Mehr habe ich nicht. Mehr werden auch Sie nicht rauskriegen, denke ich mir.«

Matzbach lächelte. »Ziegler«, sagte er freundlich, »Sie sind reizend. Welcher Ihrer Launen verdanke ich diese ausführliche Information? Haben Sie mir nicht neulich noch gesagt, Sie wollten nie wieder etwas von mir sehen oder hören?«

Ziegler nickte. »Ja, ja«, sagte er ungeduldig, »das wäre mir auch am liebsten. Aber da sich heute diese zufällige Gelegenheit ergeben hat, wollte ich Sie soweit informieren, um sicherzugehen, daß Sie mir nicht morgen das Telefon heißquatschen und mir sensationelle Mitteilungen machen, die ich längst kenne.« Er blickte ihn scharf an. »Ich wünsche also«, sagte er deutlich, »daß Sie sich nicht schon wieder in Sachen einmischen, die Sie nichts angehen. Lassen Sie mich in Frieden. Es sei denn, Sie hätten wirklich etwas. Aber wo die Klugheit der Polizei versagt, dürfte auch Ihre Impertinenz keine Chance haben.«

Er stand auf und ging zur Tür, die er ausladend öffnete. »Und das«, sagte er sarkastisch, »macht mich glücklich.«

Baltasar stand auf. »Sie legen also den Fall zu dem Berg von Akten, auf dem ›ungelöst‹ steht?«

Ziegler rümpfte die Nase. »Zunächst jedenfalls. Neues würde natürlich wieder alles umwerfen. Aber ich sehe nichts, im Augenblick. Raus mit Ihnen, und lassen Sie mich um Himmels willen jetzt und in aller Zukunft zufrieden. Ich habe nämlich«, sagte er, als Matzbach sich bereits auf dem Gang befand, »eine verdammte Abneigung gegen verdammte Amateure.«

Fröhlich pfeifend begab sich Matzbach in seine Wohnung. Er räumte Zigarren und Marmelade beiseite, um an sein Telefon zu gelangen. Dann rief er Hoff an.

»Ich habe gerade«, sagte er gutgelaunt, »etwas erhalten, womit ich niemals gerechnet hätte.«

Hoff schien weder erstaunt noch besonders neugierig zu sein. »Was denn? Ein Päckchen vielleicht, oder gar eine Ansichtskarte?«

»Nichts dergleichen, mein wirrer Freund. Ich hatte ein Gespräch mit dem lieben Ziegler. Er hat mir viele Dinge erzählt. Daraus habe ich Informationen gewonnen, und vor allem einen Eindruck. Er ist am Ende mit seinem Latein in diesem Fall; die Sache Naumann/Goldberg wird zu den Akten gelegt. Die Art und Weise, wie er mir alles erzählte, war ein verschlüsselter Hilferuf. So denke ich bei mir.«

»Aha. Nun, dann laß ihn rufen.«

Matzbach wischte einen Stapel Bücher vom Schreibtischsessel und setzte sich. »Gibts bei dir was Neues?«

Hoff stieß einen undefinierbaren Laut aus. »Was solls Neues geben? Ich schreib immer noch Bewerbungen und erfreue mich des Daseins.«

Matzbach pfiff durch die Zähne. »Warum wirst du nicht Anlageberater? Wenn du schon nichts rauskriegst, kannst du damit vielleicht wenigstens was reinkriegen.«

Hoff lachte gequält. »Irrsinnig komisch.«

Matzbach summte und trommelte mit den Fingern auf dem Marmeladeglas herum. »Hör mal«, sagte er schließlich, »Fricke, Vorwaldt und Albring sind sauber ...«

Hoff unterbrach ihn. »Fricke auch?«

Matzbach grunzte und berichtete von der Unterredung mit Ziegler und den Informationen über Frickes Vorleben und seine Rhönfahrten. Hoff lauschte und sonderte zwischendurch merkwürdige Laute ab. Schließlich sagte er:

»Wahrscheinlich war das Mädel schwanger, Fricke hat sie ins Moor gestoßen und übt jetzt tätige Reue, indem er pilgert und Rosenkranz betet, obwohl er evangelisch ist.«

»Evangelisch?«

Hoff lachte. »Ach, Quatsch, nur dummes Zeug. Ist ja sowieso egal. Also Fricke ist sauber. Und die anderen?«

Matzbach berichtete von den Ausführungen des Kommissars zu Baginsky und Stücker. »Ich glaube nicht, daß ich mein Renommee als Meisterdetektiv bei dieser Affäre ausbauen kann ...«

Hoff kicherte. »Renommee? Interessant. Und ausbauen? So, so.«

»Ah, bah. Jedenfalls scheinen die beiden ja auch aus dem Schneider zu sein. Ich werde sie noch einmal besuchen, um meinen Frust zu vergrößern, bevor ich den Kram hinschmeiße. Verhör du doch noch mal die Sekretärin.«

Hoff stöhnte. »Die hab ich doch längst abgeseilt!«

»Dann seil sie wieder an.«

»Okay, Boss. Wenns denn sein muß ...«

»Und melden, sobald du was erfährst. Falls du was erfährst.«

Hoff seufzte. »Ich werd schon nichts erfahren, tröste dich. Außerdem weiß ich gar nicht, wie ich ihr meine wechselnde Zuneigung verkaufen soll.«

»Laß dir was einfallen. Bis die Tage.«

Hoff hängte wortlos ein.

In einem weiteren Telefonat erfuhr Baltasar, daß auch Moritz nichts mehr zu berichten wußte und sich außerdem jede weitere Belästigung verbat. Danach rief Matzbach Frau Baginsky an, teilte ihr kurz mit, wer er sei und warum er sie zu sprechen wünsche, und vereinbarte ein Treffen am Abend.

Dieses Treffen war nicht unangenehm, aber ergebnislos. Frau Baginsky war eine charmante Gesprächspartnerin und berichtete viele interessante Dinge über die zehntausend Sorten Kartoffeln, die Verhältnisse auf dem bolivianischen Altiplano, die Arbeit des Kartoffelinstituts in Lima, die Versuche, neue Kartoffeln mit bestimmten Eigenschaften zu züchten und in den Hungergebieten der Welt heimisch zu machen, und ihre Versuche, auf dem europäischen Markt eine von ihr entwickelte Abart gewinnbringend loszuwerden. Das Essen in dem Lokal, in dem sie sich trafen, war ausgezeichnet, aber Baltasar fuhr einigermaßen unerfreut zu seinem Domizil zurück, denn er hatte nichts erfahren, was ihm in seiner Suche nach dem Mörder helfen konnte. Man hatte auch über Mord geredet. Frau Baginsky wußte reizende Geschichten von Indiogiften zu erzählen. Danach war man auf südamerikanische Literatur gekommen und die vielerlei Arten des Todes in den Werken der neueren Autoren.

»Besonders«, hatte sie gesagt, »hat es mir Borges angetan. Kennen Sie den? Dieser Argentinier, der besser ist als alles, was zur Zeit in Europa schreibt, und der trotzdem nie den Nobelpreis kriegen wird.«

»Flüchtig. Warum wird er den Preis nie bekommen?«

»Ach, er widerspricht sich selbst mit Lust. Die europäischen Leser und Kritiker finden das amüsant, solange es sich um Spitzfindigkeiten auf dem Gebiet des Geistes, der Philosophie oder so handelt. Er spielt aber genauso mit politischen Äußerungen, in denen er sich mit der gleichen Lust selbst widerlegt. Alles Teil seines großen Spiels, jede Weltanschauung zu widerlegen, weil für ihn Religion und Philosophie Zweige der phantastischen Literatur sind. Und jedes System, das die Gesetze des Universums zu erklären versucht, ordnet jeweils einem Aspekt alle anderen unter. Was weiß ich – das Kreuz, der dialektische Materialismus oder, was mich betrifft, die Kartoffel als Nabel des Kosmos. Jedenfalls nimmt man ihm hier seine politischen Scherze übel, die man nicht als Scherze erkennen will. Ein Mitglied der Nobelkommission hat gesagt, er wird den Preis aus politischen Gründen nie bekommen. Egal – jedenfalls spricht er auch sehr schön mit dem Tod. Er hat da so ein System von Symbolen in seinen Texten. Wenn jemand etwas erkennen könnte, im Sinne philosophischer Erkenntnis, taucht meistens ein Turm oder eine Leiter auf, und jemand, der stark ist, ist in diesen Geschichten fast immer von kräftigen Farben oder stabilen Formen umgeben, einem Quadrat, zum Beispiel. Wenn jemand stirbt, wirft die Abendsonne bleichrotes Licht durch Scheiben, die wie Rhomben geformt sind, und so. Das ist alles sehr schön und sehr perfekt.«

Irgendwie ließen Matzbach die Rhomben nicht los. Am folgenden Morgen, Dienstag, besorgte er sich ein paar Bücher und begann Geschichten zu lesen, in denen Labyrinthe, Spiegel, Türme aus Blut, Tiger und Kompasse vorkamen. Am Nachmittag riß er sich davon los und rief Frau Gabrieli und Herrn Stücker an. Mit ihm verabredete er sich für den Abend in Stückers Wohnung; danach warf er sich in seinen Wagen und suchte Frau Gabrieli in ihrer Wohnung auf.

Nach kurzem Vorgeplänkel beschloß er, ohne Umschweife zu fragen. Er erfuhr allerdings nicht viel. Frau Gabrieli sagte, Naumann sei an dem betreffenden Mittwoch fast vier Stunden bei ihr gewesen, um die genauen Zielsetzungen der zu gründenden GmbH durchzusprechen und die finanziellen Aspekte zu berechnen. An Sitzungen der Gesellschaft habe er zweimal teilgenommen; einmal vor etwa einem halben Jahr, aus Neugier, und ein zweites Mal eine Woche vor seinem Tod, Donnerstag. Es sei ein schöner Abend gewesen, noch sehr warm, und so habe man im Garten der Villa, in der sich die Gesellschaft zu treffen pflege und die ein wohlhabendes Mitglied der Vereinigung, das selbst in der ersten Etage wohne, zu diesem Zweck zur Verfügung stelle, den größten Teil des Abends verbracht. Fast alle Mitglieder seien dagewesen.

Äußerst unbefriedigt fuhr er zurück nach Bonn. Er hatte noch einige Stunden Zeit bis zu dem relativ späten Termin mit Stücker. Verdrossen hockte er an seinem Schreibtisch, umgeben vom verstreuten Treibgut seiner Tätigkeiten und Nahrungsgewohnheiten, wie eine feiste Spinne im selbstgehäkelten Netz. Er beantwortete zwei dusselige Problembriefe mit der *Frau Griseldis* anstehenden Weisheit, an der es ihm im übrigen gebrach. Zwischendurch führte er Selbstgespräche, in denen er sich beim Schicksal bitterlich darüber beklagte, daß die unwahrscheinlichen Zufälle, auf die er in allen Lebensbereichen vertraute, ihn diesmal im Stich ließen. Schließlich ergriff ihn Verzweiflung bei der Überlegung, dieses könne sich, über die Detektivspielerei hinaus, demnächst auf alle Bereiche seines Daseins ausdehnen.

Dann ermannte er sich, stieß eine Reihe kräftiger Flüche aus, stieg in seine weiträumige Jacke und verließ wütend sein Domizil.

In einem nahen Lokal nahm er ein reichhaltiges Mahl zu sich, bestehend aus einer fürchterlich gesunden Gemüsesuppe, einer umfangreichen Rinderroulade mit Kohlfüllung, dazu Kartoffeln – keine bolivianischen – und als Nachtisch überbackenen Camembert; Kaffee und Calvados brachten ihn in eine etwas bessere Stimmung. Gestärkt verließ er das Lokal, ging zu seinem Wagen und lenkte ihn nach Oberdollendorf, in die rechtsrheinische Nacht.

II

In der obwaltenden Finsternis, schwächlich bekämpft durch müde Laternen, nahm sich Stückers Domizil dämonisch aus. Es lag zu Füßen eines der nördlichsten Weinberge Europas, hatte mindestens acht Generationen überdauert und bröckelte noch nicht. Matzbach parkte seinen Wagen vor dem Eingang, warf einen Blick auf seine Borduhr – 21:05 – und begab sich zur Haustür.

Stücker hatte ihn offenbar erwartet oder war zufällig in der Diele gewesen, denn er öffnete sofort.

»Ah, Herr Matzbach«, sagte er, »pünktlich, pünktlich.«

Einladend deutete er auf eine geöffnete Tür, hinter der mattes Licht einen feudalen Salon skizzierte. Matzbach salutierte dankend und ging hinein. Stücker folgte ihm, blieb aber im Rahmen stehen.

»Ich war gerade in der Küche mit einem Assamtee befaßt. Trinken Sie so was, oder möchten Sie etwas anderes?«

»Immer zu, lassen Sie sich nicht stören. Ich trinke mit.«

Stücker grinste, deutete mit einem verwaschenen Halbkreiswedeln seines rechten Arms auf eine Mehrzahl von Sesseln und Couches und verschwand in der Küche.

Matzbach wanderte langsam durch den weitläufigen Raum. Das Mobiliar war nicht gerade uralt, aber doch schon für bessere Brieftaschen. Auf einem fein geschnittenen alten Stehpult prangte ein marmorner Gaius Julius Caesar. Baltasar sah ihm nachdenklich in die Augen.

Die Teppiche waren echt und mußten allein ein Vermögen gekostet haben; bei den meisten Bildern war Matzbach nicht sicher, abgesehen von einem Miró. Wie jeden lesenden Menschen zog zunächst einmal das fremde Bücherregal Baltasar an. Er war noch bei der Inspektion, als Stücker mit einem Tablett erschien.

»Ah«, sagte er, »der Herr lesen.«

Er stellte das Tablett auf den Couchtisch, entzündete die Kerze eines Stövchens und deponierte auf diesem eine kostbare silberne Teekanne. Hauchdünne Porzellantassen, ein Töpfchen mit Sahne, ein weiteres Töpfchen mit hellem Kandis wurden strategisch verteilt. Matzbach riß sich von den Büchern los und ging zum Tisch.

Als sie einander gegenübersaßen, goß Stücker den Tee auf die mit Anmut in die Täßchen gehäuften Kandisstückchen.

»Ach ja«, sagte Baltasar versonnen, »Meißen ist ein schönes Städtchen.«

Stücker grinste abermals. »Na ja, so schön nun auch wieder nicht. Aber diese netten alten Näpfchen machen schon was her.«

Baltasar bediente sich reichlich mit Sahne und brach die Ebene des hohen Teestils erbarmungslos mit einer stinkenden Zigarre. Stücker stand auf und holte einen älteren, nicht ganz billigen Aschenbecher. Dann musterte er seinen fetten Gast.

»Ich hörte«, sagte er gedehnt, »daß Sie gelegentlich an einem mysteriösen Mordfall arbeiten.«

Baltasar legte die Zigarre in den Aschenbecher.

»Aha«, sagte er verblüfft.

Stücker zwinkerte mit dem rechten Auge. »Ich habe heute nachmittag in einer Vereinsangelegenheit mit Frau Gabrieli telefoniert, als Sie gerade gegangen waren.«

»Ich bekenne versäumt zu haben, die Dame zur Verschwiegenheit aufzufordern.«

Stücker nahm einen Schluck Tee. Wie beiläufig fragte er: »Kann es sein, daß Ihr Besuch, der mir willkommen ist, nicht privater oder linguistischer, sondern krimineller Natur ist?«

Baltasar seufzte. »Na schön, wenn Sie darauf bestehen: ja. Obwohl ich es natürlich vorgezogen hätte, noch ein bißchen Versteck zu spielen und im trüben zu angeln.«

Stücker nickte. »Ich glaube, Sie brauchen hier eher ein Schleppnetz. Haben Sie was rausgefunden? Es geht ja wohl um diesen Anwalt, der ein paarmal im Verein war, oder?«

Baltasar nahm seine Zigarre wieder auf und verbarg sich hinter Qualm. »Richtig. Da wir schon offen spielen: Was wissen Sie von ihm? Wie kommen Ihr Name und Ihre Telefonnummer auf seinen Schreibblock?«

Stücker betrachtete den wachsenden Aschekegel der Zigarette. »Das hat mich die Polizei auch schon gefragt. Ich werde Ihnen die gleiche Antwort geben. Ich habe Naumann damals flüchtig kennengelernt, als er zum ersten Mal zu einer Tagung der Gesellschaft kam, und ihn später einmal telefonisch konsultiert. Das ist alles.«

Baltasar rührte in seinem Tee, als könnte er durch heftige Löffelbewegungen dunkle Geheimnisse zum Aufsteigen aus der Brühe veranlassen. »Aha. Darf ich wissen, weshalb Sie ihn konsultiert haben?«

Stücker lächelte.

»Es ist da keinerlei Geheimnis. Ich brauchte einen Ratschlag für eine Transaktion, die ich dann dem Anwalt treuhänderisch übertragen haben würde. Seine Auskünfte haben mich aber veranlaßt, die Transaktion gar nicht erst vorzunehmen.«

»Was, verzeihen Sie, wollten Sie transagieren?«

Stücker gluckste. »Nettes Wort. Nun, wenn Sie nichts dagegen haben, möchte ich die Sache lieber nicht ausbreiten. Sie wäre, wie Naumann mir versicherte, nicht ganz legal gewesen.«

Er lehnte sich in seinen Sessel zurück.

»Erzählen Sie mir doch mal, was da eigentlich passiert ist. Ich habe nur irgendwas über einen Doppelmord in der Zeitung gelesen. Dann soll jemand verhaftet worden sein, und der ist inzwischen wieder freigelassen. Der Ehemann der Ermordeten, wenn ich nicht irre.«

Baltasar nickte. »Ja. Soweit stimmt das in groben Zügen. Sagen Sie mir, was Sie darüber wissen, dann brauche ich Ihnen nichts doppelt zu erzählen.«

Stücker verschränkte die Arme. »Ach, erzählen Sie ruhig doppelt. Spannende Geschichten höre ich gern mehrmals, und Sie haben so ein angenehm tiefes Organ.«

»Nun, ich wills kurz machen. Naumann und seine Gespielin wurden in der Frühe erschossen. Es war kein Raubmord, denn Geld und Schmuckstücke befanden sich reichlich in der Wohnung, und nichts davon fehlte – soweit feststellbar. Der Täter muß einen Schlüssel gehabt haben, denn die Tür war nicht aufgebrochen, und die Fenster eignen sich nicht zum Eindringen. Außerdem muß er kaltblütig und ein guter Schütze sein; das kann man aus der Ausführung der Tat schließen. Die Polizei hatte zunächst einmal den verlassenen Ehemann in Verdacht. Er hatte einen Schlüssel und zwei vermeintliche Motive: Geld und Eifersucht. Über die Herkunft des Schlüssels wußte er nichts, und die beiden Motive seien, sagte er, unzutreffend.«

Stücker unterbrach. »Moment. Nicht so schnell. Erstens, wieso war der Täter kaltblütig und ein guter Schütze? Zweitens, wie war das mit der Herkunft des Schlüssels und der Nichtigkeit der Motive?«

Baltasar runzelte die Stirn. »Nun, zum Schlüssel gab er an, seine Frau sei gerade erst ausgezogen und die Wohnung sei noch voll von Groß- und Kleinkram, den sie erst noch abholen wollte. Dazu gehöre auch der Schlüssel, von dessen Existenz er nichts gewußt habe, bis die Polizei ihn unter anderem Zeugs fand. Was das Motiv oder die Motive angeht: Eifersucht sei keineswegs im Spiel. Die Ehe war ziemlich kaputt, und er war froh, seine Frau einigermaßen friedlich loszuwerden. Und Geld brauchte er so dringend nun auch nicht, daß er deswegen zwei Leute umbringen würde. Außerdem, behauptete er, sei er zur fraglichen Zeit mit dem Wagen irgendwo zwischen Westerwald und Bonn unterwegs gewesen.«

Mit aufgesetzter naiver Eitelkeit fügte er hinzu: »Es ist mir gelungen, sein Alibi zu beweisen. Er hat zur Zeit der Tat weit von Bonn entfernt getankt; der Tankwart hat das bestätigt.«

Stücker nickte versonnen. »So, so. Ihnen ist es also gelungen. Nun gut. Aber was ist mit dem kaltblütigen Täter?«

Baltasar erkundigte sich freundlich: »Haben Sie ein Stück Papier?«

Stücker blickte ihn irritiert an, stand dann aber auf und holte einen Schreibblock.

Baltasar zog einen Füller aus seiner Brusttasche.

»Altmodisch, wie?« fragte Stücker. »Richtiger alter Kolbenfüller?«

Baltasar schnaubte. »Meinen Sie, ich lasse mich zu diesen widerlichen Patronen hinab? Das ist was für Schützen ...«

Er zeichnete zwei rudimentäre Männchen nebeneinander auf das Papier. »Hier«, sagte er, »so lagen die beiden.«

Dann malte er Kreuzchen an fünf Stellen. Die linke Figur versah er mit drei Kreuzen: im – angedeuteten und deformierten – Kopf, in Nähe des Herzens und schräg versetzt in Nähe der Leber; die rechte Figur erhielt Kreuzchen in Kopf und Bauch. Dann verband er die Kreuze durch Striche dergestalt, daß linker Kopf und rechter Bauch Endpunkte einer, rechter Kopf und linke Leber Endpunkte der anderen Linie waren, wobei das Kreuzchen im linken Herzen auf dieser zweiten Linie lag.

»So«, sagte er, »das ergibt ein großes Kreuz. Wenn wir die Eckpunkte verbinden, erhalten wir ein Quadrat mit beiden Diagonalen.«

Stücker starrte auf die Skizze. »Sehr seltsam«, sagte er mit flacher Stimme. »Wer denkt sich sowas aus? Sind Sie ganz sicher, daß die Lage der Körper und die Kreuzchen, ich nehme an, das sind Einschüsse, so genau richtig sind?«

Baltasar nickte. »Ja, natürlich. Was mißfällt Ihnen daran?«

Stücker machte eine schnelle Handbewegung. »Ach, nichts. Abgesehen davon, daß ich es sehr seltsam finde. Und was schließen Sie daraus?«

Baltasar steckte seinen Füller wieder ein. »Wenn ich morgens in ein Schlafzimmer ginge, um jemanden umzubringen, würde ich wahrscheinlich keine geometrischen Figuren herstellen, sondern versuchen, die Sache so schnell und gründlich wie möglich zu erledigen. Der Schütze muß ein bißchen verspielt sein, eine sehr ruhige Hand haben und gut schießen beziehungsweise zielen können.«

Stücker betrachtete noch immer die Skizze. »Wieso?«

»Also, er hat vermutlich aus einer Entfernung von drei Metern geschossen, jedenfalls verlaufen die Einschüsse schräg. Er muß ein paar Schritte vom Fußende des Bettes entfernt gestanden und geschossen haben. Um aus dieser Position heraus so genau und geometrisch korrekt zu schießen, braucht man schon ein bißchen Routine, denke ich mir.«

Stücker blickte auf; er schob Matzbach das Blatt wieder zu, das er zu sich herübergezogen und genauestens gemustert hatte. »Nun ja, kann sein.« Er starrte auf einen Luftpunkt oberhalb von Matzbachs rechtem Ohr.

Baltasar schwieg eine Weile. Plötzlich sagte er halblaut: »Grüne Meisen sind senfhaltiger als ich.«

Stücker riß sich zusammen. »Wie bitte?«

Baltasar sagte, lauter: »Ich habe mir erlaubt, Sie zu fragen, ob Ihnen etwas Hilfreiches einfällt.«

Stücker schüttelte den Kopf. »Entschuldigen Sie, ich hatte nicht zugehört. Aber was sollte mir dazu einfallen?«

Baltasar faltete den Zettel zusammen und steckte ihn ein. »Ist ja auch egal. Reden wir über etwas Erfreulicheres. – Wann findet die nächste Konjunktiv-Versammlung statt?«

»Donnerstag, glaube ich. Ich weiß nicht, ob ich diesmal teilnehmen kann. Wollen Sie wieder hingehen?«

Baltasar schob die Unterlippe vor. »Weiß nicht, das kommt drauf an, ob ich Zeit habe.« Er deutete auf das Bücherregal. »Sie sprechen und lesen einige Sprachen, sehe ich.«

Stücker nickte. »Man muß ja etwas tun, um nicht einzurosten.«

Matzbach stand auf und ging zum Regal. Eigentlich war es eher ein Schrank, tief, mit gegeneinander zu verschiebenden Glasscheiben; eine war hinter die andere geschoben.

Baltasar musterte die momentan unverglasten Bücher. »Gorkij, Korolenko. Gogol im Original«, murmelte er.

Stücker blickte ihn aufmerksam an. »Können Sie etwa auch Russisch?«

Baltasar schüttelte den Kopf.

»Nein«, gab er zu, »bedauerlicherweise nicht. Meine Kenntnisse reichen lediglich aus, um die kyrillischen Zeichen zu entziffern. – Dante, Italo Svevo, Camões, ah, mein Freund Borges.«

Stücker lächelte. »Kennen Sie den auch?«

Sie unterhielten sich eine Weile über diverse Autoren; später, gegen Ende des Tees, blickte Stücker auf die Uhr. »Gleich elf«, sagte er. »Tut mir leid, Herr Matzbach, aber ich muß Sie jetzt rauswerfen. Ich habe nachher noch eine – hm, diskrete Verabredung. Die Dame ist verheiratet und möchte nicht gesehen werden. Ich hoffe, Sie haben dafür Verständnis?«

Nachdem sie sich voneinander höflichst verabschiedet hatten, stieg Matzbach in seinen Wagen. Stücker blieb in der Haustür stehen und winkte. Im Rückspiegel stellte Baltasar fest, daß Stücker ihm nachschaute. Leise summend drehte er eine Runde um den großen Block und stellte seinen Wagen in einer Gasse ab. Vorsichtig näherte er sich von einer Seite, die ihm einen Blick auf Stückers Tür erlaubte, zu Fuß dem Haus. Er hielt sich im Schatten, in der Nähe der Hauswände, und blieb hinter einem Baum mit breitem Stamm und tiefhängenden Ästen stehen. Die nächste Laterne war weit genug entfernt.

Geduldig und regungslos wartete er. Kurz nach Mitternacht glitt aus einer für ihn von rechts kommenden Straße ein stabiler Lieferwagen mit Standlicht vor Stückers Haus und blieb stehen. Der Fahrer ließ den Motor laufen, während schnell und leise vier Männer ausstiegen. Die Tür öffnete sich; Stücker mußte gewartet haben. Die Männer huschten ins Haus; der Fahrer stellte den Motor ab. Im Haus gingen einige Lichter an, durch Vorhänge gedämpft, in Räumen, in denen Matzbach nicht gewesen war. Nach kurzer Zeit kamen die Männer zurück. Jeder trug eine Kiste; die nicht allzu großen Behälter schienen schwer zu sein, denn die Männer gingen langsam und waren bemüht, das Gleichgewicht zu halten. Stücker trat nicht auf die Straße; er schloß sofort wieder die Tür. Die Männer luden die Kisten in den Wagen, der unmittelbar darauf mit ihnen verschwand.

Baltasar widerstand der Versuchung, sich eine Zigarre anzuzünden, da er nicht sicher sein konnte, ob Stücker nicht noch die Umgebung beobachtete. Er wartete bis drei Uhr. Bei Stücker brannten immer noch mehrere Lichter. Er schien hin und her zu gehen, denn sein Schatten zeichnete sich mal vor dem einen, mal vor dem anderen Fenster ab. Kurz nach drei Uhr endlich erloschen die Lichter.

Baltasar wartete noch eine Weile; da Stücker sich nicht mehr zeigte, hoffte er schließlich, der Mann habe das Bett aufgesucht, denn er hatte keine Lust mehr, länger auszuharren. Vorsichtig zog er sich außer Sichtweite zurück, zündete sich eine Zigarre an und ging zum Wagen.

Den Rest der Nacht verbrachte er im wesentlichen damit, daß er in einem Sessel saß, Männchen malte, meditierend ins Leere äugte, zwischendurch kurz einnickte und gelegentlich saftige Flüche murmelte.

Morgens begab er sich, müde und ratlos, unter die Dusche, rasierte sein Antlitz und wanderte dann mit einem Becher Kaffee in der linken Hand und einer unangezündeten Zigarre hinter dem rechten Ohr auf und ab, auf und ab, bis ihn das Telefon aufschreckte.

»Matzbach.«

»Aha. Schon wach?« Es war Hoff. Baltasar setzte den Kaffeebecher ab. »Nein, noch. Hast du was Neues?«

Henry sagte, vorsichtig vorbereitend: »Halt dich fest, oder, besser, setz dich.«

Baltasar blieb stehen. »Ich stehe fest auf meinen Säulen, also spute dich und rede.«

»Gut. Also, ich bin in Gnaden wieder von der jungen Dame aufgenommen worden. Irgendwas an mir muß wohl stumm, aber wirkungsvoll Vergebung erheischen.«

Matzbach grunzte. »Ich wage keinerlei Vermutung anzustellen, was das wohl sein könnte. Nun red schon.«

»Also, paß auf. In letzter Zeit hat Stücker eine Menge Briefe selbst getippt, was unüblich ist. Sonst diktierte er alles seinen Damen. Diese hier hegt einen kleinen Groll gegen ihn, denn sie hatte bis vor kurzem eine Liaison mit ihm.«

»Aha. So ist das also.«

»Genau. Ziegler hat dir ja neulich von Stückers Alibinacht mit einer seiner Damen berichtet. Das war diese. Das hatte sie mir in der ersten Runde unserer Bekanntschaft noch nicht erzählt, seit, hm, acht Stunden weiß ich es. Sie ist natürlich von der Polizei befragt worden und hat die Geschichte, die Stücker erzählte, bestätigt.«

Er machte eine Pause, offenbar nicht, um Eindruck zu schinden, sondern, um Kaffee zu trinken.

Matzbach fragte dazwischen: »Und stimmt die Geschichte nicht? Hat sie aus libidinösen Gründen etwa gelogen, die Liebe?«

»Nichts da, das stimmt alles. Sie ist nur böse auf Stücker, weil er sie seit dieser Nacht nicht mehr näher angeschaut hat; ich glaube, ihre Zuneigung zu mir und ihre Verzeihung sind eine Art Rache an ihm, oder so. Jedenfalls passierte folgendes. Stücker also tippte neuerdings Briefe selbst, natürlich nicht alle. Vor ein paar Tagen, Ende letzter Woche, hat er ihr außerdem ein paar Briefe diktiert. Nachdem sie sie getippt hat, reicht sie sie ihm wieder rein, zum Unterzeichnen. Nun kommt das Problem. Irgendwie konnte sie die Vorlegemappe nicht finden, hat ihm also die Briefe samt Durchschläge als kleinen Stapel reingereicht. Er ist mit anderer Korrespondenz beschäftigt und sagt, sie soll alles hinlegen. Später bringt er ihr den Stapel mit seinen Unterschriften wieder raus, persönlich. Als sie alles durchsieht, die Durchschläge aussortiert und abheftet und so weiter, findet sie unter dem Stapel ein paar Briefe, die sie nicht geschrieben hat. Sie will sie ihm sofort wieder reinbringen, aber dann ist sie doch zu neugierig und überfliegt die Briefe.«

Matzbach wurde ungeduldig. »Nun machs nicht so spannend. Was stand drin?«

»Also, Stücker ist offenbar dabei, seine sämtlichen Häuser und Grundstücke zu verkaufen, zum Teil, wie die junge Dame meint, weit unter Preis, also offenbar eilig, und außerdem hinter dem Rücken seiner Angestellten, die sonst auch für solche Sachen zuständig sind. Dann fiel ihr auf, daß er seit einigen Wochen die Buchhaltung selbst macht und daß keiner in der letzten Zeit Kontoauszüge gesehen hat. Bis vor ein paar Wochen hat er auch sein Privatkonto von seiner Geschäftsbuchhaltung bearbeiten lassen.«

Hoff nahm einen Schluck Kaffee; die Arbeit seines Kehlkopfes übertrug sich unästhetisch durch die Telefonleitung.

»Also«, sagte er dann, frisch geschmiert, »sie gibt ihm die Briefe wieder rein und sagt, die hier gehören wohl nicht dazu. ›Aha‹, sagt er, ein wenig irritiert, ›vielen Dank. Ein Versehen.‹ Später hat er versucht, rauszukriegen, ob sie die Dinger gelesen hat. Er hat ihr sogar ein Abendessen mit Folgeerscheinungen aufdrängen wollen, aber sie hat kaltlächelnd abgelehnt. Jedenfalls, sagt sie, hat sie nichts davon durchblicken lassen, daß sie die Briefe gelesen hat. Im Prinzip geht es sie ja auch nichts an, was er mit seinem Privatbesitz macht. Gestern hatte er Besuch von einem Kollegen. Sie haben eine Weile hinter verschlossenen Türen verbracht; dann, beim Rausgehen, hat sich der Kollege ungefähr wie folgt verabschiedet: ›Na ja, tut mir leid, die Zusammenarbeit mit Ihnen war immer gut. Aber ich hoffe, ich werde mich mit dem Kram zurechtfinden. Sie haben ja tüchtige Mitarbeiter.‹ – Was machst du daraus?«

Baltasar setzte sich. »Aha. Ich nehme an, ich mache daraus das gleiche wie deine junge Dame. Stücker verkauft alles, Privatbesitz und Geschäft. Die Frage ist: Warum? Und: Was hat er vor?«

»Ich weiß es nicht. Nach allem, was sie sagt, liegt geschäftlich kein Grund vor, etwa die Kanone ins Schilf zu werfen. Und für geordneten Rückzug ins Rentnerdasein geht er die Sache ein bißchen hastig und heimlich an, oder?«

Matzbach grübelte. Schließlich sagte er: »Ich habe einige Verdächte und keinerlei Beweis. Kannst du Mademoiselle vielleicht zu einem Rendezvous in ihrer Mittagspause überreden? Zum Beispiel …« Er zögerte einen Moment, nannte dann ein am Rhein gelegenes Restaurant, das nicht allzuweit von Stückers Büro entfernt war.

»Ich versuchs, ich ruf dich gleich wieder an. Wann etwa wärs dir genehm?«

»So früh wie möglich, aber ich richte mich nach der Mittagspause der Lady.«

Nachdem er aufgelegt hatte, zündete er sich die lange hinter dem Ohr getragene Zigarre endlich an und wartete auf Henrys nächsten Anruf. Der kam wenige Minuten später.

»Alles klar. Gegen eins.«

»Gut. Ich komm vorher bei dir vorbei, so um die zwölf, ja?«

»Gut. Bis nachher.«

Nach diesem Telefonat begann Matzbach intensiv nachzudenken. Als er ein paar Möglichkeiten ausgetüftelt hatte, rief er Frau Gabrieli an, die nicht sehr erbaut war, von ihm schon wieder behelligt zu werden.

»Herr Matzbach«, sagte sie leidend, »was muß ich denn diesmal für Sie tun?«

»Vielleicht viel. Ich habe ein paar kurze Fragen. Die letzte Sitzung, an der Naumann teilnahm, die im Garten: War Stücker da auch anwesend?«

»Ja, natürlich.«

»Wieso natürlich? Ist er immer dabei?«

»Nein, das nicht. Jeder fehlt mal hin und wieder, das ist nicht anders zu erwarten.«

»Wieso sind Sie denn so sicher, daß Stücker damals anwesend war? Sie können doch unmöglich alle Gesichter aller Mitglieder in allen Sitzungen im Kopf behalten.«

»Nein, natürlich nicht. Aber bei Stücker bin ich deswegen sicher, weil er zwischendurch noch einmal fortmußte und später wiederkam, an diesem Abend.«

»Wissen Sie, warum er fortmußte?«

»Er hätte noch eine kurze geschäftliche Verabredung, sagte er. Im übrigen ist er mir keinerlei Rechenschaft schuldig und kann, wie alle anderen, kommen und gehen, wann es ihm beliebt.«

Matzbach überhörte den scharfen Unterton. »Gut. Wissen Sie noch, wann die Sitzung begann?«

Sie zögerte. »So kurz nach fünf. Nein, warten Sie, kurz vor fünf. Ich erinnere mich, daß einer sagte, so früh hätten wir uns noch nie getroffen.«

»Wann etwa ist Naumann gekommen?«

»Der war unter den ersten. Genau wie Stücker übrigens.«

»Wissen Sie noch, was Naumann an dem Tag anhatte?«

Frau Gabrieli räusperte sich. »Ich nehme an, einen Anzug. Im Gegensatz zu Ihnen trug er korrekte Kleidung.«

Baltasar grinste. »Sie haben gesagt, an diesem Abend sei es warm gewesen. Hatte Naumann seinen Anzug die ganze Zeit vollständig an, oder hat er sich vielleicht das Jackett ausgezogen?«

Sie antwortete zunächst nicht. Nach einer kleinen Weile sagte sie unsicher: »Ich weiß es nicht genau. Doch, natürlich, jetzt fällt es mir wieder ein. Irgend jemand machte den Vorschlag, in Anbetracht der Hitze die Kleiderordnung zu lockern. Darauf haben die meisten der anwesenden Herren ihre Jacken ausgezogen und die Krawatten geöffnet.«

»Wo haben die Gentlemen ihre Jacken aufbewahrt? Haben sie sie über die Stühle gehängt?«

»Im Garten gibt es praktisch keinen einzigen Stuhl, sondern alte Holzbänke und derlei, ohne Lehnen. Nein, die Herren haben ihre Jacken ins Haus gebracht.«

Matzbach nickte vor sich hin. »Gut. Jetzt kommt das wichtigste Problem. Ist Stücker gegangen, bevor oder nachdem die Jacken abgelegt wurden?«

»Nachdem. Er hatte seine nicht ausgezogen; als die anderen ihre auszogen und ins Haus brachten, meinte er, er müsse ohnehin gleich gehen.«

»Wo wurden die Jacken genau abgelegt?«

»Mein Gott, das weiß ich nicht so genau. Ich nehme an, die meisten haben ihre Jacken einfach in dem großen Raum abgelegt, den Sie kennen.«

»Mußte Stücker durch diesen Raum, um das Haus zu verlassen?«

»Ja, natürlich. Der Zugang zur Terrasse und zum Garten ist nur von diesem Salon aus möglich.«

»Wie lange war Stücker fort, und wann ungefähr ist er aufgebrochen?«

»Herr, Sie sind lästig. Woher soll ich das noch so genau wissen? Ich schätze, es kann gegen halb sechs gewesen sein, als er ging, und er ist vielleicht etwas mehr als eine Stunde fortgeblieben. Ja, ungefähr eine Stunde. Jetzt fällt mir ein, daß er, bevor er ging, Naumann gefragt hat, ob er ihn nachher noch einmal kurz sprechen könne; er werde in etwa einer Stunde wiederkommen. Naumann hat darauf gesagt, er sei den ganzen Abend anwesend.«

Sie summte nachdenklich vor sich hin, dann ergänzte sie: »Dabei fällt mir ein, daß die beiden einander sehr merkwürdig angeschaut haben, wie zwei Hunde an der Reviergrenze.«

Matzbach unterdrückte das Bedürfnis zu bellen: »Feindselig?«

»Irgendwie lauernd, eher.«

»Aha. Eine letzte Frage, gnädige Frau, dann lasse ich Sie in Ruhe. Wissen Sie zufällig, wo Naumann seine Schlüssel aufbewahrte?«

»Nein, woher sollte ich das wissen?«

»Na ja, manche Leute tragen einen Schlüsselbund in der Jackentasche, und andere befestigen ihre Schlüssel an einem nachgemachten Schekel, den sie am Gürtel tragen.«

»Also, am Gürtel hatte Naumann nichts, das wäre mir wohl aufgefallen.« Dann energisch: »Meinen Sie etwa, Herr Stücker hätte an Naumanns Jacke gehen und Schlüssel daraus entwenden können?«

Baltasar sagte langsam: »Das könnte durchaus sein.«

Frau Gabrieli war empört. »Also, hören Sie mal zu. Herr Stücker ist, abgesehen von seinen gelegentlichen politischen Scherzen, ein ruhiger und freundlicher Mann. Ich finde Ihre Verdächtigungen absurd. Außerdem wäre das doch ziemlich riskant gewesen. Wenn er einen Schlüssel, oder gar alle, aus Naumanns Jacke genommen hätte, was, wenn Naumann in seiner Abwesenheit mal eben ins Haus gegangen wäre, vielleicht, um sich Zigaretten aus der Jacke zu holen?«

Matzbach seufzte. »Verehrteste, erstens kann man wohl

davon ausgehen, daß jemand, der einen Mord plant, wenn Stücker dies getan haben sollte, auch ein solch kleines Risiko nicht scheut. Zweitens ist es durchaus möglich, daß ich unrichtig denke. Ich danke Ihnen jedenfalls.«

Bevor sie noch etwas sagen konnte, legte er auf.

Anschließend rief er im Innenministerium an, ließ sich mit Herrn Fricke verbinden, nannte seinen Namen und bat darum, ihn in einer wichtigen Angelegenheit sofort aufsuchen zu dürfen.

»Wenn es sein muß«, sagte der Beamte zögernd, »kommen Sie vorbei. Ist es dienstlich?«

Matzbach behauptete dies unverfroren, bedankte sich, zog sich einigermaßen vollständig an und verließ die Wohnung.

Fricke drückte ihm nur sehr schlaff die Hand und bot ihm einen Sitz an. Dabei musterte er ihn irritiert.

»Ich habe das Gefühl«, sagte er, »daß ich Sie schon mal gesehen habe, weiß aber nicht, wo.«

Matzbach lächelte. »Ich habe angeblich zwei Doppelgänger, obwohl meine Freunde behaupten, ich allein sei schon viermal mehr, als der Kontinent mit Gesundheit ertragen könne.«

Fricke lächelte mühsam und setzte sich hinter seinen Schreibtisch. »Nun, Herr Matzbach, was ist so dringend, daß Sie mich unbedingt sofort sprechen müssen?«

Baltasar lehnte sich zurück. Langsam und ohne genaue Detailangaben setzte er ihm auseinander, daß er privat in der Mordaffäre Naumann ermittle, da ein Freund, der Ehemann der ermordeten Frau, in die Sache verwickelt sei.

Fricke äußerte Verständnis dafür, daß Freunde sich in Kümmernissen um ihre Freunde kümmern müssen. »Allerdings sollte man doch derlei Dinge den zuständigen Behörden überlassen.«

Baltasar nickte. »Sie haben natürlich vollkommen recht, Herr Fricke; ich werde die Sache auch bald auf sich beruhen lassen, da ich Herrn Ziegler, den damit befaßten Beamten, sehr schätze und für einen fähigen Mann halte.«

»Daran tun Sie gut. Herr Ziegler ist wirklich ein reizender Mensch. Er wollte von mir wissen, wie ich beziehungsweise wie mein Name in die hinterlassenen Papiere des bedauernswerten Herrn Naumann gekommen ist.«

Baltasar beugte sich vor. »Verzeihen Sie meine Neugier«, sagte er beinahe demütig, »aber genau das wüßte ich auch gern.«

Fricke legte die Hände auf die Schreibtischplatte. »Oh, wenn das alles ist… Nun, ein Bekannter hatte mir Naumann empfohlen. Ich wollte ein neues Testament aufsetzen und habe mich bei Naumann erkundigt, was das wohl kosten würde und was dabei zu beachten wäre. Naumanns Preis war mir aber zu hoch, deshalb habe ich bisher nichts weiter in der Sache unternommen.«

Baltasar nickte verständnisvoll. »Dürfte ich Sie noch fragen, wer dieser Bekannte ist?«

Fricke blickte ihn an. »Ich weiß wirklich nicht, ob das sein muß. Na ja.«

Er nannte einen Namen, den Matzbach noch nie gehört hatte, und setzte hinzu: »Er ist eigentlich kein Bekannter. Er wohnt nur in meiner Nähe, und wir sehen einander gelegentlich auf der Straße. Da er Makler ist, dachte ich, er kennt vielleicht den geeigneten Mann. Ich hätte natürlich auch unsere Hausjuristen konsultieren können, aber ich will das aus dem Ministerium heraushalten…«

Matzbach dankte und verabschiedete sich bald. Da er noch ein wenig Zeit hatte, bis er mit Hoff verabredet war, suchte er fröhlich pfeifend die Kanzlei Curtius und von Schlamm auf. Beide Herren seien, bedeutete ihm die getünchte Sekretärin, sehr beschäftigt.

Er habe nur eine kleine Bitte, sagte Matzbach höflich. Ob man ihm vielleicht mitteilen könne, ob engere beziehungsweise häufigere Beziehungen zwischen dem Makler und Herrn Naumann bestanden hätten. Die Dame nickte sofort. Man arbeite, sagte sie, seit vielen Jahren mit dem Büro dieses Herrn in Grundstücksangelegenheiten und damit zusammenhängenden Rechts- und Vertragsfragen gut zusammen. Matzbach bedankte sich und ging.

Nachdem er Hoff abgeholt hatte und den Wagen eine Weile schweigend in Richtung des jenseitigen Rheinufers gesteuert hatte, sagte er plötzlich: »Es wird heiß, aber genau weiß ich noch immer nichts.«

Hoff lachte höhnisch. »Das wissen alle seit Jahren. Fein, daß du es in deiner ungeheuren Arroganz endlich selbst bemerkst.«

Baltasar machte eine Handbewegung der Milde und des Vergebens. »Neid, das ist, was aus deinem Hals quillt.«

Hoff hob die Schultern. »Meinetwegen. Was hast du denn noch rausgekriegt?«

Baltasar winkte ab. »Ich werde mich hüten, die zarten Sprößlein meines Denkens den Unbilden deiner Dummheit auszusetzen, ehe nicht die Sonne meines Geistes sie zu vollendetem Wachstum getrieben hat.«

Hoff murmelte etwas, das »widerliches Stinkeschwein«, oder so ähnlich lauten konnte.

In feindseligem Schweigen erreichten sie das vereinbarte Restaurant. Es war kurz vor ein Uhr. Sie hatten kaum den Wagen verlassen, als die rothaarige Sekretärin in ihrem italienischen Kleinwagen ebenfalls den Parkplatz vor dem Restaurant am Rhein erreichte. Man begrüßte einander, wobei Hoff die vollendet höfliche Vorstellung übernahm. Seine Wortwahl drückte eine unverständliche Abneigung gegen seinen dickeren Freund aus.

Sie gingen Richtung Restaurant. Als sie es betraten,

blickte an einem der Tische jemand auf, erhob sich, legte einen Zwanzigmarkschein auf den Tisch und kam ihnen entgegen.

»Der Herr sei auf Ihrem Weg, lieber Freund«, sagte Baltasar munter.

Stücker blickte die Sekretärin an, dann Hoff, schließlich Matzbach. »Aha«, sagte er, nicht einmal unfreundlich und mit einer kleinen Menge Arroganz, »wie ich sehe, habe ich nicht die Mühe walten lassen, die bei Briefen, Sekretärinnen und ähnlich gefährlichen Dingen angebracht ist.«

Matzbach nickte. »So ist es. Außerdem bei einer Reihe anderer Dinge, zum Beispiel bei nächtlichen Verabredungen mit Kistenträgern.«

Stücker grinste spöttisch. »Na, reimen Sie sich alles schön zusammen. Wenn Sie damit fertig sind, können Sie mich überraschen. Bei Philippi, Teuerster, sehen wir uns wieder.«

Er legte zwei Finger an die Schläfe, salutierte und ging.

III

»Die Sache«, murmelte Baltasar, »erfährt eine gewisse Beschleunigung.«

Er winkte den beiden, die unschlüssig dastanden, sich zu setzen, was er bereits getan hatte.

»Ja, aber ...« sagte Hoff. Er wirkte verwirrt.

»Was aberst du?«

Henry setzte sich. »Ich denke, vielleicht sollten wir uns jetzt nicht mehr lange hinsetzen. Offenbar ist da doch was unterwegs.«

Baltasar studierte ausgiebig und mit Interesse die Speisekarte. »Ich gebe zu, es war ein Fehler, daß wir uns ausgerechnet hier verabredet haben. Bei der kurzen Entfernung zum Büro hätte ich natürlich einkalkulieren müssen, daß Stücker selbst auch hierhin kommen könnte. Egal, es ist passiert. – Wenn wir förmlich sein müssen«, wandte er sich an die junge Dame, »heiße ich Herr Matzbach. Da das aber häßlich klingt, wäre ich auch mit Baltasar zufrieden, formlos.«

»Wie dein Charakter«, warf Hoff ein.

»Also gut, Baltasar; ich bin dann Eva«, sagte Eva. Sie wirkte verständlicherweise verstört. »Was ist denn eigentlich los?«

Baltasar gab eine längere Bestellung in Auftrag, der Henry und Eva entnehmen konnten, daß er es nicht eilig hatte. Seufzend bestellten auch sie.

Als der Kellner sich zurückgezogen hatte, stützte Baltasar sich mit den Ellbogen auf den Tisch.

»Also«, sagte er halblaut, damit man am Nebentisch nichts hörte, »es ist einiges los. Ich bin aber noch nicht voll im Bild. Deshalb möchte ich erst ein paar Fragen stellen.«

Er musterte Eva nachdenklich.

»Es ist indiskret«, sagte er dann, »aber vielleicht wichtig. Kannst du dich genau an Einzelheiten erinnern? Ich meine an die bewußte Nacht von Mittwoch auf Donnerstag vor ein paar Wochen.«

Sie nickte. »Was willst du wissen? Ich meine – welche Sorte Einzelheiten ...«

Baltasar winkte ab. »Nicht diese. Ihr seid, denke ich mir, im Bett gewesen. Das kommt häufiger vor und ist nicht erwähnenswert. Wie gingen aber Einschlafen und Aufstehen vor sich?«

Sie überlegte kurz. »Also«, sagte sie dann, »er hat gesagt, er müßte früher aufstehen als sonst, weil er um acht eine Verabredung hätte und sich dafür noch umziehen müßte. Er hatte nämlich nur saloppe Freizeitsachen an, nichts Passendes für wichtige Gespräche.«

Baltasar hob die Hand. »Moment. Seid ihr sonst gemeinsam zum Büro gefahren?«

»Nein. Immer mit zwei Wagen und einem kleinen Abstand. Im Büro wußten es zwar alle, aber das wußte er nicht. Er wollte immer gern Abstand und Diskretion haben und so. Jedenfalls hat er meinen Wecker geschnappt und gestellt und auf seiner Seite des Betts behalten.«

Baltasar verzog zweifelnd den Mund. »Wieso weißt du das noch so gut?«

Sie lächelte. »Weil er mich wegen des Weckers beschimpft hat. Ich habe nämlich so einen altmodischen, leise tickenden Reisewecker, zum Zusammenklappen, weißt du. Mich machen diese brummenden Elektro-Radio-Wecker nervös, und das Ticken beruhigt mich.«

Hoff schüttelte sich. »Ekelhaft. Erwarte nie, daß ich dir einen nächtlichen Gegenbesuch abstatte. Mit so einer lärmenden Zeitbombe im Zimmer.«

Eva warf ihm einen Blick voll mörderlicher Verachtung zu. »Mein Chef sagt so was Ähnliches. Er hat sich den Wecker auf kurz vor sieben gestellt. Ich war noch reichlich müde, als der losratterte. Stücker ist aufgestanden, hat sich rasiert und ist gefahren.«

»Wann war das?«

»Sieben, kurz nach sieben vielleicht. Ich habe mich noch mal umgedreht und ein Viertelstündchen weitergeschlafen. Dafür hab ich mir das Frühstück geschenkt. Viertel vor acht war ich im Büro. Da saß er schon im dunklen Anzug an seinem Schreibtisch.«

Baltasar schüttelte den Kopf. »Das paßt«, sagte er mürrisch, »aber es paßt nicht.«

Hoff mischte sich ein. »Worüber redest du?«

Matzbach kratzte mit dem Fingernagel Rillen ins unsaubere Tischtuch. »Wenn er nicht wie ein Geisteskranker rast, braucht er mindestens zwanzig Minuten von Ippendorf nach Oberdollendorf. Das kann zu der frühen Stunde sogar hinkommen; die *rush hour* fängt wohl erst so gegen halb acht an, nicht wahr?«

Eva nickte. »Ja, wenn alle Büromenschen unterwegs sind.«

»Okay. Also, er fährt, sagen wir, fünf nach sieben von dir los. Dann könnte er gegen fünf vor halb acht zu Hause sein, sich umziehen und ins Büro kommen. Klar, das schafft er bis Viertel vor acht. Wie lange, glaubst du, hast du noch geschlafen?«

»Vielleicht zwanzig Minuten. Aufstehen, anziehen, Zähne putzen, ab ins Auto. Ich habe vor dem Zähneputzen auf den Wecker geschaut, da war es halb acht.«

Baltasar nickte nachdenklich.

»Angenommen, du gehst ungefähr um halb acht aus dem Haus. Wo steht dein Wagen?«

»Wo ich Platz finde. Ich glaube, an dem Morgen mußte ich ein paar Meter gehen, er stand weiter weg als sonst.«

»Gut. Also Abfahrt kurz nach halb acht, sagen wir fünf Minuten?«

Sie nickte, und in ihren Augen glomm eine Frage auf.

Baltasar musterte sie. »Du fährst, denke ich, Trierer Straße, Sternenburgstraße, Argelanderstraße auf die B 9 und dann Richtung Südbrücke.«

Sie nickte erneut, inzwischen deutlich unsicher.

»Wie war der Verkehr?«

»Oh«, sagte sie, »zuerst ging es, aber an der Reuterbrücke wurde es dick.«

»So. Wir haben gesagt, daß Stücker bei freier Strecke etwa zwanzig Minuten braucht. Nun verrat mir, wie du es bei zumindest teilweiser *rush hour* in zehn schaffst.«

»Du hast recht.« Sie schüttelte den Kopf. »Ich war wohl ziemlich verpennt an dem Morgen, deshalb hab ich mir gar keine Gedanken über die Sache gemacht.«

»Hast du keine Uhr im Wagen?«

»Die ist seit langem kaputt. Die Tankanzeige auch. Ist ja kein Luxusmobil und schon ein bißchen älter.«

Baltasar machte Wulstlippen, ein Zeichen für heftiges Denken. »Diese *rush hour* läßt mich nicht los. Kann sie notfalls auch schon fünf vor halb acht losgehen?«

Sie machte ein zweifelndes Gesicht. »Kann sein. Sie ist aber richtig dick erst so um die zwanzig vor.«

Henry klopfte auf den Tisch. In diesem Moment brachte der Kellner drei Portionen Tagessuppe.

Als sie wieder unter sich waren, sagte Hoff: »Teufel auch, Mastbauch, darauf wär ich nicht gekommen.«

Baltasar nickte unbewegt. »Ich weiß. Du bist für die einfacheren Dinge des Daseins wie klares Denken und so nicht geeignet; dafür hat du ja auch Philosophie studiert. Jedenfalls ist es ganz gut, daß ich dich nicht unbeaufsichtigt Detektiv spielen lasse. Weiß der Himmel, was dabei herauskäme.«

Eva blickte von einem zum anderen. Dazu mußte sie sich umdrehen, denn Hoff saß neben ihr.

»Ich glaube«, sagte sie schnippisch, »ihr liebt euch, wie?«

Baltasar schüttelte den Kopf. »Nur alte Ehepaare und gute Feinde gehen so miteinander um. Verheiratet sind wir keineswegs. Was also bleibt? Prost!« Er hob den Suppenlöffel und schlürfte.

Nachdem der Kellner die Suppenteller abgeräumt und die Hauptgerichte gebracht hatte, lehnte Hoff sich wieder vor. Mit einem Messer zielte er auf Baltasars Kehle.

»Also, was machst du daraus?«

Baltasar schnetzelte sein Steak und spießte einen Fetzen Fleisches auf seine Gabel. Indem er diesen unrhythmisch hin und her bewegte, sagte er: »Moment. Erst kommt der Genuß des Leibes, und später die Reue des Verstandes. –

Ein paar Fragen, allenfalls, beim Essen. Eva, wo stand an dem Morgen Stückers Wagen?«

Sie musterte ihn, kaute zu Ende, schluckte und fragte: »Wo? Oben bei mir oder vor dem Büro?«

Matzbach seufzte. »Unten. Oder andersrum. Von Stükkers Wohnung zum Büro sind es vielleicht hundert Meter. Kam er immer mit dem Wagen ins Büro?«

Eva schüttelte den Kopf; ihre roten Haare flogen apart hin und her. »Nee, zu Fuß. Aber, Moment, an dem Morgen, als ich ins Büro kam, stand sein Wagen auf dem Parkplatz davor. Richtig. Komisch.«

Matzbach verweigerte während seiner Nahrungsaufnahme alle weiteren Auskünfte. Er aß konzentriert. Beim Kaffee sagte er schließlich: »Also, ich fasse zusammen. Stücker stellt deinen Wecker auf kurz vor sieben und verläßt das Haus kurz nach sieben. Beziehungsweise deine Wohnung. Du verläßt sie gegen halb acht, laut Wecker, oder fünf nach halb, und bist gegen Viertel vor acht, laut Bürouhr, im Büro. Stimmt das, habt ihr im Büro eine Uhr?«

»Ja, mehrere. Auf jedem Schreibtisch eine, und außerdem in der Eingangshalle an der Wand.«

»Eine Armbanduhr hast du nicht?«

»Wozu?« Sie wedelte mit ihrem linken Handgelenk, an dem eine nette kleine Perlensammlung flimmerte. »Das ist doch viel hübscher als eine Uhr, oder?«

»Einverstanden. Wir stellten fest, zur fraglichen Zeit, nämlich morgendliche *rush hour* mit halbdickem Verkehr, kannst du nicht in zehn Minuten von Ippendorf nach Oberdollendorf kommen. Du wirst etwa eine halbe Stunde brauchen. Sagen wir, fünfundzwanzig Minuten? Nun ist es unwahrscheinlich, daß alle Uhren im Büro gleichzeitig falschgehen oder verstellt sind, richtig? Oder hat von deinen Kolleginnen jemand was gesagt?«

Sie schüttelte stumm den Kopf.

»Also bleibt nur eins: Stücker hat, als er den Wecker stellte, gleichzeitig diesen vorgestellt, und zwar um mindestens eine Viertelstunde. Er ist also nicht um sieben, sondern ungefähr Viertel vor sieben aus deiner Wohnung verschwunden. Und er ist nicht nach Hause gefahren, denn nach dem Umziehen fährt er bestimmt, nicht die hundert Meter. Jedenfalls unwahrscheinlich. Er hatte also, na, sagen wir mindestens fünfzig Minuten Zeit, um vor allen anderen im Büro zu sein. Und du bist nicht um halb acht, sondern Viertel nach sieben aus dem Haus gegangen, und gegen zwanzig nach losgefahren. Damit bist du noch vor der großen Welle dagewesen. Du hast gesagt, ab Reuterbrücke wurde es dicker. Richtiger Stau, oder nur voller und deshalb ein bißchen langsamer?«

»Richtiger Stau nicht«, gab sie zu.

»Okay. Das heißt, du bist noch gut durchgerutscht und hast vielleicht fünf Minuten mehr gebraucht als bei freier Fahrt.«

Sie blickte auf ihre rosigen Fingernägel. »Aber wo hat er sich umgezogen?«

Baltasar grinste. »War schon jemand im Büro, als er hinkam?«

»Nee, bestimmt nicht. Ich war die erste, und sowieso eigentlich zu früh. Wir fangen sonst um acht an. Die anderen sind auch alle zwischen acht und Viertel nach gekommen.«

Baltasar lächelte fröhlich. »Siehste. Damit konnte er also rechnen. Was, wenn er den dunklen Anzug im Wagen hat, Handkoffer oder so? Er fährt ins Büro, zieht sich in seinem Raum um, bringt die anderen Kleider wieder nach draußen und schmeißt sie in den Kofferraum, samt dem Handkoffer? Und wartet, bis du kommst und ihm sein Alibi lieferst.«

Ihre Hände umklammerten die Kaffeetasse; sie zitterten leicht. »Du meinst, er ...«

Baltasar klopfte bei jedem der folgenden Punkte mit seinem feisten Finger auf die Tischdecke, die inzwischen, vor allem an seinem Platz, noch unsauberer war.

»Erstens, er bricht Viertel vor sieben auf. Zweitens, er fährt, hm, Trierer Straße, Meckenheimer Allee, Baumschulallee, Viktoriabrücke, Ring, Nordstadt – Viertelstunde. Er parkt, geht zum Anwaltshaus, schließt auf, geht die Treppe hinauf, öffnet Naumanns Wohnung, geht hinein, erschießt die beiden. Zehn nach sieben. Vielleicht untersucht er Naumanns Schreibtisch, findet etwas oder findet nichts, schaut auf die Uhr und geht wieder. Viertel nach sieben. Sagen wir, er hat nicht direkt vor der Tür einen Parkplatz gefunden. Das waren drittens, viertens und fünftens. Sechstens, er fährt wieder ab. Jetzt ist es zwanzig nach sieben. Um ganz sicherzugehen, daß er zeitig ankommt, fährt er auf die Autobahn, über die Nordbrücke, dann Richtung Ramersdorf. Was fährt er?«

»Benz.«

»Also, er fährt, und zwar kann er schnell fahren, denn die Bahn ist noch ziemlich leer, und sein Wagen hat genug PS. In Ramersdorf fährt er auf die Bundesstraße. Jetzt, achtens, ist es halb acht. Die Staus beginnen, aber in Gegenrichtung. Alle wollen nach Bonn hinein, er hat vermutlich immer noch ziemlich freie Bahn aus Bonn hinaus. Sagen wir fünf Minuten? Okay. Also, neuntens. Ungefähr um fünf nach halb acht erreicht er das Büro, steigt aus, nimmt seinen hypothetischen Handkoffer, zieht sich im Büro um. Zwanzig vor acht. Er geht wieder zu seinem Wagen, wirft die anderen Sachen in den Kofferraum, schließt ab und sitzt um sechzehn vor acht an seinem Schreibtisch. Wie klingt das?«

Eva nickte; sie war ein wenig bleich.

Hoff strahlte Baltasar an. »Toll, Alter. So könnte es gewesen sein. Nun sag mir nur noch eines: Warum sollte er das tun? Und woher kann er schießen? Du hast doch gesagt, der Täter muß ein kaltblütiger und routinierter Schütze sein.«

Eva sagte schwach: »Er hat einen Schießstand im Keller.«

Matzbach lächelte triumphierend. »Was das Motiv angeht«, sagte er wegwerfend, »das findet sich schon noch.«

Hoff hob die Hand. »Noch ein Einwand. Wie kommt er an die Schlüssel zu Haustür und Wohnungstür?«

»Ah«, sagte Matzbach, »richtig, das habe ich dir ja noch nicht erzählt.«

Er berichtete von seinem Gespräch mit Frau Gabrieli und schloß: »Er hätte also beim Verlassen des Gartens in Naumanns Jacke greifen und die Schlüssel herausholen können. Riskant ist, wenn er sie mitnimmt. Aber er arbeitet ja nicht allein. Ich weiß nicht, wer die Männer waren, die ihn nachts besucht und seine Kisten verladen haben, aber immerhin waren Männer da. Angenommen, er macht einfach schnell Abdrücke von den Schlüsseln, steckt sie dann wieder in Naumanns Jacke und verschwindet. Er gibt die Abdrücke einem seiner Leute, der Schlüssel herstellt, und kehrt ohne Probleme relativ bald wieder zu dieser komischen Gesellschaft zurück. Klar?«

Hoff nickte seufzend. »Aber klar doch. Also hat Stücker zwar kein Motiv, dafür aber Komplizen. Wer die sind, was die machen und wozu er sie hat, weiß keiner. Wenn du damit zu Ziegler gehst, was glaubst du, wird er sagen? ›Herr Matzbach, bitte beehren Sie mich bald wieder. Es ist mir immer eine Lust, Ihren Dichtungen zu lauschen.‹ Oder so ähnlich.«

Baltasar nickte. »Eben. Ich möchte auch einmal einen sauberen Fall haben, den man wie ein Schachspiel lösen kann, statt immer solch verwickeltes Zeug beackern zu müssen. Aber mir ist es ja nicht beschieden. Bah.«

Er brabbelte noch eine Weile derartiges Zeug vor sich hin. Schließlich blickte er Eva an.

»Und was machen wir jetzt mit dir? Nachdem er uns hier gesehen hat und diese düsteren Reden über Philippi ausstieß, können wir dich ja nicht wieder zur Arbeit schikken, oder?«

»Doch«, sagte sie tapfer. »Es sind ja noch genug andere da.«

Baltasar winkte dem Kellner und bezahlte. Dann wandte er sich an Hoff.

»Du bringst sie hin, geleitest sie zur Tür, sorgst dafür, daß man dich sieht, und setzt dich in ihren Wagen oder sonstwohin, jedenfalls so, daß du ein bißchen Überblick hast.«

Hoff war begeistert. »Und was mache ich, wenn er etwas dagegen hat und seine berühmten Gorillas antanzen läßt?«

Baltasar grinste und wartete mit einer Antwort, bis sie das Lokal verlassen und den Parkplatz erreicht hatten. Dann griff er in seine Tasche und holte jenes Objekt heraus, das Hoff bereits in der Rhön mit solcher Wonne gehandhabt hatte.

»Dann«, sagte er mild, »nimmst du dieses Gerät.«

Hoff nahm die Pistole ungern in Empfang. »Hast du eigentlich einen Waffenschein? Und wieso verlangst du von mir plötzlich, daß ich Wildwest spiele?«

Baltasar klopfte ihm auf die Schulter. »Reg dich nicht auf. Ich habe einen Waffenschein, und wovor hast du eigentlich Angst? Du bist doch davon überzeugt, daß ich spinne, daß Stücker kein Motiv hat und daß alles Unsinn ist. Also genieß die Gelegenheit, deine Jungfer vor einem hypothetischen Drachen zu schützen, Sankt Henry. Und ruf mich an, wenn was passiert.«

Hoff sagte düster und fatalistisch: »Wenn ich dann noch telefonieren kann. Wo bist du zu erreichen?«

»Oh, zuerst bei mir, dann bei Ziegler, dann unterwegs, dann bei Ariane.«

Mit einem ergebenen Schulterzucken hakte sich Hoff bei Eva unter. »Wohlan denn, Jungfer«, sagte er mißmutig, »schreiten wir fürbaß. Der Drache harret unser.«

Eva zwinkerte Matzbach zu. Dann ging sie mit Henry zu ihrem Wagen; Matzbach klomm in den seinen und steuerte heimwärts.

In seiner Behausung angekommen, griff er zum Telefon. Sein erster Anruf galt dem Makler, dessen Name er von Fricke und der farbigen Dame im Anwaltsbüro kannte. Eine Angestellte teilte ihm mit, der Patron sei nicht anwesend, er begutachte just mehrere Objekte mit prospektiven Interessenten. Man erwarte ihn gegen siebzehn Uhr zurück.

Verärgert wählte Matzbach die Nummer der Mordkommission. Ziegler war wie üblich freundlich und weitschweifig.

»Äh, Matzbach«, knurrte er, »was wollen Sie denn schon wieder?«

Baltasar räusperte sich geziert. »Ich sah jüngst, wie um Mitternacht einige Männer einem Wagen entstiegen und im Hause Stücker einige Kisten holten, mit seiner Einwilligung.«

»Sehr interessant, was Sie nachts so alles machen.«

»Ferner, Herr Kommissar, besitzt Stücker einen eigenen Schießstand und hat sie belogen. Er hat in der Nacht, in der er seine Sekretärin beglückte, deren Wecker um mindestens eine Viertelstunde vorgestellt, hatte also Zeit, bei Naumann anzuklopfen.«

Ziegler knurrte. »Das mit dem Schießstand war mir neu. Noch was?«

Baltasar berichtete von der hemdsärmeligen Veranstaltung in Köln und der Möglichkeit, Schlüssel zu kopieren.

Ziegler schwieg einen Moment. »Matzbach«, seufzte er dann, »das ist doch alles viel zu vage. Wo ist das Motiv? Es gibt schließlich in der Republik ungefähr zwanzig Millionen Leute, die kein Alibi und vielleicht eine Gelegenheit gehabt hätten, Sie eingeschlossen. Ich kann da nichts unternehmen. Selbst wenn ich wollte, könnte ich nicht. Und ich will nicht.«

Baltasar nickte in den Apparat. »Hab ich mir gedacht, teurer Freund. Ich hab nur eine Bitte. Ich habe mir leichtsinnigerweise die Nummer des Wagens gemerkt, der die Kisten bei Stücker abgeholt hat. Wahrscheinlich ist sie falsch, aber trotzdem.«

Ziegler zischelte etwas. »Na schön. Geben Sie durch.«

»Moment. Versprechen Sie, mich sofort zurückzurufen und mir zu sagen, was Sie rausbekommen haben? Meine Nummer haben Sie ja.«

Ziegler ächzte. »Auch das. Aber sagen Sie es nicht weiter, ich darf das nämlich nicht.«

Matzbach kicherte. »Ziegler, demnächst sollten wir Brüderschaft trinken. Ich mag Sie.«

»Die Nummer!«

Matzbach nannte sie ihm; es war eine Kölner Zulassung.

Ziegler legte grußlos auf. Baltasar kicherte immer noch. Leise sagte er: »Er ist hilflos, der Gute.«

Dann zündete er sich eine Zigarre an und legte die Beine auf den Schreibtisch. Plötzlich kam ihm eine andere Idee, und er spannte Papier in seine Maschine und begann heftig zu tippen.

Das Telefon schrillte.

»Matzbach.«

»Ziegler. Ich habe Ihre Nummer.«

»Ich lausche, lieber Freund.«

Ziegler raschelte vernehmlich mit Papier. »Die Sache«, sagte er langsam, »stinkt. Ich brauche sofort alles, was Sie wissen, schriftlich. Und zwar ohne jegliche Rücksicht auf irgendwen, sogar auf meine Person.«

Baltasar lachte meckernd. »Ich sitze seit unserem letzten Gespräch an der Maschine und tippte rücksichtslos alles, was ich weiß, auf blankes Papier. Sobald ich fertig bin, bringe ich es Ihnen rüber. Wem gehört der Wagen?«

Ziegler atmete stoßweise in die Muschel. »Ich sage es Ihnen nur unter einer Bedingung: Sie halten sich ab sofort ganz raus.«

Baltasar strahlte, was Ziegler natürlich nicht sehen konnte. Da nun etwas Dickes im Busch war, war er bereit, sämtliche Meineide zu schwören.

»Ich schwöre, mich rauszuhalten.«

Ziegler seufzte. »Ich bin viel zu gutmütig. Das kann mich meinen Kopf kosten, aber ich habe es Ihnen versprochen. Ich sage Ihnen noch vorneweg eins: Die Sache liegt jetzt schon nicht mehr in meiner Hand. Sobald das Gespräch beendet ist, gebe ich alles weiter.«

»Sie machen das reichlich spannend. An wen?«

Ziegler seufzte abermals. »BKA, MAD und ein paar andere«, sagte er halblaut. »Ich brauche sofort Ihren Bericht. Der Wagen, den Sie gesehen haben, gehört einem Wirt aus dem Kölner Nachtjackenviertel, von dem die zuständigen Kollegen seit einiger Zeit wissen, daß er für den KGB arbeitet. Nowosti in Köln, Sie wissen schon.«

Matzbach atmete heftig aus. »Das ist für mich eine Nummer zu groß.«

»Für mich auch, Matzbach. Wann kommen Sie rüber, oder soll ich Ihnen einen Wagen schicken?«

»Nee, lassen Sie nur, ich bin sowieso mit dem Tippen noch nicht fertig. Sind Sie später da?«

Ziegler zögerte. »Ich muß noch einmal etwa eine bis zwei Stunden fort. Wenn noch was passiert, hinterlassen Sie mir eine Nachricht.«

Baltasar bedachte gerade die nächsten Schritte, als das Telefon klingelte. Es war Hoff, und er war aufgeregt.

»Hör zu, Dicker. Ich hab noch gewartet, ob er vielleicht wiederkommt, aber jetzt sieht es nicht mehr so aus. Stücker ist fort. Er ist nach dem Essen vom Lokal aus ins Büro gefahren, hat telefoniert, etwas aus dem Safe geholt und ist dann verschwunden.«

Baltasar holte tief Luft. »Okay. Irgendeine Ahnung, wohin er gefahren ist?«

»Die Dame von der Mittagsschicht hat nur ein Wort gehört. Lauren.«

»Wer oder was ist das?«

»Ein Mensch in St. Peter-Ording. Stücker hat telefoniert, dabei ist er laut geworden und hat den anderen angebrüllt. Seine Tür war nicht ganz fest zu. Solltest du nicht Ziegler informieren?«

»Schon erledigt. Wie stehts, kommst du mit?«

»Wohin?«

»Dahin.«

Hoff zögerte. Plötzlich lachte er. »Du bist wahnsinnig. Ich auch. Jetzt hab ich schon so viele verschwitzte Fingerabdrücke auf deiner Pistole gelassen, daß ich wissen will, wie das ausgeht. Testament brauch ich keins, ich hab eh nix.«

»Okay. Ich hol dich bald ab. Also bis gleich.«

Baltasar legte auf. Mit mehreren Versuchen via Moritz und ein paar andere Bekannte gelang es ihm, Andreas Goldberg ausfindig zu machen.

»Was tun Sie im Moment?«

Goldberg seufzte. »Ich räume die Wohnung auf, warte auf Interessenten beziehungsweise Nachmieter, versuche die Boutique zu verkaufen, füttere den Raben und langweile mich.«

»Es geht los. Wollen Sie mitmachen?«

Goldberg lachte. »Ernsthaft?« Er zögerte. »Ich glaube, Sie sind verrückt genug, was Verrücktes zu unternehmen. Gut. Einmal hab ich für nichts im Knast gesessen, dann kann ich genausogut versuchen, eine nachträgliche Begründung zu liefern. Außerdem schulde ich Irene noch was, posthum sozusagen.«

»Bis gleich dann. Ich hol Sie ab. Haben Sie ne Waffe?«

»Nur den Raben.«

Baltasar lachte. »Okay, Kumpel, mitbringen. Da wir jetzt auf Gedeih und Verderb zusammenspielen müssen, schlag ich vor, wir lassen das Sie.«

»Alles klar. Bis gleich, Baltasar. Ich sag Sarah Bescheid, daß sie sich heut abend nicht grämt.«

»In Ordnung. Bis nachher. Halbe Stunde.«

Danach rief Baltasar Ariane in ihrem Büro an, erzählte ihr kurz das Wichtigste und verabschiedete sich.

Sie seufzte. »Fröhliches Gangsterfangen, du unmögliches Monstrum.«

Er lächelte in die Muschel. »Wartest du auf mich?«

Sie gluckste. »Ach, ich hab hier nur die ganze Pressearbeit dieses Industrieverbands zu machen, zu Hause eine freche Tochter zu beaufsichtigen und zu bekochen, und gelegentlich ein bißchen zu schlafen. Wenn ich noch Zeit finde, werde ich wohl ein paar Sekunden an dich denken und auf dich warten.«

»So leb denn wohl, Feinsliebchen. Gedenke meiner, wenn du Nachrichten hörst.«

»Fahr wohl, Drachentöter«, sagte sie, und es klang gar nicht spöttisch, eher traurig. Als wollte sie dabeisein.

So begann die letzte Runde. Ziegler war nicht zu erreichen; Matzbach hinterließ Grüße und den Hinweis, der betreffende Herr sei ausgeflogen, vermutlich Richtung St. Peter-Ording. Dann empfahl er sich.

IV

»Ist das ganz sicher mit St. Peter-Ording?«

Matzbach stützte sich auf die Kante des wuchtigen Schreibtischs in Stückers Büro. Sein Blick schweifte zum offenstehenden Safe, zum Fenster, dann wieder zurück zu den Umstehenden. Goldberg, der gerade erst mit ihm angekommen war, hielt sich zurück, desgleichen, ausnahmsweise, der Rabe auf seiner Schulter. Hoff redete heftig gestikulierend auf Eva ein, der etwas nicht zu gefallen schien, nach der Miene zu urteilen, die sie aufgesetzt hatte. Die ältere Dame, die während der Mittagspause die Stellung gehalten und inzwischen, von Hoff aufgehetzt, alle möglichen Papiere herausgesucht hatte, nickte.

»Ja. Kurz nachdem Herr Stücker fort war, rief Lauren noch einmal an, daher weiß ich bestimmt, daß es Lauren war. Er wollte Herrn Stücker sprechen, und zwar sagte er ›Kann ich Stücker nochmal sprechen?‹ Als ich ihm sagte, Herr Stücker sei eben fortgefahren und ich wüßte nicht, wann er wiederkäme, murmelte er etwas vor sich hin. Ich bin nicht sicher, aber es klang so wie ›Hat es sehr eilig, wie?‹ Ich habe gefragt, ob ich etwas ausrichten könnte, und er meinte, das wäre nicht nötig, alles andere könnte er mit Stücker mündlich abmachen.«

Matzbach runzelte die Stirn. »Ganz schön leichtsinnig, die Burschen«, sagte er. »Haben Sie Laurens Nummer?«

Die Frau nickte.

»Können Sie ihn mal eben anrufen, nur, um sicherzugehen, daß er tatsächlich von da oben aus angerufen und hat und nicht von der Riviera?«

»Was soll ich ihm sagen?«

»Sagen Sie ihm, Stücker lasse ihm ausrichten, er solle sich beeilen.«

Sie nickte und ging in ihr Zimmer. Matzbach ging hinterher, »vorsichtshalber«, wie er murmelte, sah ihr beim Wählen zu, bis er ob der Vorwahl sicher war, daß sie tatsächlich eine Nummer in Norddeutschland anrief, und lauschte, einige Meter zurückgezogen, dem Gespräch. Dieses war allerdings kurz. Sie legte bald wieder auf.

»Laurens Sekretärin«, sagte sie, »sagt, er ist kurz aus dem Haus gegangen. Sie will es ihm ausrichten, wenn er wieder da ist.«

Sie gingen in Stückers Raum zurück. Baltasar setzte sich auf die Schreibtischkante und musterte seine Mitstreiter.

»Nun gut, er ist also da, und Stücker fährt wahrscheinlich zu ihm. Frage ist, was er da will.«

Goldberg schlug vor: »Baden.« Er hielt eine Zeitung vom Tage hoch und las vor: »›Eine für Anfang Dezember ungewöhnliche Kältewelle ist über Norddeutschland hereingebrochen. An der schleswig-holsteinischen Nordseeküste gingen nach heftigen Polarwinden Schnee und Hagel nieder. Die meisten Strände sind vereist.‹ – Wir sollten uns warm anziehen. Außer Baltasar, der lebt vom eigenen Fett.«

Eva hatte die fruchtlose Debatte mit Hoff beendet und kramte nun in einem kleinen Schränkchen, in dem, wie sie sagte, Stücker gelegentlich Aufzeichnungen aufbewahrte.

»Ich verstehe nicht«, sagte Matzbach, »wieso Stücker so plötzlich, so leichtsinnig und mit, na ja, so vielen Fehlern ausklinkt.«

Eva stieß einen kleinen Triumphschrei aus und hielt einen Zettel hoch. »Hier hab ichs!«

Sie reichte das Stückchen Papier Matzbach, der es überflog. Es enthielt einige romantische Namen und weniger romantische Ziffern sowie etliche Häkchen.

»Was soll denn das?«

Eva sah ihm über die Schulter.

»Fleur de Lys ist sein Chalet in der Normandie. Die Ziffer dahinter, dreihunderttausend, dürfte der Verkaufspreis sein, obwohl es wesentlich mehr wert ist. Das Häkchen heißt vermutlich abgehakt, erledigt. Auch die anderen Namen sind Häuschen, die er hier, da und dort besitzt und größtenteils ganzjährig vermietet hat. Wie du siehst, ist ›Stormvogel‹ nicht abgehakt, und das ist seine Villa in St. Peter-Ording.«

»Aha«, sagte Baltasar. Er addierte im Kopf die Summen. »Nett – knappe anderthalb Millionen. Nicht zu reden von sonstigem Vermögen und dem Preis für dieses eminente Büro samt Mitarbeitern und beweglichen Gütern.«

Inzwischen hatte sich das natürlich schon herumgesprochen; niemand war mehr überrascht.

Murmelnd fügte Baltasar hinzu: »Aber wieso setzt er sich nicht schnell ostwärts ab?« Dann gab er sich einen Ruck und griff zum Telefon. Er wählte Ziegler an, aber der war noch immer nicht greifbar. Einer seiner Assistenten notierte Matzbachs Vorschlag, Stückers Büro genauer zu untersuchen, und empfahl ihm, sich aus der weiteren Angelegenheit herauszuhalten.

Wenig später jagten sie auf der Autobahn nach Norden. Goldberg steuerte, denn Matzbach hatte dies so verfügt. »Ich hab nicht geschlafen, und Henry hat, eh, auch nicht geschlafen. Also fahr du.«

Er legte sich bequem im Beifahrersitz zurück, kippte die Lehne nach hinten, ohne Rücksicht auf Henrys Knie. Hoff verzog sich schimpfend auf den Sitz hinter Goldberg. Der Rabe knabberte eine Weile an Baltasars linkem Ohr, dann setzte er sich schnabelklappernd auf des Dicken Wamme und rutschte so lange hin und her, bis die Lage ihm genehm war.

»Die Damen«, sagte Baltasar schläfrig, »werden sagen, typisch bekloppte Chauvi-Tour, dies.«

Goldberg nickte. »So was Ähnliches hat Sarah mir durchs Telefon an den Kopf geworfen.«

Henry, von hinten, meldete sich ebenfalls zu Wort. »Eva hat mir die Hölle heißgemacht – oder sie wollte. Eigentlich ist sie ja ganz nett.«

Baltasar gähnte. »Bleib angeseilt. Oder seil dich ab. Deine Sache.«

Goldberg hupte einen aus der rechten Spur biegenden LKW an. »Andererseits«, sagte er, »ist in diesem Wagen wahrlich nicht für sechs Leute Platz.«

Baltasar öffnete ein Auge und stierte den Raben an. »Sieben, wenn du dieses Vieh mitrechnest. Aber das ist nicht das Problem.«

Hoff kicherte hohl. »Er hat es schon wieder raus. Baltasar weiß alles. Was, bitte, ist denn das Problem?«

Matzbach streckte die Hand nach hinten aus, schlaff. »Gib mir«, verlangte er, »die Pistole. Bei den billigen Reden, die du führst, ist ja keiner seines Lebens sicher.«

Hoff reichte ihm schweigend das erbetene Objekt; Baltasar steckte es in die Jackentasche und schloß wieder die Augen. Matt sagte er: »Das Problem ist, daß die Frauen viel vernünftiger sind als wir. Sie wollen ja gar nicht mit. Sie finden nur, daß wir die Sache den zuständigen Behörden überlassen sollten und daß abenteuernde Männer erstens verrückt sind und ihnen zweitens auf die Nerven gehen. Sie haben ja völlig recht. Aber das Vernünftigste zeichnet sich in diesem Fall durch grauenerregende Langeweile aus.«

Er legte den Kopf auf die Seite.

»Weckt mich, wenn was passiert. Oder wenn Poe auf den Topf will. Meine Brusttasche ist in diesem Zusammenhang tabu.«

Infolge ihrer Abfahrtszeit gerieten sie in sämtliche Staus zwischen Leverkusen und Kamen. In der Nähe von Osnabrück begann das absolute Schlechtwettergebiet mit zweierlei Niederschlägen.

Matzbach bemerkte von all dem nichts; er schnarchte leise. Kurz vor Bremen wachte er auf, als Goldberg eine Tankstelle ansteuerte. Anschließend übernahm Hoff das Lenkrad.

Wenig später blickte Baltasar auf die Uhr. »Wenn wir durchfahren, sind wir um drei Uhr in St. Peter-Ording. Was, so frage ich mich, sollen wir zu einer solchen Zeit bei diesem Wetter in jenem Orte?«

Also liefen sie die letzte für sie erreichbare Autobahnraststätte an, tranken Kaffee, alberten mit dem Raben herum, der die verschlafene Bedienung terrorisierte, und spielten Skat.

Im Morgengrauen, kurz vor dem Ziel, klopfte Goldberg auf Matzbachs Schulter. Inzwischen steuerte Baltasar sein Gefährt und die Geschicke der Insassen.

»Was werden wir jetzt eigentlich machen? Und fändest du es nicht an der Zeit, uns endlich zu erzählen, wie das alles zusammenhängt?«

Baltasar starrte in den düsteren Morgen jenseits der Windschutzscheibe. »Wir werden uns vorsichtig umschauen. Was die Zusammenhänge angeht, weiß ich selbst noch nicht alles; deshalb ziehe ich es vor, mich in kühles Schweigen zu hüllen.«

Er tat das dann doch nicht, sondern gab ihnen in kühner Zusammenfassung einen Überblick über alles, was er sich inzwischen zusammengereimt hatte, wobei er einige wichtige Dinge ausließ und andere, die er nur vermutete, ebenfalls verschwieg. Er kam auch nicht dazu, langwierige Erörterungen anzustellen, denn sie erreichten das Ziel ihrer Fahrt. Baltasar hielt an einer Tankstelle im letzten größeren Ort vor St. Peter-Ording und erstand nach dem Volltanken einige detaillierte Straßenkarten, soweit solche vorhanden waren.

Nachdem er sich nach Studium der Karten für eine der mehreren möglichen Zufahrten entschieden hatte, steuerte er den Ortsteil Ording an, in dem Stückers Villa lag und in dem sich auch Laurens Büro befand. Er lenkte den Wagen über Brösum in einem kleinen Nordschwenk eine Straße entlang, die die nordöstlichen Ausläufer von Ording knapp hinter dem Deich erreichte.

Ein müder, fröstelnder Polizist stoppte sie, als sie den Deich erreichten. Ein zweiter stand nicht weit entfernt neben einem halbverborgenen Polizeiwagen.

»Aha«, murmelte Baltasar. »Feuerschutz. Es hat sich schon was getan.«

Der Beamte bat um Zulassungspapiere und Ausweise. Bei dem Namen Matzbach in Baltasars Ausweis stutzte er. »Ah ja«, sagte er, »Herr Matzbach; Sie werden schon erwartet. Sie möchten sich bitte sofort in Sankt Peter auf der Wache melden.«

Er klappte die Ausweise wieder zu und reichte sie Baltasar zurück.

»Wie komme ich da hin?«

Der Beamte wies nach Westen. »Wenn Sie da entlangfahren, kommen Sie nach ungefähr einem halben Kilometer an eine Kreuzung, von da ab ist es ausgeschildert.«

Baltasar nickte dankend. »Wie oft muß ich mich noch ausweisen?«

Der Beamte lächelte. »Nicht mehr. Wir haben die Zufahrten unter Kontrolle, keiner kommt raus oder rein. Aber drinnen können wir nicht auch noch jede Straße kontrollieren.«

Er legte grüßend die Finger an den Schirm der Dienstmütze. Matzbach winkte, kurbelte das Fenster hoch und fuhr langsam an. Im Rückspiegel sah er, wie der Beamte dem anderen etwas zurief. Dieser griff daraufhin durch das geöffnete Fenster in den Polizeiwagen.

Baltasar knurrte und bog in die Straße hinter dem Deich ein. Rechts und links lag noch einiges an Schnee, die Straße schien geräumt oder freigefahren, aber bei kurzem Bremsen stellte er fest, daß dünnes Eis auf der Decke lag. Der Wagen rutschte unangenehm, bevor er ihn abfangen konnte.

»Was jetzt?«

Baltasar zuckte die Schultern auf Hoffs Frage. »Mal sehen. Ich schätze, den Kollegen Lauren dürften sie schon haben, der müßte ja hier bekannt sein.«

»Meinst du«, fragte Goldberg, »daß Stücker schon hier ist oder ob er sichs anders überlegt hat?«

Baltasar wackelte mit dem Kopf. »Ich weiß nicht, was er hier noch erledigen will. Aber wenn es so wichtig ist, daß er nach allem, was in Bonn passiert ist, das Risiko auf sich nimmt, noch hierherzusausen, dann wird er bestimmt versuchen, die Sache durchzuziehen, was immer die Sache sein mag.«

Entgegen den Anweisungen des Polizeibeamten steuerte er den Wagen nach Ording hinein. In diesem Wetter, zu dieser Tageszeit und im Winter war der Ortskern mit Strandzugang absolut trostlos; zum Glück standen zwischen den Betonkästen noch immer einige kleinere, schmucke oder prächtige Häuser, das trübe Augen zu laben. Baltasar entdeckte einen kleinen Laden mit Lebensmitteln, Sonnenölen und Campingausrüstung, der bereits geöffnet war.

»Okay«, sagte er halblaut und lenkte den Wagen an den Bordstein. Hoff und Goldberg sahen zunächst einander, dann ihn an.

»Was wird denn das nun?« fragte Henry.

Baltasar zog die Handbremse und löste den Gurt. »Ich werde jetzt aussteigen, zwei oder drei Dinge kaufen und mir den Ort ansehen, speziell die eine oder andere Straße. Ihr beiden werdet derweil die Wache in Sankt Peter besuchen und Grüße von mir ausrichten. Ich werde mich dort melden, oder wir treffen uns da drüben in dem Café. Das wird ja wohl demnächst mal öffnen.«

Goldberg starrte hinüber. »Es gehört zu dem Hotel, wenn ich mich nicht irre, und das Hotel ist teilweise erleuchtet. – Was willst du denn unternehmen?«

Baltasar öffnete die Wagentür. »Puh«, sagte er, als der erste Lufthauch ihn erreichte, »unwirtliche Brise. – Ich will mich nur umsehen, wie gesagt. Keine Sorge, ich mach keinen Unsinn.«

Hoff murmelte: »Das wär das erste Mal. Matzbach und kein Unsinn, hihihi.«

Sie fuhren davon. Baltasar ging langsam zu dem Lädchen, erstand eine Tafel Schokolade als Notration und einen kleinen Kompaß, den man als Ring tragen konnte. »Sowas«, sagte er grinsend, »hab ich mir immer schon gewünscht.«

Dann verließ er den Laden und ging zum Hotel hinüber, um eine Tasse Kaffee zu trinken und in Ruhe noch einmal die Karte zu studieren.

Anschließend wanderte er durch die stillen Straßen. Schräg gegenüber von Stückers ansehnlicher Villa stand ein unauffälliges Auto, in dem zwei unauffällige Menschen in Zivil unauffällig Zeitung lasen. Baltasar pfiff fröhlich vor sich hin, folgte einem älteren Mann über einen Zebrastreifen und umrundet eine Litfaßsäule vor einem großen Block mit Ferienwohnungen und Apartments.

Der Mann vor ihm trug einen billigen, abgeschabten Wintermantel, dessen Kragen hochgeschlagen war, und darüber eine Pelzmütze. Offenbar war er kahlköpfig, denn zwischen Kragen und Mütze war kein Haar zu sehen. Er ging leicht vornübergebeugt und stützte sich auf einen Spazierstock.

Baltasar betrachtete mißmutig den Rücken und rechnete

sich aus, daß der Alte, ginge er nicht so gebeugt, etwa so groß wäre wie er.

Vor einem der zahllosen Eingänge zu dem Block blieb der Mann stehen, nahm den Stock in die linke Hand, steckte die rechte Hand in die Manteltasche, drehte sich um und blickte Matzbach an. Mit seinem grauen Spitzbart, den weißen, buschigen Brauen und den tiefen Linien um die Augen sah er aus wie ein achtzigjähriger, pensionierter Admiral, aber die Augen gehörten Eduard Stücker.

»Hätte ich mir denken können«, sagte er leise, wobei er die Hand in der Tasche bewegte. Etwas Spitzes zeichnete sich ab.

Die Straße war leer, der Polizeiwagen außer Sicht hinter der nächsten Ecke, und mit zufälligen Beobachtern in den Wohnungen des Blocks war zu dieser Jahres- und Tageszeit und bei diesem Wetter nicht zu rechnen. Baltasar blieb stehen, wo er stand. Stücker bewegte die Hand in der Tasche auffordernd nach rechts.

»Sie werden jetzt in diesen Eingang treten«, sagte er. »Außerdem werden Sie keinesfalls die Hände in die Taschen Ihrer unmöglichen Jacke stecken. Verschränken Sie die Arme über der Brust.«

Matzbach gehorchte; mit verschränkten Armen, was wegen der Menge des wettertrutzigen Stoffs nicht ganz einfach war, trat er in den Eingang. Stücker folgte ihm.

»Moment«, sagte er. Er lehnte den Stock gegen die Wand und tastete Matzbach mit der linken Hand ab. Es dauerte nicht lange, bis er die Pistole in der Jackentasche gefunden hatte.

»Aha. Spielzeug, wie?«

Er steckte die Waffe ein, nahm seinen Stock wieder auf und knurrte: »Jetzt stoßen Sie die Tür mit den Ellbogen auf, und dann stecken Sie Ihre Hände in die Tasche.«

Baltasar gehorchte wortlos. Im Gang dirigierte Stücker

ihn zu einer Treppe, hinab, einen weiteren Gang entlang, abermals eine Treppe, dann sagte er: »Stopp.«

Sie standen vor einer Tür. Das Namensschild neben der Klingel lautete Bensemeier.

»Ihr Pseudonym ist albern«, sagte Matzbach.

Stücker grinste, wobei sich der graue Spitzbart hob. Er öffnete die Tür mit einem Schlüssel, linkshändig, wobei er nach dem Schlüsselloch tastete und Matzbach nicht aus den Augen ließ, die rechte Hand immer noch an der Waffe in der Tasche.

Es war eine kleine Wohnung, halb im Souterrain. Die vergitterten Fenster des Wohnraums schauten auf einen verlassenen, verschneiten Park hinaus. Stücker blieb in der Tür stehen und zog nun endlich die Hand mit Revolver aus der Tasche. »Gehen Sie jetzt bitte dort an die Kopfseite des Tischs.«

Er verschloß die Tür hinter sich. Baltasar schaute sich um, während er den Tisch umrundete. Der Wohn- und Kochraum der kleinen Wohnung war einigermaßen rechteckig. An einer der langen Seiten war die Tür, gegenüber das Fenster; dazwischen, in Längsrichtung, stand der Tisch, verhüllt von einer billigen Stoffdecke. Neben dem Fenster führten verschlossene Türen an den Kopfenden des Raumes in weitere Zimmer, vermutlich Schlafzimmer und Bad. Neben der Tür stand ein größerer Schrank mit Aufsatz, in der Ecke ein kleines Wasch- und Spülbecken, an der Kopfseite Herd und Kühlschrank, flankiert von einem kleinen Teewagen. Matzbach zog vorsichtig und langsam den Stuhl unter dem Tisch hervor. Der Abstand zum Teewagen war nicht sehr groß.

Stücker machte eine auffordernde Bewegung mit der Waffe. »Hier ist nicht geheizt«, sagte er, »aber gut isoliert. Wenn Sie wollen, ziehen Sie Ihre dicke Jacke aus. Ich bin allergisch gegen jähe Bewegungen. Dann setzen Sie sich auf den Stuhl und rutschen an die Tischkante, so nah es geht.«

Baltasar zog die Jacke aus und warf sie auf den Stuhl an der Fensterseite des Tisches.

»Nett haben Sie es hier«, sagte er, »und Ihrer freundlichen Einladung mag ich nicht widerstehen.«

Er befolgte Stückers Befehle, während dieser mit einer Hand in einer Schrankschublade herumwühlte. Schließlich hielt er ein Knäuel starker Schnur hoch.

»Man muß für das Angeln gerüstet sein, wenn man feiste Fische fangen will«, sagte er höhnisch.

Er legte den Revolver griffbereit auf das Bord neben sich; schnell und geschickt knüpfte er Schlingen. Baltasar kalkulierte seine Chancen und blieb still sitzen. Stücker stand fast sieben Meter von ihm entfernt.

Der Mann nahm den Revolver wieder in die Hand und kam zu Matzbach.

»Die Arme nach hinten«, befahl er, »und keine Mätzchen; ich mach das erst mal mit einer Hand. Der Revolver bleibt auf Sie gerichtet, bis ich sicher bin.«

Er machte es gründlich. Die Arme wurden miteinander und mit der Rückenlehne des Stuhls verbunden, die Schnur um Matzbachs Bauch gewickelt, dann kamen die Beine dran, die an die Stuhlbeine gefesselt wurden. Stücker zog alles fest an, bis Matzbach sich nicht mehr rühren konnte. Schließlich begab sich Stücker auf die andere Seite des Tischs, zog den Mantel aus und setzte sich. Der Revolver lag vor ihm. »Ein unverhofftes Wiedersehen«, sagte er.

Baltasar verzog das Gesicht. »Nicht so ganz. Ich hatte fest mit Ihnen gerechnet. Und viel Verkehr ist hier im Ort im Moment nicht.«

Stücker lehnte sich zurück und betrachtete den Dicken interessiert. »Aha. Haben Sie den Zettel gefunden, oder was?«

Matzbach nickte. »Außerdem haben Sie noch ein paar

Fehler gemacht. Erstens dachte ich mir wohl, daß Sie versuchen würden, aus Bonn heraus und näher zu Ihren östlichen Freunden zu kommen. Zweitens haben Sie bei Ihrem Gespräch mit Lauren zu laut geredet; die Tür war nicht ganz dicht. Drittens hat Lauren noch mal angerufen, nachdem Sie weg waren.«

Stücker schnitt eine Grimasse. »Der dumme Kerl. Aber er hat seine Quittung schon.«

Matzbach hob die Brauen. »Verhaftet?«

Stücker blickte ihn kalt an und klopfte auf den Revolver. »Denken Sie, ich lasse zu, daß er auspackt?« Er schüttelte den Kopf. »Ich hatte ihm am Telefon empfohlen, alle wichtigen Dinge zu vernichten und sich dann an einem bestimmten Ort zu verbergen. Damit man ihn nicht findet. Als ich Sie mit Eva ins Restaurant kommen sah, hatte ich das Gefühl, es wäre nun Zeit.«

Baltasar zog den Inhalt seiner Nase hoch. »Und dann haben Sie ihn in dem Versteck ...«

Stücker gähnte. »Was denn sonst? Das war einer der Gründe, weshalb ich noch hierherkommen mußte.«

Baltasar schnalzte mit der Zunge. »Weshalb haben Sie eigentlich diesen dummen Zettel liegenlassen?«

Stücker machte eine wegwerfende Handbewegung. »Ich konnte ihn in der Eile nicht finden, deshalb.«

Er warf einen Blick auf seine Armbanduhr und stand auf. Neben dem Herd stand eine Thermoskanne.

»Von außen hereingebracht«, sagte Stücker; »hier fehlt es an allem. – Keiner soll sagen, ich ließe meine Gäste verdursten.« Er holte zwei Becher aus dem Schrank, goß Kaffee hinein und stellte einen vor Matzbach ab. Aus einer Schublade holte er einen antiken Stohhalm.

»Hier. Damit ich Sie nicht losmachen muß.«

Baltasar sog am Röhrchen. »Haben Sie keine Sahne?« knurrte er.

Stücker setzte sich wieder, grinsend. »Ich bin kein Hotel.« Er trank einen Schluck.

»Nun denn«, sagte er plötzlich, »es bleibt noch Zeit, und ich könnte mich genausogut mit Ihnen unterhalten. Wie haben Sie mich erwischt, Sie Sherlock Holmes?«

Baltasar versuchte seine Finger zu bewegen. Er hatte ein taubes Gefühl in den Händen. »Durch meine kleinen grauen Zellen und Ihre Fehler und Leistungen.«

Stücker verzog das Gesicht. »In der Eile sind Fehler. Was wissen Sie?«

Baltasar grinste. »Bevor Sie mich mit Blei tätowieren, will ich Ihnen sagen, daß alles, was ich weiß, der Polizei schriftlich vorliegt. Sie wissen, nehme ich an, daß der Ort abgesperrt ist und Ihre Villa bewacht wird?«

Stücker nickte. »Es würde nichts ändern, wenn ich beschlösse, Sie umzulegen. Aber wozu? Mir ist schon klar, daß Sie nicht ohne Rückendeckung auftauchen. Andererseits« – er blickte wieder auf die Uhr und grinste spöttisch – »können Sie mich nicht mehr aufhalten, und der arme alte Rentner Bensemeier, der manchmal mit dem Polizeichef Skat gespielt hat, wird ja wohl kaum von den Posten verdächtigt werden. Außerdem gibt es noch ein paar Entschlüpflöcher ...«

Baltasar runzelte die Stirn. »Ich hätte mir denken sollen, daß Sie sich nicht mir zu Ehren verkleidet haben.«

Stücker lachte. »Nein, selbst wenn ich mit Ihnen hier gerechnet hätte. Das war meine sichere zweite Persona, wenn Sie so wollen, und es hat nie jemand bemerkt, daß Bensemeier und der Villenbesitzer Stücker nie gleichzeitig in St. Peter-Ording waren. Übrigens hat auch Stücker mit dem Polizeichef Skat gespielt.«

Baltasar musterte ihn finster. »Es ist noch vieles offen. Durch Ihre Eile haben Sie mich daran gehindert, in Frieden zu Ende zu forschen.«

Stücker klopfte auf den Tisch. »Na schön, machen wir ein Quiz miteinander. Ich bin ein entgegenkommender Gastgeber, und es spielt ohnehin keine Rolle mehr. Also, wie haben Sie mich gefunden, und was haben Sie herausgekriegt?«

Baltasar sog wieder an seinem Strohhalm und verbrühte sich die Zunge. Er fluchte leise.

»Nun ja«, sagte er dann, »sicher war ich erst in dem Moment, als Sie sich von mir haben bluffen lassen, in Sachen Geometrie. Es lebe die argentinische Literatur.«

Stücker nickte versonnen. »Ja. War dumm von mir, aber einen Moment war ich wirklich unsicher. Sie werden jedoch zugeben müssen, daß es nicht schlecht gedacht war.«

Baltasar grinste. »Ohne Ihre Eitelkeit fördern zu wollen: Es war gut. Hinterlassen Sie immer solche Spuren?«

»Nicht immer. Nur bei den Projekten, die es wert sind. Sie werden zum Beispiel gelegentlich dort, wo ich zuständig war, unter hundert Säulen eine finden, die asymmetrisch ist, oder so. Aber lassen wir das. Weiter.«

»Ja. Dann haben Sie mich reichlich durchsichtig aus dem Haus komplimentiert, mit Ihrer verheirateten Gespielin. Ich habe mich ein bißchen auf Posten gestellt und den Kistentransport beobachtet. Was ich nicht verstehe, ist Ihr Leichtsinn mit dem Wagen.«

»Nicht meine Schuld. Ich hatte meine … Freunde um einen neutralen Wagen gebeten, zur Sicherheit. Ich wußte zwar nicht, daß die Beziehungen zwischen uns und dem Wirt bekannt waren, aber man muß sich vorsehen. Jemand hat dann angeordnet, daß doch dieser Wagen genommen werden sollte. Ich habe fast das Gefühl, man wollte die Kontakte zur Kölner Gastronomie abbrechen und den deutschen Behörden einen Köder servieren. Egal. Schlecht war nur, daß ich mit Beobachtung rechnen mußte, von Ihnen oder von der Polizei, und daß damit meine Zeit knapp wurde.«

Baltasar rümpfte die Nase.
»Was war denn in den Kisten?«
»Papiere und ungefähr eine Million Mark in bar.«
Baltasar pfiff durch die Zähne und rechnete. »Das macht ungefähr eine Viertelmillion in Rubel, eh?«
»Gilt aber nicht. Ich habe mir durch wichtige Dienste einige Gegenleistungen des Vaterlands aller Werktätigen erworben. Dazu gehört eine Pension, und außerdem wird alles eins zu eins eingetauscht. Immerhin ist eine Million in harten Devisen nicht unwichtig. Das alles wird reichen, um ein paar Jahre in der Mongolei Bergziegen zu jagen. Und in Sibirien zu angeln. Ein ruhiges, beschauliches Dasein mit Bewegung und Lektüre. Natürlich sind die Reisemöglichkeiten begrenzt. Aber Kuba und Angola sind auch nicht zu verachten.«
»So ungefähr habe ich mir das gedacht. Wie gesagt, wichtig war Ihr Fehler bei meinem Geometriebluff. Danach fiel mir ein, was Sie in Köln so alles verzapft haben. Zusammen mit den Unterlagen über Ihre Arbeit ergab das ein völlig idiotisches Bild. Bis ich auf den Gedanken kam, alles aus einem ganz anderen Winkel zu sehen.«
Stücker faltete die Hände und blickte ihn interessiert an. »Was haben Sie sich denn in Ihrem dicken Kopf gedacht?«
»Mir war rätselhaft, wie man Intelligenz und Neigung zu schönen Dingen mit den völlig irrsinnigen Projekten vereinbaren soll, die Sie immer befürwortet und durchgezogen haben.«
»Sie haben recht. All die Projekte waren und sind kompletter Blödsinn.«
»Dann habe ich mir gedacht, daß Sie, um zu Macht und Geld zu gelangen, einfach skrupellos Unsinn verkauft haben. Aber Macht und Geld hätten Sie auch anders bekommen können.«
»Wohl wahr«, sagte Stücker; »habe ich auch.«

»Dann kam mir der Verdacht, Ihre politischen Scherze könnten vielleicht Ernst sein, finsterer Ernst. Und ich dachte an Ihre Rede, daß für etwas nicht unbedingt die Zeit abgelaufen sein muß, wenn man den Willen hat, die Uhr zu manipulieren. Dieser Satz brachte mich, wörtlich genommen, überhaupt erst auf die Idee, Ihr Alibi anzuzweifeln. Vielleicht, überlegte ich, hat er es selbst wörtlich genommen. So kam ich auf den verstellten Wecker.«

»War doch ein guter Einfall, oder?«

Baltasar nickte. »Was aber hätten Sie getan, wenn Eva einen Radiowecker hätte?«

Stücker lächelte kalt. »Ich hatte zwei andere Damen in petto, beide mit Wecker. Sie sind allerdings nicht rothaarig, deshalb war dies im Rahmen der Geometrie die beste Möglichkeit.«

Baltasar machte große Augen. Beinahe andächtig sagte er: »Dann wird mir die Symbolik Ihrer Handlungen erst völlig klar. Ich muß Ihnen noch ein Kompliment machen.«

Stücker neigte dankend den Kopf. »Borges hat mich auf viele Ideen gebracht. Ich wollte eine persönliche, wenn auch nur wenigen lesbare Spur hinterlassen, die als Beweis nicht ausreicht. Vielleicht hätte ich es ohne diese Eitelkeit besser und unauffälliger machen können. Die Nähe von Zeugung und Tod, die Farben und die Formen.« Er lächelte.

Baltasar fühlte seine Hände nicht mehr. »Stücker, dachte ich, ist nicht nur in Sachen Grammatik für *Law and Order*, sondern überhaupt für strenge Regeln. Es könnte sein, daß Sie mit Ihren Projekten die Macht der Zentrale gegen die Bevölkerung stärken wollten. Um auf diese Weise den von Ihnen so gesehenen Untergang des Abendlandes aufzuhalten.«

Er warf einen Blick aus dem Fenster, das vermutlich nach Westen ging.

Stücker folgte dem Blick und deutete auf die Gitter. »Schreien Sie ruhig. Der ganze Block ist leer, bis auf uns, und im Park ist auch niemand. Weiter, bitte.«

»Ich habe Ihre Reden über das Imperiale hin und her gewendet. Alle Imperien bauen auf dem Befehl des Starken über den Schwachen auf, eben *imperare*. Dann dachte ich, Stücker ist zu intelligent, um sich einzubilden, durch derartige Aktionen in der unwichtigen Bundesrepublik den Untergang der westlichen Welt aufhalten zu können. Indem er die Starken, sprich Bürokratie und Industrie, bei Projekten unterstützt, die nichts stärken, sondern durch Zerstörung vieles schwächen. Die Uhr des westlichen Imperialismus läßt sich bestimmt nicht in Bonn zurückdrehen. Außerdem ist sie völlig abgelaufen.«

Stücker blickte demonstrativ auf die Uhr. »Machen Sie schneller«, sagte er, »ich habe nicht mehr viel Zeit.«

Baltasar seufzte. »Sie gehören offenbar zu den Leuten, die hinter einem freien Spiel der Kräfte gleich Chaos vermuten. Übrigens eine sehr deutsche Gewohnheit. Die Erkenntnis, daß Demokratie eine Form von stabilisierter Unordnung sein muß, hat sich bei unseren Landsleuten nie durchsetzen können. Sie wollen immer Ruhe und den starken Mann. – Jedenfalls habe ich beschlossen, Ihre geäußerte Sehnsucht nach einer *pax britannica* oder *pax romana* wörtlich zu nehmen. Stücker will, dachte ich, Frieden um jeden Preis. Es soll nicht Konkurrenz sein, nicht Debatte, sondern einer soll herrschen, damit keiner streite. Diskussion ist verbaler Unfriede, ja? Pluralismus Chaos, wie? Dann begriff ich, daß nicht *unsere* Republik das Erbe der preußischen Ordnungsvorstellungen angetreten hat, denen Sie offenbar anhangen. Die DDR ist das wahre Deutschland, in dieser Hinsicht. Und nicht der Westen, sondern der Osten ist politisch und militärisch imperial. Wenn wir die bald in Agonie fallenden westlichen Wirtschaftsknebel aus dem Spiel lassen. Die können, wenn es hart auf hart geht, nur vor Ort von Soldaten zugedreht werden. – Also haben Sie sich gesagt: Wer es ist, ist mir gleich, nur soll einer herrschen, daß dieser Unfriede ein Ende habe. Also *pax sovietica.*«

»Richtig«, sagte Stücker. »In meinem Herzen habe ich das erwogen, als die Alliierten, die westlichen, am 17. Juni 1953 nichts taten. Endgültig beschlossen habe ich es, als sich der Westen am Suezkanal freiwillig die Hosen auszog, während die Sowjetunion in Ungarn demonstrierte, was Imperialismus ist.«

Baltasar räusperte sich und verschluckte einige Einwände. »Wahrscheinlich«, sagte er mit düsterem Gesicht, »haben Sie sich dann überlegt, wie Sie die Agonie des Westens beschleunigen könnten. Und Sie sind zu mehreren Schlüssen gekommen. Erstens, zum Beispiel, daß die Bundesrepublik zwar unbedeutend ist, wenn es um eine Belebung des Westens geht, aber wichtig bei seiner Verteidigung. Zweitens, daß es Wege gibt, diese Position zu schwächen, die gründlicher und effektiver sind als das Ausforschen neuer Waffensysteme.«

Stücker verschränkte die Arme vor der Brust und lächelte. »Genau so ist es«, sagte er mit einer gewissen Wärme in der Stimme. »Und ich gebe Ihre Komplimente zurück. Ihre Analyse meiner Überlegungen ist zutreffend. Vietnam und, natürlich zeitlich versetzt, Afghanistan, Angola und so weiter haben mich immer wieder in meinen Plänen und Wünschen bestärkt.« Er entschränkte die Arme wieder, faltete dafür die Hände hinter dem Kopf und legte ein Bein auf die Tischkante. »Was, glauben Sie, hätte, sagen wir, Caesar im Fall Vietnam getan? Er wäre zu Fuß nach Hanoi gegangen. Man kann einen Gegner erst ausschalten, wenn man seine Basis angreift. Als die Amerikaner diese fiktive Gegner am soundsovielten Breitengrad respektierten, außer in der Luft, und obwohl sie wußten, daß General Giap anders verfuhr, war mir völlig klar, daß sie nicht gewinnen konnten. Weil sie, letzten Endes, nicht gewinnen wollten, denn die ehrwürdige Parole von der Verteidigung der Freiheit und die Frage der wirtschaftlichen Einflußsphären, all das reicht nicht aus, wenn der Herrschaftswille fehlt. Die Engländer um 1850 hätten das anders gemacht, und die Vietnamesen aus Hanoi haben es anders gemacht. Sie bestimmen heute im Süden, in Laos und Kambodscha, nach diesem üblen Zwischenspiel. Und die Russen machen so etwas auch anders. Sie sind zu Fuß nach Kabul gegangen.«

Baltasar leckte sich die Lippen; er hatte einen schalen Geschmack im Mund. »Der Gedanke ist Ihnen nie gekommen, daß man vielleicht friedlich und in Gleichberechtigung miteinander verfahren könnte? Ich meine, die anderen Varianten haben wir in den letzten vier Jahrtausenden reichlich durchprobiert, und es ist wenig Gutes dabei herausgekommen.«

Stücker zog eine verächtliche Grimasse. »Das ist etwas für Träumer. Wenn zwei Leute Waffen haben, aber einer von ihnen sie eigentlich nicht anwenden will, ist das Endergebnis vorhersehbar. Ich halte mich an die Realität, und die heißt Fressen oder Gefressenwerden, Befehlen oder Gehorchen, Siegen oder Untergehen. Deshalb habe ich mich auf die Seite der künftigen Sieger gestellt und versucht, die Sache zu beschleunigen. Und«, sagte er fast andächtig und mit einer gewissen Majestät, »nennen Sie mir eine Möglichkeit, einen Gegner schneller zu schwächen als so. Durch wahnsinnige Projekte, die Geld verschleudern, das anderswo dringender gebraucht würde. Durch gründliche Zersetzung der ökologischen und damit letztlich ökonomischen Basis. Vor allem aber durch Desillusionierung der Bevölkerung. Glauben Sie, wenn es demnächst zum großen

Showdown kommt, daß noch viele Leute bereit sein werden, vor allem junge, diese marode Republik und ihre blinden Bürokraten mit der Waffe zu verteidigen? Ein geschwätziges Vaterland leerer Sonntagsreden, das seinen Bewohnern nicht einmal anständiges Trinkwasser anbietet? Vor allem: wozu? Was ist da noch wert, verteidigt zu werden?«

Baltasar bildete sich ein, seine tauben Finger zu bewegen. Halblaut sagte er: »Oh, es gibt einige Freiheiten.«

Stücker lachte spöttisch. »Was zählt das? Die bürgerlichen Freiheiten, das ist eine angenehme Erfindung der Europäer aus den letzten anderthalb Jahrhunderten. Fragen Sie mal einen Chinesen, Afrikaner oder Südamerikaner, was er davon hält. Ich bin dafür, daß wir wieder zu den wichtigen Dingen zurückkommen. Macht, zum Beispiel, und das Überleben der Gattung, nicht die Freiheit der vielen, die ohnehin nichts damit anfangen können als vor der Glotze zu sitzen. Der Kreml und der Vatikan wissen, daß das Inviduum nicht zählt. Und der Kreml hat mehr Divisionen. Die Visionen überlasse ich da gern dem Papst.«

»Aber wie vereinbaren Sie Individualist und Genußmensch das mit Ihren eigenen Wünschen?«

Stücker winkte ab. »Ich bin kein Teilchen in der Maschine«, sagte er stolz, »ich bin Treibriemen. Damit habe ich, was ich will, Macht, und die Möglichkeit, sie zu nutzen. Das ist meine Lust, die mir bei der Beschaffung anderer Lüste hilft. Ihre bürgerlichen Freiheiten sind für jene da, die selbst zu schwach sind. Ich habe hier die Freiheit dessen gehabt, der Macht und Geld besitzt, und ich werde auch in jedem anderen System oben sein.«

Er lächelte, beinahe wehmütig. »Ach, wenn ich an die nützlichen Ideen der bundesdeutschen Administration denke. Es war so schön, mit ihnen zu spielen. Vielleicht werde ich mich langweilen.«

Baltasar hustete. Er sehnte sich nach einer Zigarre. »Dieser Terminus«, sagte er mühsam, »wird ja eigentlich hier anders angewendet. Ich meine die nützlichen Idioten.«

Stücker grinste. »Ja. Nett, nicht? Wer arbeitet denn dem Gegner in die Hände? Der, der sich gegen Mißstände wehrt, oder der, der sie verursacht?« Er blickte auf die Uhr und nahm das Bein vom Tisch. »Es wird Zeit.«

Baltasar bewegte auffordernd den Kopf. »Moment, es gibt noch reichlich Fragen. Ich weiß, daß und wie Sie Naumann erschossen haben; ich nehme an, weil er etwas wußte. Aber was war es genau?«

Stücker zögerte. Dann lachte er. »Es spielt, wie bereits mehrfach gesagt, keine Rolle mehr. Eigentlich ist es ganz einfach. Sie haben wahrscheinlich Ihre Vermutungen, können aber nichts beweisen, nicht wahr?«

Baltasar nickte. »Ich denke zum Beispiel an unredliche Ausnutzung noch nicht spruchreifer Projekte.«

»Nett gesagt. Ja, natürlich. Als Gutachter habe ich oft Vorstudien zu Projekten angefertigt, die erst lange danach definitiv beraten wurden. Natürlich war ich wie alle verpflichtet, meine Kenntnisse nicht auszunutzen. Man muß sich vorsehen. Ich habe, wann immer etwas Interessantes anstand, dafür gesorgt, daß unbescholtene Leute namens Meier, Müller oder Schmitz mit Geld, das mir gehörte, wertlose Grundstücke kauften, die später plötzlich für eine Autobahn oder einen großen Verwaltungsbau benötigt wurden. Ein Teil des Ertrags blieb natürlich bei den Müllers & Co. Außerdem mußte ich gelegentlich in die Zuneigung wichtiger Leute investieren ...«

Baltasar sog wieder an seinem Strohhalm; der Kaffee war inzwischen kalt. »Ich schätze, daß einige der von Ihnen geförderten Projekte durchgeführt wurden, weil Sie nicht versäumt hatten, die zuständigen Beamten in bar zu überzeugen.«

Stücker grinste wieder. »Sie drücken das so fein aus, Matzbach; ich glaube, wir hätten gute Freunde werden können. – Egal. Leider war ich nicht immer so vorsichtig. Ein- oder zweimal habe ich als Strohmann einen Menschen genommen, der in den letzten dreißig Jahren seines Lebens ein Schläfer des KGB war. Wissen Sie, was ein Schläfer ist? Einer, der vielleicht einmal aktiviert wird, sozusagen auf Abruf, aber bis dahin völlig normal lebt und nicht auffällt. Dieser Mann hatte mir vor Jahren für einen Grundstückskauf im Zusammenhang mit der Ramersdorfer Autobahn seinen Namen geliehen. Jetzt ist er tot.«

Er seufzte und starrte ins Leere. Dann schüttelte er den Kopf und fuhr fort.

»Man ist nie vorsichtig genug. Mit seinem Tod wäre eigentlich alles erledigt, aber leider habe ich in ihm eine Art Zuneigung geweckt. Nun kommen ein paar blödsinnige Zufälle zusammen. Vor kurzem ist ein KGB-Mann in Washington abgesprungen und hat seinen neuen Gastgebern eine Namensliste überreicht. Ich stehe nicht darauf, aber der teure Verstorbene, der Schläfer. Dieser hat, wegen der erwähnten freundschaftlichen Gefühle und weil er sonst kaum Anhang hatte, mich in seinem Testament bedacht. Das Testament hat ausgerechnet Naumann aufgesetzt. Daher kannte er meinen Namen. Dann wurde ich gewarnt, wegen der Liste. Ich habe also beschlossen, langsam meine Zelte abzubrechen und alles in Sicherheit zu bringen. Nach all den Jahren habe ich natürlich keine Lust, in einem hiesigen Gefängnis zu enden. Ich ziehe bescheidenen Luxus vor.«

Er legte das andere Bein auf die Tischkante und starrte Matzbach an.

»Zweiter Zufall ist folgender. Naumann arbeitete mit einem bestimmten Makler zusammen. Ausgerechnet diesem Makler habe ich mein Haus in Oberdollendorf angeboten, ausgerechnet zu einem Zeitpunkt, als Naumann ein Objekt außerhalb der City suchte, weil er seine Altbauwohnung satt hatte. Eines Tages kam er mit dem Makler zu einer Besichtigung. Ich hätte meinen Rückzug komplett allein durchführen sollen, nicht über Makler, sondern über Anzeigen oder so. Leider hatte ich ja noch ein paar andere Sachen zu tun. Der dritte Zufall brachte die Sache endgültig ins Rollen. Der Bundesrechnungshof ermittelt wegen finanzieller Unsauberkeiten beim Ramersdorfer Autobahnbau. Mein Kontaktmann im Verkehrsministerium hat plötzlich Feuer unter dem Hintern bekommen und sich überlegt, ob er auf dem Weg einer Selbstanzeige mit folgendem freiwilligen Ausscheiden einem Verfahren wegen Bestechung im Amt mit Entlassung und anderen Folgen entgehen kann. Er hat sich ausgerechnet Naumann als Anwalt ausgesucht, um die Pros und Contras durchzusprechen. Dabei hat Naumann ihn davon überzeugt, daß, wenn überhaupt, nur rückhaltlose Offenlegung aller Einzelheiten ihm helfen kann. Also hat er Naumann meinen Namen genannt. Er hat mich zwar anschließend gewarnt, aber da war alles zu spät.«

Stücker seufzte abermals und nahm das Bein vom Tisch. Er stand auf, blickte auf die Uhr, legte die Hände auf den Rücken und begann im Zimmer auf und ab zu gehen.

»Vierter Zufall. Jemand hat Wind von der KGB-Liste bekommen und in einem unsäglichen Lokalblatt einen Bericht veröffentlicht mit dem Titel: ›Unbescholtener Bürger KGB-Agent?‹ Der Bericht enthielt nur Initialien und vage Andeutungen der Wohngegend des Verstorbenen. Naumann hat ihn gelesen und sich alles zusammengereimt. Dann hat er mich angerufen und mir am Telefon auf den Kopf zugesagt, daß ich a) besteche und b) mit dem KGB zusammenarbeite und welche Vorschläge ich hätte, um ihn von einer Anzeige abzuhalten.«

Baltasar blickte Stücker nachdenklich an. »Das erklärt Ihre plötzliche Hast und die verschiedenen Fehler, die sich aus der Eile ergaben.« Er schwieg einen Moment, setzte dann hinzu: »Aber wie kam die KGB-Geschichte in Pressezirkel?«

»Was bleibt in Bonn denn geheim? – Egal, jedenfalls mußte ich meinen Rückzug beschleunigen, meine, hm, Latifundien verkaufen, unter Preis und schnell, und zusehen, daß ich vor dem großen Gewitter verschwinde. Naumann wurde ungeduldig. Ungefähr eine Woche vor seinem, eh, Ableben habe ich ihn angerufen und ihm gesagt, wir könnten uns unauffällig in Köln, bei der Verbengesellschaft, treffen. Da war er, kurz bevor die Sache kritisch wurde, erstmals aufgetaucht. Das wäre natürlich blöder Zufall Nummer x. Ich hatte noch keine genauen Pläne. Der Zufall ergab es, daß es heiß war und alle ihre Jacken auszogen. Da habe ich beschlossen, etwas zu tun. Ich kannte mich ja in dem Haus aus und wußte, daß in einer bestimmten Schublade Wachskerzen lagen. Ich habe Abdrücke seiner Schlüssel gemacht und sie zu einem Schlosser gebracht, der ebenfalls zu meinen Freunden von der anderen Seite gehört. Sie haben bestimmt Verständnis dafür, daß ich den Namen nicht nenne.«

Er blieb stehen, lehnte sich an die Tischkante und lachte.

»Naumann war dumm. Ich hatte nicht vor, ihm etwas zu tun, wenn es nicht unbedingt sein mußte. Er wollte eine knappe Million. Ich habe versucht, ihn zu vertrösten. Ich wollte sehen, ob ich nicht alles über die Bühne bringen und verschwinden kann, bevor er ungeduldig wird.«

Er zuckte mit den Schultern.

»Das ging leider nicht. Ich wurde meine Häuschen und mein Geschäft nicht so schnell los, und nach all der Arbeit will ich natürlich nicht mit leeren Händen abhauen. Jedenfalls rief Naumann mich dienstags an und sagte, wenn er nicht bis Donnerstag früh Geld sähe, würde er reden. Dann habe ich mir mein Alibi verschafft, wie Sie wissen, und es war ein Vergnügen, und dann habe ich Naumann besucht. Ich nahm an, daß er wohl nicht so dumm wäre, in der Kanzlei Schriftsätze herumliegen zu lassen, die ihn indirekt belasten, wegen Erpressung und so, und daß er sie, wenn überhaupt, so spät wie möglich in der eigenen Wohnung anfertigt. Ich habe alles gefunden, es lag sauber in der obersten Schreibtischschublade, Original und Durchschläge. Ich brauchte nicht lange zu suchen. Danach hatte ich wieder Zeit, bis Sie mit Ihrer dicken Nase kamen. Dann mußte ich endgültig die Uhren vorstellen, um bei dem schönen Bild zu bleiben.«

Baltasar musterte sein Gegenüber. »Warum haben Sie nicht versucht, mich umzunieten?«

»Pfui, welch häßliches Wort. Also, dafür gab es zwei Gründe. Erstens war ich inzwischen mit dem Verkauf so ziemlich fertig, bis auf die Villa hier oben. Zweitens war mir klar, daß Sie nicht versuchen würden, mich zu erpressen, und daß Sie infolgedessen vermutlich Ihre Kenntnisse würden weitergegeben haben oder, zumindest, daß Sie irgendwo einen Briefumschlag hinterlegt hätten, mit der Aufschrift ›Bei meinem Ableben zu öffnen‹ oder so. Deshalb. Außerdem haben mir Ihre Konjunktive gefallen.«

Stücker blickte wieder auf die Uhr. »Ich muß gehen.« Er griff nach seinem schäbigen Mantel, setzte die Pelzmütze auf und war wieder der Rentner Bensemeier.

»Danke für die Warnung im Restaurant«, sagte er dabei. »Als Sie mit Eva reinkamen und die Kisten erwähnten, wußte ich, was die Uhr geschlagen hatte.«

Baltasar konnte es sich nun nicht verkneifen, seinerseits zu grinsen. »Das war Ihr letzter grober Fehler. Ich hatte nämlich immer noch nichts gegen Sie in der Hand und hätte auch noch nichts unternommen. Erst als Sie jählings aufgebrochen sind und dabei von Philippi geredet haben, Sie Caesareneleve, habe ich beschlossen, den lieben Kommissar über die Autonummer des Kistentransporters zu informieren. Sie hätten also noch Zeit gehabt.«

Stücker verzog das Gesicht. »Na ja, ist jetzt egal. Haben Sie mich also zweimal geblufft. Sehr gut.«

Baltasar nahm das Kompliment ungerührt hin. »Was ich nicht verstehe, ist, was Sie unbedingt noch in St. Peter-Ording zu tun hatten.«

Stücker holte Matzbachs Pistole aus seiner Manteltasche und legte sie auf den Schrank. Baltasar konnte sie zwar sehen, aber sie war für ihn unerreichbar weit weg.

»Habe ich Ihnen doch schon gesagt«, knurrte Stücker. »Lauren mußte weg. Das hätte natürlich ein Kollege erledigen können, aber ich dachte ja, es wäre eilig. Außerdem hatte Lauren für mich die Villa verkauft und das Geld in bar bei sich.« Er hob eine Aktenmappe hoch, die unauffällig neben dem Schrank gelehnt hatte.

»Ein kleines Taschengeld. Schließlich hatte der gute Stücker, den es nicht mehr gibt, als Bensemeier viele interessante Dinge gesammelt: Unterlagen, Papiere, Sie wissen schon. Nicht einmal Lauren wußte von dieser Wohnung hier. Das mußte jetzt alles verschwinden. Nun, das habe ich diesen Morgen erledigt, bevor Sie aufgetaucht sind. Es waren hübsche Papiere dabei, über vielerlei Projekte in dieser Republik.«

Matzbach ächzte. »Wollen Sie damit sagen ...«

Stücker grinste diabolisch; Bensemeiers Spitzbart zuckte. »Meinen Sie, ich sei der einzige gewesen? Wissen Sie, der Kapitalismus hat zwei Nachteile. Erstens, daß er den Sozialismus mit Technik, Geld und Getreide subventioniert. Und zweitens, daß er sich selbst so gekonnt untergräbt. Dem kann man leicht nachhelfen, und dazu braucht man nicht viel Aufwand. Mißverstehen Sie mich nicht. Ich habe nichts gegen den Westen. Hier habe ich sehr angenehm gelebt. Jetzt werde ich sehr angenehm weiterleben, denn die materiellen Mittel habe ich. Andere machen im gleichen Sinn weiter, und deshalb mußten die Papiere verschwinden. Wenn Sie von wahnsinnigen, teuren und schädlichen Projekten hören, denken Sie an mich und meine Freunde.«

Er öffnete die Tür und zog den Schlüssel ab, der bisher innen gesteckt hatte.

»Verlieren Sie nicht die Nerven«, sagte er. »In drei, vier Stunden bin ich in Sicherheit, dann werde ich den zuständigen Leuten mitteilen, wo man sie findet. Ich werde noch ein wenig westliche Schokolade kaufen, als Proviant für den armen alten Bensemeier, und dann geht es los.«

Er winkte mit dem Spazierstock und lächelte mitleidig. »Übrigens können Sie erzählen, was Sie wollen, es wird Ihnen doch keiner glauben. Die Uhr, mein Lieber, ist abgelaufen. Grämen Sie sich nicht.«

Er salutierte mit dem Spazierstock. Dann ging er hinaus und zog die Tür zu. Baltasar hörte, wie sich der Schlüssel im Schloß drehte. Langsam leiser werdend entfernten sich die Schritte des Mannes auf dem Gang. Dann war alles still.

V

Baltasar wartete einige Minuten, um sicher zu sein, daß Stücker nicht zurückkehrte. Dann stieß er einen heftigen Fluch aus. »Manche Leute«, knurrte er, »unterschätzen sowohl die Beweglichkeit als auch das Gewicht dicker Menschen.« Er begann, unter Einsatz aller noch einigermaßen beweglichen Muskeln, den Stuhl zu bewegen. Durch mächtiges Vorwölben des Bauchs erreichte er es Millimeter für

Millimeter, daß der Abstand zwischen dem Tisch und ihm sich vergrößerte. Dann versuchte er, den Stuhl zum Wanken zu bringen. Arme und Beine konnte er nicht bewegen, wohl aber die Füße, mit denen er sich vom Fußboden abdrückte, und den Kopf, dessen wildes Pendeln die Füße unterstützte.

Kurz hinter ihm stand ein Teewagen. Wenn er sich bei seinen letzten Blicken durchs Zimmer, ehe er gefesselt wurde, verschätzt haben sollte, würde sein Nacken die Rechnung begleichen müssen.

Nach und nach gelang es ihm, den Stuhl rückwärts zu verschieben. Dann begann er, mit aller Macht zu schaukeln.

Krachend stürzte das hölzerne Möbelstück unter dem Gewicht von zwei Zentnern Matzbach auf den Teewagen und zerbrach. Baltasar brüllte vor Schmerz, als die Wucht des Sturzes den Rücken traf, aber nach dem ersten Schock spürte er keine weiteren Schmerzen; er konnte sich teilweise bewegen. Durch Zerren und Krümmen erreichte er, daß die Schnur sich von der zersplitterten Stuhllehne löste. Seine Arme waren zwar noch zusammengebunden, aber er konnte sie immerhin um einige Zentimeter bewegen, hinter dem Rücken.

Er gönnte sich einige Minuten, um durchzuatmen und sich zu konzentrieren.

»Die tapferen Strampelbeinchen«, murmelte er mit zusammengebissenen Zähnen, »los!«

Nun, da er nicht mehr in sitzender Haltung gefesselt war, schaffte er es, wenn auch unter Aufbietung aller Kräfte, die Bauch-, Gesäß- und Beinmuskulatur einzusetzen. Die Stuhlbeine ächzten und brachen. Schwer atmend rollte er sich durch den Raum, bis er mit dem Bauch auf einem der abgesplitterten Holzteile lag. Ohne Rücksicht auf Hemd und Haut begann er, die Schnur über die Bruchstücke zu reiben.

Nach etwa einer Viertelstunde war er frei. Schwitzend, mit schmerzendem Rücken und einer leicht blutenden Wunde über dem Magen genoß er das Kribbeln in seinen Händen; dann suchte er das Becken in der Kochnische auf, um die kleine Wunde zu spülen. Kein Wasser. Offiziell war niemand im Haus, das Wasser mußte also abgestellt sein.

Er riß einen Fetzen aus dem Hemd, tupfte das Blut ab und zog einige Splitter aus der Hand. Dann warf er den Fetzen fort und griff nach seiner Jacke. »Allerletzte Runde«, knurrte er dabei.

Die Pistole auf dem Schrank war geladen; Stücker hatte sich sicher genug gefühlt, deshalb hatte er nicht weiter an die Waffe gedacht.

Matzbach musterte die stabile Holztür. Knurrend richtete er die Pistole auf das Schloß und feuerte viermal. Die Schüsse im geschlossenen Raum betäubten ihn beinahe. Mit singenden Ohren tat er den letzten Schritt. Er steckte die Waffe ein, packte die Klinke mit beiden Händen, stemmte ein Bein gegen die Wand und riß die Tür auf. Dann rannte er durch die Gänge, nahm die Treppen im Laufschritt, schoß, wie ein Pfropfen aus der Flasche, aus dem Eingang und rannte dorthin, wo er den zivilen Polizeiwagen gesehen hatte. Die Männer saßen noch immer unauffällig hinter ihren Zeitungen. Er klopfte an die Scheibe.

»Ja?« Der im Fahrersitz kurbelte das Fenster herunter.

»Matzbach«, sagte Baltasar schwer atmend, »rufen Sie in der Zentrale an, dort wird man Ihnen sagen, was der Name bedeutet.«

Er unterdrückte das Pfeifen seiner Lunge, holte tief Luft und sprach hoheitsvoll: »Sie sollten sich den Namen ohnehin merken. Übrigens läuft Stücker hier, verkleidet als der Rentner Bensemeier, durch die Gegend.«

Die Männer blickten einander an. Der Beifahrer zog ein Sprechfunkgerät unter dem Sitz hervor.

»Na schön«, sagte er. »Da Sie den Namen Stücker kennen, wollen wir das mal weitergeben. Halt, wo wollen Sie hin?«

Aber Baltasar lief bereits weiter. Er erinnerte sich plötzlich an Eigentümlichkeiten der Detailkarte, die er vor Stunden gemustert hatte.

Vor dem vereinbarten Café stand sein Wagen. Er entdeckte Hoff und Goldberg samt Rabe an einem Tisch in Fensternähe und winkte ihnen heftig zu. Sie hatten vorsichtshalber gleich bei der Bestellung bezahlt und stürzten ins Freie.

»Was ist los? Mann, wie siehst du denn aus?«

Baltasar bemerkte erst jetzt, daß seine Jacke offen war. Er wischte die Frage ungeduldig beiseite. »Habt ihr in den letzten Minuten einen alten Mann mit Pelzmütze gesehen?«

Hoff stutzte. »Ja. Der ist eben da drüben in den kleinen Laden gegangen. Warum?«

Baltasar blickte in die angegebene Richtung. In diesem Moment verließ Stücker das Geschäft und schaute zu ihnen herüber.

Baltasar zischte nur »Deckung!« und stieß Hoff, der neben ihm stand, zu Boden. Hoff versuchte, sich an Goldberg festzuhalten und riß diesen dabei ebenfalls um. Matzbach sprang mit einem Satz hinter seinen Wagen. Stücker schoß zweimal, ließ die Einkaufstüte fallen, die er zusammen mit dem Stock in der linken Hand getragen hatte, und rannte um die Ecke.

»Auf, ihr Männer!« Baltasar riß die Wagentür auf. Dabei knurrte er Hoff an: »Hast du schon wieder nicht abgeschlossen?«

Hoff kletterte auf den Beifahrersitz, Goldberg sprang in den Fond.

»Was ist denn los? Wer ist der Alte?«

Baltasar suchte nach den Schlüsseln in Hoffs Tasche, da Henry nicht daran dachte, sie herauszuholen. Fluchend startete er den Wagen.

»Stücker«, sagte er.

Sie fuhren um die Ecke, hinter der Stücker verschwunden war. Dort lag ein kleiner Parkplatz, und dann begann der Strand. Ein Jeep schoß mit hohem Tempo auf sie zu. Baltasar überflog blitzschnell die Straße mit den Augen. Links standen einige Betonpfosten, um die Zufahrt zum dahinterliegenden Teil des Strandes zu versperren, rechts war die Wand des Gebäudes, in dem sich der Laden befand.

»Festhalten!« schrie er, während er kurbelte und den Wagen querstellte. Der Jeep drehte mit quietschenden Reifen ab und jagte über einige kleinere Stufen auf den Strand hinaus, der jenseits des Parkplatzes nicht durch Betonklötze abgesperrt war. Dort begann der Wagen zu schlingern und zu rutschen, bis es Stücker gelang, ihn zu stabilisieren. Dann jagte er nach Norden.

Hoff, blaß um die Nase, schnallte sich an. »Willst du etwa hinterher?«

Baltasar antwortete nicht, sondern riß die Karte aus dem Handschuhfach. Er warf einige Blicke auf die Ecken, die ihm im Moment wichtig erschienen. »Festhalten, Jungs, es geht rund!«

Damit wendete er den Wagen und brauste los. Nach ein paar Metern fragte er nebenher: »Wie wars bei der Polizei?«

Goldberg auf der Rückbank grinste. »Ziegler läßt telefonisch grüßen. Er bringt dich um, wenn er dich kriegt. Du sollst um Himmels willen auf der Polizeiwache bleiben, am besten in einer Zelle-elle-elle ...«, der Wagen hüpfte über einige Bodenunebenheiten, die für das vorgelegte Tempo nicht gedacht waren, »... und den Kopf einziehen. Es sind ein paar Spezialisten unterwegs, mit Helikopter und so.«

Baltasar steuerte schräg und mit Beschleunigung über eine Eisfläche, fing den Wagen kurz vor einem Baum wieder ab und schrie: »Flugplatz! Natürlich, ich Idiot!«

Hoff klammerte sich an den Haltegriff seiner Tür. »Zugegeben, Idiot«, sagte er schwach, »aber wieso Flugplatz?«

Im Telegrammstil informierte Baltasar sie, daß Stücker in Verkleidung und mit Jeep wohl irgendwohin fahren wollte, daß er von Schlupflöchern geredet hatte und von drei bis vier Stunden, bis er in Sicherheit sein würde.

»Mit Jeep, vielleicht mit Spikes, schafft er das. Die Polizei hat die Straßen gesperrt, die in den Ort führen. Er kommt also über die Straßen nicht raus. Wahrscheinlich wollte er sich auf seine Verkleidung verlassen, aber jetzt weiß er, daß er erkannt ist. Auf den Gedanken, bei dem Wetter und Eis über den Strand zu donnern, ist er vielleicht schon vorher gekommen, als Notlösung. Jetzt ist es seine einzige Chance. Wahrscheinlich wartet auf dem Flugplatz südlich von hier einer mit einer startbereiten Maschine, um ihn mitzunehmen.«

Er zog den Wagen halsbrecherisch um eine Kurve.

»Also Strand und irgendwo östlich wieder auf einen Feldweg – er kennt ja die Gegend. Dann ist er um die Posten herum und kann zum Flugplatz. Von hier ist er schnell über der Nordsee, über Dänemark oder über der DDR.«

Goldberg hielt den Raben fest, dem die Fahrt Freude machte und der wie ein wilder Esel krächzte.

»Vielleicht solltest du uns in Ruhe erzählen, was los ist«, sagte Hoff. »Was ist mit deinem Hemd?«

Baltasar gab keine Antwort. Der Karte nach mußte er nun bald einen Zubringer zum Strand erreichen, der für Autos passierbar war.

»Da«, schrie er, »links. Geht in Deckung!«

Die Zufahrt war gesperrt. Ein kleiner Holz- oder Plastikbock mit einem Schild »Zufahrt gesperrt! Glatteis!« stand mitten auf der Straße. Der Bock flog über den rechten vorderen Kotflügel.

»Plastik!« Baltasar spuckte das Wort aus.

Die Straße überquerte den Deich; sie war stark vereist.

»Ich möchte jetzt nicht in einem Wagen mit Heckantrieb sitzen«, zischte Matzbach.

Mühsam schafften sie es bis zur Deichkrone. Danach ging die Straße scharf nach rechts, abwärts, beschrieb dann wieder einen Bogen nach links und führte zwischen gespenstischen, vereisten Schilffeldern ins Watt, beziehungsweise auf den kilometerbreiten Strand.

Der Wagen rutschte von der schräg nach unten führenden Straße, drohte zu kippen, stellte sich wieder aufrecht und landete auf einem Eisfeld in der Kurve. Fluchend und kurbelnd brachte Matzbach ihn wieder auf die Straße zurück und steuerte ihn strandwärts.

Hoff blickte nach vorn. »Schönes Wetter. Eis, und da vorn dazu noch ein bißchen Nebel.«

Goldberg lachte gequält. »Ich war schon mal hier in der Nähe an der Küste. Das sieht nach einem netten kleinen Seenebel aus.«

Die »Straße« war ein planierter, fast völlig vereister Weg. Nach einigen hundert Metern vorsichtigen Manövrierens zwischen den unübersehbaren Schilffeldern erreichte Matzbach den sommers als Parkplatz vorgesehenen Freiraum zwischen Deich und Strand, Ried und Prielen. Er entdeckte eine weniger vereiste Stelle, steuerte sie an und bremste sanft.

Hoff blickte ihn stirnrunzelnd an. »Was willst du hier?«

Matzbach schlug die Detailkarte auf.

»Hier sind wir«, sagte er. Er deutete mit dem Finger auf eine schraffierte Fläche, neben der ein P zu sehen war. Auf der Karte führte nach rechts, ostwärts, eine gestrichelte Linie vom Parkplatz weg.

»Stücker muß mit seinem Jeep vorsichtig fahren, denn es ist sehr glatt; man scheint hier oben nicht zu streuen.«

»Ist ja genug Sand da, denken die wahrscheinlich«, kommentierte Hoff mit einer Handbewegung zum endlosen Wattenmeer.

»Also braucht er länger als wir. Er wird, denke ich, gleich da vorn links ins Bild kommen. Er muß die Anlagen des Sportclubs umfahren« – er deutete auf die Karte – »und müßte dann da vorn bei diesen komischen Pfahlbauten auftauchen.«

Weit vor ihnen waren undeutlich abstrakte Gebilde zu sehen.

»Dann hat er nur noch eine Möglichkeit. Er muß zum Flughafen; anders kommt er hier nicht weg. Der Flughafen liegt im Süden; alle Zufahrtsstraßen sind von der Polizei abgesperrt. Es gibt aber diese kleine, gestrichelte Linie hier.«

Er wies wieder auf die Karte. Laut Legende handelte es sich bei diesen – und anderen derartigen – Stricheleien um »nicht befestigte Wege, nur mit geländegängigen Fahrzeugen zu passieren.« Der Weg hielt einen Abstand von etwa fünfhundert Metern zum Deich und schwenkte nach einigen Kilometern nach Süden, folgte der Küstenlinie in eine kleine Bucht hinein und traf in der Nähe eines Gehöfts auf eine Nebenstraße.

»Hier kann er raus. Die Kontrollen sind näher am Ort; da unten erwartet ihn keiner.« Matzbach klopfte auf die Karte, etwa dort, wo der Flugplatz eingezeichnet war.

»Hier kann er hintenrum, über Feldwege, den Flugplatz erreichen. Angenommen, da steht eine Maschine mit laufenden Propellern und einem startbereiten Genossen am Steuerknüppel, eh? Stücker braucht sich gar nicht beim

Tower zu melden, und alle kleinen Feldwege können unsere grünen Freunde bestimmt nicht kontrollieren. Man hat es ja eilig. Stücker kann wahrscheinlich ungesehen zu der hypothetischen Maschine kommen, und die Gentlemen werden ohne Starterlaubnis starten.«

Er starrte auf die Karte. Weiter vorn gab es noch einen Strichelweg, der auf den anderen stieß. Dann nur noch Wattenmeer und Priele, die so uneben und so stark vereist waren, daß selbst ein Jeep sie nicht würde passieren können.

»Hier auf dem Parkplatz«, sagte Hoff, »kann er uns ausmanövrieren. Außerdem könnte er den kleinen Weg da vorn nehmen. Willst du ihn mit Gewalt stoppen?«

Matzbach grübelte. Schließlich sagte er: »Also müssen wir so weit vorfahren, daß er nicht mehr zu einem dieser Pfade gelangt. Auf, Freunde, wir sperren das Wattenmeer. Pah.«

»Hoff spähte nach vorn. »Da«, sagte er, wobei er auf einen Punkt deutete, weit vorn und ein wenig nach links versetzt. »Da kommt er.«

Matzbach beschleunigte, soweit das auf dem Eis möglich war. Schlitternd und hoppelnd bewegte der Wagen sich vorwärts. Sie überquerten die unregelmäßig vereiste Fläche des Strandparkplatzes. Rechts begann eine Reihe von Pfosten, gleichzeitig Markierung und Begrenzung, die anzeigten, wo der Weg zu den auf der Karte eingezeichneten, undeutlich sichtbaren Pfahlbauten im Watt verlief. Links neben dem Weg, der zwar nicht hoch, aber immerhin ein wenig aufgeschüttet war, schien bei anderem Wetter und Flut ein Priel zu sein; dort türmten sich Schollen, in mehreren Ebenen, teils übereinander und mit Höhenunterschieden von bis zu einem Meter.

»Erfreulicher Anblick«, knurrte Matzbach. »Da kommt auch kein Jeep durch.«

Das Eis knirschte unter ihnen. Immer wieder setzte der Wagen vorn und hinten auf. Sie hielten sich neben der Pfostenkette, wenn auch schlingernd.

»Au«, brüllte Hoff, als er wieder an die Decke geschleudert wurde, »die Hydraulik. Und der Auspuff. Oh! Au!«

Schräg links vor ihnen war Stückers Jeep zu sehen. Er hielt sich am Rand des landeinwärts kriechenden Nebels, der die nun sichtbaren Pfahlbauten erreicht hatte. Jenseits der merkwürdigen Konstruktionen verlor sich die Kette der Pfosten im Nebel.

Der Wagen rutschte gefährlich weit nach rechts. Kurz vor der Kollision mit einem der Markierungspfosten gelang es Baltasar, ihn zu fangen. Er gab etwas mehr Gas und spürte, wie die Lenkung wieder packte. Der Jeep hielt deutlich auf das Ende des Weges, nahe bei den Pfahlbauten, zu.

»Da kommt er nicht durch«, sagte Goldberg auf dem Rücksitz. Er hatte den Raben losgelassen und beugte sich vor. Poe turnte krächzend durch die Kabine.

Der Jeep kam ihnen entgegen. Baltasar bemühte sich, den Wagen genau in der Mitte zwischen Pfosten und Eispriel zu halten, um keinen Raum für einen entgegenkommenden Wagen zu lassen.

Sie hatten die hohen Pfahlbauten fast erreicht. Der von der Nordsee kommende Nebel verschluckte das erste dieser Gebäude.

Stücker hielt genau auf sie zu. Es gab für ihn eine winzige Möglichkeit. Kurz vor der ebenen Fläche, aus der die Pfahlbauten aufragten, erweiterte sich der Weg zu einer für mehrere Wagen ausreichenden Park- und Wendestrecke. Dort würde Stücker an ihnen vorbeimanövrieren können. Vielleicht.

Baltasar schnalzte mit der Zunge. »Seine einzige Chance.«

Weiter rechts, jenseits der Pfostenkette, war der vereiste

Boden viel zu uneben, fast wie auf der linken Seite, im Eispriel.

»Nun wird es windig. Achtung, Freunde! Die Fährnisse«, setzte er hinzu, »überschreiten alsbald das dem Himmel genehme Maß der leichten Unterhaltung.«

Der Jeep beschleunigte. Matzbach gab Gas, um überhaupt Kontrolle über den Wagen behalten zu können. Es wäre völlig unmöglich gewesen, auf dem vereisten Boden zu bremsen. Beide Wagen rasten schlingernd auf die breite Stelle am Ende des Wegs zu. Stücker schien versuchen zu wollen, hart am Rand des Eispriels zu bleiben. Er wollte Matzbachs Wagen offenbar auf der linken Seite passieren.

Baltasar zog ebenfalls weiter nach links hinüber. Der Wagen gehorchte kaum noch, aber sie erreichten das Ende des Wegs als erste. Vor ihnen ragten die Pfahlbauten empor, vom Nebel beleckt und zum Teil schon verschlungen. Bierreklame zierte eine der Bauten: ein hochtrabendes Strandlokal.

Dann befanden sich die beiden Wagen auf einer spiegelglatten Eisfläche nebeneinander und waren nicht mehr zu kontrollieren. Mit einem fürchterlichen Knall prallten Jeep und Pallas längsseits gegeneinander. Baltasar sah für einen Moment dicht neben sich Stückers aufgerissene Augen.

Der Rabe grölte.

Geisterhaft und mit immer noch hohem Tempo trudelte der Jeep auf einen der massiven Tragpfähle des Restaurants im Watt zu, legte sich elegant auf die Seite; dann krachte er mit dem Heck gegen den Pfahl, wurde herumgerissen, krachte mit der Schnauze gegen einen zweiten der hohen und dicken Tragpfosten, überschlug sich, rutschte in eine ausgespülte Vertiefung unterhalb des Restaurants, knallte gegen eine Betonverankerung und blieb liegen.

Hoff, Goldberg und Matzbach nahmen all dies nur aus

den Augenwinkeln wahr, nebelhaft und unwirklich. Baltasar kurbelte wie wahnsinnig und trat das Gaspedal voll durch. Einen Moment lang hatte er die Illusion, er könnte den Wagen noch einmal unter Kontrolle bekommen. Die Lenkung bot Widerstand, die Vorderräder schienen zu greifen. Dann sah er einen der Hauptpfähle des zweiten Hochbaus auf sich zuschießen und schloß entsagungsvoll die Augen.

»Schnöde Welt«, murmelte er. Der Wagen prallte mit dem linken vorderen Kotflügel gegen das massive Holz, tanzte auf dem Eis einen Dreiviertelkreis, blieb an einem anderen Pfahl hängen, rutschte über einen Pfosten hinweg, der nur etwa einen halben Meter hoch war und an dem vermutlich zu anderen Jahreszeiten Boote festgezurrt wurden. Der Pfosten riß den Boden des Wagens auf und brach dabei ab. Der Motor setzte endgültig aus. Mit dem restlichen Schwung schob der Wagen die Schnauze unter eine Querstrebe zwischen zwei Pfählen des mehrfach heimgesuchten Gebäudes.

Stille. Matzbach öffnete die Augen und ließ das Lenkrad los. Neben ihm atmete Hoff seufzend durch.

»Es ist«, sagte Baltasar leise, »noch ein wenig Leben in den Gebeinen.«

Er wandte sich um. Poe hüpfte auf seine Schulter und keckerte. Andreas Goldberg saß bleich auf der Beifahrerseite, in die Türecke gedrückt, überschüttet von Splittern der Heckscheibe, und hielt sich den rechten Arm, der unnatürlich abgewinkelt war.

»Gebrochen«, sagte er und verdrehte die Augen. Dann ließ er den Kopf auf die Brust sinken und stöhnte.

Hoff löste seinen Gurt und blickte Baltasar an. »Wie hast du das ohne Gurt überstanden?« fragte er irgendwie mißbilligend.

Matzbach hob die Schultern. »Ich weiß nicht. Wenns

frontal geknallt hätte, wäre ich wahrscheinlich inzwischen ein Teufelchen.«

Er versuchte die Tür zu öffnen, aber sie war durch die Karambolagen zu stark eingedrückt. Hoff lehnte sich gegen die Tür an seiner Seite; sie ließ sich langsam bewegen. Er krabbelte ins Freie; Baltasar kletterte hinterher.

Die hintere Tür war zu öffnen. Vorsichtig halfen sie Andreas aus dem Wagen und klopften die Splitter aus seinem Haar und seinen Kleidern. Dann hievten sie ihn auf den Vordersitz. Wie durch ein Wunder war die Windschutzscheibe heilgeblieben.

»Wir werden versuchen, dich hier möglichst ohne Stoßen wegzukriegen«, sagte Baltasar.

Andreas versuchte ein Lächeln. »Es geht schon«, sagte er leise; »ich darf nur nicht lachen.«

Baltasar streichelte ihm den Kopf. »So ist es richtig, mein braver Grenadier.«

Er wandte sich zu Hoff um, der in eine andere Richtung starrte. »Was macht der Jeep?«

Henry zuckte mit den Schultern. »Gut in Watte verpackt, möcht ich meinen.«

Inzwischen konnte man keine zehn Meter mehr blicken. Baltasar zog die Pistole aus der Jacke, holte das Magazin heraus, nahm ein neues aus dem Handschuhfach und schob es in die Waffe.

»Mal sehen«, sagte er.

Hoff riß die Augen auf. »Du glaubst doch nicht, daß er da heil rausgekommen ist.«

»Genausowenig wie wir.« Matzbach wandte sich an Andreas. »Sicher ist sicher. Wir sehen mal nach. Bleib du inzwischen ruhig sitzen. Wenns knallt, zieh den Knopf ein.«

Andreas nickte vorsichtig.

Baltasar und Henry gingen langsam dorthin, wo sie hinter dem Nebel Stücker und seinen Wagen vermuteten. Poe landete auf Baltasars Schulter.

»Na«, sagte Matzbach, »immer da hin, wo *action* ist, wie?«

Die Szene war gespenstisch. Das ferne, unsichtbare Meer lieferte ein gedämpftes Hintergrundrauschen. Alle anderen Laute erstickte der Nebel. Er hing über allem wie ein wattiertes Deckbett. Die Männer hörten ihre eigenen Schritte kaum, auch nicht das Knirschen des Eises, wenn sie ins Schlittern gerieten. Baltasar stolperte über einen schmutzigen, heißen Gegenstand, der eine Vertiefung ins Eis geschmolzen hatte. Fluchend stand er wieder auf. Seine eigene Stimme klang wie aus weiter Entfernung. »Der Auspuff«, verkündete er. Henry zuckte zusammen, als unmittelbar über ihm eine Möwe einen Klagelaut ausstieß.

Vor ihnen sickerten die Umrisse des Restaurants aus dem Nebel. Nach einigen weiteren Schritten sahen sie den Jeep; er lag auf dem Überrollbügel, das Dach war abgerissen, zwei der Räder drehten sich träge wie Gebetsmühlen.

Plötzlich bewegte sich hinter dem Wagen etwas. Henry gab Matzbach einen Stoß und ließ sich fallen. Baltasar stürzte hinter einer Eiswelle zu Boden. Gleichzeitig hörten sie, gedämpft, einen Schuß, dann einen zweiten. Die Kugeln pfiffen durch die wattierte Luft. Zuckend stürzte eine tödlich getroffene Möwe aus dem undurchsichtigen Himmel in Henrys Nacken.

Baltasar und Henry blieben liegen und starrten zum Jeep hinüber. Die Sekunden verstrichen, dann bewegte sich wieder etwas, nicht genau auszumachen. Der Nebel wurde noch dichter.

Baltasar rutschte zur nächsten Eiswelle. Plötzlich sprang Stücker hinter dem Jeep hervor und rannte nach links, auf einen der Pfähle zu. Er trug etwas in der linken Hand. Baltasar zielte und schoß. Stücker stieß einen Schrei aus, knickte ein, blieb wie ein Fragezeichen stehen, drehte sich um und schoß zurück. Die Kugel ging über Baltasars Scheitel hinweg und blieb mit dumpfem Plopp in einem im Nebel unsichtbaren Pfahl stecken. Poe hüpfte auf den breiten Rücken des Dicken und klapperte mit dem Schnabel.

Baltasar schoß ein zweites Mal, gezielt, ohne sich von dem Raben ablenken zu lassen. Stücker schrie auf, ließ die Waffe fallen und das, was er in der anderen Hand hatte, und hielt sich die Rechte. Baltasar stand auf und näherte sich ihm ein, zwei Schritte.

»Geben Sie auf, Mann«, rief er. »Sie haben doch keine Chance mehr.«

Stücker ließ die verwundete Hand los und verlagerte sein Gewicht auf das rechte Bein. Das linke Hosenbein war blutgetränkt.

»Kein Gefängnis, Matzbach«, sagte er halblaut, fast bittend. Dann bückte er sich und griff mit der linken Hand nach dem Revolver, der zu seinen Füßen auf dem Eis lag.

In diesem Moment startete Poe. Andreas behauptete hinterher, es müsse die Attraktion des Blutes gewesen sein, und Baltasar erinnerte sich Poes erster Attacke auf ihn, als er vor Wochen Großvater Goldbergs Haus betreten hatte.

Stücker richtete sich auf, als er den schwarzen Ball auf sich zukommen sah. Mit einem qualvollen Aufschrei ließ er die Waffe fallen und griff sich an den Kopf. Er erwischte Poe, riß ihn von seinem Gesicht und blieb einen Moment unbeweglich stehen.

Baltasar machte noch ein paar Schritte. Stücker starrte ihm entgegen. Die rechte Hand hing kraftlos herab, in der linken hielt er den zeternden Raben, der plötzlich verstummte, weil Stückers Finger sich verkrampften und ihm das Genick brachen. Dann ließ der Mann den Vogel fallen.

Baltasar hob seine Waffe, ließ sie aber wieder sinken. Er sah, wie Stücker die Zähne fletschte und mit der linken

Hand in sein Gesicht faßte. Er tastete nach seinem linken Auge, aber dort klaffte nur die gräßliche Wunde, die Poes Schnabel hinterlassen hatte. Er öffnete den Mund, aber es kam nur ein Stöhnen heraus. Dann drehte er sich um und torkelte in den Nebel hinein.

Baltasar brachte es nicht fertig, die Waffe noch einmal zu heben. Langsam ging er dorthin, wo der Rabe lag, und hob ihn auf. »Kein Heldengrab«, sagte er leise, »aber ein Ehrenfeuer.«

Henry klopfte ihm wortlos auf die Schulter und bückte sich nach Stückers Revolver. Er war blutverschmiert.

»Wo hast du ihn getroffen?« fragte er.

Baltasar schwieg und starrte in den Nebel. »Rechte Hand«, sagte er schließlich heiser, »und linkes Bein. Und Poe das linke Auge.« Er hob den toten Vogel hoch.

Henry blickte auf das Tier und sagte nur: »Aha.«

Baltasar steckte Poe in seine Jackentasche. Leise summend, wie man summt, wenn man im Keller ist oder sich auf eine Melodie konzentriert, um ein Entsetzen zu überwinden, ging er ein paar Schritte, bückte sich, nahm die Mappe auf, die Stücker getragen und verloren hatte, begab sich zum Jeep, blickte in das zertrümmerte Vehikel und wandte sich wieder Henry zu.

»Wenn du«, sagte er leise, »nichts verrätst, verrate ich dir was. Wenn es denn schon sein mußte, hätte ich richtig treffen sollen, um ihm etwas zu ersparen. Ein guter Pistolero wird nie aus mir.«

Henry boxte ihm in den Bauch. »Dafür hast du andere Eigenschaften.«

Baltasar hob die Brauen. »Schluß mit den Sentiments. Zurück zu Andreas.« Er drehte sich um.

»Was ist in der Mappe?« fragte Henry, während sie durch den Nebel stapften.

»Papierchen. Einige beschrieben, die dürften Ziegler &

Co. interessieren, andere bunt bedruckt, die mich mehr interessieren. Jetzt jedenfalls.«

Andreas saß blaß auf dem Beifahrersitz, die rechte Hand zwischen zwei Knöpfe seines Mantels geschoben.

»Habt ihr«, fragte er trotzig, wenn auch mühsam, »da hinten einen Western synchronisiert, oder was? Dieses Geballere.«

Sie bastelten mit Binden aus der Autoapotheke einen Notverband und eine Behelfsschlinge, in die er den Arm betten konnte, während sie ihm Bericht erstatteten.

Schließlich bat Baltasar ihn um die Erlaubnis für eine kleine Amtshandlung. Mit einiger Gewalt öffnete er den Kofferraum und holte den Benzinkanister heraus. Dann ging er ein paar Schritte vom Wagen fort, legte Poes Überreste aufs Eis, begoß sie mit Benzin, suchte nach Streichhölzern und riß eines an, das er in die Lache warf.

Stumm betrachteten sie das Feuerwerk; als alles verbrannt war, zerstreuten sie die wenige Asche.

Baltasar ging um seinen zertrümmerten Wagen herum und schnaubte. »Na ja«, sagte er, »hast dich tapfer geschlagen. Und ich brauchte sowieso einen neuen.«

Dann wandte er sich Andreas zu. »Die Frage ist jetzt, wie kriegen wir dich zum nächsten Krankenhaus.«

»Ich kann laufen.«

Henry zeigte ihm einen Vogel. »Bis zum Deich sinds ein paar Kilometer, schätzungsweise. Und leckeres Eis. Was haben wir davon, wenn du da noch ein paarmal ausrutschst?«

Er tat einige Schritte vom Wagen weg. »Ich glaube, ich werde vorsichtig, um nicht im Nebel hängenzubleiben, an den Pfosten entlangwandern und zusehen, daß ich Hilfe hole. Ich kann ja auch mal was tun. Du brichst dir den Arm, Baltasar ballert, ich wandere.«

Er brauchte allerdings nicht weit zu gehen. Bald kam ihm ein vorsichtig gesteuerter Polizeiwagen entgegen. Man hatte aus dem umgefahrenen Sperrbock und aus Berichten von Anwohnern über ein in Richtung Watt jaulendes Auto Schlüsse gezogen.

Am Flugplatz war ein Mann verhaftet worden, über dessen Identität nichts zu erfahren war. Auch Ziegler sagte nichts, später. Dafür berichtete er, daß man Stückers Leiche gefunden hatte, als der Nebel die Suche nicht länger behinderte.

»Er ist Richtung Meer gegangen«, sagte er. Man saß in Arianes Wohnung, bei Kaffee und Cognac. Anwesend neben Ziegler und Ariane sowie, natürlich, Matzbach waren Henry, Andreas und Sarah.

»Er ist aber nur bis zum letzten Pfahlbau gekommen, vielleicht zweihundert Meter, weiter nicht. Ich nehme an, das verletzte Bein, die Schmerzen und vor allem die Wut und Enttäuschung haben ihm den Kopf vernebelt. Er muß ausgerutscht oder gestolpert sein. Der Boden ist da sehr uneben, und natürlich vereist. Er ist in die vom Meer ausgespülte Vertiefung unter dem letzten Pfahlbau gerutscht und hat sich den Kopf an einem Pfosten aufgeschlagen. Hier, die rechte Schläfe.« Er machte eine Bewegung mit der Hand. »Abgeschürft, bis in die Haare. Ein bißchen Haut und einige Haare fanden sich in etwa eineinhalb Metern Höhe an dem Pfosten. Laut Obduktion hat er dabei eine Gehirnerschütterung erlitten und wahrscheinlich das Bewußtsein verloren.«

Baltasar kniff die Augen zusammen. »Und woran ist er gestorben?«

Ziegler musterte ihn aufmerksam. »Schwäche durch Blutverlust«, sagte er langsam; »und vor allem ist er erfroren. Es hat ja fast einen Tag gedauert, bis er gefunden wurde. Warum fragen Sie?«

Baltasar lächelte. Es sah nicht sehr echt aus. »Ich wollte nur wissen, inwieweit ich direkt Schuld trage. Es ist zwar in vielen Gegenden üblich, daß man erst dann ein vollgültiges Mitglied des örtlichen Senats werden kann, wenn man einen Baum gepflanzt, einen Sohn gezeugt und einen Feind erschlagen hat. Da ich aber weder am Senat interessiert bin noch Pflanzungen und Zeugungen vorzunehmen gedenke, bedrückte mich der Gedanke an eine Erschlagung.«

Ziegler hob die Brauen. »Aus Ihrem Seelenleben soll jemand schlau werden! Im übrigen bleibt da die Frage Ihrer indirekten Beteiligung. Aber das wollen wir nicht diskutieren. Es würde mich«, sagte er gedehnt, »etwas anderes interessieren. Und zwar die Mappe, die Sie meinen Kollegen ausgehändigt haben und die so dünn war. Die paar Blätter darin waren zwar ganz interessant, aber die hätte man auch falten und in die Jackentasche stecken können. War da nicht vielleicht sonst noch was in der Mappe?«

Henry und Andreas verschluckten sich an ihren jeweiligen Getränken und begannen zu husten.

Matzbach blickte völlig unschuldig drein. »Was soll denn in der Mappe gewesen sein?«

Ziegler starrte ihm in die Augen, doch hielt Baltasar dem Blick stand, ohne mit einer Wimper zu zucken.

»Geld«, sagte Ziegler. Er zwinkerte. »Sauberes Geld, das er für seine Villa bekommen hat. Es ist nicht falsch und nicht illegal, wenn man von seinen diversen Bestechungen absieht, die irgendwann einmal die Basis für das Vermögen geliefert haben. Es wäre der Staatskasse willkommen gewesen.«

Nach einer Pause erhob er sich.

»Na ja, da kann man nichts machen, nicht wahr, Matzbach? Ich werde Sie jetzt alle verlassen.«

Ariane erhob sich ebenfalls, und auch Baltasar stand auf. »Sagen Sie, Ziegler, Sie haben mich noch gar nicht wegen abenteuerlicher Einzelgänge ohne behördliche Genehmigung beschimpft.«

Ziegler räusperte sich. »Ich gehe davon aus, daß nach Lage der Dinge dank der Maskierung des Herrn Bensemeier, befahrbaren Wegen auf der Meerseite des Deichs und Präsenz eines Flugzeugs Stücker wohl ohne Sie entkommen wäre. Deshalb verzichtete ich darauf, wegen der Mappe weitergehende Untersuchungen anzustellen. Gehaben Sie sich wohl.«

Als er gegangen war, wedelte Andreas sanft mit seinem Gipsarm. »Also, Dicker, was ist mit der Mappe?«

Gleichzeitig fragte Ariane: »Also, Baltasar, was war das für ein geometrischer Bluff, auf den Stücker reingefallen ist?«

Sie bezog sich auf die längeren Erörterungen, die bei Kaffee und Cognac stattgefunden hatten, und auf die Berichte.

»Die Mappe«, sagte Baltasar, indem er sich wieder setzte und unter seinem Sessel eine Leinentasche hervorzog, »enthielt, was dieses Täschchen nunmehro birgt. Zwischenzeitlich barg ich es auch an meinem Busen.«

Er zog den Reißverschluß auf und entleerte die Tasche durch Umdrehen. Bündel von Banknoten purzelten auf den Tisch.

Als die Ahs und Ohs beendet waren, sagte er: »Ich habe sie gezählet, o Freunde, und es sind sehr viele. Und wie wir soeben gehört haben, ist es sauberes Geld. Ich finde, durch unseren tapferen Einsatz haben wir es verdient. Hat einer von euch beiden Kanaillen Hemmungen, sein Drittel anzunehmen? Für jeden ist es leicht eine sechsstellige Summe.«

Andreas schüttelte den Kopf. Henry kicherte plötzlich. »Ich«, sagte er feierlich, »bin arbeitslos. Da mir niemand *eine* Stelle geben will, sehe ich nicht ein, daß ich etwas mit sechs Stellen ablehnen soll.«

Matzbach schob die Bündel zur Seite. »Später wird gezählt und dividiert. Es ist immerhin ein Fortschritt, daß bei meinen Detektivspielen mal etwas Zählbares herauskommt.«

Dann berichtete er über die Symbole im Werk eines argentinischen Autors.

»Interessant dabei ist, daß sich um diese Symbole die verschiedenen Ebenen der Erzählungen aufbauen, aber das nur am Rande. Leben, Kraft, Vollendung und so sind bei Borges immer mit starken Farben, wie Rot, und stabilen Formen umgeben, Quadrate, Kugeln und derlei. Tod und Hinfälligkeit et cetera dagegen mit schwachen Farben, wie Grau, und mit Formen, die nach Auflösung streben. Vor allem«, sagte er bedeutsam, »mit Rhomben. Das sind diese unregelmäßigen Vierecke, die so aussehen, als wollten sie jeden Moment zusammenklappen und zu einer einzigen schlappen Linie werden.«

Während die anderen ihm noch immer verständnislos lauschten und nicht wußten, worauf das alles hinauslaufen sollte, griff er zu Papier und Füller und begann, Männchen zu malen.

»Nun denn«, sagte er munter. »Diese Kartoffeldame hat mir davon erzählt, und das ließ mich nicht mehr los. Etwas in meinem Hinterkopf bohrte die ganze Zeit. Als ich von Stückers Alibi und der rothaarigen Eva hörte und dann ein paar andere Puzzlesteine in die Finger bekam, fielen mir die Bilder von Naumann und Irene wieder ein, die wir gesehen haben. Ganz sicher war ich, als ich in Stückers Regal diesen argentinischen Autor wiederfand.«

Er hatte seine Gemälde beendet und hielt das Papier hoch. Links waren zwei Strichmännchen zu sehen, die nebeneinander lagen. Baltasar hatte die fünf Kreuzchen eingezeichnet, mit denen er Stücker überrascht hatte: in den Köpfen, in Brusthöhe und, leicht versetzt, dort, wo man bei besser gemalten Figuren die Leber würde vermutet haben. Er verband die Kreuzchen so, daß sich ein Quadrat mit Diagonalen ergab. Dabei lag der hypothetische Herzschuß der linken Figur auf der Diagonalen zwischen der Leber der linken und dem Kopf der rechten Figur.

»Das aber war der Bluff. Offenbar war ich so überzeugend, daß Stücker selbst glaubte, er hätte eine Gedächtnislücke oder einen Fehler gemacht. Er war jedenfalls verwirrt und ein paar Sekunden geistesabwesend.«

Nun deutete er auf die beiden anderen Strichmännchen. Diese lagen so, wie man dank Andreas' Aufklärung die Lage der beiden Ermordeten annehmen konnte: Irene, rechts, mit dem Kopf nach unten, ihre Füße neben Naumanns Kopf. Wieder malte er Kreuze.

»Tatsächlich nämlich«, sagte er, »hat Stücker viermal geschossen, und zwar genau, er hat die Köpfe und die Herzen getroffen.«

Er verband die Kreuze.

»Und was erhält man so? Einen regelmäßigen Rhombus, auch als Parallelogramm bezeichnet.«

Er machte eine kleine Pause, bevor er fortfuhr. »Nun hätte, wie er mir sagte, Stücker auch zwei andere Damen mit verstellbarem Wecker für sein Alibi mißbrauchen können, aber dazu war er zu eitel. Er hat mit dem nicht ganz neuen Gedanken von der Ähnlichkeit der beiden Vorgänge Zeugung und Sterben gespielt. Darum hat er an den Beginn seines Alibis die Nacht mit der rothaarigen Eva gestellt, ans Ende die Ermordung von Naumann und Irene durch einen bleiernen Rhombus. Die beiden anderen Damen kamen für seinen perfekten Plan nicht in Frage, denn sie haben die falsche Haarfarbe.« Er betrachtete die Gesichter seiner Zuhörer.

»Wir haben eben erfahren, daß Rot in dieser argentinischen Spezialsymbolik, die aber auch schon älter ist, für das Leben steht. Und daß ein Rhombus, wie Stücker ihn – brutal gesagt – mit Blei gezeichnet hat, dem Tod entspricht. Hier ein Zeugungs-, dort ein Tötungsvorgang. Es ist reichlich makaber. Noch makabrer wird es dadurch, daß Stükker zusätzlich sozusagen eine abstrakte Diagonale gezogen hat, indem er nicht zweimal Form oder zweimal Farbe, sondern einmal Farbe und einmal Form nahm.« Er lehnte sich zurück.

Ariane blickte ihn kopfschüttelnd an. »Fein ausgetüftelt von ihm, und natürlich auch von dir, aber insgesamt absolut irrsinnig. Wie eitel auf seine eigene Handschrift kann man eigentlich sein?!«

Aber Baltasar war mit seinen Ausführungen noch nicht am Ende.

»Deswegen weiß ich auch, daß Stücker mir noch eine Botschaft hinterlassen hat, und sie macht mich nicht froh.«

Er zeichnete wieder. Dann deutete er auf eine Schlangenlinie unter einem Viereck. »So ungefähr«, sagte er, »sehen die ausgespülten Löcher unter den Pfahlbauten aus. Die Vereisung auf dem Watt kam vor allem von Eisregen und gefrorenem Normalregen. Ihr seht, daß die Vertiefung *unter* dem Pfahlbau ist. Ich habe mir zwei Löcher angesehen. In einem ist mein Wagen verendet, neben dem anderen fand das Duell statt. Unter den Pfahlbauten ist kein Eis, sondern nur Sand. Die Bauten halten den Niederschlag ab. Wenn Stücker also gefallen wäre, dann wäre er vermutlich der Länge nach in die Grube geknallt.«

Baltasar hob den Zeigefinger.

»Wie Ziegler sagte, hat er sich die rechte Schläfe aufgeschlagen, und man hat in anderthalb Meter Höhe Haare und Haut am Pfosten gefunden. Der Pfosten ist aber zu weit vom Rand der Vertiefung entfernt, bei den Bauten jedenfalls, die ich gesehen habe. Wenn Stücker nur gestürzt wäre, hätte er sich vielleicht am Fuß des Pfostens den Kopf aufgeschlagen, aber nicht in anderthalb Meter Höhe.«

Hoff blickte bestürzt drein. »Du meinst …«

Baltasar nickte. »Ein letztes Zeichen. Er hat sich absichtlich den Kopf verletzt, um die verlorene Sache zu beenden. Und wenn man alles verbindet, die Schußwunden in der rechten Hand und im linken Bein, das linke Auge und die Schürfstelle an der rechten Schläfe, was erhält man dann?«

Er malte einen Rhombus auf sein Papier, und alle waren lange still.

Das Doppelgrab in der Provence

I

»Was soll das eigentlich werden? Willst du zum Zirkus?« Ariane Binder warf Baltasar mißbilligende und skeptische Blicke zu. Matzbach hatte die Lehne des Beifahrersitzes zurückgeklappt, damit der Gurt über seinem Embonpoint nicht so stramm saß; in dieser fürstlichen Haltung schleuderte er ein ums andere Mal drei abgegriffene Münzen in die Luft. Es gelang ihm jedoch selten, sie mit dem Buch aufzufangen, das er in der linken Hand hielt.

»Weib«, sagte er grob, »davon verstehst du nichts. Fahr weiter dahin und stör nicht mein Orakel.«

Ariane steuerte Matzbachs alten Haifisch durch einen sonnigen Novembernachmittag über französische Landstraßen. Seit sie den Volant übernommen hatte, war es ihr vergönnt gewesen, zunächst Baltasars Schnarchen zu lauschen, danach den Duft seiner Zigarre zu genießen und nun diesem jonglierenden Gezappel beizuwohnen.

»Wieso Orakel?«

»Hast du noch nie vom *Buch der Wandlungen* vernommen?« Baltasar bückte sich nach einer Münze, die irgendwo in der Nähe seiner Füße liegen mußte.

»Willst du dich ändern? In deinem hohen Alter?«

Baltasar richtete sich ächzend auf und befestigte den Gurt. Dann warf er die Münzen abermals in die Höhe. Wäre nicht in diesem Augenblick ein Lkw ihnen entgegengekommen und hätte Ariane nicht mit dem Ausweichmanöver gewartet, bis sie sicher war, daß Baltasar genau jetzt werfen würde, dann hätte er die nicht mehr konvertiblen Zahlungsmittel vielleicht mit dem Buch erwischt.

»Hoppla«, knurrte er, als er den Gurt wieder löste und den Boden erneut absuchte. Ariane lächelte über seinen feisten Nacken hinweg.

»Das Greisentum«, sagte er mit von der Anstrengung geschwollenen Lippen, »hat mich noch nicht so sicher im Griff, wie du zu meinen scheinst. Zwar bin ich nicht mehr nur fettundvierzig, aber vierundvierzig auch noch nicht.« Nachdenklich setzte er, mit einem Blick auf die huschende Flora des Straßenrandes, hinzu. »Übrigens möchte ich nicht wissen, was du sagen würdest, wenn ich diese diffizile Operation hier im Wagen mit Schafgarbenstengeln betriebe. Man braucht dazu neunundvierzig, aus denen man dauernd kleine Haufen machen muß.«

»Mach bitte keine Haufen, Dickerchen. Es ist zwar dein Auto, aber...« Sie rümpfte die Nase.

Baltasar warf wieder, und diesmal hatte er Glück. Er sortierte die Münzen und malte etwas auf einen Zettel. Dann knurrte er: »Und zum letzten Mal.« Ariane wartete, bis er zum Werfen angesetzt hatte, dann nahm sie jäh den Fuß vom Gaspedal.

»Entschuldige bitte«, sagte sie scheinheilig, während Baltasar seine Hand unter den Sitz steckte, wo er mindestens eine Münze vermutete. »Ich bin da wohl abgerutscht. – Bestimmt sind drei Münzen besser als neunundvierzig Schafgarbenstengel, aber wozu das Ganze überhaupt?«

Matzbach setzte sich wieder zurecht. Schnell warf er die aufgesammelten Münzen abermals, fing sie mit dem Buch auf, addierte und notierte die letzte Linie.

»Dies hier«, sagte er, wobei er das Buch emporhielt, »ist das alte chinesische Weisheits- und Orakelbuch *I Ging*. Zweisprachige Engländer, die des Deutschen mächtig sind, nennen es bisweilen auch *I Went*. Snobs wie ich, die sich auf ihre nichtvorhandenen Chinesischkenntnisse etwas einbilden, sagen *I Dsching*.«

»Sehr interessant. Und weiter?«

»Angeblich hat ein Kaiser der Vorzeit herausgefunden, daß die heiligen Schildkröten auf ihrem Panzer verschiedene ganze und geteilte Linien haben, aus denen sich die Zukunft lesen läßt. Angeblich hat Konfuzius die ganze Chose in der heute bekannten Form schriftlich niedergelegt. Das Ding besteht aus vierundsechzig Hexagrammen.«

»Was für Hexen?«

»Oh, ob der Unbildung des gemeinen abendländischen Weibchens. Hexagramme. Bild- oder Schriftzeichen aus sechs Teilen. Es sind die vierundsechzig möglichen Kombinationen aus jeweils sechs unterbrochenen und/oder durchgezogenen Linien. So etwa.« Er hielt das Blatt hoch, auf dem er gemalt hatte.

— —
— —
— —
——
——
— —

war dort zu lesen. Ariane, mit dem Verkehr nicht überbeschäftigt, nahm es zur Kenntnis.

»Aha. Und was willst du damit?«

»Langsam. Also, diese vierundsechzig zusammengesetzten Zeichen bestehen wieder aus einzelnen Unterzeichen und so weiter. Jede Linie hat bestimmte Bedeutungen, je nachdem, in welcher Zusammenstellung sie auftaucht. Leibniz, nicht der mit den Keksen, war der Meinung, es handle sich um ein binäres Zahlensystem.«

»Du nimmst doch sonst zum Rechnen deine Finger.«

»Pah. Außerdem gibt es Linien, die sich aus unterbrochenen in durchgezogene verwandeln können und umgekehrt. Es gibt also viel mehr als nur vierundsechzig Möglichkeiten. In diesen Zeichen stecken alle alten chinesischen Ratschläge für den Beginn einer Unternehmung. Das ist kein Orakel, das auf die Frage ›Was wird sein?‹ antwortet. Es antwortete auf die Frage ›Was soll ich tun?‹«

»Und was soll ich tun?«

»Den Mund halten und zuhören. Dieses Zeichen, das ich durch mehrfaches Werfen alter chinesischer Münzen trotz deiner komischen Fahrerei habe ermitteln können, ist, Moment...«

Er schlug das Buch auf, blätterte eine Weile. Dann:

»Hah, Nummer sechsundvierzig. Schong.«

»Schöng.«

»Willst du wohl... Übrigens ist das von unten nach oben zu lesen.«

»Wie liest man Schong von unten nach oben?«

»Das Zeichen, o zaubriges Weib, nicht das Wort.«

Ariane lachte. Baltasar blickte sie von der Seite an, grinsend. Die beginnende Versilberung ihres kurzen Blondhaars und die durch das Lachen animierten Fältchen erhöhten, wie er gelegentlich behauptet hatte, Arianes antiquarischen Wert.

»Und was ist nun mit Schong von unten?«

Baltasar hielt das Buch hoch und las deklamierend:

»›Schong. Das Empordringen. Das Empordringen hat erhabenes Gelingen.‹ Das heißt: Etwas Weiches und Natürliches, etwa Holz, wächst unaufhaltsam empor. Verschluck deinen Kommentar; der Wagen ist zu eng.«

Ariane grinste und sagte nichts.

»Weiter. ›Man muß den großen Mann sehen.‹ Ahem. Ich denke, das bezieht sich zunächst einmal auf mich. Vielleicht aber auch auf jemanden, dem wir im Lauf unseres Unterfangens begegnen werden. Was mich ein wenig stutzig macht, ist die Auslegung im Buch, die sagt, die Ursache des Gelingens, die wohl mit dem großen Mann zusammenhängt, sei transzendent.«

»Welcher Sekte willst du beitreten?«

»Keiner. ›Fürchte dich nicht!‹ Du nicht und ich auch nicht. Es kann nichts schiefgehen. Und die letzte Maßgabe des Urteils sagt: ›Aufbruch nach Süden bringt Heil.‹« Nachdenklich klappte er das Buch zu.

Ariane schüttelte den Kopf. »Das paßt ja. Von Bonn in die Provence. Witzig. Und was versprichst du dir von dem Kram?«

Baltasar schlug das Buch wieder auf. »Nicht viel. Es heißt auch noch: ›Diese aus dem Unsichtbaren stammende Gunst der Verhältnisse muß man aber durch Arbeit ausnutzen.‹ Und außerdem: ›Die Anhäufung des Kleinen, der stetige, unmerkliche Fortschritt‹ und so weiter.« Er klappte endgültig das Buch zu und warf es auf die Rückbank.

»Das Sichanhäufen nach oben heißt Empordringen«, knurrte er.

Ariane gähnte. »Schon wieder Haufen«, sagte sie mißbilligend.

Baltasar runzelte die Stirn. »Was mich ein wenig ärgert«, murmelte er, »ist, daß es förderlich sein soll, unablässig beharrlich zu sein. So steht es da auch geschrieben. Ich sehe schon, diese Reise wird mit harter Arbeit verbunden sein, und nicht Genie, sondern Beharrlichkeit soll zum Erfolg führen. Wie öde, oh, wie anstrengend.«

»Seit wann bist du denn unter die Weissager und Orakelgläubigen gegangen?«

Er richtete sich auf und entnahm dem Handschuhfach eine seiner stinkenden schwarzen Zigarren.

»Der Glaube an meinen schieren Verstand ist mir wie jeder Glaube zu irrational. Ein wenig Unterstützung durch nicht von Überzeugung und Vorurteil abhängende Zufälle ist hilfreich. Du weißt ja, die unwahrscheinlichen Zufälle sind immer mit mir.«

»Glaubst du.«

»Weiß ich.«

»Na, bei deinem ermordeten Anwalt hat dir der Zufall aber bisher nicht besonders geholfen.«*

»Deswegen, o Holde, fahren wir ja auch jetzt gen Süden und stürzen uns in ein ander Abenteuer.«

»Mal sehen, ob es eins wird. Ich bin mehr für Urlaub und Erholung.«

Baltasar zündete sein stinkendes Monstrum an. Paffend kommentierte er: »Absurder Wunsch. Und dann auch noch um diese Jahreszeit.«

Die Fahrt hatte gegen zwölf Uhr begonnen. Unter Zertrümmerung sämtlicher Geschwindigkeitsregeln hatte Matzbach seine Kiste innerhalb von drei Stunden von Bonn nach Thionville gejagt, dort einen neuen Kurs über Landstraßen Richtung Dijon an- und das Steuer an

* Vgl. *Und oben sitzt ein Rabe.*

Ariane abgegeben. Bevor er auf das Münzorakel verfiel, hatte er Ariane in Umrissen über die Person von William Bronner informiert. Dieser, ein achtundvierzigjähriger Journalist mit Spürnase, war vor mehreren Wochen nach Südfrankreich aufgebrochen, um dort eine Story aufzutun. Er hatte sich sehr vage ausgedrückt, etwa so: »Also, weißt du, Dicker, da unten gibt's ja nicht nur Wein und Lavendel. Die Mafia in Marseille, Wagenschieber, abgehalfterte Fremdenlegionäre, korsische Banditen auf dem Weg nach Paris – auf den Spuren des größten korsischen Banditen –, jede Menge prominenter Interviewopfer, ein verrückter phantastischer Schriftsteller, und außerdem Frauen in und ohne Hülle und Fülle.« Wörtlich hatte er gesagt: »Nackte Weiber bis zum Abwinken«, aber als Baltasar Ariane diese und andere Informationen zukommen ließ, ereilte ihn einer seiner seltenen Anfälle von Herzenstakt. – Dann hatte Bronner einige Tage lang versucht, Matzbach zu erreichen und ihm schließlich ein Telegramm geschickt, das dem Dicken am frühen Dienstag kurz nach Mitternacht (gegen sieben Uhr) telefonisch durchgegeben worden war: »hilfe stop assassinen stop sofort kommen les baux stop anrufen hotel xy stop william.«

Natürlich versetzten die »Assassinen« Matzbach in lodernde Begeisterung; außerdem versprach dieser Lockruf Abenteuer in der Ferne, während er mit seinem heimischen Doppelmord nicht weiterkam. Allerdings brachte das Telefonat kaum weitere Aufschlüsse; Bronner sagte, er könne am Telefon nicht deutlicher sprechen, jemand (dritte Person Plural) sei hinter ihm her; Matzbach solle an den Mond von Sankt Remigius denken sowie an den dritten Schlupfhafen der Johannisbeere. Außerdem bitte er, Bronner, ihn, Matzbach, um ein würdiges Begräbnis.

Also hatte Baltasar in windiger Eile seine nächstfälligen Kolumnen *Fragen Sie Frau Griseldis* (von einer führenden Illustrierten nicht ganz schlecht bezahlt) fertiggestellt, Ariane Binder aus ihrem Büro, der Presseabteilung eines Industrieverbandes, herausgerissen und alles andere stehen und liegen lassen.

»Trotzdem«, sagte Ariane nachdenklich, »wüßte ich gern, seit wann du diese irrationalen Anfälle hast.« Sie schaltete das Licht ein.

Baltasar inhalierte tief, hustete und stieß eine gewaltige Wolke aus. Ariane kurbelte das Fenster herunter.

»Nie und immer, Teuerste«, sagte Matzbach erhellend. »Wie ich sagte – oder war es Shakespeare? –, gibt es mehr Dinge zwischen Bonn und Les Baux, als Eure Rationalität sich träumen läßt, Horatia. Dabei fällt mir auf, daß der alte da ja ein Wortspiel im Namen eingebaut hat. Horatio, *ratio*, hm, muß ich bedenken.«

»Du könntest ja mal wieder ein Buch über eines deiner abseitigen Themen schreiben.«

»Wohl wahr. Wird Zeit. – Also, um das klarzustellen, und damit du mich nicht für einen verkappten Gläubigen hältst: Wie du wissen solltest, leide ich weder an irgendeiner Überzeugung noch an der Sehnsucht nach einer solchen. Ich bin aber immer bereit, mich überraschen zu lassen. Im Gegensatz zu den meisten unserer Mitmenschen suche ich nicht die Wahrheit. Ich suche erstaunliche Geschichten. Und wenn mir jemand einen Schamanen in Trance zeigt, der sich in die Luft erhebt, heißt das für mich nicht, daß Schamanen fliegen können, sondern daß ich *einen* Schamanen gesehen habe, der geflogen ist.«

Ariane schnalzte: »Ich sehe nicht, wieso das so anders sein soll.«

»Oh, das macht schon was aus, ob man wunderliche Dinge mit Genuß zur Kenntnis nimmt oder gleich eine Ideologie daraus macht. Ich kann mir vorstellen, daß ein Schwarm von Lämmergeiern, die nach der Opferung eines Gefangenen dem Priester von links entgegenkommen oder von rechts, daß diese Geierlämmlein etwas Gutes oder Böses verheißen, das sich dann auch ereignet. Ich glaube nur nicht, daß die Geier das wissen, und auch nicht, daß sie von Göttern geschickt worden sind. Ich finde es nur möglich und lustig.«

»Und dein Orakelbuch?«

»Das ist so ähnlich. Das *I Ging* sagt ja nicht: Egal, was du tust, morgen wird das und das passieren, sondern, so ist die Auslegung, es sagt dir, wenn du eine bestimmte Frage im Kopf hast, welchen Weg du am besten einschlagen sollst. Das einzig Magische dabei ist das Münzwerfen oder das Schafgarbenhäufeln. Der Rest ist Philosophie.«

Ariane wiegte zweifelnd den Kopf. »Du bist mir ein komischer Agnostiker. Entweder du glaubst dran oder du glaubst nicht dran. Ich finde, du solltest dich da entscheiden.«

Matzbach kicherte. »Immer will jemand, daß ich mich entscheide. Ich bin als guter Skeptiker nicht fähig, Wunderliches für unmöglich zu halten.«

Aufgebracht hupte Ariane die Dämmerung an. »Entsetzlich, du mit deinen Paradoxa. Wie hältst du es denn mit dem lieben Gott?«

Baltasar grinste. »Ich glaube, du bist wirklich urlaubsreif, sonst würdest du dich nicht so aufregen. Was Zeus, Jehova und Quetzalcoatl angeht – ob ich an ihre Existenz oder an ihre Nichtexistenz glaube, beides sind gewaltige Glaubensakte, die meine Kräfte übersteigen.

Ich *glaube* eben einfach nicht, meine Liebe; ich lasse mich überraschen.«

»Und dein Orakelbuch?«

Er seufzte. »Du frißt dich daran fest, Ariane, wie? Das ist doch ganz einfach. Die alten Chinesen, wer immer es auch war, haben die Möglichkeiten des menschlichen Handelns und Versagens ganz grob in vierundsechzig Aspekte aufgespalten, mit Varianten und Zufallsspielen und Fremdeinflüssen und allem. Außerdem stehen viele schöne und treffende Sätze in dem Buch, die hilfreich und weise sind, egal, ob man Orakelfragen stellt oder nur denken will. Hinzu kommt eine simple Rechnung. Die Wahrscheinlichkeit, daß ein Buch recht hat, an dem Generationen kluger Männer gearbeitet haben, ist unendlich viel größer als die, daß ausgerechnet ich unter vier Milliarden recht habe.«

Ariane holte tief Luft. »Aber du hast doch eben so getan, als ob du das Dings da, diesen Schong-Spruch, ernst nimmst.«

Baltasar nickte und lächelte sie von der Seite an. »Habe ich. Das liegt einfach daran, daß das Buch bisher immer die Wahrheit gesagt hat, wenn ich es interviewt habe.«

»Also glaubst du doch dran?«

»Nein, ich bin nur überrascht. Angenehm überrascht.«

»Du bist unmöglich. Ich geb's auf.«

Sie schwiegen. Ariane fuhr konzentriert. Der Dicke mit dem schwarzen Kraushaar neben ihr rekelte sich, fläzte sich in seinem Sitz und grunzte leise. Die Spitze seiner abnehmenden Zigarre glomm heller als die Armaturenbeleuchtung. Seit mehr als einem Jahr waren sie einander, wie Baltasar es ausdrückte, »in wonniglicher Gefährtenschaft zugetan«. Sie waren beide Jahrgang '39; Baltasar, der sechs Fuß und einige Zoll maß, mußte sich ducken, wenn er zu ihr aufschauen wollte; außerdem wog er ziemlich genau das Doppelte. Der Wagen schien rechts tiefer zu liegen, aber das mußte Einbildung sein, denn die Hydraulik des alten Pallas war an Matzbachs Gewicht gewöhnt. Als Baltasar wieder an der Zigarre sog, sah Ariane aus den Augenwinkeln, im Licht einer Laterne, die sie passierten, wie sich der Aschekegel widerstrebend löste und nach kurzem Sturzflug auf Matzbachs vormals weißer Leinenhose zerschellte. Eine feiste, haarige Pranke kam aus der Dunkelheit und wischte das Häuflein von den Beinkleidern. Dazu erklang ein leises, in seiner Gleichgültigkeit erhabenes »Häh«. Im Glimmen des Stumpens sah Baltasar dämonisch aus. Die Geheimratsecken im krausen Schopf deuteten an, daß jederzeit Hörner sprießen könnten. Die Runzeln der hohen Stirn ließen auf schwärzliche Pläne schließen, die im Hinterland der kleinen grauen Zellen ausgeheckt werden mochten. Die gerade Nase, der volle Mund mit den Falten des Schelmentums und das durch machtvolle Wangen und dicken Hals beeinträchtigte Cäsarenkinn hatten bei den obwaltenden Lichtverhältnissen allen Charme verloren, falls es solchen gab, und wirkten mit dem glühenden Obelisken in der Mitte wie ein drohender Vulkan.

Ariane seufzte in die laterale Dunkelheit. »Welcher Teufel«, sagte sie halblaut und anklagend, »hat mich geritten, daß ich mich mit einem solchen Monstrum einlasse?«

Baltasar nahm die Zigarre aus dem Mund, kurbelte das Fenster herunter und warf das heimatlose Stück Brasilien nach Frankreich hinein.

»Ich«, sagte er, während er das Fenster wieder schloß, »bin nicht das, was du sagst und denkst. Ich bin ein possierliches Getüm.«

»Schon recht.« Es klang resignierend, aber dann wandte sie ihm plötzlich ihr Gesicht zu und lächelte. Baltasar musterte die ebenmäßigen Züge, das Grübchen am Kinn und die lachenden Augen, die auf einmal grünes Feuer zu sprühen schienen; dann streckte er die Hand aus und kraulte das kurze Haar hinter Arianes rechtem Ohr.

»Was«, sagte er sanft, »hältst du davon, wieder auf die Straße zu sehen? – Weißt du eigentlich, was ich an dir so besonders schätze?«

»Du wirst es mir bestimmt gleich sagen.«

»Deine Ohrläppchen.«

Sie kicherte. »Wieso ausgerechnet meine Ohrläppchen?«

»Na ja, sie sind nicht angewachsen. Wenn sie angewachsen wären, hätte ich ein Vorurteil revidieren müssen.«

»So, du hast also doch Vorurteile?!«

»Nur im Zusammenhang mit Ohrläppchen.«

»Was für ein Vorurteil denn?«

Er zupfte an dem wohlgeformten Objekt seiner obskuren Rede. »Menschen mit angewachsenen Ohrläppchen haben einen schlechten Charakter. Du hingegen bist so durch und durch ersprießlich, daß selbst angewachsene Lappen dich nimmer verdürben. Ich hätte also eine Ausnahme machen müssen, und du weißt, wie sehr ich es hasse, wenn man meine Bequemlichkeit in seelischen Aufruhr verwandelt.«

Danach führte er einen seiner wurstförmigen Finger an den Mund, schmatzte etwas darauf, was man bei Nebel und steifem Nordwester als Kuß auslegen konnte, und beförderte diese akustische Illusion mit Hilfe des Fingers hinter Arianes Ohr. Er kraulte ihren Nacken und geriet dabei in den Kragen ihrer Bluse.

»Alle Götter des Olympos«, sagte er erstaunt. »Hast du da einen harten Einnäher drin.«

»Was meinst du? Ach, das Ding. Die sind nun mal hart. Deine angeblichen Hemden, haben die so was nicht?«

Abwehrend spreizte er die Finger. »Die erwähnten erlauchten Personen, die griechische Berge behausen, seien dagegen. Ich schneid so was immer sofort raus. Erstens kratzt es.«

»Und zweitens?«

»Zweitens lege ich Wert darauf, daß man mich, wenn ich im Verlaufe eines epochalen Abenteuers umgebrungen werden sollte, durch die Macht meines Astralleibes identifiziert, nicht durch so banale Dinge wie Hosenknöpfe oder Schneiderautogramme.«

Irgendwie klang es ernst, obwohl Matzbach die Unterstellung, er sei ernsthaft, schon häufig mit Empörung ernsthaft zurückgewiesen hatte. Ariane drückte den Zünder und bat:

»Mach mir eine Zigarette an, ja? – Danke. – Was heißt das denn nun wieder, umgebracht werden? Rechnest du damit, daß in der Provence etwas passiert?«

Baltasar verschränkte die Hände hinter dem Kopf, wobei er um ein Haar die Kopfstützen herausgerissen hätte.

»Irgendwas wird schon passieren. Vielleicht regnet es oder so. Jedenfalls ist Bronner ein abgebrühter Bursche, und diese *coole* Angst, die ihm im Nacken saß, als er mit mir telefoniert hat, ist, schätze ich, sehr nahe an einer Panik.«

»Irgendwie sind wir vorhin vom Thema abgekommen. Erzähl mir noch was von Bronner.«

»Wie gesagt: ein ausgeschlafenes Kerlchen. Er hat noch nie davor Angst gehabt, seine Nase in heiße Sachen zu stecken. Übrigens auch in heiße Höschen; er geht so ungefähr auf alles los, was in groben Umrissen von der männlichen Anatomie abweicht.«

Ariane pfiff leise. »Klingt ja toll. James Bond persönlich, wie? Aber sag mal, was ist das mit den Assassinen, dem Mond von Sankt Remigius und dieser komischen Johannisbeere?«

Matzbach runzelte die Stirn. »Was die beiden letzteren Punkte angeht, so habe ich meine Verdächte. Ich werde dir das alles auseinandersetzen, wenn wir da unten sind, vorher glaubst du mir ja doch nicht.«

»Wie du meinst. Aber diese Assassinen. Das ist doch auf englisch und französisch ›Mörder‹, oder?«

Baltasar verschränkte die Arme vor der Brust und hakte den linken Daumen unter den Sicherheitsgurt. »Hm, hm«, machte er gedankenvoll. »Das ist schon richtig. Aber ich habe mich mal mit Bronner über die guten alten Zeiten im Mittleren Osten, die Etymologie und andere feine Dinge unterhalten. Daher weiß ich, daß er weiß, daß Assassinen eigentlich ›Haschischim‹, die Haschischkonsumenten, sind.«

Ariane reichte ihm den Rest ihrer Zigarette. »Machst du sie mal aus? Wieso Haschisch und wieso wird aus dem Haschischverbraucher ein Mörder?«

»Das ist eine hübsche Geschichte. Es gab mal einen finsteren Gesellen, der später als ›Der Alte vom Berge‹ zitiert wurde. Dieser Mensch fand, es gebe viele unausstehliche Leute und man müsse dagegen etwas tun. Als er so in seiner Bergfestung Alamut hockte, kam ihm ein

Gedanke. Er schnappte sich in den umliegenden Landen kräftige junge Männer, schleppte sie in seine Festung und warf sie in ein fieses Verlies. Nachdem sie da ein paar Tage bei Wasser und Knäckebrot zugebracht hatten, mischte er ihnen Drogen in ihre Diät. Sie schliefen ein. Als sie aber wieder wach wurden, waren sie *high* und nicht mehr im Verlies, sondern in einem paradiesischen Garten, mit Milch und Honig und *girls, girls,* genauso, wie der Koran das Paradies beschreibt. Da konnten sie sich ein paar Tage lang austoben. Dann kriegten sie wieder ihren Schuß, und wenn sie dann erwachten, lagen sie im vertrauten Verlies und vergossen bittere Zähren. Der Alte ließ sie da eine Weile rumliegen; anschließend, wenn sie so richtig schön *down* waren, gab er ihnen den Auftrag, irgendwen umzubringen. Er hatte genug Kandidaten auf der Liste. Wenn sie, sagte er den armen Jungs, den Emir von Samarkand oder den Kreuzfahrer Kasimir den Bogenbeinigen umnieteten, würden sie wohl von deren Leibgarde abgemurkst werden, aber sofort wieder in dem Paradies erwachen, in dem sie vor kurzem noch den diversen menschlichen Lüsten oblegen hätten. Also zogen sie frohlockend in den Tod, und gegen Mörder, die keinen Wert darauf legen, nach der Tat mit heiler Haut zu entkommen, gibt es kaum eine Abwehrchance.«

»Freundlicher Mensch, der Alte vom Berge. Und hat er es weit damit gebracht?«

»O ja. Er und seine Nachfolger haben ungefähr hundertfünfzig Jahre lang zwischen Kairo und Kabul alles umgelegt beziehungsweise umlegen lassen, was ihnen nicht in den Kram paßte. Hübsche Terrortruppe und gut organisiert. Die Kreuzfahrer hatten manchmal auch mit ihnen zu tun, und weil sie mit dem Haschischwort nichts anfangen konnten, haben sie ein ähnlich klingendes Wort genommen und mit der Profession der Leute, dem Meuchelmord, verbunden. Wie du siehst, ist der gemeine europäische Assassine ein touristisches Mißverständnis; ich bin immer dafür gewesen, daß man anständig die Fremdsprache lernt, wenn man in ein anderes Land reist. Aber welcher Kreuzfahrer konnte schon Arabisch?«

»Wie ist die Geschichte dann ausgegangen?«

»Blutig; wie sonst? Wie gesagt, der ganze Mittlere Osten zitterte vor der Bande. Als dann, so um zwölfhundertsechzig, die Mongolen die ganze Gegend einkassierten, hat der damalige Herr der Festung Alamut wohl den Fehler gemacht, einen mongolischen Würdenträger umlegen zu lassen. Dessen Kumpels haben die Festung dann ein paar Jahre belagert; sie hatten ja Zeit. Am Schluß haben sie die ganze Sippe über die Klinge springen lassen. Marco Polo erzählt davon ganz nett.«

Ariane seufzte. »So, jetzt weiß ich es. Was hat denn nun aber Bronner mit den Assassinen zu tun?«

Baltasar nickte. »Eine weise Frage. Ich weiß es nicht. Vielleicht ist er über Drogenhändler gestolpert oder über eine orientalische Meuchelmörderschaft in der Provence. Wer weiß?«

»Und du willst mir nichts über Sankt Remigius und diesen Schlupfhafen der Johannisbeere erzählen?«

Nun war Matzbach mit Seufzen an der Reihe. »Ungeduldiges Weib. Ich denke mir folgendes. Als er mich aus Les Baux angerufen hat, meinte er, jemand sei hinter ihm her und er könne nicht frei sprechen. Also konnte er wohl auch keine Namen nennen. Ich habe durch kurzes Nachdenken ermittelt, daß nahe Les Baux der Ort Saint-Rémy liegt; vermutlich meint er den. Und da gibt es sicher irgendwas Mondartiges, ein Bauwerk oder so, wo er was für mich hinterlegt hat. Und Crème de Cassis, was, wie du wissen solltest, Hauptbestandteil des Leibtrunks des alten Bürgermeisters von Dijon ist, ist ein Johannisbeerlikör.«

»Wieso sollte ich das wissen?«

»Der Kanonikus Kir, nach dem das Getränk benannt ist, hat es wohl auch erfunden. Der war Dings in Dijon. Also, denke ich mir, hat Bronner wohl die Stadt Cassis am Mittelmeer im Kopf gehabt. In der Nähe gibt es *calanques*, so eine Art lokaler Fjorde, und *calanque* ist der Schlupfhafen. Was das Ganze soll, weiß ich nicht, aber es bringt mich auf eine Idee. Ich hätte jetzt gern bald einen Kir. Wir sollten, meine ich, ein kleines Hotel bei Nuits-Saint-Georges ansteuern. Ich kenne das, man äst dort vorzüglich. Und was hülfe es dem Menschen, der da in der Provence entweder lebt und bibbert oder tot ist und dies nicht mehr tut, wenn wir dort entkräftet und übermüdet ankämen, unfähig zu den elementaren Hilfeleistungen?«

Er erging sich in genauen Fahrtanweisungen und kam dann auf die Speisekarte zu sprechen, wobei er insbesondere die hausgemachten Pasteten aus jenem Stoff erwähnte, der vordem als Krammetsvöglein Europa durchflattert hatte. »Damit man sieht, daß wirklich nichts in den Töpfchen ist, was nicht hineingehört, sind die Pastetchen obenauf mit den Füßen der köstlichen Verblichenen garniert.«

Ariane schüttelte sich, lauschte dann aber mit knurrendem Magen den weiteren Ausführungen von Baltasar, der liebevoll auf den in einer Sauce aus Sahne und Estragon mit einem winzigen Tupfer Senfs hingerichteten Hecht verwies. »Dazu«, sagte er, und er schnalzte mit der Zunge, »ein Schlückchen Aligote, und danach *un rôti de bœuf* zur Unterstützung der einen oder anderen Flasche Gevrey-Chambertin. Oder derlei. Übrigens macht man dort auch köstliche Apfelküchlein zurecht, die sich vorzüglich als Dessert eignen ...«

Gegen 19.30 Uhr erreichten sie ihr Etappenziel. Während Matzbach rittlings auf seinem Koffer saß und grübelte, was ihm an der Tapete der Kemenate mißfiel, inspizierte Ariane den sanitären Trakt der Fürstensuite. Von der Erkundung zurückgekehrt, begann sie, ihren Koffer auszupacken. Baltasar hüpfte derweil unter den Strahlen der Dusche umher und sang Landsknechtslieder; danach begab er sich mit einer meditativen Zigarre in die Horizontale und dachte an nichts bzw. Nichts. Als Ariane tropfnaß und gutgelaunt aus dem Bad kam, winkte er sie mit der Zigarre herbei. Sie setzte sich auf den Bettrand, wobei sie sich abtrocknete.

»Was wollt Ihr, Gebieter?« fragte sie.

Baltasar legte ihr eine Fingerspitze auf die Stupsnase, die Arianes Gesicht vor der Etikettierung »aristokratisch« bewahrte, und sondierte die grünen Augen. »Die Frage erhebt sich«, sagte er, »ob wir hinterher viel oder vorher wenig essen. Die Beweglichkeit des Leibes, du weißt es, wird durch die Nahrungsaufnahme langfristig gefördert und kurzfristig behindert.«

Ariane kicherte und warf das Handtuch. »Wie war das noch gleich«, sagte sie. »Mit diesem *I Ging*, meine ich.«

Baltasar deutete auf einen wirren Stapel Kleidung, Bücher und sonstiger Reiseutensilien. »Ich weiß nicht, was du meinst, aber sieh immerhin nach.«

Sie fahndete nach dem Buch und entdeckte es unter

der zerknautschten Leinenhose. Nach längerem Blättern fand sie, was sie suchte.

»Schong«, sagte sie lächelnd, »Kommentar zur Entscheidung. ›Das Weiche dringt mit der Zeit empor. Sanft und hingebend.‹ Aha, oho. ›Das Feste ist in der Mitte und findet Entsprechung, darum erlangt es großes Gelingen.‹ Ist es denn wahr? ›Man muß den großen Mann sehen.‹ Die Anweisungen sind eindeutig.«

Sie klappte das Buch zu, legte es auf den Nachttisch und beraubte Baltasar seiner Zigarre, die sie einen Moment nachdenklich musterte, ehe sie sie in den Aschbecher warf.

Gegen elf wurden sie zum Abschluß eines bemerkenswerten Mahles mit Kaffee und Vieux Marc versehen. Baltasar war ganz Grandseigneur und gab Ariane Feuer für ihr dünnes Zigarillo. Dann sah er auf ihre schlanken Finger, die mit dem Stiel des Weinglases spielten, in dem noch ein Rest roter Köstlichkeit kreiselte. Mit der anderen Hand und dem Zigarillo deutete sie auf seine Stirn.

»Das war wirklich köstlich, Dicker«, sagte sie, »ein gutes Lokal.«

Baltasar nickte und stieß eine mächtige Rauchwolke aus. Sie erklomm wabernd und wankend höhere Luftschichten und verging an den dunklen Eichenbalken der Decke. Von den etwa zwanzig Tischen des gemütlichen Speiseraums waren nur noch drei besetzt. Baltasar lehnte sich in seinem Stuhl zurück, bis dieser knirschte, legte die Zigarre in den Aschbecher und türmte auf der karierten Tischdecke Brotkrümel auf. Er schnüffelte an dem Marc, wickelte ein Zuckerstückchen aus und berührte damit sanft die Oberfläche der bräunlichen

Flüssigkeit. Ariane sah interessiert zu, wie der Zucker sich langsam vollsog und verfärbte.

»Das nennt man *faire le canard*«, sagte Matzbach. Er leckte sich die dicken Lippen. »Wie der Erpel den Kopf in den Pfuhl steckt und dabei mit dem Schwänzchen wackelt, so macht es der Zucker. Die beste Möglichkeit, das Aroma eines guten Schnapses zu testen.«

Er steckte sich den Zucker in den Mund und schmatzte hingerissen. »Ah, gut. Wenn sich das auf der Zunge auflöst, das entspricht dem Wackeln. Übrigens ist der Marc besser als jeder mir bekannte Entenpfuhl.«

Er nahm einen Schluck und spülte mit schwarzem Kaffee nach.

Ariane rührte in ihrem Kaffee und musterte Baltasar, der mit der Zigarre zwischen den Zähnen auf seinem Stuhl eher lag als saß und die Hände über dem Bauch gefaltet hatte.

»Sag mal, *à propos canard*. Mein Französisch ist ja ganz gut, schon allein wegen unserer Handelsbeziehungen, aber ich würde mir nicht zutrauen, in Frankreich Detektiv zu spielen. Reicht deins dazu aus?«

Matzbach nahm die Zigarre aus dem Mund und blickte vorwurfsvoll. »*Mais bien sûr, Madame*. Du vergißt: Ich habe ein paar Jahre in der Bretagne zugebracht. Ich bin zwar ein bißchen aus der Übung, aber das wird sich in ein paar Tagen geben. Warte ab, bis ich beginne, mit dem hiesigen Idiom so entstellend zu verfahren wie mit meiner Muttersprache, und deines Wunderns wird keinerlei Ende mehr sein.«

Sie lächelte. »Meines Wunderns über dich ist ohnehin kein Ende. Ich bin aber nicht böse, wenn sich alles da unten in Luft auflöst, die Geschichte erfunden ist und wir wirklich nichts als ein bißchen Urlaub machen.«

Baltasar zuckte mit den Achseln. »Deine Wünsche in allen Ehren, aber ich glaube nicht daran.«

»Na gut, du kennst Bronner schließlich. Ich muß dir wohl glauben, wenn du sagst, daß er nicht so schnell in Panik gerät und in einer echten Klemme sein muß, wenn er dich alarmiert. Wieso ruft er denn ausgerechnet dich an? Warum geht er nicht zur Gendarmerie oder läßt den Bundesgrenzschutz einfliegen?«

»Die GSG 9 ist für die Provence nicht zuständig. Außerdem sind wir alte Freunde. Er hat mir vor Jahren diese Geschichte mit *Frau Griseldis* besorgt, als ich mich gerade entsetzlich gelangweilt habe. Ich schulde ihm mindestens einen Gefallen. Und dann weiß er natürlich, daß ich ein cleveres Kerlchen bin und auch ohne langen Löffel keine Angst habe, mit dem Teufel zu dinieren.«

»Was ist das denn nun schon wieder?«

»Englisches Sprichwort. *He who sups with the Devil must have a long spoon.* Ich esse eigentlich mit jedem.«

»Und alles, was sich nicht wehrt oder nicht schnell genug laufen kann.«

Baltasar nickte gnädig. »Trampel nur ruhig auf mir herum. Es ficht mich nicht an, nicht die Bohne.«

Nachdenklich sagte Ariane: »Dieser Bronner muß ja, nach allem, was du erzählst, ein ziemlich übler Chauvi sein.«

»Das kann schon hinkommen. Für den täglichen Umgang in geregelten Verhältnissen sind Softies natürlich angenehmer, aber sie sind nicht gerade dazu geeignet, Imperien zu errichten oder zu demolieren. Und wie du weißt, sammle ich ja Geschichten. Chauvis sind unterhaltsamer.«

»Von dir habe ich nichts anderes erwartet. Du bist doch auch so einer.«

Matzbach grinste. »Das ist das erste nette Wort, das du heute zu mir sagst.«

»Ich hatte das eigentlich anders gemeint.«

»Das macht überhaupt nichts. Wichtig ist, daß der Adressat weiß, was er selbst davon hält.«

»Daß ich den großen Mann gesehen habe, heißt nicht, daß du dich für das Zentrum des Universums halten mußt.«

»Ich bin einer der gewichtigsten Teile der Peripherie, wie du wissen solltest.«

II

Spät am folgenden Nachmittag erreichten sie Les Baux. Die bizarren weißgrauen Felsen des Tals zeigten, befand Matzbach, vermöge des Sonnenuntergangs eine wegen ihrer Schroffheit gegenüber weitgereisten Gästen angemessene Schamröte. Das von Bronner benannte Hotel in der alten Stadt war aus der Entfernung ebensowenig sichtbar wie die anderen Gebäude, die aus dem Stein des Berges gebaut waren, der sie trug.

»In der Hauptreisezeit«, dozierte Baltasar, »findet sich hier kein Parkplatz, dafür jedoch ein Parkwächter. Beides bleibt uns erspart.«

Ariane nickte müde. »Ich weiß, ich bin hier schon mal gewesen. Du brauchst nicht so zu tun, als ob du das Dorf eigenhändig für mich gebaut hättest.«

Im Hotel angekommen, verlangte Matzbach ein Doppelzimmer (mit Bad) über dem Abgrund. Brav füllte er den Meldezettel aus.

»Ah, Monsieur Mazbak«, sagte der junge Hotelier.

»Sie haben gestern früh angerufen und mit Monsieur Bronner gesprochen, nicht wahr? Ich hoffe, Sie hatten bei aller Eile eine angenehme Reise.«

Baltasar stützte sich auf den Empfangstisch. »Wir hatten«, sagte er. »Aber wo steckt Bronner?«

Achselzucken. »Ich weiß nicht, Monsieur. Er ist sofort nach Ihrem ersten Anruf gegangen. Er war nervös.«

»So klang es am Telefon. Aber sagen Sie, zwischen meinem ersten und meinem zweiten Anruf lagen doch nur ein paar Minuten. Ist da in der kurzen Zeit noch etwas passiert?«

Der Hotelier runzelte die Stirn. »Ich glaube nicht. Ich weiß es aber nicht mit Gewißheit. Ich war kurz in die Küche gegangen, während Monsieur Bronner noch mit Ihnen sprach. Als ich zurückkam, lag nur dieser Zettel hier, und Monsieur Bronner war fort.«

Er reichte Matzbach einen Zettel. Auf französisch war dort zu lesen: »Ich muß abreisen. Bitte verwahren Sie mein Gepäck. Sollte ein Monsieur Matzbach aus Deutschland kommen, bevor ich mich wieder melde, händigen Sie ihm bitte meine Sachen und diesen Zettel aus. Er wird die Rechnung begleichen, falls beiliegende Summe nicht ausreicht. Bronner, Nummer zwei.« Darunter, auf deutsch: »Dicker, denk an den Mond und die Beeren, und mach von Marseille aus einen Rundflug! Kümmer dich um meinen Kadaver! William.«

Baltasar steckte kopfschüttelnd den Zettel ein. »Also muß er es verdammt eilig gehabt haben. Wie war das mit der Rechnung?«

»Oh, keine Besorgnis deswegen!« Der junge Mann öffnete eine Schublade, der er ein ausgefülltes Rechnungsformular entnahm. Mit einer Briefklammer waren einige Geldscheine daran befestigt.

»*Voilà*«, sagte er. »Die Rechnung lautet auf zweihundertfünfzig Francs. Monsieur Bronner war so freundlich, drei Scheine à hundert Francs zu hinterlassen. Darf ich Ihnen den Rest aushändigen?«

Dann zögerte er und zog das Geld zurück. »Vielleicht sollten Sie mir Ihren Ausweis zeigen, Monsieur? Ich weiß ja nur, daß Sie auf die Anmeldung geschrieben haben, wer Sie sind. Das Gepäck, Sie verstehen …«

Er ließ den Rest offen. Matzbach schob ihm seinen Personalausweis über den Tisch. Der junge Mann schrieb sorgfältig alle wesentlichen Angaben einschließlich der Nummer auf, die Matzbach auf den Meldezettel zu übertragen hoheitsvoll unterlassen hatte. Danach führte er sie in einen Abstellraum, in dem sich Bronners Gepäck befand: zwei mittelgroße Koffer.

Matzbach räusperte sich und packte die Griffe. »Ich wäre Ihnen verbunden, wenn Sie unser Gepäck vom Empfang auf unser Zimmer brächten. Den Rest von den dreihundert Francs könnten Sie in Form von zwei großen Café Crème auch nach oben bringen lassen – einverstanden, Ariane? – und den Überschuß bitte einer Ihnen genehmen Verwendung zuführen.«

Der junge Mann grinste, bedankte sich und äußerte lobende Worte über Baltasars makelloses Französisch.

Ariane machte sich ein wenig frisch, während Matzbach sich eine Zigarre anzündete, einen Schlürfer an seinem Kaffee tat und begann, Bronners Koffer zu untersuchen. Abgesehen von einem mit vielen Fragezeichen versehenen lateinischen Text in Fotokopie enthielten beide Koffer nichts, was Baltasar besonders interessiert hätte. Schließlich fand er unter schmutziger Wäsche noch eine Klarsichthülle in DIN-A4-Format, die Hotelrechnungen, Tankzettel, Quittungen über Autobahngebühren und Restaurantbelege ausspie, als Matzbach sie über dem Bett leerte.

Ariane warf ihm fragende Blicke zu, während sie ihre Kleidungsstücke in einem vermutlich antiken Schrank verstaute. Dann stellte sie sich, mit der Kaffeetasse in der Hand, hinter Baltasars gebeugten Rücken und versuchte herauszufinden, welche Sorte Zettel er da sortierte. Da sie aus seiner gefurchten Nackenmuskulatur las, daß er momentan nicht ansprechbar war, stellte sie bald die Tasse wieder ab und öffnete die Tür zur kleinen Terrasse. Baltasar fluchte, als der Abendwind ihm die Zettel durcheinanderbrachte; Ariane zog die Tür schnell hinter sich zu und trat an die Brüstung.

Unter ihr lag, in der fortschreitenden Dämmerung nicht mehr genau auszumachen, das Tal mit einigen neueren Gebäuden und zahllosen alten Felsen. Nebelschwaden, die sich immer mehr verdichteten, raubten ihr nach kurzer Zeit den Blick vollends. Obwohl sie in der feuchten Kälte des Abends zu frösteln begann, konnte sie sich doch nicht von dem grandiosen Schauspiel losreißen. Aus der weitläufigen, ovalen Terrine des Tals stieg Dampf empor, leckte sich die senkrechten Felswände zum Hotel herauf und überspülte bald die Terrasse. Der Zackenrand jenseits des Tales wies den halbhellen Himmel ab. Schließlich sah Ariane kaum noch die eigenen Hände; bibbernd und klamm vor Kälte kam sie zurück ins Zimmer.

Baltasar hatte seine Sortiererei beendet und blickte ihr nachdenklich entgegen.

»Toll«, sagte sie halblaut.

»Ich stimme dir zu«, sagte er zerstreut. »Obwohl ich annehme, du meinst den Nebel. Ich dagegen meine die Papiere.«

Sie hockte sich neben ihn auf das Bett, leerte ihre Kaffeetasse, stellte sie auf den Boden und blickte auf das Häuflein Belege und Schmierzettel.

»Irgendwas gefunden?«

Baltasar lehnte sich gegen die Kopfkissenwurst. »Na ja. Wie man's nimmt. Ich weiß ungefähr, wo er sich in der letzten Zeit aufgehalten hat.«

»Und? Kannst du daraus was machen?«

»Hem, hum, brrr. Ein wenig.«

Er fischte ein größeres, rautiertes Stück Papier aus dem Stapel und wedelte damit.

»Ich glaube, seine Anreise braucht uns nicht weiter zu interessieren. Hotelrechnungen aus Mulhouse, Bourg-en-Bresse und so. Interessant wird es ab dem fünfzehnten Oktober. Zuerst war er zwei Tage hier, danach eine kurze Zeit in Draguignan in einem dortigen Hotel beziehungsweise außerhalb des Orts. Dann war er acht Tage in Cassis, merke auf, und hat dort unter anderem, wie Quittungen beweisen, hervorragend gefressen und zwei Fahrten mit einem Küstenboot gemacht. Zwischendurch war er in Marseille und hat dort mit einer kleinen Maschine einen Rundflug über die Provence und Camargue absolviert.«

»Fliegt er selbst?«

»Glaub' ich nicht; weiß ich aber nicht genau. Er hat mir zwar nie über das Fliegen oder die Angst davor berichtet, aber wer kennt schon die Abgründe des menschlichen Herzens?«

Ariane nickte ernsthaft. »Schön dahergesagt, Dicker. Und? Was liest du aus all dem?«

Baltasar kratzte sich den Kopf. »Waschen«, schlug Ariane vor. Er ignorierte den Einwurf.

»Was ich lese, ist, daß er hier, da und dort gewesen ist.

Das werden wir in den nächsten Tagen zu klären haben. Viel interessanter ist vorläufig dieser lateinische Wisch.«

Er wedelte mit einem weiteren Blatt. Ariane streckte die Hand aus, nahm das Blatt und warf einige Blicke darauf. Es handelte sich um die Fotokopie eines Typoskripts, versehen mit zahlreichen Auslassungspunkten und Fragezeichen im Text sowie weiteren Fragezeichen und zum Teil unlesbaren Kommentaren in einer kryptischen Handschrift.

Ariane gab ihm das Blatt zurück. »Mein Schullatein ist verrostet. Ich verstehe nicht viel mehr als ein paar geläufige Wörter.«

Baltasar legte das Blatt weg. »Meiner ersten Kurzlektüre nach ist das ein merkwürdigerweise auf Latein abgefaßtes antirömisches Pamphlet eines karthagischen Händlers, der kurz über sein Leben, seine Irrfahrten und seine Reichtümer berichtet, die er irgendwo vergraben hat. Vermutlich hier in der Nähe.«

Ariane lächelte. »Rücksichtsvoll von diesem Karthager, daß er die Sache in einer dir verständlichen Sprache aufgezeichnet hat.«

Baltasar nickte. »Sehr. Aber das ist nicht alles. Er hat, wie er ausführt, seine Reichtümer an vier verschiedenen Orten zu ungefähr gleichen Teilen verbuddelt, dazu an weiteren drei Orten lateinische, griechische und phönizische Varianten seines Testaments hinterlassen. Besonders rücksichtsvoll finde ich, daß, wer immer die Sache entdeckt hat, die lateinische Version aufgegabelt hat. Mein Phönizisch ist, ehrlich gesagt, sehr lückenhaft, besonders die karthagischen Besonderheiten...« Er grinste.

Ein Geräusch wie ferner Donner scholl durch das Zimmer. Ariane blickte auf ihre Armbanduhr.

»Du mußt, schätze ich, noch etwa eine halbe Stunde warten, bis es was zu essen gibt«, sagte sie. »Was hältst du von einem kleinen Nebelspaziergang bis dahin?«

Baltasar spitzte seinen Mund zu einer voluminösen Schippe. »Bei Nebel und Dunkelheit würden sich die wenigsten Frauen zu einer Wanderung mit mir aufraffen. Weißt du, was du da tust?«

Ariane zeigte ihre Zähne. »Ich kenne dich ja. Dir ist das da draußen viel zu ungemütlich, außerdem hast du Hunger. Was soll mir also passieren?«

Baltasar stand ächzend auf und stieg in seine umfängliche Cordjacke, in der manche Kleinfamilie hätte wohnen können.

»Nun denn, ach ja«, murmelte er. Er faltete das lateinische Karthagerpapier und seinen Zettel mit Bronners Hoteldaten zusammen, steckte alles in eine der geräumigen Innentaschen und bewegte den Kopf auffordernd in Richtung Tür.

Als sie das Hotel verließen, war der Empfang unbesetzt. Baltasar steckte den Zimmerschlüssel ein. Leise klickend trat er auf die Straße hinaus. Ariane hängte sich bei ihm ein. Sie wanderten eine Weile durch die engen Gassen und blieben hin und wieder stehen, um in die erleuchteten Fenster von Töpfereien, Souvenirläden, Kunstateliers und Webstuben zu schauen. Der Nebel, den einige Laternen noch dichter erscheinen ließen, schloß die Welt aus.

Schweigend schlenderten sie durch die Gassen, entlang an Wänden aus den graubeigen Steinen des Bergs. Feuchtigkeit hatte die Kopfsteine schlüpfrig gemacht. Am oberen Ende des Dorfes angekommen, fanden sie den Eingang zur Ruinenstadt versperrt; ein etwa hüfthohes Gitter lief quer über die enge Straße. Neben der breiten Tür des rechten Hauses hing ein mehrsprachiges Schild mit Hinweisen auf die Öffnungszeiten und Eintrittspreise. Schnaufend flankte Matzbach aus dem Stand über das Gitter und reichte Ariane eine helfende Hand. Sie strichen eine Weile durch die Mauerreste unmittelbar oberhalb des Pförtnerhauses und gelangten schließlich ans südliche Ende des Plateaus. Außerhalb der Mauern und Ruinen wurde der Nebel dünner.

»Ich habe so ein ungutes Gefühl«, murmelte Ariane, als sie an den Rand des Felsens traten. Die Wände fielen senkrecht zur fruchtbaren Ebene hinunter, die sich bis zur Rhône, zur Camargue und zum Meer erstreckte. Dort war die Luft klar und nebelfrei.

Ariane wandte sich um und blickte zurück zu den Ruinen. »Das ist eine Geisterstadt«, sagte sie, »neben einem Geistertal, in dem jemand einen Geisternebel veranstaltet.« Sie schüttelte sich.

Baltasar betrachtete sie besorgt. »Fehlt dir was?«

Sie legte eine Hand auf seine Schulter. »Mach dir nichts draus«, sagte sie, gewollt schnippisch, »ein kleiner Anfall von Empfindsamkeit. Geht gleich vorbei.«

Sie sah wieder auf die Ebene hinaus. Matzbach hatte zwar keine düsteren Empfindungen, aber ihn faszinierte der brodelnde Nebel zwischen den letzten Ruinen, der oberhalb des Orts vom Nachtwind erfaßt, durchsucht und zerfetzt wurde. Als Baltasar sich umwandte und neben Ariane trat, nahm er aus den Augenwinkeln eine undeutliche Bewegung wahr. Er blickte erneut zurück und ergriff dabei Arianes Arm.

»Was ist?«

Als er nicht antwortete, trat sie einen Schritt vom Rand des Plateaus zurück und drehte sich dann um.

Drei Personen kamen schnell und zielstrebig auf sie

zu, vermutlich Männer. Sie hatten Mäntel an, und als sie nahe genug waren, sah Ariane, daß sie Masken trugen, Nylonstrümpfe, die nur kleine Schlitze für die Augen, Nasen und Münder offenließen.

Baltasar ging ihnen entgegen. Mit der linken Hand zog er Ariane mit sich, die rechte hatte er in seine Jackentasche gesteckt.

»*Bonsoir, Messieurs*«, sagte Matzbach ohne besondere Betonung. Er ließ Ariane los, die mit einem Blick zurück feststellte, daß etwa zehn Meter zwischen ihr und dem Abgrund waren.

Die drei sinistren Figuren blieben stehen, als seien sie unschlüssig. Zwei von ihnen waren etwa gleich gebaut, ungefähr ein Meter achtzig, schlank bis drahtig, soweit sich das unter den Mänteln erraten ließ. Der dritte war ein wenig kleiner, wohl auch korpulenter; er stand in der Mitte. Er zog die rechte Hand aus seiner Manteltasche; mit einem trockenen Schnalzen sprang die Klinge des Schnappmessers heraus. Der rechte der beiden Schlanken trat zur Seite und gleichzeitig vor; er näherte sich Ariane mit leeren Händen und halberhobenen Armen.

»Ich beklage den Verfall der gerühmten provenzalischen Gastlichkeit«, erklärte Baltasar in hochmütigem Französisch. »Das ist nicht die Art, eine Konferenz unter Freunden abzuhalten. Wollen Sie bitte zurücktreten?«

Dabei zog er die rechte Hand aus der Tasche und richtete eine Pistole auf den Mittleren. Der Linke, der ebenfalls einen Schritt zur Seite gemacht hatte und vortreten wollte, blieb stehen. Die Gruppe verharrte einen Moment wie gefroren. Dann sprang der Rechte auf Ariane los, Matzbachs Pistole bellte, der Messerbesitzer duckte sich und griff Matzbach an, der Linke zog ein Messer und schleuderte es auf den Dicken. Gleichzeitig bückte Ariane sich nach einem Stein.

Mit einem unterdrückten Schrei kippte der Rechte um und hielt sich die Hüfte; das geworfene Messer des Linken blieb mit einem dumpfen Schlag über Baltasars Herz stecken; es folgten mehrere Ächzlaute. Arianes Stein klatschte dem Messerwerfer ins Gesicht; der Mann riß die Hände hoch und wankte. Matzbach ließ die Pistole fallen, die er nicht mehr halten konnte, da das Messer des Kleineren ihm über die Finger der rechten Hand gefahren war; mit der linken packte er das rechte Handgelenk seines Gegners, dem er mit der Wucht seiner mehr als zwei Zentner auf den Fuß trat. Der Nylonschlitz öffnete sich zu einem Jaulen. Mit der linken Hand versuchte der Mann, das in Matzbachs Jacke steckende Wurfmesser seines Kollegen zu erreichen. Baltasar ignorierte die Schmerzen seiner blutenden Rechten und nahm sie zu Hilfe, um die Messerhand auszuschalten.

Ariane starrte mit Entsetzen auf die Szene; gerade noch rechtzeitig bemerkte sie, daß der angeschossene Mann zu Baltasars Pistole kroch. Sie stürzte sich darauf. Der Mann erwischte sie am Fußgelenk und hielt sie fest. Sie schlug lang hin und war einen Moment benommen; dann gelang es ihr, mit einem Wischen des Arms die Pistole wegzuschieben. Die Waffe schepperte über den Fels und verschwand in einer Senke. Der verwundete Mann packte Arianes Arm und drehte ihn langsam um. Sie versuchte, nicht zu schreien; als sie das Gefühl hatte, der Arm müsse brechen, hörte sie ein trockenes Knacken und einen Aufschrei, der ihren Gegner für Sekundenbruchteile ablenkte. Es gelang ihr, sich loszureißen und sich herumzuwerfen. Dabei traf sie den hinter ihr Knienden mit dem Fuß an der verletzten Hüfte. Stöhnend sackte er auf seine heile Seite und hielt sich die Wunde.

Ariane keuchte; sie blickte zu den anderen hinüber. Matzbach beseitigte das Schnappmesser, das sein Gegner hatte fallen lassen, mit einem Fußtritt. Der Maskierte stand da. Aus dem offenen Mundschlitz kam kein Ton; der Mann starrte auf seine rechte Hand, die einen absurden Winkel mit dem Unterarm bildete. Der Dritte nahm die Hände von seinem blutüberströmten Gesicht, vor dem nur noch Nylonfetzen hingen. Baltasar schob seinen kampfunfähigen Gegner von sich und versetzte ihm mit der Linken eine schallende Ohrfeige, die ihn zu Boden schleuderte; dann wandte er sich dem Dritten zu, trat in eine Bodenspalte und knickte fluchend um.

Der Geohrfeigte rappelte sich auf, hielt das gebrochene Handgelenk und starrte aus Augenschlitzen auf den zeternden Matzbach, der auf dem Boden saß und versuchte, seinen Fuß aus der Spalte zu ziehen. Dann zischte er seinen Kumpanen etwas zu und sagte halblaut »wir sehen uns noch«. Der Angeschossene hielt die Hand auf seine Hüfte gepreßt und humpelte zu den beiden anderen. Er stützte sich auf die Schulter des Dritten. Alle drei musterten Matzbach und Ariane, als wollten sie vielleicht noch einen Versuch unternehmen; dann zogen sie sich langsam zurück in Richtung Ruinen und Dorf.

Als Nebel und Dunkelheit sie verschluckt hatten, kam Baltasar endlich mit Arianes Hilfe aus dem Spalt frei. Ariane war vom Sturz und dem Handgemenge verkratzt und zerzaust; ihr Arm schmerzte. Matzbach hockte auf dem Boden, übergoß seinen Fuß und den Felsspalt mit Unflat und verfluchte seine blutende Hand. Ariane wickelte ihr seidenes Kopftuch, das sie in der Manteltasche getragen hatte, darum.

»Dreiundzwanzigtausend Geier«, ächzte Matzbach wütend, »alle erreichbaren kleineren Dämonen, ein riesiger Dunghaufen sowie mehrere Nattern! Der Blitz«, setzte er düster hinzu, »soll diese Halunken sämtlich beim Scheißen erschlagen! Alle Zähne soll man ihnen ausbrechen, bis auf einen, und der soll ewig eitern.«

Ariane klopfte ihm auf die Schulter. »Mach's halblang«, sagte sie. »Hauptsache, du lebst noch.«

Baltasar stand auf. Er verzog das Gesicht, als er den Fuß belastete. »Das ist eine Minimalforderung, mit der ich mich nicht zufriedengeben kann.«

Mit seiner unverletzten Hand berührte er kurz und relativ sanft Arianes Wange.

»Ich danke dir für den hilfreichen Beistand, Weib«, murmelte er. »Ich hoffe, man hat dir nichts Übles zuleide getan.«

Ariane seufzte. »Nicht genug damit«, beklagte sie sich bei der Nachtluft, »daß man in deiner Gesellschaft seines Lebens nicht mehr sicher ist, nein, hinterher auch noch dein Geschwätz anhören zu müssen!«

Dann starrte sie mit großen und immer größer werdenden Augen auf die Jackenpartie über Baltasars Herz; dort steckte noch immer das Messer.

»Was ...« Sie streckte die Hand aus.

Baltasar grunzte, schnalzte, legte die linke Hand um den Griff des Messers und zog es mit einem Ruck heraus.

»Was? Ein Messer«, sagte er.

»Ja, aber ...«

Grimmigen Antlitzes öffnete Baltasar die Jacke. Es war ihm unmöglich, mit der linken Hand die linke Innentasche zu erreichen. Auf seine Aufforderung hin griff Ariane zu und förderte ein ledergebundenes Notizheft zutage, das durchstochen war; außerdem ein ledernes Zigarrenetui, dessen Vorderseite einen Schlitz aufwies. Die Rückseite war heil.

Sie öffnete es. Es enthielt zwei schwarze Zigarren, wie Baltasar sie normalerweise rauchte, und eine helle. Die helle war von der Messerspitze erwischt worden. Baltasar nahm sie, betrachtete sie mißmutig und warf sie fort.

»Ausgerechnet«, sagte er trübe. »Leistet man sich einmal den Luxus namens *Montecristo*... Diese eine kostet so viel wie ein ganzes Kästchen meiner üblichen Brasil. Und ausgerechnet diese eine muß das schwarze Schwein mit seinem Küchenmesser perforieren.«

Ariane lächelte wider ihren Willen. »In diesem Fall war das offenbar ein überlebenswichtiger Luxus«, sagte sie. Dann begannen ihre Knie zu zittern, und sie ließ sich auf einen Stein nieder.

Als sie eine halbe Stunde später zum Hotel zurückkamen, hatte sich der Abendnebel fast völlig verzogen. Baltasar, der nach langem Suchen seine Pistole gefunden hatte und sie leger in der linken Hand hielt, spähte auf dem Heimweg in alle Ecken.

»Na ja, vorläufig sind sie weg«, sagte er, als sie die Hoteltür hinter sich schlossen. Der Hotelier stand am Empfangstisch und blickte ihnen lächelnd entgegen.

»Ah, Madame, Monsieur. Haben Ihre Freunde Sie gefunden?« Dann bemerkte er Arianes derangiertes Aussehen und die blutige Seide um Matzbachs rechte Hand und stand auf.

»*Mon Dieu*, was ist passiert? Sind Sie gestürzt?«

Baltasar schüttelte den Kopf und steckte ostentativ seine Pistole ein.

»Nein, *mon ami*, wir hatten ein Gespräch mit ein paar Galgenstricken.«

»*Des voyous? Ici? Ah, mais...*« Er zögerte. »Waren es vielleicht drei Männer?«

Baltasar nickte. Ariane sagte: »Wieso? Woher wissen Sie das?«

»Nun, drei Männer waren hier, vielleicht vor einer Stunde. Sie haben gesagt, sie hätten eine wichtige Nachricht für Monsieur Mazbak von Monsieur Bronner. Da ich nicht wußte, daß Sie nicht im Haus waren, habe ich sie zu Ihrem Zimmer geschickt. Sie sind nach ungefähr zehn Minuten wieder heruntergekommen, haben sich verabschiedet und sind gegangen.«

Ariane verzog das Gesicht. »Dann sollten wir wohl mal nachsehen.«

Zu dritt stiegen sie die enge Treppe empor, die zum ersten Stock und zu ihrem Zimmer führte. Die Tür war angelehnt, drinnen brannte Licht. Das Schloß, Baujahr vermutlich 1840, war mühelos gesprengt worden.

Das Zimmer sah pittoresk aus. Ariane seufzte, Baltasar klickte mit der Zunge, und der Hotelier schüttelte den Kopf.

»Ich hoffe sehr«, sagte er, »daß nichts fehlt. Aber es sieht nicht gut aus...«

Baltasar hob seine umwickelte Hand. »Sagen Sie, haben Sie die notwendigen Utensilien? Verbandszeug, vielleicht ein wenig Jod?«

Der junge Mann entschuldigte sich und verschwand. Als er mit einem Verbandskasten wieder auftauchte, hatten Baltasar – soweit er eingreifen konnte – und Ariane die gröbste Unordnung beseitigt.

»Alles, was fehlt«, setzt Matzbach dem Hotelier auseinander, »sind ein paar Papiere, glaube ich.«

Dann stand er auf und hinkte ins Bad, wo er mit Hilfe der Zähne den luxuriösen Seidenverband entfernte und die Hand mit lauwarmem Wasser wusch. Anschließend dienten ihm die Zähne in zusammengekniffenem Zustand zu einem anderen Behuf: Ariane pinselte Jod auf die Schnittwunde, die sich unweit des Handrückens über die vier Finger zog. Danach umhüllte der hilfsbereite Hotelier die rötlich glimmende Pfote elegant und unfachmännisch mit Mull.

Baltasar dankte ihm und Ariane in ausgesucht höflichen Sentenzen. Dann bat er: »Monsieur, seien Sie so gut, die zuständige *Gendarmerie* oder *Police Judiciaire* zu benachrichtigen, daß hier Mordbuben in der Gegend herumlaufen, die außerdem die Türen von Hotelzimmern aufbrechen und fremder Leute Eigentum entwenden. Wir werden alsbald hinunterkommen und einen kleinen Mundvoll zu uns nehmen.«

Der Hotelier nickte. »Ich werde sofort anrufen. Es kann aber eine Weile dauern, bis jemand kommt. Machen Sie beide mir bitte das Vergnügen, wenn Sie unten sind, einen Apéritif mit mir zu nehmen. Auf den Schreck.«

Ariane musterte Baltasar kritisch, als der junge Mann das Zimmer verlassen hatte. »Wirst du am Ende vernünftig«, sagte sie, »oder was willst du mit der Polizei anstellen?«

Baltasar betrachtete versonnen seine vornehm weiße Hand. »Ah, man sollte immer die örtlichen Behörden informieren«, sagte er wegwerfend. »Was fehlt uns denn eigentlich, abgesehen von Bronners Papieren?«

Ariane zuckte mit den Achseln. »Ich glaube, nichts, soweit ich das bis jetzt habe feststellen können.« Sie deutete mit dem Kinn auf ihren Mantel, den sie über eine Stuhllehne gehängt hatte. »Ich hatte alles – Ausweise, Schecks und so – in meinem Mantel. Stell dir vor, ich hätte statt solider Innentaschen ein Handtäschchen dabeigehabt.«

Baltasar ließ sich auf dem Bett nieder. »Und stell dir vor«, sagte er dumpf, »ich hätte nicht Bronners Hoteldaten abgeschrieben und zusammen mit diesem karthagischen Wisch eingesteckt. Die Quittungen sind ja sämtlich verschwunden.« Nachdenklich setzte er hinzu: »Wat lernt uns dat? Die Jungs haben was mit Bronner zu tun. Ich fürchte, ich behalte mal wieder recht.«

Ariane runzelte die Stirn und verzog sich ins Bad. Während sie sich auszog und wusch, ließ sie die Tür offen, so daß die unaufschiebbare Konversation weitergehen konnte.

»Ich hoffe, wir kommen jetzt dazu, Urlaub zu machen.«

»Aktivurlaub, denke ich wohl, mein Täubchen.«

»Wieso Aktivurlaub? Willst du etwa Sport treiben oder im Mittelmeer schnorcheln, oder was?«

»Keineswegs, Euer Liebden. Was schert mich Schnorchel oder Meer? Ich trage weit besseres Verlangen, denn nicht zur Erholung reiste ich her, sondern um Mörder zu fangen.«

»Laß den armen Heine in Frieden. Hast du immer noch nicht die Nase voll?«

»Von Heinrich Heine? Nimmer nicht.«

»Unsinn. Ich meine von deiner Kriminalistik und dem verschwundenen Bronner.«

»Ah, wie könnte ich? Jetzt, da wir wissen, daß ich mit meinen düsteren Vermutungen richtig lag …«

»Ja, eben.«

»Wieso eben?«

»Mann, du nervst mich! Um ein Haar wären wir heute abend beide umgebracht worden. Ich finde, da hört die Spielerei auf. Das ist was für die Polizei, nicht für feiste Hobbydetektive.«

»Wie du gehört hast, habe ich darum gebeten, die Polizei zu alarmieren.«

»Heißt das, daß du die Finger aus der Sache lassen willst?«

»Die Finger meiner Rechten sind bandagiert.«

»Ahhhh!!! Ich meine das ernst.«

»Was willst du konkret wissen, Gespielin des Nachtwinds?«

Ariane seufzte und ohrfeigte den Heißwasserhahn. »Ich will wissen, ob du dich jetzt endlich dazu bequemst, die Sache der Polizei zu überlassen, oder ob du weiter darin herumwühlen willst!«

Das Bett ächzte bedrohlich, als Baltasar eine andere Stellung einnahm, ohne seine Einstellung zu ändern. »Liebste Ariane, ein Freund hat mich gebeten, für ein anständiges Begräbnis zu sorgen. Das werde ich tun. Ich werde gleich der Polizei alles erzählen, was ich weiß. Danach bin ich bereit, bis zum Ende mit den Behörden zu kooperieren.«

Wütend und mit einem Handtuch bewaffnet erschien Ariane in der Badezimmertür. »Du willst also weitermachen?«

Baltasar musterte sie ausdruckslos. »Ja, natürlich; was hast du denn gedacht?«

Ariane ließ sich auf der Bettkante nieder. »Offenbar gibt es nur zwei Möglichkeiten. Entweder ich mache einfach mit, als wäre nichts geschehen, oder wir trennen uns, wie?«

Baltasar hob die linke Augenbraue. »Wenn du es so zuspitzen willst – ja.« Dann ließ er die Braue wieder sinken. Halblaut sagte er: »Wir haben uns ja schon mehrfach über dieses oder ein ähnliches Thema unterhalten. Wir sind zusammen, weil es uns Vergnügen bereitet, aber niemand ist gefesselt. Ich genieße jederzeit deine Nähe, holde Fürstin meines Gemüts, aber ich bin kein Monarchist. Was also deine Lehensherrschaft über mein Seelenleben angeht, so erstreckt sich der Feudalismus nicht auf alle Gebiete meines Kosmos. Ich habe einem Freund etwas versprochen. Stell dir vor, *du* hättest mich um Hilfe gebeten. Außerdem interessiert mich die Sache. Ich bin zwar nicht scharf auf Dolche, aber sie werden mich nicht hindern. Ich schlage dir einen Kompromiß vor.«

»Als Kompromißler kenne ich dich gar nicht. Ich bin gespannt.«

»Wir suchen ein schönes Hotel, in dem du dich eine Weile entspannst, während ich weitermache. Wenn die Sache beendet ist, hole ich dich da wieder ab.«

Ariane zündete sich eine Zigarette an. Sie inhalierte tief und dachte nach. Schließlich schüttelte sie den Kopf. »Das ist zwar gut gemeint, aber du übersiehst etwas. Die haben mich mit dir zusammen gesehen. Mindestens einer von ihnen hat Grund, mir böse zu sein, wegen des Steins. Wie soll ich sicher sein, daß sie nicht über mich herfallen, wenn ich irgendwo einen Spaziergang mache?«

Baltasar nickte bedächtig. »Das stimmt natürlich.«

Er sagte nichts weiter. Ariane brach nach etwa einer Minute das Schweigen. »Außerdem frage ich mich, weshalb die Gentlemen Masken trugen, wenn sie uns doch ohnehin umbringen wollten.«

»Wahrscheinlich wollten sie nur Papiere. Ich nehme an, sie hätten uns niedergeschlagen und gefilzt, wenn wir uns nicht gewehrt hätten.«

»Beim nächsten Mal werden sie also gründlicher vorgehen, oder?«

Baltasar stieß einen Knurrlaut aus, der alles und nichts bedeuten konnte.

»Oder meinst du, sie lassen uns in Ruhe?«

»Das glaube ich nicht. Was immer Bronner getan, gefunden oder angestellt hat, es muß wichtig genug sein, daß eine Expedition nach Les Baux geschickt wird, die Spuren beseitigen, Unterlagen beschlagnahmen und Zeugen einschüchtern soll. Und wenn das so wichtig ist, dann werden sie nicht mit einem Versuch aufhören. Von Rache und ähnlichen simplen Sentiments gar nicht zu reden.«

Ariane drückte ihre Zigarette aus und stand auf. Sie ging zum Schrank und suchte aus den mühsam wieder eingeräumten Beständen Wäsche, eine Bluse und einen Rock. Während sie sich anzog, sagte sie bitter: »Es bleibt mir also gar nichts übrig, als entweder sofortige Abreise nach Übersee zu verlangen oder mitzumachen, wie?«

»So sieht es aus, mein Herz.«

»Laß mich mit deinen inneren Organen zufrieden! – Willst du Modesty Blaise aus mir machen?«

Matzbach kicherte und musterte sie mit einem mehrdeutigen Grinsen. »Deine körperlichen Vorzüge in allen Ehren«, sagte er dann höflich, »aber intellektuell bist du dieser zweifelhaften Dame so weit überlegen, daß es eine Frechheit wäre, dich solchermaßen zu unterfordern.«

Kurze Zeit später klopfte der Hotelier. Bei ihm war ein Angestellter des Hotels, der einen Werkzeugkasten trug. Als dritter Mann erschien mit ihnen ein müder Gendarmerieoffizier, der den Zustand der Tür und des Zimmers musterte, unverständliche Silben murmelte und ein paar Notizen in ein Büchlein kritzelte. Dann erteilte er die Erlaubnis zur Reparatur.

Der Hotelier bat sie an die Bar. Dort kredenzte er ihnen herben Kräutervermouth mit Eis und legte ihnen die Speisekarte vor. Matzbach bestand darauf, den Gendarmerieoffizier, der hungrige Augen hatte, zum Essen einzuladen. Der Hotelier ließ einen Tisch am Fenster über dem jetzt schwarzen und nebelfreien Abgrund decken. Der Speiseraum war kaum besetzt: lediglich zwei weitere Tische mit insgesamt fünf Personen. Baltasar forderte den Hotelier auf, sich zu ihnen zu setzen. Der Offizier zwinkerte. Die Tränensäcke unter seinen müden Augen wurden fast übergangslos zu tiefen Falten, die Mund und Nase einkerbten und zwischen denen das gepflegte Menjoubärtchen sich verlor. Der Hotelier gehörte zu den bedauernswerten Männern, die sich zweimal täglich rasieren müssen; da er die zweite Rasur bisher nicht vorgenommen hatte, wirkte er neben dem korrekten Offizier und sogar neben dem nicht eben akkuraten Matzbach ein wenig deplaziert. Während er auf seiner erloschenen *mais* kaute und zwischendurch an einem Cognac nippte, lauschte er mit offensichtlicher Faszination Matzbachs Berichterstattung. Baltasar ließ sich auch durch einen Teller mit grünem Salat und heißer Geflügelleber nicht vom Reden abhalten; Ariane hatte Mühe, sein vollmundiges Französisch zu verstehen, dem die eine oder andere Silbe durch Kauen und Schlucken abhanden geriet.

Am Schluß seines *Salmis de canard sauvage* wischte Matzbach sich den Mund mit einer karierten Serviette und sah dem Offizier zu, wie dieser aus den Resten seiner Lammkoteletts eine Pyramide baute. Ariane bewältigte den letzten Bissen Entrecôte und lehnte sich gesättigt und nicht mehr so empört zurück. Der Hotelier übernahm den Käsetransport. Während Matzbach schmatzend Ziegenkäse in einen anderen Aggregatszustand versetzte, erging er sich in Betrachtungen über die gespenstische Poesie des Auftauchens dreier Finsterlinge aus Nebel und Ruinen und ihres Verschwindens in nämlicher Kulisse, wiewohl dann hinkend. Kichernd beschaffte der Hotelier Kaffee und Armagnac. Der Offizier rührte in seiner Tasse, bis die Zuckerstückchen sich aufgelöst hatten; schließlich zündete er sich eine Zigarette an und musterte den Dicken aus schmalen Augen.

»Lassen wir mal Ihre Poesie beiseite, Monsieur. Ich bin im Moment, da ich gut gegessen habe, wofür ich Ihnen danke, gewissermaßen außer Dienst. Deshalb wollen wir darüber hinwegsehen, daß es ungesetzlich ist, dauernd mit einer geladenen Pistole herumzulaufen.«

Ariane lachte. »Sagen Sie ihm ruhig, daß er die Finger aus der Sache lassen soll.«

Der Offizier grinste. »Madame, ich denke, daß Ihr Begleiter zu der Sorte Mensch gehört, die nicht durch vernünftige Einwände von Vorsätzen abzubringen ist.«

Baltasar ließ eine mächtige Wolke Zigarrenrauchs aufsteigen. »Mich beschäftigen im Moment ganz andere Fragen. Wer hinter der Sache steckt, läßt sich nicht sagen. Das Messer, das ich Ihnen gegeben habe, haben Madame und ich angefaßt. Sie werden also kaum Fingerabdrücke finden können. Oben auf dem Plateau liegt noch ein Schnappmesser herum, das man bei Tageslicht suchen könnte.«

Der Offizier wiegte zweifelnd den Kopf. »Ja, aber Sie sollten wissen, daß Fingerabdrücke im wirklichen Leben viel seltener zu etwas führen als in Kriminalromanen. Immerhin, man wird es versuchen.«

Baltasar wandte sich an den Hotelier. »Ich hätte Ihnen gern ein paar Fragen gestellt. Mein Freund Bronner ist zweimal bei Ihnen gewesen. Zunächst Mitte Oktober und dann vom letzten Wochenende bis zu seinem Verschwinden gestern früh. Können Sie uns vielleicht etwas erzählen, was Ihnen bei ihm aufgefallen ist? Wie hat er sich benommen, hat er etwas Besonderes getan?«

Der Hotelier überlegte eine Weile. Bronner, sagte er dann, habe das Wochenende damit verbracht, nervös zu telefonieren, offenbar immer ohne Erfolg, und zwar nach Deutschland. Hier nickte Baltasar; Bronner hatte ihm ja gesagt, er habe zahllose Male vergeblich versucht, ihn zu erreichen. »Dann hat er das Telegramm telefonisch aufgegeben. Sehr spät am Montagabend. Gestern früh – ah, bevor ich vergesse: Zwischendurch ist er immer wieder zu den Ruinen hochgegangen, so, als wollte er etwas suchen oder nach jemandem Ausschau halten. Mindestens zehnmal am Montag, soweit ich mich erinnern kann. Am Dienstag, also gestern, früh, gegen sieben, ist er wieder in die Ruinen hochgestiegen. Dann ist er zurückgekommen und meinte, sehr nervös, er müsse sofort abreisen. In dem Moment haben Sie angerufen.« Anschließend sei Bronner wortlos unter Zurücklassung des Gepäcks verschwunden. Nach kurzer Debatte einigten sich alle darauf, daß diese Informationen nicht sehr hilfreich seien, da sie nichts über die Ursache von Bronners Verhalten aussagen konnten.

Matzbach trommelte mit den Fingerspitzen auf dem Tisch und qualmte entsetzlich. Schließlich sagte er: »Ich frage mich, ob Bronners verfolgbare Aufenthaltsorte einen bestimmten Sinn haben, der entdeckbar wäre.«

Ariane bat um Aufhellung der kryptischen Äußerung. Matzbach setzte ihr und den beiden anderen daraufhin auseinander: »Er kommt nach Les Baux. Hier verbringt er zwei Tage, dann fährt er nach Draguignan. Dort bleibt er eine Weile in einem kleinen Hotel außerhalb der Stadt, verbringt anschließend einige Tage in Cassis und Marseille und kommt wieder her, nur um nervös herumzulaufen, zu telefonieren und schließlich zu verschwinden. Nun denke ich mir, daß jemand, der einfach so nach Cassis und Draguignan will, von hier aus zunächst ans Meer und dann erst ins Hinterland fahren würde, nicht umgekehrt. Cassis liegt näher. Und vor allem: Warum ist er wieder hierher zurückgekommen, nervös und gehetzt?«

Der Offizier nickte langsam. »Sie könnten da etwas gefunden haben. Das sieht so aus, als hätte er entweder vorher die Absicht gehabt, zunächst nach Les Baux und dann nach Draguignan zu fahren, oder als hätte er etwas gehört, gesehen, gefunden, was auch immer, was ihn dazu bringt, nach Draguignan zu gehen.«

Ariane schlug vor: »Vielleicht hat er Bekannte in oder bei Draguignan, oder er hat vielleicht hier jemanden kennengelernt ...«

»Er wollte da einen komischen Schriftsteller interviewen«, knurrte Baltasar; »aber wie kriege ich das mit den hiesigen Veranstaltungen unter einen Hut? Er muß doch wohl jemanden kennengelernt haben oder so was.«

Der Hotelier erhob sich. »Was diese Möglichkeit angeht, können wir das wahrscheinlich feststellen.« Er ging zum Empfangstisch, ergriff das Hotelbuch und kam zurück. »Es ist nämlich so, daß Mitte Oktober das andere Hotel wegen Reparaturen nach einem kleinen Brand geschlossen war. Wenn Monsieur Bronner also jemanden kennengelernt haben sollte, dann entweder auf der Straße oder in einem der kleinen Cafés oder hier.«

Er klopfte auf das Buch und schlug es auf. Dann wurde er bleich und ließ es sinken. *»Ah, les salauds«*, murmelte er. Er hielt dem Offizier das Gästebuch hin; dieser schaute hinein und reichte es Matzbach weiter. Die Seite für den 14. Oktober war links, rechts ging es mit dem 17. Oktober weiter. Das Blatt mit den Eintragungen vom 15. und 16. war herausgerissen worden.

»Wann kann das passiert sein?«

Der Hotelier setzte sich und trank wütend seinen restlichen Armagnac. »Heute abend«, knurrte er. »Die drei Männer, die angeblich Grüße von Monsieur Bronner für Monsieur Mazbak ausrichten wollten. Während sie oben waren, bin ich mindestens zehn Minuten nicht vorn am Empfang gewesen.«

Baltasar legte die Zigarre in den großen Kristallaschbecher und verschränkte die Arme vor der Brust. »Das hilft uns weiter«, sagte er fröhlich. Die anderen betrachteten ihn verwundert. »Ich finde es sehr hilfreich von den Schuften, daß sie uns etwas bestätigen, was wir ansonsten nur vermuten könnten. Daß sie das Blatt herausgerissen haben, heißt mit Sicherheit, daß auf diesem Blatt etwas steht, was wir nicht erfahren sollen. Wir brauchen uns also nicht mehr zu überlegen, wo Bronners Odyssee begonnen hat; das war hier, und zwar am 15. oder 16. Oktober.«

Der Gendarmerieoffizier drückte seine Zigarette aus und blickte sich um. Der Speisesaal war leer; die restlichen Gäste hatten sich entweder schon zurückgezogen, oder sie hielten sich im Gemeinschaftsraum auf, wo ein Fernseher und etliche Zeitungen notdürftige Unterhaltung anboten.

»Schaffen Sie das Personal herbei, Monsieur«, verfügte er im Tonfall einer Bitte. Der Hotelier erhob sich und verschwand.

Die Befragung ergab wenig. Niemand hatte wesentliche Dinge gesehen, bemerkt oder in Erinnerung behalten; immerhin stellte sich heraus, daß an den fraglichen Tagen das Hotel voll besetzt gewesen war. »Das macht es nicht einfacher«, murrte Matzbach.

Gegen elf Uhr beendeten sie ihre Séance. Der Offizier informierte Baltasar und Ariane dahingehend, daß die Angelegenheit an die Zentrale des Département Bouches-du-Rhône in Marseille weitergegeben würde.

»Ich rate Ihnen, sich aus der Sache herauszuhalten, Monsieur. Ich rechne aber nicht damit, daß Sie sich an meinen Ratschlag halten«, fügte er mit einem müden Grinsen hinzu.

Baltasar nickte. »Muß man die Sache geheimhalten?«

Der Offizier zuckte mit den Achseln. »Warum?«

»Würden Sie es als unpassend empfinden, wenn ich die Presse informierte?«

»Tun Sie, was Sie nicht lassen mögen.«

Ariane, Baltasar und der Hotelier nahmen noch einen Nachttrunk an der Bar zu sich. Ganz gegen seine Gewohnheiten bat Baltasar darum, um sieben Uhr geweckt zu werden. Auf Arianes Fragen nach dem Grund für solch eine irrsinnige Anordnung, noch dazu im Urlaub, gab er lediglich zur Antwort: »Ich will morgen früh etwas feststellen. Außerdem: Im Urlaub ist doch bekanntlich alles anders. Warum also soll ich nicht früher aufstehen als sonst? Du kannst ja liegenbleiben.«

III

Ohne Frühstück marschierten sie am Morgen wieder bergan. Ariane war ein wenig mürrisch, hielt sich aber zurück angesichts der unbegreiflich guten Laune Baltasars. Dieser hinkte immer noch ein wenig; sie hatte ihm geholfen, einen neuen Verband zu machen. Nun bemerkte sie, daß Baltasar durchaus nicht darauf verzichtete, seine Pistole mitzunehmen.

Sie flankten wieder über das Gitter, da das Pförtnerhaus noch nicht geöffnet war. Im unentschiedenen Frühlicht inspizierten sie die Bühne der dramatischen Szenerie des Vorabends. Ariane fand das Schnappmesser. Vorsichtig hob sie es auf und wickelte es in eines von Matzbachs riesigen Taschentüchern.

Sie streiften durch die Ruinen. Alles war noch feucht von Tau. Auf den glitschigen Steinen war es nicht ganz ungefährlich, den höchsten Punkt des alten *Donjon* zu erklimmen, wo ob der frühen Störung unwirsche Vögel sie ankeiften.

Unter ihnen dehnte sich die Ebene aus. Matzbach betrachtete die Windungen der Straße. Auf der anderen Seite ragten die schroffen Felsen des Kessels von Les Baux auf. Die durch die *Alpilles* nach Saint-Rémy führende Straße war ebensowenig einzusehen wie die nordwestlich an der Abbaye de Montmajour verlaufende Straße nach Arles.

»Wenn Bronner tatsächlich hier oben nach jemandem Ausschau gehalten hat«, murmelte Baltasar, »dann kann dieser Jemand nur von Süden gekommen sein.« Er streckte den Arm aus und deutete auf die Windungen der Straße, die zur Ebene hinabführte.

Ariane blinzelte. »Ja, schön, aber was soll's? Was glaubst du, wie viele Autos hier Mitte Oktober noch entlangfahren? Auch mit einem Fernglas kannst du nicht unbedingt die Kennzeichen entziffern. Und auf Verdacht nach einer bestimmten Marke Ausschau zu halten ist ja wohl ziemlich bescheuert.«

Baltasar beugte sich über das Geländer und starrte in die Tiefe. Er memorierte die Landkarte.

»Du hast zwar recht«, sagte er dann, »aber nun paß mal auf. Die Straße gabelt sich da unten, nicht wahr? Der rechte Arm führt zur ›Nationale‹ nach Arles. Der linke Arm geht in Richtung Salon. Wenn unser Freund also Besuch erwartet, dann, da er in Draguignan und Cassis war, bestimmt nicht aus Arles, sondern eher aus Salon. Er kann sich also auf diese eine Straße konzentrieren.«

Ariane nickte. »Klar. Kann er. Sein hypothetischer Besuch kann aber auch durch die Berge von hinten kommen.« Sie deutete auf den Felsenrand des Kessels.

Baltasar hob die Brauen. »Der nämliche Besuch wird dies bestimmt nicht getan haben; da hinten die Straße, das sind bis Saint-Rémy fast nur Serpentinen. Hier vorn geht das alles sehr viel schneller. Ich frage mich bloß, wonach er Ausschau gehalten hat. Man kann ja von hier oben den einen Wagen vom anderen wirklich erst dann unterscheiden, wenn es zu spät ist.«

Beim Abstieg brummte er unausgesetzt vor sich hin. Als sie die Ruinen hinter sich gelassen hatten, sagte er plötzlich: »Es müßte schon ein sehr ausgefallener Wagentyp sein, den man so weit sehen kann. Und dann? Jemand kommt und hält unten auf dem Parkplatz. Dann steigt er aus und kommt in die Cité, um Bronner zu suchen. Wenn er Bronner kennt, dann kennt er auch Bronners Wagen, also wird jemand auf dem Parkplatz zurückbleiben, schätze ich; es sei denn, Bronners Wagen wäre nicht da. Hm. Bronner sieht den Besuch nahen, stürzt zurück ins Hotel, telefoniert eilig mit mir. Inzwischen sind die lieben Gäste auf dem Parkplatz angekommen oder kurz davor, je nachdem. Bronner verschwindet aus dem Hotel. Was dann?«

Sie gingen am Hotel vorbei zum Ortseingang. Baltasar blieb an der Kurve neben dem Postamt stehen und deutete auf den unteren Parkplatz.

»Siehst du, den kann er von hier aus sehen; vom oberen Parkplatz nur die Zufahrt, aber so früh am Tag wird der untere wohl noch nicht voll gewesen sein. Bronner könnte sich hier« – er deutete auf eine kleine Gasse gegenüber dem Postamt – »verdrücken und beobachten, was auf dem Parkplatz vor sich geht. Die Halunken steigen aus und kommen ins Dorf, um nachzusehen, ob er hier in einem Hotel hockt. Er läßt sie vorbei, läuft zu seinem Wagen und haut ab.«

Ariane nickte; dabei zog sie eine spöttische Grimasse. »Klar, Dicker, nur sag mir zwei Dinge. Woher wissen die, daß Bronner hier ist oder hier sein könnte? Und zweitens: Wenn sie ihn schon verfolgen, kennen sie, wie du vorhin bemerktest, bestimmt sein Auto, lassen also einen Posten zurück. Oder?«

Baltasar wandte sich wortlos um; sie gingen zum

Hotel zurück. »Fest steht nur«, sagte er mürrisch, »daß Bronner irgendwas gesehen hat, was ihn zu schleunigem Aufbruch trieb. Außerdem steht fest, daß ich jetzt frühstücken will.«

Beim Frühstück leisteten ihnen zwei Menschen Gesellschaft: ein wegen frühen Aufstehens vergrätzter Lokalreporter einer provenzalischen Zeitung und ein weiterer Beamter der Gendarmerie. Baltasar diktierte dem Reporter ein Statement, das dieser grinsend entgegennahm und trotz der Einwände des Beamten zu veröffentlichten versprach. Der Beamte ließ sich noch einmal Vorgeschichte und Hergang schildern, sprach mit dem Hotelier und dem Angestellten, der die Tür repariert hatte, nahm das Schnappmesser entgegen und inspizierte unter Leitung des hinkenden Matzbach den Schauplatz der Balgerei. Ariane schlug zwischendurch die Hände über dem Kopf zusammen, ging aber nicht mit zur Besichtigung des Tatorts, da sie, wie sie sagte, die Nase voll habe (gestrichen). Baltasar traf sie später auf der Terrasse des Zimmers an, wo sie am Geländer lehnte und in den Abgrund starrte.

»Tu das nicht«, sagte er, nachdem er neben sie getreten war, »es lohnt sich zu selten.«

Sie musterte ihn mit einem Ausdruck unverweslicher Abneigung und sagte nichts.

Baltasar zog sich zu einer Meditation auf die zimmereigene Toilette zurück, um, wie er erläuterte, seinen Geist zu entschlacken. Als er selbigen Ort verließ, fand er Ariane auf dem Bett liegend und lesend vor. Ächzend setzte er sich neben sie.

»Der Blutverlust muß meinen Geist geschwächt haben.«

»Dazu gehört nicht viel.«

»Mag sein. Aber ich habe etwas übersehen, mal wieder.« Er kramte in einer der Reisetaschen, bis er eine Landkarte gefunden hatte. Mit seinen dicken Fingern nahm er Maß an der Kilometerskala und begrapschte Landstraßen. Schließlich verkündete er: »Hah!«

»Was hah-st du?«

»Erst vorhin, als ich meinen reinlichen Gedanken nachhing, dort drinnen« – er deutete auf die Badezimmertür –, »da kam mir eine ganz offensichtliche Frage, die mehrere weitere nach sich zog. Sie zieht noch immer.«

Ariane seufzte und schwieg.

»Und zwar frug ich mich, wie es wohl kömmt, daß kaum zwei Stunden, nachdem wir hier eingetroffen, böse Pistoleros mit Dolchen und finsteren Gedanken auftauchen. Nun denke ich mir dieses: Bronner verläßt unter Hinterlassung des mir ausgehändigten Zettels das Lokal. Der Hotelier weilt zu diesem Zeitpunkt nicht am Empfang. Böse Buben, die hinter Bronner her sind, werfen einen Blick ins Hotel, sehen Zettel und Geld liegen, lesen, stellen fest, selbst wenn sie kein Deutsch können, daß Bronner außer Marseille und meinem keine Namen aufgeschrieben hat. Der Zettel ist also für sie zunächst ungefährlich. Aber sie wissen, daß der fürchterliche, grimme Matzbach erscheinen wird. Möglicherweise jedenfalls. Da sie nicht aus Les Baux sind, müßten sie einen Wachtposten hier hinterlassen. Was auf reinen Verdacht hin eine kostspielige und vielleicht, falls besagter Matzbach nämlich nicht kommt, sinnlose Sache ist. Hm. Mit einem schnellen Auto kann man aber innerhalb von eineinhalb Stunden Les Baux sowohl von Draguignan als auch von Cassis aus erreichen.«

Er stand auf und begann, am Fußende des Betts auf und ab zu gehen. Ariane verfolgte ihn mit den Augen wie einen langsamen, unendlich aufgeblähten Tennisball, der von Feldhälfte zu Feldhälfte gestreichelt wird.

»Sie haben zunächst einmal die betreffende Eintragung im Hotelbuch unangetastet gelassen, weil sie ja erst dann gefährlich wird, wenn jemand kommt und sich für Bronners Treiben interessiert. Solange keiner Fragen stellt, kann der Wisch im Buch bleiben. Es würde eher Aufsehen erregen, risse man ihn aus demselben, wie? Ja. Also lassen sie einen Menschen im Hotel zurück, der sie alarmieren wird, sobald ein Matzbach erscheint. Er mag dann auch, in einem geeigneten Moment, das widrige Blatt vernichten. Er muß es aber nicht; vielleicht hat er auch nur Geld dafür bekommen, daß er gelegentlich mal anruft, und sonst weiß er von nichts. – Jedenfalls muß hier ein Spion sein, der die Genossen Ganoven gewahrschaut hat. *¡Eso!*«

Ariane legte ihr Buch auf den Nachttisch. »Da ist was dran. Trotzdem verstehe ich dein hirnrissiges Statement nicht, das morgen in der Zeitung stehen soll.«

Baltasar grinste. »Oh, beizeiten wird sich alles klären. Vertrau mir nur und zürne nimmer, Holdeste. Aber was machen wir mit dem Spion?«

»Könnte es nicht der Hotelier selbst sein?«

Baltasar wiegte den Kopf. »Das hieße, daß er zur Bande gehört, denn für ein Trinkgeld zu telefonieren hat er bestimmt nicht nötig. Aber wie kriegen wir das raus?«

Er stand noch einen Moment stumm im Raum, dann ging er zur Tür. »Bin gleich wieder da.« Ariane schüttelte den Kopf; als er die Tür hinter sich geschlossen hatte und es nicht mehr sehen konnte, lächelte sie.

Baltasar stieg die Treppe hinunter, suchte den Hotelier und fand ihn in der Wäschekammer, wo er mißmutig auf einen Stapel auszusortierender Laken starrte, die teils zerschlissen, teils beim Bügeln angesengt waren.

»Ah, Monsieur Mazbak. Was kann ich für Sie tun?«

Baltasar setzte ihm in knappen Worten seine Überlegung auseinander. Der Hotelier machte große Augen, ließ sich auf einen Stuhl fallen, deutete stumm auf einen anderen und zog eine Zigarette aus der Brusttasche seines Hemds. Er kaute drauf herum; schließlich sagte er: »Sie haben da einen Punkt berührt. Da haben Sie wahrscheinlich recht. Aber wer kann das gewesen sein?«

»Sie waren es nicht zufällig?«

Der junge Mann lachte schallend. »Sie haben einen merkwürdigen Humor, Monsieur. Wozu sollte ich das wohl tun?«

Baltasar machte die Bewegung des Geldzählens mit Daumen und Zeigefinger. Der Hotelier hob die Brauen.

»Eine andere Frage«, sagte Baltasar. »Können Sie sich erinnern, ob Bronner vielleicht nach einem lateinischen Wörterbuch oder dem nächsten Buchladen gefragt hat?«

Der junge Mann sperrte den Mund auf und starrte Matzbach verblüfft ins Gesicht. »Ja, natürlich, das hat er. Stimmt. Das ist wahr. Aber – wie wissen Sie...? Ich hatte das völlig vergessen.«

Baltasar nickte zufrieden. »Ich habe mir das gedacht; ich wußte es nicht, und nun weiß ich es. Ich danke Ihnen, *mon ami*. Und – haben Sie ein Wörterbuch hier?«

»Nein. Was soll ich mit einem lateinischen Wörterbuch? Ich habe ihm gesagt, daß er es wohl in Arles oder Aix versuchen muß.«

»Wann war das? Beim letzten Mal, Mitte Oktober, oder jetzt vor ein paar Tagen?«

»Das war Mitte Oktober, Monsieur.«

»Hat er Sie vielleicht noch irgendwas gefragt?«

»Nnnnein … Wetter, vielleicht, und was ich ihm von der Speisekarte empfehle. Ach, ja, und, als er das zweite Mal hier war – Moment, das müßte Sonntag gewesen sein –, welches Hotel in Saint-Rémy ich ihm empfehlen könnte. Da war er aber schon schrecklich nervös.«

Baltasar nickte nachdenklich. »Und da haben Sie ihm das *Hôtel de la Lune* empfohlen, ja?«

Der Hotelier schluckte und machte große Augen. »Woher wissen Sie denn das schon wieder? Können Sie Gedanken lesen?«

»Ein bißchen. Wissen Sie, ob Bronner danach in Saint-Rémy gewesen ist oder dort angerufen hat, oder was?«

Der Hotelier schüttelte langsam seinen Kopf. »Ich glaube nicht. Er ist ja dauernd zu den Ruinen raufgerannt. Er hat mich aber gefragt, ob ich ihm einen großen Briefumschlag leihen könnte. Habe ich ihm gegeben; einen mit unserem Hotelsiegel drauf. Sie sind aber nicht mehr sehr gut, schon alt. Die Gummierung, wissen Sie; das Zeug klebt kaum noch.«

Anschließend machten sie eine weitere Personalrunde. Einer der Kellner, der bisweilen auch Bardienst hatte, gab ohne große Umschweife zu, telefoniert zu haben.

»Ja, das war ich, Monsieur. Ein Mann gab mir einen Zettel mit einer Telefonnummer und zweihundert Francs. Er hat gesagt, ich soll ihn anrufen, wenn ein Monsieur Maz-, Mat-, wie ist noch mal Ihr Name? Also, wenn ein Mensch mit Ihrem Namen aus Deutschland ankommt.«

»Haben Sie den Zettel noch?«

Der Kellner fuhr sich mit den Fingern durch die strähnigen Haare. »Nein, Monsieur. Ich habe angerufen und gesagt, daß Sie angekommen sind. Der Mann hatte mir versprochen, wenn Sie ankommen und ich anrufe, daß ich dann noch mal zweihundert Francs bekomme. Die sind heute früh mit der Post gekommen, in einem Umschlag. Aber den Zettel habe ich fortgeworfen. Der Mann hat mir das am Telefon gesagt.«

»Wann hat er Sie gebeten, anzurufen?«

»Oh, das muß Dienstag gewesen sein.«

»Und wann haben Sie ihn angerufen?«

»Gestern, als Sie angekommen sind. Ich war im Speiseraum, habe die Tische gedeckt für den Abend. Die Tür stand auf, und da konnte ich gut hören, wie Sie und der Chef sich unterhalten haben.«

»Haben Sie den Umschlag noch, in dem das Geld gekommen ist?«

»Der müßte noch im Papierkorb liegen.«

Der Kellner verschwand und kam mit dem Umschlag zurück. Baltasar nahm das Couvert und drehte es seufzend hin und her. »Das hilft nicht viel weiter«, sagte er. »Die Aufschrift ist mit Maschine getippt, und der Umschlag ist hier in Les Baux eingeworfen worden. Wahrscheinlich haben ihn die netten Menschen gestern abend mitgebracht und vorn an der Post eingeworfen. Hm. Erinnern Sie sich zufällig an die Nummer, die Sie gewählt haben, oder daran, wie der Mann sich gemeldet hat?«

»Also, gemeldet hat er sich nur mit ›Hallo‹.«

»Kein Name?«

»Kein Name, Monsieur.«

»Aber der Mann war sofort dran und wußte sofort Bescheid?«

»Ja, Monsieur. Die Nummer weiß ich natürlich nicht mehr, aber sie war im Département Var, sie fing mit 94 an.«

Ariane chauffierte, da Baltasar seine Hand pflegen mußte. »Das kommt davon, daß man seine Finger nicht aus fremden Angelegenheiten und Messern raushalten kann«, sagte Ariane. Langsam und mit Genuß kurbelte sie den alten Pallas durch die Serpentinen der Bergstrecke nach Saint-Rémy. Über Baltasars Funde war sie nicht besonders verblüfft. »Man gewöhnt sich daran, von dir nur das Unmögliche zu erwarten.«

Vor dem *Hôtel de la Lune* hielt sie an. Baltasar stieg aus und stiefelte zur Réception, wo er sich danach erkundigte, ob für ihn oder seinen Freund Monsieur Bronner ein Brief aus Les Baux eingetroffen sei. Der Angestellte nickte und begann zu suchen.

»Da wir Ihren Namen nicht kannten, dachten wir, es müsse sich um ein Versehen handeln oder Sie würden noch kommen.«

»Was hätten Sie gemacht, wenn ich nicht gekommen wäre?«

»Nach einer Woche zurückgeschickt. – *Voilà, Monsieur,* Ihr Brief. Leider ist er aufgegangen. Ich hoffe, daß nichts fehlt.«

Baltasar steckte seinen Ausweis wieder ein und untersuchte den Brief. Wie der Hotelier in Les Baux prophezeit hatte, war die Verklebung aufgegangen. Der Umschlag enthielt ein einziges zur Hälfte beschriebenes Blatt. Es begann mit den aufschlußreichen Worten: »die Druiden damit zu tun haben!«

»Offensichtlich fehlt einiges, mindestens ein weiteres Blatt.«

Der Hotelangestellte hob die Hände. »Ich bedaure unendlich, Monsieur, aber der Verlust muß bereits bei der Post eingetreten sein. Hier ist mit dem Brief nichts geschehen.«

Baltasar bedankte sich und verließ das Hotel. Am Wagen angekommen, warf er einen Blick auf seine Armbanduhr; dann stieg er ein.

»Kurz vor zwölf«, sagte er. »Die Post müßte noch geöffnet sein.«

Sie hatten keine Schwierigkeiten, das Postamt zu finden. Baltasars Nachforschungen ergaben nichts – niemand hatte die Eingeweide eines Briefes herumschleifen sehen oder aufgelesen.

In einem kleinen Laden im Zentrum, wo man Postkarten, Schreibwaren, Schnürsenkel und Bücher erstehen konnte, erkundigte er sich anschließend nach einem lateinischen Wörterbuch.

»Ah, ich bedaure, Monsieur, aber so etwas führen wir nicht.«

Die Dame zwinkerte freundlich, da Baltasar all seinen Charme hatte spielen lassen. Durch dicke Brillengläser musterte sie ihren beleibten Kunden; sie zupfte an ihrem Dutt.

»Hat vielleicht vor einigen Wochen jemand nach einem ähnlichen Werk gefragt?«

Sie nickte, verblüfft. »Ja, Monsieur.«

Baltasar beschrieb Bronner; Madame bestätigte, daß es sich um diesen Herrn gehandelt haben müsse. »Er sprach mit einem kleinen Akzent, etwa wie ein Elsässer«, sagte sie. Baltasar teilte ihr höflichst mit, er werde dieses Kompliment weitergeben, denn ein solches sei es, da es sich bei seinem Freund um einen Deutschen handle. Madame brachte ihre Verwunderung zum Ausdruck und vermutete, Matzbach stamme aus der Touraine, nicht wahr?

Höchst befriedigt stiefelte Baltasar zum Wagen zurück. Er informierte Ariane über die Ergebnisse und seinen aufkeimenden Hunger. Sie fuhren einmal durch den ganzen Ort und hielten auf dem Parkplatz eines Restaurants, das ihnen viel zu versprechen schien.

Beim Apéritif las Baltasar halblaut den verstümmelten Brief vor.

»... die Druiden damit zu tun haben! Übrigens hat Demlixh seine ersten Bücher, die hier entstanden sind, R. H. gewidmet, mit Dank für Hilfe und so; in den neueren Auflagen fehlt die Widmung. Aber mir ist das alles zu hoch. Ich hoffe, Du hast Deine Wünschelrute dabei, wegen des Wassers und der Hügel. Ich schicke alles zum Mondhotel in St. Remigius, weil ich nicht weiß, wie ich heil rauskommen soll. Zum Abhauen ist es zu spät, die langen Arme reichen bestimmt bis Bonn. Meine einzige Chance ist es, so viel Material zusammenzutragen, daß ich angreifen kann, statt angegriffen zu werden. Mal sehen, wann die Canaillen in Les Baux auftauchen. Orte und Namen kennst Du jetzt, und falls wir uns nicht schon gesehen haben, grüß mir meine Leiche. Gehab Dich wohl. William.‹«

Ariane stützte die Ellenbogen auf den Tisch, faltete die Hände unterm Kinn und rümpfte die Nase. »Sehr frustrierend«, sagte sie, »so ein verstümmelter Brief. Und mysteriös. Nicht zu reden von Leiche, Namen und Orten. Aber was soll das mit den Druiden, dem Wasser und deiner Wünschelrute? Überhaupt, wieso Wünschelrute? Und was hat dieser Phantastiker damit zu tun? Oder soll das ein anderer Demlixh sein?«

Baltasar steckte den Brief weg. »Oh, das wird wohl

Edmund Demlixh sein, Autor berühmter Werke über außerirdische Laboratorien, Marsmänner in der römischen Geschichte und so. Der wohnt irgendwo hier in der Provence. Was die Rute angeht, hm. Als ich mich weiland in der Bretagne um die weitere Verfinsterung und Verhüllung des Okkulten bemühte, ergab es sich so, daß ich nicht nur Voodoo, Geisterbeschwörung und die Hochreligionen, sondern auch andere Formen organisierten Aberglaubens studiert habe. Zum Beispiel den Marxismus, die Metaphysik und die Radiästhesie in der magisch-mythischen Variante, wie sie von den gallischen Druiden betrieben wird.«

Ariane seufzte. »Gibt es eigentlich irgendeinen Unsinn, den du nicht mitmachst?«

»Natürlich, jede Menge. Das Ernstnehmen all des Unsinns zum Beispiel, den ich eifrig studiere, um mich zu zerstreuen.«

»Ha-hm. Du bist also in Mondnächten in weißem Gewand auf Eichen geklettert? Hast Misteln gesichelt, fromme Weisen gezwitschert? Bist mit der Wünschelrute um Hünengräber geschlichen? Oder was?«

»All dies und noch mehr, mein Lieb. Ich habe mich aber in der Regel mit dem begnügt, was man messen kann, und alles, was man glauben muß, lächelnd angehört.«

»Dann erzählt mir doch lächelnd mal etwas über all diesen Unfug.«

»Die Rutengeschichte ist eigentlich sehr einfach. Alle Materialien strahlen, je nach ihrer Beschaffenheit. Mit einem Geigerzähler mißt man Radioaktivität, mit einer Wünschelrute, je nachdem, wie sie beschaffen ist und wie gut man sie handhaben kann, Wasser, Strom, Eier in zugedeckten Töpfen, notfalls auch Leichen oder was du haben willst. Nun gibt es viele verschiedene Sorten unterirdischer Strahlung: positive, negative, Netze und Gitter verschiedener Kategorien. Empirisch feststellbar ist, daß bestimmte Sorten bestimmte Wirkungen haben. Viele Wasseradern sind schädlich, wenn man direkt über ihnen jahrelang schläft oder sitzt; es gibt da Untersuchungen, denen zufolge die Anzahl von Krebserkrankungen auf Adern viel höher ist als an anderen Stellen. Dann gibt es ein bestimmtes Strahlensystem, das offenbar darüber befindliche Objekte dehydriert; so hat man an entsprechenden Stellen uralte, unverweste Leichen gefunden. Ähnliche Effekte treten angeblich in den Pyramiden auf.«

Während des Essens erzählte Matzbach weiter; er erging sich in Serien bizarrer Geschichten, Anekdoten und Mutmaßungen, deren Unverständlichkeit durch sein periodisches Schmatzen und Schlucken kaum verstärkt wurde. Schließlich sagte er: »Du siehst, da sind wieder viele Dinge zwischen Himmel und Erde. Interessant ist, daß sie sich größtenteils nachweisen lassen. Aber niemand weiß, weshalb und wie im einzelnen das alles funktioniert. Das ist nicht weiter betrüblich; schließlich kann einem ja auch noch immer niemand mit erhellender Glaubwürdigkeit auseinanderlegen, wie ein magnetisches Feld beschaffen ist oder weshalb sich Elektrizität ereignet.«

Ariane lauschte und kaute. Beim Dessert kam Matzbach zu den ausgefalleneren Aspekten.

»Soweit die Sache meßbar ist, wenn auch nicht erklärlich, kann man auf den Fortschritt der Republik auf allen Gebieten vertrauen. Irgendwann wird jemand vielleicht dahinterkommen. Bis dahin gibt es zwei Möglichkeiten. Entweder man begnügt sich mit dem Feststellbaren und verzichtet vorerst auf eine Erklärung. Oder man geht hin und leitet aus dem Donner einen Donnergott ab oder aus dem Verlauf der Weltgeschichte den dialektischen Materialismus. In unserem Fall, Wasser und so weiter, gibt es da besonders pittoreske Ansätze. Die gallischen Druiden, die es noch immer gibt und die behaupten ihre mündliche Tradition sei nie abgerissen, bauen auf der Häufigkeit bestimmter Frequenzen riesige Gebäude von Zahlenmystik auf. So ist die Neun in allen Wurzeln, Vielfachen und Potenzen heilig; die großen Steine, etwa von Carnac, sind nach der einen Behauptung eine Art Transformator zur Kennzeichnung, Kondensation und heilbringenden Anwendung bestimmter Erdstrahlen, nach einer anderen sind sie eine Art Gebetsmühle, durch die selbige Strahlen in den Himmel gerichtet werden. Der bemerkenswerten druidischen Überlieferung zufolge wurden sie vor Tausenden von Jahren von den Urahnen der Kelten errichtet. Diese Urahnen kamen aus Atlantis, landeten in der Bretagne und wanderten von dort aus ostwärts. Die den säkularen Archäologen und Historikern bekannte keltische Wanderung von Ost nach West ist den Druiden zufolge eine zweite Bewegung, eine Art Heimkehr. Unter den ersten großen Führern, die in grauer Vorzeit Asien eroberten, befand sich auch der keltische Fürst Ram oder Rama, dessen Taten angeblich das indische *Ramayana* verzeichnet; desgleichen weisen die Lehren Christi eine so bemerkenswerte Ähnlichkeit mit druidischen Traditionen auf, daß man in diesen Kreisen fest davon ausgeht, er habe in der nicht genau belegten Zeit zwischen seiner Jugend und dem Beginn seiner Aktivitäten eine Lehrzeit in der Bretagne verbracht. So ist das, nun weißt du es endlich.«

Ariane nickte lächelnd. »Sehr interessant. Fast so beeindruckend wie die Kosmologie des *Silmarillion.*«

Matzbach hob die Brauen. »Und mindestens ebenso glaubwürdig, wenn wir davon ausgehen, daß nur das Absurde glaubwürdig ist, weil alles andere ja, da man es mit dem Verstand erfassen kann, nicht zu glauben, sondern zu wissen ist.«

Beim Kaffee schloß er die Lesung mit einem Exkurs über weitere Anwendungsbereiche von Rute und Pendel ab: Ermittlung von Krankheiten in bestimmten Körpergegenden, Auspendeln von Handschriften mit Aussagen über Charaktere, Bau von Heiligtümern und, an gleicher Stelle, später Kathedralen über besonders bemerkenswerten Strahlungsquellen, und so weiter. »Eine Sache noch«, sagte er schließlich, »muß man klarstellen. Die Druiden heutzutage sind selbstverständlich keine Rassisten. Sie sind nur von der Überlegenheit des keltischen Seelenmaterials überzeugt, das zyklisch in anderen Körpern wiedergeboren wird, und selbstverständlich wird nie eine gute keltische Seele etwa im Leib eines Germanen oder gar eines Negers inkarnieren. Nein, nimmer. Was mich an der Wiedergeburt immer besonders beschäftigt hat, ist die Frage, aus welchen geheimen Beständen die Seelen stammen, die zur Belebung der Bevölkerungsexplosion unabdingbar sind. Und, wenn es da irgendwo ein Geheimdepot gibt, wie viele Seelen es noch faßt. Damit ließe sich endlich feststellen, was das von den keltischen Göttern festgesetzte Maximum der Weltbevölkerung ist. Meiner Meinung nach müssen diese Götter ohnehin inkompetent sein, da die Welt längst hoffnungslos übervölkert ist. Aber zur Klärung dieser Fragen haben die alten Gnostiker viele wunderliche Antworten erfunden. Mich befriedigt jene am meisten, die da behauptet, die richtigen Götter seien immer mit für uns unfaßbar wichtigen Dingen beschäftigt; irgendein geistig deformierter Subalterngott, ein Irrer, habe vor Zeiten vor sich hin gespielt, ohne Sinn und Verstand, und dabei die Welt und die Sterne und die Bäume und die Menschen geschaffen. Kein Wunder, daß wir uns seit Jahrtausenden wie die Abfallprodukte eines Irren benehmen.«

Nach dem Essen fuhren sie ein Stückchen aus dem Ort hinaus, um in den Ruinen des römischen Glanum einen Verdauungsspaziergang zu unternehmen. Baltasar schwieg ausnahmsweise die meiste Zeit, und Ariane dankte es ihm mit freundlichen Blicken. Schließlich erklärte er, ihm gehe gerade eine andere bisweilen ausschlagende Wünschelrute durch den Kopf; ohne große Mühe gelang es ihm, Ariane zu einer Siesta im Hotel zu Les Baux zu überreden, allwo man damit verbundene Fragen meditativ oder wie auch immer klären könne.

IV

Am Freitag las man – staunend – in einer verbreiteten südfranzösischen Zeitung, ein Monsieur Matzbach sei in Les Baux überfallen worden, von mehreren bösen Menschen. (Ariane fragte: »Wieso mehrere? Es waren drei.« Matzbach erwiderte, er hoffe, daß jemand das wisse – mehr als diese dunkle Rede tat er nicht.) Besagter Matzbach versuche, das Verschwinden eines Freundes aufzuklären, der auf der Suche nach interessanten antiken Bodenschätzen verschollen sei. Matzbach besitze alle nötigen Unterlagen – es gehe um ein karthagisches Testament – und sei sicher, es enträtseln zu können. Er werde in den nächsten Tagen in ein bestimmtes Hotel zu Cassis ziehen und sei für jeden Hinweis auf das Verbleiben seines Freundes Bronner dankbar.

Ariane konstatierte, Baltasar müsse endgültig als verrückt angesehen werden. Beim Frühstück war die Atmosphäre gespannt.

Die Stimmung besserte sich jedoch bald auf einer Tagesfahrt zu wichtigen oder angenehmen Plätzen der Provence. In Arles erstand Matzbach ein lateinisches Wörterbuch und die neuesten französischen Ausgaben der Werke von Edmund Demlixh; in der städtischen Bibliothek ließ man ihn einige ältere Editionen der gleichen Titel betrachten, allesamt erschienen im Lauf der vergangenen zehn Jahre.

Nach einem bescheidenen Mittagessen in Arles navigierte Matzbach den Wagen über den Deich der südlichen Camargue nach Les-Saintes-Maries-de-la-Mer, von dort zu einem gemütlichen Kaffeetrinken in Nîmes. Kurz vor Sonnenuntergang schritten sie gemessenen Fußes den Pont du Gard ab und erreichten in völliger Dunkelheit wieder das Hotel in Les Baux. Erschöpft von Städten, römischen Bauwerken und Sand ergaben sie sich den Freuden eines Nachtmahls. Danach machte sich Baltasar daran, mit Hilfe des Wörterbuchs eine genaue Übersetzung des Testaments anzufertigen. Sie saßen im Speiseraum; Ariane las und sah gelegentlich auf die tintigen Krähenspuren, mit denen Baltasar seine Fortschritte festhielt.

»Maharbal schreibt dies. Bald werde ich der Mutter des untergegangenen Karthago meine Ruder zurückerstatten, die Schatten sind schon länger. Ich wurde geboren im Jahr nach Zama; nun, da auch der jüngere Africanus gestorben ist, wünsche ich, daß mir der Fährmann eine andere Unterwelt zuweise als ihm.

Mein Besitz soll der Rache oder der Vergebung dienen, wie der Finder es beschließt. Ich habe an vier Stellen, die ein rüstiger Greis zu Fuß erreichen kann, Goldmünzen, Silbermünzen und zweimal kostbare Steine vergraben, dazu an drei Stellen diesen Hinweis in meiner Sprache, der Sprache meiner letzten Heimat und der des Feindes. Wenn nicht Äonen verstreichen, wird alles zu finden sein. Berge verfallen und Flüsse vertrocknen, doch hinterläßt für eine Zeit alles Spuren im Fließen.

Da Rom uns den Handel nicht mehr erlaubte, gab mein Vater mich griechischen Handelspartnern aus Massalia mit, so blieb ich doch Karthager und war freier Grieche zugleich, denn Massalia erlitt noch nicht das Los von Korinth und Karthago. Ich habe alle Meere befahren und bin zu Land bis zur Mauer gereist, an der die Welt vor China endet. Die Lehren und Geschichten des Ostens sind geschrieben und liegen bei dem Gold. Die Kenntnisse des Südens, die Geheimnisse der Großen Bibliothek sind bei dem Silber. Das Wissen der Eichenpriester des Nordens und Westens, zusammengefaßt auf Papyrus, ist bei den Steinen, wie es sich ziemt.

Vom Morgen an der Mauer bin ich gereist bis zum Sonnenuntergang jenseits des Ozeans, dorthin, wo meine Ahnen schon waren, ehe die Römer wußten, daß Gadir bestand. Die letzte Reise zu Wasser und Land führte mich von der Nordspitze der kleineren Insel im Nordwesten über Arausio zum kleinen Hafen östlich Massalias, von dort nach der Wüste, die Karthago nun ist, und über Syrakus nach Samos. Zwei Tagesreisen südwestlich von Korkyra wurde mir eine Vision aus der senkrechten Sonne zuteil; sie enthüllte mir eine Landschaft Illyriens, am Danubius, die ich nie wiedersehen werde. Ich rate allen, die nach mir dies Meer befahren, den Blick auf die Küste bei Syrakus von Süden zu suchen. Dreimal heilig die Drei; die Vier, die dann folgt, verläßt die Fläche. Dies schreibt Maharbal im Nahen des Todes.«

Ariane las, mühevoll aber zielsicher, Baltasars Charakterschrift. Sie gab ihm die Übersetzung zurück und schüttelte den Kopf. »Ich will nicht an deinen lateinischen Sprachkenntnissen zweifeln, aber bist du ganz sicher, daß das da steht?«

»Ich bin.«

»Und wirst du schlau daraus? Ich nicht.«

Baltasar forderte einen letzten Rotwein an, setzte seine erloschene Zigarre wieder in Brand und lehnte sich zurück.

»Nun ja«, sagte er, »teils teils. Dieser Mensch, wenn das keine Fälschung ist, stammt offensichtlich aus Karthago. Zama war, zweihundertzwei oder zweihundertdrei vor Christus, Hannibals Niederlage im Zweiten Punischen Krieg. Der jüngere Africanus ist, glaube ich, um die hundertdreißig oder hundertneunundzwanzig gestorben. Unser Testamentsautor war also ungefähr dreiundsiebzig oder vierundsiebzig Jahre alt, als er das geschrieben hat. Und er hat drei Testamente gemacht. Dies hier ist in der Sprache des Feindes, Latein.«

»Erleuchte mich, o Herr«, bat Ariane. »Meine Kenntnisse in antiker Geschichte sind nicht besonders.«

Matzbach holte tief Luft. »Die Karthager«, sagte er, »waren Händler mit Faktoreien überall im westlichen Mittelmeer und an der spanischen und nordafrikanischen Atlantikküste. Gadir, das hier genannt wird, ist Cádiz. In Sizilien sind sie aus einem dusseligen Anlaß mit den Römern aneinandergeraten, die sich nicht mit Faktoreien zufriedengegeben haben, sondern, wie alle echten Imperialisten, das Land und die Leute ganz besitzen wollten. Der erste Krieg hat an die dreiundzwanzig Jahre gedauert, am Ende mußten die Karthagar Sizilien und Sardinien abgeben, ihre Kriegsschiffe verschrotten und viel Geld bezahlen. Es war klar, daß es eine zweite Runde geben würde, deshalb sind die Karthager, um sich eine bessere Ausgangsposition zu schaffen, nach Spanien gegangen und haben da erstmalig Land erobert. Das paßte den Römern wieder nicht, obwohl die ja auch nichts in Spanien zu suchen hatten, und sie haben in Sizilien Truppen gesammelt, um nach Afrika zu gehen und Karthago direkt anzugreifen. Hier kommt Hannibal ins Spiel. Er saß in Spanien und ist von da aus über die Pyrenäen und die Alpen nach Italien gezogen, um die Römer dort am Kragen zu packen und dafür zu sorgen, daß sie ihre Leute nicht nach Karthago schicken konnten, weil sie sich um ihn kümmern mußten. Das war der Zweite Krieg, der hat nur siebzehn Jahre gedauert und endete mit der Schlacht von Zama. Danach durften die Karthager überhaupt nichts mehr, sich nicht mal wehren, wenn sie angegriffen wurden. Ein römischer Bundesgenosse in Nordafrika war besonders eklig; er hat sie immer wieder gepiekst, die Ernte verbrannt, Mädchen entführt und so was. Die Römer haben sich die karthagischen Proteste angehört und nichts unternommen. Schließlich haben die Karthager sich gewehrt, und weil das ein Vertragsbruch war, gab es den Dritten Krieg, der nur drei Jahre gedauert hat. Am Ende, einhundertsechsundvierzig vor unserer Zeit, wie unsere sozialistischen Brüder sagen, gab es das große Abschlachten. Karthago hatte wahrscheinlich noch eine halbe Million Einwohner, die alle von den Römern umgebracht wurden. Die Stadt wurde planiert, und die Äcker wurden mit Salz gedüngt, damit nichts mehr wuchs. Zu solchen Veranstaltungen braucht man heute Atombomben; die Römer konnten das mit einfacheren Mitteln schon genau so effektiv. Übrigens waren sie ganz gut im Völkermord. Im gleichen Jahr haben sie es in Griechenland mit der Stadt Korinth ähnlich gemacht.«

»Gründlich«, sagte Ariane tief beeindruckt. »Man könnte fast Verständnis dafür haben, daß dieser – wie heißt er? – Maharbal sie nicht besonders gut leiden konnte. Africanus ist wahrscheinlich der Oberschlächter gewesen.«

»Genau. Als Karthager hätte auch ich mir ausbedungen, in eine andere Hölle geschafft zu werden als der da. Na ja. Jedenfalls ist das hier eine wilde Geschichte. In China ist er gewesen, oder fast, und außerdem, wenn ich das richtig verstehe, in Amerika, wie? Sonnenuntergang jenseits des Ozeans. Sehr hübsch.«

»Aber wo hat er denn sein Zeug versteckt?«

Baltasar legte den Zigarrenstummel in den Aschenbecher und seufzte. »Wenn man das wüßte. Stell dir vor: asiatische Überlieferungen, von einem offenbar aufgeweckten Reisenden vor zweitausend Jahren aufgeschrieben, dazu irgendwelche Geheimlehren aus der Bibliothek von Alexandria, die Cäsar auf dem Gewissen hat, und außerdem die Lehren der Eichenpriester. Das müssen ja wohl die Druiden sein. Toll. Ich bin gern bereit, auf die Münzen und Steine zu verzichten, mir würden die Papyri reichen.«

Ariane nahm die Übersetzung wieder in die Hand. »Meinst du, daß hier alle nötigen Schlüssel drin sind, um den Kram zu finden?«

»Es klingt so. Ich weiß allerdings nicht, wie man das angehen soll. Aber wir kommen schon noch dahinter.«

»Meinst du, das Testament ist echt?«

»Wenn nicht, dann ist es jedenfalls ein netter Einfall. Aber wem, außer mir, fällt so etwas ein? Du siehst, die Wahrscheinlichkeit spricht für Echtheit.«

Im Zimmer hörte Ariane heftige Geräusche, während sie sich im Bad zugunsten der Nacht vorbereitete. Als sie nach Beendigung der Reinlichkeiten ans Bett trat, fand sie dort Baltasar auf Knien vor, wie er geworfene Münzen aufsammelte und das nächste Hexagramm vervollständigte.

»Na, was meinen die alten Chinesen?«

Matzbach blätterte, bis er das Zeichen gefunden hatte. »Hemmnisse«, knurrte er, »überall Hemmnisse. Die Welt ist voll von ihnen. Ich sollte mir Hemmschuhe mit speziell gefertigten Bremsspikes anschaffen. Die Chinesen sagen, bei solchen Hemmnissen sei der Südwesten förderlich und ich soll um Himmels willen nicht nach Nordosten reisen. Weiterhin appelliert man an meine Beharrlichkeit und rät mir schon wieder, den großen Mann zu sehen.«

Er blickte auf. »Immer dieser große Mann. Diesmal kann ich es ja wohl nicht sein, oder? Auf dem geziemenden Platz ist Heil in der Beharrlichkeit, denn dadurch werden Zucht und Maße im Land wiederhergestellt, sagen die Chinesen, und Weisheit ist im Stehenbleiben und im Der-Gefahr-von-fern-Zusehen. Außerdem habe ich eine obere Sechs, und die sagt mir das gleiche noch mal. Nicht Gehen, Kommenlassen und Den-großen-Mann-Sehen. Pah.«

Ariane schlüpfte unter die Kombination aus Laken und Wolldecken. Sie gähnte. »Dich möchte ich sehen, wie du Zucht und Maße förderst.«

Er hörte nicht zu. Gedankenschwer fragte er den wurmstichigen Kleiderschrank: »Was sollte ich denn auch im Nordosten? Andererseits: Was soll ich im Südwesten. Ach, ich weiß nicht.«

Ariane kicherte. »Schön, dich ratlos zu sehen. Übrigens bin ich zu müde für eine andersartige Interpretation deines Orakels. Daß du's nur weißt.«

Matzbach nickte. »Ausgezeichnet. Dann kann ich ja endlich mal ein gutes Buch lesen.«

»Tust du so was? Ich dachte, du hättest dich endgültig dem Irrationalen und dem Orakeln ergeben.«

Matzbach würdigte sie keines weiteren Blickes und ging ins Bad.

»Du weißt«, murrte er später, als er mit der *Kritik der praktischen Vernunft* in Händen dalag, »daß mir der Glaube an den Verstand fehlt, um ein guter Rationalist zu sein. Allerdings verstehe ich zuviel von Irrationalem, um diese Bizarrerien vernünftig zu finden. Wenn ich zu Hause wäre, müßte ich mich die ganze Nacht mit diesem Widerspruch plagen, aber zum Glück habe ich Urlaub, und da kümmert es mich nicht.«

Den Samstag verbrachten sie friedlich im Südwesten, indem sie Daudets Mühle besichtigten, auf den Trümmern einer kleinen römischen Wasserleitung herumturnten und hier, da und dort etwas aßen. Abends brütete Baltasar über dem Testament, kam aber nicht zu lichtvollen Erkenntnissen.

Am Sonntag fuhren sie vorsichtig nach Südosten; nach einer Speisepause am alten Hafen von Marseille ging es weiter nach Cassis. Sie nahmen ihr von Les Baux aus vorbestelltes Hotelzimmer in Besitz und anschließend eine gründliche Inspektion der Hafenkneipen vor. Abends, bei einer Fischsuppe, sagte Ariane jäh: »Sag mal, glaubst du, daß die wieder auftauchen?«

Baltasar verschluckte sich. »Wer?« stieß er mühsam hervor, nachdem er sich ausgehustet hatte.

»Na, die netten Messerwerfer.«

»Ach, warum eigentlich nicht? Die oder andere.«

»Welche anderen?«

Er sah sich um. Als er sicher war, daß niemand gezielt lauschte, sagte er halblaut: »Na, alle, die an dem Testament und an Bronner interessiert sein könnten.«

Ariane musterte ihn aufmerksam. »Meinst du, es könnten mehrere sein? Verschiedene?«

Er beschrieb mit seinem Löffel einen Halbkreis der Ratlosigkeit. »Was weiß ich? Der einzige Verschiedene bisher dürfte der gute William Bronner sein, denke ich.«

»Hmpf?«

»Na, sieh mal: Messerstecher, und zwar bestimmt keine Profis, suchen nach einem Papier, nehme ich an. Nach welchem Papier? Dem Testament? Wenn sie wissen, was drin steht, brauchen sie es nicht. Wenn sie es nicht wissen, können sie es nicht dringend suchen. Alles andere, wilde Spekulationen über mögliches Interesse und geheimnisvolle Andeutungen, ist mir zu albern. Gesetzt den Fall, Bronner hat jemandem das Ding geklaut. Dieser Jemand wird sicherlich noch ungefähr den Wortlaut wissen, also hat er keinen Grund, mit Messern auf andere Menschen loszugehen. Es sei denn, er will es partout geheimhalten – dann hätte er längst Bronners

Gepäck durchsuchen können, bevor wir angekommen sind. Also, denke ich mir in meinem dicken Kopf, geht es weniger um das Testament als um etwas, was Bronner vielleicht zusätzlich herausbekommen hat. Und wovon der Interessent annimmt, Bronner könnte es, auf die eine oder andere Weise, dem mysteriösen Matzbach übermittelt haben. Also werden die Gepäckstücke erst durchsucht, nachdem wir uns damit befaßt haben, und anschließend will man uns durchsuchen.«

»Kompliziert, aber unwahrscheinlich«, sagte Ariane. »Bloß, welche Interessenten könnten es sein?«

»Bronner hat mir am Telefon was von Assassinen erzählt, und in diesem Stückelbrief von Druiden. Das sind schon zwei, wenn sie nicht identisch sind, obwohl Druiden und Assassinen kaum etwas miteinander gemein haben. Dann denk mal über das Testament nach, was da so alles drin steht. Es könnte zum Beispiel eine Bande gieriger Münzsammler sein oder eine archäologische Mafia oder jeder, der den Wert bestimmter Dinge erkennt und sie finden will, um sie meistbietend zu verkaufen. Was weiß ich. Vielleicht hat Bronner aber auch die Tochter eines provenzalischen Patriziers besudelt, und die Sippe, die sich an ihm gerächt hat, will sämtliche Spuren verwischen.«

»Aha. Mit anderen Worten: Du weißt nichts.«

»Gute Fischsuppe, diese hier.«

»Das weiß ich auch.«

»Siehst du, so weiß jeder etwas. Die Güter der Welt sind bekanntlich ungerecht verteilt. Aber mit mehr als diesen dummen Vermutungen kann ich im Moment wirklich nicht aufwarten. Ich böte ja glatt den Mond auf, wenn dich das von der Lauterkeit meiner Absichten und der Reinheit meines Herzens überzeugte.«

»Es überzeugt nicht.«

Beim Kaffee sagte Ariane unvermittelt: »Wie ist das eigentlich mit den großen Detektiven? Sherlock Holmes war doch unbeweibt, nicht wahr?«

»Äußerst. Warum?«

»Und Pater Brown ebenfalls, denke ich mir.«

»Eine wahrscheinliche Annahme, wenn auch der Zölibat und seine Einhaltung durch englische Geistliche jenseits der mir von der Natur gezogenen Grenzen liegen.«

»Hm. Und die andern Großen des Gewerbes?«

Matzbach zählte auf. »Also, Miss Marple, alte Jungfer. Hercule Poirot, eitler Affe und Hagestolz, Auguste Dupin, Max Carrados, Nero Wolfe – allesamt desgleichen. Aber was heißt das? Es gibt auch Gegenbeispiele. Maigret war verheiratet, Bony auch, Marlowe und Konsorten hüpften schon ganz hübsch durch die einzelnen Körbchen, Bond sowieso – also, worauf willst du hinaus?«

Sie winkte ab. »Ach, war nur so eine Idee.«

»Sprich dich aus. Willst du mich verlassen, um mich zu einem besseren Detektiv zu machen?«

Ariane lachte. »So ungefähr. Ich hatte mir überlegt, ob Frauen am Bein nicht so was sind wie ein Klotz an Samsons Haar und ob der Scharfsinn deiner literarischen Ahnen nicht simple Verdrängung und Kompensation ist. War aber wohl nichts.«

Matzbach grinste. »Nicht direkt jedenfalls. Wolltest du mich denn irgendwo befördern, oder was?«

Sie schüttelte heftig den Kopf. »Nein, mein Lieber. Es war nur so ein Gedankenspiel. Und so gut wie Maigret wirst du ohnehin nie. Außerdem müßte ich dich dazu heiraten, und der Preis ist mir zu hoch.«

V

Am Montagmorgen händigte der Portier Baltasar drei Dutzend Briefe, Karten und Telegramme aus; in der Halle des Hotels warteten zehn Journalisten bzw. Reporter; ein Mann in betont unauffälliger Zivilkleidung ließ sich nach Vorzeigen eines Ausweises von einem Kellner zu Matzbach und Ariane bringen, die über einem reichhaltigen englischen Frühstück saßen. Es handelte sich um einen Kommissar aus Marseille mit Namen Ducros. Er nahm die angebotene Tasse Kaffee dankend an und tadelte anschließend Baltasar wegen seines Interviews und seiner Risikobereitschaft.

»Wir wissen ja nicht, wer dahintersteckt«, sagte er, »aber man muß damit rechnen, daß Ihr Freund nicht mehr unter uns weilt.«

»Ist das Ihre persönliche oder amtliche Meinung?« Matzbach schaufelte eines der gebratenen Würstchen in seinen Mund und kaute vernehmlich darauf herum.

»Nun ja, beides«, sagte der Mann aus Marseille erhellend. Er spielte mit einer unangezündeten Zigarette, bis Ariane schließlich sagte: »Nun rauchen Sie doch endlich, Monsieur le Commissare; das wird uns nicht das Frühstück verderben.«

Ducros warf ihr einen dankbaren Blick zu. »Sehen Sie«, sagte er, nachdem er inhaliert und gehustet hatte, »es gibt viele Dinge, die wir nicht wissen. Eines wissen wir jedoch sicher: Ihrem Freund Bronner wurde am vierundzwanzigsten Oktober auf der Cannebière zu Marseille sein Mercedes gestohlen.«

Baltasar lehnte sich verdauend zurück und griff nach seinem ramponierten Zigarrenetui. »Was Sie nicht sagen«, murmelte er. »Gestohlen? Wie konnte das passieren?«

»Er war leichtsinnig. Er hat mit laufendem Motor gehalten und ist ausgestiegen, um sich an einem Kiosk Zeitungen zu kaufen. Als er sich umdrehte, sah er gerade noch, wie ein Mann in den Wagen sprang und mit ihm davonjagte.«

»Hat er ihn erkennen können?«

»Er hat eine präzise Personenbeschreibung gegeben. Wir wissen, wer es gewesen sein könnte; es handelt sich um einen jungen Mann, von dem wir schon lange annehmen, daß er für eine größere Bande von Wagenschiebern arbeitet. Sie wissen, daß der größte Teil des Handels mit Luxuslimousinen, gestohlenen, meine ich, zwischen Europa und Nahost entweder über Marseille oder über Genua abgewickelt wird, nicht wahr? Gut. Wie gesagt, wahrscheinlich ist es dieser Mensch namens Laurent Vergès; wir können aber nichts unternehmen, solange Ihr Freund Bronner nicht zur Verfügung steht, um einwandfrei zu sagen: Ja, der war es. Denn beweisen läßt sich nichts. Der Wagen ist natürlich längst umgespritzt, vielleicht schon fort.«

»Warum erzählen Sie mir das? Sie wollen doch etwas von mir, oder? Sie könnten mich ja auch einfach auffordern, meine deutsche Nase aus französischer Polizeiarbeit herauszuhalten, umgehend meinen Aufenthaltsort zu wechseln und mich am besten in der Bundesrepublik um meine Privatangelegenheiten zu kümmern.«

Ducros grinste. Er war Mitte Vierzig, klein und drahtig; die Lichtungen seines schwarzen Haares wurden durch die buschigen Brauen wettgemacht, die über den braunen Augen aufragten. Seine Hakennase schien der Oberlippenrinne nachzuschnüffeln, die mit ihrer unteren Fortsetzung durch eine wahrhafte Grube im Kinn irgendwie für Symmetrie in diesem Geierantlitz sorgte. Ducros steckte in einem antiken grauen Straßenanzug und bevorzugte Nylonhemden; aus dem offenen Kragen krochen schwarze Haarbüschel. Seine Finger waren auf der Oberseite behaart, er schien viel zu rauchen, und zwar beidhändig, um die Vergilbung gerecht zu verteilen.

»Ich will nicht mit Ihnen feilschen, deshalb habe ich gleich diese Information auf den Tisch gelegt. Draußen stehen unsere lieben Freunde von der Presse. Ich glaube, in Cassis sind in den letzten vier Jahrhunderten nur selten zehn Reporter gleichzeitig gewesen. Sie haben da für eine bemerkenswerte Novität gesorgt.«

Er drückte seine amerikanische Zigarette aus und zündete sich gleich eine neue an. Der Husten war diesmal milder; es mußte sich beim ersten heftigen Husten um eine besondere Entzugserscheinung gehandelt haben.

»Ich sehe, daß Sie da einige Korrespondenz zu bewältigen haben.« Er deutete auf den Stapel von Zuschriften neben Baltasars Zigarrenetui. Matzbach warf sein noch nicht abgebranntes Streichholz in den Aschenbecher, wo es kurz vor sich hin flackerte und dann Ducros' Kippe in Brand setzte. Ariane drückte sie aus.

»Ja. Was ist mit meinen netten Briefchen?«

»Nun, ich dachte, Sie würden mir vielleicht die Freude machen, Ihnen bei der Lektüre zusehen zu dürfen. Ich könnte Ihnen dann zum Beispiel sagen, dieser da stammt von einem bekannten Irren, der auf jeden Zeitungsartikel reagiert. Oder der da stammt von einem ehemaligen Safeknacker Nummer eins dieser schönen Küste. Oder so.«

Baltasar nickte und setzte ein sanftes Lächeln auf. »Das wäre sicher hilfreich. Es schüfe aber neue Probleme. Ich habe in meiner Erklärung festgestellt, ich hätte ein gewisses Papier entschlüsselt, ich suchte Informationen über den Verbleib meines Freundes Bronner, und ich wollte die Polizei nicht in diese Privatangelegenheit hineinziehen. Wenn ich Sie jetzt all die Briefe lesen lasse, während da draußen die ganzen Freunde von der schreibenden Zunft herumstehen und uns beobachten – was, glauben Sie, würden meine hypothetischen Interessenten sagen?«

Sanft schlug Ariane vor: »Lest die Briefe doch beide nicht. Werft sie einfach weg. Dann könnten wir Urlaub machen und Bücher lesen. Außerdem – wie steht es mit deiner Fähigkeit, französische Handschriften zu enträtseln? Nach den Adressen zu urteilen, sind da nur wenige Briefe mit Maschine geschrieben.«

Baltasar paffte. Nachdenklich sagte er: »Passen Sie mal auf, *mon ami*. Sie werden jetzt gleich laut werden und mich anbrüllen, sichtbar für unsere Freunde da draußen. Ich werde zurückbrüllen und Sie des Saals verweisen. Sie gehen raus und erklären, wenn man Sie fragt, ich hätte mich geweigert, mit der Polizei zusammenzuarbeiten. Ich werde später etwas Ähnliches sagen.«

»Und dann?«

»Dann treffen wir uns an einer Stelle, wo uns niemand beobachten kann.«

»Aha. Sehr dramatisch, aber wenn Sie wollen. Was schlagen Sie vor?«

»Was halten Sie von der dritten *Calanque*?«

Sie einigten sich darauf und besprachen eine ungefähre Zeit. Ariane gab einige sarkastische Kommentare ab. Dann schrie Ducros mit hochrotem Kopf: »Sie unverschämter Kerl! Es reicht Ihnen wohl nicht, die Zusammenarbeit zu verweigern, nein, Sie müssen mich auch beleidigen, was?«

Baltasar brüllte zurück. »Ich verbitte mir diese Unterstellungen und diesen Tonfall, mein Herr!«

Die restlichen Frühstücksgäste musterten interessiert die Streitenden. Mindestens zwei Kellner näherten sich aus verschiedenen Richtungen.

»Sie werden mich bitte sofort in Frieden lassen, Monsieur!«

Ducros stand auf, schwer atmend. »Das werden Sie bereuen! Notfalls bin ich bald mit einem Haftbefehl wieder zurück!«

»Und mit welcher phantastischen Begründung? Ich hätte Ihnen bei Ihrem widerwärtigen Gesicht gar nicht genug Einfallsreichtum zugetraut, um irgendeinen redlichen Richter von der Notwendigkeit zu überzeugen!«

»Ah! Beamtenbeleidigung und Verächtlichmachung der Staatsorgane kommen noch dazu! Wir sehen uns wieder, Sie... *boche*!«

»*Adieu*, Sie unerfreuliches Subjekt!«

Ducros stampfte qualmenden Blicks und hocherhobenen, puterroten Gesichts an den Kellnern vorbei aus dem Saal. Die Gäste kicherten und tuschelten, einige schüttelten die Köpfe und verschickten mißbilligende Blicke. Der nächststehende Kellner kam grinsend an den Tisch, um abzuräumen; dabei zwinkerte er und meinte halblaut: »Sie haben eine schöne Stimme und ein erfreuliches Vokabular, Monsieur. Kann ich Ihnen, Madame, oder Ihnen, Monsieur, im Moment noch etwas bringen?«

Ariane wollte ablehnen, Baltasar jedoch bat um zwei

Gläschen eines der frühen Stunde angemessenen Kräuterlikörs und um einen Brieföffner.

»He«, sagte Ariane, »wieso zwei Gläser? Ich will nichts!«

»Aber ich will zwei, Geliebte.«

»Die Szene hat dir ja richtig Spaß gemacht, wie? Unmöglich!«

Baltasar schwieg. Mit einem hoteleigenen Brieföffner zerfetzte er die Umschläge, während vor dem Hotel Ducros eine dampfende Pressekonferenz improvisierte. Die meisten Schreiben überflog Matzbach nur, dabei nippte er abwechselnd an den Likörgläsern. Einige Briefe las er genauer und schob sie Ariane hin, die in der Zwischenzeit wieder begonnen hatte, ihn sanfter anzusehen.

Kurze Zeit später verließen auch sie den Speisesaal. Baltasar hatte alle Post in eine seiner unermeßlichen Innentaschen gestopft.

Den Reportern erklärte er freundlich, es seien einige interessante Schreiben für ihn gekommen, aber völlig überzeugen könne ihn keines. Er hoffe, in den nächsten Tagen genauere Auskünfte zu erhalten; in jedem Fall weigere er sich, der Polizei vertrauliches Material weiterzugeben. Ariane stand mit lässiger Eleganz neben ihm und lächelte.

Ohne verfolgt zu werden, spazierten sie eine Weile um das Hafenbecken. Einige deutlich auf Saisonbetrieb eingestellte und jetzt geschlossene Kneipen, Restaurants und Läden wirkten in ihrer Verlassenheit befremdlich; ansonsten herrschte gemessene Betriebsamkeit, der Jahreszeit und dem Wochentag angepaßt. Das Hufeisen der Bucht war leer; die Boote lagen entweder vertäut im Hafen oder fuhren außer Sichtweite auf dem Mittelmeer herum. Nachdem sie durch den Hafen und einige anliegende Straßen geschlendert waren, tranken sie in einer kleinen Bar ihren zweiten Kaffee; Baltasar bekräftigte seinen mit einem hellen Cognac. Dies taten sie im Stehen am Tresen, denn von dort konnte man durch die Tür das Hotel sehen. Nach einer Weile schienen die Reporter verschwunden zu sein. Sie bezahlten und traten auf die Kopfsteinstraße hinaus, die um das Hafenbecken führt. Nach kurzem Suchen fanden sie einen Schiffer, der bereit war, sie zu einem horrenden Preis zu den *Calanques* zu fahren. Baltasar feilschte ihn auf die Hälfte herunter und erklärte sich bereit, im Austausch für den Preisnachlaß spanische Seemannslieder zu singen, was der Skipper ohne Begeisterung zur Kenntnis nahm.

Sie verließen das Hafenbecken. Der Schiffer hielt sein kleines Kajütboot in Ufernähe. Die Felsen glitten vorüber; bald wurden die bis kurz oberhalb des Wassers bewaldeten Hänge von steilen Felsen abgelöst. Der Himmel war bedeckt; der Kapitän wies mit einem bedauernden Achselzucken darauf hin, daß andernfalls das Meer klar und türkis gewesen wäre, aber so…

»Doch mit des Gewetters Mächten ist kein ewiger Bund zu flechten«, kommentierte Matzbach weise. Nachdem er dies in einer seltsamen Übersetzung weitergegeben hatte (er mußte es endlich aufschreiben, bis der Skipper es definitiv nicht begriff; *mais dans l'eau de là, les pouvoirs temps-tâteurs ne sont pas trop susceptibles de négocier la tresse ou bien le tresson d'une fédération durement durable, néanmoins*), was Ariane zu längeren Seufzern bewog, bekundete er seine temporäre Allergie gegen die frische Seebrise und entzündete eine seiner Zigarren.

In aller Ruhe bewunderten sie die ersten beiden kleinen Fjorde mit ihren schroffen Wänden, dem sauberen Wasser und den bizarren Felsformationen. Am Ende der dritten *Calanque* unternahm der Fischer nach fruchtlosen Protesten und gegen Aufpreis ein waghalsiges Anlegemanöver an einen Felsblock, und Matzbach hüpfte behende an Land. Ariane ergriff den dicken Zeigefinger, den er ihr helfend reichte, und folgte. Der Skipper zündete sich eine neue Zigarette an und stellte den stinkenden Dieselmotor ab.

Ariane und Baltasar erklommen einen steilen Mäanderweg. Keuchend und prustend sah Matzbach sich um, als sie oberhalb des Endes der *Calanque* angekommen waren.

»Ich wüßte gern«, murmelte er, »was Bronner mit seiner verdammten Johannisbeere meint...«

Hinter einem Strauch bewegte sich etwas, und Ducros trat hervor. Sie hockten sich auf Klötzen nieder, die nach allen Seiten von Büschen abgeschirmt waren. Matzbach zog die Briefe heraus und legte sie neben sich. Ariane zündete sich eine Zigarette an, um die Anstrengungen des Kletterns besser zu überwinden; Ducros schielte auf die Post.

»Moment, *copain cousin*«, sagte Baltasar freundlich. »Wir wollen zunächst etwas klarstellen.«

Ducros musterte ihn aufmerksam, sagte aber nichts.

»Ihre Botschaft vom gestohlenen Auto war mir nicht neu. Gestern abend habe ich mich beim Hotelpersonal erkundigt, ob man sich an irgendeinen Vorfall im Zusammenhang mit dem längeren Aufenthalt von Bronner erinnern könne. Der Garagist hat mir erzählt, an einem Tag, aber an welchem?, sei Bronner von einer seiner Fahrten nach Marseille stinksauer heimgekehrt und habe an Stelle seines Benz einen Peugeot untergestellt. Der Garagist war auch so freundlich, einen Zettel zu finden, auf dem er sich, wegen der Buchführung und Abrechnung und so weiter, die Nummer notiert hatte. Hier.«

Ducros nahm einen schmierigen Wisch entgegen und beäugte ihn mit äußerstem Mißfallen.

»Wenn Sie«, sagte Baltasar mild, »so gut sein wollten, festzustellen, ob dieser Mietwagen, der ja bestimmt einer Firma gehört, dort wieder abgeliefert wurde oder vermißt wird, wäre ich Ihnen höchst verbunden. Das möchte uns nämlich die Suche nach Bronner erleichtern.«

Ducros zwinkerte, steckte den Zettel ein, schnipste seine Kippe in die Landschaft und verschränkte die Arme vor der Brust. »Damit haben Sie mir den ersten Trumpf gestohlen und einen zweiten geschenkt«, sagte er gedehnt. »Wie geht es nun weiter?«

Matzbach hob die Hand. »Langsam, langsam. Befassen wir uns zunächst noch einmal mit Bronner. Ich weiß, daß er immer und jederzeit ein Reisetagebuch zu führen pflegte, wenn er in Geschäften unterwegs war. Natürlich hätte ich das gern gefunden, in Les Baux, in seinen Koffern, aber das war ein unbescheidener Wunsch. Bronner hatte das Ding griffbereit im Wagen, um Notizen machen zu können, sobald ihm etwas einfiel. Das Ding müßte also im Wagen gelegen haben, als dieser geklaut wurde. Hören Sie sich doch mal in Ihren Unterweltkreisen um. Vielleicht schlagen Sie vor, daß der Dieb das Auto behalten darf, wenn er nur das Notizbuch rausrückt.«

Ducros blickte sarkastisch. »Natürlich bin ich Kommissar Maigret, der alle Ganoven persönlich kennt und sie immer um kleine Gefallen gegen Gefallen bitten kann. Also gut; es gibt Kanäle, die man fragen kann. Aber versprechen Sie sich wirklich was davon?«

Matzbach zögerte mit der Antwort. Ariane sagte halblaut: »Wie ich Monsieur einschätze, Herr Kommissar, verspricht er sich was davon. Entweder taucht tatsächlich das Notizbuch auf, und es steht etwas drin. Oder es taucht nicht auf, weil niemand was weiß – das wäre schlecht. Oder es taucht nicht auf, weil jemand etwas damit anfangen kann, und dann gibt es vielleicht Gerüchte ... Sehe ich das richtig?«

Baltasar nickte majestätisch. »Ich danke dir für die wohlwollende Auslegung meiner verschlungenen Gedanken. So etwa hatte ich mir das gedacht.«

Ducros seufzte und klemmte sich die nächste Zigarette in den Mundwinkel. »Was erwarten Sie denn eigentlich? Was ist das für ein komisches Papier, von dem Sie da immer in Ihren, hm, Verlautbarungen reden?«

Wortlos kramte Baltasar das karthagische Testament auf Latein und seine Übersetzung heraus. Der Kommissar betrachtete beide Versionen freudlos. »Mein Latein ist ziemlich tot«, sagte er. »und mein Deutsch nichtexistent.«

Daraufhin gab Baltasar ihm eine treue Zusammenfassung des Textes. Schließlich sagte er: »Es liegen also irgendwo, an vier verschiedenen Stellen, Gold, Juwelen und Münzen herum, denen dieser Karthager detaillierte Unterlagen über seine Reisen, seine Handelsbeziehungen und eine Zusammenfassung der druidischen Lehren im prärömischen Gallien beigefügt hat. So schreibt er wenigstens. Es gibt jetzt wieder einmal zwei Möglichkeiten. Entweder ist das Testament eine Fälschung, oder es ist echt. Echt hieße, von jemandem abgeschrieben und fotokopiert; wahrscheinlich hat dieser Maharbal den ganzen Kram auf Tontäfelchen oder frühem Pergament oder so festgehalten. Wenn es gefälscht ist, muß diese Fälschung irgendeinen Sinn haben – niemand, außer vielleicht Leuten wie ich, macht sich aus Spaß eine solche detaillierte Mühe. Gefälscht hieße, jemand soll gefoppt werden. Wer sollte wen so kompliziert foppen? Im übrigen ist das zunächst einmal sekundär, denn wenn wir uns den Kreis der potentiellen Interessenten ansehen, spielt es keine Rolle, ob das Ding echt ist oder falsch, denn nur die, die an einem echten Fund dieser Art brennend interessiert wären, würden für eine Foppung in Frage kommen.«

Ducros nickte; Ariane, die zwischendurch nicht zugehört hatte, sagte verwirrt: »Wieso? Was meinst du?«

»Nun, das ist doch ganz einfach. Geld und einzigartige historische Dokumente – ob echt oder falsch, Interessenten dafür können nur Historiker, Archäologen, Numismatiker und generell an Geld interessierte Leute sein.«

»Damit«, sagte Ducros trocken, »grenzen Sie den Kreis der Interessenten natürlich sehr eng ein. An Geld ist wirklich kaum jemand interessiert, außer der gesamten Bevölkerung Frankreichs.«

Baltasar grinste. »Richtig. Aber gehen wir doch mal langsam vor. Angenommen, dieses Ding fiele dem Chef einer Bande von Wagenschiebern in die Hände. Meinen Sie, er würde nicht wenigstens versuchen festzustellen, wo das Geld liegt, und sich vielleicht überlegen, an wen er die Dokumente verkaufen soll? Ein Historiker würde sicher zunächst die Dokumente haben wollen, aber meinen Sie, er würde die Münzen oder Juwelen liegenlassen? Selbst ein staatstreuer Journalist, der die Funde brav dem zuständigen Ministerium übergeben würde, müßte doch ein ausgemachter Schwachkopf sein, wenn er nicht sähe, daß da für ihn der große Knüller ist – wenn er das Zeug findet. Er kann das Zeug zwar nicht behalten, aber ausschlachten, äußerst profitabel, wahrscheinlich.«

Sie schwiegen eine Weile. Ducros seufzte schließlich abermals. »Ich werde mich umhören. Aber wer, um Himmels willen, soll denn die Verstecke finden, bei den Angaben, wenn es überhaupt welche sind?«

Baltasar zündete seine erloschene Zigarre wieder an. »Ich zum Beispiel. Ich habe bis jetzt in meinem Geiste mindestens fünf Lösungsmöglichkeiten ausgearbeitet, die alle falsch sind. Vielleicht sind diese ganzen Ortsangaben nichts anderes als Reiseetappen, wer weiß? Jedenfalls werde ich demnächst meine Behauptung, die Sache interessiere mich, dahingehend ergänzen, daß ich sie gelöst habe. Mal sehen, ob sich dann Interessenten melden.«

»Womit wir bei der Post wären«, murrte Ducros und streckte verlangend die Hand aus. Baltasar bewegte abwehrend den Zeigefinger seiner rechten Hand.

»Moment, Moment, wir müssen da noch etwas klären. Arbeiten wir zusammen?«

Ducros warf in einer übertriebenen Geste der Resignation die Hände in die Luft. »Also gut. Ja, verdammt.«

Ariane wandte sich ab, damit Ducros sie nicht schmunzeln sehe. Baltasar sortierte die Briefe, Karten und Telegramme und reichte Ducros den ganzen Stapel, bis auf zwei Briefe und ein Telegramm. Ducros las schnell und konzentriert. Unsichtbar unter ihnen rauschte das Meer. Über ihren Häuptern zeterte eine Möwe, irgendwo in der Nähe knackte ein Ast. Die Rauchsäulen zweier Zigaretten und einer Zigarre kräuselten sich gen Himmel. Baltasar betrachtete versonnen Arianes klares Profil vor dem Hintergrund des seidiggrauen Firmaments, streckte die Hand aus und berührte ihre Stupsnase mit der Fingerspitze. Ariane zwinkerte ihm zu, ohne den Kopf zu drehen, und hauchte einen Kuß auf Matzbachs Zeigefinger.

Ducros räusperte sich. »Ich bedaure, Ihre Intimität zu unterbrechen, aber ich bin fertig. Das ist das Übliche, möchte ich meinen. Redliche Leute, die empört sind über einen Mordversuch in den ehrwürdigen Ruinen von Les Baux; Leute, die einmal vor Jahren einen Menschen namens Bronner, Brunner, Brun oder Bruno gekannt haben. Normalerweise wird so etwas an die Zeitung oder an die Polizei geschickt; in Ihrem Fall sind es mehr Zuschriften als gewöhnlich, wahrscheinlich, weil Sie das Hotel angegeben haben, und das ist viel reizvoller als der übliche Leserbrief an die übliche Zeitung.«

Matzbach nickte. »Genau. Ich werde, denke ich, diesen ganzen Haufen an die Presse weitergeben, dann freuen die sich.«

Ducros blickte auf Baltasars linke Hand. »Was haben Sie da noch zurückgehalten?«

Baltasar kicherte. »Die drei, die ein bißchen anders sind. Ein Brief von einem Docteur Paul Leblanc.«

Ducros las halblaut: »›Monsieur: Ich beziehe mich auf den Artikel und so weiter und so weiter ... Am 16. Oktober fand im nämlichen Hotel zu Les Baux die halbjährige Sitzung des soundso Komitees der Vereinigung der Landärzte der Provence statt.‹ Komische Organisation, nie gehört. Weiter. ›In einer Angelegenheit, über die zu sprechen mir nicht zusteht, war eine längere Verhandlung nötig, die wegen der Delikatesse der Affäre einen diskreten Rahmen verlangte. Wir besprachen das Nötige im Zimmer eines Kollegen, der bei unserem Eintritt damit beschäftigt war, Unterlagen zu sortieren. Wegen des guten Wetters hatte er die Fenster seines Raumes geöffnet; als wir eintraten, entstand durch das Öffnen der Tür ein Durchzug, der einige Papiere des Kollegen erfaßte und aus dem Fenster wehte. Der Kollege war darüber erregt, sagte jedoch später am Abend, die Papiere seien ohne Bedeutung. Es stellte sich dann heraus, daß ein Teil der Dokumente sich auf der Terrasse wiederfand, die schräg unter dem Zimmer des Kollegen lag und zum Zimmer eines Herrn Bronner gehörte, Ihres vermißten Bekannten. Herr Bronner trat abends an der Bar zu uns und erkundigte sich, wem die Papiere gehörten. Er händigte sie dem Kollegen aus, der ihm herzlich dankte. Das, Monsieur, ist alles, was ich Ihnen in dieser Angelegenheit mitteilen kann. In der Hoffnung, Ihnen bei der Klärung behilflich gewesen zu sein, verbleibe ich ...‹ Aha. Hm.«

»Das denke ich auch«, sagte Baltasar. »Ich glaube, es hat nicht viel Sinn, wenn ich versuche, telefonisch oder persönlich den Namen des betreffenden Kollegen herauszukitzeln, oder? Französische Ärzte sind wahrscheinlich in Standesfragen genauso verschwiegen wie deutsche.«

Ducros nickte. »Wenn es zu einer Gerichtsverhandlung käme, könnte man diesen Doktor Leblanc vielleicht zwingen... Ich kann allerdings versuchen, eine Liste der Teilnehmer an diesem Treffen zu beschaffen. Das könnte helfen.«

Matzbach hob dozierend den Finger. »Nimmer verzage, mein Sohn, und die Türen werden sich öffnen. – Der zweite Brief ist auf deutsch. Ich übersetze Ihnen den ungefähren Inhalt. Absender ist Dr. Edmund Demlixh aus Lacaze ...«

Ducros unterbrach. »Ach, der Verrückte.«

Ariane hob die Brauen. »Wieso verrückt? Seine Bücher sind reichlich spekulativ, aber verrückt?«

Baltasar winkte ab. »Moment. Darüber können wir uns später streiten. Demlixh teilt mir mit, Bronner sei im Oktober mehrmals bei ihm gewesen, um ihn zu interviewen. Er wisse zwar auch nicht, wo Bronner sich nun aufhalte, aber er sei bereit, mich zu empfangen, falls ich dies im Rahmen meiner Suche für sinnvoll halten sollte.«

Er faltete den Brief zusammen und steckte ihn ein. »Immerhin ein Mensch, der Bronner gesehen hat. Wir müssen darüber, glaube ich, gleich noch ein bißchen reden. – Hier, drittens, ein Telegramm. Es wird Ihnen nicht viel sagen, aber lesen Sie es ruhig. Laut, wenn Sie wollen.«

Ducros nahm das Telegramm entgegen, entfaltete es und las laut vor, wobei er zunächst verwirrt schaute und dann lächelte. »›*Encore des conneries matzbix stop saluts miséricordieux pierrot le flonflon.*‹ Sehr aufregend. Was soll das?«

Ariane wiederholte leise: »Was soll das?«

Baltasar warf den Rest seiner Zigarre weg. »Pierrot le Flonflon ist ein Spitzname, wie man leicht sieht, desgleichen Matzbix. Pierrot ist ein bedeutender Okkultist, Mitglied des *Collège des Druides* und war während meiner Zeit in der Bretagne ein guter Lehrer und ein besserer Freund. Matzbix ist natürlich an Asterix und Obelix angelehnt, klar, das bin ich. Und er fragt mich eben, ob ich immer noch und schon wieder nichts als Blödsinn im Kopf habe, und dazu sendet er mir barmherzige Heilsgrüße. Das Telegramm ist in Montpellier aufgegeben – ich weiß nicht, was er da unten im tiefen Süden macht. Andererseits, wenn er in der Bretagne wäre, hätte er nicht die südfranzösische Regionalzeitung gelesen.«

Ducros gab ihm das Telegramm zurück. »Wunderschön. Ihr Aufenthalt in der Bretagne erklärt wenigstens Ihr unerträgliches Französisch. Aber im übrigen hilft uns nichts von alledem weiter. Abgesehen natürlich von einer skurrilen Tatsache. Dieser Autor phantastischer Studien, Demlixh, wie immer man dies ausspricht, umgibt sich bisweilen mit Druiden.«

Baltasar schmunzelte; ein seltener Anblick von nicht eben erhebender Schönheit. »Druiden? So, so. Müssen bedeutende Druiden sein.«

Ducros kratzte sich am Kopf. »Ich bin ja nur ein dummer Polizist und verstehe von all dem sehr wenig. Was halten Sie denn von seinen Büchern?«

Matzbach schwieg. Er starrte in den Himmel und drehte die Nase in den Wind. »Ich weiß nicht so ganz«, sagte er dann. »Das ist ja eine Seuche geworden in den letzten Jahren und Jahrzehnten. Charroux war, glaube ich, der erste, wenn man Leute wie Velikowsky beiseite läßt. Von dem haben eine ganze Reihe anderer abgeschrieben. Und jetzt eben dieser komische Rätoromane mit seinem seltsamen Namen Demlixh – muß ein Pseudonym sein. Ich kenne nur eines seiner Bücher gut und gründlich, weil die Abstrusität mich wirklich fasziniert hat. Er hat die Kunst der phantastischen Geschichtsforschung auf eine solche Höhe gebracht, daß jemand, der weniger wohlwollend und menschenfreundlich wäre als ich« – an dieser Stelle gluckste Ariane –, »auch durchaus von einem sich selbst speisenden und in sich geschlossenen Kreislauf höheren Blödsinns sprechen könnte.«

»Welches Buch meinst du?«

»Diese Erlkönig-Geschichte. Demlixh ist hingegangen und hat Goethe, die Edda und Wagner gut geschüttelt, eine obskure Quelle erfunden, angeblich eine irische Überlieferung dänischer Motive – seltsame Kombination, auf jeden Fall –, die für mich so aussieht wie ein Fantasy-Roman von Poul Anderson, *The Broken Sword*, und das ganze Sammelsurium dann in Zusammenhang mit irgendwelchen Indianerstämmen gebracht, die den Sirius verehren. Oder sind das Afrikaner? Ich weiß nicht. Jedenfalls kam er zu dem aufsehenerregenden Schluß, der Erlkönig sei ein außerirdischer Genetiker gewesen, und zwar vom Sirius, der für eine dekadente Rasse frisches Blut von der wilden Erde besorgte, indem er besonders gut gelungene Königskinder entführte und an ihrer Stelle entweder kleine tote Sirianer oder finstere Gestalten zurückließ, die später als Wechselbälger in die Historie eingingen.«

Ducros schnaubte. »Ich glaube, ich sollte so etwas nicht lesen. Ich bin ein ernsthafter Mensch.«

Ariane lachte. »Wenn Baltasar ein weniger unernster Mensch wäre, läse er so etwas auch nicht. Er macht sich aber das Vergnügen, zuerst solche Sachen zu lesen und sie hinterher mit eigenen Erfindungen garniert weiterzuerzählen. Ich glaube, zwischen dir und den Verfassern solcher Schwarten besteht eine Seelenverwandtschaft.«

»Jedenfalls scheint Bronner bei ihm gewesen zu sein. – Ich habe aber noch etwas anderes auf dem Herzen. Dieses karthagische Testament ist bestimmt sehr interessant, wenn es echt ist. Wir können aber leider nicht mit Sicherheit davon ausgehen, daß Bronners Probleme mit dem Testament zusammenhängen. Vielleicht spielt es bei seinem Verschwinden überhaupt keine Rolle, und wir müssen in einer anderen Richtung suchen. Ich wüßte allerdings nicht, in welcher.«

Ariane hob die Brauen. »Vergiß nicht, was du sonst immer sagst: Die unwahrscheinlichen Zufälle sind immer mit dir. Vielleicht ist dieses dubiose Papier eine Art Zahnbürste, hinter der sich plötzlich ein gewaltiger Berg auftut, der nichts mit ihr zu tun hat.«

Ducros ließ sich die Geschichte von der Zahnbürste erzählen und machte eine wegwerfende Handbewegung. »Alles schön und gut, aber zunächst bleibt uns nichts übrig, als in dieser Richtung zu suchen.«

»Hören Sie, Commissaire«, fragte Matzbach halblaut, »warum interessiert die Sache eigentlich die französische Polizei? Ich meine, Sie werden ja nicht nur auf Grund meiner schönen Augen und meiner unqualifizierten Presseerklärungen hier Ihre Zeit vertrödeln, statt in Ihrem bequemen Büro in Marseille zu sitzen, wie?«

»Na, hören Sie mal! Meine Motive sind ja wohl weniger wichtig als die Tatsache, daß ich mitmache, oder?«

»Trotzdem würden Ihre Motive mich interessieren.«

Ducros steckte sich eine unangezündete Zigarette in den Mundwinkel, zupfte einen Grashalm aus und betrachtete ihn aufmerksam mit gerunzelter Stirn. »Ach, das ist eine lange und komplizierte Geschichte.«

»Machen Sie es kurz und einfach.«

»Na schön. Ich habe Ihnen doch erzählt, daß nach Bronners Beschreibung der Mann, der seinen Wagen geklaut hat, wahrscheinlich ein Knabe namens Laurent Vergès ist. Wir wissen, können aber bisher nicht beweisen, daß Vergès ein kleiner Fisch in der großen Bande von Jérome Grimaud ist.«

»Wer ist Jérome Grimaud?«

»Ein großer Haifisch. Marke Edelmann mit Vergangenheit. Er hockt in seiner Villa mit Privatzoo auf der Insel Porquerolles, züchtet Tauben und sammelt Briefmarken und hat seine noblen Finger in allem stecken, wo Geld an ihnen kleben bleiben kann. Ich sage Ihnen das im Vertrauen, und Sie vergessen es bitte schnell – ich gehöre einem Sonderstab an, dessen Aufgabe es ist, langsam und geduldig zu versuchen, Grimaud und seine Leute einzukreisen. Bisher ohne Erfolg. Nun gab Bronner diese Personalbeschreibung an, und ein paar Wochen später wurden Sie und Sie, Madame, in Les Baux überfallen. Es kann sein, daß beide Dinge nicht in Zusammenhang stehen, es kann aber auch sein, daß die Bande beteiligt ist. Wir nehmen an – mit einiger Gewißheit, aber nicht mit ausreichenden Beweisen –, daß Grimauds Leute so ziemlich in allem die Finger haben, was an dieser Mittelmeerküste läuft. Wagenschiebung sowieso, aber das ist ein kleiner Nebenprofit. Wußten Sie, daß immer noch ein relativ prosperierender Mädchenhandel existiert? Dazu kommen Erpressungen, Einflußnahmen auf Wirtschaft und Politik, Entführungen; wenn Sie wollen: das ganze Mafia-Spektrum. Außerdem könnte Grimaud der größte Rauschgiftgrossist in dieser nicht ganz unwichtigen Ecke Europas sein. Mädchen- und Waffenhändler ist er auf jeden Fall, außerdem nehmen seine Leute wahrscheinlich Mordaufträge gegen Barzahlung an.«

»Und Sie sehen im Geist schon die Schlagzeile ›Kommissar Ducros sprengt *French Connection* Nummer zwei‹, wie?«

Ducros warf den Grashalm fort und zündete seine Zigarette an. »Ich bin nur halb so eitel wie Sie. Aber Sie sehen sicher ein, daß ich jede halbwegs interessante Spur verfolgen muß, nicht wahr? Außerdem ...«

Er zögerte. Matzbach betrachtete ihn nachdenklich und wartete. Ducros schwieg lange. Schließlich murmelte er: »Was soll's? Wozu ein Geheimnis daraus machen? Also, Grimaud ist natürlich unzugänglich. Er lebt wie ein guter Grandseigneur und läßt andere arbeiten. Ich schätze, er hat früher durchaus selbst Hand angelegt, aber das hat er nicht mehr nötig. Seit ungefähr zehn Jahren überläßt er alle sichtbaren Geschäfte einem – ja, wie soll man das nennen? – Generalmanager, Adjutant, ich weiß es nicht. Ein Kolumbianer, Javier Evaristo. Kennen Sie Kolumbianer, Matzbach?«

»Ich weiß nur, daß Kolumbien die besten Taschendiebe und Hobbykiller der westlichen Hemisphäre ausbildet und exportiert. Und daß zum Beispiel die Unterwelt von Barcelona und Madrid ziemlich fest in ihren Händen ist.«

Ducros nickte. »Nicht nur in Spanien. Dieser Evaristo sieht aus wie ein Filmschauspieler, ein alternder Don-Juan-Darsteller, *distingué* und graumeliert. Ich weiß, daß er eigenhändig mindestens vier Kollegen erschossen hat.«

»Wessen Kollegen? Seine?«

Ducros verzog den Mund. »Meine«, sagte er bitter, »und mit zweien von ihnen war ich sehr eng und sehr lange befreundet.«

Matzbach interessierte sich für Einzelheiten. Ducros war zunächst widerwillig, dann berichtete er von den Kommissaren Philibert und Saintonges. »Beide sind innerhalb von fünf Monaten an der gleichen Stelle erschossen worden. Beide waren hinter Leuten her, die Heroin per Schiff nach Frankreich brachten. Beide Male war Evaristo in der Nähe, aber er hatte natürlich weder eine Waffe noch ein Gramm von dem Zeug dabei, und niemand hat was gesehen. Es war hier ganz in der Nähe, an einem unübersichtlichen Küstenstück. In der Nähe stehen die Reste eines alten Bunkers, den Ihre Vorfahren angelegt haben, damals, Sie wissen schon. Es gibt eine holprige Zufahrt zu einer kleinen Bucht, und die Zufahrt haben wir diskret kontrolliert. Da war natürlich niemand. Was wir nicht kontrolliert haben, war ein alter, kaum zu begehender Ziegenpfad über die Küstenhügel. Am Ende geht er unter überhängenden Felsen hindurch zum Strand. Sehr riskanter Weg, und die Kollegen waren leichtsinnig genug, anzunehmen, da könnte niemand langgehen. Offenbar konnte Evaristo. Er muß oben irgendwo einen Wagen gehabt haben, aber die möglichen Fahr- und Parkflächen sind steinig, also gab es nicht mal Wagenspuren.«

Er zündete die nächste Zigarette am Stummel der vorigen an, hustete und spuckte aus. »Wie gesagt: Es kann nur Evaristo persönlich gewesen sein, aber fragen Sie mich nicht wie.«

Matzbach rümpfte die Nase. »Sie meinen, er hat eine Ladung Heroin in Empfang genommen, Ihre Kollegen erschossen, die ihn beobachten wollten, und als er kontrolliert wurde, hatte er weder eine Waffe noch Heroin bei sich?«

Ducros nickte griesgrämig. »Genau. Er hat auch nichts versteckt – man hat jeden Millimeter abgesucht. Rätsel über Rätsel!«

»Haben Sie gar nichts gefunden an der Küste? Nicht wenigstens Treibholz oder so was?«

Ducros betrachtete Baltasar aufmerksam. »Wieso? Haben Sie eine Idee?«

»Nichts Bestimmtes. Da gibt es doch sicher einen Bericht, oder?«

Ducros nickte. »Was Papierkrieg angeht, sind unsere Republiken nicht sehr verschieden, glaube ich.«

»Können Sie mir das mal zeigen? Den Bericht, meine ich.«

»Wenn Sie sich etwas davon versprechen.«

Ariane warf ein: »Und was soll das alles mit dem karthagischen Testament und mit Bronner zu tun haben?«

»Vermutlich nichts«, sagte Ducros.

Baltasar nickte und stand langsam auf, wobei er sich dehnte und räkelte: »Ich bin kein junger Mann mehr; dieses Hocken führt immer dazu, daß mir die Beine einschlafen«, sagte er. Er stampfte auf den Boden, zog Grimassen und brach plötzlich wie ein Expreßelefant durch die umstehenden Büsche. Ariane und Ducros fuhren hoch; sie hörten Kampfgeräusche und einen kleinen Schmerzensschrei; dann tauchte Matzbach wieder auf. Neben ihm humpelte ein junger Mann, von dessen Schulter eine Kameratasche baumelte. Matzbach hatte ihm einen Arm auf den Rücken gedreht und dirigierte ihn mit leisen Druckänderungen.

»Ich hatte ein- oder zweimal Äste knacken hören«, erklärte der Dicke. »Außerdem war da eine kleine Säule von Zigarettenrauch, wo eigentlich keine sein sollte. In Gesellschaft von Adleraugen sollte man seine unangebrachten Süchte unterdrücken.«

Unsanft zwang er den Mann, sich auf den Boden zu setzen. Ducros musterte den Jungen mißbilligend. Er murmelte den Namen einer in Marseille erscheinenden

Zeitung und sagte dann: »Césaire Maspoli, Sie können sich wohl auch nicht wie ein zivilisierter Mensch benehmen, nicht wahr? Sie sollten lieber über den Trainerwechsel bei Olympique oder die Preiserhöhungen bei frischen Fasanen schreiben.«

Er seufzte. Baltasar ließ den verdrehten Arm los; mit einem lauten Stöhnen massierte der Reporter sich das Handgelenk. Er konnte nicht älter als sieben- oder achtundzwanzig sein und hatte lange schwarze Locken, die bis weit über den Kragen seines Nina-Ricci-Hemdes fielen; sein Gesicht, im Grunde fröhlich und offen, im Moment überlagert von einer mürrischen Trotzschicht, erinnerte ein wenig an John Travolta, verriet allerdings eine (aus dessen Gesicht nicht zu ermittelnde) normale Intelligenz.

»Mann, müssen Sie so hart zupacken!«

Matzbach hob die Brauen. »Müssen Sie sich hier herumdrücken? Konnten Sie nicht wie Ihre Kollegen nach unserem Gespräch vor dem Hotel einfach friedlich verschwinden?«

Maspoli grinste. Die Schmerzen konnten nicht allzu stark sein. »Also, ich finde das kuhmäßig idiotisch, was Sie da im Hotel inszeniert haben. Die anderen sind vielleicht drauf reingefallen, aber ich doch nicht!«

»Stolz ist er auch noch. Stolz und Dummheit pfeifen auf derselben Flöte«, kommentierte Ducros. Mit diesem Epigramm suchte er offensichtlich seine Ratlosigkeit zu bedecken. »Wieviel haben Sie gehört, Sie Schnüffler?«

Maspoli schwieg. Er setzte wieder sein verstocktes Gesicht auf, obwohl ihm das Grinsen besser stand.

Matzbach starrte ihm in die Augen, als hielte er ihn für ein Kaninchen und sich für eine Breitspurkobra. »Passen Sie mal gut auf, Sie Hampelmann«, sagte er.

»Wahrscheinlich träumen Sie davon, einmal zur *Washington Post* zu gehen und reihenweise Präsidenten der einen oder anderen Republik zu stürzen. So wie Sie aussehen, haben Sie aber eher Ähnlichkeit mit einem Papagallo. Erstens sind Sie dumm. Wenn Sie sich schon wie ein Indianer anschleichen, sollten Sie mich nicht durch Rauchzeichen aufmerksam machen. Zweitens sind Sie unfähig. Indianer knacken nicht dauernd mit Ästen. Drittens sind Sie leichtsinnig; es könnte ja sein, daß Sie etwas Gefährliches hören. Gefährlich für Sie, meine ich damit. Viertens sehen Sie so aus, als wollten Sie gleich weinen, weil ich bei dem kleinen Ringkampf Ihre schöne Hosen nicht geschont habe.«

Maspoli rieb sich das rechte Knie; an dieser Stelle war die enge Hose, die ihn bedingt auszeichnete, zerrissen.

Matzbach wandte sich an Ducros. »Komische Gegend«, sagte er. »Die Skipper können nicht feilschen, die Mörder sind nicht imstande, zwei harmlose Passanten in den Ruinen zu killen, die Polizisten rauchen amerikanische Zigaretten, und die Nachwuchsreporter benehmen sich wie Pu der Bär. Und was soll das?«

Er setzte sich und zwinkerte Ariane zu, die ihn mit offenkundigem Mißfallen ansah.

Ducros knurrte wie ein Terrier, sagte aber nichts. Maspoli spielte mit einem Stoffstückchen an seinem Knie und starrte auf den Boden. Nach und nach zündeten sich alle Beteiligten trotz der Warnungen der jeweiligen Regierung neue Rauchopferstäbchen an: Ariane ein deutsches, Ducros ein amerikanisches, Maspoli ein besonders französisches und Matzbach ein brasilianisches. Schließlich ergriff Ducros ein Steinchen, schleuderte es mit Wucht ins Gebüsch, rief dazu mit Vehemenz »*Merde alors!*« und wandte sich an Maspoli.

»Also, Maspoli, ich schätze, Sie haben so gut wie alles gehört. Nichts von alledem, weder unsere Spekulationen über karthagische Episteln noch die Auslassungen des Arztes, noch meine Reden über Evaristo und Grimaud sind zur Veröffentlichung gedacht. Was haben Sie dazu zu sagen?«

Maspoli kniff die Augen zusammen und blickte von Ducros zu Matzbach, zu Ariane und wieder zu Ducros. »Natürlich habe ich alles gehört«, sagte er. »Ich bin Ihnen gefolgt, Monsieur le Commissaire. Seit Sie hier mit dem Reden angefangen haben, habe ich da im Busch gehockt. Übrigens brauchen Sie sich nicht einzubilden, der Sonderstab in Sachen Grimaud wäre geheim. Wir wissen, daß die Polizei an ihm interessiert ist, und er weiß es auch. Wir wissen aber auch alle, daß Sie nichts gegen ihn haben, was man wirklich verwerten könnte, sonst wäre längst was geschehen, eh? Außerdem ist natürlich die Identität der einzelnen Mitglieder des Sonderstabes unbekannt. Was, denken Sie, würde passieren, wenn ich Ihren Namen erwähnte?«

»Was wollen Sie? Handeln?«

»Vermutlich würde man Sie aus dem Stab herausnehmen; gleichzeitig würde Grimaud einen Killer auf Sie ansetzen. Wenn Sie nicht lieb zu mir sind, steht Ihr Name in einer der nächsten Ausgaben.«

Matzbach stand auf. Dann trat er zu Maspoli, der skeptisch zu ihm emporblickte. Baltasar nickte Ducros zu, der sofort begriff und ebenfalls aufstand. Sie packten Maspoli an den Armen und stellten ihn auf die Beine. »He, was soll das?« Er strampelte, konnte sich aber nicht befreien. Gemeinsam schleiften sie ihn zum obersten Felsenrand der *Calanque*. Tief unter ihnen schaukelte das Boot; der Schiffer war nicht zu sehen.

»So«, sagte Baltasar, »können wir die Sache auch regeln. Wir bedauern, unseren Lesern mitteilen zu müssen, daß unser Mitarbeiter Césaire Maspoli – blöder Name übrigens – im Verlauf naturkundlicher Recherchen ums Leben gekommen ist. Sein durch mehreres Aufprallen auf Felsen entstellter Körper wurde von einem Fischer in der dritten *Calanque* nahe Cassis gefunden. – Was halten Sie davon?«

Maspoli hielt still und blickte abwechselnd Ducros' regloses Gesicht und Matzbachs feiste Mondlandschaft an. Plötzlich grinste er.

»Okay. Sie haben gewonnen. Ich glaube zwar nicht, daß Sie das tun würden, aber ich spiele mit. Was wollen Sie haben?«

VI

Nach einer ausgiebigen Siesta begab Matzbach sich in einen kleineren Raum des Hotels, wo er Kaffee bestellte und auf das Eintreffen seiner Mitarbeiter wartete. Ariane zog es vor, sich mit einem Buch in die nächste Bar mit Hafenblick zu setzen. Sie habe die Nase noch voll vom gestrigen Getriebe, bedeutete sie ihm.

Kurz nach 16 Uhr trafen Ducros und Maspoli ein. Als Zeichen seiner Kooperationsbereitschaft teilte Matzbach ihnen mit, er habe sich für den folgenden Tag bei Dr. Edmund Demlixh angesagt, telefonisch.

»Er klang sehr matt«, sagte er. »Und er war nicht besonders begeistert über meinen Anruf.«

Maspoli schob einen Stapel Fotokopien über den Tisch. »Da, unser Dossier Demlixh. Sie werden eine

Meldung vom vergangenen Samstag finden, die Ihnen die Mattigkeit erklärt.«

Der Journalist hatte die vergangenen vierundzwanzig Stunden genutzt, eine weniger anfällige Hose aufzutreiben.

Baltasar und Ducros blätterten durch die Auszüge und Kopien. Sie reichten zehn Jahre zurück. Demlixh erwirbt Landhaus bei Lacaze; Demlixh stellt der örtlichen Presse bei Empfang in Marseille sein neues Buch vor; Demlixhs neuer Bestseller: zwei Millionen verkauft; und so weiter. Schließlich kamen sie zu dem Artikel vom vergangenen Samstag. Ein Foto zeigte weißgewandete Männer mit verhüllten Gesichtern, die mysteriöse Dinge taten. Darunter stand zu lesen: »Druiden errichten Steinreihe, um kranken Autor zu heilen.«

Baltasar kicherte. »Sie hätten ihn mit den Dingen bewerfen sollen, das wäre besser gewesen.«

Der Artikel berichtete über die Lebensmittelvergiftung im Hause des berühmten Autors phantastischer Sachbücher, Doktor Edmund Demlixh, international berühmt und Bürger der Schweiz sowie des Ortes Lacaze nahe Draguignan.

»Die tragischen Vorfälle haben ein Todesopfer gefordert. Demlixhs Haushälterin erlag in der Nacht zum Donnerstag der Vergiftung. Der behandelnde Arzt pries Demlixhs robuste Konstitution, da der berühmte Schriftsteller sonst ebenfalls auf dem Dorffriedhof von Lacaze beigesetzt werden müßte.

Einige maskierte Druiden unter der Führung von Phérex haben wegen ihrer langjährigen Freundschaft zu Demlixh, der Interesse für ihre Arbeit zeigt und sie wohl auch gelegentlich unterstützt, in den vergangenen Tagen den Park bei Demlixhs Haus einer gründlichen Untersuchung mit Wünschelrute und Pendel unterzogen und ein Strahlensystem entdeckt. Durch die Errichtung eines *Alignement* von drei großen Steinen wollen sie die Strahlen konzentrieren und zur Heilung von Demlixh einsetzen. Einzelheiten über diese mysteriösen Vorgänge sind nicht zu erfahren …«

»Bei so was sollte man eigentlich ins Krankenhaus«, murmelte Ducros.

Matzbach grinste. »Was meinen Sie mit so was? Druiden oder Gift?«

Maspoli warf ein: »Ich habe mit dem Kollegen gesprochen, der den Bericht gemacht hat. Demlixh muß sich wohl kategorisch geweigert haben, sein Haus zu verlassen. Der Arzt könnte alle notwendigen Maßnahmen ebenso in der Villa vornehmen.«

Baltasar schob die Kopien beiseite. »Wissen Sie zufällig, wie der Arzt heißt und wo er seine Praxis hat?«

Maspoli nickte und suchte nach einem Zettel, den er schließlich in der Innentasche seiner Segeljacke fand.

»Hier«, sagte er, sichtlich stolz, »Doktor Robert Herbin. Landarzt. Praxis und Wohnung in einem Haus in Lacaze.«

Ducros hob den Kopf. »Aha.«

Matzbach musterte ihn aufmerksam. »Dieses Aha verheißt mir, daß Sie da was haben.«

»Ja. Die Liste der Ärzte, die sich Mitte Oktober in Les Baux getroffen haben. Doktor Leblanc, dem wir die erste Information verdanken, steht natürlich drauf. Und Doktor Robert Herbin aus Lacaze.«

Baltasar blies die Wangen auf und ähnelte einem trompeteblasenden Engel ohne Trompete. »Na schön. Das ist eine interessante Sache, aber es kann genausogut ein Zufall sein.«

Ducros zerknüllte ein leeres Zigarettenpäckchen und riß ein neues auf. »Ich habe mir noch mal diesen Überfall in Les Baux durch den Kopf gehen lassen«, sagte er. In einem jähen Anfall von Höflichkeit gab Matzbach ihm Feuer. »Danke. Also, sehen Sie mal. Grimauds Bande hätte ganze Arbeit geleistet; sie wären vermutlich nicht maskiert gewesen. Die Suche in Ihrem Hotelzimmer verrät ja, daß es den Leuten nur um irgendein Papier ging, möglicherweise um das Karthagertestament, möglicherweise aber auch um ein Stück Papier, das man bei Ihnen vermutet, das Sie aber gar nicht besitzen. Ich schätze, man wollte Sie filzen und trug Masken, um nicht von Ihnen beschrieben oder wiedererkannt werden zu können. Erst als Sie die Pistole ziehen, greifen die Gentlemen zum Messer. Wären das Grimauds oder vergleichbare Banditen gewesen, dann hätte mindestens einer von ihnen selbst eine Schußwaffe dabeigehabt. Und benutzt. Die brauchten ja an der Stelle nicht mal zu befürchten, daß jemand in Les Baux einen Knall hört. Wie Sie selbst festgestellt haben werden: Ihr Schuß ist auch nicht gehört worden. Das offene Plateau da oben ist zu weit vom Ort entfernt und außerdem durch die Ruinen und das abfallende Gelände in gewisser Weise geschützt. Und an dem Abend zusätzlich durch den Nebel.«

Er nahm einen Schluck von seinem Kaffee. »Wir können also sagen, daß das keine Profis waren. Außerdem, mein Lieber, Ihre Pistole und alles andere in Ehren, aber ich gebe Ihnen keine Chance gegen drei Profis.«

Baltasar zuckte mit den Achseln. »Jeder Mensch hat das Recht, seinen Irrtümern bis zum Tode anzuhangen, sogar ein Kommissar aus Marseille.«

»Also keine Profis«, fuhr Ducros fort. »Wer aber dann? Vielleicht Druiden?«

Baltasar wiegte den Kopf. »Angenommen, Doktor Herbin hat in Les Baux dieses Testament verloren. Durch einen Windstoß. Angenommen weiter, er hat Demlixh davon erzählt. Demlixh informiert seine Druiden. Jemand beschließt, daß Bronner vielleicht doch nicht alle gefundenen Papiere zurückgegeben hat. Also räumen sie erst Bronner beiseite und machen sich dann an mich ran. Ziemlich wirr, oder?«

»Ja, ziemlich. Das sind alles nur wilde Hypothesen. Es bleibt übrig, daß Doktor Herbin Demlixh behandelt und in Les Baux war. Und daß der Kellner des Hotels eine Vierundneunzigernummer angerufen hat, im Departement Var, in dem zum Beispiel Draguignan und Lacaze liegen.«

Maspoli schob seine Papiere hin und her. »Es ist also nichts dabei, was uns weiterhilft. Ich habe aber noch was. Eine Information aus dem Hafen. Ein flüchtiger Bekannter erzählt mir, Grimauds Leute scheinen zur Zeit an verschiedenen Stellen der weiteren Provence nach Schätzen oder etwas Ähnlichem zu graben. Und niemand hat in den letzten acht Tagen Vergès gesehen, nicht mal in seinem Stammbordell.«

Später berichtete Matzbach Ariane von den Erörterungen. Er schloß: »Also Zufälle und unbeweisbare Behauptungen. Sonst nichts. Es bleibt dabei, daß wir weitersuchen müssen. Morgen fahren wir nach Lacaze. Das heißt, wenn du mitkommst.«

Sie legte ihr Buch auf den kleinen Tisch der Cafeteria, in der Matzbach sie gefunden hatte. »Natürlich komme ich mit. Meinst du, ich lasse mir die Gelegenheit entgehen, Demlixh kennenzulernen? Außerdem fange ich an, mich für diese idiotische Geschichte zu interessieren.«

Sie lächelte. Baltasar ergriff ihre rechte Hand und schmatzte einen Kuß in die Handfläche.

»Übrigens war ich vorhin noch mal kurz in unserem Zimmer, nachdem die beiden Bundesgenossen sich verabschiedet hatten«, sagte er. »Ich hatte keine Zigarren mehr, deshalb. Dann habe ich plötzlich gedacht, warum nicht noch mal das *I Ging* befragen.

»Und?«

»Nun ja, die gleiche Auskunft wie neulich. Offenbar habe ich den zuständigen großen Mann noch nicht gefunden. Man wird weitersuchen müssen.

Nach einem lukullischen und ausgedehnten Nachtmahl begaben sie sich auf ihr Zimmer. Als sie das Licht anmachten, sahen sie, daß alles durchwühlt war. Das altmodische Türschloß konnte mühelos mit einem Dietrich geöffnet worden sein. Baltasar blieb mit dem Rücken zur geschlossenen Tür stehen und betrachtete das Bild.

»Die dummen Jungs«, sagte er dabei griesgrämig; »immer machen sie so ein Durcheinander, und dabei müssen sie schrecklich frustriert sein. Den ganzen Tag keine Gelegenheit, uns zu überfallen, weil wir immer unter Menschen sind; und alles, was ihnen irgendwie von Nutzen sein könnte, trage ich bei mir.« Er klopfte auf seine Jacke mit den tiefen und gut gefüllten Taschen.

Ariane seufzte. »Ich habe keine Lust, das heute nacht noch aufzuräumen. Machen wir das morgen?«

Baltasar nickte. Ariane ging zu den Betten, die nach der Siesta natürlich nicht neu gemacht, dafür aber zusätzlich durchgewühlt worden waren. Sie ergriff eine Decke, um sie zu schütteln und zu glätten; dann ließ sie sie mit einem Aufschrei fallen.

Am Fußende ihrer Betthälfte hockte ein Skorpion, der

sich leicht bewegte und den Stachel reckte. Ariane trat zurück, kreidebleich. Baltasar ging vorsichtig zur anderen Seite des Bettes und hob eine zweite Decke hoch. Darunter richtete sich ein zweites Exemplar der Gattung *scorpio* auf.

»Nette Tierchen. Und so zutraulich.«

Er nahm Arianes Arm und zog sie zur Tür. Vorsichtig verließen sie das Zimmer.

Im Hotel war kaum noch Leben. Das Restaurant hatte mit ihrem Dessert seine Pflicht für den Tag erfüllt. Ein Kellner räumte im Speisesaal herum. Matzbach bat ihn, den Portier, den Besitzer, den Koch oder wen auch immer zu holen.

Mit einigen verschlafenen Männern und einer großen Holzkiste stieg er wieder in den Lift. Ariane blieb mit der Frau des Hoteliers am Empfang stehen und hielt sich an einem Schnapsglas fest.

Nachdem sie mit Hilfe langstieliger Utensilien aus dem Besenschrank der Etage die beiden Skorpione in die Kiste gepackt hatten, untersuchten sie das Zimmer und das Bad sorgfältig.

»Man weiß ja nie«, knurrte Baltasar. »Vielleicht duscht gerade eine Kobra, oder vielleicht hat man uns Curare auf die Zahnbürste geträufelt oder sonst was.«

Zwar fand sich nichts, was Anlaß zu Besorgnis gegeben hätte, aber der Hotelier bestand darauf, daß Ariane und Baltasar auf eine andere Etage umzogen. Sie ließen die Kiste, in der die beiden Tierchen krabbelten, zwischen den sonstigen Verwirrungen des Raumes stehen und sperrten die Tür ab.

Am Empfang händigte der Hotelier ihnen Zahnbürsten, Paste und Seife aus Hotelbeständen aus. »Wir sollten natürlich die Polizei benachrichtigen«, sagte er zweifelnd, »ich weiß aber nicht, ob wir hier in Cassis jetzt noch jemanden finden, der für Skorpione zuständig sein will.«

Baltasar bat darum, telefonieren zu dürfen, und wählte Ducros' Privatnummer. Der Kommissar schien noch wach gewesen zu sein; er klang jedenfalls so. Er versprach, alles Nötige zu veranlassen und gegen acht Uhr morgens mit Begleitung aufzutauchen. Man solle das Zimmer nicht mehr betreten.

Beide konnten natürlich nicht sofort schlafen. Ariane hatte zum Glück ihr Buch den ganzen Nachmittag bei sich gehabt, und Baltasar förderte aus der Tiefe seiner Jacke ein Notbuch-für-alle-Fälle zutage.

»Weißt du«, sagte Ariane, als sie ihres weglegte und ihr Licht löschte, »eins muß man ja festhalten. Mit dir ist es nie langweilig. In Les Baux Messer, in Cassis Skorpione. Was kommt als nächstes? Ein Python oder was?«

Baltasar zwinkerte. »Ein Mammut«, schlug er vor, »oder ein Pottwal im Nachttopf. Schließlich heißen die Dinger ja nicht umsonst so, oder?«

»Jedenfalls«, murmelte Ariane kurze Zeit später in die Dunkelheit hinein, »leiste ich hiermit Abbitte, falls ich das noch nicht getan habe. Du hattest natürlich recht, Bronner ist wirklich ein ›Fall‹, keine Spinnerei. Entschuldige.«

Baltasar hatte bereits geschlafen; undeutlich gab er zurück: »Der Liebreiz deiner Anwesenheit hat immer auch die harschesten Anpfiffe zu entschrillen vermocht, o Konkubine. Ich rechne hinfort auf deine tapfere Mitwirkung bei der Vertilgung der bösen Feinde.«

Sie drehte sich auf die Seite und starrte in der Dunkelheit dorthin, wo er soeben den Mund geschlossen hatte. »Es gibt ja keine Nachtzeit, zu der du nicht noch irgendeinen kaum zu druckenden Senf ablassen könntest, wie?« sagte sie lächelnd, aber da schnarchte er schon leise.

VII

Natürlich kam bei der Untersuchung des Zimmers nichts heraus, außer der Frage, woher der oder die Attentäter die beiden besonders hübschen Exemplare jener Untergruppe der Spinnentiere bezogen hatten. Ducros saß übernächtigt und verräuchert bei Ariane und Baltasar am Frühstückstisch und hustete periodisch.

»Ich denke, Sie sollten sich vorsehen«, sagte er.

Baltasar blickte skeptisch drein. »Ja, schön, aber wie? Wir können natürlich dreimal unter jedes Bett schauen, aber vielleicht bastelt inzwischen jemand eine Autobombe, die hochgeht, sobald ich den Zündschlüssel drehe. Oder man kalkuliert unsere Fahrroute aus und rollt kleine Bröckchen von der Höhe eines Hohlwegs, oder so was.«

Ariane fand das nicht besonders lustig; sie hielt sich jedoch zurück. Ducros schlürfte so laut an seinem Kaffee, daß er selbst zusammenzuckte. »Hm, Entschuldigung. Aber letzten Endes läuft das auf Risiko oder Aufgeben hinaus.«

Baltasar zerbröselte methodisch die Schale seines verinnerlichten Frühstückseis. »Das ist die Wahl, und es ist keine«, murmelte er. Er wandte sich an Ariane. »Missus – was machen wir mit dir? Sollen wir dir ein passendes

Hotel verordnen und dich abholen, wenn alles vorbei ist?«

Ariane beendete ihr Frühstück und wischte sich die herabgezogenen Mundwinkel behutsam – um den Schmäheffekt nicht zu mindern – mit ihrer Serviette. »Nichts da«, sagte sie energisch. »Wie ich dir schon gesagt habe: Wer garantiert uns, daß diese Leute sich dann wirklich nur auf dich konzentrieren? Vielleicht räumen sie zuerst einmal mich aus dem Weg. Oder auch nicht. Jedenfalls finde ich diese Spiele zwar alles andere als attraktiv, aber da ich nun einmal mit drinstecke, finde ich, sollte ich bis zum Ende dabeibleiben.«

Ducros zwinkerte ihr zu. »Madame, Sie sind eine tapfere Frau. Ich bin beeindruckt. Wollen Sie nicht in die Gendarmerie eintreten?«

»Nein. Außerdem hat das nichts mit tapfer zu tun; es ist idiotisch. Aber wenn die Herren unbedingt Krieg spielen wollen, warum soll ich da zurückstehen. Schließlich steckt auch in vielen Frauen ein Kind, das spielen will.«

Baltasar grinste schäbig, verzichtete aber auf den Kommentar, der ihm auf der Zunge lag. Statt dessen instruierte er Ducros, dessen Nietzsche-Kenntnisse gering waren.

»Wie auch immer – was machen wir?« sagte der Kommissar. Er war unzufrieden mit der Lage und ratlos.

Baltasar nahm ihm die Entscheidung, die ausländischen Amateure in ihre Schranken zu weisen, ab, indem er verkündete: »Und selbst wenn Sie jetzt meinen, wir sollten die ganze Sache sausen lassen und uns in den Norden absetzen – nichts da, Genosse Kommissar. Es geht um meinen Freund Bronner, der mich um einen letzten Dienst gebeten hat. Da kann ich aus Gründen der Sentimentalität nicht kneifen. Selbst wenn ich wollte, aber ich will nicht, denn diese ganze Affäre ist dermaßen undurchsichtig und verwurstelt, daß sie mich über alle Maßen interessiert. – Übrigens, was die Skorpione angeht: Haben Sie nicht gesagt, daß dieser Grimaud einen Privatzoo hat?«

Sie besprachen nun gewisse Vorsichtsmaßregeln, und Ducros schlug ein improvisierbares Informationsnetz vor, das sich auf Gendarmerie und Telefon erstreckte; dann sammelten Ariane und Baltasar ihre Habseligkeiten, beglichen die Hotelrechnung und brachen gen Nordosten auf. Ohne übertriebene Eile erreichten sie mittags Draguignan. Außerhalb des Orts fanden sie nach kurzem Suchen das von Bronner benutzte Hotel, eine Mischung aus Landgasthaus, Motel und *Relais Routier*, es lag in einem langgezogenen Tal, dessen Hänge bald in *maquis* übergingen. Das Hotel, bestehend aus einem Hauptgebäude, einer Dépendance und mehreren Schuppen, Garagen und Lagerhäuschen oder Ställen, schien noch vom Ende des 19. Jahrhunderts zu stammen. Um den Platz vor dem Restaurant standen Platanen; hinter dem Hauptgebäude fiel eine Weide, auf der drei Ponys ästen, zu einem unbegradigten Bach ab, der sich von Norden kommend zu Füßen des Osthangs vorwärts quälte.

Baltasar und Ariane nahmen ein leichtes Mittagsmahl zu sich. Matzbach verschob die Befragung des Hotelpersonals nach Bronners Aufenthalt und Umtrieben auf den Abend. Am Fuße ihrer Kaffeetassen beschlossen sie, das Essen sei ausreichend gut, um ein Zimmer riskieren zu können, und schafften ihr Gepäck hinauf. Sie hatten auf Baltasars ausdrücklichen Wunsch ein Zimmer ohne Balkon erhalten, das auf die Straße hinausblickte.

»Mit Balkon und Blick auf Bach wäre schöner; aber ohne Balkon und von vorn ist das Einsteigen böser Menschen von außen schwieriger. Und siehe da, welch ein Glück, man hat hier in diesem Jahrhundert schon mal die Türen renoviert.«

Der Zimmertrakt war modern, die Wände vor nicht mehr als zwei Jahren tapeziert worden, Fenster- und Türrahmen hatte man zur gleichen Zeit erneuert, die Türen waren dick und schalldämmend, und sie verfügten über Sicherheitsschlösser.

Die Straße nach Lacaze war nicht leicht zu finden. Sie begann in einer Kurve im Tal; das Hinweisschild war von Efeu überwuchert. Eine enge Steinbrücke führte über den Bach. Die Straße aus antikem Asphalt mit groben Poren und Charakterfalten schlängelte sich zwischen Büschen und Baumkrüppeln himmelwärts, überwand den östlichen Hügelzug und fiel in das nächste, ähnliche Tal ein, in dem sich nur ein paar verstreute Gehöfte fanden. Lacaze lag ein Tal weiter nach Osten.

»Das muß ja früher eine Weltreise gewesen sein bis Draguignan«, sagte Ariane, als sie nach einer halben Stunde Fahrt das Dorf erreichten.

Um die Kirche herum standen gedrängt einige Häuser; aus dem von ihnen gebildeten Dreiviertelkreis führte, der Kirche gegenüber, eine Kopfsteinstraße zwischen der Bäckerei und einem alten Wohnhaus zur Place de la République. Baltasar, den seine Hand kaum noch behinderte und der daher längst wieder selbst fuhr, parkte den Pallas unter den Platanen vor der alten *Mairie*.

»Da wir uns hier ohnehin bei irgendwem erkundigen müssen, wie man zu Demlixh kommt, können wir uns ja auch kurz diese Weltstadt ansehen«, sagte er.

Sie stiegen aus. Auf der Fläche zwischen den beiden Platanenreihen, die den Platz säumten und die Straßen begrenzten, spielten die obligatorischen alten Herren Boule, ohne den Eindringlingen aus der Welt den geringsten Blick zu gönnen. Kühnen Schrittes näherte Matzbach sich ihnen.

Summend blieb er neben den Männern stehen und sah ihnen bei ihrer schwierigen, geometrisch anspruchsvollen und ballistisch ausgereiften Tätigkeit zu. Er bezeugte ihnen den nötigen Respekt, indem er langsam leiser summte und schließlich verstummte. Als sie unter gegenseitigen Vorwürfen, Beleidigungen und Scherzen das begonnene Teilspiel beendet hatten, erkundigte er sich nach dem Haus von Demlixh. Nachdem er genaue Auskünfte erhalten hatte, bedankte er sich und kam zu Ariane zurück.

»Vielleicht«, sagte er halblaut, »kann uns einer von denen irgendwann demnächst mal abends in der Kneipe« – er deutete auf ein weißgekalktes Gebäude gegenüber der *Mairie*, vor dem trotz der späten Jahreszeit und des nicht angenehmen Wetters einige Tische und Stühle standen, zur Zeit allerdings leer – »geheimnisvolle Dinge über Demlixh und seine Druiden erzählen. Da ist es dann besser, wenn man bei der lokalen Aristokratie« – er wies auf die Boulespieler – »beziehungsweise dem hiesigen Senat nicht von vornherein als fremder Barbar gilt, der ehrbare alte Männer einfach beim Spielen unterbricht.«

Ariane nickte wortlos. »Und nun?« sagte sie nach einer kurzen Pause.

Matzbach beendete seine Umschau, riß die Augen von der Auslage eines Kramladens los und ging zur Fahrertür. »Nun fahren wir zu Demlixh.«

Sie ließen den Platz hinter sich, durchfuhren den Engpaß zwischen Bäckerei und Wohnhaus, überquerten den von Arkaden gesäumten Platz vor der Kirche, wo Matzbach zu seinem Vergnügen eine weitere Kneipe entdeckte, die ein Restaurant zu sein durch ein Schild behauptete. »Aha«, sagte er, »dann hat der Ort mindestens siebenhundert Einwohner.« Neben der Kirche stahl sich ein kleiner Weg von hinnen, der nach wenigen Metern von Kopfstein zu Schotter, dann bald zu schlichtem Lehm überging. Die Fahrspuren waren nicht gerade eben, und der Mittelstreifen bot einen interessanten Auszug der örtlichen Flora dar. Brummend navigierte Baltasar sein hochbeinig aufgepumptes Gefährt bergan. Nach etwa dreihundert Metern passierten sie den Dorffriedhof: Feldsteinmauer, ein schmiedeeisernes Flügeltor, Büsche, Sträucher, eine unter Palmen fast verschwindende Kapelle und zahlreiche Grabmäler. Der Weg stieg an. Auf halber Höhe wand er sich um einen Waldvorsprung und erreichte schließlich ein Plateau, auf dem etwas angebaut wurde, was den unkundigen Städtern nicht identifizierbar war. Links endete das Feld an einem lichten Nadelwald, der zum nächsten Tal abfiel; rechts zog sich *maquis* zu einer weiteren Anhöhe empor. Der Weg wand sich weiter nach Norden, tauchte abermals in einen Wald ein und begann leicht abzufallen.

Vor ihnen tat sich ein paradiesisches Tal auf. Ein kleiner Bach, sattes Grün, einige Brunnen, auf einer Weide mehrere Pferde, die Hänge bewaldet. Der Weg führte über eine Holzbrücke und dann durch die Wiesen auf eine hohe Baumgruppe zu. Unter den Bäumen – Ariane erkannte Eichen und Kastanien – stand ein wunderschönes altes Herrenhaus mit überdachtem Portal, einer verglasten Veranda, Balkons, Erkern und Türmchen; in vornehmem Abstand umlagerten es Ställe, Garagen und ein Wirtschaftsgebäude.

Baltasar steuerte auf den großen Platz zwischen Villa und Ställen zu und schaltete den Motor ab. Sie stiegen aus. Die Luft war würzig und roch nach Kräutern, Mist und Holzfeuer; aus dem großen Kamin der Villa stieg heller Rauch in den blaßblauen Novemberhimmel. Von dem Platz gingen Fuß- und Karrenwege aus; einer führte in den Wald, ein anderer von den Ställen zur Weide, ein dritter zum Talende, wo sich ein kuppelförmiger Hügel erhob, der von Eichen bestanden war.

Ariane sah sich um und lächelte; sie kommunizierte mit der Landschaft. Baltasar nickte feierlich und erklärte: »Wenn ich mal groß bin, möchte ich auch so was haben.«

Mit vielen Blicken nach allen Seiten begaben sie sich zum Portal. Baltasar betätigte den Klopfring im Maul eines eisernen Löwen. Ein grauhaariger Mann Mitte der Fünfzig, der durcheinander Deutsch mit einem schweizerischen und Französisch mit einem italienischen Akzent sprach, öffnete und bat sie in eine große Eingangshalle. Rechts und links der Eingangstür führten hufeisenförmig zwei Treppen zur ersten Etage, wo sie über der Halle eine Galerie bildeten. Im Parterre standen vor den getäfelten Wänden lange, abgewetzte Bänke aus dunklem Holz, in regelmäßigen Abständen von Türen unterbrochen. Gegenüber dem Portal hingen dicke Portieren, die der Grauhaarige zuvorkommend beiseite schob. Er öffnete die dahinterliegende Tür und geleitete sie in einen großen, hohen Raum. Er bat sie, einen Moment zu warten, und verschwand in einem angrenzenden Gemach.

Ariane betrachtete entzückt die riesige, vermutlich flandrische Tapisserie, die neben der Tür fast die ganze Wandhälfte bedeckte. In dunklem Grün hatte ein unbekannter Künstler eine griechische Jagdszene dargestellt: Hippolytos und Gefährten bei der Erlegung eines weißen Hirsches. Unter dem Wandteppich stand eine uralte niederländische Bauerntruhe, daneben ein Scherenstuhl. Die dicken Holzbohlen des Bodens verschwanden in der Raummitte unter einem weichen, tiefen Perser. Neben der Tapisserie führte eine kleinere Tür vermutlich in eines der Zimmer, die auch vom Gang aus zu erreichen waren; daneben blickte ein Fenster mit Doppelscheiben auf den Hof hinaus, den Baltasar als Parkplatz benutzt hatte. Dem Wandteppich gegenüber sah die breite Fensterfront auf Veranda und Bachlandschaft. Unter den Fenstern befanden sich nachträglich eingebaute Heizkörper; an der vierten Wand führte eine Tür in einen ebenfalls an der Veranda liegenden Raum. Am Kamin neben dieser Tür entdeckte Ariane auf dem Sims einen feisten Bonvivant, der Ähnlichkeit mit Baltasar aufwies. An den weiteren Wänden und mitten im Raum waren Sitzgelegenheiten und Tische aufgestellt, die sämtlich spätestens gegen 1799 alt gewesen waren und Platz für zwei Dutzend Personen boten.

Unter den jagdfiebernden Blicken der nackten griechischen Heroen warteten Baltasar und Ariane auf die Rückkehr des Grauhaarigen. Nach einiger Zeit erschien er aus dem nächsten Raum und bat sie, ihm zu folgen. Sie durchschritten ein weiteres, erlesenes Gemach, aus dem gläserne Flügeltüren auf die Veranda führten, und erreichten das Südostzimmer der Villa, Demlixhs Bibliothek.

Der berühmte Phantast saß in einem Lehnstuhl neben dem großen Kamin, in dem ein munteres Verbrennen von Holz und Papier vor sich ging. Abgesehen vom Kamin und dem Arbeitstisch mit Papierstapeln vor den Südfenstern sowie einer kleinen, zur Hausmitte führenden Tür bestand das Zimmer vor allem aus Büchern. Baltasar seufzte leise und blickte an den massigen, vier Meter hohen Eichenregalen empor. Sessel und Stühle und eine kleine Sitzecke vervollständigten die Einrichtung des mit schweren Teppichen ausgelegten Raums.

Demlixh erhob sich aus dem Lehnstuhl und reichte Ariane die Hand, danach begrüßte er Matzbach.

»Seien Sie willkommen und nehmen Sie bitte Platz!« Er wies auf zwei Sessel neben dem Lehnstuhl. Galant rückte Baltasar den mittleren Sitz für Ariane zurecht, ließ sich dann in den linken plumpsen. Alle drei hatten die Gesichter dem Feuer zugewandt; zwischen den Sesseln standen Tischchen. Demlixh hatte einen großen Haufen von Papier auf einem Extratisch zu seiner Rechten liegen.

»Kann ich Ihnen etwas anbieten? Kaffee, Tee, Likör, Wein?«

Ariane und Baltasar baten um Kaffee und Cognac; der Grauhaarige deutete eine Verneigung an und verschwand.

Demlixh ließ seine Blicke von Ariane zu Baltasar und wieder zurück wandern. Er hatte Ähnlichkeit mit Peter Lorre: weit auseinanderstehende Froschaugen, umgeben von Netzgräben, eine mittelgroße, gerade Nase, ein trauriger Mund und ein zurückhaltendes Kinn. Die fortgeschrittene Frontlichtung der graumelierten Haare ließ die Stirn noch höher erscheinen. Demlixh war blaß; der Kragen des grauen Flanellhemds über dem grauen Pullover schien nur eine etwas dunklere Fortsetzung des Gesichts zu sein. Er hielt die dünnen Hände mit den spitzzulaufenden Fingern verschränkt im Schoß; die Beine in grauer Wollhose und die Füße, in grauen, dicken Filzpantoffeln, ruhten auf einem Schemel gleich neben dem Kamin.

Baltasar inszenierte einen farbigen Small talk, bis der Grauhaarige Kaffee und Cognac brachte und einschenkte. Dann bat er um einen Aschenbecher, den er auf das Tischchen zwischen seinem und Arianes Sessel stellte.

»Wie ich vorhin, als wir hier ankamen, schon zu dieser reizenden Dame sagte: Wenn ich groß bin, möchte ich mir so was auch leisten können. Vor allem Ihre Bibliothek beeindruckt mich.«

Demlixh nahm das Kompliment mit einer Neigung des Kopfes zur Kenntnis. »Nun ja, wissen Sie, dies hier ist mein liebster Aufenthalts- und Arbeitsort, aber in den Regalen finden Sie natürlich nur die Kostbarkeiten. Reichlich, glaube ich. Was ich so für mein Schreiben brauche, ist auf mehrere andere Räume verteilt – Forschungsberichte, Fachliteratur und so weiter. Ich finde, man sollte die in diesem Raum weilenden Größen des Weltgeistes nicht durch die Gesellschaft von Fachidioten und Stümpern wie Demlixh kompromittieren.« Er lächelte flüchtig.

Ariane erwiderte sein Lächeln. »Sie sollten Ihr Licht nicht unter den Scheffel stellen, Herr Demlixh. Immerhin haben Sie Erfolg. Darf ich eine dumme Frage fragen – wie sprechen Sie eigentlich Ihren Namen aus?«

Demlixh lächelte. »Demmlich – aber mit dem x sind

die naheliegenden Assoziationen ein wenig entschärft. – Was Erfolg angeht, der ist sekundär, letzten Endes. Er hat mir diesen bescheidenen Luxus hier ermöglicht, aber Sokrates blickt mich noch immer so mißbilligend an wie früher. Die Büste habe ich vor Jahren gekauft, noch vor dem ersten eigenen Buch. Sie war billig, aber ich hänge an ihr.«

Mit dem Kinn deutete er auf einen gipsenen Sokrates, der im Regel stand und die Versammelten übersah.

Baltasar fuchtelte mit seiner Zigarre. »Ach, ich an Ihrer Stelle würde mir den mißbilligenden Blick des Alten nicht zu Herzen nehmen. Und der Preis der Büste spielt keine Rolle angesichts dessen, was sie repräsentiert.«

Demlixh nickte. »Sie sagen es. Interessieren Sie sich für Bücher?«

Ariane lächelte. »Er ist in seiner vorigen Inkarnation bestimmt ein papierfressender Wurm gewesen«, sagte sie, »der nie satt geworden ist. Das holt er in diesem Leben alles nach.«

»Ich kenne das.« Demlixh lächelte weniger gequält als zuvor. »Sehen Sie sich ruhig um. Wenn ich bei Fremden bin, die Bücher haben, bin ich nicht glücklich, bis ich die Regale erforscht habe.«

Baltasar legte seine Zigarre weg und stand auf. »Ich danke Ihnen für Ihre freundliche Erlaubnis«, sagte er. Langsam begann er, die Regale zu durchforschen, soweit er die Reihen ohne Leiter begutachten konnte. »*A Black Letter Wycliff*«, murmelte er, als er hinter Demlixhs Rücken stand. »Darf ich diese Kostbarkeit vorsichtig anfassen?«

Demlixh drehte sich halb um. »Selbstverständlich«, sagte er erfreut.

Baltasar nahm die uralte englische Bibelausgabe aus dem Regal und blätterte eine Weile ehrfurchtsvoll darin. Schließlich stellte er sie wieder zurück und ging kopfschüttelnd an den Reihen entlang.

»Liebe Güte«, sagte er halblaut, »so viele Schätze. Die komplette Enzyklopädie von Bayle ... und das dürfte der Voltaire zu Lebzeiten sein, die Ausgabe von Neuchâtel, ja?«

Er wanderte an den Wänden entlang, nahm gelegentlich ein Buch heraus, fragend und kommentierend, und Demlixh, verdreht in seinem Lehnstuhl, antwortete, wies ihn auf Besonderheiten hin und freute sich. Ariane gehorchte einem Gefühl und blieb stumm sitzen. Eine lateinische Plinius-Ausgabe in einem Folioband aus dem 17. Jahrhundert führte zu einer mehrminütigen Zitatenschlacht. Schließlich sagte Demlixh: »Wenn Sie meine liebsten Schätze sehen wollen, kommen Sie mal hier herüber.« Er zeigte auf die Wand gleich neben sich.

Baltasar trat zu ihm und untersuchte die bezeichneten Reihen mit zusammengekniffenen Augen. »*Mon Dieu*«, sagte er, »das ist ja eine phantastische Alexander-Sammlung.«

Demlixh lächelte. »Ich glaube nicht, daß ein wichtiges Werk über ihn aus den letzten zweitausend Jahren fehlt. Er gehört zu meinen Hausheiligen. Und hier, sehen Sie ... ja, nehmen Sie das ruhig in die Hand.«

Baltasar befingerte rücksichtsvoll meistenteils signierte Erstausgaben von Gide, Proust und Cocteau, Demlixh zeigte ihm ein Exemplar der Erstausgabe von Baudelaires Poe-Übersetzung und viele weitere Kostbarkeiten.

Als Matzbach sich endlich wieder setzte, seufzte er: »Herzlichen Dank; Sie sind wirklich zu beneiden.«

Nach einem Geplänkel über Literatur im allgemeinen räusperte Baltasar sich. »Übrigens danke ich Ihnen, daß Sie mir in Sachen Bronner geschrieben haben. Ich hoffe, es hat Sie nicht allzuviel Kraft gekostet, die von Ihrer Genesung abgezogen werden mußte.«

Demlixh winkte ab. »Machen Sie sich deswegen keine Sorgen; die Zeitungen haben wie üblich stark übertrieben. Zum Glück hatte ich von diesem Fisch kaum etwas gegessen; die arme Louise...« Er schüttelte den Kopf und fuhr sich mit der Hand über die Augen.

»Sie haben offenbar großes Glück gehabt«, sagte Baltasar. »Was war es denn für ein Fisch?«

Demlixh hob die Brauen. »Oh, eine Zahnbrasse. Eigentlich einer meiner Lieblingsfische, aber irgendwie war mir an dem Tag ohnehin nicht so ganz wohl; ich fürchte, ich habe bisweilen einen empfindlichen Magen. Jedenfalls hatte ich keinen Appetit; ich habe nur wenig gegessen. Louise muß den Rest in der Küche zu sich genommen haben...«

Baltasar nickte. »Es wäre ja auch schade gewesen, einen so schönen Fisch verkommen zu lassen. Wer konnte schon ahnen... Sie haben aber Glück gehabt, daß nicht sonst noch jemand von Ihrem Personal Appetit auf Fisch hatte.«

Demlixh schüttelte den Kopf. »An dem Tag waren nur Louise und ich da. Ja, sicher, sonst wäre vielleicht noch mehr passiert.«

»Wie gesagt, noch einmal vielen Dank für Ihren Brief. Ich hätte sonst nicht gewußt, wo ich Bronner suchen soll.«

Demlixh legte die Hände auf seine Oberschenkel und spreizte die Finger ab. »Nun, ich fürchte, ich werde Ihnen kaum helfen können. Er war einige Male hier, um mich zu interviewen, Fotos von der Bibliothek, dem Haus und dem Tal zu machen und so weiter.«

Demlixh berichtete von Bronners Aufenthalt. Schließlich sagte er: »Am letzten Tag zeigte er mir ein merkwürdiges Papier. Zwei Papiere, genauer. Das erste war eine Fotokopie eines lateinischen Textes, das zweite seine Übersetzung ins Deutsche. Das Testament eines Karthagers namens Maharbal, der offenbar hier in der Provence an mehreren Stellen Dokumente und Schätze vergraben hat.« Er lächelte dünn. »Ich habe es für eine Fälschung gehalten und Bronner das auch gesagt. Wissen Sie etwas davon?«

Baltasar hatte seine schwere Jacke über die Sessellehne gehängt, da der Kamin viel Wärme abgab. Er drehte sich um und wühlte in der Innentasche, dann hielt er Demlixh einige Blätter hin.

Demlixh warf einen Blick darauf. »Ja«, sagte er, »das ist es. Interessant, daß Sie es haben.«

»Es war in Bronners Gepäck.«

»Sind Sie nicht danach überfallen worden? In Les Baux? Ich meine, ich hätte so etwas gelesen.«

Baltasar nickte und legte seine Hand auf Arianes Arm. »Ja. Ein paar Männer haben diese nette junge Dame und mich in den ehrwürdigen Ruinen angefallen.«

»Wissen Sie, was die wollten?«

»Ich nehme an, unter anderem dieses Papier. Vorher haben sie unser Hotelzimmer durchwühlt. Es fehlte nichts außer ein paar anderen Papieren, die Bronner hinterlassen hatte – Hotelrechnungen und derlei. Zum Glück hatte ich mir schon die Daten und Adressen abgeschrieben.«

Er faltete das Testament zusammen und steckte es

wieder zurück. Demlixh verschränkte die Hände unter dem Kopf. »Böse Menschen«, sagte er versonnen. »Bewaffnet und maskiert, nicht wahr?«

»Ja. Dolche und Masken. Klingt wie ein italienischer Novellenband.«

Demlixh lächelte. »Sie haben keinen von den Attentätern erkennen können?«

Baltasar schüttelte den Kopf. »Leider nicht. Es war zu dunkel. Zwei von ihnen waren ungefähr so groß wie ich, nur schlanker.«

»Und der dritte?«

»Oh, etwas kleiner. Ich fürchte, dem habe ich das Handgelenk gebrochen. Hat er sich aber selbst zuzuschreiben.«

»Das ist wohl wahr. Wer andern eine Grube und so weiter. Sagen Sie mal, sind Sie denn auf Ihrer Suche nach Bronner weitergekommen?«

»Leider nicht. Jemand scheint viel dagegen zu haben. Letzte Nacht trieben sich in unserem Hotelzimmer in Cassis zwei große Skorpione herum.«

Demlixh schüttelte sich. »Gräßliche Tiere. Wer tut denn so etwas? Ein bißchen ausgefallen – altrömische Verhältnisse, könnte man sagen.«

Matzbach steckte seine ausgegangene Zigarre wieder an. Er starrte einen Moment lang schweigend in den Kamin. »Tja«, sagte er dann, »wir werden sehen, wie es weitergeht. Hat Bronner Ihnen gegenüber vielleicht Andeutungen über seine weiteren Pläne gemacht? Reiseziele genannt oder Personen, die er besuchen will beziehungsweise wollte?«

Demlixh runzelte die Stirn. Im Flackerlicht des Kamins sah er wie ein grauer Satan aus. Ariane blickte aus dem Fenster; es war Abend geworden.

»Nein. Ich glaube, er wollte sich um diese karthagische Schatzgeschichte kümmern. Wir haben uns allerdings nicht sehr intensiv darüber unterhalten; ich habe Ihnen ja gesagt, daß ich die Sache für Unsinn halte. Und selbst wenn vor über zweitausend Jahren ein Karthager in der Provence etwas vergraben haben sollte – ich bitte Sie: Was ist in dieser Zeit nicht alles passiert? Ich bezweifle, daß es ein Stück Boden hier gibt, das nicht mindestens siebenmal umgegraben worden ist.«

Baltasar beugte sich vor. »Darf ich noch ein Hölzchen in den Brand werfen? Es geht zu Ende, und ich spiele gern mit jedem denkbaren Feuer.« Er kicherte.

Demlixh griff zu dem Papierstapel auf dem Tischchen. »Hier«, sagte er lächelnd, »nehmen Sie das, dann haben Sie mehr davon.«

Baltasar warf einen Blick auf das oberste Blatt. Es trug die Nummer 53. »Verbrennen Sie Ihre eigenen Werke?«

»Das Manuskript. Mein neues Buch. Ich habe vor ein paar Tagen die korrigierten Fahnen an den Verlag geschickt. Dieses Haus ist so voll Papier, daß ich Manuskripte nicht länger verwahren will, als es sein muß.«

Baltasar zerknäuelte die Blätter und warf sie nach und nach in den Kamin. »Wir sind gar nicht dazu gekommen, über Ihre Werke zu sprechen«, sagte er. »Wovon handelt denn Ihr neuestes Buch?«

Demlixh machte eine wegwerfende Handbewegung. »Ach, ich rede viel lieber über die da.« Er deutete auf seine Regale. »Über meine eigenen Sachen kann ich reden, wenn die Senilität mich eitel gemacht hat. – Im übrigen wird das Thema Sie kaum interessieren. Es sei denn, Sie interessieren sich für Druiden.«

Demlixh schaute ins Feuer, als er diesen Satz sagte. Baltasar blickte ihn fragend an. »Druiden? Natürlich interessiere ich mich für Druiden. Ich wäre ja selbst fast einer geworden.«

»Bitte? Wie meinen Sie das?«

Baltasar gab einen kurzen und unwahren Bericht über seine Zeit in der Bretagne und seine okkulten Publikationen. Demlixh nickte plötzlich.

»Ja, natürlich«, sagte er lebhaft, »ich erinnere mich. Jetzt weiß ich endlich, woher ich Ihren Namen kannte. Ihr Buch über Druiden und Monotheismus, natürlich. Ich habe es oben stehen; ich habe mir übrigens erlaubt, Sie in einer Fußnote zu zitieren. Die betreffenden Manuskripte haben Sie soeben verbrannt.« Er stand auf. »Entschuldigen Sie mich bitte einen Moment?« Dann verließ er das Zimmer.

Ariane wandte Baltasar ihr Gesicht zu. Sehr leise sagte sie: »Was soll diese ganze Versteckspielerei eigentlich?«

Baltasar legte den Finger auf seine Lippen. »Später«, murmelte er. »Geduld, Weib, und danke für deine Zurückhaltung.«

Demlixh kam bald zurück. Er reichte Baltasar ein Exemplar von *Monotheistische Strömungen des inselkeltischen Druidentums* und sagte: »Machen Sie mir das Vergnügen, Herr Kollege!«

Baltasar strahlte. »Aber gewiß – obwohl es unbescheiden ist, wenn ich mich als Kollege angesprochen fühle.« Er drehte sich zu seiner Jacke um und holte umständlich einen Füllfederhalter heraus, den er hochhob. »Ich habe diesen antiken Tick«, sagte er dabei, »alles, was ich schreibe, schreibe ich zuerst mit Füller. Ich mag nicht tippen.«

Dann schlug er das Buch auf und schrieb eine längere Widmung hinein. Demlixh stützte sich mit den Ellbogen auf die Rückenlehne seines Stuhls und sagte: »Na, wenn ich diesen Tick hätte, wäre ich, schätze ich, noch immer beim ersten Buch. Ich tippe alles gleich.«

Baltasar blickte auf. »Ich hätte gedacht, Sie könnten sich inzwischen einen Sekretär leisten.«

»Leisten schon, aber ich mag nicht. Wissen Sie, zuviel Leute... Ich bin gern allein und empfange gelegentlich Freunde, aber ich will nicht dauernd zahllose Leute um mich haben. Mein Butler und meine Köchin – ach, die arme Louise. Nun ja.«

Baltasar reichte ihm das Buch. Demlixh las die Widmung und bedankte sich. Matzbach sah demonstrativ zum Fenster. Draußen war es dunkel geworden. »Ich fürchte«, sagte er, »wir müssen Sie nun verlassen. Unser Heimweg ist nicht allzu lang, aber die kleinen Wege und Straßen bei Dunkelheit... Sehr schade – ich hätte gern mehr über Ihr neues Buch erfahren.« Mit einem bedauernden Kopfschütteln warf er das letzte Manuskriptknäuel ins Feuer. »Außerdem, wie Sie verstehen werden, hätte ich mir natürlich sehr gern das von Ihren druidischen Freunden für Sie angelegte *Alignement* angesehen.«

Demlixh lächelte. »Dazu ist es jetzt zu dunkel und zu spät. – Wissen Sie was: Kommen Sie doch einfach wieder!«

Baltasar stand auf und reichte Ariane die Hand, um sie aus ihrem Sessel hochzuziehen. »Das ist sehr freundlich von Ihnen. Ich werde gern auf Ihr Angebot zurückkommen.«

»Rufen Sie vorher an. Wissen Sie, man ist ja nie fertig. Bevor das neue Buch in Satz geht, ist das neueste schon in Arbeit. Ich lasse mich gern stören, aber ich weiß es am liebsten sehr zeitig.«

»In den nächsten Tagen habe ich ein paar Termine.

Ich glaube nämlich, daß es mir gelingen wird, die geographischen Verschlüsselungen dieses karthagischen Testaments auszuwerten. Ich werde dann an Ort und Stelle nachprüfen, ob es echt oder falsch ist, ob noch etwas zu finden ist. Ich nehme an, Sie würden es nicht mißbilligen, wenn ich zum Beispiel Maharbals Darlegungen der druidischen Lehren fände und Ihnen zeigte, oder?«

Demlixh starrte ihn an. »Sie... Sie meinen, Sie könnten die Sache enträseln?« sagte er stockend. Dann, mit erzwungener Munterkeit: »Ich weiß nicht – wenn Sie diesen Kram finden, will ich ihn vielleicht gar nicht sehen, weil ich sonst wohl mein neues Buch vergessen kann.«

Baltasar lachte. »Ach, wir können das ja zunächst verheimlichen, nicht wahr? Es darf dann nur nicht Ihren Freunden, den Druiden, in die Hände kommen. Die würden es bestimmt sofort auswerten.«

Demlixh sagte nichts. Baltasar summte unentschlossen: »Hmmmm. – Ich rufe Sie an, in ein paar Tagen, sagen wir zum Beispiel: in drei Tagen. Bis dahin müßte ich viel klarer sehen. Dann können wir einen neuen Besuch vereinbaren, und dann zeigen Sie mir Ihre private Megalithstation. Einverstanden?«

Demlixh nickte. Er brachte sie in den Nebenraum und knipste die Außenbeleuchtung an. »Hier«, sagte er und öffnete die Tür zur Veranda. »Sie können gleich hier hinausgehen, dann sind Sie schneller bei Ihrem Wagen.«

Auf der Rückfahrt schwiegen sie zunächst.

»Ist dir was aufgefallen?« sagte Baltasar schließlich.

Ariane riß sich von den Lichtkegeln der Autoscheinwerfer los. »Verschiedenes«, murmelte sie. »Vor allem hatte ich das deutliche Gefühl, daß er nicht über meine

Anwesenheit erbaut war, und habe mich deshalb zurückgehalten. Ob er was gegen Frauen allgemein hat?«

Baltasar kicherte. »Was haben der nackte Hippolytos, Alexander, Sokrates, Gide und Cocteau gemeinsam?«

Sie machte eine Handbewegung. »Ja, natürlich, aber das meine ich nicht. Es gibt reichlich Homosexuelle, die gut mit Frauen auskommen.«

»Das stimmt schon, außerdem hat er ja eine Haushälterin und Köchin im Haus gehabt. Vielleicht gefiel ihm deine Nase nicht, oder er war nur verstimmt, weil ich beim Telefonieren nichts davon gesagt hatte, daß ich nicht allein kommen würde. – Aber das ist es nicht. Ich meine etwas anderes, was dir hätte auffallen müssen.«

Ariane stieß ein mißverständliches Geräusch aus. »Du meinst, daß er regelrecht zusammengezuckt ist, als du behauptet hast, du könntest dieses komische Testament entschlüsseln?«

»Das auch. Daran ist aber noch was faul. Wie kommt es, daß jemand, der eifrig Bücher über die wildesten historischen und unhistorischen Themen schreibt, ausgerechnet bei diesem Testament sagt, er hält es für gefälscht? Hat ihn die Frage von echt oder falsch denn bei seiner Erlkönig-Saga gestört? Eigentlich müßte er auf die Sache doch richtig anspringen.«

»Vielleicht hat er dieses Ding wirklich mit Bronner schon bis zum Erbrechen diskutiert und keine Lust mehr?«

Baltasar wich einem Schlagloch aus. »Möglich. Glaube ich aber nicht. Dieses karthagische Testament ist im Prinzip genau das, was Demlixh sonst immer sucht und verwertet. Ich kann mir eigentlich nur einen Grund denken: Er spielt die Sache herunter. Er ist so ungeheuerlich daran interessiert, daß er um jeden Preis vermeiden will, interessiert zu erscheinen.«

»Aber warum denn diese Verstellung?«

»Oh, da ist noch viel mehr Verstellung. Ich glaube kein Wort von dieser Fischvergiftung.«

Er schwieg, und Ariane starrte ihn von der Seite an, verblüfft. »Wieso? Was denn?«

Baltasar trommelte mit den Fingern der Rechten auf dem Lenkrad herum. »Paß mal auf. Demlixh erleidet eine Vergiftung, die ihn so schwächt, daß seine druidischen Freunde für ihn Steinchen aufbauen. Seine Haushälterin stirbt an der gleichen Vergiftung. In der Zeit, in der er mühsam zu genesen sich anschickt, korrigiert er die Fahnen seines neuesten Meisterwerks zu Ende, liest provenzalische Zeitungen und schreibt mir einen Brief, in dem er mich auffordert, ihn zu besuchen. Typischer Rekonvaleszent, wie? Außerdem ist da noch etwas ganz anderes.«

Da er nicht weitersprach, fragte Ariane, was er meinte.

»Erinnerst du dich an den Artikel, den ich dem Reporter nach dem Überfall in Les Baux diktiert habe?«

»Natürlich.«

»Dann solltest du dich auch daran erinnern, daß gedruckt wurde, uns hätten mehrere Männer überfallen. Verstehst du?«

»Du meinst, er steckt dahinter?«

»Wenn er nicht dahintersteckt – wieso fragt er mich dann, ob ich mich an den dritten erinnern kann? Ich hatte gesagt, zwei von ihnen sind so und so groß und schlank. Wenn er nichts weiß als das, was im Artikel stand, könnte er vielleicht fragen: Wieviel waren es insgesamt, und wie sahen die anderen aus, aber niemals: Erinnern Sie sich an den dritten.«

Nach einer kleinen Denkpause setzte er hinzu: »Dann ist da noch etwas, das so nicht stimmen kann. Ich bin eitel, das will ich gerne zugeben; man braucht aber nicht besonders eitel zu sein, um ›Baltasar Matzbach‹ für einen ausgefallenen Namen zu halten, vom Träger gar nicht zu reden.«

»Ausgefallen ist nicht das richtige Wort, aber ich will dich nicht durch Beleidigungen von deinen Ausführungen abhalten.«

»Danke. Zu liebenswürdig. Wenn ich nun Fritz Meier oder so hieße, dann wäre das was anderes. Was ganz anderes, sozusagen. Nun mal angenommen, du hättest ein Buch über Druiden geschrieben und eine Fußnote über einen gewissen Matzbach gemacht, und ein paar Tage später taucht Matzbach bei dir auf. Ich, zum Bleistift, würde sofort sagen: Halt, Moment, sind Sie das, oder sind Sie ein anderer, etwa Rimbaud?«

»Gegen den Inhalt deiner Ausführungen ist nichts einzuwenden. Aber was soll's?«

»Nur dieses: Demlixh hat von Anfang an gewußt, wer ich bin. Wozu spielt er Theater? Ich gestehe, ich kriege das nicht auf die Reihe.«

In Lacaze parkte Matzbach den Wagen vor dem kleinen Bistro-Restaurant unter den Arkaden am Kirchplatz. Das Lokal war erleuchtet, und Arianes Magen hatte auf dem letzten Teil der Strecke lauter gebrummt als der Motor des Wagens.

Sie nahmen eine umfangreiche und sehr erfreuliche Mahlzeit zu sich. Danach brachen sie auf, um zu ihrem Hotel zurückzukommen, da Baltasar dringende Telefonbedürfnisse verspürte, die er nicht von öffentlichen Fernsprechern in Lacaze aus erledigen wollte.

Gegen zehn Uhr erreichten sie ihr Quartier. Während Ariane sich in der Hotelbar niederließ, begab sich Matzbach auf das Zimmer, um ungestört zu telefonieren. Er erreichte Ducros, dem er einen kurzen, unvollständigen Bericht gab und den er um einige Auskünfte bat. Ducros notierte; dann sagte er: »Zu Ihrer Information: Der Wagen, den Bronner gemietet hatte, wurde am vergangenen Donnerstag zurückgegeben. Die Rechnung bezahlt – alles legal. Aber es war nicht Bronner, der den Wagen zurückgegeben hat. Der Angestellte der Autovermietung ist ganz sicher, weil er sich beim Vermieten des Wagens mit dem über den Autodiebstahl erregten Bronner unterhalten hatte und sich deshalb gut erinnern konnte. Der Mann, der den Wagen abgegeben hat, war definitiv ein Südfranzose. Seine Unterschrift ist unleserlich. Er hat behauptet, sein Freund Bronner hätte abreisen müssen und ihn gebeten, den Wagen zurückzubringen.«

Danach versuchte Matzbach, Maspoli zu erreichen, und da er ihn nicht auftreiben konnte, störte er Ducros abermals. »Können Sie Maspoli ausfindig machen? Er soll morgen nachmittag herkommen. Ich brauche ihn.«

Ducros klickte mit der Zunge. »Was haben Sie denn vor?«

»Nichts Dramatisches, nur ein paar Ermittlungen. Mich interessieren Einzelheiten der Lebensführung von Demlixh.«

VIII

Nachts erwachte Matzbach jäh mit dem schrecklichen Gefühl, etwas sehr Wichtiges vergessen zu haben. Nachdem er herausgefunden hatte, um was es sich handelte, schlief er unruhig wieder ein und begann morgens früh, gegen acht Uhr, zu telefonieren. Nach mehreren Fehlversuchen erwischte er Maspoli in seiner Redaktion.

»Was wollen Sie denn um diese Zeit?« Der Reporter gähnte.

Matzbach erkundigte sich unwirsch, was er denn schon so früh bei seiner Zeitung treibe, statt, wie ein anständiger Mensch, zu Hause im Bett zu liegen und dort telefonisch erreichbar zu sein. Maspoli erzählte ihm daraufhin eine wirre Geschichte über nächtliche Schießereien in der Hafengegend.

»Jetzt will ich in das besagte Bett, nachdem ich mir die Nacht um die Ohren geschlagen habe. Ducros hat mir zwar Ihre Wünsche ausgerichtet, aber ich glaube kaum, daß ich auftauchen werde. Jedenfalls nicht vor dem Abend.« Er gähnte wieder, Mitleid heischend.

Baltasar hatte keines. In groben Worten teilte er ihm mit, was er von schläfrigen Journalisten hielt, informierte ihn über seine Absichten und die Maspoli zugedachte Verwendung und äußerte einen Einkaufsauftrag. Maspoli ächzte.

»Eine Wünschelrute und ein Pendel! Ich werd' nicht mehr! Was wollen Sie denn damit?«

»Das geht Sie zunächst einmal einen feuchten Kehricht an. Haben wir ein Abkommen, oder haben wir keins? Sie kriegen die beste Story der Welt; dafür können Sie ja wohl ein bißchen einkaufen gehen.«

Ariane, die bei dem Lärm natürlich nicht mehr schlafen konnte, las demonstrativ; aber Matzbach wußte, daß sie jedes Wort mithörte. Ducros war als nächster an der Reihe.

»Was wollen Sie denn schon wieder?«

Baltasar wünschte ihm mild einen ersprießlichen Morgen. Dann sagte er: »Eine Bitte. Können Sie vielleicht meinen alten Freund Pierrot le Flonflon in Montpellier ausfindig machen?«

Ducros kicherte plötzlich. »Unter diesem Namen? Vielleicht mit Plakaten, oder wie?«

Baltasar räusperte sich. »Sie versprechen Diskretion? Gut. Dann will ich Ihnen seinen richtigen Namen sagen. Sie wissen, die Druiden sind da eigen ...«

Ducros notierte. Baltasar fuhr fort: »Er wohnte zuletzt, als ich von ihm hörte, noch immer wie in alten Zeiten in der Nähe von Saint-Brieuc.« Er gab auch diese Adresse durch. »Ich weiß nicht, was er in Montpellier treibt, ob er länger dort ist oder was. Jedenfalls brauche ich ihn.«

Ducros seufzte. »Warum rufen Sie ihn nicht einfach in Saint-Brieuc an? Vielleicht hat er ja einen Anrufbeantworter.«

Baltasar schnaubte wütend. »Pierrot hat viele gute Eigenschaften und ein paar miese Ticks. Dazu gehört, daß er sich bis an sein Lebensende nicht einem Telefon nähern wird. Er fürchtet, da seine Seele in seiner Stimme enthalten ist, erstere durch Ferngespräche zu verwässern und rettungslos über den Globus zu zerstreuen. Telegramme sind das Äußerste an Modernität. Er besitzt auch keinen Kühlschrank.«

Ducros brummte etwas Unverständliches. Baltasar fuhr fort: »Ich brauche nur seinen derzeitigen Aufenthaltsort, damit ich ihm ein Telegramm schicken kann.«

Beim Frühstück war Ariane äußerst schweigsam. Baltasar erging sich in wilden Spekulationen über die karthagischen Händler in Südfrankreich, als dieses noch nicht Südfrankreich und noch nicht einmal römisch war, sowie über die druidische Erforschung der Kathedrale von Chartres vermittels Ruten. Schließlich warf sie ihm todbringende Blicke zu.

»Halt mal endlich die Klappe, Dicker! Ich möchte an diesem Tag nichts von alledem hören.«

Sie wies aus dem Fenster in die Landschaft, die unter einer zaghaften Novembermorgensonne lag. »Heute will ich nichts tun, als mein Buch zu Ende lesen, im Tal herumlaufen, zwischendurch essen und trinken, vielleicht ein bißchen im *maquis* klettern. Du kannst tun, was du willst, und vielleicht höre ich dir morgen wieder zu, aber irgendwie bin ich allmählich urlaubsreif. Verglichen mit den Abenteuern an deiner grünen Seite ist ja mein Job in Bonn geradezu erholsam.«

»Es soll sein, wie Ihr sagt, Verehrteste. Ich werde mich der Nachforschung nicht entziehen, ohne jedoch Euch in ihre Fallstricke zu verwirren.«

»Oh, deine Metaphern«, seufzte sie, »oder welche Sorte Bildwerk das immer gewesen sein mag.«

Nach dem Frühstück erkundigte sich Matzbach beim Hotelpersonal nach Bronner und den Erinnerungen an ihn. Neben Trinkgeld und Sonderwünschen kam nicht viel heraus; lediglich die hübsche mollige Kellnerin schien genauere Reminiszenzen zu unterdrücken, was Baltasar interessant, aber nicht hilfreich fand. Substantielles konnte nur der Hotelier beisteuern.

»Ihr Freund hat mich nach dem *Syndicat d'Initiatives* in Draguignan gefragt, wie man hinkommt und so weiter. Ich habe es ihm erklärt, ihm aber auch gesagt, daß wir hier im Hotel viele Informationen haben, Heftchen, Broschüren, Land- und Postkarten und was er haben will. Womit ich ihm denn vielleicht helfen könnte? Daraufhin hat er mich nach den Museen der Umgebung gefragt. Ich habe ihm eine Liste der Museen im Département gegeben. Offenbar hat er gefunden, was er suchte, er hat nämlich plötzlich gelacht und mich nach der besten Verbindung zu einem kleinen Ort gefragt.«

»Das interessiert mich. Was für ein Ort?«

Der Hotelier entschuldigte sich einen Moment, verschwand in einem Nebenraum und kam mit der fraglichen Liste wieder. Er suchte mit Hilfe seines Zeigefingers.

»Hier«, sagte er. »Das war's.«

Ein kleiner Ort, von dem Matzbach nie gehört hatte. Das dortige Museum – Heimatmuseum, vermutete Baltasar – hatte eine Spezialabteilung für phönizische Funde in Südfrankreich.

»Es ist nicht weit von hier«, sagte der Hotelier. Er beschrieb den Weg.

Da Ariane nicht zu finden war, konnte Baltasar sich nicht ordnunsgemäß abmelden. Trotzdem fuhr er fröhlichen Herzens los.

Serrac-le-Château liegt etwa zwanzig Autominuten südwestlich von Draguignan; ein kleiner Ort inmitten von Olivenhainen und Getreidefeldern, den nichts auszeichnet als das Schloß seines Namens, ein weitläufiges Gebäude aus dem frühen 18. Jahrhundert, von seinem Besitzer, dem letzten Sproß eines verblichenen Geschlechts, dem französischen Staat vermacht mit der Auflage, die Kunst- und Antiquitätensammlung zu hegen und nicht aufzuteilen. Seit einigen Jahrzehnten war neben der Sammlung spanischer und italienischer Meister und einem Schatz griechischer und römischer Gefäße und Skulpturen in einem Flügel des ehemaligen Familienschlosses eine bemerkenswerte Sammlung phönizischer und karthagischer Münzen, Amphoren, Schalen, Fresken und anderer Funde aus dem Umfeld der alten Faktoreien in der Provence angelegt worden. Baltasar Matzbach durchwanderte versonnen und unwissend die Gänge, Säle und Galerien. Schließlich bat er um ein kurzes Gespräch mit dem Leiter oder der Leiterin der phönizischen Abteilung.

Man führte ihn zu einem Büroraum im Keller. Hinter der Tür saß, wie ein kleines weißes Pappschild bekanntgab, der Archäologe Dr. Corvau.

Baltasar begrüßte ihn. »Bonjour, Monsieur Corvau. Sind Sie der Phönizier unter den Gästen dieses Waldes?«

Der Archäologe musterte ihn mißbilligend; offenbar hatte er keinen Sinn für Verfälschungen von La-Fontaine-Texten. Er stand hinter einem überladenen, dschungelartigen Schreibtisch, umgeben von Unidentifizierten Fund-Objekten und Bücherstapeln, Papierbergen, Kartons, Landkarten mit Fähnchen, einer Abbildung der Dame von Elche, einer schlechten Kopie der berühmten Hannibalbüste und mehreren Schachteln Kleenextüchern. Er konnte nicht viel älter sein als Anfang Vierzig; der Schnurrbart unter seiner Hakennase ging mit Hilfe lateraler Lichtungen in einen Kinnbart über, der ihm eine gewisse Ähnlichkeit mit Pan oder anderen Ziegenböcken verlieh. Er trug Jeans und einen mehrfach gestopften dunkelgrauen Pullover, der von Papierschnipseln und musealem Staub übersät war. Auf dem Schreibtisch stand ein kleiner Schemel, auf diesem eine halbleere Milchflasche, neben der ein Päckchen Gitanes wie das letzte Detail eines überdimensionalen Schlachtengemäldes prangte.

»Sie wünschen, Monsieur?«

Baltasar zog wortlos das Testament des Mannes Maharbal in der lateinischen Version aus seiner Jacke und reichte es dem Archäologen.

»Kennen Sie das?« sagte er dabei, ohne sich weiterer Förmlichkeiten zu befleißigen.

Corvau warf einen unwirschen Blick auf das oberste Blatt, dann wurde er bleich und setzte sich. »Wo... wie... woher haben Sie das?«

Baltasar nahm unaufgefordert Platz, nachdem er einen Stuhl von zusammengerollten und verschnürten Papieren befreit hatte. Die Mischung aus Neonlicht und Andeutungen des äußeren Tages in einem trüben Fensterchen knapp unter der Decke ließ ihn die Augen zusammenkneifen.

»Warum fragen Sie? Kennen Sie das?«

Corvaus Gesicht nahm langsam wieder Farbe an; aus seinen Augen war jedoch der Ausdruck des Erschreckens noch nicht gewichen.

»Und ob ich das kenne. Es stammt von mir.«

Baltasar ließ sich seine Überraschung nicht anmerken. »Das ist interessant«, sagte er ohne große Betonung. »Wie ist es Ihnen denn abhanden gekommen, und woher hatten Sie es, wenn ich fragen darf?«

Corvau rieb sich die Augen, nahm einen Schluck Milch aus der Flasche, bot Matzbach eine Zigarette an und nahm selbst eine. Er inhalierte ein paar Züge, ohne zu antworten.

»Das ist eine längere Geschichte, Monsieur«, sagte er schließlich.

»Erzählen Sie; ich habe Zeit.«

Der Archäologe lehnte sich in seinem Bürosessel zurück, der zwischen den Altertümlichkeiten deplaziert wirkte.

»Ich will es Ihnen gern erzählen, in einer kurzen Fassung. Dann möchte ich aber wissen, wie Sie zu diesen Papieren gekommen sind. Einverstanden?«

Baltasar nickte. Corvau begann zu berichten. Vor etwas mehr als einem Jahr habe man beim Bau einer neuen Straßenbrücke über die Autobahn im Zuge von Ausschachtungsarbeiten ein Gewölbe freigelegt. Ein Teil des aus Ziegeln gemauerten Bauwerks sei bereits zerfallen gewesen, bevor die Bagger weiteres Unheil anrichteten. Der Bauleiter hatte angeordnet, an einer anderen Stelle weiterzubauen, und den nächsterreichbaren Archäologen alarmiert, Corvau.

»Leider war nichts heil geblieben, alles zertrümmert, von der Zeit, vom Druck der Erdmassen, zuletzt vom Bagger. Ein zertrümmerter Sarkophag könnte einmal etwas enthalten haben, vermutlich eine Leiche, aber nur Trümmer waren übriggeblieben. Das einzige, was heil und interessant war, war eine Steinröhre, an beiden Enden mit Ton verschlossen.«

Corvau kramte neben seinem Schreibtisch und hob dann mühsam und mit beiden Händen die Steinröhre hoch.

»Ich habe die Tonpfropfen entfernt und fand Papyrus. Es war kaum etwas zu entziffern. Was immer der Schreiber als Tinte verwendet hatte, war verblichen. Natürlich war es möglich, die Schrift zu rekonstruieren, aber das half mir nicht weiter; der Text war lateinisch, mit einer verwirrenden Menge von Kürzeln. Ich habe länger als ein halbes Jahr an der Transkription gesessen, und vieles davon war mehr geraten als entziffert und sicher.«

Corvau starrte abwechselnd auf Matzbach und auf das Papier.

»Als ich einigermaßen sicher war, eine Art durchlaufenden Text zu haben, habe ich ihn abgetippt und eine handschriftliche französische Übersetzung gemacht. Was Sie mir hier gebracht haben, ist eine Fotokopie meines Typoskripts. Wie Sie an die Kopie kommen, weiß ich nicht; ich weiß auch nicht, wer die Kopie angefertigt hat. Das Original liegt hier an einem Platz, zu dem nur ich Zugang habe, und ich habe nie eine Fotokopie angefertigt. Aber es ist mein Text; die Marginalien sind von mir.«

Baltasar beugte sich vor. »Warum haben Sie das nicht längst veröffentlicht?«

Corvau lachte bitter. »Wozu? Damit jemand die Hinweise entschlüsselt und die Dinge findet? Seit vier Monaten verbringe ich jeden freien Moment damit, mir den Kopf über die Geographie dieses Testaments zu zerbrechen. Ich bin sicher, daß in den aufgezählten Orten und Gegenden ein Schlüssel enthalten ist, mit dessen Hilfe man alles an den Tag bringen kann. Und der Finder wollte ich sein. Ich habe keine Lust, bis an mein Lebensende in diesem Schloßkeller zu hocken und zerbrochene Vasen zu kitten.«

Matzbach nickte verständnisvoll. »Der große Fund und die große Professur, ja?«

Corvau verzog sein Gesicht. »Man kann es sicher so ausdrücken.«

»Und deshalb das Geheimnis. Das verstehe ich. Aber ich verstehe nicht, wie dann bei all Ihrer Vorsicht eine Kopie angefertigt und in Umlauf gebracht werden konnte. – Haben Sie vielleicht jemandem davon erzählt?«

Corvau nickte. »Ja, natürlich. Ich habe den Kollegen hier im Schloß erzählt, ich hätte etwas, und das könnte etwas Großes werden. Aber ich habe weder gesagt, was es ist, noch in welche Richtung es geht, noch wo ich es aufbewahre.«

Baltasar hob die Brauen. »Und Sie sind sicher, daß die Originale – Ihre Papyri und Ihre Transkription – noch unberührt an der Stelle liegen, an der Sie sie zuletzt gesehen haben?«

Corvau wischte über den Hals der Milchflasche. »Ja, natürlich. Ich habe gestern abend wieder bis kurz vor Mitternacht daran gesessen. Da war noch alles da.«

Baltasar beugte sich vor und stützte die Ellenbogen auf die Schreibtischkante. »Ich hatte angenommen, daß vor etwa zwei, vielleicht auch drei Wochen, ein Freund von mir in dieser Angelegenheit hier war.« Er beschrieb Bronner.

»Ja, der ist hier gewesen. Er hat mir alle möglichen dummen Fragen über karthagische Faktoreien in Südfrankreich gestellt und mich gefragt, ob ich es für möglich halte, daß irgendwo noch karthagische Schriften, Münzen oder sonstige Funde von Bedeutung gemacht werden könnten. Ich habe natürlich gesagt, daß ich das für unmöglich halte. Er hat sich bedankt und ist gegangen.«

Baltasar nickte nachdenklich. »Das sieht ihm ähnlich, mit seinem Hang zur Geheimniskrämerei. Sie beide müßten eigentlich gut miteinander auskommen. Aber wahrscheinlich lebt er nicht mehr.«

Corvau blickte ihn mit einer verwunderten Frage in den Augen an.

»Er hatte, als er hier war, vermutlich genau dieses Papier in der Tasche und dachte, es wäre besser, nichts zu sagen. Inzwischen ist er verschwunden; ich bin durch Zufall in den Besitz der Kopie gekommen, und ich vermute, daß Bronner kurze Zeit nachdem er hier war, genauer gesagt, letzte Woche, eben wegen dieses Papiers umgebracht worden ist.«

Corvau drückte seine Zigarette im Bruchstück einer Amphore aus. »Wer kann denn so was tun?«

»Was meinen Sie? Ihn umbringen? Oder Ihnen Ihr Geheimnis klauen?«

»Beides. Wie kommt Ihr Freund an die Kopie? Und wer will ihm deswegen an den Kragen?«

Baltasar starrte düster das winzige Fensterchen an. »Ich weiß es nicht«, sagte er langsam. »Ich denke an verschiedene Menschen von finsterem Gemüt, aber das ist alles vage – nichts als Vermutungen. – Also, abgesehen von Ihren Kollegen hier im Museum, sagen Sie, haben Sie niemandem erzählt, daß Sie an einer interessanten Sache arbeiten?«

Corvau dachte nach; schließlich schüttelte er den Kopf. »Nein. Bestimmt nicht.«

»Ihrer Frau oder Freundin vielleicht? Als Erklärung, weshalb Sie immer so spät nach Hause kommen?«

Corvau verneinte. »Ich bin Junggeselle, Monsieur, und meine Liebschaften sind, nun, sagen wir, käuflicher Natur. Manchmal, Sie verstehen. Und wenn ich mich an Wochenenden in Toulon oder Marseille verwöhnen lasse, rede ich sicherlich nicht von Papyri. Ich glaube nicht, daß die Mädchen sich dafür interessieren.«

»Könnten Sie sich vorstellen, daß jemand in Ihrer Abwesenheit an Ihre Unterlagen geht und sie kopiert?«

Corvau zögerte. »Eigentlich bin ich fast immer da«,

sagte er, »außer nachts. Aber nachts ist auch keiner meiner Kollegen hier.«

Baltasar betrachtete das archäologische Chaos des Raums; beiläufig sagte er: »Wenn Sie diesen Fund nun bearbeitet haben, vielleicht tatsächlich Schätze finden, wie stellen Sie sich dann eine Veröffentlichung vor?«

Corvau brach in einen Katalog von Möglichkeiten aus, zitierte Fachzeitschriften, Publikationen interessierter Laien und internationale Konferenzen. »Natürlich ist die Sache unwichtig, kein Vergleich mit Troja oder den Pyramiden, aber es könnte immerhin helfen, hier rauszukommen.« Er machte eine umfassende Handbewegung.

Baltasar bedankte sich höflich und verließ die Kellerei der fragmentierten Historie. Vom Parkplatz ging er zurück zum Portal und kramte ein Stück Papier aus seiner Tasche.

»Ich wollte Monsieur Corvau eine Nachricht hinterlassen«, teilte er dem Pförtner mit. »Hat er einen Wagen draußen, daß ich ihm das Ding an die Scheibe klemmen kann?«

Der Pförtner zeigte ihm hilfsbereit Corvaus Wagen, einen antiken R 4, der in schätzungsweise siebzehn verschiedenen Farben nach-, über- und nebenlackiert war. Baltasar kritzelte etwas auf den Zettel, klemmte ihn hinter den Scheibenwischer, wartete, bis der Pförtner im Gebäude verschwunden war, nahm den Zettel wieder an sich und stieg in sein Mobil.

Ariane war nirgends zu finden. Baltasar ließ ihr eine Nachricht am Empfang und stieg nach kurzem Denken wieder in sein Gefährt. »Mittagszeit«, knurrte er dabei. »Essenszeit. Außerdem Zeit, die Offensive zu suchen.

Bah. Alle lügen, die Welt ist schlecht, und ich weiß nicht, was es soll.«

Er steuerte wieder Lacaze an. Im Bistro servierte man ein *repas ouvrier*, mächtige Sachen für müde Feldarbeiter; kalten Fisch, kaltes Huhn, verschiedene Sorten Gemüse mit einer umwerfenden Knoblauchmayonnaise; vorher Salat und Paté, hinterher Käse und Kaffee. Matzbach schloß sich den essenden Arbeitern an. Er hockte an einem kleinen Ecktisch, und wie so oft kam ihm der Zufall zu Hilfe. Einige Tische weiter saß ein älterer, grauhaariger Mann. Er trug einen dezenten, aber nicht ganz billigen Anzug, eine bizarr gemusterte Krawatte und Manschettenknöpfe mit Steinen. Baltasar, der Kiesel nicht von Diamanten unterscheiden konnte, vermutete, daß es sich nicht um Kiesel und bei dem stillen Esser nicht um einen Feldarbeiter handelte.

Der Mann las eine Zeitung, während er langsam und gründlich aß. Baltasar studierte sein Profil, die breite, kurze Nase, die arbeitenden Wangenmuskeln, den mayonnaiseträchtigen Mund, das Kinn, an dem ein Tropfen Rosé hing, den der Mann umständlich mit seiner Serviette abtupfte. Irgend etwas störte Matzbach; das eine Auge, das er sehen konnte, lag tief in einer Höhle unter der vorgewölbten, fast brauenlosen Stirn. Einmal, als der Esser aufblickte und den Kopf wandte, sah Baltasar beide Augen. Sie hatten etwas Fanatisches und gleichzeitig Entrücktes: Basaltseen in der Tiefe eines Kraters, dessen Inaktivität nicht gänzlich überzeugt.

Der Wirt räumte ab; Matzbach hörte, wie er den Mann fragte: »Und was wünschen Sie als Nachspeise, *Monsieur le docteur*: Käse, Eis, Obst, Gebäck?«

Baltasar, der gerade mit der rechten, verheilten Hand sein Weinglas zum Mund führte, reagierte augenblicklich. Mit einem kleinen Wehlaut ließ er die Trümmer fallen, die in seiner geballten Faust verblieben waren, und starrte auf die blutenden Schnittwunden. Der Wirt blickte zu ihm herüber, auch der *docteur* sah auf. Der Wirt machte einige schnelle Trippelschritte.

»Oh, das tut mir sehr leid«, sagte er, offenbar ernsthaft betroffen, »wahrscheinlich hatte das Glas schon einen Sprung. Das blutet aber sehr munter.«

Der Arzt war aufgestanden; er nahm eine karierte Serviette von einem Nebentisch und trat zu Matzbach.

»Monsieur, erlauben Sie? Ich bin Arzt.« Er bog Baltasars Finger auseinander und sah sich die Schnitte an. »Hm«, machte er mehrfach. »Es sieht schlimmer aus, als es ist, Monsieur. Es könnten allerdings Splitter in Ihrer Hand sein. Wenn Sie bitte mitkommen wollen ...« Er wickelte die Serviette notdürftig um Baltasars Hand.

Matzbach folgte ihm brav. Der Arzt ging ihm schnellen Schrittes voran und führte ihn in seine Praxis. Schweigsam und gründlich reinigte er Baltasars Hand, sprühte etwas auf die Schnitte in der Handfläche und an der Innenseite der Finger und bereitete Zellstoff für einen dünnen Verband vor. Baltasar studierte in der Zwischenzeit aufmerksam die Praxiseinrichtung, entdeckte jedoch nichts Auffälliges.

Der Arzt sah sich die Hand noch einmal an. Bevor er den Verband anlegte, fielen ihm, offenbar erstmals, die verheilten Schnitte auf dem Handrücken und an der Außenseite der Finger auf. Er schüttelte den Kopf. »Machen Sie solche Sachen häufiger, Monsieur?«

Baltasar grinste ihn unverschämt und direkt an. »Selten, Doktor, außer, böse Menschen lauern mir in Les Baux mit einem Messer auf.«

Dabei beobachtete er den Mann scharf. Er war nicht

sicher, aber er glaubte zu sehen, wie sich für einen Sekundenbruchteil die Pupillen des Arztes verengten.

Monsieur le docteur beugte sich über die Hand, zupfte am Verband und murmelte dabei: »Les Baux... Les Baux... warten Sie mal, ist das diese finstere Geschichte, die in der Zeitung stand?«

»Ach, haben Sie davon gelesen?«

»Mhm. Ich muß Ihnen aber gestehen, daß ich das für eine Erfindung der Redaktion gehalten hatte. Interessant, es ist also wirklich passiert. Wie war das denn?«

Er setzte sich Matzbach gegenüber auf die Kante seines Schreibtisches und verschränkte die Arme; sein Gesicht war interessiert, aber undurchsichtig.

Baltasar berichtete in groben Zügen von der Nachtvorstellung in Les Baux; ›die gröbsten Tricks‹, dachte er, ›sind vielleicht noch immer die besten‹. »Na ja«, schloß er, »ich habe mir zwar ein paar Charakteristika der Männer gemerkt, aber da sie maskiert waren...«

»Sie scheinen ein gutes Gedächtnis zu haben und gut zu beobachten. Wenn Sie sich in einer solchen Situation und bei Dunkelheit noch irgend etwas merken können.«

»Oh, so gut ist mein Gedächtnis nun auch wieder nicht. Das bißchen, was ich weiß, kann niemandem helfen oder schaden. Ich weiß, daß einer der Männer O-Beine hat, der Kleinste von ihnen, der, dem ich vermutlich die Hand gebrochen habe. Der zweite und der dritte waren schlank und größer.«

Er setzte hinzu: »Und der vierte hinkte ein wenig.«

Wieder das kurze Zucken der Pupillen. »Sie haben recht«, sagte der Arzt, »damit kann wirklich niemand etwas anfangen. Sogar eine Festnahme aller O-beinigen Männer mit gebrochener Hand wäre nicht besonders hilfreich. – Nun ja, Sie sind jedenfalls dort heil herausgekommen, und die neuen Wunden sind verbunden. Ich schlage vor, wir begeben uns zu unserem Dessert.«

Sie standen auf. »Doktor, was schulde ich Ihnen?« sagte Baltasar.

Der Arzt winkte ab. »Vergessen Sie's.«

Nach dem Ende des Mittagessens wanderte Matzbach verdauend und dösig ein wenig im Ort herum. Als er wieder zum Arkadenplatz kam, verließ ein schwarzer Buick die enge Durchfahrt neben dem Gotteshaus und steuerte in den Ort. Baltasar blickte unauffällig in den vorbeigleitenden Schlitten. Neben dem Fahrer saß ein drahtiger Mann, auf dem Rücksitz ein älterer Grandseigneur. Der Wagen verschwand unter den Platanen am Ende des großen Platzes.

»Ei«, sagte Baltasar halblaut, »wo mögen die denn gewesen sein?«

Er kletterte in seinen Pallas und fuhr an der Kirche vorbei. Es gab keine eindeutigen Hinweise in Form überfahrener Bäume oder vom Scheibenwischer erschlagener Rehe, aus denen Matzbach hätte ableiten können, daß der Buick über einen der kleinen Karrenwege gekommen war. Die wahrscheinlichste Herkunft des Straßenkreuzers war Demlixhs Landhaus.

Leise pfeifend fuhr Baltasar den Weg entlang. Vor dem Manoir des Phantastikers angekommen, parkte er umständlich und stieg langsam aus. Demlixhs grauhaariger Angestellter erwartete ihn bereits am offenen Eingang.

»Ich bedaure außerordentlich«, sagte er höflich und in seiner originellen Sprachmischung, »aber Sie können heute nicht zu Herrn Demlixh. Bitte rufen Sie doch vorher an!«

Matzbach verzog das Gesicht zu einer Grimasse des Bedauerns. »Schade, sehr schade. Ich wollte ihn wirklich nur einige Minuten stören und ihm ein interessantes Projekt vorschlagen.«

Der Grauhaarige spreizte die Arme ab. »Es tut mir wirklich leid, Herr Matzbach, aber es geht nicht.«

Baltasar zog einen Flunsch. »Ist Herr Demlixh denn nicht da?«

»Er ist anwesend, aber er hat Gäste und kann nicht gestört werden.«

Baltasar stieg wieder in seinen Wagen und wendete auf dem Hof, in einem großen, ungeschickt angesetzten Bogen. Die Terrassentür zu Demlixhs Lesesuite stand offen, aber im Haus war niemand zu sehen. Dafür sah Matzbach aus den Augenwinkeln etwas Weißes durch die Vegetation blitzen, dort, wo die Druiden ihr *Alignement* errichtet hatten.

Nachdenklich fuhr er ab. In Lacaze sah er eine ältere Frau, vermutlich eine Bäuerin, aus der Praxis von Herbin kommen. Er parkte unter den Platanen und ging zum Platz vor der Kirche zurück.

Im Bistro hockte er sich an die Theke und bat um Kaffee und Cognac. Der Wirt grinste ihn an.

»Na, was macht die Pfote?«

Baltasar hob die verbundene Hand. »Oh, geht schon wieder. Nur beim Gangschalten muß ich vorsichtig sein. So ein Glück, daß der Doktor gleich nebenan wohnt. Und daß er hier ißt.«

Der Wirt nickte, sagte aber nichts dazu. Baltasar nippte am Cognac.

»Obwohl mich verwundert«, sagte er, »daß in Lacaze ein Arzt lebt. Ich habe nichts gegen Ihren Ort, Monsieur, aber kann denn ein Doktor hier auskommen?«

Der Wirt zuckte mit den Achseln. »Ich weiß es nicht«, brummte er.

»Arbeitet der Doktor vielleicht noch irgendwo in einem Krankenhaus? Oder ist er immer hier?«

»Am Wochenende ist er meistens nicht da. Er fährt samstags früh weg. Wohin? Keine Ahnung.«

»Und was macht man hier, wenn jemand samstags krank wird?«

»Abwarten. Oder nach Draguignan fahren. Aber Sonntag nachmittag ist Doktor Herbin fast immer zurück.«

»Wohnt er auch nebenan? Allein?«

Der Wirt nickte. Aus seiner Haltung und seinem Gesicht konnte Baltasar entnehmen, daß er keine weiteren Fragen zu hören wünschte. Er trank in Ruhe seinen Kaffee und den Schnaps aus, zahlte und fuhr heim.

Im Hotel fand er einen ungeduldigen, nervösen und übermüdeten Maspoli vor, der Kaffee trank, rauchte und die Decke anstarrte, wenn er nicht auf den Boden sah oder die mollige Kellnerin zu irriteren versuchte. Baltasar setzte sich zu ihm. Maspoli reichte ihm ein längliches Päckchen mit einer Verdickung in der Mitte; Matzbachs feine Fingerspitzen verrieten ihm, worum es sich handelte.

»Rute und Pendel«, knurrte der Reporter. »So ein hirnverbrannter Blödsinn ...«

Baltasar wartete, bis er seinen Kaffee bekommen hatte, dann nahm er einen großen Schluck, verbrühte sich die Zunge, schimpfte lautlos und begann, Maspoli über die neusten Ereignisse zu informieren. Er war zurückhaltend und mit direkten Verdachtsäußerungen; Maspoli konnte jedoch zwischen den Sätzen hören und stellte Vermutungen an, die Baltasar nicht kommentierte. Schließlich seufzte Maspoli. »Na gut. Dann werde ich eben einen Bericht über das Leben des berühmten Autors Demlixh, der soeben knapp dem Tode entronnen ist, schreiben. Vielleicht wäre das tatsächlich interessant. Ich kann Ihnen nicht versprechen, daß meine Chefs dieser Meinung sind, aber ich werde versuchen, sie davon zu überzeugen, daß ich ein paar Tage hierbleiben sollte.«

»Braver Junge«, sagte Baltasar lobend. »Aus Ihnen kann noch mal was werden.«

Maspoli blinzelte. »Was denn? Schlagen Sie mal was vor.«

Baltasar bemerkte, daß er schon ewig keine Zigarre mehr geraucht hatte. Er kramte in seiner Jacke herum und fand tatsächlich im Etui noch ein Exemplar *pomposo stinkador*. Während er es anzündete, unterbreitete er Maspoli eine detaillierte Vorschlagsliste.

»Tellerwäscher oder, bei Ihrer Intelligenz, Fremdenführer für Analphabeten. Oder was halten Sie von der Einrichtung eines Büros für Nachforschungen – garantiert kein Ergebnis? Selbstverständlich unter Ihrer Leitung?«

Maspoli legte ein Bein auf den Stuhl neben seinem. »Wissen Sie was? Sie sind eine miese Kröte. Ich glaube, ich mag Sie. Wissen Sie, ob die Kellnerin noch frei ist? Ein paar Tage hier könnten mir ganz gut tun.«

Sie besprachen das weitere Vorgehen; schließlich fuhr Maspoli zurück nach Marseille, um sich mit einer beeindruckenden Fotoausrüstung und dem Plazet seiner Chefs zu versehen.

Baltasar verbrachte den Nachmittag teils hinter dem Hotel, wo er versuchte, die Handhabung der Rute zu memorieren und wieder einzuüben, teils am Tisch in seinem Zimmer. Dort pendelte er zunächst Flüssigkeiten aus (Kaffee und Leitungswasser, später Rotwein) und schwitzte dann über Provencekarten, die er vollschmierte, indem er mit einem Buch als Lineal und mit seinem Füller umfangreiche Flächen-, Winkel- und Entfernungsberechnungen anstellte. Außerdem machte er telefonisch mit der Gesellschaft, mit der Bronner seinen Rundflug über Südfrankreich absolviert hatte, einen Termin aus.

Ariane, offenbar innerhalb eines Tages von Matzbachs schlimmsten Auswirkungen erholt, fand den Dicken abends über dem wackligen Tisch brütend vor.

»Na?«

»Ha. Und du?«

»Oh, ich habe wunderschöne, anstrengende Spazierwege gefunden, ein halbes Buch gelesen und mich nicht nach dir gesehnt.«

»Es geht dir also gut, das freut mich.«

Sie lächelten einander an. Matzbach klopfte auf Papier.

»Was hast du? Hast du was erreicht?«

»O ja, sehr viel«, sagte Baltasar. Dann verzog er das Gesicht. »Ich kann nur nichts damit anfangen.«

Sie setzte sich aufs Bett. »Nun erzähl schon!«

Baltasar berichtete kurz von seinem Museumsbesuch. »Corvau lügt. Er will mir erzählen, der Fund, den er da gemacht hat, sei nicht so besonders wichtig, nur vielleicht hilfreich.«

»Ist das gelogen?«

»Es ist. Es ist nämlich so, daß es praktisch nichts Schriftliches aus Karthago gibt. Wenn also dieses Testament echt ist, dann stellt es sogar in der lateinischen Version einen bedeutenden Fund dar. Außerdem enthält es so viele verschlüsselte Informationen, daß ein gewissenhafter Historiker oder Archäologe es sofort veröffentlichen würde, auch wenn er noch nicht alles enträtselt hat. Es würde dann nämlich, wie ich die Burschen kenne, als *Kodex Corvau* in die Geschichte eingehen, und der ehrliche Finder bekäme zur Belohnung eine Forschungsdozentur der tunesischen Regierung oder so etwas. Der Fund ist also für Fachkreise von äußerster Sensationalität. Und der Mann hockt in seinem Keller und spielt die ganze Sache runter.«

»Vielleicht hat er Gründe dafür. Oder er glaubt nicht an die Echtheit.«

»Oho, daran glaubt er schon. Ich übrigens auch.«

»Ah, das ist neu. Seit wann?«

»Seit ich die Rätsel enträtselt habe.« Baltasar lehnte sich in seinem ächzenden Stuhl zurück.

Ariane klemmte sich ein Kissen in die Achselhöhle, legte die Beine aufs Bett und wurde zu Maja Recamier in Freizeitkleidung. »So, enträtselt? Bist du hinter die geheimnisvolle Geographie der karthagischen Händler gekommen?«

»Ja, und eigentlich ist es entsetzlich billig.«

»Billig genug, um es mir überzeugend zu erklären?«

Baltasar grinste. »Ich glaube schon. Jedenfalls im Prinzip. Sieh mal.«

Er breitete Karten auf dem Bett aus. Die erste, eine Europakarte, war unbemalt, die anderen – Detailkarten Südfrankreichs – waren kaum noch zu entziffern, da allenthalben Matzbachs Bleistift und Füller gewütet hatten.

»Also, was hat er gesagt? Seine vorletzte Reise zu Wasser und zu Land...« Baltasar kramte seine Übersetzung heraus. »Hier. Also: ›... führte mich von der Nordspitze der kleineren Insel im Nordwesten über Arausio zum kleinen Hafen östlich Massalias, von dort nach der Wüste, die Karthago nun ist.‹ Was, Fürstin meines Herzens, meinst du dazu?«

»Machst du jetzt wieder sokratische Spiele mit mir?«

»Ja, aber nur, um festzustellen, ob meine Gedankengänge so simpel sind, daß auch andere darauf kommen.«

»Danke für das ›simpel‹, du ArroGanter.«

»So meine ich das nicht. Ich meine, ob ich mir da was zurechtgepfriemelt habe oder ob man ohne Halluzinationen zu den gleichen Schlüsseln kommen kann.«

Ariane beugte sich über die Karte. »Kleine Insel im Nordwesten ...«, sagte sie halblaut.

»Kleinere«, korrigierte Baltasar mit Nachdruck.

»Das heißt, kleinere von wie vielen?« fragte Ariane. Baltasar schwieg. »Na klar«, sagte sie dann. »Wenn es drei wären, müßte es kleinste oder mittlere heißen. Logisch, eigentlich dürfen es also nur zwei sein. Das heißt, England ist die größere, Irland die kleinere. Also Nordirland?«

Baltasar nickte und setzte seinen Bleistift bei Belfast an. »Ob das damals auch schon so ungesund war?«

»Bestimmt. Weiter. Nach Arausio? Was ist Arausio?«

»Das ist Lateinisch für Orange. Hier.«

»Ein ziemlicher Sprung.« Ariane summte leise und sah zu, wie Baltasar mit Hilfe eines mehrfach neu anzusetzenden Buchs eine einigermaßen gerade Linie von Belfast an die untere Rhône zog.

»Der kleine Hafen östlich von Massalia.«

Ariane rümpfte die Nase. »Das ist Marseille, klar, aber was ist der kleine Hafen? Gab es damals die ganzen Orte schon? Toulon, Hyères und so?«

Baltasar breitete die Arme aus. »Oh, das ließe sich wahrscheinlich feststellen, aber ich weiß es nicht genau. Ist auch nicht so wichtig. Ich lese das als »der erste kleine Hafen östlich von Massalia«. Zu klein, wahrscheinlich, um einen eigenen Namen zu haben, oder jedenfalls so klein, daß unser Freund Maharbal nicht sicher ist, daß man in ein paar Jahrhunderten den Namen noch kennen wird. Vermutlich ohne historische Bedeutung, was weiß ich.«

Ariane nickte. »Das könnte sein. Das heißt dann wahrscheinlich Cassis, oder?«

»Hm. Jedenfalls ist das ein guter Naturhafen, und näher an Marseille kann es kaum was gegeben haben.«

Er verlängerte die Linie. »Und bis Karthago«, sagte er. Die Linie überquerte das Mittelmeer, schnitt die Südwestecke Sardiniens ab und endete in der Bucht von Tunis.

Ariane blickte ihn fragend an. »Schön, eine gerade Linie von Belfast bis Tunis. Aber wie ist das mit der damaligen Kartographie? Vielleicht gibt das mit Maharbals Geographiekenntnissen eine Sinuskurve oder sonst etwas.«

Baltasar strahlte. »Siehst du, das hat mich zuerst auch beschäftigt. Aber ich glaube, ich habe das Problem gelöst. Die Römer haben sich ja immer ans Land gehalten, und die älteste Karte, die wir von ihnen kennen, die *Peutingeriana*, ist eine Routenkarte für spazierengehende Legionäre. Da spielt es keine Rolle, wo China genau liegt, Hauptsache, die Karte berichtet genug über Garnisonen und Tagesreisen zwischen ihnen. Die Karthager dagegen waren erfahrene Seefahrer. Gold aus Punt, Zinn von den britischen Inseln und was weiß ich. Man kann also davon ausgehen, daß sie sowohl Himmelsrichtungen als auch Küstenlinien gründlich gekannt haben. Und wahrscheinlich hatten sie gute Karten. Die Weltkarte des Ptolemaios habe ich nicht im Kopf, klar, aber sie ist, was die Proportionen Europas angeht, so weit ich mich erinnere, viel genauer als die römische Ausgabe. Deshalb, denke ich, können wir davon ausgehen, daß dieser Maharbal, der angeblich überall gewesen ist, mit seinen sparsamen Angaben eine gerade Linie andeuten wollte.«

Er machte eine Pause. Dann sagte er nachdenklich: »Außerdem spricht, glaube ich, noch etwas dafür. Die Angaben sind so spärlich, daß das Ergebnis, die Aufschlüsselung, im Prinzip nur etwas Einfaches sein kann, zum Beispiel eine Linie. Ich glaube nicht, daß Maharbal selbst imstande war, Kurven zu berechnen, oder daß er es seinen nahen Nachfahren zutraute. – Aber weiter. Von Karthago dann über Syrakus nach Samos.«

Ariane deutete auf die genannten Weltgegenden, und Baltasar zog den Bleistiftstrich bis Samos.

»So«, sagte er, »was haben wir da?«

»Zwei Seiten eines vermutlichen Dreiecks«, sagte Ariane ungerührt, »mit einem stumpfen Winkel.«

Baltasar nickte wohlwollend. »Auch dein Unglaube wird dem hellen Licht der Erkenntnis weichen. Machen wir einfach mal ein Dreieck draus.« Er verband Belfast mit Samos. »So.«

Ariane betrachtete das Gebilde skeptisch. »Und weiter?«

»Weiter habe ich mir, wie eben schon, gedacht, daß Maharbals Karten einigermaßen genau waren und daß er ein einigermaßen einfaches System entwickeln mußte, um seine Schätze zu verbuddeln und Hinweise zu hinterlassen. Der Winkel bei Karthago ist stumpf, aber nicht sehr. Ich habe mir, im Hinblick auf die antiken

Karten und die Schwierigkeiten der Projektion überhaupt, also, im Hinblick darauf und auf das Gebot der Einfachheit habe ich mir gedacht, daß dieser Winkel vielleicht ein rechter sein soll. Oder daß Maharbal dies für einen rechten Winkel hielt.«

Ariane zuckte mit den Achseln. »Na ja, das wäre möglich, aber worauf soll das hinauslaufen? Ein rechtwinkliges Dreieck auf eine europäische Landkarte malen...«

Baltasar gab ihr das als Lineal dienende Buch. »Miß mal Belfast–Karthago und Karthago–Samos«, sagte er.

Ariane maß. Drei Bücher lagen zwischen Nordirland und Tunesien, zwei zwischen Tunesien und der griechischen Weininsel.

»So ist es«, sagte Matzbach fröhlich. »Zwei Schenkel. Die beiden Katheten des Dreiecks, und die längere ist eineinhalbmal so lang wie die kürzere. So. Was macht er noch? Vor Korkyra, das ist Korfu, und zwar zwei Tagesreisen südwestlich von diesem, hatte er die Vision einer Landschaft in Illyrien, am Danubius, also an der Donau, und die Vision kam ihm senkrecht aus der Sonne. Merkwürdige Vision, oder?«

Ariane rätselte über der Karte. Sie hantierte mit dem Buch an der Donau herum. Plötzlich sagte sie aufgeregt: »Hier, Moment mal. Wenn man auf der Grundseite dieses komischen Dreiecks die Senkrechte errichtet – und die Vision war doch senkrecht, oder? –, und zwar so, daß sie Karthago trifft, also den rechten Winkel über der Hypotenuse, dann fängt die Senkrechte ungefähr hier an, bei Belgrad.«

Baltasar reichte ihr den Bleistift; Ariane verband Belgrad und Tunis miteinander. Dann hielt sie ratlos inne. »Schön. Jetzt haben wir ein rechtwinkliges Dreieck mit dem Lot, aber die Vision wurde ihm doch zwei Tagesreisen von Korfu zuteil, nicht in Karthago.«

Matzbach nickte. »Ich nehme an, er wollte es nicht allzu einfach machen oder schon einen Hinweis auf ein fortzusetzendes Verfahren einbauen. Wenn du jetzt nämlich Tunis – Samos als Hypotenuse nimmst und die Senkrechte zum rechten Winkel bei Belgrad ziehst, wo mußt du sie dann ansetzen? Ein Stück südwestlich von Korfu, ungefähr. Was haben wir also? Ein rechtwinkliges Dreieck, das durch mehrfache Lotung in kleinere, ebenfalls rechtwinklige Dreiecke zerteilt wird.«

Baltasar nahm Buch und Stift an sich und stellte Fragen. »Was verbindest du mit Syrakus?«

Ariane grinste. »Zu Dionys, dem Tyrannen«, sagte sie, »schlich Damon, den Dolch im Gewande.«

»Setzen. Eins. Aber weiter. Bedenke, wir befinden uns im Bereich einer Zeichnung, einer geometrischen Mutmaßung. Fällt dir irgendeine geometrische Sache zu Syrakus ein?«

»Klar. Archimedes. Störe meine Kreise nicht.«

»Prachtvoll. Archimedes, Universalgelehrter, Erfinder des Flaschenzuges und so weiter. Und was fällt dir, außer Wein, zu Samos ein?«

Ariane dachte nach, fand aber nichts. Schließlich betrachtete sie noch einmal die Karte. Ganz klein stand auf Samos ein weiterer Name zu lesen. »Pythagóreion«, las sie. »Ist Pythagoras etwa von da?«

»Genau. Pythagoras der Schnarchsack, Erfinder des Dreiecks und der Seelenwanderung. Womit wir unsere Dreieckshypothese ein wenig gestützt hätten, nicht wahr, denn ich denke mir, daß Maharbal ein kluges Kerlchen war. Und Archimedes wird uns gleich noch weiter helfen, der hat nämlich noch was erfunden.«

Langatmig erläuterte er die Zahl Pi, wichtig beim Kreis und beim Bau der Pyramiden, wie er gelehrt feststellte, »ungefähr drei Komma eins vier eins fünf neun zwei und so weiter. Aber angeblich hat Archimedes sie als zweiundzwanzig durch sieben angegeben. Und Maharbal sagt, man sollte sich Syrakus von Süden her nähern.«

»Ich bin zuständig für *Public Relations*, nicht für Buchhaltung. Was soll das alles?«

»Das habe ich mich lange und verbissen gefragt. Ich fragte mich, wozu läßt dieser tote Karthager uns im östlichen Mittelmeer Dreiecke malen, wenn er sein Zeug in der Provence verbuddelt hat? Und, dachte ich weiter, ob er Archimedes, störe meine Kreise nicht und Pi in einer seltsamen Weise mit Pythagoras vermengt hat? Aber dann ging mir ein anderes Lämpchen an. Er hat seine Reise von Norden nach Süden und weiter nach Osten beschrieben. Syrakus soll man von Süden aus anfahren. Kann das, dachte ich mir, heißen, daß man Archimedes von Süden aus anwenden soll? Also habe ich die Strecke Belfast–Tunis in zweiundzwanzig archimedische Teile geteilt und von Süden nach Norden sieben abgezählt.«

Er demonstrierte das Verfahren. »Und«, sagte er triumphierend, »wo kommen wir an? An der französischen Mittelmeerküste, genau gesagt in Cassis.«

Ariane maß nach und stimmte ihm zu. »Und was soll das alles? Wozu malen wir Dreiecke auf dem Meer, wenn es doch wieder an Land geht? Glaubst du, dieser Maharbal hat seine Dreiecksvisionen da unten nur erzählt, damit wir in der Provence etwas Ähnliches machen?«

Baltasar nickte verdrossen. »Das meine ich, und ich verfluche ihn, weil er nicht genau gesagt hat, was wir mit den Dreiecken und Senkrechten anfangen sollen. Aber du hast mich eben auf einen prachtvollen Gedanken gebracht.«

»Ich? Wieso? Welchen Gedanken?«

»Was hieltest du davon, ein Buch über die Einführung der Zahl Pi als grundlegenden Faktor und Element eines jeden Vorgangs in der Buchhaltung zu schreiben?«

»Wenn das dazu führt, daß mein Gehalt mit Pi multipliziert wird, bitte sehr. Aber wie das in der Provence weitergeht, weißt du also noch nicht?«

Baltasar wackelte mit den Ohren. »Ich habe zwei oder drei Ideen, aber nichts davon überzeugt mich.«

Er zeigte Ariane die verschmierten und mit vielerlei Geometrie bemalten Provencekarten und erläuterte seine verschiedenen Ansätze.

»Aber ich bin noch nicht hinter die heilige Drei und die die Fläche verlassende Vier gekommen. Wahrscheinlich ist es genauso einfach oder wirr wie die anderen Hinweise. Man wird sehen. – Was, Gespielin, hält dein Magen von einer läßlichen Atzung?«

Ariane seufzte. »Wenn ich dabei was zu essen kriege, ist mir der Wortlaut der Frage ziemlich egal.«

Später, als sie sich zur Ruhe begeben hatten und nur noch mühsam lasen, setzte Baltasar sich auf. »Ich sollte«, verkündete er der Welt, »zur Abwechslung wieder die Chinesen konsultieren.«

Ariane sah ihm mit klappernden Lidern zu. Baltasar warf sechsmal die drei Münzen in die Luft und notierte gewissenhaft die Ergebnisse. Er musterte das Resultat skeptisch. »Ein häßliches Hexagramm. So furchtbar symmetrisch. Und keine veränderliche Linie. Na, mal sehen.«

Er schlug das *I Ging* auf und blätterte. Dann seufzte er. »Innere Wahrheit«, sagte er anklagend. »Natürlich habe ich innere Wahrheit. Ich bin durch und durch wahrhaftig. Was? Heiter und sanft soll ich sein, wenn ich das Land umgestalten will? Schweine und Fische? Ich werd' wahnsinnig. Die Macht des Vertrauens erstreckt sich sogar auf die lieben eßbaren Tierchen. Innere Wahrheit und Beharrlichkeit, und außerdem ist es förderlich, das große Wasser zu durchqueren.«

Er klappte das Buch zu. Ariane war beinahe wieder wach. »Willst du morgen schwimmen, du im Innern Wahrhaftiger?«

»Schweine und Fische!« sagte Matzbach empört.

Plötzlich sprang er auf. »Ha«, rief er, »und abermals ha. Wasser durchqueren! Natürlich. Wasser und Berge!«

Er zerrte die Europakarte aus dem Stapel und warf sie aufs Bett.

»Hä! Was ist das mit der inneren Wahrheit bei Maharbal? Berge werden abgetragen. Schweine weiden an ihren Hängen. Flüsse trocknen aus. Fische japsen.«

Ariane rieb sich die Augen. »Verwechselst du vielleicht Schweine und Ziegen?«

Baltasar winkte ab. »Sieh mal, Berge und Flüsse als Landmarken, auch wenn sie nur noch als Spuren zu erraten sind. Das steht im Testament. Förderlich ist es, das große Wasser zu durchqueren und die innere Wahrheit der Schweine und Fische nicht zu untergraben. Das sagen die Chinesen. Na gut, suchen wir Schweine und Fische.«

»Du redest irr.«

Baltasar bohrte seinen Finger in die Karte. »Maharbal hat die Weisheit der Druiden gesammelt«, knurrte er, »und er reist von Belfast nach Tunis, ohne Druiden zu erwähnen. Sieh mal, welche Orte und Gegenden er auf seiner Reise berührt, ohne sie zu erwähnen. Wir sind der inneren Wahrheit seines Schweine-und-Fische-Berichts auf der Spur!«

Ariane folgte seinem Finger. »Nordirland«, knurrte er böse weiter. »Später saßen die Fürsten und Dichter in Armagh herum, nicht weit von der Linie entfernt. Ob da zu Maharbals Zeit nicht wenigstens mal ein Priester aufgetaucht ist? Dann weiter. Wir überqueren das große Wasser und kommen wohin? Nach Anglesey, und diese Insel war unter dem Namen Mona später, laut Cäsar und Tacitus oder nur Tacitus oder was weiß ich, die Hauptinsel der Druiden. Weiter. Quer durch Wales mit Merlins Vorgängern und Hutzelhexen. Was kommt dann?«

Ariane las: »Salisbury.«

»Salisbury«, keifte Matzbach wütend. »Stonehenge, das damals längst stand und wo sich sicherlich ein paar schräge Vögel herumgetrieben haben. Weiter. Über den Kanal. Was ist da, knapp neben der Linie? Chartres. Die französischen Druiden behaupten, in der Kathedrale gebe es eines der interessantesten Strahlungsnetze der Welt und früher sei da ohne jeden Zweifel eine keltische Kultstätte gewesen. Orange an der Rhône. Cassis am Meer. Karthago am Meer. Hinterher reist er noch zu Pythagoras nach Samos, und Pythagoras hatte es mit der Seelenwanderung, genau wie die Druiden. Lauter seltsame Plätze, Kapitalen des Aberglaubens, die entweder an einem sichtbaren Wasser liegen oder über einem meßbaren Wassernetz. Und überall sind Hügel in der Nähe, wenn auch manchmal ein bißchen weiter weg. Ich glaube, ich muß mal darüber nachdenken.«

Ariane legte sich wieder hin, lächelnd. »Kapitalen des

Aberglaubens, sagst du? Und was ist mit deinen alten Chinesen und den Schweinen und Fischen?«

»Das«, sagte Baltasar, wieder gelassen, »ist kein Aberglaube. Das, liebe Ariane, ist nichts als idiotischer Zufall.«

Er legte das Buch weg, verschränkte die Hände unter dem Hinterkopf und starrte an die Decke.

»Merkst du was?« sagte er dabei. »Oder hast du was gemerkt?«

»Nein.«

»Das war das erste Mal, daß die Chinesen mir nicht gesagt haben, es sei förderlich, den großen Mann zu sehen. Was schließen wir daraus?«

Ariane kicherte. »Daß du nicht mehr in den Spiegel zu schauen brauchst.«

»Ah bah. Daß ich ihn nicht mehr suchen muß. Weil ich ihn gefunden habe!«

»Interessant. Also du bist sicher, daß es sich bei deiner Neigung zu diesem Buch nicht um Aberglauben handelt?«

Baltasar machte glucksende Geräusche mit dem Kehlkopf. »Natürlich. Vergiß nicht, ich habe Urlaub, auch vom abendländischen Rationalismus. Ich weiß nicht, ob je ein Verbrechen mit Hilfe des *I Ging*, eines karthagischen Testaments und der Nichterwähnung druidischer Heiligtümer aufgeklärt worden ist, aber es passiert eben alles irgendwann zum ersten Mal.«

»Bitte?!«

»Danke, keine Ursache. Also, ich brauche den großen Mann nicht mehr zu suchen, ich habe ihn gesehen. Aber wer ist es? Doktor Herbin? Edmund Demlixh? Der Archäologist Corvau? Oder Maharbal, dem ich heute ins Antlitz geschaut habe?«

Ariane gähnte herzzerreißend. »Viel Vergnügen, aber ich wäre dir dankbar, wenn du deine Meditationen über Männerantlitze leise vollziehen könntest. Und bitte nimm die Hände unter dem Kopf weg. Wenn du in dieser Position einschläfst, ist das schlimmste Schnarchen sicher.«

»Du verstehst mich nicht«, sagte Baltasar düster. »Niemand versteht mich. Es hat mich auch keiner richtig lieb. Alle spotten meiner. Ach, es ist widerlich.«

Mit dieser optimistischen Zusammenfassung schaltete er das Licht aus und drehte sich auf die Seite. Sekunden später begann er zu schnarchen. Ariane zog sich die Decke über die Ohren.

IX

Nach dem Frühstück verfaßte Baltasar eine dirigierende Nachricht für Césaire Maspoli, mit dessen Eintreffen er selbstsicher rechnete. Er hinterließ die Anweisungen in einem verschlossenen Umschlag an der Réception des Hotels und erkundigte sich dort, ob das Etablissement über eine entleihbare Schreibmaschine verfüge. Es verfügte.

Ariane übernahm die Kontrolle des Gefährts und steuerte den Pallas Richtung Autobahn, während Baltasar murrend, knurrend und schnurrend auf dem Beifahrersitz hockte, wie eine Lokomotive qualmte und Dreiecke auf provenzalische Detailkarten malte.

Nach ungefähr siebzig Minuten hatten sie den Flughafen Marseille-Marignane erreicht. Baltasar faltete nacheinander ein Dutzend Karten zusammen und stieg wortlos aus. Ariane verschloß den Wagen und folgte gehorsam, als der Dicke ihr winkte und mit einem seiner Finger auf die Cafeteria deutete.

Bei einem großen Café Crème setzte er ihr auseinander, was er – mit Hilfe, wie er sagte, chinesischer Schweine und Fische – auf den Landkarten ermittelt zu haben glaubte. »Ich müßte diesen Archäologen fragen, wo genau das Testament gefunden wurde, aber ich bin sicher, daß es da war.« Er deutete auf einen Punkt nahe Brignoles, nördlich der Provence-Autobahn. Ariane ließ sich von ihm Feuer für ihr Zigarillo geben.

»Wie aufmerksam«, sagte sie. »Also, ich will ganz ehrlich zu Ihnen sein, mein Herr – diese Rechnerei mit Dreiecken und Senkrechten ist mir erstens zu wild, und zweitens überzeugt mich das noch gar nicht. Was ist mit Wasser und Bergen?«

Baltasar steckte die Karten in seine ausufernde Jackentasche. »Das hoffe ich auf diesem Flug zu erfahren.«

Ariane teilte ihm ihr Unverständnis mit. Baltasar winkte ab. »Es hat keinen Sinn, das theoretisch zu erörtern.«

Sie begaben sich auf den langen Marsch zum Büro der privaten Fluggesellschaft, mit der William Bronner laut Quittung einen Rundflug über die Provence gemacht hatte.

Der Pilot erwartete sie bereits: ein hochgewachsener, blonder Nordfranzose, der nach einigen Jahren bei der französischen Luftwaffe nicht mehr vom Fliegen losgekommen war. Er schüttelte zunächst Arianes, dann Matzbachs Hand und klopfte auf eine blaugebundene Kladde.

»Wie Sie am Telefon gesagt haben, Monsieur, habe

ich alles vorbereitet. Wir können die gleiche Strecke abfliegen, die Ihr Freund mit mir geflogen ist.«

Er erinnerte sich gut an Bronner; Einzelgäste, die das Geld für einen Rundflug hinlegen, sind selten. Baltasar schob dem Piloten ein mitteldickes Päckchen 100-Francs-Noten über den Tisch.

Kurze Zeit später waren sie in der Luft. Der Pilot gab einige kurze Kommentare zur Landschaft und zu Bronners Sonderwünschen ab. Sie flogen über Les Baux hinweg, ließen Arles links liegen, überquerten die Rhône. Baltasar saß auf dem Platz, auf dem Bronner gesessen hatte, und er hoffte, daß er das gleiche sah wie weiland Bronner. Westlich von Nîmes gingen sie auf Süd-, dann gleich auf Ostkurs, überflogen Aigues-Mortes und den Étang de Vaccarès, danach zog der Pilot die Maschine in einem Bogen über das Mittelmeer.

Baltasar starrte aus dem Fenster, nickte, markierte Punkte auf seiner Karte; als sie über dem Meer waren, grinste er Ariane an. »Es ist förderlich«, sagte er munter, »das große Wasser zu überqueren.«

Ariane lächelte. Sie war gut gelaunt, genoß den Flug in der zweimotorigen Cessna und die Tatsache, daß es nicht ihr Geld war, das dafür verschwendet wurde.

»Wir überfliegen gleich die *Calanques* von Cassis, Monsieur«, sagte der Pilot. Baltasar nickte und zog aus einer Tasche seiner unergründlichen Jacke eine kleine Kamera hervor.

»Woher hast du die denn schon wieder?« sagte Ariane verwundert.

Baltasar hob die Brauen. »Ausnahmsweise, *maîtresse des maîtresses*, habe ich die nicht selbstgemacht, sondern erworben.«

Er deutete aus dem Fenster und knipste. Unter ihnen

lagen die drei »Schlupfhäfen« westlich von Cassis. »Paß auf«, sagte Matzbach, »siehst du diesen wurmförmigen Hügel, links?«

Ariane nickte, obwohl sie mit der Wurmförmigkeit nicht ganz einverstanden war. Die dritte *Calanque* sah, wie Baltasar betonte, wie ein Doppelwurm aus: ein mit Wasser gefülltes Wurmtal neben einem kleinen Wurmhügel.

»Na und?« sagte Ariane. »Was hat es mit den Würmern auf sich? Ich denke, du suchst Fische und Schweine?«

»Wart's ab.«

Die Cessna brummte nach Nordosten. Der Pilot hob die Hand und nannte den nächsten Namen, Brignoles. Die Autobahn glitt unter ihnen weg, und Matzbach machte wieder Aufnahmen, wobei er Ariane auf ein weiteres Wurmtal aufmerksam machte, dessen zugehöriger Hügel nicht zu finden war. Nordnordwestlich von Draguignan begann Baltasar wieder zu knipsen, und plötzlich brach er in schallendes Gelächter aus. Er markierte den nächsten Punkt auf seiner Karte. Der Pilot drehte sich um und starrte ihn noch verblüffter an als Ariane.

»Warum lachst du?« sagte sie.

Gleichzeitig stellte der Pilot fest: »Genau an dieser Stelle hat Monsieur Bronner auch gelacht. Was ist denn da so erheiternd?«

Baltasar schüttelte den Kopf, glucksend. »Das ist nicht zu erklären. Das muß ich erst noch genau überprüfen, bevor ich es selbst glaube.«

Der Pilot schnitt eine Grimasse. Dann ließ er die Maschine steigen. Sie überflogen die Ausläufer des Plâteau de Canjuer, »militärisches Sperrgebiet«, wie die Karten vermerkten. Baltasar winkte grüßend durch das Fenster, allgemein nach links. »Grüße an die Artillerie und die *Force de Frappe*«, sagte er.

Aus der Höhe waren nicht mehr viele Einzelheiten zu sehen.

»Hoffentlich werden die Bilder was«, murmelte Matzbach. Er knipste wieder, als sie über dem Ort Comps waren. Die Maschine kippte leicht ab und wurde auf Nordwestkurs gebracht. Unter ihnen zog sich der große Canyon des Verdon hin. Die tiefe Schlucht war auch aus der Vogelperspektive atemberaubend. Baltasar knipste wie ein Wilder, während Ariane andächtig auf das zerklüftete Zickzackpanorama hinabsah.

Als sie den Stausee am Ende der großartigen Schlucht erreicht hatten, gingen sie auf Südkurs. Baltasar fotografierte noch einige Male und machte ein überaus zufriedenes Gesicht. Über Brignoles schwenkten sie wieder Richtung Marseille ab, wo sie wenig später landeten.

Nach einem kurzen Abschied vom Piloten, der offenbar neugierig war und ebenso ergrimmt, weil Baltasar dieser Neugier kein Futter gönnte, fuhren sie in die Stadt. Ariane, die chaotischen Großstadtverkehr in Frankreich nicht besonders liebte, war froh, auf dem Beifahrersitz Platz nehmen zu können. Matzbach steuerte fröhlich und schimpfend durch das Gewühl, fand einen genehmen Parkplatz und stellte den Motor ab.

»Ich muß ein paar Sätze mit unserem Freund Ducros wechseln. Willst du mitkommen? Du störst nicht. Du kannst aber auch solange einen Kaffee trinken, wenn dir das lieber ist.«

Ariane zwinkerte ihm zu. »Hast du heute deinen liberalen Tag?«

»Ich mühe mich ab, mein schlechtes Ich zu unterdrücken.«

Ariane entschied sich für einen Zeitungskiosk und ein nahes Café, während Baltasar in der Polizeipräfektur verschwand.

Ducros begrüßte ihn sichtlich schlecht gelaunt. »Ach, Sie«, knurrte er. Er saß, unrasiert und hohläugig, in einem stickigen Büro über Bergen von Papier. Baltasar nickte ihm zu, ging am Schreibtisch vorbei und öffnete das Fenster. Ducros runzelte die Stirn, dann grinste er. »Gute Idee. Hätte ich eigentlich selbst drauf kommen können.«

Matzbach hockte sich auf die Kante des Schreibtischs, der bedrohlich knirschte.

»Na, haben Sie etwas erreicht?«

Ducros gähnte. »Ich habe drei kleine Taschendiebe festgenommen, einen Dealer verhört, ungefähr zwei Dutzend Meldungen über gestohlene Wagen durchgesehen und noch nichts gegessen. Was wollen Sie noch mehr?!«

»Oh, zum Beispiel Pierrot le Flonflon.«

»Ach, Ihren komischen Druiden? Bisher Fehlanzeige. Laut Auskunft aus der Bretagne ist er nicht zu Hause. Aus Montepellier habe ich noch nichts gehört.«

Matzbach zog eine Zigarre aus seiner Tasche, biß die Spitze ab, spuckte den Abbiß auf den Boden und angelte Ducros' Feuerzeug von der überladenen Tischplatte. Paffend erläuterte er: »Es geht ja nicht, daß hier plötzlich die Luft gut wird, oder? – Sagen Sie mal, wo wohnt dieser Obermafioso eigentlich, dieser Grimaud? Kann man ihn erreichen, wie viele Autos besitzt er, welche Farbe haben seine Schnürsenkel?«

»Brauchen Sie sonst nichts? Den Mädchennamen seiner Großmutter vielleicht?«

Baltasar kramte in seinen zahlreichen Hemd- und

Jackentaschen, fand einen Zettel und schob ihn Ducros hin.

»Das«, sagte er, wobei er auf die Reihe von Zahlen und Buchstaben deutete, »ist die Nummer eines großen schwarzen Buick. Ich könnte mich dazu hinreißen lassen, Sie sympathisch zu finden, wenn Sie mir sagen, wem die Kiste gehört.«

Ducros seufzte. »Warum? Wo treibt dieser – was war das? Ein Buick? Aha. Also, wo treibt der sich denn rum?«

»Er war, mit einem Fahrer, einem eleganten Totschläger und einem distinguierten Herrn an Bord, gestern bei Demlixh. Zu einer Zeit, als Demlixh mitsamt seinen Druiden bei den aufgestellten Druidensteinen weilte.«

Ducros hob die Brauen. »Du liebe Zeit. Immer diese hirnrissigen Spinner. Normale Mörder reichen Ihnen nicht, wie?«

Baltasar sagte nichts. Ducros seufzte abermals und griff zum Telefon. Er wählte eine Nummer, verlangte eine bestimmte Person, hängte wieder ein.

»Gleich zwei Uhr«, sagte er verdrossen, »die haben's gut, machen Mittagspause.«

»Ihr Magen klingt wie eine verrostete Blechtrommel, in der ein Tausendfüßler Rollschuhlaufen übt.«

Ducros starrte ihn an. »Wenn Ihr Französisch nicht so unverschämt gut wäre«, knurrte er, »könnte man Sie glatt für ein menschliches Wesen halten. Sie Monstrum.«

Matzbach rutschte von der Tischkante. »Kommen Sie«, sagte er heiter; »in meiner monströsen Gelassenheit lade ich Sie zu einem kleinen Mundvoll ein.«

Sie setzten sich zu Ariane, die sich bereits etwas zu essen bestellt hatte. Ducros war Höflichkeit und Charme in

Person. Nach Essen und Charme gingen die beiden Kavaliere zurück in Ducros' Büro.

»So, Herr Präfekt«, sagte Baltasar, der seinen Versuch fortsetzte, den Schreibtisch durch seitliche Überlastung zu zerstören, »jetzt telefonieren Sie doch noch mal ein Weniges.«

Ducros tat, wie ihm geheißen. Diesmal erreichte er die gewünschte Person, gab die Autonummer durch und bat um Rückruf.

»Und was wollen Sie von Grimaud?«

Baltasar stand auf und begann im engen Büro auf und ab zu gehen. »Schauen Sie, ich glaube, ich habe dieses verdammte karthagische Testament enträtselt. Wenn ich mich nicht irre, weiß ich, wo dieser Maharbal seine Hinweise auf Latein, Griechisch und Karthagisch verbuddelt hat und wo er die Münzen, die Edelsteine und seine sämtlichen okkulten Reiseberichte deponiert haben könnte.«

Ducros bat um Aufklärung. Baltasar skizzierte ihm in groben Zügen Europa und etliche Dreiecke auf ein Blatt Maschinenpapier. Der Kommissar hörte kopfschüttelnd zu, rauchte und schnitt Grimassen.

»Na ja«, sagte er schließlich, »das klingt wie ein Goldgräberroman aus dem neunzehnten Jahrhundert. Ich will mich nicht weiter damit befassen. Was hat das mit Grimaud zu tun?«

Baltasar ignorierte den Einwurf. »Die Schatzgrüfte liegen also da oben zwischen Draguignan und der Verdon-Schlucht. Nun habe ich mich gefragt, was mein Freund Bronner in Les Baux getrieben hat. Er hat mir ja, wie Sie wissen, geschrieben, daß er jemanden nach Les Baux bestellt hat. Also hat Bronner wohl ähnliche Gedanken gedacht wie ich, denn er hat mich ausdrücklich auf den Rundflug hingewiesen. Diese bestimmte Bodenformation, eine Verbindung von Hügel und Wasser, ist zwar auch vom Boden aus zu entdecken, aber aus der Luft geht es leichter.«

Er rutschte vom Schreibtisch und ging zur Wand, an der eine Karte des Departements hing.

»Reicht nicht«, sagte er mißmutig. »Haben Sie die angrenzenden Karten irgendwo?«

Ducros kramte in seinem Schreibtisch herum, dann telefonierte er mit einer anderen Stelle im Haus und bat um Detailkarten. Baltasar hob die Hand.

»Nicht auflegen. Fragen Sie doch, ob es auch noch ältere Karten gibt, so von vor fünfzig oder hundert Jahren.«

Ducros gab die Frage weiter, mit Zweifel in den Mundwinkeln. Dann hängte er ein. »Sie wollen im Archiv nachsehen. Wollen Sie auch noch einen Kaffee?«

Er verschwand und kam nach einigen Minuten mit zwei Tassen Espresso zurück.

»Also weiter!«

Baltasar weigerte sich. »Das geht nur mit Karten.«

»Schönes Wetter heute«, maulte Ducros.

»Ja, die fliegenden Fische schwitzen.«

Beide verfielen in brütendes Schweigen. Das Telefon schrillte. Ducros nahm ab, lauschte, machte große Augen, dankte und hängte ein.

»Der Buick«, sagte er zögernd, »gehört Grimaud. Das heißt, nicht Grimaud, sondern seinem Adjutanten. Geschäftsführer. Rechte Hand. Was Sie wollen. Jedenfalls Evaristo.«

Baltasar widmete ihm ein herablassendes Lächeln, sagte aber nichts.

Einige Minuten später kam eine ältere Sekretärin mit

mancherlei Karten herein, grüßte, legte ihre Bürde auf Ducros' Schreibtisch und ging wieder.

Baltasar befestigte die östlich angrenzenden Departements an der Wand und kam zum Schreibtisch zurück.

»Ich will Ihre Karten nicht versauen«, sagte er, »deshalb male ich Ihnen das erst mal so auf.«

Er deutete auf das große Dreieck im schwach erkennbaren Europa. »Hier. Belfast–Karthago–Samos–Belfast. Ein schönes, großes Dreieck. Ich nehme an, daß Maharbals Geographie gut genug war, um die Strecken als gerade Linien zu sehen, aber nicht so gut, daß er die genauen Winkel hätte messen können. Ferner glaube ich, daß er mit den damaligen Hilfsmitteln, Zahlen und so weiter die Sache absichtlich vereinfacht hat. Bedenken Sie: Winkelberechnungen mit römischen Ziffern, entsetzlich. Ich weiß nicht, welche Ziffern er verwendet hat, aber er hatte bestimmt keinen Taschenrechner zur Verfügung. Egal. Also nehmen wir an, er hält den Winkel bei Karthago für einen rechten Winkel. Kurz vor Korfu hat er, wie er schreibt, eine senkrechte Vision einer Landschaft an der Donau, im damaligen Illyrien. Wenn wir auf der Strecke Samos–Belfast einen rechten Winkel, ein Lot errichten, das den Scheitel Karthago trifft, sind wir in Belgrad. Wir haben jetzt im großen rechtwinkligen Dreieck ein kleines. Wenn wir in diesem kleinen die gleiche Prozedur vornehmen, ein Lot Richtung Belgrad errichten, haben wir einen Punkt knapp südwestlich von Korfu. Zwei Tagesreisen, schreibt Maharbal, und das kann hinkommen.«

»Nicht bei Gegenwind.«

»Bäh. So. Aber was sollen wir im Mittelmeer? Maharbal hat sich in der Provence niedergelassen. Die Geschichte mit Pythagoras, Dreieck, Archimedes und Pi habe ich Ihnen ja schon erzählt. Wenn wir also – denken Sie an Syrakus von Süden! – die Strecke Karthago–Belfast von Süden nach Norden durch zweiundzwanzig teilen und sieben Teile abzählen, also die Strecke durch Pi dividieren, kommen wir in Cassis an Land, und den kleinen Hafen westlich von Marseille hat der Karthager ja ausdrücklich erwähnt. Also, denke ich mir, sollen wir wohl das von ihm im Mittelmeer *en gros* angedeutete Verfahren in der Provence *en détail* nachvollziehen. Die Strecke Belfast–Karthago ist eineinhalbmal so lang wie die Strecke Karthago–Samos. Der einzige andere Ort hier, den Maharbal erwähnt, ist Orange, das auf der großen Strecke liegt. Ich nehme also Orange–Cassis als Vertretung für Belfast–Karthago, messe die Entfernung, dreiunddreißig Zentimeter auf dieser Karte. Dann lege ich in Cassis einen rechten Winkel an. Wie gesagt, Orange ist Belfast, Cassis ist Karthago, diese Strecke hier, nach Samos, ist eins zu eineinhalb im Verhältnis zur großen Route, also auf diese Karte zweiundzwanzig Zentimeter. So. Orange ist Belfast, Cassis ist Karthago, und Samos liegt nördlich von Draguignan.«

Ducros verfolgte die Malerei mit zusammengekniffenen Brauen. »Kompliziert, was Sie da so machen«, sagte er.

Baltasar leugnete das. »Was ist an einem rechtwinkligen Dreieck kompliziert? – Weiter. Die Senkrechte von der Hypotenuse nach Cassis beginnt in Gréoux-les-Bains beziehungsweise daneben. Das entspricht also Belgrad. So. Das gleiche Verfahren mit dem zweiten, kleineren Dreieck. Was entspricht der Stelle zwei Tagesreisen vor Korfu? Hier, die Ecke knapp nordöstlich von Brignoles. Nun hat Maharbal geschrieben, die Drei sei dreimal heilig. Ich schätze also, wir sollen diese Dreieckszerteilung dreimal vornehmen. Und zwar noch einmal nach rechts, nach Osten, nicht nach Norden, denn die Landschaft an der Donau will er ja nicht mehr sehen. Also teilen wir das Dreieck wie die anderen, Lot nach Brignoles, und wo sind wir? Bei Aups. So. Jetzt – soweit bin ich sicher, aber das Weitere ist Hypothese. Ein Quadrat. Sie wissen, was im Testament steht: Dreimal die Drei, dann die Vier, die die Fläche verläßt.«

Sein Gemälde sah etwa so aus:

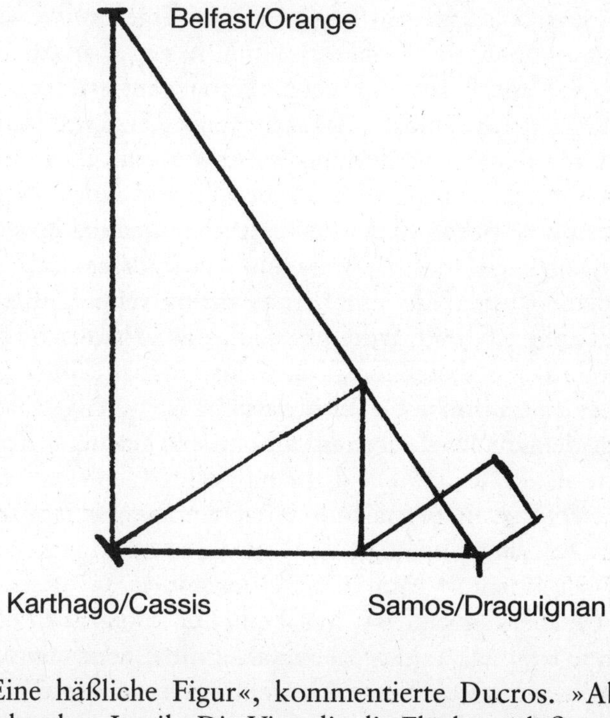

»Eine häßliche Figur«, kommentierte Ducros. »Aber nicht ohne Logik. Die Vier, die die Fläche verläßt – das könnte schon ein Quadrat sein. Und an der Stelle, klar; im Prinzip ist das eine Fortsetzung der Richtung.« Er wirkte plötzlich interessiert und höchstens noch halb so müde.

»Sehen Sie«, sagte Baltasar zufrieden, »sogar französische Polizisten können manchmal denken. Weiter. Maharbal redet von Bergen und Flüssen und rechnet damit, daß sie noch nach langer Zeit als Spuren erkennbar sind.«

»Er hat nicht mit Bulldozern gerechnet«, gab Ducros zu bedenken.

»Deswegen wollte ich so gern ältere Karten haben. Was jetzt folgt, ist sehr lustig. Bei der Überlegung, welche Landmarke er wählen könnte, hat Maharbal sich offenbar von seiner verlorenen Heimat inspirieren lassen. Wenn Sie sich demnächst mal eine Karte von Tunesien anschauen, werden Sie feststellen, daß die Bucht von Tunis am unteren Ende einen kleinen wurmförmigen Appendix hat. In der Nähe dieses Appendix lag einmal Karthago, und das Zentrum der Stadt befand sich auf einem ebenfalls annähernd wurmförmigen Hügel. Nun habe ich, da Karthago und Cassis in dieser Skizze verbunden sind, bei Cassis nach einer Entsprechung für dieses amphibische Gewürm gesucht.«

Er deutete auf die Detailkarte an der Wand. »Hier«, sagte er, »sehen Sie? Die dritte und letzte *Calanque* – ein Wasserwurm neben einem Hügelwurm. Wo sind die alten Karten?«

Ducros schob ihm den Kartenstapel zu. Baltasar nickte anerkennend. »Gutes Archiv haben Sie.« Er entfaltete eine antiquierte Reliefkarte, die die Gegend um Brignoles lange vor dem Bau der Autobahn zeigte.

»Korfu und die senkrechte Vision«, murmelte er. Er suchte die Karte ab. Plötzlich lachte er. »Sehen Sie, da ist es. Eingefallen, aber noch erkennbar.«

Ducros stand auf und beugte sich über die alte Karte. Matzbachs Finger wies auf eine Stelle nordöstlich von Brignoles. Dort waren die feinen Umrisse eines entfernt wurmförmigen Hügels zu erkennen, neben dem sich ein kleiner, weiter nördlich in den Fluß namens Argens mündender Bach schlängelte. »Und wissen Sie was?« sagte Matzbach triumphierend. »An dieser Stelle ist die lateinische Version des Testaments gefunden worden.«

Ducros pfiff leise durch die Zähne. »Wenn das stimmt, dann haben Sie wirklich was geleistet. Das hieße dann, daß an den drei Punkten, an denen Sie das Lot auf der jeweiligen Hypotenuse errichtet haben, die Testamente vergraben wären?«

»Genau. Sehen Sie, hier.« Er schlug die nächste alte Karte auf. »Géroux-les-Bains. Hier macht der Unterlauf des Verdon einen wurmförmigen Schlenker, und da ist ein Hügel, der dazu paßt.«

Ducros machte klickende Geräusche mit der Zunge. »Das wird nichts werden.« Er ging zur neuen Karte, blieb vor der Wand stehen und deutete auf die fragliche Stelle. »Sehen Sie: Hier ist der Verdon gestaut, und dabei ist der halbe Wurmhügel entfernt worden.«

Baltasar nickte. »Damit muß man rechnen«, sagte er munter, »aber das macht nichts. An der Stelle war bestimmt die karthagische Version des Testaments vergraben, und wer kann das schon lesen? Immerhin – ein zusammenhängender karthagischer Text wäre ein ziemlich sensationeller Fund. Egal. Weiter. Der dritte Punkt ist hier, bei Aups.« Sie beugten sich wieder über die alte Karte – auch diesmal fanden sie einen gewundenen Bach und einen gewundenen Hügel. Die neue Karte zeigte an der Stelle die ausgebaute, erweiterte Nationalstraße 557; der Bach fehlte völlig, und der Hügel war abgetragen.

»Sehr schön«, sagte Ducros. »Das überzeugt mich. Eine Frage – Sie haben einen Rundflug gemacht und Sie haben moderne Karten. Wie, glauben Sie, hat dieser alte Karthager das alles entdeckt?«

»Oh, er schreibt, er sei ein rüstiger Greis und gut zu Fuß gewesen. Ich schätze, er hat sich das Grundschema mit den Dreiecken überlegt und dann an den entsprechenden Stellen nachgesehen, ob er einen geeigneten Platz zum Verbuddeln findet. Und wissen Sie, die Punkte sind ja nie so ganz genau anzupeilen. Hügel und Bäche gibt es reichlich, und diese wuselige Wurmförmigkeit läßt sich, böse Absicht vorausgesetzt, in viele Bodenformationen hineinlesen. Und ein rüstiger Greis kann sehr wohl Hügel umrunden, sich deren Form merken und, wenn er sie erklommen hat, die Windungen eines Gewässers werten. Ich halte das Ganze für eine Mischung aus Kalkül, Zufall und Unterstellung. Die meisten Hügel haben so eine Wurmform, jedenfalls in Andeutungen, und Bäche schlängeln sich nun mal häufig. Es ist bestimmt nicht so schwer gewesen, in der Nähe der von Maharbal dafür vorgesehenen Punkte diese sehr allgemeinen Landmarken zu finden.«

Ducros zündete sich eine neue Zigarette an und hustete. »Na gut. Kommen wir zu den Schätzen. Und, natürlich, den vergrabenen Reiseberichten. Wo sind die denn?«

Baltasar entzündete mit feierlichen Gesten eine Zigarre. Dann erklärte er dem Kommissar, welche Punkte ihm in Anbetracht der Dreien und Vieren innerhalb und außerhalb der Fläche des großen Dreiecks wahrscheinlich erschienen. Ducros lauschte stumm, inspizierte die angegebenen Punkte, starrte Matzbach an, und dann brachen beide in ein mehrstimmiges Gelächter aus.

Ducros wechselte übergangslos zu einem ausgedehnten Hustenanfall. Schließlich japste er: »Toll, *c'est super* – wenn Sie da richtigliegen, also nein. Ein Staudamm, ein Schießplatz, eine Kirche und dieses Dings, nein, ist das schön. Vor allem – also, dessen Gesicht möchte ich sehen.«

Als sie sich beruhigt hatten, sagte Baltasar sanft: »Und bei all dem dürfen wir nicht vergessen, daß Bronner die Sache offenbar begriffen hatte. Und er ist mit Sicherheit umgelegt worden.«

Ducros hustete in den übervollen Aschenbecher. »Pah, puh. Aber was hat er in Les Baux gewollt? Das ist doch völlig außerhalb des Dreiecks.«

»Ja. Ich weiß nicht genau, wie er es angestellt hat, aber nehmen Sie an, er hat den Interessenten erklärt, wenn man die große Strecke von Süden nach Norden teilt statt umgekehrt, dann muß man auch die Seiten verdrehen. Wenn Sie nämlich« – er malte wieder – »Cassis als Karthago, Orange als Belfast nehmen und den rechten Winkel nach Westen statt nach Osten anlegen, dann läge Samos nicht bei Draguignan, sondern irgendwo im Wasser, südlich der Rhônemündung. So. Nun nimmt er die heilige Drei als Aufforderung, die Strecke Cassis–Orange zu dritteln. Der Schlußteil beginnt dann hier, bei Cavaillon. Legt man in Cavaillon einen rechten Winkel an – denken Sie immer an die senkrechte Vision –, wo kommt man dann hin? Die Linie schneidet die Seite des großen Dreiecks genau südlich von Les Baux.« Er legte den Stift weg. »Ich weiß es nicht«, murmelte er. »Die Angaben sind so vage, daß man sie überzeugend in viele Richtungen drehen kann. Vielleicht hat er auch andere Argumente gebraucht. Jedenfalls hat er jemanden nach Les Baux bestellt und ist zwei Tage lang immer wieder auf die alten Mauern geklettert, um nach dem Geladenen Ausschau zu halten. Das ist übrigens auch eine Erklärung für dieses idiotische Spiel. Ich hatte angenommen, er wartet darauf, daß jemand nach Les Baux selbst kommt, um dann in letzter Sekunde zu verschwinden. Alberne und kaum durchzuführende Idee, natürlich, denn was, wenn der böse Gast auftaucht, während Bronner nicht auf den Zinnen, sondern zum Beispiel auf dem Klo hockt? Also, denke ich mir jetzt, hat Bronner jemandem auseinandergesetzt, daß unterhalb des Berges, südlich, etwas verbuddelt sein muß. Er klettert immer wieder auf die Ruinen, um nachzusehen. Wenn die Schatzsucher gekommen sind und angefangen haben zu graben, kann Bronner getrost in seinen Wagen steigen und verschwinden, um an einer anderen Stelle, der richtigen, Nachforschungen anzustellen, unbeobachtet. So oder ähnlich könnte es gewesen sein. Vielleicht gibt es aber eine ganz andere Erklärung.«

Er machte eine Pause. Ducros schwieg und wartete. Baltasar fuhr fort: »Theoretisch gibt es eine Menge Interessenten. Der Archäologe – er hat das Ding entdeckt, bisher offenbar nicht enträtselt, obwohl es doch so einfach ist, hm, und er lügt. Er behauptet, die Sache wäre nicht wichtig, dabei ist der Fund allein des Testaments schon eine große Sache. Demlixh – er hat sich bei mir gemeldet, Bronner ist bei ihm gewesen, Demlixhs Haushälterin ist gestorben, und zwar an einer Fischvergiftung, an die ich nicht glaube, und Demlixh hat angeblich mit dem Tode gerungen – woran ich auch nicht glaube. Er war gut zurechtgemacht, als ich bei ihm war. Ich hatte mich ja angekündigt, und da hat er sich grau angezogen und mit hochgelegten Beinen in Filzpantoffeln den Genesenden markiert. Er schreibt phantastische Sachbücher, und für ihn ist dieser angeblich in China und Amerika gewesene Karthager doch ein Geschenk des Himmels – Mann, was kann er daraus für ein Garn spinnen! Der Doktor Herbin – er hat wahrscheinlich das Testament besessen und durch einen Windstoß verloren. Was wollte er damit, und vor allem: Wie ist er daran gekommen? Offenbar haben die Druiden etwas damit zu tun, denn Bronner hat in einem halben Satz mit Ausrufezeichen auf sie verwiesen. Ich weiß aber bisher nicht, was sie damit zu tun haben sollen. Schließlich Grimauds Leute, die Bronners Wagen gestohlen haben, in dem möglicherweise Material zu diesem Testament war – eine Kopie, eine Übersetzung, eine Skizze, was weiß ich. Jedenfalls fährt Grimauds Adlatus, wie ich gesehen habe, zu Demlixh. Und Grimaud hat einen Zoo. Vielleicht fehlen ihm zwei Skorpione.«

Erschöpft holte er Luft. Ducros warf ein: »Großartig. Eine Serie unbeweisbarer Mutmaßungen. Und weiter?«

»Weil das alles nur heiße Luft ist«, sagte Baltasar ernst, »will ich ein bißchen Verwirrung stiften. Ich werde Grimaud, wenn Sie mir endlich seine Adresse geben, ein Telegramm schicken und ihn an einen anderen Ort bestellen – nicht Les Baux, aber einen weiteren falschen Ort. Gleichzeitig schicke ich Demlixh einen irren Vorschlag für ein neues Buch mit ein paar Einzelheiten aus dem Testament, die ihn aufregen müßten. Er wird das bestimmt an seine Druiden weitergeben. Mal sehen, was passiert. Wenn Grimaud oder seine Leute auf das Telegramm reagieren, wissen wir, daß sie in Les Baux waren, denn ich werde natürlich nur in Andeutungen reden. Außerdem werde ich den Archäologen durch undeutliche Anspielungen verunsichern, wenn ich mich noch mal nach dem genauen Fundort erkundige. Man muß die Sache in Bewegung bringen.«

Ducros sah aus dem Fenster. Halblaut sagte er: »Teurer Freund, Sie haben zu viele Kriminalromane gelesen. Die Verbrecher dazu bringen, sich in Bewegung zu setzen und dabei Fehler zu machen, wie? Sagen Sie mir doch lieber zuerst einmal, aus welchen Gründen Bronner umgebracht worden sein soll, wenn er nicht noch lebt.«

Baltasar betrachtete ihn mißmutig. »Weiß ich nicht. Wenn ich das wüßte, wäre ich schlauer. Es ist klar, daß er nicht wegen dieses karthagischen Testaments umgebracht worden ist. Ich schätze, daß die vage Möglichkeit, vielleicht irgendwo irgendwas zu finden, kein ausreichender Anlaß für einen Mord ist.«

Ducros lächelte, zufrieden, wie es schien. »Also, fassen wir zusammen, Herr Detektiv«, sagte er gutgelaunt. »Sie haben da ein Testament, von dem Sie nicht wissen, ob es echt ist und ob Sie es richtig interpretieren. Ihre geometrische Auslegung der Hinweise ist beeindruckend, aber letzten Endes keineswegs sicher. Zweitens haben Sie eine Serie von Behauptungen und Vermutungen, die einen zur Zeit unauffindbaren deutschen Staatsbürger betreffen. Er kann sich genausogut mit einer kleinen Freundin in ein Hotel in den Alpen zurückgezogen haben und nun darauf warten, wie weit Sie, ein gefoppter Pseudodetektiv, in Ihren Bemühungen gehen. Drittens haben Sie, von der Voraussetzung ausgehend, daß Bronner nicht mehr lebt – was, wie gesagt, unbewiesen ist –, eine Reihe von möglichen Bösewichtern: Doktor Herbin, Edmund Demlixh, irgendwelche Druiden, einen verkümmerten Archäologen, eine Bande von Wagenschiebern unter der Leitung des großen Grimaud. Und ich soll Ihnen irgendwas davon glauben?«

Baltasar grinste ihn an. »Genau, Ducros. Sie sollen mir das alles abnehmen, und Sie sollen mir bei der Verifizierung dieser Märchen helfen.«

Ducros stemmte die Ellenbogen auf die Schreibtischplatte und starrte Matzbach ins Gesicht. »Ich will verdammt sein, und ohne Zweifel waren schon meine Eltern erblich geisteskrank; aber ich werde Ihnen helfen. Ich bin nämlich inzwischen fast davon überzeugt, daß Sie recht haben.«

Baltasar trank seinen Espresso aus. Ducros musterte ihn, abwechselnd grinsend und kopfschüttelnd. Er zündete sich eine neue Zigarette an und hustete mitleiderregend.

»Eine andere Frage«, keuchte er schließlich, »ist unsere offensichtliche Zusammenarbeit.«

»Wie meinen Sie das?«

»In Cassis haben wir uns ja versteckt und angemault und so. Wenn Sie tatsächlich beobachtet werden sollten, dann wissen die Beobachter, daß Sie jetzt hier bei mir sind. Was machen Sie dann? Glauben Sie, irgendein, sagen wir, Testamentsinteressent fällt noch auf Ihre Verwirrungsversuche rein, wenn er damit rechnen muß, daß Sie alles mit mir abgesprochen haben? Und vor allem dürfen Sie eines nicht vergessen: Sie und Ihre charmante Freundin sind in Lebensgefahr.«

Baltasar wischte den Einwand vom Tisch. »Sie wollten mir den Bericht über Evaristo und Ihre beiden toten Kollegen zeigen.«

Ducros rümpfte die Nase, brach in eine Hustensalve aus und verschwand in einem Nebenzimmer. Als er zurückkam, knallte er die Tür hinter sich zu und warf Matzbach einen Ordner in den Schoß.

Baltasar blätterte. Beide Todesfälle waren ähnlich.

Man hatte einen Tip aus der Unterwelt bekommen, daß an einem bestimmten Tag in der Bunkerbucht Heroin übergeben werden sollte. Beide Kommissare waren zum Zeitpunkt ihres jeweiligen Hinscheidens Evaristo auf den Fersen gewesen und schienen nur noch ein Steinchen zu einem Mosaik zu brauchen – hatten aber versäumt, die anderen Steinchen ihren Kollegen zur Kenntnis zu bringen. Nach Philiberts Tod fing Saintonges wieder von vorne an. Und hinterließ ebenfalls keine verwertbaren Informationen, wie Ducros brummend bemerkte.

Man hatte die holprige Zufahrt diskret überwacht – nichts tat sich. Philibert war allein – auf ausdrücklichen eigenen Wunsch und wegen des kaum für Versteckspiele geeigneten Geländes wohl auch aus Vorsicht – zur Bucht hinuntergeschlichen. Weiter weg stand ein Jeep auf einer Felsfläche, von der aus nur ein Ziegenpfad für Schwindelfreie zur Bucht führte. Der Jeep hatte dort schon lange gestanden. Irgendwann tauchte Evaristo neben dem Wagen auf und stieg ein. Man hielt ihn an und untersuchte den Kolumbianer und den Jeep gründlichst. Ohne Ergebnis – keine Waffe, kein Heroin. Der Bericht vermerkte lediglich, Evaristo habe Arbeitskleidung getragen – Cordhose und graue Tuchjacke – und sich über die Möwen beschwert, die im Sturzflug ihr Gedärm über seiner Jacke entleert hätten. Kommissar Philibert fand sich am Strand, mit einer Kugel im Kopf. Evaristo sagte, er habe ihn dort so angetroffen und sei schnell geflüchtet, »bevor man mir das in die Schuhe schiebt«.

Der zweite Fall verlief fast in allen Details gleich. Tip aus der Unterwelt, ein einsamer Jeep, Kommissar Saintonges klettert zur Bucht hinab, man hört keinen Schuß, nichts. Evaristo taucht neben dem Jeep auf und teilt den

Beamten mit: »Da unten liegt schon wieder ein toter Kommissar. Wo holt ihr den Nachschub her?« Beide Male behauptete Javier Evaristo, er sei dort unten zum Baden gewesen und habe nichts gesehen oder gehört. Natürlich, meinte Ducros, habe Evaristo die Kollegen erschossen – aber wie, womit, wozu? Wie war er dorthin gekommen? Seit wann hatte der Jeep da gestanden?

Baltasar gab den Ordner zurück. »Ich werde darüber nachdenken, nachdem ich Ihnen nun den Rücken gekehrt haben werde«, sagte er. »Leben Sie wohl, und denken Sie an unsere Abmachungen.«

Ariane hatte die dritte Illustrierte ohne Begeisterung beendet. Sie atmete auf, als Baltasar sich wieder zu ihr setzte, diesmal ohne Ducros.

»Na, was habt ihr ausgebrütet?«

Matzbach setzte ihr auseinander, was er mit dem Kommissar zusammengefügt hatte, und verwies auf die möglichen Risiken des weiteren Vorgehens.

Ariane winkte ab. »Darüber haben wir nun schon ein paar Unterredungen geführt. Du brauchst mich ja nicht gerade in die Schußlinie zu stellen, aber mitmachen werde ich schon.«

»Du klingst so verändert. Gestern wolltest du von allem nichts wissen.«

»Gestern ist lange her. Inzwischen habe ich mich einen ganzen Tag erholen können – Luxus! – und einen schönen Rundflug über Camargue und Provence gemacht. Ich bin in bester Laune.«

Maspoli hatte Baltasars Anweisungen an der Rezeption vorgefunden und seinerseits einen Zettel hinterlassen: »Ich sehe Sie abends.« Baltasar schnaubte und entwendete der Hoteldirektion die versprochene Schreibmaschine. Ariane holte sich ein weiteres Buch aus ihrer assortierten Reiselektüre und setzte sich neben eine Tasse Kaffee an die Hotelbar, während Matzbach mit der Maschine aufs Zimmer ging.

Es kostete ihn eine kleine Weile und viele Verschreiber, bis er die französische Tastatur und Typenverteilung begriffen hatte. Dann legte er gewaltig los. Zunächst entwarf er in bestem Französisch ein Telegramm an Monsieur Grimaud, dessen Adresse Ducros schließlich doch herausgerückt hatte. Es war knapp und mysteriös.

»Wenn Sie das kleine Spitzendreieck nach Osten klappen und vom Scheitel das Lot auf die Hypotenuse werfen, werden Sie zweifellos verstehen, weshalb ich am Sonntag eine Wanderung von der klaren Quelle zu unklaren Gipfeln unternehme. Meine Interessen sind finanzieller Natur, und die von Bronner über Sie gesammelten Informationen gehen der Präfektur erst zu, wenn mir etwas zustößt. Bieten Sie?«

Er kicherte zufrieden. Dann machte er sich an die ungleich schwierigere Aufgabe, den Phantastiker Edmund Demlixh zu irritieren. Er brütete eine lange Zeit und sog abwechselnd an der Zigarre und an seinen Fingern. Schließlich skizzierte er den genauen Verlauf seiner Nonsenskette und begann zu tippen.

»Sehr geehrter Dr. Demlixh – Im Zusammenhang mit Ihrer bemerkenswerten Arbeit über den Erlkönig als außerirdischen Genetiker möchte ich Sie auf einige weitere Eigenarten der europäischen Überlieferungen aufmerksam machen, die damit verbunden sein könnten. Zweifellos sind Ihnen ältere Darstellungen bekannt, die die Christophoruslegende illustrieren: Der Riese trägt das winzige, unendlich schwere Christuskind über einen

Fluß. Lassen Sie sich nicht durch die Tatsache beirren, daß die jüngste transzendentale Personaldebatte des Vatikans Christophorus (neben anderen) als nie existiert habend bezeichnet und ohne Ausfertigung von Zeugnissen, die ihm einen anderen Job ermöglichen würden, entlassen hat; bekanntlich sind die Beschlüsse des Vatikans sowohl für das Christentum als auch für die mittelalterliche Legendenbildung bedeutungslos.

Auf den meisten alten Christophorusdarstellungen findet sich ein Hutzelmännchen mit Kapuze und Laterne. Leider ist die Ikonographie nicht einheitlich: Der Kapuzengreis steht mal auf dem Ufer, zu dem Christophorus wankt, mal auf dem, das er verlassen hat. Bei dem Greis handelt es sich um den heiligen Cucuphatus, Cucufatus, Cucuphates o. ä. Die Herkunft des Namens wird von der Religions- und Brauchtumsforschung, soweit sie sich der Sprache befleißigt, von der kapuzenartigen Verhüllung abgeleitet, *cucullatus* ›der mit Kopfverhüllung‹. Vermutlich gab es einen Märtyrer, der unter Diokletian mehrere Tode gleichzeitig erlitt und heilig wurde, weil die Natur intervenierte. Als man ihn verbrennen wollte, ereignete sich ein löschender Wolkenbruch; als man ihn mit Pferden vierteilen wollte, weigerten sich die braven Tiere, einen Schritt zu tun, statt ihn zu ertränken, teilte sich das Wasser. Erst mehrere Verfahren in geeigneter Kombination setzten seinem Leben in dieser schnöden Welt ein Ende.

Dieser (historische?) Hintergrund ist weniger interessant als die symbolischen Ausschmückungen späterer Zeit. Denken Sie an T. S. Eliot und das Tarock, den ›Tod durch Wasser‹ und sein Gegenteil, die mysteriöse, das ›ewige Leben‹ spendende Taufe durch Wasser. Tod und ewiges Leben sind gleichermaßen geheimnisvoll, ›verhüllt‹, beide stehen in der Überlieferung und im Mythos in enger Verbindung zueinander und zu Wasser. Nun gilt es als wahrscheinlich, daß in die Verehrung des Riesen Christophorus, der ›das Leben‹ trägt, als Antipode der Tod eingeschoben wurde, repräsentiert durch den verhüllten Kapuzengreis, der jedoch, da der Tod als durch die Taufe überwunden gilt, mit seiner Laterne den Weg zum rettenden Ufer weist. (Das ist leider, wie gesagt, nicht einheitlich und außerdem ziemlich wirr. Dr. Trautchen Neetix, Hamburg, die sich damit beschäftigt, wird hoffentlich Licht in dieses Dunkel zu schleudern vermögen.)

Kluge Menschen, die sich von Berufs wegen damit befassen, haben nun die These aufgestellt, dieser kleine Kapuzenmann sei eine populäre Weiterentwicklung vorchristlicher Unterweltgottheiten, eng verwandt – zweiten Grades, denke ich, Vetter oder so – mit dem Fährmann Charon, und habe nichts mit dem möglicherweise historischen Cucuphatus gemein. (Es fällt hierbei auf, daß die Namenstage von Christophorus und Cucuphatus zusammenfallen: 25. Juli.) Ich schlage jetzt einen großen Bogen, den Sie sicher nachvollziehen können. Eine eingehende Argumentation, die den Reiz eines Buches ausmachen könnte, ist in einem kurzen Brief unmöglich.

Fassen wir die Elemente zusammen: Tod, Leben, Wasser, Kapuze, Riese, Zwerg, Laterne (Licht), Verhüllung. Was ist mit dem verhüllenden Nebel, den der Elfenkönig/Erlkönig über den Übergang von einer Art Leben zu einer Art Tod legt? Wie steht es mit der verhüllenden (kapuzenartigen?) Tarnkappe des *Zwergs* (Zwergenkönigs) Alberich = Elferich und dem Nibelungenschatz im Wasser? Was ist mit der falschen Nonne des Lieds von den zwei Königskindern, die beim Übergang über ein

Wasser eine Laterne ausbläst und den Jüngling zum Tod befördert? Hat nicht auch eine Nonne eine verhüllende Kopfbedeckung? Wie steht es mit den wallenden Nebeln über gewissen heiligen Seen der keltischen Tradition, was ist mit dem Fischerkönig des Gralsmythos? Sie werden bei intensiver Nachforschung eine furchterregende Menge ähnlicher Bilder in allen Mythenkreisen finden, und hierbei spielt es keine Rolle, ob das jeweils heilige Wasser der Styx, der Nil, der See von Tenochtitlan oder der Brahmaputra ist.

Zusammengefaßt: Mir scheint die übernatürliche, d. h. für uns auf der Grenze von Tod und Leben, Jenseits und Diesseits (oder gar außerhalb) balancierende Akrobatenfigur des Elfenkönigs in Ihrem geschätzten Werk unterrepräsentiert zu sein. Der betreffende Charakter bei Goethe (oder Poul Anderson) ist wohl nur ein Glied in einer unendlich langen Kette gleichartiger oder ähnlicher Figuren. Und vergessen Sie nicht die verhüllten Druiden, denen das Wasser so wichtig ist!

Ich denke, Sie werden mir wegen dieser Vorschlagsliste nicht böse sein – fassen Sie sie bitte nicht als Mängelkatalog, sondern als Anregung für ein zweites Erlkönig-Buch auf. Bei Gelegenheit würde ich über dieses Thema gern länger mit Ihnen diskutieren, wenn ich mich aufdrängen darf. Zunächst jedoch bin ich vollauf mit der Enträtselung dieses karthagischen Testaments beschäftigt, das in Zusammenhang mit den oben angeführten Phänomenen steht. Ich habe – wie ich glaube berechtigte – Hoffnungen, in den nächsten Tagen jene Stelle zu finden, an der Maharbal die Aufzeichnungen über die druidischen Lehren vergraben hat. Auch bei der Enträtselung (Enthüllung) des Testaments spielt Wasser eine wichtige Rolle. Tod und Leben sowieso.

Was halten Sie eigentlich von der Behauptung des Karthagers, er sei jenseits des Meeres im Sonnenuntergang gewesen, was ja wohl nur Amerika heißen kann?

Übrigens schulde ich Ihnen, als Kollege (gewissermaßen), eine kleine Information, die diskret zu behandeln ich Sie bitte – lassen Sie nicht verlauten, von wem Sie es gehört haben. Ich wurde nach meinem Besuch bei Ihnen von einem Kommissar befragt; seinen Andeutungen entnehme ich, daß man Zweifel an der Vergiftung hegt und Ihre arme Haushälterin exhumieren und obduzieren will. Ich finde die darin enthaltene Unterstellung empörend. Aber vielleicht irre ich mich. Ich hatte nur das Gefühl, ich sollte es Ihnen mitteilen.

In der Hoffnung, Sie bald mit interessanten Funden überraschen zu können, verbleibe ich mit besten Grüßen

Ihr B. Matzbach.«

Er rauchte eine Zigarre, entspannt und ständig grinsend. Danach steckte er den Durchschlag des Briefs ein. Das Original faltete er säuberlich, schob die Blätter in das vom Hotel zur Verfügung gestellte Kuvert und versah den Umschlag mit Demlixhs Adresse.

Er verließ das Zimmer, erstand am Empfang eine Briefmarke und warf das Schreiben in den Briefkasten neben der Bushaltestelle vor dem Hotel. Der Kasten sollte noch abends geleert werden; Matzbach rechnete damit, daß Demlixh den Brief am folgenden Tag erhalten würde, und verschob die Aufgabe des Telegramms an Grimaud bis zum Morgen.

Ariane und Baltasar saßen beim Abendessen, als Maspoli auftauchte. Der Reporter war nicht allein; er schleppte einen kleinen, drahtigen, dunkelhaarigen Mann an ihren Tisch.

»Alphonse Deschamps«, stellte er ihn vor. Sie setzten sich. Baltasar betrachtete den neuen Gast.

Deschamps konnte nicht viel älter sein als Ende Zwanzig. Er trug eine zerschlissene blaue Hose, ein Flanellhemd und eine ältliche Jacke; sein Gesicht und die Hände waren vom Wetter gezeichnet, die kräftigen Finger hatten stumpfe, rissige Nägel mit Trauerrändern.

»Alphonse ist Bauer«, sagte Maspoli überflüssigerweise. »Sein Vater hat einen kleinen Hof in den Bergen hinter Lacaze – Lavendel und ein bißchen Gemüse zum Eigenbedarf. Alphonse arbeitet für ihn und andere, wenn er gebraucht wird.«

Deschamps nickte und lächelte verschmitzt. Er hatte wache Augen. »Springender Ernteeinsatz, Sie verstehen«, sagte er. Dann wandte er sich an Ariane: »Madame, darf ich rauchen?«

Maspoli blätterte zerstreut in der Speisekarte und erzählte unzusammenhängende Geschichten über seinen Tagesablauf. Er war am Vormittag zum Hotel gekommen und hatte Matzbachs Anweisungen vorgefunden. Dann war er nach Lacaze gefahren, um in den beiden Lokalen des kleinen Orts Erkundigungen über das Leben des großen Autors Demlixh einzuziehen. Jemand hatte ihm den Tip gegeben, zu einem Feld zu fahren, und Deschamps zu suchen.

»*Et voilà* – hier sind wir.«

Maspoli schob Deschamps die Speisekarte zu.

Matzbach hatte seinen großzügigen Tag. »Betrachten Sie sich beide als eingeladen, Messieurs«, sagte er.

Als auch Deschamps gewählt und bestellt hatte, kamen sie zur Sache. Alphonse Deschamps bedurfte offenbar nicht der Vermittlung durch den Reporter. Er konnte seine Sache selbst vorbringen.

»Ich will Ihnen zuerst sagen«, stellte er halblaut fest, »daß ich nicht immer hier auf dem Land war. Ich bin als Junge nach Marseille gegangen, habe im Hafen und in Fabriken gearbeitet, später auch in Toulon. Dann bin ich in eine Messergeschichte verwickelt worden und habe einige Zeit auf Staatskosten leben dürfen. Deshalb habe ich das, was ich weiß, nicht weitererzählt, bis heute. Wenn es um einen Schriftsteller und einen Arzt geht – wer glaubt da schon einem vorbestraften Landarbeiter?«

Er sagte das ohne Bitterkeit, so, wie man sich über Regen oder andere unabwendbare Naturereignisse äußert.

Der Kellner brachte Rotwein; Maspoli vermißte sicherlich die mollige Serviererin, die für einen anderen Teil des Speiseraums zuständig war.

Deschamps trank einen Schluck. »Also, um es kurz zu machen«, sagte er, »ich war mit Louise befreundet, der Haushälterin von Demlixh.«

In der nächsten Stunde erfuhren sie viele interessante und uninteressante Dinge aus Deschamps' Leben, aus dem Haushalt des Fanatikers und aus der langen, wirren Liaison zwischen Alphonse und der verblichenen Louise.

»Wissen Sie, wir waren beide nicht besonders treu. Natürlich sind die Möglichkeiten, sich zu zerstreuen, auf dem Land begrenzt, aber es gibt sie. Ich war mit einer netten Person aus Draguignan befreundet, neben Louise, und Louise hatte sich in einen dieser komischen Druiden vergafft, die manchmal bei Demlixh rumhängen. Natürlich wußte sie nicht, wer er ist, die sind ja immer maskiert, aber sie hat von seinem Gang geschwärmt. Und dann ist Ihr Freund Bronner gekommen, Monsieur, und den hat Louise wohl auch ganz interessant gefunden. Sie sehen, auf dem Land ist was los.«

Ariane hatte dem Monolog mit Aufmerksamkeit gelauscht. »Sie sehen nicht so aus, als ob Sie sehr traurig wären, Monsieur Deschamps.«

Deschamps schnitzte ein abstraktes Muster in sein Steak und hob die Brauen. »Doch, natürlich bin ich traurig. Sehen Sie: Wir hatten uns schließlich geeinigt, daß wir vielleicht doch mal heiraten sollten, und ich hatte meine Beziehungen zu dieser Dame in Draguignan abgebrochen. Und schwupps ist Louise tot, einfach so, und ich kann wieder von vorn anfangen.«

Maspoli grinste. »Was mir an ihm so besonders gefällt, ist seine Sentimentalität.«

Deschamps aß ungerührt weiter. »Zur Sache. Der Polizei habe ich nichts gesagt, sie hat mich auch nicht gefragt. Am Tag, als abends diese geheimnisvolle Fischvergiftung geschehen sein soll, habe ich mich nachmittags kurz mit Louise getroffen. Ich hatte auf einem Feld oberhalb von Demlixhs Villa zu tun, und sie ist raufgekommen und hat mich gefragt, ob ich abends zu ihr kommen und mit ihr in der Küche essen wollte. Sonst, sagte sie, macht Bronner nur wieder lange Finger.«

»Was war das für ein Tag?« sagte Matzbach.

»Der Dienstag«, sagte Alphonse. Matzbach kalkulierte: Es mußte sich um den Dienstag handeln, an dem Bronner und er frühmorgens telefoniert hatten – den Dienstag, an dem Bronner aus Les Baux verschwunden war.

»Also: Bronner war an dem Tag bei Demlixh?«

»Ja, Monsieur. Louise kam nach dem Mittagessen aufs Feld. Sie meint, niemand vermißt sie, weil die Herren erregt und verärgert miteinander diskutieren. Abends soll es einen Lammrücken geben, und da muß sie ohnehin noch Kräuter sammeln. Sie sagt noch, Gott sei Dank nur Lammrücken und keinen Fisch oder so was, also wird sie nicht so viel zu tun haben. Ich hatte aber keine Lust, abends mit ihr Reste zu essen.«

Matzbach strahlte. »Schön. An dem Tag, an dem Louise an einer Fischvergiftung gestorben ist und Demlixh sich auf den Tod strapaziert hat, hat es also gar keinen Fisch gegeben?«

»So ist es, Monsieur.«

»Und Bronner ist von Les Baux aus zu Demlixh gefahren?«

»Ja, Monsieur. Das heißt, ich kann Ihnen nur sagen, was Louise mir gesagt hat.«

Sie beredeten die Angelegenheit noch eine Weile. Schließlich sagte Baltasar: »Hören Sie, Alphonse – könnten Sie morgen und übermorgen den Friedhof nachts im Auge behalten?«

Deschamps wiegte zweifelnd den Kopf. »Ich kann das sicher nicht allein, irgendwann muß jeder schlafen. Ich könnte allenfalls ein paar Kumpel bitten, sich mit mir abzuwechseln. Aber man kommt nicht sehr nahe ran, das ist ja überall offen. Vom Wald aus, vielleicht … Aber warum eigentlich?«

Baltasar erklärte seine Hintergedanken. Deschamps grinste und war Feuer und Flamme. »Natürlich helfe ich. Tolle Idee. Meinen Sie, er macht das?«

Baltasar biß sich auf die Unterlippe. »Ich hoffe. Ich schätze, Herbin ist der Kopf, und Herbin ist nicht da. Vielleicht hilft uns das, und unser Freund macht einen Fehler, an dem Herbin ihn sonst hindern würde. Deschamps nickte. »Das kann sein. Die sind ja … befreundet. Louise hat mir erzählt, daß Herbin oft mit ihm zusammenarbeitet, und, eh, auch übernachtet. Sie wissen schon.«

Baltasar hatte gerade begonnen, Maspoli und Deschamps in die Geheimnisse der karthagischen Testamentsgeometrie einzuweihen, als er zum Empfang gebeten wurde.

Ducros war am Telefon. »Ich glaube, ich habe was. Ein Dorf bei Aubagne.« Er nannte den Namen. »Außerhalb, in einem unzugänglichen Waldstück, gibt es ein Herrenhaus. Ohne Telefon, ohne Zufahrtsstraße, ohne Elektrizität. Vermutlich treffen die Druiden sich da jeden Samstag.«

Baltasar war hingerissen. »Schön. Wie haben Sie das erfahren?«

Ducros hustete. »Durch eine Ihnen widerliche Vorgehensweise: Polizeiroutine, Anfragen an alle Stationen und so.«

Baltasar brummelte in seinen nichtvorhandenen Bart. »Hören Sie«, sagte er dann, »können Sie jemanden abstellen, der unauffällig ab, na, sagen wir sechs Uhr früh ein Auge auf Doktor Herbin wirft?«

Ducros war nicht erfreut. »Die Kollegen im Departement Var werden mich für verrückt halten, aber bitte sehr. Ich sehe zu, was sich machen läßt. Ich rufe Sie morgen früh noch mal an. Ich warte nämlich auf eine weitere Routinemeldung.«

X

Am nächsten Morgen gab Baltasar telefonisch sein Telegramm an den Herrn der Unterwelt, Grimaud, auf. Nach einem reichhaltigen Frühstück, an dem Maspoli teilnahm – wieder von der Molligen bedient –, rief

Matzbach das Museum zu Serrac-le-Château an, um Monsieur Corvau zu sprechen. Der Pförtner teilte ihm, nicht ohne eine gewisse Empörung, mit, am Samstag sei selten jemand vorhanden, außer armen Lohnsklaven wie ihm und dummen Touristen. Matzbach bat ihn um die Privatadresse des Archäologen. Zum Glück hatte Corvau Telefon.

Er meldete sich nach dem dritten Piepser. Matzbach begrüßte ihn freundlich und erkundigte sich dann nach dem genauen Fundort des Testaments.

»Eh, ein Stück nordöstlich von Brignoles, Monsieur. Warum fragen Sie?«

»Ach, sehen Sie, ich glaube, ich habe die Hinweise entschlüsselt. Und ich hatte mir ausgerechnet, daß man es bei Brignoles gefunden haben muß. Ich danke Ihnen; das war im Prinzip der letzte genaue Tip, den ich noch haben mußte.«

Corvau war interessiert und aufgeregt. »Sie haben das Testament enträtselt?« sagte er. »Aber, aber, das ist ja phantastisch. Wie, wie sind Sie ...? Ich meine: Wie geht das, wie funktioniert die Verschlüsselung?«

Baltasar grinste in die Muschel. »Kann ich im Moment noch nicht genau sagen. Ich werde Sie aber informieren. Haben Sie heute Zeit?«

»Tut mir leid, nein, ich bin verabredet.«

»Wie steht's mit Montag?«

»Das geht. Montag ist das Museum geschlossen, und bis jetzt habe ich nichts vor. Warum?«

»Ich werde am Montag einen kleinen Spaziergang unternehmen, bei dem ich hoffe, die Auszüge aus der Bibliothek von Alexandria zu finden. Und vermutlich ein bißchen Edelmetall. Wenn Sie abends Zeit haben ...«

»Wo vermuten Sie die, diese Funde?«

»Das möchte ich im Moment noch für mich behalten. Sagen wir – gegen acht Uhr? Ach was, so lange brauche ich nicht. Moment – von Cas... hm, also bis Draguignan bei der Güte der Straßen etwa eineinhalb Stunden... obwohl man auch anders fahren könnte. Na ja, kommt etwa aufs gleiche raus. Sagen wir: gegen sieben Uhr.« Er beschrieb den Weg zum Hotel. Corvau stimmte zu.

»Mal sehen, ob er angebissen hat«, murmelte Baltasar, als er wieder am öden Frühstückstisch saß. Er berichtete von seinem absichtlichen Versprecher. Ariane war skeptisch. »Genausogut kann er aus Cas... Cassis machen statt Castellane«, gab sie zu bedenken.

Baltasar winkte ab. »Nichts da. Er wird die Karte untersuchen und feststellen, daß es von Castellane nach Draguignan sechzig Kilometer Schlängelstraße durch die Berge sind und daß ich, wenn ich nicht unbedingt über Castellane will, die Straße um die Verdon-Schlucht auch in anderer Richtung verlassen kann. Dann wird er sich sagen, was will der am Verdon? Und dann wird er die Geschichte mit der Vier, die die Fläche verläßt, nachdem es bis dahin um heilige Dreien und Dreiecke ging, begreifen. Er ist ja nicht dumm. Natürlich«, sagte er bescheiden, »nicht so intelligent wie ich. Sonst hätte er das Testament längst entschlüsselt.«

Maspoli war noch nicht ganz wach. »Was wollen Sie denn am Montag im Verdon? Sie haben doch erst für morgen Grimaud und Konsorten zu einem Spaziergang an einer ganz anderen Stelle eingeladen?«

»Richtig. Aber da gehe ich nicht hin.«

Maspoli nickte. »Sie haben sicher Ihre Gründe, aber erwarten Sie nicht, daß ich noch irgendwas davon verstehe.«

Baltasar malte ein großes Dreieck auf die Papierserviette, die er vom Frühstück übrigbehalten hatte. »Sehen Sie«, sagte er, »das berühmte Dreieck Belfast–Karthago–Samos oder Orange–Cassis–Draguignan. Bronner hat irgendwem weisgemacht, die Strecke Orange–Cassis müßte gedrittelt werden, also etwa hier und hier. Das letzte Drittel beginnt in Cavaillon. So. Dann hat dieser Maharbal ja senkrechte Visionen gehabt, also legt Bronner im oberen Drittel eine senkrechte Linie an. Und die schneidet die Hypotenuse irgendwo in den Vaucluse-Bergen. Nun ist Bronner ein cleveres Kerlchen. Gewesen. Er hat nämlich seinen Gesprächspartnern klargemacht, da die ursprüngliche Reiserichtung des Karthagers Nord-Süd war und jetzt die Strecke Süd-Nord geteilt werden soll, müßte man auch Ost–West vertauschen. Er klappte das Dreieck also um und hat den Schnittpunkt nicht in den Vaucluse-Bergen, sondern bei Les Baux. Da hatte er eine von vornherein falsche Verabredung mit irgendwem. Anschließend ist er getürmt und hat sich, wie wir seit gestern wissen, nach Lacaze zu Demlixh begeben – Demlixh kann also nicht der gewesen sein, mit dem er in Les Baux verabredet war. Und auch nicht Demlixhs Druiden, denn dann wäre Bronner wahrscheinlich nicht anschließend nach Lacaze gefahren. Nehme ich jedenfalls an. Also tippe ich auf Grimauds Leute. Das ist nicht zwingend, wohlgemerkt, und ich kann nicht ›Was zu beweisen war‹ dahinterschreiben.«

Er bestellte eine neue Runde Kaffee bei der molligen Serviererin, die Maspoli mit besonderer Aufmerksamkeit bediente.

»Jetzt habe ich Grimaud ein Telegramm geschickt. Den Wortlaut kennen Sie ja, Meister. Wenn Grimauds Leute irgendwie mit der Sache zu tun haben, wovon ich überzeugt bin, werden sie zum Spaziergang auftauchen. Ich habe Grimaud angedeutet, daß er das oberste Dreieck nach Osten legen soll, also wieder umklappen. Wenn er dumm ist, schickt er seine Jungs in die Berge hinter Murs. Wenn er clever ist, macht er etwas anderes, und zwar wird er dieses ominöse Dreieck noch mal, wie der Karthager vorschreibt, durch Senkrechte unterteilen, bis er aus dem oberen Dreieck drei Dreiecke gemacht hat. Der letzte Schnittpunkt der letzten Senkrechten liegt dann oberhalb der Abtei von Sénanque, ungefähr auf halber Strecke nach Fontaine-de-Vaucluse. Ich habe ihm geschrieben, daß ich von der Quelle also von Fontaine aus spazierengehen werde.«

Maspoli zwinkerte. »Ihre Geometrie in allen Ehren, aber ich kenne die Gegend ein bißchen. Wilder *maquis* mit ein bißchen Krüppelgebüsch und viele, viele Steine. Ich glaube, als Ihre Leute im Krieg hier überall saßen, hat sich da oben einiges an Widerstand getan. Das Gebiet ist kaum zu kontrollieren. Fontaine bis Sénanque, das dürften an die fünfundzwanzig Kilometer sein, ungefähr. Sie wollen also nicht hingehen?«

Matzbach grinste. »Ich denke nicht daran. Aber oben auf der Höhe gibt es eine Stelle mit viel Grün und ein wenig Wasser, laut Karte. Ich könnte mir vorstellen, daß Grimauds Leute mich dort erwarten. Wenn sie tatsächlich hingehen, weil sie meinen, da könnte was sein, wissen wir, daß sie etwas mit dieser Testamentseröffnung zu tun haben. Wenn nicht – Pech gehabt. Ich jedenfalls werde nicht durch diese Geröllhalden latschen.«

»Wer denn?«

»Ein paar Leute von Kommissar Ducros, in Zivil, versteht sich. Morgen ist Sonntag, da fallen Spaziergänger nicht weiter auf.«

Maspoli seufzte. »Und was machen Sie in der Zeit?«

»Das wüßte ich auch allmählich ganz gern«, sagte Ariane.

Baltasar nuckelte an einer unangezündeten Zigarre und schlürfte Milchkaffee. »Ich warte. Unter anderem auf Ducros. Er müßte eigentlich bald anrufen.«

»Diese Affäre ist mir inzwischen viel zu verwickelt«, sagte Ariane, »als daß ich noch viel dazu sagen könnte. Nur eines, lieber Baltasar: Du spinnst.«

Kurze Zeit später holte der Hotelier Matzbach ans Telefon. Kommissar Ducros, in schlechter Samstagslaune, hustete sich zunächst einmal aus. »Also«, sagte er dann, »ich habe noch was für Sie. Erstens die Adresse von Ihrem komischen Druiden. Er ist in Montpellier bei einer Nichte oder so. Haben Sie was zu schreiben?«

Matzbach notierte. Die Nichte hatte, im Gegensatz zu ihrem druidischen Onkel, nicht die Angst, beim Telefonieren die Seele zu verlieren, und besaß einen Fernsprecher. »Zweitens. Halten Sie sich fest. Ich habe die Kollegen in Arles gebeten, sich bei den Bauern südlich von Les Baux zu erkundigen, ob da jemand irgendwas gesehen hat. Gerade ist der Bericht gekommen.«

»Ich bin äußerst interessiert.«

»An dem Morgen, als Bronner mit Ihnen telefoniert hat, bevor er abgehauen ist, haben da unten zwei Wagen gestanden. Sie kennen die Gegend ja. Unterhalb der Felsen ist noch ein kleiner Sockel. Dann fängt die Ebene mit Wein und Oliven und Weizen und was weiß ich nicht alles an. Zwei Wagen sind über einen Feldweg bis an den Felssockel gefahren. Da scheint übrigens an einer Stelle früher mal eine kleine Quelle gewesen zu sein – so viel zu ihrer Theorie mit Hügeln und Wasser.«

»Woher haben Sie das alles, und was waren das für Wagen?«

»Zwei Bauern haben sie gesehen. Sie waren weiter weg und konnten nicht viel mehr sagen als zwei Wagen, davon einer groß und schwarz und amerikanisch, wahrscheinlich Ihr Buick mit Grimauds Leibgarde und Evaristo. Der andere normal, Peugeot oder Renault oder so. Einer der Bauern sagt, er hätte da auch weißgekleidete Leute gesehen.«

Matzbach schnalzte. »Interessant. Also offenbar Grimauds Leute und Druiden. Hätte ich nicht gedacht. Aber das macht nichts. Ich habe dafür auch was für Sie.«

Ducros lauschte, ohne zu husten, während Baltasar von Alphonse Deschamps und seiner Geschichte berichtete. »Hoho«, machte er schließlich, »also kein Fisch an dem Tag? Das wird ja immer verrückter. Grimaud, Druiden, ein irrer Autor, ein Archäologe, Sie und jetzt auch noch keinerlei Fisch! Lassen Sie mich nachdenken...«

Er schwieg eine Weile. Baltasar lauschte dem Knacken in der Leitung.

»Passen Sie auf«, sagte Ducros plötzlich energisch. »Wir machen zuerst mal so weiter wie vorgesehen. Morgen gehen ein paar Leute mehr als sonst in den Bergen hinter der Abtei spazieren. Montag vormittag werde ich mit den nötigen Papieren und ein paar Kollegen aus dem Departement Var den Friedhof von Lacaze aufsuchen und diese Haushälterin ausgraben. Dann werden wir sehen, wie das mit dem Fisch steht. Was machen Sie am Montag?«

»Ich habe neue Pläne. Ich werde gleich in Draguignan meine Luftbilder von gestern abholen; der Fotograf hat mir versprochen, daß sie bis zum Mittag entwickelt und abgezogen sind. Wenn Sie nichts anderes von mir hören, werde ich am Montag eine ganze Reihe unauffälliger Verfolger in die Verdon-Schlucht führen und mich anschließend aus dem Staub machen, um andere Fragen zu klären.«

Ducros begann wieder zu husten. Er bat um genauere Erklärungen. Baltasar gab sie ihm. Der Polizeibeamte schwieg eine ganze Weile. Dann sagte er mehrere unfeine Wörter. »Sie, tut das nicht weh, so ein krummes Gehirn zu haben?« fragte er endlich.

Mit Maspoli verabredeten sie das weitere Vorgehen und einen Treffpunkt am Montag mittag. Er versprach, noch einmal alle Einzelheiten des Abenteuers mit Deschamps zu besprechen. Danach packten Ariane und Matzbach ihre Koffer. Baltasar beglich die Rechnung, dankte für Hilfe und Entleihen der Schreibmaschine und telefonierte mit einer Dame in Montpellier.

Dann holten sie die entwickelten Fotos vom Rundflug ab – die schnelle Arbeit war natürlich nur gegen Extrapreis entstanden. In einem Café zeigte Baltasar Ariane seine Fotofunde, und sie lachten heftig.

Über die Autobahn rasten sie nach Aix-en-Provence, wo Baltasar Wanderschuhe und eine Kutte sowie einen Rucksack kaufte und ein längeres Gespräch mit dem Besitzer eines Tierladens führte, in dem man alles bekommen konnte, vom Kaiman bis zur Brieftaube. Sie aßen gemütlich zu Mittag, dann fuhren sie nach Montpellier, um die Nichte des großen Druiden Pierrot-le-Flonflon heimzusuchen.

Mit erfreuter Verblüfftheit drückte Ariane die Hand von Gaston Pennec. Sie hatte sich einen Druiden anders vorgestellt. Monsieur Pennec war klein, kugelförmig, hatte ein zartrosa Gesicht und eine weißgeränderte Tonsur. Seine Nichte trug Schwarz. Sylvie Ladurie begrüßte sie herzlich.

»Willkommen«, sagte sie, als sie in das geräumige Haus in einem guten Vorort von Montpellier traten. »Fühlen Sie sich wie zu Hause. Von Ihnen habe ich ja schon viel gehört, Monsieur Matzbach.«

Im Wohnzimmer, durch das man mit einem Pferd hätte reiten können, tranken sie Kaffee und Cognac. Pennec nutzte die Gelegenheit, als seine Nichte sich für einige Minuten entschuldigte.

»Ihr Mann war Professor an der hiesigen Universität«, sagte er. »Medizin. Außerdem hatte er natürlich auch eine Praxis. Er ist vor ein paar Wochen mit dem Wagen verunglückt. Ich bin hergekommen, um ihr ein bißchen zu helfen. Ach, du weißt ja nicht, daß ich das Zahnärzteln aufgegeben habe und pensioniert bin, nicht wahr? Ich habe also Zeit für solche verwandtschaftliche Hilfe. Außerdem ist sie ein liebes Mädchen. Und in der Bretagne hätte ich ja auch nichts über deine neuen Eskapaden erfahren.«

Madame Ladurie erschien wieder. Die Zerbrechlichkeit ihrer Gestalt wurde durch die Trauerkleidung noch betont, aber sie wirkte gelassen. Aus einer kostbaren Limogeskanne goß sie Kaffee nach.

»Wie lange haben Sie einander nicht gesehen?« fragte sie Matzbach.

Baltasar musterte Pennec. »Oh, gründlich seit achtundsechzig, glaube ich, und dann haben wir uns zwischendurch noch mal kurz gesehen, aber was zählt das? Alle drei Jahre eine Postkarte, das reicht bei guten alten Freunden.«

Pennec kicherte. »Erinnerst du dich noch an dieses irrsinnige Labyrinth, das du damals gebaut hast?«

Ariane ächzte. »Ein Labyrinth hat er gebaut?«

»Ei freilich«, sagte Baltasar auf deutsch. Dann, auf französisch: »Was sollte denn so einer wie ich sonst bauen? Die Pyramiden sind längst erfunden, und eine Neuauflage wäre langweilig. Die richtig guten alten Labyrinthe dagegen, wo gibt's die heute schon? Also habe ich eines gebaut. Pierrot war natürlich der erste, der sich darin verlaufen hat.«

Pennec zupfte an der Spitze seiner Nase herum. »Ja, aber ich bin wieder herausgekommen.«

»Er hat seinen Weg herausgependelt«, erläuterte Baltasar. »Was mich auf diese Geschichte in der Provence bringt.«

Er legte den Fall Bronner/Demlixh/Grimaud/Druiden/Archäologe/Maharbal in allen Einzelheiten dar. Madame Ladurie machte zweimal frischen Kaffee, bis Matzbach am Ende seines Epos angekommen war.

»Stellt sich mir im Moment die Frage«, sagte Baltasar abschließend, »ob wir bis Montag früh in Montpellier bleiben. Ich rechne damit, daß die unfreundlichen Brüder spätestens morgen, wenn sie mich nicht im *maquis* von Vaucluse finden, böse werden und anfangen, mit spitzen Gegenständen nach mir zu suchen.«

Pennec blickte seine Nichte an. Sie nickte. »Natürlich. In diesem Haus ist Platz genug. Leider.«

Matzbach verneigte sich im Sitzen. »Das ist unendlich gütig von Ihnen, Madame, aber wir nehmen durchaus mit einem nahen, empfehlenswerten Hotel vorlieb.«

»Das kommt überhaupt nicht in Frage. Wenn Sie nicht darauf bestehen, heißt das.«

Beim Abendmahl sprachen sie über bedeutende Dinge; erst später, als sie wieder im Wohnzimmer saßen, in dem ein Kamin für Atmosphäre sorgte, kam Baltasar auf die wirren Ereignisse zurück.

»Pierrot, was weißt du über diesen Druiden Phérex? Er scheint das Oberhaupt der Truppe zu sein, die sich hin und wieder bei Demlixh aufhält und ihm zur Genesung ein *Alignement* errichtet hat.«

Pennec beugte sich vor, ergriff einen Haken und stocherte im Kamin. »Das ist alles Unsinn«, sagte er. »Wir wissen bis heute nicht, ob die Leute, die die Dolmen und *Alignements* errichtet haben – nennen wir sie einfach die Megalith-Leute –, die Steine an diesen Stellen aufgestellt haben, weil dort starke Erd-, Wasser- oder sonstige Strahlen waren, oder ob die Strahlen dort heute gemessen werden können, weil die Steine da stehen. Sicher haben bestimmte Strahlenfelder und bestimmte auf ihnen stehende Steinformationen heilende oder schädliche Wirkung. Es ist aber eine völlig idiotische Annahme, Druiden könnten einfach so irgendwo Steine aufstellen und damit jemanden heilen. Humbug, absoluter Schwachsinn.«

Matzbach nickte. »Das weiß ich wohl. Ich frage mich aber, wozu sie diesen Zirkus veranstalten.«

Pennec zuckte mit den Achseln. Sylvie Ladurie schlug vor: »Vielleicht, um etwas zu verbergen, was sie an der gleichen Stelle getan haben...«

»Sie meinen, sie haben dort etwas vergraben?«

»Könnte das nicht sein?«

Matzbach nickte nachdenklich. »Ich habe mir das auch schon überlegt. Aber wozu dieser Aufwand? Selbst wenn die arme Haushälterin nicht an einer Fischvergiftung gestorben ist, sie ist auf jeden Fall auf dem Friedhof von Lacaze beerdigt worden. Natürlich könnten die

Druiden da oben Bronner vergraben haben; aber wozu dieser Hokuspokus?«

Ariane zog an ihrem erlöschenden Zigarillo. »Wenn sie tatsächlich Bronner umgebracht haben, wo sollten sie ihn denn besser vergraben als da?«

»Aber damit schreien sie doch laut: Hier ist etwas Besonderes!«

»Eben. Sie rechnen vielleicht damit, daß alle so reagieren wie du – hier ist ein Hinweis, also kann die Leiche hier nicht sein, denn niemand wäre so blöd, die Stelle auch noch zu markieren, etwa durch Megalithreihen.«

Matzbach schwieg. Pennec zwinkerte Ariane zu, und Sylvie Ladurie lächelte.

»Könnte sein«, gab Baltasar schließlich widerwillig zu. »Aber es gefällt mir nicht.«

»Es würde aber einiges erklären«, sagte Pennec. »Außerdem stützt das die Behauptung, eine Fischvergiftung habe stattgefunden und Demlixh sei krank.«

»Kommen wir zurück auf Phérex und seine Druiden«, sagte Baltasar. »Was weißt du darüber?«

Pennec zupfte wieder an seiner Nase. »Du weißt, daß in Europa zur Zeit ungefähr fünf Millionen Druiden organisiert sind, nicht wahr? Vor allem in England und Frankreich. Ich kann nicht jeden einzelnen kennen.«

Baltasar beugte sich vor, nahm Pennec den Schürhaken aus der Hand und setzte ihm die rußige Spitze auf die weiße Hemdbrust.

»Lügner«, sagte er ruhig, »schweigsamer Druidenschützer, alberner alter Onkel.«

Pennec nickte. Verdrossen sagte er: »Jajaja. Ja.«

»Also, du kennst Phérex?«

»Hmpf.«

»Persönlich?«

»Hm-hm.«

»Was will er?«

Pennec seufzte. »Na gut. Also, ich kenne ihn nicht persönlich, aber ich habe einen gewissen Verdacht...«

Sylvie Ladurie lachte plötzlich laut auf. »Onkel«, sagte sie fröhlich, »so kenne ich dich ja gar nicht. Ich danke Ihnen, Monsieur Matzbach, für diese Offenbarung.«

»Wollen wir nicht die Mesdames und Messieurs weglassen?« fragte Baltasar.

»Gern, Baltasar. Sie haben mir hier einen ganz neuen Onkel gezeigt.«

Pennec richtete sich empört zu seiner stattlichen Größe von ein Meter sechzig auf. »Ich bin immer noch derselbe«, murrte er, »aber ich denunziere nicht gern Druidenbrüder, selbst wenn...«

»Wenn was?« Baltasar blickte ihn an, als wollte er ihn hypnotisieren.

»Na gut. Also, dieser Phérex ist ein ehrgeiziger Mann. Er hat so ungefähr sämtliche traditionellen Prüfungen abgelegt und dem Vernehmen nach längst die Schwelle zwischen einfacher Anwendung druidischer Kenntnisse und Magie überschritten. Wir brauchen jetzt hier nicht über Magie zu diskutieren, an die ich auch nicht glaube; ich sage nur, was ich gehört habe. Jedenfalls scheint Phérex sich in den Kopf gesetzt zu haben, alle europäischen Druiden wieder in einer einheitlichen Organisation zusammenzufassen.«

»Was heißt wieder?«

»Das ist eine gute Frage. Sagen wir also, erstmalig. Und das Projekt ist auf keinen Fall uninteressant, denn mit den Druiden ist es ähnlich wie mit den Freimaurern, eher noch schlimmer. Was glaubst du, wie viele Regierungschefs, Minister, Manager, Parteifunktionäre, Wissenschaftler und so weiter dem einen oder anderen druidischen Zirkel angehören? Und was man erreichen könnte, wenn man alle unter einen Hut brächte?«

»Und das hat dieser Phérex vor?«

»Angeblich. Vermutlich. Ich weiß es nicht genau. Das Projekt ist für einen Mann in einem Jahrhundert zu groß, aber er könnte es vorantreiben. Dazu kommt, was du nicht vergessen darfst, der allgemeine Wiederaufschwung der Irrationalität. Vor allem die jungen Leute wollen doch wieder an allen denkbaren Unsinn glauben, sogar an Demlixhs Theorien über außerirdische Genetiker. Bhagwan. Mun. Scientologie. Hare Krishna. Was du haben willst. Manche glauben sogar wieder an den Kapitalismus und an den Sozialismus sowieso. Sogar an den Frieden, neuerdings, obwohl nach all den Jahrtausenden klar sein sollte, daß dazu der menschliche Charakter nicht ausreicht. Also, kurz gesagt, die Aufklärung ist endgültig vorbei, darüber sind wir uns ja wohl alle einig, und die neuen finsteren Jahrhunderte beginnen mit allerlei Aberglaube.«

»Als ob das je abgerissen wäre ...«, bemerkte Ariane.

»Nun, wie man's nimmt – immerhin haben europäische Staaten eine ganze Weile Realpolitik betrieben und versucht, ihre inneren und äußeren Affären rational zu regeln. Hitler und Stalin wollen wir dabei aus dem Spiel lassen; die Ausnahme erprobt die Regel. Jedenfalls haben Kirchen, Sekten und Weltanschauungen selten so viele junge, überzeugte Anhänger gehabt wie im Moment. Und wenn nun ein ehrgeiziger und fähiger Druide auf den Gedanken kommt, aus einem eher geheimen Bund, der noch dazu ziemlich elitär ist, eine Massenbewegung zu machen, sollte man das wohl ernst nehmen, denn es wird vermutlich machbar sein. Wenn man es geschickt anfängt.«

Baltasar klopfte mit dem Schürhaken auf den Boden. »Also, Pierrot, um zusammenzufassen: Du meinst, Phérex will einen Geheimbund zu einer Sekte oder Religion aufblähen.«

Pennec nickte. »Mit allem, was dazugehört. Organisation, Geldbeträge, Schulen, Hierarchie, höhere Weihen, Kampftrupps, was du willst. Er gehört nicht mehr den regulären druidischen Organisationen an. Es ist jetzt etwa zehn Jahre her, daß er seinen eigenen Verein aufgemacht hat.«

»Ja gut, aber was hat er den Leuten zu bieten?« fragte Ariane ein wenig ratlos.

Pennec lächelte sie an. »Nichts, natürlich«, sagte er. »Außer dem, was jede Kreuzfahrerbande ihren Mitgliedern bietet: Zusammengehörigkeitsgefühl, undurchsichtige und daher glaubwürdige Riten, eine gänzlich abstruse Weltanschauung mit Jenseits und Wiedergeburt, moralische Regeln für das tägliche Leben, Macht durch Aufstieg in der Hierarchie, das Gefühl, anders und besser zu sein als der Rest der Welt. Sie sehen, liebe Ariane: Nonsens, Humbug, wie ich bereits sagte, aber es gibt viele Leute, ungefähr neunzig Prozent der Bevölkerung, die sich durch solche Dinge ködern lassen.«

Sylvie warf ein: »Mir scheint, daß das ein großes Unternehmen ist. Wenn er schon seit zehn Jahren daran arbeitet, dieser Phérex, warum hat man dann noch nicht von ihm gehört? Müßte er nicht längst weiter sein, groß und mächtig, Chef einer großen Gemeinschaft? Andernfalls hat er doch nie eine Chance, zu Lebzeiten mehr daraus zu machen, oder?«

Pennec kratzte sich am hinteren Ansatz der Tonsur. »Das ist eine schwierige Frage. Es kann durchaus sein, daß er sich stark genug fühlt, um bald in die Öffentlichkeit zu gehen.«

Baltasar zündete sich eine neue Zigarre an. »Wie ist es mit Geld? Wer so eine Organisation aufziehen will, braucht Startkapital und einen ständigen Zustrom von Mitteln, um die Sache weiterlaufen zu lassen.«

»Das ist richtig, und da liegt sicherlich eines unserer Hauptprobleme. Du weißt, wir sind ziemlich zurückhaltend. Die meisten Druiden haben einen normalen Beruf, von dem sie leben, und wenn sie als Druiden auftreten, sind sie oft maskiert – wenn ein Außenstehender dabei ist. Wir wissen aber in der Regel wenig voneinander. Ich kenne eine Reihe Druiden, deren Beruf ich *nicht* kenne. Vielleicht ist Phérex privat Steuerinspektor oder Ölmillionär. Oder er hat einen Sponsor. Vielleicht erpreßt er jemanden, um an Geld zu kommen, oder er macht unsaubere Geschäfte.«

»Paßt das zum Ethos der Druiden?«

»Du weißt selbst, daß es nicht paßt. Aber vergiß nicht: Er ist abgesprungen, und allein sein Machtstreben, sein Ehrgeiz sind, wenn man so will, undruidisch.«

Baltasar blies eine Wolke an die Decke. »Ich weiß«, sagte er süffisant, »weil ich von dir in gewissen Techniken ausgebildet worden bin. Was eure restliche Überlieferung, eure Glaubensbekenntnisse, euer Ethos angeht – sei mir nicht böse, aber da habe ich mich in den letzten fünfzehn Jahren nicht geändert. Ich halte dies alles für phantasievollen Blödsinn, angefangen bei euren moralischen Lehrsätzen, den bardischen Triaden, bis hin zu deiner Behauptung, mit Hilfe eurer Techniken, der Rute und der sonstigen Kenntnisse sei Magie möglich.«

Ariane blickte besorgt von Baltasar zu Gaston Pennec und zurück. Sie fand nur Sympathie und Augenzwinkern, auf beiden Seiten. Pennec fing ihren Blick auf.

»Seien Sie unbesorgt, Ariane«, sagte er, »wir haben dieses Gespräch schon mehrmals geführt. Im übrigen nehme ich das alles auch nicht so furchtbar ernst. Das sehen Sie ja schon daran, daß ich mir statt eines furchterregenden gallischen Kriegsnamens diesen albernen Pierrot-le-Flonflon zugelegt habe. Ich könnte mich ja auch Vercingetorix nennen.«

»Weißt du, was Phérex macht, kennst du seinen richtigen Namen, seinen Beruf?«

»Nein. Ich weiß auch nicht, wie ich das schnell herausfinden sollte. Vielleicht, wenn ich ein Jahr lang alle Bekannten aus den gewissen Kreisen fragte, vielleicht könnte ich dann durch Zufall jemanden treffen, der mehr über Phérex weiß...«

Baltasar starrte auf den Aschekegel seiner Zigarre. Langsam und halblaut sagte er: »Machst du mit?«

Sylvie Ladurie blickte die beiden Männer an. »Wobei?« sagte sie, fast ein wenig ängstlich.

Pennec übernahm die Antwort. »Bei der Feststellung, ob mein abtrünniger Bruder ein Verbrecher ist.«

Baltasar nickte. »Es kann gefährlich werden.«

Pennec hob die Hände. »Das Leben ist ein Notbehelf. Und eine fade Suppe, ohne salzige Erlebnisse. Ich mache mit. Wann geht es los?«

»Zwei Übernachtungen hier«, sagte Baltasar lächelnd, »gute Unterhaltungen, Wein und angenehme Stunden. Montag morgen fahren wir zum Verdon. Morgen fahre ich mal eben nach Arles und gebe von dort ein Telegramm an den finsteren Grimaud auf. Während seine Leute, hoffentlich, in den Bergen hinter Fontaine-de-Vaucluse herumturnen. Dann werde ich ihm sagen, wo die karthagischen Erbstücke vergraben sind. Habe ich dir eigentlich schon die schönen Fotos gezeigt, die ich von den Fundstätten aus der Luft gemacht habe?«

XI

Der eigentliche Große Canyon des Verdon beginnt südwestlich der Kleinstadt Castellane und windet sich zunächst nach Südwesten, dann nach Nordwesten bis zu seinem Ende bei Moustiers-Sainte-Marie. In bizarren Formationen ragten zu beiden Seiten der Schlucht die Felswände Hunderte von Metern fast senkrecht empor. Neben den Felskunstwerken der Natur zeichnet die Schlucht sich durch eine vielseitige Vegetation aus und ist bei Wanderern ebenso beliebt wie bei Wildwasserfahrern. Der Verdon ist mehrfach gestaut; im Oberlauf nördlich von Castellane wurde ein Wasserkraftwerk angelegt, das in unregelmäßigen Abständen überschüssige Wassermengen in die lange Schlucht abläßt. Fußwanderer sollten daher, heißt es in den Broschüren, nicht durch das Flußbett waten, sondern sich an die Wege halten, die manchmal durch lange, düstere Tunnels, dann wieder über himmelstürmende, steile Eisentreppen führen, wenn das Ufer unpassierbar ist. Unterhalb der Schlucht wurde der Verdon erneut gestaut; dort bildet er den See von St-Croix. Mehrere hochgelegene Straßen führen um die Schlucht bis in Höhen von tausend Meter; südlich erhebt sich das Plateau von Canjuer, von dem bei günstigen Winden das Grollen der artilleristischen Übungen zu vernehmen ist: militärisches Sperrgebiet.

In der Nähe des Point Sublime, unterhalb der Ortschaft Rougon, führt eine Straße zu einem Parkplatz unmittelbar oberhalb des Verdon; etwa fünfzehn Kilometer weiter flußab windet sich ein anstrengender Serpentinenweg von einem kleinen Lokal einige hundert Meter hinab ins Tal. Den Wanderern wird empfohlen, mit dem schwierigen Abstieg zu beginnen und die durchwanderte Schlucht auf dem nicht sehr schwierigen Kletterstück unterhalb des Point Sublime zu beenden.

Matzbach sah das natürlich anders – mit gewisser Berechtigung. »Wenn die Ganoven alle da sind«, sagte er munter, »werden sie vermutlich damit rechnen, daß ich an diesem Wanderlokal in die Unterwelt steige. Da sie vorsichtig sind, haben sie wahrscheinlich allenthalben Posten aufgestellt. Wir werden jetzt zum Point Sublime fahren. Ätsch.«

Ariane steuerte. Auf dem Rücksitz saß Sylvie Ladurie neben ihrem druidischen Onkel; sie hatte es sich doch nicht nehmen lassen, die Expedition zu begleiten. In einer makabren Aufwallung hatte sie abends erklärt: »Wenn schon die Möglichkeit groß ist, nach meinem Mann auch meinen Onkel zu verlieren, will ich diesmal wenigstens dabeisein.« Pennec sah Matzbach über die Schulter; der Dicke konsultierte soeben wieder seine alten Chinesen.

»Hah«, machte er. Er steckte die Münzen ein und blätterte. »Nummer einundzwanzig, das Durchbeißen. Da ist ja wohl was dran. Die Dinge betrachten, das Ding zwischen den Mundwinkeln durchbeißen und Gericht walten lassen. Der Kandidat, behauptet die Wandellinie Vier, beißt auf Knorpelfleisch und erhält dafür metallene Pfeile. Beharrlichkeit und die Beachtung der Schwierigkeiten bringen förderliches Heil. Nun ja. Ich glaube, das hätte ich mir in dieser Lage auch ohne Chinesen sagen können. Knorpelfleisch und Metallpfeile. Ich habe schon wieder Hunger, aber ich sehe keine Bogenschützen.«

Auf dem Parkplatz am Ende der Straße standen mehrere Wagen. Einer, besonders unauffällig halb hinter einem Felsbrocken, war mit zeitunglesenden Männern besetzt.

»So, ihr Lieben«, sagte Baltasar fröhlich. »Haltet euch an die Verabredungen. Ihr habt nichts zu tun, als intelligent und bedrohlich herumzusitzen und den Eindruck zu machen, als würde bei euch spätestens demnächst etwas Wichtiges passieren.«

Er streichelte Arianes Wange, nickte Sylvie zu, steckte seinen Finger in Pennecs Bauch und stieg aus, in voller Rüstung: Wanderschuhe, Kniebundhose, Pullover, ein weißer Rucksack. Winkend ging er dorthin, wo eine kleine Treppe vom Parkplatz in die Tiefe führte.

Als sein Kopf verschwunden war, gab Ariane seufzend Gas und steuerte den Pallas wieder bergan. Der kleine Wagen schoß hinter dem Felsbrocken hervor, überholte sie und raste dem Point Sublime entgegen. Dort befand sich ein kleines Hotel mit guter Speisekarte und einem Telefon.

Pennec räusperte sich. »So weit stimmt seine Kalkulation offenbar«, sagte er. »Diese Burschen da vorn werden wohl im Wandererlokal anrufen und ihre Genossen alarmieren. Die werden einen Alarmstart machen und herkommen, um hinter dem Dicken in die Schlucht zu turnen. Sehr gut. Der Vorsprung müßte für ihn ausreichen.«

Ariane fuhr langsam. Wo die Straße vom Parkplatz wieder auf die Strecke Castellane–La Palud mündete, bog sie links ein. Der kleine Wagen, der hinter dem Felsbrocken gewartet hatte, stand auf dem Parkplatz vor dem Hotel am Point Sublime; ein Mann saß hinter dem Steuer, der zweite kam gerade aus dem Hotel. Beide starrten den Pallas an. Pennec kicherte.

Nach einiger Zeit kamen ihnen schnellfahrende Wagen entgegen, darunter ein großer schwarzer Buick. Pennec zog den Kopf ein, als die Autos sie passierten; Ariane sah in einem der drei Wagen weißgekleidete Gestalten.

Pennec drehte sich um und sah durchs Rückfenster. »Man muß ja nicht unbedingt erkannt werden, bevor es sein muß. Die Kollegen Druiden werden sich ohnehin noch wundern.«

Nach längerer Fahrt erreichten sie das Wandererlokal über dem Schlund. Ariane parkte weithin sichtbar. Sie stiegen aus und betraten die Gaststube. Es war kurz nach Mittag. An einem Tisch saß Césaire Maspoli und stocherte lustlos in einem Salatteller herum. Sie setzten sich zu ihm.

»Na, soweit alles klar?« fragte er.

Ariane stellte ihn Pennec und Sylvie vor. Maspoli war schlagartig bester Laune. Seine Miene sagte deutlich, daß Sylvie Schwarz gut stand oder umgekehrt.

»Ducros hat heute früh zugeschlagen, wie vorgesehen«, berichtete der Reporter. »Sie haben das Grab dieser Haushälterin geöffnet. Raten Sie doch mal, was im Sarg war?«

Ariane zuckte mit den Achseln. »Ein Leichnam.«

Maspoli schüttelte den Kopf. »Steine. Natürlich hat Ducros jetzt Demlixhs Villa leergeräumt. Demlixh und dieser komische Majordomus sind mit ihm nach Draguignan gefahren, für eine längere Unterhaltung. Der

Bestatter aus Lacaze ist auch dabei. Er schwört alle Eide, daß er eine vorschriftsmäßig aufbereitete Leiche in die Kiste gelegt hat.«

Pennec rieb sich die Hände. »Das klappt ja wie bestellt. Wenn der Dicke zur Villa kommt, wird ihn jedenfalls niemand stören.«

Sie waren noch beim Studium der Speisekarte, als der unauffällige Wagen mit den beiden unauffälligen Männern vorfuhr. Sie stiegen aus, kamen in den Schankraum und setzten sich mit ihren Zeitungen an einen Tisch in der Nähe der Tür.

»Die werden fluchen«, sagte Maspoli leise, »weil bei diesen dicken Felsen und den Höhenunterschieden ihre Walkie-talkies und Autotelefone nichts bringen. Ich glaube, ich werde immer dann dringend telefonieren müssen, wenn einer von den beiden aufsteht und in Richtung Telefon geht.«

Matzbach stieg leise pfeifend die Treppe hinab, die nach wenigen Metern in einen unebenen Pfad voller Steine überging. Der Pfad wand sich abwärts, lief um einen Felsvorsprung zu einer ausgemauerten Haarnadelkurve, in der sich wieder einige Treppenstufen fanden; danach ging es steil nach unten zu einer wackligen Holzbrücke über ein Nebental. Der Verdon war nicht mehr weit; Baltasar warf einen Blick über die Brücke, dorthin, wo eine fast flaches Uferstück zu sehen war. »Vielleicht sollte man wirklich mal da langgehen«, murmelte er.

Eine Weile später fuhren drei Wagen auf den Parkplatz: ein Buick, ein Peugeot und ein Golf. Aus dem Peugeot stiegen drei Gestalten in Weiß, aus dem Buick ein Herr mit grauen Schläfen und Nadelstreifen sowie ein weiterer Mann mit ausdruckslosem Gesicht und durchtrainierter Figur. Im Golf saß ein einzelner Mann. Einer der Weißen debattierte halblaut mit dem Graumelierten, der schließlich nickte und dem Mann im Golf einen Wink gab. Der Wagen wurde wieder in Bewegung gesetzt und fuhr rasch bergauf. Buick und Peugeot mit je einem Mann Besatzung blieben zurück; die drei weißgekleideten Druiden, der Graumelierte und sein Gardist stiegen unter Protestgeräuschen die Treppe hinunter und machten sich auf den Weg in die Schlucht.

Etwa zwanzig Minuten später stieg schwer atmend ein Mönch die Treppe zum Parkplatz hinauf. Er trug eine braune Kutte, seine bloßen Füße steckten in Sandalen, und auf dem Rücken, unter der Kapuze, baumelte ein brauner Rucksack. Auf dem Parkplatz blieb er stehen, zog seufzend ein Tuch aus einer Tasche der Kutte und fuhr sich damit über die glänzende Rundung auf seinem Haupt, die von einem dünnen Haarkranz umstanden war. Dann kratzte er sich den langen, grauen Vollbart und näherte sich dem Buick.

Der Fahrer blickte ihm mißtrauisch entgegen und öffnete langsam das Fenster.

»Eine schöne Gottesgabe, diese Schlucht«, sagte der Mönch. Mit dem Daumen wies er über seine Schulter zurück. »Aber erschöpfend. Du hast nicht zufällig ein wenig Wasser für mich, mein Sohn?«

Der Fahrer schüttelte bedauernd den Kopf. »*Non, mon père.* Aber vielleicht...« Er drehte sich um, kramte auf dem Rücksitz, dann hob er eine Thermoskanne hoch. »Darf es auch schwarzer Kaffee sein?«

Der Mönch streckte die Hand aus. Der Fahrer goß den Becher der Kanne voll und reichte ihn aus dem Wagen.

»Herzlichen Dank, mein Sohn«, sagte der Mönch. Er trank den Kaffee in einem langen, glucksenden Zug aus und gab den Becher zurück. »Ich werde dich in mein Tischgebet einschließen. *Adieu.*«

»Auf Wiedersehen, Pater«, sagte der Fahrer. Er schraubte die Kanne wieder zu.

Der Mönch ging den Berg hinauf. Schnaufend marschierte er, bis er die Straße von Castellane nach La Palud erreicht hatte. Dann wandte er sich nach rechts. Hinter der nächsten Kurve stand auf einem kleinen Aussichtsparkplatz ein ramponierter Deux-Chevaux. Der Mönch öffnete die Beifahrertür und ließ sich aufatmend auf den Sitz fallen.

»Fahr zu, Alphonse«, sagte er.

Deschamps grinste ihn von der Seite an, drehte den Zündschlüssel und ließ den Wagen auf die Straße rollen. »Sieht sehr echt aus«, sagte er dabei. »Nehmen Sie eigentlich auch die Beichte ab, Monsignore?«

Matzbach öffnete den braunen Rucksack, den man von beiden Seiten verwenden konnte und der innen weiß war. Er riß sich die Tonsurperücke und den Vollbart ab und stopfte beides in den Rucksack, in dem Socken, Wanderschuhe und anderes steckte.

»Kurs Lacaze«, sagte er. Er wühlte unter den Socken und fand sein Zigarrenetui.

Gegen 15 Uhr überquerten sie den Hof zwischen Demlixhs Villa und den Stallungen. Deschamps navigierte vorsichtig den unebenen Weg entlang, der dem Bach aufwärts folgte und zum eichenbestandenen Hügel führte, auf dem die Druiden ihre Steine errichtet hatten. Deschamps starrte sorgenvoll in den Rückspiegel.

»Ich finde, die Polizisten hätten außer Demlixh und

seinem Butler auch diesen furchtbaren Hund mitnehmen können.«

Ein riesiger Köter undefinierbarer Abstammung zerrte kläffend an seiner Kette und versuchte, das Schlußstück durchzubeißen. Matzbach grinste plötzlich. »Zwischen den Mundwinkeln muß man etwas durchbeißen«, sagte er, »sonst kommt man nie zu Knorpelfleisch und Metallpfeilen.«

»Fehlt Ihnen was?« Deschamps blickte ihn besorgt an.

»Wir sollten«, sagte Baltasar, »dieses Siezen lassen. Wir riskieren schließlich gemeinsam unseren Hals hier, oder?« Danach setzte er Deschamps auseinander, daß er morgens ein chinesisches Orakel befragt hatte.

»Schau mal«, knurrte er schließlich. Sie hatten den Hügel erreicht und waren ausgestiegen. Baltasar breitete die Karte auf der Motorhaube aus.

»Ich habe dir doch von diesem Karthager erzählt und seinem Testament. Es läuft darauf hinaus, daß man ein Dreieck Orange–Cassis–Draguignan malt und es durch Senkrechte unterteilt, bis man drei Dreiecke hat. Die erste Senkrechte geht von Cassis hier oben nach Gréoux-les-Bains. Die zweite von Gréoux nach Brignoles. Die dritte von Brignoles nach Aups. So. Bei Brignoles ist die lateinische Version des Testaments gefunden worden, also werden die beiden anderen bei Gréoux und Aups gewesen sein. Sieh dir mal die Luftaufnahmen an.«

Baltasar zeigte Deschamps die dritte *Calanque* von Cassis: wurmförmiges Wasser neben wurmförmigem Hügel. Die Fundstelle des Testaments: wurmförmiger Bachlauf neben halb abgetragenem wurmförmigem Hügel. Den wahrscheinlichen Fundort bei Gréoux: der Verdon-Stausee. Auf einer älteren Karte, die er aus dem

Rucksack zog, war an dieser Stelle eine wurmförmige Krümmung des Verdon neben einem wurmförmigen Hügel zu sehen. Der Hügel war gesprengt, versetzt oder anderswie entfernt worden, der Verdon bildete einen See.

»Das können wir vergessen, genauso wie den dritten Punkt«, sagte Matzbach. Das Foto der Gegend bei Aups: ein ausgetrockneter Bachlauf neben einem kaum noch erkennbaren Hügel, über den die Nationalstraße 557 lief. An der Stelle, an der – analog zur Fundstelle bei Brignoles – des Karthagers Testament hätte gewesen sein können, befand sich eine kleine Transformatorstation, und die gesamte in Frage kommende Fläche war betoniert.

»So. Weiter! Dreimal heiliges Dreieck, dann kommt die Vier, die die Fläche verläßt. Ich bin davon überzeugt, daß man jetzt die letzte Dreiecksseite, die Strecke Aups–Draguignan, zum Quadrat machen soll. Die Eckpunkte des Quadrats sind Aups, Draguignan, Comps-sur-Artuby und ein Punkt am Ende des Verdon-Canyons. Der Karthager hat aber an vier Stellen etwas vergraben. Aups scheidet aus, weil da eines der Testamente gewesen sein muß. Wo ist der vierte Punkt? Einer, denke ich, der von den anderen drei gleich weit entfernt ist. Also ziehe ich beide Diagonalen durch das Quadrat und erhalte – vier Dreiecke. Dreimal ist die Drei heilig, dann kommt die Vier, die die Fläche verläßt. Der vierte Punkt liegt oben auf dem Plateau von Canjuers – wahrscheinlich unter einem Bunker. Es hat keinen Sinn, da oben zu suchen; außerdem sind allenthalben Kratzer von den Schießübungen, und niemand wird uns erlauben, da zu graben. Ist auch zu gefährlich. Da, die Ecke bei Comps; ein kleiner Hügel, daneben eine wurmförmige Krümmung des Artuby. Wo der karthagische Schatz liegen sollte, steht die Kirche. Hä.«

Auf einer alten Karte zeigte Matzbach Deschamps dann den vermeintlichen Vergrabungsplatz am Ende der Verdon-Schlucht: ein Punkt mitten im heutigen See von St-Croix. Und kichernd zeigte er ihm, auf der Karte und auf dem entsprechenden Luftfoto, den vierten Punkt, an dem ein Teil der karthagischen Legate liegen mochte, und Deschamps brach in wieherndes Gelächter aus.

Der Hügel oberhalb von Demlixhs Villa war wurmförmig, und der kleine Bach krümmte sich wie ein Regenwurm. »Wer immer vor ein paar Jahrhunderten diese Villa gebaut hat«, keuchte Matzbach, der sich von Deschamps' Gelächter hatte anstecken lassen, »wußte sicher nicht, auf welch kostbarem Fundament das Haus errichtet wurde.«

Deschamps sagte nachdenklich: »Könnte es nicht sein, daß Sie ... daß du dich um ein paar Meter verrechnet hast?«

»Natürlich. Aber nur ein paar Meter. Wenn, was ich annehme, dieser Maharbal überall ähnlich gebuddelt hat wie bei Brignoles, kann man das fast berechnen. Sieh mal, der Hügel. Da ungefähr ist der Mittelpunkt des Hügels. Der Bach macht eine Schlangenlinie um das Hügelende. Wenn wir jetzt vom Mittelpunkt des Hügels eine Linie zum Bach ziehen, den Bachbogen als Teil eines Kreises ansehen, den gedachten Kreis vervollständigen – was dann? Die Linie von der Hügelmitte zum Bach berührt den Mittelpunkt des angenommenen Kreises. Genau an der Stelle ist bei Brignoles das Testament gefunden worden. Nun kann es sein, daß sich im Lauf der Jahrhunderte der Bachlauf hier und da geändert hat. Aber auf dem Schießplatz auf dem Plateau ist überall da, wo einmal diese kleine Quelle auf den alten Karten war, heute Beton, Bunker, Keller – egal, ob wir ein paar Meter abweichen. Und rund um den Punkt am Verdon ist überall See, und rund um den Punkt in Comps ist überall Kirche. Und hier steht die Villa, stehen die Ställe. Der Schatz ist futsch.«

Sie packten die Karten weg. Deschamps holte Hacken und Schaufeln und ein Abschleppseil aus dem Wagen; Matzbach bat ihn um die Wünschelrute, die er ihm vor einigen Tagen anvertraut hatte. Deschamps zog sie unter der Rückbank hervor.

Sie gingen einmal um den kleinen Hügel herum. Ein Kranz von Eichen warf Schatten auf drei Granitsäulen, die in einer Reihe auf dem Hügel standen. Der Bach umspülte die Nordostseite der Anhebung.

Die Menhire ragten etwa mannshoch aus dem Boden. Baltasar zog sich die Kutte über den Kopf und warf sie in den Wagen. Dann ging er mit der Rute über den Hügel, langsam, seitwärts. Deschamps rauchte drei Zigaretten und sah unruhig zu. Er fürchtete sich vor dem Hund, der in der Ferne noch immer jaulte und bellte und auf seiner Kette herumbiß, und er rechnete damit, daß irgendwann demnächst Demlixh und sein Majordomus heimkehren würden, denn er glaubte nicht, daß die Polizei ihnen etwas nachweisen konnte – wer immer die Steine in den Sarg gelegt und die Leiche der armen Louise entfernt hatte, sicher nicht der Schriftsteller eigenhändig.

Matzbach ließ sich Zeit. Er untersuchte den Hügel sehr gründlich, mehrmals, von verschiedenen Seiten her. Schließlich kam er zum Wagen und warf die Plastikrute auf den Rücksitz.

»Seltsam«, sagte er. »Die Steine sind zwar in einer

Reihe, aber nur zwei von ihnen stehen auf einer Strahlungsader. Dafür ist unter dem dritten ein Hohlraum.«

Er bat Deschamps um eine Zigarette. Alphonse gab ihm Feuer und fragte: »Und was heißt das?«

Matzbach rümpfte die Nase. »Das wüßte ich gern. Angeblich haben die Druiden diese Reihe errichtet, um heilende Erdstrahlen zu sammeln und dem kranken Demlixh so zu helfen. Die Strahlen da vorn sind aber negativ. Und außerdem, wie gesagt, steht der letzte Stein nicht auf der Ader, sondern daneben. Also entweder haben die Jungs nicht richtig gemessen, oder es ist Absicht. Komm mal mit.«

Sie gingen langsam über den Hügel. An einer Stelle neben der Steinreihe waren Abdrücke im Boden. »Sieht so aus, also ob sich hier manchmal jemand mit einem Stuhl oder so hinsetzt«, sagte Deschamps, nachdem er den weichen Boden genau betrachtet hatte.

Matzbach sah plötzlich etwas anderes. Summend ging er zu einer Eiche und befingerte die Rinde etwa in Kopfhöhe. Deschamps folgte und sah ihm über die Schulter. Die Rinde zeigte zahlreiche kleine Einschnitte, teils neben-, teils übereinander.

»Was soll das denn sein?«

Matzbach spitzte die Lippen. »Entweder heilige Zeichen oder etwas ganz Einfaches. Einer der bösen Buben, die Ariane und mir in Les Baux an den Kragen wollten, hat ziemlich zielsicher mit einem Messer geworfen. Dafür muß man üben ...«

Er drehte sich um. »An die Arbeit! Ich bin gespannt, was wir unter dem dritten Stein finden.«

Sie holten die Hacken. Deschamps blickte Matzbach mit gerunzelter Stirn und zusammengekniffenen Augen an. »Womit rechnest du?«

»Vielleicht«, sagte Baltasar gedehnt, »mit Bronners Leiche. Und der von Louise.«

Die Sonne näherte sich dem waldigen Hügelrand. Deschamps und Matzbach hatten gehackt und geschaufelt, daß es Baltasar eine Wonne gewesen wäre, zuzusehen. Der dritte Menhir war beinahe frei. Deschamps legte das Abschleppseil um den Stein und befestigte es an der Hinterachse des 2 CV. Er schnitt eine skeptische Grimasse, stieg ein und ließ den Motor an.

Matzbach stellte sich hinter den Stein und drückte. Der Motor jaulte, die Räder drehten sich auf der Stelle. Weiter weg jaulte der Hofhund. Langsam bewegte sich die Spitze des Menhir, dann neigte der granitene Monolith sich gemessen und würdevoll, als wollte er eine Eiche zum Tanz herausfordern, und endlich fiel er um.

Deschamps schaltete den Motor ab und stieg aus. Matzbach stand neben dem Loch und starrte in die Finsternis der Erde.

»Wir müssen noch ein bißchen hacken«, sagte er melancholisch. »Da ist eine Tonschicht.«

Die Sonne war schon untergegangen, als sie endlich den Fund begutachten konnten. Sie lehnten am Wagen und rauchten; auf dem Wagendach lagen Münzen und eine leere Tonröhre.

»Wahrscheinlich sind noch mehr Münzen da unten«, klagte Matzbach paffend. »Aber wen, im Prinzip, interessieren die Münzen. Warum hat dieser dumme Karthager nicht besser aufgepaßt!«

Anders als bei dem Fund nahe Brignoles war hier die Röhre nicht sicher verschlossen gewesen. Es mochte ein Vermögen an Münzen im Boden liegen und auf tapfere

Gräber warten – doch die Papyri des Karthagers hatten die Lagerung in feuchter Erde nicht überstanden.

Matzbach sah sich um. »So was Albernes«, murrte er. »Wahrscheinlich ist der Bach früher anders verlaufen, deshalb habe ich mich mit der Villa verrechnet. Egal. Teilen wir?«

Deschamps blickte skeptisch auf die Münzen. »Ich fürchte, die Republik gönnt einem so was nicht. Das gehört wahrscheinlich dem Erbe der Nation, nicht dem Finder.«

»Du kannst deine Hälfte deiner Republik vermachen. Ich nehme meine Hälfte mit. – Aufbruch!«

Sie fuhren los. Den Menhir, den sie ohnehin nicht spurenlos hätten aufrichten können, ließen sie liegen. Als sie die Villa passierten, kommandierte Baltasar: »Halt!«

»Was ist los?«

Er öffnete die Tür und setzte ein Bein auf den Boden. »Ich habe mir eben gedacht, daß es auf eine weitere ungesetzliche Maßnahme nicht ankommt. Ich werde mir mal schnell die Schreibstube von Demlixh ansehen.«

Deschamps seufzte. »Ich werde froh sein, wenn ich wieder normal auf dem Feld arbeite.«

»Dein Vergnügen. Paß auf – fahr bis über die Brücke und versteck dich mit dem Wagen rechts unter den Bäumen, da, wo die Steigung anfängt. Wenn Demlixh kommt, sieht er dich nicht, und ich als Fußgänger kann hier ungesehen verschwinden. Ich komme nach, wenn ich fertig bin.«

Deschamps wollte protestieren, aber Matzbach war schon fort. Alphonse sah, wie er die leichte Glastür aufdrückte, dann die zweite, die von der Veranda ins Haus führte.

Deschamps seufzte und fuhr den Weg Richtung Lacaze, über die Brücke, manövrierte den Wagen unter die dunklen Bäume und rauchte nervös eine Zigarette nach der anderen. Nach etwa einer Stunde, die ihm wie ein Jahr im Dunkeln vorkam, öffnete sich die Beifahrertür, und Matzbach stieg ein. Deschamps zuckte zusammen. »Kannst du nicht husten oder trampeln? Außerdem ist mindestens Mitternacht, wie?«

Baltasar schnaubte. »Fahr los«, sagte er. Er hielt etwas in der rechten Hand, das aussah wie eine zusammengerollte Menge von Papieren.

Deschamps fuhr los. Niemand kam ihnen entgegen. Als sie Lacaze erreichten, seufzte Baltasar zufrieden. »Wie üblich. Die unwahrscheinlichen Zufälle sind mit mir. Wir wollen ein Häppchen essen.«

Deschamps parkte den Wagen gegenüber von Doktor Herbins Haus, das erleuchtet war. Sie betraten das kleine Restaurant. Baltasar suchte sich eine Mahlzeit aus, wies Deschamps an, brav alles Gewünschte zu bestellen, und verschwand, um zu telefonieren.

»Alles in Ordnung«, sagte er, als er zurückkam. »Ducros hat die beiden eben laufen lassen; sie müßten in kurzer Zeit hier sein. Demlixh und sein Butler. Und Maspoli hat bei Ducros angerufen; auch am Verdon ist alles gut abgelaufen. Die lieben Menschen sind in der Erwartung, mich hinter der nächsten Biegung anzutreffen, durch die Schlucht gestolpert. Maspoli hat sie mit dem Fernglas entdeckt, als sie mit dem Aufstieg zum Wandererlokal beschäftigt waren. Ariane, Sylvie und Pierrot sind daraufhin losgefahren. Die beiden Wachtposten haben hektisch telefoniert, und dann sind die drei zusätzlichen Wagen vom anderen Ende angerauscht. Die müden Wanderer sind eingestiegen, und alle Mann hinter meinem Auto her. Ich schätze, Ariane und die anderen sitzen jetzt in Manosque in einem kleinen, feinen Restaurant und speisen. Und außerdem schätze ich, daß gleich die netten Verfolger dort ankommen werden. Maspoli meint, in der Ebene funktioniert das Walkie-talkie wieder, und der kleine Wagen ist gleich hinter Ariane hergebraust. Dann werden wir weitersehen.«

Ariane, Sylvie und Pennec aßen langsam und genüßlich. Es war so abgemacht, und den Appetit brauchten sie am Ende dieses Tages wahrhaftig nicht zu spielen. Sie wußten, daß der kleine Wagen mit den beiden Posten ihnen gefolgt war, deshalb waren sie nicht sonderlich überrascht, als die Tür des Restaurants sich öffnete.

Der graumelierte Gentleman trat zu ihnen an den Tisch. »Erlauben Sie?« fragte er höflich. Ariane wies auf einen Stuhl.

Er setzte sich und betrachtete sie nacheinander. »Verraten Sie mir doch bitte«, sagte er dann halblaut, »was diese Komödie bedeuten soll.«

Ariane blickte auf die Uhr. Kurz nach acht. Kein Grund, die Sache weiter hinauszuschieben.

»Machen Sie uns doch das Vergnügen, Monsieur ...?«

»Evaristo«, sagte der Graumelierte. »Welches Vergnügen?«

»Mit uns ein Glas Wein zu trinken. Wir sind mit dem Essen bald fertig, dann können wir zurück nach Lacaze fahren, und dort wird sich alles aufklären.«

Evaristo sah sich um. Das Restaurant war nicht voll, aber gut besetzt. »Nun gut. Ich nehme an, Sie werden keine Einwände dagegen haben, daß wir gleich die Besatzung der einzelnen Wagen ein wenig anders organisieren als bisher.«

Ariane hob kurz die Brauen. »Ich nehme an, Sie werden sich nicht nach meinen Einwänden erkundigen.«

Pennec winkte dem Kellner und bat um Kaffee. »Drei Kaffee«, sagte er deutlich und absichtsvoll.

Evaristo bestellte gelassen einen vierten.

Demlixh und sein Majordomus kamen schlecht gelaunt zur Villa. Sie sahen sofort, daß eingebrochen worden war. Der Butler wendete den Wagen, während Demlixh ins Haus stürzte. Einer Eingebung folgend brach der Butler das Wendemanöver ab und fuhr den holprigen Weg entlang, an dessen Ende er im Licht der Scheinwerfer den Menhir liegen sah.

Demlixh kam aus dem Haus gerannt. »Um Gottes willen«, schrie er, »mein neues Manuskript!«

Der Butler tauchte wieder vom Weg zum Druidenhügel auf und berichtete. Demlixh schüttelte verwirrt den Kopf. »Einen Menhir umgestürzt, ein Loch gegraben? Ja, aber was soll denn das? Was steckt dahinter? – Kommen Sie, ich habe die Gendarmerie angerufen, aber bis die kommen, das kann eine Weile dauern. Ich habe einen Verdacht. Zum Friedhof von Lacaze!«

Drei Gendarmen, Kommissar Ducros und ein wegen seiner Deutschkenntnisse abgestellter Kollege aus dem gastgebenden Departement hockten außerhalb der Friedhofsmauern und kamen sich albern vor. Es war kalt und dunkel, Ducros durfte nicht rauchen und nicht einmal husten und klapperte mit den Zähnen.

»Ich wüßte zu gern«, sagte er, »was dieser Fettkloß auf dem Friedhof vorhat. Auf der anderen Seite ist es wohl besser, daß ich es nicht weiß. Wahrscheinlich müßte ich es ihm sonst verbieten.«

Kommissar Bourgoing zuckte mit den Achseln, was niemand sehen konnte. »Ihr Fall, Ducros«, murmelte er. »Sie haben sich von diesem Matzbach die Regeln vorschreiben lassen. Wenn es nach mir ginge, würde ich ihn ins nächste Irrenhaus einliefern. Aber bitte sehr – machen Sie nur weiter. Das hier ist besser als Fernsehen.«

Deschamps fühlte sich unwohl auf dem Friedhof. Mißmutig sah er im Mondlicht Matzbach an, der vor dem Grab der armen Louise stand.

Der Friedhof ähnelte den meisten derartigen Stätten in Südfrankreich: ein Hügel außerhalb des Orts, Kieswege, Steinkreuze, Steinplatten. Die jüngeren Gräber wie das der Haushälterin waren erst provisorisch abgedeckt, da das endgültige Denkmal fehlte. In der Mitte des Friedhofs stand eine kleine offene Kapelle.

»Und jetzt?«

Baltasar räusperte sich und ging zur hinteren Mauer. »Ducros«, sagte er sanft, »haben Sie noch was für mich?«

Der Kommissar hustete. »Ja«, sagte er verbittert. Im Gegensatz zu den beiden Figuren auf dem Friedhof konnte er hinter seiner Mauer, im Schatten, nicht einmal das Mondlicht genießen.

»Sprechen Sie schon, aber bleiben Sie bitte liegen!«

»Aye-aye, Mylord«, knurrte Ducros. »Also – Herbin ist Samstag früh spazierengegangen. Er wurde außerhalb des Orts von einem Wagen aufgelesen.«

Baltasar steckte einen seiner unmäßig dicken Daumen in den Mund. »Schön«, sagte er. »Lassen Sie mich raten. Der Wagen war klein und bunt, ein vielfach lackierter R 4, und er ist mit Herbin zum Druidentreff in das Kaff bei Aubagne gefahren.«

Ducros schluckte. »Woher wissen Sie das schon wieder?«

»Nur gut geraten. Sehr schön. Dann, glaube ich, haben wir alles zusammen. Deschamps hat in der Nacht von Samstag auf Sonntag kurz vor Mitternacht beobachtet, wie Demlixh auf dem Friedhof düstere Maßnahmen traf.«

»Maßnahmen? Was für Maßnahmen?«

Bourgoing mischte sich ein. »Was hat er denn getan? Und was genau hat Deschamps gesehen?«

Baltasar kicherte. »Deschamps hat gesehen, daß Demlixh auf den Friedhof ging und etwas tat – was, weiß er nicht. Aber ich weiß es, und Sie werden es auch bald wissen. Deschamps war zu weit weg, da vorn, im Gebüsch. Lassen Sie sich überraschen!«

Er ignorierte die Proteste der Beamten und ging zurück zu Louises Grab. Deschamps sah ihm entgegen.

»Und jetzt?«

»Jetzt machen wir ein kleines Quiz«, sagte Matzbach. »Paß auf. Louise ist beigesetzt worden, vor eineinhalb Wochen, aber heute morgen war der Sarg leer. Hat Demlixh, als du ihn beobachtet hast, irgendwas vom Friedhof entfernt?«

»Nein.«

»Also ist, wenn wir erstens davon ausgehen, daß Demlixh die gute Louise umgetopft hat, und zweitens annehmen, daß er sie nicht so deponiert hat, daß sie später von Komplizen abgeholt werden konnte – wie habe ich den Satz angefangen? Ah. Also können wir, wenn das so ist, davon ausgehen, daß die Leiche noch auf dem Friedhof ist, nicht wahr?«

Deschamps nickte.

Baltasar fuhr fort: »Ein intelligenter Einfall übrigens.

Wo soll man eine Leiche verstecken? Natürlich unter anderen Leichen – überall sonst würde sie doch auffallen, aber hier? Hier sind Leichen sozusagen vorgeschrieben. Denkst du, daß Demlixh, der ein Phantast ist, in einem Anfall von Panik die Nerven hat, eine Leiche einfach auf den Friedhof zu legen, statt sie auf der Viehweide zu verbuddeln?«

Deschamps sah sich um, als rechnete er mit einer Invasion von Geistern. »Ich glaube nicht«, sagte er halblaut, »daß Demlixh bessere Nerven hat als ich.«

»Siehst du«, sagte Baltasar befriedigt. »Wem würdest du, von denen, die in Frage kommen, so etwas denn zutrauen?«

Deschamps zögerte keine Sekunde. »Herbin.«

»Ja, nicht wahr? Herbin ist Demlixhs Liebhaber und Mitarbeiter. Außerdem ist er Arzt, und Ärzte haben aus Berufsgründen mehr mit Leichen zu tun als Schriftsteller...«

Ducros steckte den Kopf über die Mauer. Er hatte alles, wenn auch mühsam, mit angehört. »Wieso Mitarbeiter?«

Baltasar hob die Papiere hoch, die er die ganze Zeit zusammengerollt in der linken Hand getragen hatte. »Das geht aus diesen Dingern hervor, und das werden Sie alles gleich noch hören. Und jetzt ziehen Sie bitte den Kopf ein. Sie sehen da albern aus, Mann.«

Deschamps sah sich wieder auf dem Friedhof um, diesmal suchend. »Ja, aber wo hat Herbin Louise versteckt?«

Baltasar seufzte. »Herbin hat Louise nicht versteckt. Demlixh hat Louise versteckt, als Herbin nicht erreichbar war. Und er hat sie da versteckt, wo Herbin zuvor Bronner versteckt hat.«

»Was? Bronner? Wie ... wieso?«

»Das ist eine lange Geschichte. Verschoben auf später. Demlixh ist zu phantastisch und nicht kaltblütig genug, um auf so einen einfachen, genialen Einfall zu kommen. Herbin hat Bronner hier irgendwo versteckt, wo niemand ihn je suchen wird. Und Demlixh, in einem Anfall von Panik, hat Louise aus dem Grab geholt und an der gleichen Stelle versteckt.«

Deschamps schüttelte sich. »Ich weiß nicht, was du an dieser Leichenversteckerei so lustig findest.«

Matzbach kicherte. »Ich habe ein schwarzes Herz. Wollen wir suchen?«

Deschamps hob hilflos die Hände. »Wo? In jedem einzelnen Grab?«

Baltasar ging langsam über den Friedhof. In der rechten Hand hielt er die Wünschelrute. Dabei knurrte er: »Die Gräber sind viel zu gut vermauert, das würde jedem Besucher auffallen, wenn man da dran herumkratzen wollte. Es muß woanders sein.«

Plötzlich lachte er. »Natürlich, da. Wo sonst?! Wie dumm von mir.«

Mit Deschamps im Gefolge – und aufmerksam, wenn auch diskret von Ducros und Bourgoing beobachtet – umrundete Baltasar die kleine, offene Kapelle. In einer Ecke des Friedhofs stand ein baufälliger Schuppen mit den notwendigen Werkzeugen, neben ihm lag ein Kieshaufen. Baltasar blickte auf die Uhr.

»Es mag gerade noch gehen«, sagte er.

Deschamps nickte und griff zu einer Schaufel. Baltasar kletterte auf den Kies, klemmte seine Papierrolle zwischen die Beine und hantierte mit der Wünschelrute.

»Hohlraum«, murmelte er, »die Rute bestätigt die Logik. Wie absurd.«

Dann griff auch er zur Schaufel.

Bergab näherten sich die Lichter eines Wagens. Matzbach zog eine Taschenlampe aus seiner Jacke und legte die kleine Lichtquelle ohne Zeichen von Gemütsregungen eingeschaltet auf die Friedhofsmauer.

Deschamps deutete auf die Lehmfläche, die sich unter dem Kies zeigte. »Bruchlinien, wie zusammengesetzt. Und Einschläge wie von einer Spitzhacke.«

Ducros hustete ein letztes Mal vorsichtig. »Mitgehört«, sagte er unterdrückt.

Demlixh stürzte auf den Friedhof, gefolgt von seinem Butler. Der Autor blieb stehen, als hätte ihn der Schlag getroffen. Matzbach legte ruhig einen großen Lehmfladen beiseite. »Kommen Sie, Demlixh«, sagte er freundlich auf französisch, »wollen Sie uns nicht helfen? Sie kennen das Verfahren doch schon.«

Der Phantastiker schnappte nach Luft. »Ich ... wieso, ich, nein, also, was machen Sie da überhaupt?« Er sprach Deutsch.

»Ich erforsche die Bodenschätze hier«, sagte Baltasar, »in der Absicht, sie nutzbringend auszubeuten.«

Demlixh hob einen Fuß, ließ ihn sinken, trat dann vor und machte Anstalten, sich auf Matzbach und Deschamps zu stürzen. Baltasar blieb gebückt, ließ den Lehmfladen fallen, den er eben erst aufgeklaubt hatte, und zog eine Pistole aus den Tiefen seiner Jacke.

»Friede, mein Freund«, sagte er. Er deutete auf ein besonders monumentales Grab hinter Demlixh. »Setzen. Und Sie auch, Mister Butler.«

Alphonse Deschamps hatte sich längst in sein Schicksal ergeben und hob weitere Lehmfladen auf. Demlixh ließ sich auf die Marmoreinfassung des von Matzbach bedeuteten Grabes sinken und rang die Hände.

»Lieber Herr Matzbach«, sagte er atemlos, »so tun Sie doch die Pistole weg. Das ist alles ein entsetzliches Mißverständnis.«

»Ich denke nicht daran, die Pistole wegzulegen. Und was soll denn hier ein Mißverständnis sein?«

Die Szene war albern. Der Mond glomm hernieder, Demlixh hatte die Hände vors Gesicht geschlagen, der Butler hockte stumm hinter seinem Herrn und Arbeitgeber, und Deschamps klaubte Lehmfladen, während Baltasar sich grinsend aufrichtete. Er hatte die Papierrolle wieder zwischen den Knien und die Pistole in der rechten Hand; mit der linken ergriff er die Taschenlampe und beleuchtete Demlixhs Charakterkopf. Hinter der Mauer lauschten die Gendarmen den unverständlichen Vorgängen in deutscher Sprache; Ducros kaute auf den Fingernägeln, und Bourgoing hielt sich die Nase zu, um nicht in ein schrilles Gelächter auszubrechen.

»Was für ein Mißverständnis, Herr Kollege?« sagte Baltasar sanft.

Demlixh ließ die Hände sinken und blickte auf. Seine Miene drückte Ratlosigkeit und Furcht aus.

»Meinen Sie die Leiche von Louise oder die von Bronner?« sagte Matzbach.

Demlixh schwieg und starrt in den Lichtkegel, wie hypnotisiert.

Deschamps räumte mit Todesverachtung weitere Lehmfladen beiseite.

»Wissen Sie«, sagte Matzbach nachdenklich, auf französisch, »wir sollten Französisch sprechen, damit der gute Alphonse versteht, was wir hier verhandeln. Er hat es nämlich redlich verdient. Kennen Sie Alphonse Deschamps eigentlich?«

Demlixh schüttelte den Kopf.

»Er war mit Louise befreundet. Sie wollten heiraten. Nehmen Sie es als Beweis für die Innigkeit ihrer Beziehungen, daß Louise ihm an dem Tag, an dem sie – und Sie angeblich auch, Demlixh – eine Fischvergiftung erlitten hat, daß Louise ihm an dem Tag erzählt hat, was es abends bei Ihnen zu essen geben würde. Nix Zahnbrasse, *mon cher collègue*, sondern Lammrücken. Für Sie und für Bronner, mit dem Sie sich prächtig gestritten haben, an dem Tag. Sie sehen, Alphonse hat es wirklich verdient, daß wir in einer ihm verständlichen Zunge reden. Außerdem hat er am Samstag abend zugesehen, wie Sie hier Bohrversuche angestellt haben.«

Demlixh sperrte Mund und Nase auf. »Was ... wo?«

»Sie, mein Lieber, hier auf dem Friedhof. Louise umbetten, dorthin, wo Herbin Bronner versteckt hatte.«

Demlixh seufzte. Er entspannte sich sichtlich und begann zusammenzusacken.

Baltasar sah ihm dabei zu und fuhr, immer noch auf französisch, fort: »Wissen Sie, Sie sind ein bißchen leichtsinnig gewesen. Manchmal sind versteckte Löcher offensichtlicher als offene – man erkennt sie an der Art, wie sie camoufliert wurden. Sie sind vor zehn Jahren nach Lacaze gezogen und haben Doktor Herbin kennengelernt; Ihr erstes Buch, das in Lacaze entstand, haben Sie Ihrem lieben Freund R. H. für Rat und Hilfe gewidmet. In den späteren Auflagen haben Sie die Widmung tilgen lassen, weil Ihnen zu der Zeit klargeworden war, daß es Ihnen, Ihren Büchern und Herbins im Aufbau befindlicher Druidenkirche nicht sehr hilfreich wäre, wenn jemand, zum Beispiel ein findiger Journalist, einen bestimmten Bericht veröffentlichen könnte: Etwa: Der große Demlixh ist nicht nur schwul, sondern er läßt sich auch von seinem Geliebten, einem Arzt namens R. H., seine Bücher vorschreiben und finanziert ihm mit den Tantiemen den Aufbau einer druidischen Sekte, an die keiner von beiden glaubt, sondern mit der sie nur noch ein bißchen mehr Geld und Macht scheffeln wollen. Damit niemand auch nur auf die Idee kommen kann, haben Sie die Widmung später nicht mehr drucken lassen.«

Demlixh blickte ihn aus tieftraurigen Augen an und schwieg.

»Seit ich mir erlaubt habe, Ihr neues Manuskript zu entwenden, weiß ich auch, weshalb Sie mir erzählt haben, daß Sie alles selbst tippen. Damit niemand erfährt, daß Ihre Manuskripte in zwei verschiedenen Handschriften und in zwei Sprachen entstehen, und daß die besseren Passagen auf französisch und in der Handschrift von Doktor Herbin verfaßt sind. Bei diesem epochalen Machwerk mit dem Arbeitstitel *Druidenbibel* kommt noch hinzu, daß Sie beide nette Kommentare eingestreut haben, aus denen hervorgeht, daß keiner von Ihnen auch nur ein Wort von alldem glaubt, was Sie da schreiben. Übrigens finde ich diese vorgeschlagenen homo- und heterosexuellen Initiationsriten degoutant, wenn ich auch sicher bin, daß sie Ihre theoretische Sekte zusammenschweißen würden. Sagen Sie: Sind alle Ihre Bücher in dieser Form von Kollaboration entstanden, oder haben Sie früher wirklich selbst was geleistet?«

Demlixh senkte den Kopf, hob ihn wieder, dann legte er die verschränkten Arme auf die Knie und darauf den Kopf; die Schultern zuckten.

Baltasar fuhr erbarmungslos fort. »Dieses blödsinnige karthagische Testament – wissen Sie, wo der einzige noch aufzufindende Teil des Schatzes lag? Unter dem dritten Menhir dieses idiotischen und übrigens falsch vermessenen *Alignement*! In Ihrem Hinterhof, sozusagen. Ha, ha, ha. Und der arme Bronner, dem das Testament in Les Baux wahrhaft zugeflogen ist, hat ganz nebenbei entdeckt, wie es mit Ihren Schriftwerken steht. Er hat, während er die Schlüssel zum Testament suchte, noch ganz andere Dinge herausgefunden, zum Beispiel Herbins Kirchenpläne und Einzelheiten über Verbrechen einer Unterweltbande. Grimaud und Evaristo sind Ihnen ja sicher ein Begriff.«

Demlixh blickte wieder auf. »Mein Gott, das wissen Sie auch?!«

Bourgoing raufte sich die Haare und flüsterte in Ducros' Ohr: »Wie kann man nur so irrsinnig und so unverschämt bluffen! Wissen Sie, ob er oft pokert? Der Dicke weiß doch überhaupt nichts – aber offenbar stimmt alles. Und Demlixh fällt drauf rein.«

Ducros nickte und hustete lautlos, was ihm die Tränen in die Augen trieb.

»Schließlich kam Bronner dahinter, daß sein Leben in Gefahr war, weil er zuviel wußte, und da hat er versucht, alle Leute, die auf Sie aufpassen könnten, in eine falsche Gegend zu locken, mit Hilfe einer falschen geometrischen Lösung, um dann noch einmal ungestört mit Ihnen zu reden. Er wußte genau, daß Sie der schwache Punkt sind. Er hat also alles nach Les Baux gelockt, gewartet, bis Evaristo und die Druiden angefangen hatten zu buddeln, und dann ist er zu Ihnen gekommen. Das war, als Louise Kräuter für den Lammrücken suchte. Er hat Ihnen alles ins Gesicht gesagt, was er wußte, und Sie haben die Nerven verloren und ihn umgebracht. Dann hat Herbin, als er später zu Ihnen kam, diese tolle Idee gehabt, die Leiche in der Nähe anderer Leichen zu verstecken. Und eine zweite Leiche zu produzieren, die arme Louise. Ich weiß nicht, ob nur aus Vorsicht oder weil sie vielleicht den toten Bronner gesehen hatte.«

Demlixh, offenbar benommen, nickte.

»Also mußte Louise auch dran glauben. Gleichzeitig war das eine tolle Publicity – Sie wurden angeblich krank, die Weltpresse berichtete darüber und auch über das *Alignement* und die heilenden Druiden. Tolle Propaganda und gleichzeitig Beseitigung einer unwillkommenen Zeugin. Und dann haben Sie sich von mir bluffen lassen, als ich Ihnen den Cucuphatus, den Übergang vom Leben zum Tod, den ganzen restlichen Unsinn und die drohende Exhumierung ans Herz gelegt habe.«

Demlixh richtete sich auf. Mit trockener Stimme sagte er: »Was wollen Sie von mir haben, wenn Sie den Mund halten?«

Baltasar grinste, was der immer noch von der Taschenlampe geblendete Demlixh nicht sehen konnte. »Eine Information. Was ich nämlich nicht weiß und gern wüßte, ist, wie Sie Bronner umgebracht haben. Aber das kommt bei der Obduktion ohnehin raus.«

Demlixh sagte mechanisch: »Mit einer Holzfigur... Was haben Sie gesagt, Obduktion? Wollen Sie das alles an die Polizei...?«

Baltasar schwieg einen Moment. Ein Wagen bog um die Ecke neben der Kirche, ein zweiter, ein dritter.

»Armer Demlixh«, sagte Matzbach höhnisch; »und dabei war alles so ganz unnötig. Herbin hat ja wohl der guten Louise Gift verabreicht, nicht wahr? Wie sind Ihre medizinischen Kenntnisse? Minderwertig, nehme ich an. Wahrscheinlich hätte man bei einer Obduktion nichts gefunden als das Gift, das offiziell auf dem Totenschein steht. Aber Sie haben Herbin nicht geglaubt, daß man nichts finden wird, und als ich Sie gewarnt habe, haben Sie die Nerven verloren und Louise hier neben Bronner gelegt. Um mir hiermit zu beweisen, daß es kein richtiges Gift war.«

Bourgoing verdrehte die Augen; Ducros lag neben ihm und biß sich in den Handrücken, um nicht herauszuplatzen.

Demlixh brach plötzlich in Tränen aus. Matzbach machte mehrfach »Ts, ts, ts«, dann sogar »tsk« und richtete den Strahl der Taschenlampe auf die bremsenden Wagen.

»Da kommen Ihre Freunde, aber die werden Ihnen auch nicht mehr helfen können.«

Drei weißgekleidete Druiden kletterten aus den Wagen, zusammen mit Javier Evaristo, seinem stummen Begleiter und dem Fahrer, dazu noch Ariane, Sylvie und Gaston Pennec. Alphonse hatte längst aufgehört, weiter Lehmfladen zu sortieren; er stand neben Baltasar und starrte auf die Neuankömmlinge.

Bourgoing zischte kaum vernehmlich durch die Zähne; die drei Gendarmen zogen leise ihre Waffen. Auch die beiden Kommissare klammerten sich an kaltes Eisen.

Javier Evaristo sah blinzelnd in den Lichtkegel der Taschenlampe. »Also«, sagte er, »was soll diese Komödie mit den Spaziergängen in der Provence? Und dieses alberne Rendezvous auf dem Friedhof?«

»Ach«, machte Baltasar erstaunt, »sind Sie nicht dieser kolumbianische Speichellecker, der bellt, sobald sein Boß mit dem Schwanz wedelt? Immerhin scheinen Sie ja keine Angst vor Skorpionen zu haben.«

In Evaristos Gesicht zuckte irgendwo ein Muskel, aber er schwieg. Seine rechte Hand hing merkwürdig unlocker neben der Jackentasche. Sein Begleiter drehte sich aus dem Schein der Lampe. Die Druiden und der Fahrer standen schweigend und abwartend herum.

»Interessante Dinge habe ich über Sie gehört«, sagte Baltasar. »Obwohl ich nicht glaube, daß Ihr Spatzenhirn auf die Idee mit den Brieftauben gekommen ist. Das war Grimaud, oder? Bronner meinte auch, Sie wären nur ein Schuhabtreter.«

Evaristo trat einen halben Schritt vor. »Was sind das für blödsinnige Andeutungen?«

»Oh, Sie sind leichtsinnig gewesen beim zweiten Mal«, sagte Baltasar wegwerfend, »wie man es von Ihnen nicht anders erwarten kann. Philibert war eine Sache, aber als sie Saintonges umgenietet haben, hätten Sie den Bunker am Strand genauer untersuchen sollen. Da war nämlich ein Clochard in der Nähe, der hat da unten sein Quartier gehabt, damals. Er hat natürlich nichts gesagt, aber Bronner hat ihn gefunden, und ich habe seine unterzeichnete Aussage in der Tasche.«

Bourgoing und Ducros ächzten; beide gaben keinen Sou mehr für Baltasars Seele, wegen der schwarzen Lügen, und auch nicht für seinen Leib, wegen Evaristos zu erwartender Reaktion.

»Was denn für eine Aussage? Wieso Bunker? Und was ist das mit dieser Taubengeschichte?«

Baltasar bewegte die Lampe. »Sagen Sie doch bitte Ihren Genossen, sie sollen sich so hinstellen, daß ich sie sehen kann«, sagte er. Evaristo rührte sich nicht. Baltasar stieß Deschamps mit dem Knie an; Alphonse bückte sich daraufhin wieder zu seinem Lehm. Das hatte außerdem den Vorteil, daß er durch einige Gräber gedeckt war.

»Immer, wenn einer von Ihnen das Gefühl hatte, der zuständige Kommissar sei ihm auf den Fersen, wurde etwas inszeniert«, sagte Baltasar munter. »Mal verschwand ein Kumpel von Ihnen, der in Gefahr war, zuviel erzählen zu können. Oder Sie und Grimaud inszenierten eine über dunkle Kanäle der Polizei mitgeteilte Heroinlieferung. Ich nehme an, Sie haben es bei Philibert ähnlich gemacht, aber ich weiß es nur bei Saintonges. Sie wissen natürlich, daß Grimauds Yacht beobachtet wird, wenn er auf dem Meer herumschippert. Er kann also schlecht Heroin an Bord nehmen. Aber er kann Sie in die Nähe eines Schiffes bringen, das eine kleine Menge bestelltes Heroin an Bord hat. Ein paar Tage vorher stellt einer Ihrer Leute einen Jeep in der Nähe der vereinbarten Bucht ab. Sie wissen, daß ein Kommissar dort am heimlich durchgegebenen Tag auf Sie warten wird. Nun züchtet Grimaud Brieftauben. Sie, Evaristo, gehen mit einem Transportkäfig an Bord des anderen Schiffs; sagen wir, im Käfig – es ist ein größerer, nicht wahr? – sind vielleicht fünfzig Tauben, vielleicht auch nur zehn – ich weiß es nicht, spielt auch keine Rolle. Sie nehmen ein Päckchen Heroin in Empfang, dann lassen Sie sich von einem Beiboot zur Bucht bringen. Das Beiboot setzt Sie ab und kehrt zum Schiff zurück. Grimaud schippert inzwischen in einer anderen Ecke des Meeres herum und irritiert die Polizei.«

Er machte eine Pause. Einer der Druiden trat neben den Kolumbianer.

»Was spielen wir hier eigentlich für ein Spiel?« sagte er.

Ariane hustete. »Jemand könnte mir mal Feuer geben.« Im Licht der Taschenlampe steckte sie sich eine Zigarette zwischen die Lippen.

Gaston Pennec sagte laut: »Baltasar, habe ich dir eigentlich schon erzählt, was aus deinem wundervollen Labyrinth geworden ist?«

Demlixh, der wie ein Häufchen Elend auf dem Grab hockte, blickte auf, rollte mit den Augen und sagte: »Ich werde gleich wahnsinnig.«

Ducros biß sich in den Daumen, um nicht loszuprusten. Bourgoing sog die Nachtluft zwischen den Zähnen ein und verzog das Gesicht, denn er hatte schadhafte Schneidezähne.

Deschamps hob einen Fladen hoch und sagte vernehmlich und mit einem durchaus echten Würgen in der Kehle: »Hier stinkt's. Hier liegen – zwei Leichen ...«

Baltasar behielt Evaristo und seine beiden Gardisten im Auge. »Und während das Boot Sie zum Strand bringt, stopfen Sie das bißchen Heroin in die kleinen Aluminiumröhrchen, die die Brieftauben tragen, und lassen eine nach der anderen aufsteigen. Sie fliegen alle nach Porquerolles, zum Stall bei Grimauds Villa. Natürlich können Tauben nur ein paar Gramm tragen, das Geschäft lohnt sich nicht, aber es geht ja auch nur darum, einen vorwitzigen Kommissar zu foppen. Sie klettern also an Land, harmlos, unaufmerksam und angeblich unbewaffnet. Saintonges kommt aus seinem Versteck. Er ist leichtsinnig, weil er bei Ihnen weder Vorsicht noch eine Waffe bemerkt, und Sie erschießen ihn. Sie brauchen sich nicht mal besonders vorzusehen, weil die Bucht so übersichtlich ist, daß Sie von See feststellen können, ob da noch jemand versteckt ist. Außerdem haben Sie mit dem Kommissar noch ein bißchen geplaudert, bis Sie sicher waren, daß er allein ist. Sie haben gewartet, bis er unaufmerksam war, und ihn dann mit einem kleinen gedämpften Feuerspeier erledigt. Den haben Sie ins Wasser geworfen. Und weil eine oder zwei von den Tauben Sie beim Abflug beschissen haben, behaupten Sie bei der Kontrolle, Sie hätten Ärger mit Möwen gehabt.«

Evaristo lachte. Es klang nicht sehr fröhlich, und die beiden Kommissare machten sich bereit.

»Schönes Märchen«, sagte Evaristo. »Und wie haben Sie sich das alles ausgedacht? Sie müssen eine blühende Phantasie haben.«

Baltasar packte die Pistole fester und brachte es fertig, dabei auch noch zu kichern. »Meine Phantasie geht Sie nichts an, Sie mieser kleiner Amateurkiller«, sagte er. »Was zählt, ist lediglich, daß Sie diesen Clochard übersehen haben, und den hat Bronner gefunden. Bevor dieser komische Autor ihn umgelegt hat, nachdem Bronner Sie nach Les Baux gelockt hatte, hat mein teurer verstorbener Freund mir noch in verschlüsselter Form den Namen und die Aufenthaltsgegend des Augenzeugen mitteilen können. Ich habe ihn besucht und seine Aussagen niedergeschrieben, und er hat alles unterzeichnet. Übrigens, wenn es Sie interessiert: Er hat in dem Bunker genächtigt. Er hat Sie kommen sehen, mit dem Boot, und sich hinter dem Bunker versteckt, weil er nichts mit niemand zu tun haben wollte. Saintonges hat ihn auch nicht gesehen. Als Sie dann an Land kamen und der Kommissar Sie in Empfang nahm, ist der Clochard auf den Bunker geklettert. Ich schätze, Sie haben, nachdem Saintonges tot war, im Bunker nachgesehen – aber nicht darauf, wie?«

Evaristo verzog keine Miene. »Seit wann wissen Sie das? Und wollen Sie das der Polizei erzählen, dieses Märchen?«

»Natürlich werde ich das der Polizei erzählen. Noch heute nacht. Und ich habe es endgültig herausgekriegt, als Sie im Verdon herumgeturnt sind.«

»Haben Sie die Aussage bei sich?«

Baltasar nickte.

Evaristo stieß einen kurzen Befehl aus und griff in seine Tasche. Sein stummer Begleiter sprang nach links, der Fahrer nach rechts, beide hielten plötzlich Waffen in den Händen. Baltasar ließ sich fallen, ohne die prospektiven Schützen aus dem Lichtkegel zu lassen. Sie feuerten dorthin, wo er eben noch mit der Lampe gestanden hatte.

Gleichzeitig feuerten Ducros, Bourgeoing und die drei Gendarmen. Es ging sehr schnell.

Matzbach und Deschamps erhoben sich. Ducros kletterte über die Mauer, gefolgt von Bourgoing.

Demlixh saß kreidebleich und fassungslos auf dem Grab. Ducros ging an ihm vorbei und berührte Evaristos Leiche mit der Schuhspitze.

Demlixhs Butler seufzte; die drei Druiden standen reglos wie marmorne Statuen.

»War das denn nötig?« Ariane ließ sich auf die nächste Grabumrandung sinken und musterte Ducros.

Der Kommissar hob die Brauen. Baltasar kam mit seiner Taschenlampe herbei und illuminierte das Mienenspiel.

»Wie hätten Sie es denn gern gehabt?« Ducros hustete, dann spuckte er auf den vor ihm liegenden Leichnam. »Was, glauben Sie, wäre passiert, wenn ich ›Hände hoch, hier ist der Sheriff‹ oder so was gerufen hätte?«

Baltasar klopfte ihm auf die Schulter und ging zu Ariane; er legte ihr eine breite Hand auf den gebeugten Scheitel. »Dann stünden wir jetzt hier, und du, liebe Ariane, die gute Sylvie und Pierrot, ihr wärt als Geiseln dieser drei Subjekte in einem Auto unterwegs. Und wir wären nur unwesentlich weiter als vorher.«

Ducros bedeutete den Druiden, sich zu setzen. »Ich möchte Sie gleich mitnehmen; und daß Sie mir ja nicht mit Ihren Masken entwischen.«

Vom Dorf her näherten sich Schritte. Doktor Herbin kam eilig auf den Friedhof; er trug eine Arzttasche in der Rechten. »Hier ist geschossen worden«, sagte er. Er starrte in Baltasars Taschenlampenlicht. »Ich habe das gehört. Ist etwas zu tun? Ich bin Arzt.«

Gaston Pennec räusperte sich und trat neben Herbin; Baltasar schwenkte die Lampe, so daß Pennecs Gesicht eitel Wonne und Leuchten war.

Herbin wandte den Kopf und sah den alten, dicken Druiden an. Das Gesicht des Arztes befand sich noch im Lichtkreis, und alle sahen, wie er die Augen aufriß und den Mund verzerrte.

»Guten Abend, Phérex«, sagte Pierrot-le-Flonflon alias Gaston Pennec. »Ich dachte, ich kenne Sie nicht, aber Ihr Gesicht habe ich natürlich doch gesehen. Erinnern Sie sich an das Konklave bei Carnac, vor elf Jahren?«

Zwei Tage später holte Ariane Baltasar in Montpellier vom Bahnhof ab. In Sylvies Villa stärkte er sich ein wenig. Danach, vor dem Kamin, berichtete er, was noch zu berichten war.

»Im Prinzip ist alles ganz einfach«, behauptete er. Er sog an seiner Zigarre und nebelte den großen Raum ein. »Corvau, der Archäologe, gehört zu den Druiden. Er hat natürlich mit dem Testament sein Karrierespielchen spielen wollen, aber er hat es auch seinem Boß weitergegeben, Herbin alias Phérex, wegen der von dem Karthager angedeuteten Druidensachen. Und Herbin hat den Wisch auf die blödsinnigste aller Arten verloren, durch einen Windstoß. – Übrigens weiß ich auch, weshalb er sich ausgerechnet Phérex genannt hat. Da gibt es, ich weiß nicht genau von wem, könnte Marlowe gewesen sein, eine englische Tragödie über Ferrex und Porrex, miese Königssöhne und Aufrührer. Phérex ist eine Variante. In Phér- steckt natürlich außerdem noch *fer*, das Eisen – Herbin wollte wohl so eine Art druidischer Stalin sein, wenn auch ohne die nötige Verfeinerung à la Bessemer.«

Ariane und Sylvie blickten einander an, dann den Dicken. »Hör mal«, sagte Ariane, »sei ehrlich – was von all dem hast du gewußt, als die Friedhofsbühne aufgemacht wurde?«

Baltasar kicherte. »So gut wie nichts. Ich habe mir gedacht, daß es so ungefähr abgelaufen sein muß und nicht viel anders gewesen sein kann, aber alles, was ich sicher wußte, war, daß Herbin Teile von Demlixhs Büchern geschrieben hat – weil ich gerade das neue Manuskript geklaut hatte. Alles andere war Bluff. Natürlich muß man zugeben, daß die Szenerie höchst intelligent gestaltet war, nicht?«

Pennec stand auf, kam zu ihm herüber, klopfte ihm stumm und lächelnd auf die Schulter und ging wieder zu seinem Sessel zurück.

Baltasar strahlte. »Das war meine Hoffnung – daß Demlixh auf dem Friedhof, bei Mond- und Lampenlicht, halboffenem Grab und nicht zu vergessen, dem vorhergegangenen Verhör durch Ducros und Bourgoing, die Nerven verliert... Immerhin ist er ja Phantastiker, und man kann ihn nicht gerade als Ausbund an Rationalismus bezeichnen.«

Ariane schüttelte sich ob der Reminiszenzen. »Das war ja aber auch gespenstisch«, sagte sie. »Liebe Güte – ich wäre gern fortgelaufen.«

Baltasar grinste. »Und ich hatte die ganze Zeit Angst, daß einer der Kommissare laut loslacht – die wußten ja beide, daß ich nichts in der Hand habe. Bourgoing hätte mich sowieso am liebsten ins Irrenhaus gesteckt. Jedenfalls vielen Dank an euch beide, Ariane und Pierrot, für die Kaltblütigkeit. Die Zigarette und das Labyrinth haben mir sehr gut gefallen.«

Pennec hob die Achseln. »Na ja, du hattest ja gesagt, wenn es unübersichtlich wird, sollten wir irgendwas erzählen, was nichts mit dem Thema zu tun hat. Ich gestehe, daß es mir schwergefallen ist, ausgerechnet in der Lage von deinem Labyrinth anzufangen.«

Ariane nickte. »Und ich habe selten so wenig Lust gehabt, eine Zigarette zu rauchen.«

Sylvie entschuldigte sich. »Baltasar, es tut mir leid, aber ich konnte in der Situation wirklich an nichts anderes denken als, wie wir alle und vor allem Sie da heil herauskommen.«

Matzbach winkte ab. »Macht nichts, Sylvie, Sie haben das schon gut gemacht.«

Pennec verschwand in der Küche und kam mit einer neuen Flasche Wein zurück. Er entkorkte sie geräuschlos. »Sag mal«, brummte er, als er die Runde machte und Gläser nachfüllte, »was ist das für eine Geschichte mit einem Clochard, den Bronner aufgetrieben haben soll, und diesen Brieftauben?«

»Das, mein Leiber, ist eine großartige Erfindung eines gewissen Baltasar Matzbach. Die Brieftauben habe ich mir ausgedacht, besser gesagt, ausgerechnet. Grimaud züchtet Brieftauben, und die Polizei behauptet, sie hätte an den fraglichen Tagen zu Wasser und zu Land alle Zugänge und Übergabemöglichkeiten kontrolliert. Blieb also nur noch die Luft. Der Rest war die überzeugendste aller in Frage kommenden Möglichkeiten – unter der Voraussetzung, daß Evaristo tatsächlich nicht wirklich Heroin schmuggeln, sondern Kommissare killen wollte.«

»Und wie bist du darauf gekommen?«

»Noch einfacher. Als ich anfing, mir meine ganzen Bluffs zurechtzulegen, die Spaziergänge und die falschen geometrischen Lösungen und so, da dachte ich, wieso soll ich eigentlich der einzige Bösewicht sein, der verspielte Ablenkungsmanöver macht, die ganz anderen Zwecken als den offensichtlichen dienen?«

Sylvie sagte nachdenklich: »Und Demlixh war das schwächste Glied, nicht wahr? Sie wußten, daß Herbin samstags nicht zu erreichen ist…«

Baltasar rümpfte die Nase. »Ehrlich gesagt, das wußte ich zuerst nicht, ich hatte es nur gehofft, nach dem, was der Wirt mir erzählte. Daß Herbin tatsächlich samstags Druidentreffen leitet, habe ich erst erfahren, als der Brief an Demlixh längst unterwegs war.«

»Aber«, sagte Ariane, »was haben denn nun eigentlich Grimauds Leute mit den Druiden und dem Testament zu tun? Und was hat Bronner tatsächlich herausgefunden?«

Baltasar stellte sein Glas ab, stand auf und begann im Zimmer hin und her zu gehen. »Ich bedaure. Das wird ewig in undurchdringliches Dunkel gehüllt bleiben, fürchte ich. Aber auch ein lebender Evaristo hätte nichts darüber gesagt… Ich halte mehrere Möglichkeiten für denkbar. Erstens: Grimaud hatte einen Mann oder eine Frau unter den Druiden – angeblich geschieht ja nicht einmal in der Polizeipräfektur etwas, ohne daß Grimaud davon erfährt. Auf diese Weise erfährt er auch etwas über das karthagische Testament, das ja, wegen der potentiellen Reichtümer, für niemanden uninteressant ist. Zweitens: Grimauds Leute wissen genug über Demlixh und Herbin, um beide zu erpressen, und Herbin versucht, sie mit dem Testament zufriedenzustellen. Drittens: Bronner hat wirklich etwas – durch Zufall oder gezielt – über Grimaud oder Evaristo erfahren, die kriegen das raus und erforschen ihrerseits Bronners Treiben, dabei stoßen sie auf die Druiden und schließen ein Zweckbündnis zur Entschärfung Bronners. Ich weiß nicht – wahrscheinlich gibt es noch mehr Möglichkeiten, aber das kriegen wir vermutlich nie raus. Grimaud weiß natürlich sowieso nie von etwas, Evaristo ist tot, Herbin wird den Mund halten, und ob Demlixh genug weiß?«

Er blieb vor dem Kamin stehen, starrte in die Flammen und gluckste leise. »Herbin hat Louise mit einem Gift umgebracht, das, wie die Obduktion ergab, in Wirkung und Substanz nicht von einer Fischvergiftung zu unterscheiden ist. Demlixh hätte also Louise gar nicht umzubetten brauchen. Aber er mißtraute den medizinischen Ausführungen seines Freundes. Bourgoing hat mir hinterher auf die Schulter geklopft und gesagt, wenn er jemals einen Pokerspieler braucht, will er an mich denken.«

Dann setzte er, nach einer kurzen Pause, hinzu: »Übrigens noch was. Ducros hatte einen weiteren Grund, auf Evaristo gleich scharf zu schießen. Er ist seit Jahren hinter ihm her und kann ihn nie erwischen. Evaristo hat mindestens zwei seiner Kollegen auf dem Gewissen – das heißt, woanders, denn ein Gewissen hat er bestimmt nicht. Ich habe, neben den guten Argumenten, die Ducros schon auf dem Friedhof angebracht hat, noch ein Motiv bei ihm entdeckt – blanken Haß auf den Kolumbianer und Furcht davor, ihn nach einer Verhaftung möglicherweise schon wieder laufenlassen zu müssen. Wir hatten ja wirklich nichts. Kein Clochard, keine Aussage. Ich glaube auch, wenn wir nicht diese ganzen Provencewanderungen und die Szene auf dem Friedhof so schön arrangiert hätten, wäre Evaristo nie auf den Bluff hereingefallen. Er hätte ja nur zu kichern brauchen. Man sieht mal wieder, es kommt nicht nur auf den richtigen Mann am richtigen Platz an, sondern auch auf Mondlicht, halboffene Gräber und so. Die Vorbereitungen nicht zu vergessen. Für ein gutes Essen braucht man nicht nur gute Zutaten, man muß sie auch richtig mischen und zubereiten. Und der Gast muß Hunger haben – und ich glaube, sowohl Demlixh als auch Evaristo waren durch meine verwirrenden Maßnahmen ausreichend mürbe gemacht, so daß sie gewissermaßen gefoppt werden wollten.«

Nach einer weiteren Denkpause setzte er hinzu: »Herbin war natürlich den ganzen Tag dabei, im Verdon. Er ist vor Lacaze ausgestiegen und brav nach Hause gegangen. Na ja. Jedenfalls ist dem Globus ein weiterer Maharishi, Mun, Hubbard oder Steiner erspart geblieben. Und der Kosmos kann sich bei Bourgoing, Ducors und den Gendarmen bedanken, daß drei Totschläger weniger herumlaufen.«

Er setzte sich wieder. Dann grinste er die sprachlose Ariane an. »Insgesamt ein sehr wirrer, aber sehr befriedigender Fall. Und zuerst wollte ja niemand auf mich hören. ›Du bildest dir das alles nur ein, Dicker; Bronner lebt bestimmt noch.‹ Ha, hm.«

Sylvie und Pennec lächelten. Ariane nahm einen Schluck aus ihrem Glas. »Hast du eigentlich schon die Chinesen konsultiert, was sie zur Lösung deines, na ja, Falles sagen?«

Baltasar schwenkte die Zigarre. »Wer? Ach so, die Chinesen. Hör mal, wofür hältst du mich? Bin ich vielleicht abergläubisch, daß ich Orakel konsultieren soll, wo doch mein Verstand völlig ausreicht? Am Ende verlangst du auch noch, ich sollte mit einer Wünschelrute hantieren, was?«